海军战略

刘华清

作为公民，我为国家和民族尽心尽力，贡献了自己的全部才智；

作为军人，我一直在冲锋陷阵，没有让军装沾上污点；

作为下级，我完成了小平的重托，将来汇报，可以不用汗颜。

——刘华清

海军司令刘华清

施昌学 / 著

长征出版社
CHANGZHENG PUBLISHING HOUSE

海军司令员刘华清（前排中）与水兵在一起。（1987 年 8 月）

海军图上演习，刘华清既是"总导演"，更是"总指挥"。（1987年6月）

登上现代化战舰检阅水兵仪仗队，刘华清备感荣耀和自豪。（1994年5月）

刘华清三赴西沙视察调研，形成并指挥实施了经略南中国海的战略工程。（1985 年 12 月）

"没有制空权，就没有制
海权。"加速发展海军航
空兵，研制中国的航空母
舰，是刘华清梦寐以求的
夙愿。（1985 年 8 月）

当刘华清向来华访问的外国舰
队行礼如仪时，他统率的舰队
也在国外享受同等规格的礼遇
与殊荣。（1986 年 11 月）

从海军司令员到中共中央政治局常委、中央军委副主席，邓小平在共和国发展关键时刻的三次超常举荐，使刘华清的晚年再度焕发出炫目的光彩。(1999 年 10 月)

海军发展壮大是他一生的牵挂

吴胜利　刘晓江

中国共产党的优秀党员，久经考验的忠诚共产主义战士，杰出的无产阶级革命家、政治家、军事家，党、国家和军队的卓越领导人，中国共产党第十四届中央政治局常委，中央军委原副主席，海军现代化事业的杰出领导者——我们敬爱的老首长刘华清同志永远地离开了我们，但他的音容笑貌犹在眼前，他的谆谆教诲仍萦绕耳边。深切缅怀他为海军现代化建设，为人民海军的发展壮大创建的不朽功绩，追思和学习他不懈奋斗的革命精神和崇高风范，将进一步激励海军广大官兵把海军现代化建设事业不断推向前进。

（一）

　　1982 年 8 月，经中央军委主席邓小平同志亲自点将，刘华清同志出任海军第三任司令员。上任前，小平同志对他说："你还是要回海军工作，海军的问题不少，要整顿。"他牢记重托，将整顿的着力点首先放在海军各级党委班子建设上，与海军党委新一届领导班子成员"约法五章"，提出要从带头学习、增强团结、坚持原则、执行党章、振奋精神等方面，以身示范，树立榜样。他与政治委员李耀文同志一起，结合开展整党工作，果断处理了历史上特别是"文化大革命"遗留下来的一系列问题，消除了派性，增进了团结，使大家心情舒畅、通力合作，把党委班子建设成为一个顾全大局、讲党性、干事业的真正团结的领导集体，受到了军委首长的充分肯定。

　　为开创海军建设新局面，老首长北起辽东半岛，南至西沙群岛，几乎走遍海军所有的码头、机场、阵地、工厂，深入部队进行调查研究，获得了大量真实的第一手资料。在调研过程中，老首长发现一些部队存在着作风松散、纪律松弛、管理松懈以及军容、舰容、港容、院容脏、乱、差现象，他看在眼里，急在心里，随即在全海军范围内进行了军容风纪大整顿。整顿取得了明显成效，海军机关的作风纪律跃入驻京各大军事单位的先进行列，总参军务部和北京卫戍区分别在海军大院召开现场会议，推广了海军整顿的做法和经验。

　　为了解决多年积存下来的矛盾和弊端，使海军建设跃上一个新台阶，他带头解放思想，跳出老框框，坚定而有秩序地推动全面改革。结合精简整编，他先后组织领导了海军军事训练、院校教育、装备管理、编制体制、后勤保障、战场建设等多方面的改革。所有这些改革，他都积极组织、精心谋划和设计，亲自逐一抓落实，并及时将改革成果系统化、规范化。特别值得一提的是，在当年精简整编的情况下，老首长下决心在海军建立海军装备论证研究中心、海军军事学术研究所等科研论证机构，使之成为海军建设发展的智囊团。老首长非常重视基层建设，时刻牵挂战士生活，十分关心基层干部的艰辛。在一次下部队调研中，当他得知某潜艇支队春节期间官兵连鱼肉都吃不上时，心情十分沉重。官兵每天都要进行高强度的训练，连基本营养都保证不了，这怎么得了？在舰队干部大会上，他严厉地批评了后勤部门同志的不作为思想，引起了很大震动。

他清醒地认识到，要巩固整顿成果、取得改革成效，就必须使部队建设走上正规化的轨道。早在担任海军某基地司令员和北海舰队副司令员时，他就非常重视正规化建设，担任海军司令员后，他更是把加强正规化建设作为实现海军现代化的重要保证，提出了部队正规化建设的十项目标，并把正规化建设与开展社会主义精神文明建设紧密结合起来，使部队逐步向组织指挥科学化、体制编制合理化、教育训练规范化、干部队伍知识化方向迈进。经过上下共同努力，海军部队出现了蓬勃向上、协调发展的好势头。

（二）

面对军队建设指导思想实行战略性转变，海军建设朝什么方向发展，如何建设一支精干顶用、具有现代作战能力的海军，是老首长考虑最多、研究最深的问题。他着眼海军的未来发展，率先把目光投向关系海军建设全局和长远发展的战略指导问题。

我国既是一个陆地大国，又是一个海洋大国。有 1.8 万公里的海岸线、300 万平方公里的管辖海域。他认为，从作战战场来看，我国不仅存在着陆上战场，而且存在着一个海上战场。海军是保卫我国海上安全的主要作战力量，又是战略军种，要统管和谋划海上战场这样一个大的独立作战方向，必须加快发展中国海军的军事理论和战略战术，解决好从近岸走向近海的战略指导问题。1983 年至 1986 年，他亲自带领专家反复研究，多次召开座谈会，先后在多个场合，就海军战略依据、战略内涵，完成战略任务所必须具备的作战能力，以及对海军建设的要求等，逐一进行了研究和探讨，提出要实现由近岸防御向近海防御转变，并向总参谋部报告了《关于海军战略的简要说明》。1986 年 4 月，应国防大学的邀请，他专门作了《海军战略与未来海上作战》的学术报告，明确提出海军近海防御战略，引起强烈反响，普遍认为近岸防御与近海防御只有一字之差，但这是海军建设指导思想的一次重大突破。海军作为一个战略军种进一步明确了自己的战略，不仅具有很高的理论价值，而且更重要的是对海军建设和战略运用具有重大的指导意义。

根据海军战略，他通盘考虑"七五""八五""九五"三个五年规划的时间和经费，提出"三步并作一步走，15 年向前跨一大步"的远景规划，组织编拟了《2000 年的海军》，制定了《海军现代化建设纲要》，为海军建设发展勾画出一幅催人奋进的新蓝图。

（三）

军事训练是提高部队战斗力的基本途径。推进军事训练改革和创新，提高部队实战水平是老首长始终关注的重大问题。针对以往海军部队训练周期长、质量不高，不能很快形成战斗力的状况，他忧心地感到，这样不仅难以适应战时需要，不能保证平时安全，而且很可能会把英勇作战、艰苦奋斗等许多优良传统都丢了，一旦有事，国家损失极大。为此，他要求必须坚持以军事训练为中心，鲜明地提出要紧紧围绕提升协同作战、快速反应、电子对抗、后勤保障、野战生存五种作战能力，按照现代海战的要求，全面系统地改革军事训练，突出抓首长机关训练、诸兵种合同训练和训练内容的创新，解决好仗怎么打兵就怎么练的问题。1984 年 6 月，老首长亲自主持召开海军训练改革座谈会，并与 12 个支队、水警区的军事主官面对面交流，集思广益，分析影响部队训练的主要因素，研究海军部队训练改革的思路和办法，他的求索精神和求实作风给大家留下了极为深刻的印象。在 1985 年 10 月召开的海军训练改革经验交流会上，他进一步强调，海军军事训练改革，在体制上，要逐步实现军事训练的专业化分工与协作；在施训对象上，要抓好二类舰艇的基础训练和一类舰艇、甲类飞行团的合同战术训练；在训练内容上，要研究新战法，提高合同作战能力；在训练保障上，要逐步完善训练保障体系，改革训练经费管理；在施训手段上，要大力加强复杂条件下训练和远航训练，积极开展专业技术竞赛，搞好模拟训练。特别是，他亲自推动建立了舰艇长全训合格考试制度，对提高训练水平和整体作战能力、保留海军骨干队伍产生了深远影响。他还亲自领导制定了《海军师以上首长机关训练大纲》，领导组织了首次西太平洋海域远航合成训练、首次驱逐舰编队出访南亚三国、首次南极考察等军事活动。所有这些，都有力地促进了部队训练整体水平的提高，在海军训练史上写下了浓墨重彩的一笔。

（四）

海军现代化建设离不开武器装备的现代化。早在 1966 年老首长担任国防科委副主任期间，在极其困难的条件下促成了远洋测量船和导弹驱逐舰、导弹护卫舰、新型常规动力潜艇的科研建造，组织展开了核潜艇研制。1975年任海军副参谋长期间，他感到海军部分装备的规划，从数量到性能上难以适应未来海上军事斗争的需要，不顾忌自己当时的处境，撰写呈报了《关于海军装备问题的汇报》，提出自己的想法和意见，大胆建言献策，引起了邓小平等军委首长的高度重视。在担任解放军副总参谋长、主持军队装备科研工作期间，他确定将新型歼击轰炸机列为海军科研项目，以适应海军航空兵的发展。1989年1月，在"歼轰-7"首飞试验时，时任军委副秘书长的他亲临现场并听取专家汇报、召开座谈会，解决遇到的难题。在庆祝新中国成立50周年的国庆阅兵中，海军"歼轰-7"编队不负众望，以优美的队形首次飞过天安门上空，接受了党和人民的检阅。

任海军司令员后，他更加强调海军武器装备建设要从沿岸型向近海型转变，从数量型向质量型转变，提出"重质量、小批量、多批次、勤改进、配套发展，尽快形成作战能力"的海军装备发展思路。他十分重视海军核心装备的发展，大力主张发展大型水面作战舰艇和核潜艇，尤其是建造航母，一直是他的一个心愿。他还和海军其他领导同志一起领导了新一代舰艇、飞机、导弹等武器装备的发展决策和研制生产，组织指挥了运载火箭水下发射、核潜艇深潜试验、新型雷弹试验靶射和水面舰艇编队出岛链远航训练等任务。亲自决策进行了核潜艇远航和90昼夜自持力考核试验，使我国潜艇真正开始驶向深蓝。核潜艇胜利返航后，他亲自到码头迎接，高兴地说，远航试验证明，我们自行研制设计的核潜艇和我们自己培养的第一代核潜艇指战员是顶用的，是真正的水下蛟龙，并欣然挥毫题词："水下伏兵，出奇制胜。"

（五）

后勤保障是现代战争中重要的战斗力组成部分。老首长提出要按照现代海上作战需求，加快海军后勤现代化建设，不断提高科学管理和综合保障能力，确保为部队服务、为战备服务、为巩固和提高海军综合作战能力服务。他要求从后勤体制、业务管理、供应方法、标准制度等方面实行改革，着重搞好"顶用物资和生活"两个保障，突出综合保障、机动补给、技术和卫勤保障、组织指挥和自卫防护"四个能力"建设。提出简化海军、舰队两级后勤保障职能。明确优先抓好海上保障这个重点，逐步建立与装备和部队发展相同步、与现代海上作战相适应的平战结合、岸海一体、机动快速的后勤保障体系。从1986年开始，海军集中抓了八大军港的集中统管改革试点，使军港面貌发生巨大变化，也大大增强了军港综合保障效益。

针对海军战场建设点多线长、重点不突出、分散不配套、长期形不成保障能力等问题，他提出"保障战备、兼顾生活、注重质量、厉行节约"的方针，按照统一规划、合理布局、突出重点、量力而行的原则，缩短战线，对尚未建成的小码头和洞库一律停建，把经费集中到主要方向的一些关键性项目和补缺配套建设上，并强调对新建工程要有长远规划，进行科学的可行性论证。争取到20世纪末，在沿海各战役方向，有重点地建立起以主要舰艇基地、机场为骨干，与疏散驻泊点相联系，便于组织实施作战行动，能打、能藏、能有效实施各种保障、综合配套的舰艇基地、机场网，形成适应现代战争要求的海军作战指挥、兵力驻屯和后勤保障三大体系。这些体系的逐步建立和完备，不仅为提高海军持续作战能力、打赢现代海上战争创造了良好条件，也为走向远洋、遂行重大军事任务奠定了坚实基础。

（六）

随着武器装备日益现代化，对人才的素质要求越来越高，对人才的需求量越来越大。老首长深谋远虑，提出必须从战略高度来规划和推进海军人才队伍建设。他提出并明确了海军建设所需要的人才标准，认为一名海军优秀军官，应具有崇高的革命理想和为海军事业献身的精神，勇敢无畏、坚忍不拔的海军军人气质和科学的求实之心，丰富的现代科学文化知识和海上实践经验，高度的组织纪律性和灵活应变的能力，以及适应海上训练、生活、战斗的坚强体魄。他特别指出，远航是海军军官的最好学校，要想成为一名合格的指挥员，必须到大风大浪中摔打锻炼。1983年5月，海军组织了人民海军史上的首次远航航海训练，海上编队穿越南海、东海以及西太平洋广大海域，历时30个昼夜，航行区域之广、持续时间之长、实习人员之多，都是自海军创建以来的第一次，有效地提高了编队官兵的组织指挥、专业技术和远航能力。他要求把培养、选拔和使用人才紧密结合起来，科学地规划，做到编配有据，进出有序；加强对干部的考察了解，做到选贤任能，汰庸擢贤；改革人才管理方法，建立完善干部先训后提、合格考试等制度。在他的积极倡导和推动下，海军不断改进舰艇干部考核管理、使用制度，将考试成绩与干部的晋升使用和奖励结合起来，力求从制度上克服干好干坏一个样的现象。

他联系海军初创时期建军先建校的经验，坚持治军先治校。每次视察海军院校，都尽可能多地给院校解决实际问题；每次院校主官调整谈话，都反复强调，对海军院校建设要作长期打算。早在20世纪80年代，他就把目光投向了21世纪的中国海军，提出舰艇部门长要进行通科培养，要求发展研究生教育，决定开办飞行员舰长班，从年轻优秀的飞行员中培养现代化大型水面舰艇舰长，积极探索军事人才培养的新路子。这是海军现代化建设中一个富有远见卓识的战略举措。在他的亲自领导和直接推动下，海军院校建设步入一个成果累累、人才辈出的历史时期，其中，90年代涌现出的"驾机能击长空、操舰敢闯大洋"的优秀舰长柏耀平，就是飞行员舰长班的第一期学员。

（七）

海洋是海军广阔的活动舞台。老首长深知"流动国土"所承担的使命与责任。他着眼海军国际性军种的特点，紧紧把握国家改革开放向世界敞开大门的机遇，坚持走出去、请进来，广交朋友，为党和国家的政治外交做贡献。

1985年11月，人民海军组织友好访问编队首次出访巴基斯坦、斯里兰卡和孟加拉国三国，拉开了海军舰艇编队走出国门、驶向远洋的序幕，迈开了海军军事外交新的一步。1986年11月，他亲自检阅了来访的美国太平洋舰队舰艇编队。从1983年开始，三年里，他率领中国人民解放军海军代表团先后访问了巴基斯坦、孟加拉国、英国、南斯拉夫、法国、美国六个国家。老首长珍惜每一次出访学习的机会，出访时总是带着问题，勤问多记；回来后及时整理情况报告，并将出访情况向海军机关二级部以上干部介绍，做到"一人出访，大家受益"。为了使访问达到良好的效果，他在代表团人员的组成上精挑细选，既有海军机关各大部的领导，又有相关专家和技术人员；在参观内容的安排上审慎选择，既参观舰艇主战装备，又考察装备建造的大公司、大企业；在听取对方情况介绍过程中，既注重了解先进的训练方法，又十分关注管理的细节。1984年11月，他率团访问英国期间，在参观英国核潜艇及其配套保障系统、安全措施后他彻夜难眠，第二天就向有关同志交代，回去后一定要把核安全机制建立起来。在他的督促下，1988年2月，海军建立了核安全三级管理体制，开启了我国核潜艇的核安全管理工作。

老首长始终认为，海权意识和综合国力对海军的建设与发展具有重大的影响。1984年5月，他在军事科学院讲课时指出，海军的产生、发展及其地位和作用都与人们对海洋的认识、利用及其政策有着密切的关系。因此，反复强调要增强海洋意识、维护海洋权益、注重经略海洋，不断提高海洋观，加强对海洋问题的研究。要求从民族和国家的全局上，从世界斗争形势的全局上，从未来反侵略战争的全局上，居安思危，树立起我们自己新时代的海洋意识和海防观念。

（八）

自1952年2月，老首长调入海军，先后三度在海军工作长达20年之久，与海军结下了不解之缘。他一生心系海军事业，以保卫海疆、振兴海防为己任，将自己的心血倾注在海军现代化建设上。经过他和海军广大官兵的不断努力，海军的战略指导进一步明确，战场布局趋于合理，功能体系不断完善，体制编制逐步科学，装备发展步伐加快，人才队伍素质逐渐提高，军事理论得到发展，后勤保障更加有力，部队面貌发生了很大变化，训练水平和综合作战能力有了显著提高，为保卫祖国、建设祖国作出了积极贡献。

1988年1月，老首长离开海军到军委工作。在宣布中央军委命令时，他动情地说道："我热爱海军事业，急切盼望中国海军在我们这一代手中强大起来。为了实现毛泽东主席、邓小平主席提出的海军建设目标，我无愧地贡献了我所能做到的一切。"

老首长虽然离开了海军，但对海军建设的关注、关心有增无减，每每有涉及海军建设和发展的重大问题，他都要仔细过问、悉心指导。他多次视察海军部队，细心听取海军官兵关于建设现代化海军、打赢未来高技术条件下海上局部战争的意见建议。他三赴西沙调研，果断决策建设永兴岛机场。1995年10月，他在百忙之中抽时间亲自参加海军高级干部集训，并作了《新时期海军建设的几个问题》的重要讲话，按照江泽民同志关于用新时期军事战略方针指导和统揽军队建设全局的战略思想，就海军战略、战法研究、装备建设、部队政治建设问题等作了系统的阐述，为加强海军全面建设给予了有力的指导。1997年2月，中国海军舰艇编队先后访问了美国、墨西哥、秘鲁、智利四国，这是中国海军舰艇编队首次横渡太平洋，首抵美国本土和南美大陆，创造了我海军舰艇编队出访的多个新纪录。老首长作为中央政治局常委、中央军委副主席，亲自到码头迎接并宣读了中央军委的贺电，欢迎编队官兵载誉归来。

老首长从中央和军委领导岗位上退下来后，仍然一如既往地关心海军建设，关注海军发展，牵挂海军未来。每次我们去看望他，他最爱听、最想听的就是海军建设所取得的成就。每当听到海军建设取得新成就，他都会高兴地露出笑容，跷起大拇指，大声说："好！"

斯人已去，风范长存。老首长的宝贵思想、崇高风范，执着的革命精神和优秀品质，依然使我们不断地从中汲取教益和力量。人民海军能够取得今天的成就，是与老首长所作出的历史性的贡献分不开的，他的光辉业绩永载海军史册。他为海军现代化建设所作出的不可磨灭的贡献，海军广大官兵不会忘记；为开创海军建设新局面所付出的心血，海军广大官兵不会忘记；为海军发展壮大留下的宝贵精神财富，海军广大官兵不会忘记。他热爱海军，将"爱舰、爱岛、爱海洋"融入生命之中，赢得了海军广大官兵的崇敬与爱戴，是我们学习的榜样。

今天，人民海军正乘风破浪行驶在更加辉煌灿烂的新航程上，我们将更加紧密地团结在以习近平同志为总书记的党中央周围，在新的起点上推进海军现代化建设又好又快发展，为祖国强盛、民族复兴、人民安康作出新的贡献！

目　录
CONTENTS

第七章　组训新规 / 235

"海军不是海岸警备队，而是 300 万平方公里海洋国土主权和权益的保卫者！"刘华清发出明确指令，"今后只要条件允许，海军都应该组织远航训练。"

第八章　经略南海 / 273

海战告捷，刘华清"内心有说不出的痛快"："中华民族任人宰割的年代永远一去不复返了！"一个萦绕在他脑际十多个春秋的经略南中国海的战略构想，很快付诸实施……

第九章　核艇奇缘 / 313

从舰艇研究院院长到国防科委副主任，从海军副参谋长到解放军副总参谋长，从海军司令员到军委副主席，刘华清与中国核潜艇结下的传奇情缘，壮怀激烈，举世罕闻！

楔 子

"我们在太平洋应该有发言权！"

在中国通向远海大洋的航道上，横亘着三重 C 形岛链。凭借这三重蓝色锁链托起的前沿军事存在，美国及其盟友从海上对中国实施了长达半个多世纪的封锁遏制和攻势威慑。

"我们在太平洋应该有发言权！"面对蓝色国门外的三重 C 形岛链，一代伟人邓小平发出雷霆般的怒吼。

"我国是一个濒海大国，应当有一支与我国的国际地位相称的海军。"这是刘华清的"蓝色宣言"。

1982 年 9 月 15 日，时年 66 岁的刘华清就职共和国第三任海军司令员，开启了人民海军"突破岛链、挺进大洋"的现代化航程。

"我们在太平洋应该有发言权!"

两艘挂着五星红旗的中国军舰突然出现在日本冲绳岛公海海域。

这是 2010 年 3 月的一个上午。游弋在附近的日本海上自卫队第二舰艇部队的"雾雨"号驱逐舰立即尾随上去,记下了这两艘中国军舰的舷号:115 号驱逐舰和 527 号护卫舰。

同一天下午,日本海上自卫队第十三舰艇部队的"朝雪"号驱逐舰,又在这个海域发现另一支中国舰艇编队:528 号护卫舰和 535 号护卫舰。

连日的伴随侦察中,日本海上自卫队发现这支中国舰艇编队既不单单是"雾雨"号发现的驱护舰编队,也不仅仅是"朝雪"号看到的护卫舰编队,而是由六艘舰船和两架舰载直升机组成的一支"联合机动编队"。

虽然中国"联合机动编队"没有与日本海上自卫队军舰发生任何冲突,但是日本人内心还是被一种强烈的恐慌笼罩着。

中国海军已然冲出岛链,驶向远海大洋。

"岛链"一词,最初是冷战时期以美国为首的西方国家提出来的,即在太平洋海域的一些岛群部署军事力量,形成扼杀、封锁苏联、中国等社会主义国家的基地圈。展开世界地理图,可以清晰地看到美国在西太平洋上构筑的三重 C 形岛链——

第一岛链:北起阿拉斯加群岛、阿留申群岛、千岛群岛、日本群岛、琉球群岛,中接台湾岛,南至菲律宾群岛、印度尼西亚群岛。俄罗斯(原苏联)、中国、韩国、日本、越南、菲律宾、马来西亚和新加坡在这一岛链的范围内。

第二岛链:北起日本群岛,经小笠原群岛、硫磺列岛、马里亚纳群岛,南至雅浦群岛、帛琉群岛及哈马黑拉岛。澳大利亚、新西兰都位于第二岛链。

第三岛链:主要由夏威夷群岛和中途岛、威克岛组成。

自新中国成立至 20 世纪 70 年代末的 30 年间,日本海上自卫队在日本群岛所辖的几条重要国际海峡通道间，未曾见过中国海军的踪影。在他们的军事巡侦记录中，中国海军的舰队还不曾在第一岛链以外的深蓝色大洋上留下一道银白色的航迹。

但是现在，中国海军的"联合机动编队"却从自己的眼皮子底下越过了第一岛链，在距日本冲绳本岛 180 公里的地方由北向南，朝着浩瀚的西太平洋昂首前行。

无独有偶。事隔仅半个多月，4 月 10 日日本海上自卫队的两艘驱逐舰"鸟海"号和"铃波"号，在冲绳岛西南偏西约 140 公里的海域，再次遭遇一支中国舰艇编队。这支编队规模比上次那支更大，一共有 10 艘舰艇：两艘导弹驱逐舰、三艘护卫舰、两艘潜艇、两艘补给船和一艘救援船。稍懂军事的人一看就知道，如果再配上一艘航空母舰，它就是一个标准的航母特混舰队。

日本海上自卫队的"铃波"号涉险进入中国舰艇编队安全区抵近侦察，立即遭到一架紧急升空的中国舰载直升机的警告。这架卡 -28 舰载机以 30 米高度与"铃波"号相向而行，双方最近距离仅 90 米。更让日本海上自卫队不安的是，两艘中国最新型的潜艇在公海上航行时，坦然地浮出了水面。

这一回日本人觉得再也不能沉默了。

4 月 13 日上午，日本防卫相北泽俊美在阁僚会议后举行的新闻发布会上，正式向媒体公布了数幅中国军舰在公海航行的照片。北泽俊美说："本次中国舰艇出现在公海海域内确实没错，但这是迄今为止没有出现过的事态。"

一时间，日本各大媒体纷纷转载中国军舰的照片。"10 艘中国军舰出现在靠近冲绳岛的公海海域，日本海上自卫队感到十分紧张"的消息，成为日本各大报纸的头版头条。

《读卖新闻》援引日本防卫省消息称：中国海军的 10 艘战舰和潜艇，包括"现代"级导弹驱逐舰，在未知会日方的情况下，从中国东海经冲绳岛和宫古海峡抵达西太平洋有争议的冲之鸟岛（日本最南端）的附近海域进行了反潜战演习。

《每日新闻》称：两艘中国最新的大型潜艇浮出水面并被日本自卫队目击还是首次，如此规模的航行表明中国海军的活动趋向活跃。一名日本政治分析家指出，这显示出中国"要冲破第一岛链，把太平洋以夏威夷为界线进行分割"。

日本自卫队总参谋部声称中国是在"挑衅"，甚至通过外交渠道向中国政府提出抗议。

几十年来，美国一直是构筑横亘在中国通向远海大洋的三重 C 形岛链的"链主"。1951 年到 1955 年，美国相继与同盟国订立了《美日安全条约》《美菲条约》《美澳新条约》《美韩共同防御条约》《东南亚集体防务条约》和美国与台湾当局的《共同防御条约》，在西太平洋建立起一条由日本—韩国—台湾地区—菲律宾—澳大利亚—新西兰所组成的弧形军事锁链。

第一岛链之内，就是中华人民共和国拥有的包括领海、毗连区、专属经济区、大陆架在内的 300 万平方公里的管辖海域。

在海军军语里，第一岛链以内的海区被称之为"近海"；第一岛链以外的海域，则被统称为"中远海"。

4 月 22 日，中国国防部新闻发言人作出回应：中国海军在东海至宫古岛东南公海海域组织训练，是中国军队根据年度训练计划进行的。在公海组织军事训练符合国际法，也是世界各国的通行做法。有关国家不应主观臆断，妄加猜测。

据公开报道透露，中方 3 月的"联合机动编队"军事演练，是中国海军北海舰队举行的"环中国海跨海区远航训练"。全程历时 19 个昼夜。编队由黄海、东海穿过宫古海峡进入太平洋，再经巴士海峡进入南海，一直抵达马六甲海峡以东海域。在南沙群岛巡礁、慰问守岛官兵后，回航西沙群岛海域组织演练，最后返回母港。

而 4 月的多舰（机）种编队演练，则是东海舰队举行的一次远洋训练。4 月 7 日至 9 日，远洋训练编队先在东海海域演练，随后向日本海方向开进。

尽管中国海军行事低调，两艘"基洛"级潜艇经过海峡时，为了表明自己的"无害通过"，还按照国际法规定上浮，以非战斗队形低速航行，但中国海军的两次舰艇编队出岛链跨海区演练，还是引发了国际舆论的广泛关注。

美国著名智库之一的国际战略研究所发表文章称："中国海军三大舰队此前不久举行的两场演习和海军舰队的亚丁湾护航行动，充分显示了解放军的灵活机动能力以及海军在中国政府战略考量中的显要地位。它显示中国海军传统战略正在发生改变，强化了中央的指挥和控制，表明中国海军愿意也能够突破第一岛链进入太平洋——这对之前的战略来说是一个巨变。"

在中国蓝色国门外，美国以三重 C 形岛链为经纬，在太平洋中部的夏威夷群岛建立起太平洋舰队指挥中枢，并在中途岛、威克岛和关岛建立起连续前进基地，从而形成一条横贯太平洋中部的基地线，并以此撑开三张攻防巨网：

——西北太平洋网。以横须贺海军基地为中心的东北亚基地群，形成从阿留申群岛至日本、韩国的弧形部署，控制着宗谷海峡、津轻海峡和朝鲜海峡。

——西太平洋网。以菲律宾苏比克海军基地（1992 年，苏比克海军基地被交还给菲律宾后，美国重新构建了以新加坡为基点的东南亚基地）为中心的东南亚基地群，形成从日本冲绳群岛至菲律宾群岛，与澳大利亚的达尔文港基地相连的海上封锁线，控制着巴布延海峡、巴士海峡、马鲁古海峡、望加锡海峡、巽他海峡和马六甲海峡。

——西南太平洋网。以关岛为中心的密克罗尼西亚基地群，形成从关岛至密克罗尼西亚群岛、新西兰、澳大利亚的弧形基地部署，控制着塔斯曼海、珊瑚海、阿拉弗拉海等重要海域，形成对西太平洋网的重要依托和支持。

正是凭借这三重蓝色锁链托起的前沿军事存在，美国在经济上保有对太平洋开发海底资源的稳定环境和通往亚洲各地航道的安全开放，在政治上保证对亚洲各国的渗透、控制和势力扩张，在军事上完成对中国——当然也包括对俄罗斯（前苏联）——的海上包围圈，形成积极遏制和攻势威慑。

2010 年 7 月 26 日，继北海、东海两大舰队演习三个月后，中国海军三大舰队在南海某海域组织了一场海军历史上规模空前的演习——多兵种合同实兵实弹演练。总参谋长陈炳德、海军司令员吴胜利等众多高级将领到场观摩。

《人民海军》报的报道称，这是一场以实战化为背景、全程复杂电磁干扰条件下的实兵对抗。这次演练是海军历史上参训要素最全、难度最高的一次联合对抗实战化演练。

2010 年 11 月 2 日，南海舰队组织演习，再次向外界展示了中国海军的风采：演习中，猎潜艇发射深弹破除水际障碍、登陆舰释放烟雾弹干扰敌精确打击；随后在直九武装直升机的掩护下，两栖步兵战车、两栖坦克协同冲锋舟纷纷脱离"母舰"开始抢滩登陆。

40 多个国家的军官以及大批国防大学、海军指挥学院、空军指挥学院的学员搭乘登陆舰"随行观摩",并在岸上近距离感受中国新装备的先进性能。新加坡《海峡时报》援引一名参演军官的话指出,此次演习旨在向世界展示中国海军陆战队的现代化水平。

2010 年,美国另一知名智库——战略与预算评估中心发布名为《空海一体战:战役构想的起点》的研究报告,以其惯常的冷战思维与敌视心态宣称:"中国是唯一在可预见的未来可能会对美国的影响力及在西太平洋地区的力量投送带来重大和持久威胁的国家。"

无疑,美国人已意识到,在西太平洋的海上霸权必然会随着中国海军的发展壮大而受到制约,横亘在中国蓝色国门外的三重 C 形岛链已无法遏阻中华民族复兴的前进脚步。

2010 年岁末,中国海军在北京高调举行亚丁湾索马里海域护航两周年学术研讨会。

两年来,中国海军护航编队已与美国主导的 151 特混舰队、欧盟 465 特混舰队、北约 508 特混舰队建立信息共享机制和指挥官会面制度,与俄罗斯、韩国等国护航编队组织联合护航和演练,共同应急解救遇袭商船。在此期间,中国海军护航编队还对 14 个国家进行了友好访问,航迹遍布亚、非、欧三大洲。

不论对于中国还是世界,中国海军亚丁湾索马里海域护航行动都具有划时代的象征意义。

2010 年,中国海军在国际舆论镁光灯聚焦下,以华丽的身姿跨越了 21 世纪开元年代的最后一道门槛。烙印在远海大洋的漫漫航迹昭告天下:

中国的海军战略已经发生"巨变",肩负着大国使命责任与国际权利义务,共和国的蓝色舰队必须突破岛链,挺进大洋!

中国的海军战力已经发生"巨变",经过改革开放 30 年的发展壮大,共和国的蓝色舰队已经突破岛链,驶向深蓝!

透过历史的烟尘,追踪锁钥般横亘在中华人民共和国蓝色国门外那三重 C 形岛链的肇始渊源,一个对 20 世纪人类社会历史进程与国际关系战略

1979 年 8 月 2 日，邓小平登临中国自行研制的第一艘现代化导弹驱逐舰出海巡航，欣然提笔写下"建立一支强大的具有现代战斗能力的海军"的光辉题词。

筷子

"我们在太平洋应该有发言权！"

格局产生了深刻而巨大影响的被西方世界奉为"天才"的海军历史学家与海军战略理论家向我们走来。

他的名字叫阿尔弗雷德·塞耶·马汉。120 年前，他的首部学术著作《海权对历史的影响》在美国公开出版。"海军战略就是为了自身的目的，无论是平时还是战时，都要建立、维护和不断发展本国的海权。"正是这一被马汉自诩为"闪电和惊雷"的"海权论"创世思想及其理论体系，引领美国从保守孤立的"门罗主义"走向"门户开放"的海外侵略扩张道路，成就了美利坚独霸世界超级帝国的光荣与梦想。

"我们在太平洋应该有发言权！"新中国成立 30 年后，面对蓝色国门外"海霸"设置的三重 C 形岛链，一位正在对未来中华民族历史进程与国际关系战略格局产生深刻而巨大影响的当代伟人发出雷霆般的怒吼。

他的名字叫邓小平。这一天是 1979 年 8 月 2 日，他登临中国自行研制的第一艘现代化导弹驱逐舰出海巡航。雨雾漫漫，海风猎猎。75 岁高龄的邓小平身着米黄色风衣，站在高高的驾驶台上，手持望远镜极目远眺辽阔的海疆，信心满怀地对围聚在他身边的海军官兵说："有这样的驱逐舰，就可以走向太平洋。我们在太平洋应该有发言权！"随后，他欣然命笔，写下"建立一支强大的具有现代战斗能力的海军"的光辉题词。

三年后，邓小平点将：任命刘华清为中国人民解放军海军司令员。

"我国是一个濒海大国，应当有一支与我国的国际地位相称的海军，应该提出一个适合我国国情的海军战略，并在这一战略指导下，建设一支精干顶用和具有现代作战能力的、能有效控制我国海洋方向安全局势的人民海军。这是国家的需要，也是我军的需要，是我们应当为之而共同努力的事业！"

这是共和国第三任海军司令员刘华清的"蓝色宣言"。

公元 1982 年 9 月 15 日。

时年 66 岁的刘华清正式上任履职，统率共和国的蓝色舰队，开启人民海军"突破岛链、挺进大洋"的现代化航程。

第一章

小平点将

"你还是回海军工作。海军的问题不少，要整顿！"

从邓小平那双深邃的眸子里，刘华清感受到的是情深似海的赏识与信赖，任重如山的嘱托与期许。

望着邓小平离去的背影，大感意外的刘华清默然良久，似有千斤重担压上了肩头。

这样的"意外"，在邓小平与刘华清之间，不是第一次，也不是最后一次。

"你回海军去"

1982 年 9 月 1 日，中国共产党第十二次全国代表大会在北京人民大会堂召开。

这天一大早，66 岁的刘华清一身戎装，来到人民大会堂南大厅的走廊上。按说，作为党代会的普通代表——无论是地方代表，还是军方代表，都应统一从大会堂的东门有序进入会场；但是，身为解放军副总参谋长的刘华清在头一天召开的党代会预备会上，被选举为大会主席团成员，而主席团成员要先于中央主要负责人到主席台后排就座，所以，他必须提前到南大厅等候入场。

阳光很好。刘华清摘下军帽，露出银白色板寸头，把目光投向窗外，似乎在思索着什么。早晨 6 时 30 分中央人民广播电台的《新闻和报纸摘要》节目，播发了中共中央机关报《人民日报》发表的《历史性的转变 历史性的会议》的社论，社论中那句"从失败中得到的教训可能更深刻"的话，在他脑海里留下了深刻的烙印。

这篇社论说，类似 20 世纪 80 年代由"文革"失败转变为"现代化建设"兴起的历史性时刻，在中共历史上曾有过两次。一次是由北伐战争的失败转变为土地革命战争的兴起，一次是由第五次反"围剿"的失败转变为抗日战争的兴起。眼下这一次的转变与过去两次相比虽然不尽相同，但它证明了，中国共产党在失去了毛泽东、周恩来等杰出领袖人物之后，仍然拥有能够克服各种艰难险阻，驾驭各种复杂局面的坚强领导集体。

此时的历史背景是，在 1981 年 6 月 27 日至 29 日召开的党的十一届六中全会上，中共中央作出重大人事调整：华国锋辞去党中央主席和中央军委主席职务，胡耀邦担任中央委员会主席，赵紫阳担任中央委员会副主席，邓小平担任中央军事委员会主席。

这次党的十二大，就是在中央高层经历重大人事调整后第一次进行大政方针战略部署的重要会议。所以《人民日报》才会要求全党破除那种"祖

军委主席邓小平点将刘华清出任海军司令员，令刘华清大感意外。而这样的"意外"，随着中国当代政治史的演进，不是第一次，也不是最后一次。

宗之法不能变"的"两个凡是"，吸取"文化大革命"的惨痛教训，要"从失败中得到教育"，建设社会主义现代化强国，走上中兴之道。

刘华清知道，一个新的重大历史性转折将会在这几天内发生。但是，有一件事他却没有想到，一个新的重大人生历史转折马上就会在他身上发生。

远远地，他看到邓小平走了过来。

邓小平身着一套深色中山装，目光炯炯，神采奕奕，一点没有他这个年纪的老态。走廊上有人与他打招呼，邓小平一一颔首却没有说话。但是，当他走到刘华清身边时，放慢了脚步，用浓重的四川口音说道："你还是回海军工作。海军的问题不少，要整顿！"

这话说得斩钉截铁，不容置疑。

从邓小平聚焦在自己脸上的那双深邃的眸子里，刘华清感受到的是情深似海的赏识与信赖，任重如山的嘱托与期许。

望着邓小平离去的背影，大感意外的刘华清默然良久，似有千斤重担压上了肩头。

事实上，邓小平已在三天前的 8 月 28 日签署命令，任命刘华清为中国人民解放军海军司令员。

而这样的"意外"，在邓小平与刘华清之间，随着中国当代政治史的演进，不是第一次，也不是最后一次。

刘华清是邓小平的老部下。

从抗战初期邓小平就任八路军第一二九师政治委员，到新中国成立伊始邓小平主政大西南，14 年间刘华清一直没有离开过邓小平的视野。

1938 年 1 月 5 日，中央军委任命邓小平为八路军第一二九师政治委员。刘华清奉刘伯承师长之命，护送邓小平从山西省洪洞县马牧村八路军总部，前往辽县一二九师赴任。

这一年刘华清还不满 22 周岁，长得高高瘦瘦，一脸文气。他讲话带有很重的湖北鄂东口音，基本上"四""十"不分，"湖""符"相混，把"吃饭"说成"掐饭"，问人"做什么"则曰"搞么啰"，让人听起来特费劲。也许因为这个缘故，他不大爱扯闲篇儿。

但年轻的刘华清已经是身经百战的老红军了。他的家乡湖北红安一带当年"闹红"闹得凶，血雨腥风之中，有 200 多条硬汉子从同伴的尸体堆里爬出来，成为共和国的开国将领。有人据此写过一篇大气磅礴的长篇报告文学——《两百个将军同一个故乡》。

刘华清 13 岁加入中国共产主义青年团并参加革命，14 岁担任少共区委书记和游击武装中队中队长，15 岁就任少共县团委书记及鄂东北游击总司令部秘书科科长，18 岁跟随红二十五军长征。

长征途中，刘华清先后担任红二十五军政治部组织、宣传、文印科科长，负责编辑和刻印《战士报》。长征出发前一天，随队长征的中共鄂豫皖省委常委郑位三把由他起草的、省委决定印发的《中国工农红军北上抗日第二先遣队出发宣言》交给刘华清，要求连夜刻写油印，迅速下发各部队。

落款时间是 1934 年 10 月 10 日。半个多世纪后，刘华清在亲自确认自己刻印的这份历史文献时说："我写的时间是农历，公历应为 11 月 16 日。"

9 天后，又冷又饿的刘华清在一个雨雪交加的日子，随部队行进至河南方城一处叫独树镇的地方。突然遭敌袭击，双方直接展开白刃战，战友一个个倒在刘华清身旁。

死，对于红军战士而言，是天天发生的事。死是容易的，不死是侥幸的。战斗中，刘华清左腿踝骨被子弹洞穿，倒在了战场上。第二天，他被列入就地安置伤员名册。

刘华清明白，一旦留下，很可能被敌人抓走，必死无疑。他宁愿拖着伤腿，死在自己的队伍里，也不愿死在敌人的刀口下。他坚决要求跟着部队走。政治部主任戴季英也舍不得丢下他这个才子："那就带上他吧。"言毕，为刘华清找了一匹驮辎重的小马。靠拉着那匹小马的尾巴借力跋山涉水强行军，刘华清才扼住命运的咽喉，挣脱了死神的魔掌。

半个多世纪后，刘华清刻印的这份传单成为珍贵的历史文献。

1935 年 7 月，红二十五军终于获悉中央红军的消息，由陕南辗转到达陕北。这期间，在陕北，刘华清做了一件青史留名的事情：与十五军团政治部秘书长程坦合作，将《三大纪律八项注意》改编成歌词，配上鄂豫皖苏区流行的《土地革命完成了》的曲谱，首创了《三大纪律八项注意歌》，发表在军团编印的《红色战士报》上。1935 年 10 月，中央红军到达陕北吴起镇，会师大会上红十五军团官兵高唱《三大纪律八项注意歌》，大家一听都叫好。这首歌随即传播到全军，传唱至今。

刘华清护送邓小平赴任时，担任一二九师秘书处主任。

1937 年年底，中共北方局、八路军总部在晋西南召开北方局地下党和八路军高级干部会议。刘华清率一个警卫排，跟随刘伯承师长从山西辽县西河头村一二九师驻地前往洪洞县马牧村参加会议。会议结束后，刘伯承师长与朱德总司令、彭德怀副总司令和一一五师师长林彪、一二〇师师长贺龙一起，转赴洛阳参加由蒋介石主持召开的第二战区师长以上高级将领军事会议。刘华清则接受了负责护送邓小平政委到辽县一二九师履职的任务。

这是刘华清第一次见到邓小平。临行前，刘华清通过八路军总部联系到两台汽车。等到司机把车开来，刘华清才知道，这是两台日本人制造的烧木炭的卡车，老得掉了牙，动不动就熄火抛锚。幸好两名司机都是"老把式"，对付这种"老爷车"很有一套，虽然走走停停，但总能对付着往前开。

同行的还有中共中央北方局组织部长彭真。刘华清与两位首长和他们自带的警卫员同乘一辆车。

汽车在凹凸不平的狭窄土石路上走走停停，停停走走，由洪洞县马牧村向东，一路经曲沃、翼城、阳城、高平、晋城，三天后才好不容易到达长治。这三天，刘华清很省心，吃住全让彭真给包圆儿了。彭真是山西人，又长期在本地工作，与地方政府人员很熟。不论走到哪儿，他一出面，地方领导立马张罗接待事宜。不用说，吃得过得去，住得也还行。

但是，到了长治，彭真留下了。再往前走，刘华清心里打起了小鼓：接下来的吃住问题怎么办？离开马牧村前，他曾请示总部管理人员，路上吃住经费怎么解决？人家一句"不知道"把他堵了回来，他也就稀里糊涂地上路了。如今，离了彭真这个"大东家"，地方上谁也不认识，他自己身上一个子儿也没有，吃住可就成了大问题。一边走，一边琢磨，傍晚到了武乡县，他也没有想出一个解决的好办法。若是在苏区，走到哪儿吃饭住宿给村干部一吩咐，什么心都不用操。如今在新区，一举一动都得特别注意政策和纪律。邓小平政委的行动是保密的，更不能贸然去找县政府。

汽车在武乡县东村停了下来，刘华清好歹找到一家地主的房子让邓政委住了下来。肚皮问题怎么解决？刘华清实在没招了，只好硬着头皮红着脸向邓小平请示。

"我身上一文钱没有，首长吃饭的事怎么办？"刘华清忐忑不安地请示。

邓小平一听乐了，十分爽快地说："我身上有钱。你同我一起去吃，其他的同志你找村干部商量解决。"

刘华清本来就为没能解决邓政委的吃饭问题而愧疚，更不好意思由他花钱请自己吃饭，便回答说："邓政委，你带着你的警卫员去吃饭，我和其他人找村长想办法安排。"

吃完饭回到住处，邓小平政委和大家挤在一间屋子里摆开了"龙门阵"。他一一询问身边的战士们是哪里人，家庭情况如何，参加革命后都经历了哪些战斗。当问到刘华清时，刘华清简单汇报了自己的身世和参加革命后的经历。邓小平听后高兴地夸赞道："你还算是个不大不小的知识分子嘛！"当得知他是1916年生人时，邓小平来了兴致："看来咱们是有缘千里来相会呀！你属龙，我属龙，刘伯承师长也属龙！咱们这三条龙，年龄正好相差一轮，刘师长大我12岁，你又小我12岁。"一席话，说得刘华清心里热乎乎的，顿时觉得与邓政委亲近了许多。

第二天天未明，刘华清就催促司机起床烧炭发动汽车。然而，两位司机捣鼓了半个时辰，就是打不着火，汽车怎么也发动不起来。看来，这"老爷车"是坐不成了。刘华清只好又向邓小平报告，邓小平吩咐他立即找县政府协助弄几匹马来。刘华清不敢耽搁，好一阵忙活，终于搞到了五匹马。人多马少，刘华清挑选三名警卫战士跟随邓小平和警卫员骑马先行，他自己则率领其余的人徒步行进。

从武乡到辽县（今左权县），大都是山路，经过一天奔波，终于安全抵达一二九师师部驻地西河头。

从此，刘邓合一，开始了他们13年金戈铁马、所向披靡的共同战斗生涯。

作为秘书处主任，刘华清直接在刘邓身边工作，耳濡目染，增长了很多知识和才干。1938年8月，刘华清调任师政治部宣传科长、代理部长。宣传部主办了一份《抗日战场》刊物，刘华清是当然的主编。邓小平、刘伯承都十分重视宣传舆论工作，经常为刊物撰写文章。每期稿件编好后，刘华清都要送给邓小平亲自审阅签发。有些稿件质量尚好，邓小平修改修改，就顺利签发了；有些稿件不行，邓小平则往往会亲自重写。通过邓小平的言传身教，刘华清逐渐悟出一些写文章的"窍门"。

刘华清曾多次跟随邓小平下部队活动。一次，他随邓小平到邢台地区检查工作，地方党的同志送来了筹措的一布袋子现洋款。邓小平让刘华清清点一下后开个收据。刘华清将一袋子现洋哗啦啦倒在桌子上，一块一块地数了起来。邓小平见状，笑着数落他："看来你真是穷人家的孩子，没有见过大钱。"言毕，亲自动手示范，将十块银圆码成一柱，然后点拨他："这

经过20年浴血奋斗，33岁的刘华清已是身经百战的开国将领。（1949年）

样10块一柱比堆，数起来不就又快又准了吗？"刘华清赧然一笑，照着邓小平的样儿码柱，很快就数清钱数，开具了收条。

1945年新年刚过，刘邓签署命令，任命刘华清为军分区政治委员；同年底，又任命他为第二纵队第六旅政治委员。从此，刘华清成为刘邓麾下一名骁勇善战的优秀指挥员，深得刘邓的赏识。

1949年年初，刘华清被任命为新组建的第十一军政治部主任。渡江战役结束后，刘邓将主持筹办军政大学、为解放大西南培养输送知识分子干部的重任托付给刘华清，并任命他为二野军大党委书记兼政治部副主任。

开学三个月后，邓小平政委来到军大。此前，他仔细批阅了刘华清以校党委名义起草上报的《关于军大教学情况及学员思想动态的报告》，并听取了刘华清关于学员思想上存在的各种模糊认识问题的专题汇报。1949年9月12日下午5时，邓小平面对一万多名青年学员，开始了他长达四个多小时的生动演讲。

邓小平演讲的题目叫《过关》。"古有关云长'过五关斩六将'，今天的革命青年要过的关无数，但大关只有三个：一是帝国主义的'关'，二是封建主义的'关'，三是社会主义的'关'。"邓政委告诫青年学子，"这三个大关，每个参加到革命营垒的人必须过，问题是有的过得去，有的过不去。"

邓政委的演讲如行云流水，大气磅礴，极富说服力和感染力，深深吸引了全场青年学员。半个多世纪过去，刘华清始终认为，一万多名长期生活在国统区的青年知识分子能在短短四个月之内转变为意志坚定的革命者，邓小平的报告所起的教育作用是不可估量的。

在将一万多名青年知识分子"速成"为新中国军政建设合格人才的实

践中，刘华清最大的收获是积累了团结、教育、转化知识分子的宝贵经验。

1950年3月初，刘华清组织二野军大从南京迁抵重庆。4月，校名奉命改称为"中国人民解放军西南军区军事政治大学"（简称"西南军大"），刘华清继续担任军大党委书记兼政治部副主任，主持学校全面工作。

主政大西南的邓小平曾形象地称他面临的急迫任务是：90万、6000万、60万。

90万，指的是要把战争中俘虏和投诚的90万原国民党部队改造过来，成为人民的军队，成为能工作、能生产的人；6000万，指的是西南6000多万我们要依靠的人民群众，要把他们组织起来，实行土地改革，组织生产，恢复经济；60万，指的是我军在西南的60万部队，要从战斗队变为工作队，提高素质，加强纪律，去创造和建设一个新的大西南。

而这其中的第一项，也是事关西南稳定大局重中之重的90万国民党被俘和投诚起义部队的教育改造任务，就是刘华清领衔主持的西南军政大学完成的！

从1938年1月受命护送邓小平履任一二九师政治委员，到1952年2月调离二野转入海军，刘华清与开国元勋邓小平之间14年战火硝烟熔铸的革命情谊，将随着岁月的推移，在他的人生历程乃至中国革命的历史洪流中产生特殊的影响。

"未敢奢望第三次进海军"

对于邓小平点将自己担任海军司令员，刘华清虽觉意外，但并非没有预感。

早在三个月前，即1982年6月的一天，刘华清便接待过一位不速之客。

此人名叫方正平，时任海军副政委。

方正平年长刘华清7岁，1930年参加中国工农红军，新中国成立后历任南海舰队和东海舰队政委，1981年3月调任海军副政委，1955年被授予海军中将军衔。

"我今天是受海军李耀文政委之托来见你。"方正平开门见山说明来意，"现在的海军党委希望并建议你回海军工作。"

此言一出，刘华清大感诧异。此前，他根本没有考虑重回海军工作的事，上面也没有任何人讲过要他回海军工作。

突然，太突然了！毫无思想准备的刘华清用一句模棱两可的话打发了方正平："我得考虑考虑，待上级有决定再答复你。"

无风不起浪。既然是李耀文政委正式委托方正平副政委来做"说客"，那说明军委就海军领导班子调整已与李耀文政委交换过意见。

李耀文是1980年10月由国防科委政治委员调任海军政治委员的。1977年年底，刘华清重回国防科委担任副主任后，曾与李耀文有过一年零两个月的共事经历。他对这位比自己年轻两岁的政治委员敬重有加。李耀文儒雅的气质、严谨的作风、律己的品格、勤学的精神，以及丰富的政治工作经验与领导艺术，都给刘华清留下了深刻印象。如果能再度与这样一位受人尊敬的政治委员合作共事，刘华清深信，他们之间的团结协作将会是令人愉快的。

1982年7月4日，邓小平主持召开军委座谈会，研究军队体制改革精简整编和高层干部实现年轻化问题。

"干部年轻化，要当作体制改革的一个中心目标，军队、地方一样，党政军一样。要选拔一些政治上好又比较年轻的干部，把他们一步步地提升上来。"面对来自各大军区、各军兵种的高级将领，邓小平语重心长地说，"不解决选拔人才的问题，我们交不了班，历史会给我们写下一笔。"

此后，军队高层人事调整紧锣密鼓地展开。种种迹象表明，刘华清是海军司令员的最佳人选。

"看来我们得回海军去了。"一天，刘华清在办公室突然对秘书冒了一句。

"您放着一个总部首长不当，干吗还要回海军呀？"秘书对刘华清可能要回海军当司令也有所耳闻，只是首长不说，他也不便于问。现在首长自己捅破这层窗户纸，他也毫不隐瞒自己的观点："论级别，副总长和海军司令都是大区正职；论工作范围，一个掌控全军，一个是单一军种；论工作担子，总参就分管这么三两摊子，而到海军则要负全责。怎么讲，回海军都不如在总参。"

"是啊，我都66岁了，岁月不饶人啊！"刘华清感叹道。

"那您就跟军委领导谈一谈嘛！"秘书建议道。

"跟谁谈？盘子是邓主席定的，能对他说我不愿回海军？"

秘书无言以对。他深知，首长对海军情有独钟。建设一支强大的人民海军一直是首长孜孜以求的"蓝色中国梦"，能出任共和国第三任海军司令员，实现中华民族延绵百年的"大国海军梦"，足令首长心潮澎湃、壮怀激烈！

"日月逝矣，岁不我与啊！"刘华清陷入了沉思……

刘华清称得上是个老海军了。

从1952年到1975年，他两进两出海军，留下的感受用六个字就能概括："先舒心，后窝心。"

第一次进入海军是1952年到1961年。

1952年2月，时任第十军副政委兼政治部主任的刘华清遵照中央军委命令，赶赴北京向海军司令员萧劲光报到。在简要介绍了人民海军组建情况后，萧劲光直截了当地问刘华清："组织上安排你到大连海校担任副政委，你有什么意见？"

刘华清坦率回答："我是大山沟里长大的，放牛娃出身，打了几十年

1959年6月，刘华清陪同朱德、董必武乘驱逐舰视察大连旅顺海区。

仗，连海都没见过，海军是个什么样子也不知道，更别说当海校的副政委了。"

萧劲光哈哈一笑，说："你看我们哪个不是陆军出来的？兵团司令、兵团副司令、军长、政委……哪个不是旱鸭子？"

刘华清听了没有再说话。

萧劲光接着说："海军建设对我们大家都是新课题，需要边干边学习。你在南京和重庆主办过军大，有办学经历和经验，相信你一定能够胜任。"

就这样，刘华清从陆军转到海军，担任大连海军学校副政委兼校党委书记。次年，又兼任副校长，全面主持学校日常工作。

1954年春，大连海校撤销总校机构，所属两所分校分别组建海军指挥学校和海军机械学校。刘华清则经中央军委批准，被选派赴苏联伏罗希洛夫海军学院留学深造。

对于出身工农红军、年已38岁的刘华清来说，赴苏留学是其革命生涯中不可多得的一次丰富宏观战略思维与升华现代军事指挥才能的宝贵机遇。

从校长到留学生，这一人生角色的重大转换，无疑具有极大的挑战性：年龄偏大，不懂俄文，缺乏数理基础知识，海军专业也得从零学起。面对困难和风险，刘华清不能说没有顾虑，但对于把生死都能置之度外的开国战将而言，他绝不会在困难和风险面前打退堂鼓。

伏罗希洛夫海军学院具有百年建校史，是苏联历史最悠久的高等军事学府之一。身兼中国海军留学生班班长与党支部书记的刘华清，全神贯注地采撷着知识的花蕊，如饥似渴地吸吮着智慧的琼浆。春夏时节，风景如画的涅瓦河畔，罕见他观光游乐的闲暇身影；秋冬时节，北极光将暗夜幻化成白昼，更给他如痴如醉的晨读晚习带来无限光明。

1958年2月15日，刘华清和同班的八名中国海军留学生一道通过了苏联国家考试委员会的毕业考试。

1990年6月，时任中华人民共和国中央军委副主席的刘华清上将率团访问俄罗斯。俄方特意安排刘华清访问圣彼得堡，并参观其曾学习生活近四载的异国母校。令刘华清没有想到的是，参观学院档案馆时，他意外获得了一份珍贵礼物：学院院长将他当年的学习成绩单、毕业鉴定和优秀毕业证书的原始档案复印件赠予他作为纪念。

这是一份浸透着刘华清心血和汗水的学业成绩单：21门本科课程，8门考查课全部一次通过；13门考试课，10门优秀，3门良好；全部学业成绩总评为优秀。

学院院长安德列耶夫海军上将亲笔签名的鉴定评语为："在海军学院学习期间，该学员表现了高度的纪律性。作为集训班和中国学员班的班长，极认真地完成了自己的职责。学习成绩优良。"

国家考试委员会主席巴依科夫海军上将和学院院长安德列耶夫海军上

在刘华清军事生涯中，赴苏留学是一次丰富宏观战略思维与升华现代军事指挥才能的宝贵机遇。（1956年）

将联名签发的优秀毕业证书，俄文打印的正文和手书签名，凸显着神圣与庄严："本毕业证书授给刘华清少将，他于1954年进入伏罗希洛夫海军学院学习，1958年毕业，所学专业为：参谋总部指挥专业、战役战术专业和海军通用专业。1958年2月15日国家考试委员会决定，刘华清少将已是受过高等海军军事教育的海军军官。"

1955年，刘华清被授予海军少将军衔，荣膺二级八一勋章、二级独立自由勋章和一级解放勋章。

不错，刘华清已于1955年9月被授予中国人民解放军海军少将军衔，并荣膺二级八一勋章、二级独立自由勋章和一级解放勋章。

学成归国的刘华清先后就任海军旅顺基地副司令员兼参谋长、北海舰队副司令员兼旅顺基地司令员。

1961年8月，周恩来总理签署命令，任命刘华清为舰艇研究院（国防部第七研究院）院长。1963年，舰艇研究院由海军转隶国防科委建制领导，刘华清第一次恋恋不舍地调离了海军。

刘华清第二次走进海军是1969年到1975年。

1969年早春二月，迎着刺骨的寒风，刘华清回到了海军。

其实，早几年刘华清就有机会重回海军工作。1964年年底，中央决定"院部合并"，舰艇研究院划归第六机械工业部建制领导。军委秘书长罗瑞卿亲自找刘华清谈话，就其工作安排问题，罗瑞卿告诉他："已同聂帅商定，让你回海军当副司令，取得海军同意后，军委可下命令。"然而，过了

1964 年 1 月，刘华清（二排左二）参加国防工办会议时，受到毛泽东、刘少奇、邓小平等中央领导同志接见。

几天，罗瑞卿颇感无奈地告诉刘华清："李作鹏、张秀川 ❶ 不同意，你还是到六机部做副部长兼七院院长。"

重回海军受阻，刘华清于 1965 年 1 月被任命为第六机械工业部副部长兼舰艇研究院院长。

1966 年，"文革"祸起。国防科委首当其冲，五位副主任不是被罢官，就是遭批斗，无一幸免。危难之际，身兼中央军委副主席、国务院副总理和国防科委主任的聂荣臻元帅急令刘华清到国防科委工作，并当面告诉他："命令怎么下，我去跟林彪商量。"

1966 年 8 月，刘华清就任国防科委副主任。来不及辨识"风向"，他就像消防队长似的，一头扎进劝导成千上万来京"造反"的师生队伍中，很快便引火烧身，难以自拔。

罗舜初副主任被北京航空学院造反派揪到学校批斗，关押月余仍不放

---

❶ 李作鹏，时任海军副司令员；张秀川，时任海军政治部主任。

人。刘华清使尽浑身解数，终于将罗解救出来。

西安电讯工程学院师生要把独腿将军钟赤兵副主任押往西安批斗。刘华清闻讯，火速出面斡旋，化解危机。

动乱不止，登峰造极。11月初，斗争矛头直指聂荣臻元帅。刘华清再次受命出面平息事态，却被造反派作为"人质"扣押。叶剑英元帅得知情况，几次派人给刘华清捎信，叮嘱他一定要顶住，千万不能干扰正在前方指挥氢弹科研试验的聂荣臻元帅。刘华清死顶硬撑，困了就用稻草铺地和衣而卧，甚至借"尼古丁"排忧解乏，从此染上"烟瘾"。一直相持到1967年元旦过后，聂帅从西北返回北京，得知刘华清还被造反学生死死纠缠不得解脱，便毅然决定亲自出面与学生交涉。中央"文革"领导小组要员闻讯，不得不派出陈伯达等人陪同前往现场，刘华清才得以返回工作岗位。

极"左"岁月，沧海横流，令刘华清这条山乡汉子忠诚老实与襟怀坦荡的人格本色大放异彩。与造反派对话，他有问即答，答则必错，错即挨批。如此恶性循环，他仍"不思悔改"。矛盾与斗争的焦点往往纠结在如何评价聂荣臻元帅，由此导致的两次典型事件甚至惊动了周恩来总理。

一次是1967年在国防科委大院毛主席塑像落成典礼上。刘华清讲话称，聂荣臻同志是高举毛泽东思想伟大红旗的，从历史上看是紧跟伟大领袖毛主席的，是坚持毛主席革命路线的，对国防科研是有贡献的。造反派将其讲话概括为"一贯高举、一贯紧跟、一贯正确"，骤然升温对聂荣臻的批判。周总理知道后，马上把刘华清找去，嘱咐他不要给聂帅"帮倒忙"。

受到周总理点拨后，刘华清似乎变得"聪明"了一点：一是少说话，二是装糊涂。真是难得糊涂啊！聪明难，糊涂更难。造反派再问他对一些人或事的看法时，他就说车轱辘话，这事不知道，那事不记得。历史问题装糊涂，现实问题也装糊涂。"文革"中，好多老干部后来都学会这一手，以应付造反派。

但刘华清天性不善"伪装"，不久，造反派便看穿了他的"把戏"。

1968年"杨余傅"事件后，接着就是反"二月逆流"，要把老帅们打倒批臭。事有凑巧，就在此时，国防科委第二届学习毛主席著作积极分子代表大会召开，刘华清主持起草下发的一份文件中一句"拥护以聂荣臻同志为核心的国防科委党委"的话，被江青等人抓住大做文章，鼓动造反派掀起"炮打聂荣臻"的狂潮。为平息事态，周总理亲自出面将国防科委一班副主任召集到中南海开会。会上，好像都发言表了态，当有人点名要刘华清表态时，刘华清实话实说："我不知道聂帅有什么问题，不好批判。"

当着群众代表的面，刘华清就这么直言不讳地讲了，又挺直腰板坐下了。很快，"刘华清对抗文化大革命罪该万死！""打倒刘华清！"的大字报就出笼了。回到办公室，秘书王力劝导他："你随便应付几句不行吗？"他理直气壮地反问："说聂帅历史上搞'山头主义'，说聂帅现在搞'资反路线'，说聂帅是'杨余傅'的黑后台，这些个'纲'我能上吗？"

在国防科委，刘华清可算得上聂帅麾下的一员得力大将。他敢想敢说，敢闯敢干，敢于决断，敢于负责。由于他先后在海军院校、基地、舰队、舰艇研究院和造船工业部担任主要领导职务，调任国防科委副主任后，聂帅分工他主管海军武器装备科研工作。

刘华清钟情于海军装备建设，已然到了"如痴如醉"的境界。在极为险恶的政治环境中，他排除重重干扰，主持研制生产了我国第一代攻击型核潜艇、导弹驱逐舰、导弹护卫舰、常规动力潜艇和大型远洋测量船等一批海军急需的新型主力舰艇。

刘华清主管海军装备所显示出的领导才干和敬业精神，深得聂帅的赏识。1967 年 5 月以后，根据聂帅的指示，刘华清又将陆军和空军武器的研发工作一并管了起来。在那动乱的岁月，谁干事谁就要挨整，干事越多挨整越惨。但事关国防建设百年大计，刘华清宁可承担天大的风险，也决不推诿塞责，贻误工作。

1967 年 5 月，军委决定组建以钱学森为院长的空间技术研究院，但一时却苦于没有集中的地点展开工作。刘华清闻讯，立即组织机关人员四处找房源，很快使空间研究院和几个研究所有了安身之地。

1968 年，我国第一颗人造地球卫星研制工程遇到一些亟待解决的问题，却无人拍板。总体主任设计师孙家栋在空间技术研究院政委常勇的带领下，找到并不分管卫星工程的刘华清。刘华清当场表态："技术上你负责，其他问题我负责，我拍板。"当然，他也特别强调："最后总体决策还要向党中央、周总理和聂帅报告。"不久，刘华清便就卫星方案的若干修改和简化拍了板，并获得聂帅的批准。

20世纪60年代，刘华清一直奋战在国防科技工业第一线，是聂荣臻元帅的主要助手。

　　第一颗人造地球卫星如何命名？专家们拟制了几个名字供上级参考定夺，其中一个就是"东方红"。刘华清倾向叫"东方红"，但专家们颇有顾虑：成功了，皆大欢喜；一旦失败，卫星掉下来，会不会演变成政治事件？卫星上天后播放《东方红》乐曲，如果因电池寿命等技术原因停播或曲调失真，是否也会造成不良政治影响？万一有人把技术问题与政治问题混为一谈，那严重后果将是不堪设想的。刘华清沉吟半晌，一锤定音："原定方案不变，卫星就叫'东方红'！"

　　1970年4月24日，中国第一颗人造地球卫星成功发射，准确入轨。是夜，刘华清久久伫立房前，默默守望太空。当遨游苍穹的"东方红"卫星终于映入眼帘时，他禁不住热泪潸潸。

此时，刘华清早已被革职罢官。1968 年 10 月 13 日至 31 日，中共八届十二中全会召开，聂荣臻、陈毅、叶剑英、徐向前等开国元勋被错误定为"二月逆流"反党集团成员。随着聂荣臻的被打倒，在国防科委核心领导成员中，刘华清首当其冲，成为受批判和审查的对象。

叶剑英和聂荣臻两位元帅出于对刘华清的爱护，再次决定让刘华清回海军做领导工作。

刘华清心情沉重地走进海军大院。

临回海军前，聂帅告诉刘华清："你回海军去做副司令，已同海军领导同志谈过了。"军委的通知也明确为"帮助海军工作"。

然而，刘华清回到海军，却整整坐了五个月"冷板凳"。直到 1969 年 6 月 12 日，才得到通知，海军决定他为造船工业、科研领导小组（1970 年 5 月起更名为"海军造船工业领导小组"）成员，兼任办公室主任。

历史往往有许多说不清、道不明的机缘。刘华清刚刚被打发回海军，国务院就宣布，将国防科研工业各部门分交总参、总后、海军、空军及有关兵种管理，并成立相应的领导小组及办公室。

两年前，由聂荣臻决策，毛泽东、周恩来批准，刘华清主持实施的以组建 18 个研究院为目标的国防科研体制改组方案，因为聂荣臻的倒台而流产了，本已集中的国防科研与国防工业力量被化整为零、条块切割。

但令刘华清意想不到的是，海军接管造船工业和舰艇研究院后，他却恰逢其时，被指定为领导小组成员及其办公室主任，又捡起了老本行。就海军当权者而言，也算是"知人善任"吧。对此，刘华清不计得失，忍辱负重。

这"船办主任"算多大个官？ 1969 年 6 月 29 日海军党委第 31 次常委会议是这样决定的：海军造船工业科研领导小组办公室暂按 10 人编制，日常行政和支部生活归海军司令部负责。

如此看来，顶上天了说，也就算海军司令部下属的一个正师级编制的二级部吧！刘华清是什么职务？别说六机部副部长，也不论国防科委副主任，就是七院院长，那也是正兵团级别！再退一步说，离开海军之前，他曾任北海舰队副司令员，那也是硬邦邦的副兵团啊！

但刘华清却挺高兴：职位高低不在乎，只要有事干就行。

"船办"，作为造船工业、科研领导小组这个共和国非常时期海军装备科研生产最高决策指挥系统的唯一常设机构，级别不高，摊子不大，人手不多，但管的事却不少。它几乎囊括了国防科委和国防工办原先主管的与海军武器装备、科研、生产、试验、使用相关的所有工作，可以说是一个缩微了的国防科委和国防工办。这套工作对刘华清而言，轻车熟路，不过是换了一个办公室而已。当然也有不一样的地方，就是他没有了决策权，而只能提建议、写报告，给上级领导当参谋，出主意。他成了跑龙套办事的人。

刘华清就这样在海军一直"挂"了近两年，直到1970年12月15日，才经中央军委批准，给了他一个正式的"官衔"：海军副参谋长，分管造船工业、科研工作和海军装备建设。具体职责还是"船办"那摊子活儿，只不过有了个"名分"。

林彪集团终于垮台了！1971年9月13日，林彪仓皇出逃，摔死在温都尔汗。随即，其在海军的死党李作鹏等人被一一捉拿归案。

刘华清激动不已，满以为从此玉宇澄清、天下太平了。他直接找到重新复出的海军第一政治委员苏振华，要求组织上就他的所谓"问题"给一个"说法"。

苏振华的答复轻描淡写："你的问题没有立什么专案，只是找几个人审查了一下。"

审查什么？结果如何？苏守口如瓶，一字未露。

刘华清找到另一位海军主要领导申诉，这位领导人坦诚地告诉他："据观察，你还是老老实实在干工作，没有什么背后活动。但江青说过，'刘华清是坏人，不能用'，根据是什么，海军不清楚，也没办法。"

据一位同情刘华清境遇的审案人员私下透露，他的主要问题是反对上海市革命委员会，支持群众组织整江青、张春桥的黑材料，而且有人揭露从北京到上海有一条"黑线"，他是黑后台之一。

刘华清这才恍然大悟：为什么聂帅被打倒之后，自己在国防科委的办公室会遭到秘密搜查，原来是江青、张春桥等人在幕后捣鬼。

刘华清哭笑不得，有口难辩。他根本没有参与有关上海"文化大革命"的任何事情，更没有充当反对江青、张春桥的"黑后台"。在"文化大革命"初期，刘华清与上海方面有关联的唯一事件，就是保护过舰艇研究院上海某研究所逃到北京避难的两名干部。事后他才得知这两人因为掌握江青和张春桥的一些历史材料，上了王洪文、张春桥锁定的"黑名单"，遭到秘密通缉。在不了解事情真相的情况下，作为舰艇研究院院长的刘华清急人所难，从保护下属人身安全的良好愿望出发，为其安排了一个比较隐蔽的藏身之所。如此而已。

刘华清真正理解了什么叫"莫须有"。他十分清楚，林彪垮台后，自己的问题依然得不到解决，关键是江青、张春桥讲了话。只要这些人还走红中国政治舞台，就仍然会有人看他们的眼色行事，自己的问题就会被日复一日地拖下去。

终于，1973年3月，中国政坛传出令人振奋的消息：根据毛泽东、周恩来提议，中共中央决定恢复邓小平国务院副总理职务。

人心思治。经历空前浩劫的神州大地出现了复苏的喜人景象。然而，刘华清在海军的处境却没有丝毫改观。"此处不留人，自有留人处，到哪里都是干工作。"经过半年的观察思考，刘华清决定再次申请调离海军。1973年年底，他鼓起勇气给熟悉自己的老帅聂荣臻写了一封要求调动工作的信。

《聂荣臻年谱》详细记载了此事："12月20日，接到刘华清希望调动工作的来信。28日，就此写信给叶剑英，信中说：'刘华清同志在任（国防）科委副主任期间，给我的印象是：比较年轻，工作有干劲，一直在海军工作，又去苏联学习过，业务较熟。建议考虑他调动工作的要求。'叶剑英30日批示：'请总政酌处，似可以调动一下。'"

然而，此时的总政治部主任是张春桥！刘华清已有预感：此人绝不会把两位老帅的批示当回事儿。果然，一年过去了，两位老帅的批示如泥牛入海，杳无音讯。这期间，聂荣臻元帅曾数次督问海军第一政委苏振华，也未得到明确答复。

1975年1月5日，由毛泽东主席提议，中共中央决定，邓小平任军委副主席兼总参谋长。

2月5日，经毛泽东批准，中共中央发出通知，决定取消中央军委办公会议，成立由叶剑英、王洪文、邓小平、张春桥、陈锡联等11人组成的军委常委会，处理军委日常工作。

从中央文件上获悉这两项重大人事任命，刘华清心头涌起一股热流。3

1972年5月，时任海军副参谋长的刘华清参与指挥海上军事演习。

月28日，他毅然提笔给邓小平写信，要求澄清过去在国防科委工作中的问题，改变现状，调动工作。

5月3日，邓小平将刘华清的来信批转给叶剑英、张春桥和苏振华三人："刘华清同志的问题，即便当时是中央处理的，现在也应由海军同科委作出实事求是的结论。至于他的工作，可由海军党委考虑，也可考虑回到科委工作。如何，请酌，并请振华同志过问一下。"

苏振华5月5日接到邓小平的批示后，立刻通告萧劲光、王宏坤、杜义德、卢仁灿等海军主要领导："刘华清同志的问题，望在常委议一议，作个恰当的结论报告军委。"

萧劲光态度鲜明："即照邓副主席批示办。"

王、杜、卢三人表示同意。

此前，刘华清曾打电话给萧劲光，向他坦陈自己的苦闷，并流露出解甲归田、退休养老的想法。

萧劲光哈哈大笑："退休养老？你今年多大？我还没有退休呢！俗话说'忍字头上一把刀'，学会忍耐，不要丧失信心。"

身为海军司令员，萧劲光十分同情这个他亲自迎进海军的老部下近几年的遭际，但却爱莫能助。从某种意义上说，他与刘华清是"同病相怜"。"文革"前期，他被林彪及其死党李作鹏等人整得死去活来；林彪倒台后，张春桥等人又给他戴上一顶"上了林彪贼船"的帽子，直到"四人帮"垮台后，他才得以平反昭雪。

8月中旬，海军酝酿调整领导班子方案，拟将刘华清下放到南海舰队任副政委。慑于"四人帮"的淫威，时任海军主要领导对刘华清采取了进一步打压的态势。

刘华清闻讯，不禁怒发冲冠："骡日的！这是成心不让老子干海军啊！"

令刘华清没有想到的是，军委常委会否决了海军的方案。聂荣臻元帅随即电话通知刘华清："你到科学院去，小平也赞成。"

于是，在1975年9月底，刘华清第二次调离海军，成为邓小平组织委派的以胡耀邦为首的中国科学院核心领导小组成员之一。

然而，好景不长。到任不满两个月，政治风向突变。11月下旬，中共中央在北京召开"打招呼会议"，"四人帮"掀起"批邓、反击右倾翻案风"政治狂潮。胡耀邦、李昌遭到无情批斗，再次被剥夺工作权利。刘华清因疑患肺结核住院治疗，待病因查清、康复出院，则比胡耀邦等人晚进中科院两个月，没有参与被"四人帮"诬称为"大毒草"的《汇报提纲》的调研和起草，侥幸躲过一劫。

1976年10月6日，以王洪文、张春桥、江青、姚文元为首的"四人帮"集团被彻底粉碎，刘华清的政治生命与共和国的命运一样，重新焕发出勃勃生机。

1977年7月16日至21日，中共十届三中全会在北京召开，邓小平重新出山，恢复中共中央副主席、国务院副总理、中央军委副主席和总参谋长职务。

1977年12月23日，中央军委任命刘华清为国防科委副主任。时隔八年之后，他终于得以重新归队，官复原职。

1979年2月19日，边境自卫反击战打响。值此非常时刻，邓小平亲自点将，任命刘华清为总参谋长助理。一年后，邓小平辞去总参谋长兼职，由杨得志接任总参谋长，刘华清晋升为副总参谋长。

第二次调离海军时，刘华清曾认定："海军这条路算是走到头了。"未敢奢望第三次进海军，而且是当海军司令员。

"今天无话可讲"

中共十二大开了 13 天。大会正式确立了"建设有中国特色的社会主义"的全新命题。共和国的历史车轮，从此驶入现代化的快车道。

刘华清在大会上被选为中共中央委员。

回到总参，他办理完工作交接，就赶赴海军大院上任了。

这一天是 1982 年 9 月 15 日。

上午 9 时许，海军后勤部礼堂座无虚席。刘华清在海军政治委员李耀文的陪同下走上主席台，会场顿时响起一片热烈的掌声。

今天的会议是李耀文特意安排的，主题只有一个：欢迎新司令员刘华清到任履职。

主席台的布置简朴无华。几张长条桌一字排开，桌子上铺着军绿色毯子，两个麦克风摆放在正中的桌子上。

李耀文陪着刘华清在主席台正中就座，海军领导班子成员分坐两边。刘华清那身草绿色陆军军服还没来得及换下，在台上台下一片蓝白色军装的海洋里，他这身装束更显打眼。

欢迎大会由李耀文主持。他首先宣读了 8 月 28 日由邓小平主席签署的中央军委关于海军领导班子调整配备的命令：海军司令员刘华清，海军政治委员李耀文，海军副司令员杨国宇、傅继泽、邓兆祥、聂奎聚、李景，副政治委员方正平、吴罡，海军顾问李君彦，海军参谋长马辛春，海军政治部主任刘友法，海军后勤部部长李进，海军后勤部政治委员黄自强。

庆祝党的十二大胜利召开之际，人民海军迎来了新司令。新一届海军领导班子就此集体亮相，全部在主席台就座，无一人缺席。会场上下洋溢着欢欣的喜气，人人眸子里放射出期许的光芒。

李耀文对会场呈现的这种氛围很是满意。作为一位颇具人格魅力与领导才华的经验丰富的政治委员，他深谙人和、心齐、气顺的重要性。特意召开今天这个欢迎新司令的干部大会，就是要营造一种气场，让新班子从上任第一天起，就拧成一股绳，心往一处想，劲往一处使，给人以团结的新形象、实干的新形象、奋进的新形象，开创人民海军现代化建设的新局面。

而要开创海军现代化建设的新局面，必须有一位懂得现代化海军的司令员。这就是李耀文恭迎刘华清的情感动因与行为逻辑。就任海军政治委员两年间，他已深深感到海军作为一个现代化战略军种的复杂性与特殊性。

李耀文是 1980 年 10 月 29 日，由国防科委政治委员调任海军政治委员的。在不到两年的时间内，海军政治委员三度易人。1979 年 2 月 7 日，原中共中央政治局委员、海军第一政治委员苏振华突发心肌梗死，猝然逝世。2 月 12 日，叶飞临急受命，由交通部部长调任海军第一政治委员。1980 年 2 月，共和国首任海军司令员萧劲光结束长达 30 年任期，当选全国人大常委会副委员长，叶飞改任海军司令员，李耀文继任海军政治委员。

叶飞是一位功勋卓著的具有传奇色彩的开国上将。对于到海军工作，虽无心理准备，但叶飞还是激奋不已。"归队了嘛！"在海军机关举行的欢迎大会上，他豪情满怀立下军令状："第一年做不好，情况不熟，大家要谅解；第二年做不好，就要批评；第三年再做不好，说明我不称职，就应该打起背包走人。""我就不信，海军比交通部还难治理！"叶飞曾不止一次用类似语言，表明他加速建设一支强大海军的心迹。在海军政治委员和海军司令员三年半的时间里，"他为海军革命化、现代化、正规化建设，为人民海军的发展壮大，倾注了大量心血，付出了艰辛努力"。叶飞心里清楚，海军的面貌虽然有了很大改观，但要完成邓小平提出的"建立一支强大的具有现代战斗能力的海军"的历史使命，还有很长的路要走，而此刻，已多次"报警"的身体令他心力交瘁、壮志难酬。卸任海军司令员后，叶飞上将也和萧劲光大将一样，当选全国人大常委会副委员长。

正是基于两年多海军实际工作的亲身体验，李耀文对刘华清接任海军司令员表现出少有的热忱，较之局外人有着更大的企盼。早在军委物色考察海军新司令员人选时，他就拜托老资格的海军副政委方正平登门做"说客"，表明自己与海军新班子欢迎刘华清主政海军的积极态度。

今天，在迎来期盼已久的新司令的那一刻，李耀文有一种如释重负的快感。此刻，他把自己当成了一位喜迎宾客的主人，欠起身子为刘华清调整好麦克风的角度，满面笑容目视会场，饱含激情地大声宣布："欢迎刘华清司令员讲话！"

礼堂内再次响起热烈的鼓掌声，一千多双眼睛同时聚焦在刘华清身上。

刘华清环视了一下会场，看着台下军容严整的军官们。他们中间的大部分人都认识他，他也熟悉他们中的许多人。此刻，他们都聚精会神地注视着他，有些人还掏出了笔记本，准备记录他的讲话要点。他知道，大家都在期待一场鼓舞人心的、催人奋进的新任司令官的就职演说。

然而，出乎所有人意料，刘华清习惯性地抬起手，摸了摸银白色的板寸头，扭头对李耀文说："感谢大家的欢迎，今天无话可讲！"

太不可思议！连刘华清自己多年后回顾这一举动都感到"不近人情"！

如此登场亮相，够隆重、够热烈。刘华清不能说不感动。

"新官上任嘛，谁没有个施政纲领，谁没有个工作打算？新目标、新思路、新谋略、新计划、新章程、新招数，总得抖搂抖搂；头三脚怎么个踢法，三把火如何个烧法，总得告示告示。哪个军兵种头头脑脑到职，哪个大军区新司令官上任，牛皮不得吹一吹，威风不得抖一抖，撒手锏不得亮一亮？"刘华清如是说。

新司令官走马上任，不可能无话可讲。面对海军的昨天、今天和明天，刘华清有太多的话要讲。但此刻，好话歹话他都不好讲，也都不能讲。与其言不由衷讲一通空话大话应景的话，不如暂缄其口什么话也不讲。有道是：此时无声胜有声！

尽管有异官场常规、有违行事常理、有悖人之常情，但 1982 年 9 月 15 日这一天，在海军新一届领导班子全体成员和海军司、政、后、装直属机关全体团上以干部隆重欢迎新司令官到任的特别大会上，刘华清"绝言罢讲"事件真真切切地历史性地发生了。

新司令一言不发、一句话不讲，顿时把所有海军领导晾在了主席台上。会场的热烈气氛转瞬间降至冰点：惊诧莫名的短暂沉寂过后，是疑惑引爆的不解与骚动……

此时此刻，多年外交工作阅历与经验锻造的李耀文处变不惊、沉着应对的特质派上了用场：他在第一时间洞悉了刘华清"难言"的苦衷与复杂心境，报之以会意与理解的微笑，从从容容拉过麦克风，打开了话匣子：

"同志们，刘司令是海军的老人，大家也都很熟悉……"

李耀文"自弹自唱"，介绍了一通刘华清，总算把个欢迎大会开完了。

多年后，特别是随着刘华清卸任海军司令员后意外的接连"三级跳"，官至中共中央政治局常委、中央军委副主席时，不少人还在为他当初就任海军司令员时没作施政报告和就职演说而扼腕叹息。

但是，熟悉人民海军发展史和刘华清三进三出海军经历的人士都知道，早在就任海军司令员七年前，刘华清就对海军现代化提出了完整的发展思路与建设规划，并形成文字报告呈送给了邓小平和海军主要领导。七年后的今天，邓小平能把开创海军现代化建设新局面的重任托付给刘华清，不能说与此毫无关联。

时光倒流八年。

1974年1月19日至20日，中国海军与南越海军在西沙海域突发战事，史称"西沙自卫反击战"。

这是人民海军组建以来首次同外国海军作战，是在国内政治局势处于最不适宜作战的时机，仓促上阵遂行的一场没有绝对胜算的自卫反击战。战事逼近，毛泽东运筹帷幄，决胜千里；周恩来掌控全局，精心部署；叶剑英、邓小平亲临总参坐镇指挥；海军第一政治委员苏振华、广州军区司令员许世友调兵遣将，海陆协同，并肩作战；全体参战官兵面对全部美式装备的强敌，凭借不屈的意志展开海上拼刺刀式的肉搏战，收复了西沙部分被占岛屿及其海域，捍卫了国家主权、民族尊严与军人荣誉。

虽然只是一场远离陆岸的小规模海战，但南中国海的战争阴云对中国政治、军事产生的冲击波却不可小觑。

1975年5月2日晚11时至次日凌晨，毛泽东召集中央政治局会议。海军第一政治委员苏振华两年前被选为政治局候补委员，也出席了会议。

当苏振华走到毛泽东面前时，毛泽东握着苏振华的手说："管海军靠你。海军要搞好，使敌人怕。"接着抬起手来晃了晃小拇指，不无遗憾地说，"我们海军只有这样大！"

这一年，毛泽东已是82岁高龄，尽管身体欠佳，自嘲说快要"见马克思"了，但其思维依然清晰、敏捷、睿智。西沙自卫反击战中，中国海军虽然"以弱胜强"，取得最后胜利，却也暴露出很多问题。

5月8日，苏振华向海军党委常委传达了毛泽东对海军建设的指示。5月22日，苏振华写信向毛泽东报告海军党委常委学习情况，表示一定要遵照毛主席的指示，努力把海军各项工作搞好，力争10年左右建成一支较强大的海军。

5月23日，毛泽东阅信后甚感欣慰，当即作出批示："同意。努力奋斗，10年达到目标。"

6月18日，在苏振华的主持下，海军会同六机部向国务院、中央军委联合上报《关于海军舰艇10年发展规划的请示报告》。

刘华清是在《关于海军舰艇10年发展规划的请示报告》正式上送后，才看到这个在短短20多天时间里仓促急就的发展规划的。作为一名曾在舰艇研究院、六机部和国防科委主管海军装备科研生产长达10年之久的行家里手和海军分管造船科研的现职副参谋长，他被莫名其妙地排除在这一重大规划研究制定之外，坐上了冷板凳。

不看不知道，一看吓一跳。"非常失望！"时隔近30年后，刘华清在其公开出版的回忆录中忆及此时的感受，仍忍不住如是说。

这个规划报告问题太大了！前三部分讲规划依据、指导思想和建造方针，尽管大段大段引用毛泽东和中央军委指示精神，但对毛泽东战略思想并没理解透彻，结合海军作战实际研究也不深入。更为人难以理解的是，在具体规划海军舰艇发展时，明显与毛泽东和中央军委精神不符，片面强调规模和吨位。10年规划海军舰艇达到70万吨规模，居然把登陆舰及海上民兵装备也列为"五五"科研重点。

刘华清如鲠在喉，难受至极。怎么办？讲还是不讲？向谁讲？海军根本不会理会他，讲了也是白讲；直接上书中央，则无疑要冒极大的政治风险，弄不好，很可能会再次被撵出海军。

海军啊，海军！让刘华清爱恨交加、欲罢不甘的海军！过去六年多来重回海军后的酸甜苦辣，此刻又一股脑儿涌上心头。

"知我者谓我心忧，不知我者谓我何求？"事已至此，刘华清横下一条心，决计将自己关于海军建设的意见诉诸笔端，上书中央。

说干就干。连续一个星期，刘华清强忍着痔疮急性发作带来的痛苦，通宵达旦地构思写作。他不能惊动任何人，更不忍牵连任何人。从查阅资料到拟定提纲，从遣字行文到修改定稿，丝毫不假外人之手，不借他人之力，将自己对海军装备发展建设的战略认识和长远思考全盘托出。

9月1日深夜，刘华清为这份题为《关于海军装备问题的汇报》写完最后一笔的那一刻，一种悲怆凄凉的情感油然而生。他猛然顿悟：这不是在为一篇文章书写最后一个句号，很有可能是为自己的海军生涯画上一个终结的休止符！

当历史以其固有的速率走过30多个春秋之后，作者在海军档案馆找到了这份宝贵的文献。透过历史的烟尘，今日重读此文，仍令人荡气回肠，肃然起敬。那跃然纸上的忠肝烈胆和正义豪气，那掷地有声的刚直品格和铁血意志，那光可照人的坦荡胸怀和磊落情操，那厚实渊博的军事理论和专业知识，那洞察风云的政治头脑和缜密思维，那萦系海防的赤子丹心和崇高追求，全部融入这篇洋洋万言的历史文献之中。

我陡然发现，要研究20世纪80年代中国海军现代化进程的蓝色航迹，这篇诞生于特殊年代的特殊文献具有无与伦比的特殊价值！

刘华清就职共和国第三任海军司令员，果真没有施政演说吗？否！只是这个演说不在海军机关为他组织的欢迎大会上，而是七年前和着血与泪写就的这篇《关于海军装备问题的汇报》！

让我们仔细拜读这份万言书吧。

刘华清认为，武器装备建设"是海军建设物质基础的重要部分"，"是个重要战略问题"。因此，"10年装备建设规划，应该是大大地改变目前海军技术装备的落后面貌，不仅在数量上有较大的增加，而且更主要的应在战斗质量上具有现代化技术水平，确保海军能够实现有效地防御帝国主义来自海上的侵略，在粉碎敌人进攻之后，还要考虑到追击问题，能到中、远海去作战和较好地执行近海的作战任务，并满足对台作战任务。"

刘华清直言不讳地指出，海军制定上报中央的10年装备建设规划"不能达到上述要求"，"有很多问题值得认真研究"。他从八个方面逐一分析规划存在的问题，提出自己的建议与主张：

第一，10 年规划确定大量生产的是过时的潜艇。如计划生产的常规鱼雷潜艇是仿制苏联四五十年代的产品，其性能极为落后，水下航速慢，逗留时间短，一定时间必须浮到水面充电，它的噪声大，易被发现，水声与通信设备很差，不能大编队活动，鱼雷武器也很落后。我认为，在现代条件下用这种落后的潜艇作战是大有问题的，应尽快停止这类电机为主要动力潜艇的生产。即使是仍想采用这种以电机为主要动力的潜艇，也必须尽快研究设计新型潜艇，如加大它在水下的航速、增大水下逗留时间和下潜深度，降低噪声，以及改进提高潜艇所用的武器，如鱼雷和水下发射的各种类型导弹、水雷和水下观通设备等。

第二，10 年规划中确定大量生产的是落后的"21 型"导弹快艇。猛一听导弹艇似乎是尖端，其实它现在是普通的常规导弹艇。尤其将要继续生产的导弹艇是 1960 年从苏联引进的，开始是装配，后来立足于国内全面仿制（包括导弹）的产品。仿制出来是个很大成绩，练了技术队伍，部队得到一批装备。但现在技术已很落后，艇和弹的性能都很差。我们现有百余艘，因不好使用已成为部队的包袱，有什么必要继续生产那么多呢？我认为应立即停止生产，将工厂和科研单位的力量集中，重新设计试制吨位大、速度快、加强火炮、增大导弹射程的新艇，把没有解决的技术问题都解决好。我们不要只图形式上的数量多，一定要质量好。

第三，10 年规划确定继续生产的一批基地扫雷舰，是我们在50 年代就仿制生产的一种舰艇，是苏联三四十年代的产品，只能对几种老式水雷还有用，而美国在越南布放的水雷所用引信装置，虽只用了几种（已知美海军有 70 多种水雷引信的装置），但这样的扫雷舰用来扫这些雷根本没用。虽然这种舰可以执行其他战斗任务，但只可以少产一点。当前，应抓紧研制生产大量各种新型扫雷舰艇装备部队，以对付敌人的各种水雷。我国沿岸水浅，最便于敌人布雷，必须重视反水雷战。

第四，10 年规划生产安排仍是大量建造各种小型艇。仅以鱼雷、导弹、护卫、扫雷、反潜五型舰艇数量来看，占 10 年规划的作战舰艇的 78%。这些舰艇出来后，除数量比现有的增多一倍外，其他却没有什么变化。这就是说海军装备现在是这样，10 年之后大体上没有大的改变，仍然还是没有多少舰艇能到中、远海去执行主要的作战任务。小型舰艇多了会带来很复杂的问题，如要建筑更多的港湾码头为其停靠，要数倍地增加维修设备和供应保障设施，在岸上要设置庞大服务保障机构，大大增加非战斗人员。结果将是岸军大于海军，问题很多。我认为应按我国海区特点、作战需要，重新研究设计新型舰艇。应增大排水量，增强各种武器的威力和设备效能。可以将鱼雷艇、导弹艇、火炮艇三者合一，排水量 400 吨左右，使它能在各种复杂的气象条件下使用作战。这样做，对海军其他建设与备战将更加有利。

第五，10 年规划对那些技术还不过关、武器设备还不配套、研制试验工作还未结束的中、大型舰艇即进行大量的生产，这种做法是极其不妥当的。因为，照一个设计方案定型后大批生产的做法，是不符合制造尖端的中、大型舰艇特点的。一艘驱逐舰比任何一种坦克、一种飞机的技术都要复杂，所费投资和工程量也无法相比。这种简单作法会使海军装备质量低，隐患多，危害大。我认为，对这类舰艇建造一定要精心设计，精心制造，马虎不得，特别是核潜艇易出重大事故（美苏的核潜艇已发生多次爆炸沉没）。应在原型（首制舰）基础上（包括其重要设备）认真修改设计，纠正重大缺点，重要设备的技术难关一定要解决，经过改进设计，再批产二至四艘，再改进，再生产。这样看起来对生产有点麻烦，但给国家减少了麻烦，节省了钱，造出真正过硬的作战舰艇，利于作战。

第六，10 年规划从生产与科研的安排上没有解决好海军各兵种装备战术的配套问题，更没有解决各兵种战役战术协同作战的问题。如我们只有一种鱼雷攻击潜艇（包括核动力的），其他型号没有。它要完成鱼雷攻击就不能进行布雷、战役侦察、各种遣送和运输等任务。由于现有的潜艇水下观通设备差，一艘潜艇不能指挥多艘艇，都靠岸上电台指挥（没有专用的指挥潜艇）。将来大批潜艇在海洋作战，只靠岸上指挥是靠不住的。没有战区临战指挥，必打败仗。我认为，从潜艇部队本身要研制各种型号的作战潜艇，如携带鱼雷、各种导弹、水雷等攻击型的和在海上指挥潜艇作战的指挥艇，专门补给、运输和救护的艇。更重要的是，要解决支援潜艇作战的水面舰艇和飞机问题，这样才可以更好地发挥潜艇部队的作用。我们的水面舰艇（驱逐舰、护卫舰、猎潜舰），也都是单一型号的舰艇，战术不配套，协同作战困难。

第七，10年规划研制生产的大、中型驱逐舰和小型护卫舰，它们本身反潜、防空能力有限，武器装备的技术水平很低，到中、远海执行任务战斗力量还很弱，没有解决空中掩护问题。海军现有一支航空兵，有各种飞机（但没有海上作战的专用飞机），在近海作战，无论现在和将来会有一定作用。但因作战半径离岸仅有200海里，它对200海里外在海上作战的舰艇和潜艇没有支援能力。为了解决大量水面舰艇和潜艇到中、远海作战的空中掩护、支援配合问题，我认为，有必要尽早着手研制攻击型和护航航空母舰（有关航空母舰研制的具体意见和建议此处暂略，详见本书第十章《魂系航母》——作者注）。

第八，10年规划安排了几型中、大舰艇的研制，以及对正在生产的产品改进提高，实际上都是十几年前就开始研制而没有完成的项目，基本上没有安排新研制项目。海军要有高质量的技术装备，必须从开展科研工作来解决。应争取在今后10年内多研制几型中、大水面舰艇。过去我军是有什么武器打什么仗，小米加步枪，以劣势装备战胜优势装备的敌人，这是我军的光荣传统，今后更要发扬光大。但现在条件不同了，应该是针对未来打什么样的仗、执行什么样的任务来准备什么样的武器，而且对各种武器装备要搞得更好些。敌人有的，我们要有；敌人没有的，我们也要有，而且要超过它。

刘华清以一个海军战略家的睿智眼光和犀利笔锋，一口气列举了海军急就的10年规划的八大失误和自己的建议主张之后，兴之所至，追根求源，把矛头对准了海军领率机关和海军各级领导——

海军装备发展规划之所以存在上述问题，我认为与海军领导机关对未来战争中海军承担的作战任务，对毛主席的战略思想、作战方法，对未来海战的特点、作战对象、科技发展趋势等，缺乏深入研究、心中无数有关。因此，对装备技术的发展，不论近期或远期的，都缺乏从战略全局出发考虑，而是局部地、单个地、互不联系地处理问题。

由陆军到海军，不会搞，最初难免。不会不懂，又不善于学习，不注意总结经验。如海军装备，最初搞常规（开始时是对的），不久又觉得常规落后，要大搞尖端。尖端上不去，感到困难多，没有信心、决心，还是拣容易搞的东西搞吧，又满足现状。我认为，现在必须是既要搞常规，又要搞尖端。现代的常规中有尖端，尖端之中有常规，常规也要高水平、高质量的才行。

海军这样复杂的军种，不重视技术建设，是不堪设想的。我们搞了多年海军，还是陆地概念多，对海洋不研究，不学基本知识，又不到实践中去，加上脑子里形而上学的东西多，就不可能把海军的事情办好。我们应该很好总结自己的经验，接受教训，今后 10 年不能再走大弯路，小弯路也不应走，也不应走老路，一定要把工作做得更好些，以实现建设一支强大海军的目的。

9 月 3 日，刘华清将《关于海军装备问题的汇报》直呈邓小平。

9 月 4 日，刘华清接着将《汇报》稿抄送海军第一政治委员苏振华。

令刘华清没有想到的是，就在他给苏振华写信的当天，邓小平已将他的汇报批给了苏振华："请你考虑一下，我看有些意见，值得重视。"

邓小平在第一时间对刘华清的上书给予充分肯定，并作出批示，这不能不引起苏振华的高度重视。他认真阅读这份"万言书"后，于 9 月 8 日将邓小平的批示连同该文批转海军党委常委传阅。

一石激起千层浪。刘华清的万言书在海军党委、海军机关引起强烈反响。有赞同支持的，也有否定反对的。但刘华清却顾不得这么多了。

带着对海军的无穷眷念与忧思，刘华清默默地离开了海军。

第二章

整顿，整顿！

"我是海军司令，不是旅游局长！"刘华清震怒，"打起仗来，我总不能跟敌方的舰队司令说，咱们先别打，潮水还没涨上来，我的舰艇出不去。敌人会听我刘华清指挥吗？"

慈不掌兵。一场重振军威、重塑军魂的大整顿，伴随刘华清海防大巡察的足音，波及万里海防线。这是开启中国海军现代化艰难航程之前，必须就绪的一次"精神备航"。就如一场巅峰对决的奥林匹克征战之前不可或缺的"热身赛"一样，整顿是为即将拔锚起航的海军现代化之旅吹响的"集结号"。

先从海军机关大院开刀

上任伊始，刘华清就要对海军机关大院动刀子。

矗立在大院东北的黄色铁锚形办公大楼，犹如人民海军的"旗舰"，刘华清在这里号令 1.8 万公里海防线上的每一座军港和每一艘战舰。而历史的潮汐在这个神秘院落回涌的余波，无时无刻不牵动着他的神经和情思，令他寝食难安，忧心如焚！

刘华清的办公室位于大楼二层右侧。一个不大的套间，略显逼仄。外间是秘书办公的地方，里间是刘华清办公的地方。宽大的办公桌摆放在屋子中央，背墙的一面是一排高大的书柜，面墙的一面挂着巨大的中国地理图和世界地理图。

上任以来，刘华清每天清晨上班后都会站在办公室的窗口观察沉思一会儿。这哪里像一个现代化战略军种的统帅部啊！办公区和服务区、生活区毗连，军人和职工、家属、子女混杂，上万人熙熙攘攘、进进出出，毫无秩序可言。机关作风松散，管理松懈，纪律松弛。干部战士着装不一，军容不整，上班迟到早退，想来就来，想走就走。

距离刘华清办公室窗口正前方不足 300 米处，建有一排灰不溜秋的低矮简陋的平房，小饭店、小商店、理发店、简易旅店，全都集中于此。一年四季，这个地处海军大院中心的黄金地带，总是尘土飞扬，垃圾满地，污水横流，乌烟瘴气。

更加刺激刘华清视觉神经的，是满院子无处不在的一片片破破烂烂的防震棚。唐山大地震已经过去六年多了，海军机关大院的防震棚仍然像土围子一样，遍布各个区域的楼前楼后、道路两旁。可以毫不夸张地说，海军大院有多少户人家，就有多少间防震棚。起初，这些简陋的棚子的功用单一，仅仅作为防地震时的临时庇护之所，但久而久之，它的功用大大扩展开来。有的人家将它当作了储藏室，有的住户将它作为厨房，有的将它作为住室，还有的将它开辟成小作坊。五花八门，不一而足。更有甚者，

海军军容风纪大整顿期间，刘华清亲自走上北京街头当"纠察"。（1982年12月）

这些破烂不堪的棚子成了藏污纳垢的场所。

"海军机关大院到了非彻底整顿治理不可的时候了！"1982年10月5日，刘华清亲自主持召开海军首长办公会议，主题就是一个：部署海军直属机关整顿；整顿的内容：院容，军容，风纪，工作秩序。

"我看咱们这个海军大院呀，应该加一个字，叫'海军大杂院'。"众人一落座，他就语带自嘲地说，接下来便讲了《资治通鉴》里的一段掌故：

汉文帝六年，匈奴大规模侵入边境，汉文帝派出六员大将戍边设防，严阵以待，并亲自出巡慰劳军队。当他来到霸上和棘门的军营时，守将宗正刘礼将军和祝兹侯徐厉将军组织了隆重的迎送仪典，皇帝的车队在营地长驱直入。但是到了河内太守周亚夫将军统率的细柳营，他见到的却是另一番景象：将士披甲戴盔，挽弓持弩，营门紧闭，戒备森严。当皇帝的先行卫队到达并告之"天子且至"时，军门都尉不为所动："将军令曰：'军中闻将军令，不闻天子之诏。'"直到汉文帝派使者拿着诏令牌报周亚夫："皇上要进营慰劳军队。"周亚夫这才传令打开营门。入营时，守门卫士又告车骑官："将军有约，营中不得驱驰。"于是汉文帝只能"按辔徐行"。进抵大营，周亚夫手持兵器，抱拳作揖对汉文帝说："盔甲在身，不能跪拜，请允许我以军礼参见。"汉文帝为之动容，一改怒颜，使人称谢："皇帝敬劳将军。"巡视离营，随行群臣深感惊诧，汉文帝却由衷感叹道："此真将军矣！"他告诉群臣，霸上、棘门的军营就像儿戏一样，那里的将军不仅易受偷袭，而且会遭敌俘虏。至于周亚夫，谁能够侵犯到他呢？

"治军当学周亚夫！"刘华清正色道，"海军的全面整顿，必须先从海军大院开刀。假如我们这届领导班子连眼皮子底下的这个大院都治理不好，就不要说建设现代化海军的大话！"

刘华清十分清楚，领导班子是海军的"大脑"，要整治机关大院，首先必须强健"大脑"。"没有规矩不成方圆，我们这个班子先得立几条规矩！"在就任后主持召开的第一次海军领导班子会议上，刘华清就立下了五条"规矩"：加强学习，开阔视野，保证政令畅通；加强团结，互相支持，不纠缠以往的事；遵守民主集中制原则，不搞个人说了算；模范执行党章、《准则》，不搞以权谋私；振奋精神，大胆负责，勇于创新。

这五条"规矩"是典型的"刘氏风格"：实打实。不加任何修饰，不说一句空话，不搞四言八句，不喊豪言壮语。但是，深谙海军历史和现状的人们一看便知，这些"规矩"，虽然朴朴实实、普普通通，却是海军党委班子建设几十年来经验教训的总结。

新班子"约法五章"，机关整顿明确目标：要在最短时间内，使"松、散、懒"和"脏、乱、差"的局面有一个根本改观，把各种歪风邪气和目无组织纪律的错误行为彻底整下去，让令行禁止、整齐划一的优良作风发扬光大，真正树立起海军大院作为海军领率机关的良好形象。

刘华清点将傅继泽副司令员、方正平副政委和马辛春参谋长三人共同负责海军机关的整顿，具体工作由海军司令部牵头，司、政、后、装和海军航空兵各负其责。

10月6日，一场声势浩大的治理整顿在海军大院拉开序幕。

刘华清对海军大院的治理整顿成效不满意！

三个月的集中治理整顿刚刚告一段落，多少年养成的痼疾又死灰复燃，"松、散、懒"和"脏、乱、差"的现象像流感一样，再次在海军大院蔓延滋生开来。

"一阵风，过后松。"刘华清敏感地意识到这种苗头发展下去的严重危害，决心采取制度化的措施来巩固整顿取得的初步成果。

作为海军最高指挥员，刘华清不可能直接去抓海军机关大院的治理整顿，他只要下达命令、发布指示就行。这些命令和指示集中体现着他的思想和意志，职能部门会将它们贯彻下去，落实到具体工作上，转化为精神的和物质的成果。

关键在于抓落实的人！

让三名海军领导把主要精力耗费在眼皮底下这块院落的行政管理上并非长久之计，但仅靠军务部门和管理部门等职能机关，海军大院这摊子剪不断理还乱的活儿，显然又力有不逮。

必须有一位得力的主管行政的副参谋长。这个人不仅要有强烈的事业心和责任感，深谙治军之策，精通管理之道，还要有那么一股子不怕鬼、不信邪的大无畏气概，敢于碰硬，敢于较真，敢于得罪人。

按照这个标准，刘华清启动思维的扫描雷达，迅速锁定目标："就是他！"

他叫邓树琪，时任海军上海基地副司令员。

有道是："千军易得，一将难求。"刘华清把治理整顿海军大院的"尚方宝剑"授予邓树琪，邓树琪有何灵丹妙药和奇术高招，使刘华清铁定的决心与钢铸的意志物化为精神的和物质的成果呢？

刘华清寄希望于邓树琪，工作于斯生活于斯的各色人等也同样关注着邓树琪。

邓树琪走马上任了。

刘华清鼓励他："放开手脚，大胆干！"

邓树琪知道，司令官要他做一个立马横刀的人。

"北洋水师的舰长叫'管带'，我很欣赏这个职称。"刘华清双目注视着邓树琪，侃侃而谈，"'管'就是管束、管理；'带'就是带领、带动。这两个字准确概括了一个军事长官的全部责任和权力。如果我们当'管带'的自身松松垮垮、邋邋遢遢，就无法有效地对自己的部属发号施令。海军指挥机关本身就是全海军的'管带'，你想一想，从远方军港或舰队来办公的官兵，从这样脏、乱、差的大院返回去，会带回什么样的情感和信念？"

"法纪之弛，自上而始。"刘华清告诫邓树琪，"海军大院缺少的东西，也是最普通和最基本的东西，就是四个字：严格管理！"

遵循刘华清指示，厚厚一大本《海军大院行政管理规定》很快制定出来：军容风纪规定，安全行车规定，机关办公秩序规定，建筑规定，节电节水规定，文明值勤规定……分门别类，细致具体。

有人瞧着这一大摞规定，嘿嘿一乐："新官上任三把火，到头来还不是废纸一堆！走着瞧吧，热不了几天。"

然而，风凉话儿刚说完，大院就连连爆出新闻：

机关某部一名团职干部遭到门卫值勤纠察，不服管理，动手打了警卫战士一个耳光，当即被关进了禁闭室。

人们这才知道，原来警卫营修建的四间禁闭室，是新司令专门用来"接待"那些违反行管条例的"特殊客人"的。

两名战士在大院违章骑车带人，被邓树琪逮个正着。当他们战战兢兢准备接受训斥时，邓树琪却拿出值勤袖标让他们到指定地点执行纠察任务。"通过纠察别人，改正自己的错误。"邓树棋命令道，"不要忘了，纠察之前先行军礼！"

总部机关一名通信员奉命到海军机关送文件，趿拉着一双凉鞋，军帽未戴，风纪扣没扣，稀稀拉拉就往海军办公大楼闯，被邓树琪逮个正着："把他送到我的办公室去！"邓树琪向哨兵交代，"给他一本《内务条令》，让他好好学一学！"临近下班了，邓树琪才告诉秘书："通知他所在单位，把人领回去！"

俗话说："打狗看主人。"通信员再小，也是总部机关的人，不看僧面也得看佛面。扣住一个光头兵事小，得罪总部机关事大。人们暗暗捏一把汗："邓树琪这下可给刘司令惹麻烦了。"

"没什么麻烦！"刘华清给邓树琪撑腰，"天塌下来我顶着！"

果不其然，海军"扣押"总部通信员成为一个不大不小的"事件"，在总部机关引起轩然大波，甚至惊动了军委副主席杨尚昆。

"刘司令做得对！"杨尚昆秉公而断，"我们总部作报告下指示的人太多，就是缺少像海军邓树琪副参谋长这样敢于坚持原则狠抓落实的人。"

"要维护大院的良好秩序，培养一支具有荣誉感、责任感和使命感的警卫队伍是关键。"刘华清要求邓树琪制定新规，海司警卫营的士兵必须经过严格挑选、严格训练才能上岗执勤。哨兵的个头必须在1.75米以上，五官要端正，体形要匀称，举止要威严。一句话，要达到仪仗兵的标准。警卫战士的待遇要提高。重点哨位的战士冬季统一着呢制水兵服；海军直属单位的汽车驾驶员、公务员和打字员，一律从服役满一年的优秀警卫战士中挑选；入团、入党、考军校，警卫骨干从优。

几乎一夜之间，海军大院哨兵的精气神全变了。

空军军官李大维拜访海军首长。李大维驾机从台湾飞回大陆，是炙手可热的"新闻人物"。但在一路之隔的海军机关大院门口，却被身着洁白水兵服的警卫战士一个标准的军礼把车拦住了："首长，请到会客室履行登记手续，不要忘了填上您的车号。"

何止是李大维，就连时任中华人民共和国国务院副总理的田纪云来海军大院，也同样履行了严格的登记手续。

李大维闻知此事，不由得肃然起敬。在拜访刘华清司令员时，连连夸赞："海军有希望！"

"海军大院的车辆要统一管理，行车秩序要规范。"没容海直机关整顿领导小组喘口气，刘华清又下达新的指令。

以前，海军大院的车辆配属各大部，要求不统一，车辆和人员管理存在许多隐患，院内行车事故时有发生。

刘华清一声令下，所有车辆全部收归新成立的海直汽车大队，驾驶员——无论首长专车驾驶员还是公用车驾驶员，一律编入各中队。机关公务用车，必须填写用车单报批，驾驶员必须凭出车单驾车出库。出车必须提前五分钟到达指定用车地点迎候用户，服务必须热情、周到、文明、礼貌、安全。不论大车小车，军车民车，在大院内行驶，均不得超过20公里的时速。

规定详细具体，执行更加严格规范。时至今日，当你走在海军大院洁净宽敞的马路上，一辆辆从身边驶过的车辆犹如爬行一般，但水泥路面上，却没有北京军内外大院常见的减速隔离墩。

"海军大院以前也在马路上筑过隔离墩，整顿大院时刘司令员下令全部铲除了。"邓树琪在接受采访时说，"刘司令员的意图很明确，安全行车、限速行驶不能以破坏马路平整畅通为代价，而应该在司乘人员心里建立起一道无形的'隔离墩'。"

并不是所有人天生就具有自觉意识和律己精神的。邓树琪亲自将那些为海军首长开专车的驾驶员召集起来教育动员。"对这些人尤其要高标准、严要求。如有违纪者，从严论处。"他特别向车队领导交代，"这是刘司令的指示！"

然而，令邓树琪始料未及的是，不几天车队就要亮出"尚方宝剑"给专车司机实施纪律处分，而受处分的又恰巧是他邓树琪的老首长——方正平副政委的专车司机！

方副政委本身就是刘华清点将的海军大院整顿领导小组负责人之一，自己的司机竟然撞到了枪口上。他感到脸面上火辣辣的，心里很不是滋味。怀着极其矛盾的心理，他将邓树琪叫到了办公室。面对老首长，邓树琪硬着头皮扔下一句话："等我把情况了解清楚后再向首长汇报。"

方正平副政委无言。

一年后。退出领导岗位的方正平与邓树琪旧事重提："去年车队对我那司机的处理是完全正确的。"看来，离开权力中心的老首长对身边的人和事有了更洞彻的观察。

刘华清如此一番厉行整治，锻造出一支享誉京城的文明车队来。首都各大新闻媒体纷纷派出记者采访，突出报道了海军直属车队的先进事迹。

海军大院的整顿在继续深化。

"海军机关的脏乱现象要彻底治理。"刘华清继续向整顿领导小组下达指令，"要以铁的手腕尽快拆除所有的防震棚，营造一个环境优美、文明有序的海军大院。"

这是一场硬战，也是一场恶战，更是一场攻坚战。

防震棚各有其主，先拆谁家的后拆谁家的，很有讲究。有道是，柿子先拣软的捏。由易到难，循序渐进，各个击破，这是一般的作战规律。但邓树琪却没有使用这套常规战术。拆除防震棚的通令下达后，他当面报告刘华清，声言要先向一些海军老首长家的防震棚下手。

刘华清表示赞成。但却特别提醒他："海军后勤部老政委罗斌将军有心脏病，千万小心别惹发了他那火暴脾气。"

罗斌是1982年刚刚离休的一位老资格的开国战将。他这辈子，从土地革命战争、抗日战争、解放战争直至抗美援朝战争，什么仗都打过；从陆军、空军到海军，三军都干过。

罗斌资格老，脾气暴，外加患有严重的心脏病。所以，遇到老头有什么不顺心的事儿找上门来，就连刘华清和李耀文都礼让三分。

然而，邓树琪却偏偏选中罗斌做"典型"。

这就是邓树琪的思维行为准则：你越复杂，我越简单。

还别说，罗斌老人这个"典型"还真叫他"运作"成功了。他亲自登门拜访罗老，详细汇报大院治理"脏、乱、差"的进展情况和拆除防震棚的行动方案。

罗斌还在位的时候，机关就几次作出过拆除大院防震棚的决议，均因阻力重重半途而废。老人十分清楚，这些不起眼的简易棚子，涉及方方面面的关系，复杂着呢！

"阻力不小吧？"罗老笑问道。

"何止是阻力，谩骂、威胁甚至恐吓，全都有啊！"邓树琪如实相告。

"那你打算怎么办？"

"想请老首长帮个忙。"

"我明白了。"罗老恍然大悟，"你要拿我老头子开刀，杀鸡给猴看！"

"老首长误会了。"邓树琪笑着解释道，"老首长德高望重，刘司令嘱咐我找老首长借胆助威！"

"那好，你转告刘司令，这个'典型'我当！"罗老朗声大笑，"就算老朽再为海军建设发挥一次'余热'吧。"

当天上午，罗老楼下的防震棚就消失了。

拆除防震棚的战斗就这样打响了。不到一个星期，海军大院的防震棚一间不剩，全部收拾利落。

这一仗打得真漂亮！刘华清得报，兴奋得连道三个"好"字！

"整治海军大院的脏与乱，不光要拆除旧的，还得建设新的。"这是刘华清的既定方针。

以前，机关大院道路两旁电网如织，线柱林立，有碍观瞻。很快，管线入地工程启动了。遍布大院的电线和木头的、水泥的管柱销形匿迹。不久，海军大院管道煤气工程也开工了。与北京市煤气公司合作，没花一分钱投资，海军在驻京部队机关大院率先使用上清洁卫生的管道煤气，惹得左邻右舍的军队大院好一阵羡慕。

一个更大的工程项目——海军大礼堂，由刘华清提议，经海军首长办公会议批准开工建设了。

说起来令人悲叹。偌大个海军首脑机关，要正儿八经开个大会，还得跑到兄弟军兵种花钱租礼堂。

"要么不建，要建就建个10年20年也不落后的功能齐全的大礼堂。"刘华清为工程定了调。

一年后，一座巍峨壮观的现代化大礼堂落成了。

时人言："这座大礼堂堪称京城一流！"

大礼堂的落成，彻底改变了海军大院的整体基调与韵律。以前，大院中心地带是一片灰蒙蒙的棚户区，如今，设计大气磅礴、建筑精美优良的大礼堂就矗立在这片棚户区的原址上。紧邻它北面与机关办公大楼相对的那片脏兮兮的黄土地，则被巧妙地设计成一个小花园。连机关服务社也今非昔比了，一栋五层楼的新型建筑代替了过去低矮潮湿的小平房。

的确，海军机关大院发生着它诞生以来最深刻的历史性变化。一种崭新的精神，像丝丝春雨，如习习和风，似缕缕阳光，潜移默化地注入这个超级大院之中，重塑着它的形象与品质。于是，每一个哨位都矗立起新的神圣与尊严，每一根金锚飘带都高扬起新的精神与风采，每一条院路都建立起新的秩序与景观！

然而，刘华清却并未对海军大院治理整顿成效给予过高评价。

"集中整顿，治理'松、散、懒'和'脏、乱、差'，仅仅是做完了海军大院管理这篇大文章的一半。要巩固整顿成果，还必须下功夫做好下半篇文章。"在听取整顿领导小组情况汇报时，他明确指出，"关键是要研究新时期军队首脑机关行政管理的新情况、新特点、新规律，大胆探索规范化、制度化、法治化管理的新路子，形成标本兼治的长效机制。"

这是一道全新的考题。惯于直线加方块思维的邓树琪及相关职能部门的高参们，能向他们的司令官刘华清交出一份合格的答卷吗？

邓树琪在心中隐隐地呼唤着一个"幽灵"。

深秋的一个早上，邓树琪像登上战舰舷梯一样，迈上锚形黄色办公大楼的水泥台阶，站在哨兵一侧，督检上班军人军容风纪。

哨兵拦住一位身着便装的青年人："请出示证件。"

邓树琪从旁接过红底烫金的军官证：姓名：刘峰军，职务：海军检察院检察员。

"为什么不穿军装？"邓树琪问。

"在中国政法大学进修。"刘峰军答。

邓树琪脑际闪过一道电光："你是学法律的？"

刘峰军微微一笑，点头作答。

"很好。"邓树琪脸上露出少见的笑容，"今晚7点请你到我的办公室，我有问题向你请教！"

一次偶然的巧遇，他们彼此都捕捉到了一个机会——书写人民军队法治建设新篇章的机会。

是夜，邓树琪与刘军峰就法律与行管展开畅谈。

"请你告诉我，法律能用在部队行政管理上吗？"邓树琪开门见山。

"能！"刘峰军十分肯定地回答，"军队现代化需要法律，这个问题我已经考虑很久了。"

"那请你告诉我，军队行政管理如何运用法律武器？"

"行！我就先说说部队首长在管理中的法律地位吧。"刘峰军侃侃而谈："部队首长在部队的法律地位有三重身份：军委和上级机关授予你管理部队的权力，你来制定管理部队的行政法规，你是立法官；统领各职能部门执行军委、总部以及本部队制定的法规，你是执法官；监察各部门执法情况，按规定给予奖惩，你是行政监察官。"

"透彻，透彻！"邓树琪似饮甘泉，如沐春风，"那么，一些军务之外的纠纷，诸如同志之间、军民之间、家庭之间等纠纷，如何处理？"

"这些属于非军事事务范畴。在军队办社会的特定条件下，是军队行政管理的组成部分，它的每件事都牵扯着复杂的法律关系。必须由法律工作者参与处理，才能有理有据地解决问题。"

"那么，我们部队的一些优良管理传统和法律手段之间是什么关系呢？"

"传统，必须通过现行的法规形式体现出来，才能在新的形势下充分张扬它的生命活力。否则，传统有可能成为'橡皮泥'，任人随意搓捏，以致失去它的本色。"

一位是走过枪林弹雨的白发将军，一位是学有专攻的青年才俊。一席法治与行管对话，将传统的带兵实践，诠释为依法治军的新思维。

国家长治久安需要法治，军队现代化也离不开法律之剑。邓树琪心中萌生一个新的创意："我以个人名义，请你做我的法律顾问，你看如何？"

急欲一试身手的刘峰军满口应承。

"那我先委托你处理三件事。"邓树琪兴奋地说，"如果你的法律之剑果真那么灵验，我将直接向刘司令报告，设立专门的法律顾问机构。"

邓树琪委托刘峰军办理的三个案子，件件都是挠头事。然而，刘峰军仅用不到一个月就处理利索。刘华清得报，满意地在办案简报上批示："还是按法律办好！"

邓树琪兑现承诺，将成立"海军直属机关法律顾问处"的请示报告送到刘华清案头。

当初，邓树琪聘请刘峰军为法律顾问，曾当面向刘华清口头报告过。刘华清的答复很干脆："大胆地试！"如今，法律顾问在海军大院行政管理中小试牛刀，便显示出巨大威力。刘华清当即批复：同意。不过，暂不列编。邓树琪理解，那编制不在海军司令员的口袋里，没有军委命令，谁也无权给编制。

1985年早春二月，我军历史上第一个"法律顾问处"的牌子在海军大院挂起来了。

已经从中国政法大学毕业归来的刘峰军，成为中国人民解放军军史上的第一个法律顾问。

一把莫邪之剑，高悬在海军大院上空。不论是10年动乱结下的死疙瘩，还是清官难断的家务事；不论是军民纠纷的疑难案，还是改革开放出现的新矛盾，法律之剑所向披靡，斩断了一团又一团乱麻。

海军机关依法治军的消息传到 1.8 万公里的海防线上，穿过 10 年动乱风云的远方舰队纷纷发出急切呼唤——

北海舰队政治机关请法律顾问帮助处理一桩转业干部闹事案；

东海舰队则抱着一个棘手的"瓷器活儿"来找"金刚钻"：他们好心为地方保管 30 吨生丝，却意外卷入一起诈骗走私案，厂家向他们索赔 190 万元，状子一直告到了中央；

南海舰队、海军航空兵……

短短三年时间，年轻的法律顾问处和同样年轻的法律顾问们为部队承办各种法律事务 600 多件。

1987 年 1 月，在百万大裁军的特殊背景下，刘华清以战略家的眼光作出决策：批准将海军直属法律顾问处升格为"海军法律顾问处"。与此同时，各舰队、海军航空兵机关设立法律顾问处，军师两级设法律顾问，基层部队设兼职法治员。

这是人民海军新时期出现的一支"特种舰队"。

海军法律顾问处声名鹊起，誉满京城。军事科学院、解放军报社、八一电影制片厂、二炮营房部、总后建筑总队等单位纷纷聘请他们担任常年法律顾问。

首都新闻界、文学界、法学界的记者、作家和法学专家们更是倾注极大热情，为之鼓与呼。著名法学家任继圣先生预言："海军法律顾问将载入军史！"

军委副主席杨尚昆在军委会议上讲话了："海军搞了法律顾问，这是个新生事物，应很好地论证研究。"

总参谋长迟浩田也随即批示："海军法律顾问处成立多年来所产生的经济效益、政治效益乃至军事效益是很大的，他们的成功经验是可以借鉴的。"

1988 年 3 月，解放军总参谋部批准海军法律顾问处列编海军司令部。随即，全军各大单位也普遍建立起法律顾问处。"法律顾问"正式进入中国人民解放军编制序列。

斯时，刘华清刚刚卸职海军司令员，就任中央军委副秘书长。

这次，刘华清是怀着依恋的情感与赞许的目光走出海军大院的。

"基础不牢，地动山摇"

1982 年 11 月底，刘华清刚刚上任一个半月，便收到一封批评海军军人行为举止不文明的群众来信。

与此同时，刘华清还通过电视新闻看到了一个令他哭笑不得的镜头画面。

那天吃完晚饭，他和家人一起坐在客厅里看电视。中央电视台每晚七点档的《新闻联播》是他必看的节目。头条新闻报道的是中共中央总书记胡耀邦到海军某基地视察的消息。当胡耀邦走近队列，与前排官兵握手时，有一名水兵竟然用左手向总书记行军礼。更要命的是，这个镜头还堂而皇之地在央视新闻播了出来，气得他这位新任海军司令官恨不得当场把电视机给砸了。

军礼，是军人日常行为最基本的礼节，是军人内在气质和职业素养的重要外在表现形式。这个用左手敬礼的水兵和那个在公共场所行为举止不文明的青年军官，传导给刘华清一个强烈信息：海军官兵的基本素质很差，部队的现状不容乐观，存在的问题非常严重！

"海军的问题不少，要整顿！"邓小平的嘱咐再次警钟般回响在刘华清耳边。

危机四伏，刻不容缓。一封群众来信，一个电视镜头，促使刘华清在海军机关大院的治理整顿刚刚发轫之际，便急切地擂响海军部队全面整顿的战鼓。

1982 年 12 月初，海军司政机关发出《关于整顿军容军纪问题的通知》，要求在全海军范围内以军容军纪为重点，集中整顿三个月。

12 月 9 日，《人民海军》报发表题为《军容风纪要有一个明显好转》的社论，并在头版头条报道了海军开展军容风纪大整顿的消息。

12 月 14 日，《人民海军》报以《一份生动的教材》为题，配短评摘要发表了批评海军军人行为举止不文明的群众来信。

1983 年 1 月 9 日，海军召开整顿军容风纪电话会议，对整顿工作作出具体部署。

　　对数十万海军官兵来说，这是一个难忘的冬季。

　　这一年，作者在海军烟台基地政治部工作。作为一名军级机关的青年军官，我的感受是重新经历了一遍炼狱般的新兵集训生活。每周一、三、五早操，外加三个半天的队列训练。立正、稍息、三面转法，齐步走、正步走、跑步走，直线加方块，口号震天响。从单兵动作到队列动作，从军容军姿到礼节仪表，从帽徽领章到风纪扣和所有的大小衣扣，从内务卫生到头发、胡子、手指甲，全部细化与量化为考核的分值。中央军委颁布的《内务条令》《纪律条令》和《队列条令》，海军颁布的各种条例、部署以及各级各类岗位职责，全都要求倒背如流、践行如仪。各级各类的检查、抽查、考核、评比，更是一个接着一个，一轮连着一轮。

　　三个月军容风纪整顿终于结束。然而，从北京传来刘华清的指令却是：再集中三个月时间，在部队、机关、院校认真开展一次作风整顿！

　　继续进行作风整顿的决心来自于刘华清近期深入部队考察的直接观感。

　　2 月下旬，刘华清登临某岛视察。舰队和基地的领导同志向他汇报说，在三个月军容风纪整顿中，这个部队取得很大成效，是舰队军容风纪整顿的"标兵单位"。

　　然而，当刘华清在基地司令员陪同下来到军港码头时，早已得到通知的部队不仅没有按照《海军舰艇条令》规定执行舰艇三级礼仪，而且连个普通的列队场面都没有。官兵们零零散散站在码头上，见到海军司令员和基地司令员向他们走来，三个一伙五个一群傻傻地看着，没有一个人想着立正敬礼或是集合报告。

　　这就是经过三个月军容风纪整顿后的"标兵部队"？刘华清不禁有些愤愤然：分明是一群散兵游勇！当然，这不能怪战士，关键是干部没有带好，没有教好。看来，军容风纪和作风纪律整顿还得继续！

　　又是三个月过去。就在刘华清思考如何进一步把治理整顿引向深入的时候，由总后勤部牵头组织的全军仓库大检查完成了对海军各类仓库的全面调查。

　　1983 年 7 月 26 日，刘华清主持海军首长办公会议，听取海军后勤部关于海军仓库工作汇报。

汇报会上，刘华清和海军主要领导首先观看了全军仓库联合调查组编制的海军仓库调查录像片。摄自海军各类仓库的真实画面所暴露的严重问题，令刘华清和所有海军领导大吃一惊！

全军联合调查组在海军各仓库查出的问题多达 1381 个。综合归类，海军仓库建设与管理普遍存在五大问题：仓库布局不合理；施工质量低劣；物资贮存条件差；管理混乱；安全隐患多，事故时有发生。

海军仓库发生的事故与案件令人触目惊心。与一条马路相隔的空军比，海军仓库建设质量与管理水平更是高下立判。

"不怕不识货，就怕货比货。"刘华清神情肃然，"这次仓库调查，军委首长表扬空军仓库管得好，批评海军仓库管得差，一奖一罚，值得我们深思。"

"空军的作风就是好，工作抓得紧，事迹过得硬。"看了录像，听了汇报，刘华清痛心疾首，"海军的工作就是落后。不承认落后，看不到我们工作上的差距，很危险。仓库的问题反映了海军机关的问题，工作稀稀拉拉，没人去管。这是领导作风问题，非下决心彻底扭转不行。要振奋精神，扎扎实实具体抓落实。不讲是失职，不抓也是失职！"

刘华清当即决定："从现在开始，不要等军委开会部署，立即进行海军仓库建设与管理专项整顿。要用五到六个月时间，也就是说到年底前，重点抓好组织整顿、思想整顿、业务整顿、安全整顿、军容和库容整顿。通过整顿和治理，加强海军仓库正规化建设与管理，从根本上改变落后面貌。"

"全军联合调查组拍摄和编制的这部反映海军仓库问题的录像片，是一份难得的生动教材。"刘华清怀着苦涩的心情指示海军后勤部，"把这盘录像带发到各个基地、舰航和所有管理仓库的单位，让大家都看看，都受受教育！"

适逢海军军以上领导班子调整，在宣布军委命令的新老班子交接工作会议上，刘华清又特别增加一个"节目"：让参加会议的军以上干部集体观看了这部录像片。

一场旨在彻底改变海军仓库落后面貌的治理整顿战役打响了。

金秋 10 月，全军仓库工作座谈会在北京召开。海军作为问题最多的军种，指定向大会进行专题汇报。

经过治理整顿后的海军仓库，已然旧貌换新颜。（1987年1月）

时隔近30年后，作者在总后勤部军事档案馆，查到了海军后勤部提交给大会的这份《关于海军仓库工作几个问题的汇报提纲》。

据《汇报提纲》透露，海军开展仓库专项治理整顿三个多月来，已解决各类问题914个，占全军仓库联合调查组查出问题的66.2%；正在解决之中的248个，占18%；因经费等各种原因有待研究安排解决的219个，占15.8%。

《汇报提纲》指出，海军仓库工作要上去，一靠管理，二靠建设。经过全军联合检查组调查证实，海军仓库质量在全军是最差的。在全军联合检查组调查期间，海军各仓库共提出急需建设项目1981项。目前，近70%的改建与新建项目正在有条不紊地展开。

海军仓库专项治理整顿工作取得显著成绩，受到军委领导赞扬。

10月18日至19日，海军在北京召开仓库工作会议，传达贯彻全军仓库工作座谈会精神，研究部署深化海军仓库治理整顿措施。会议决定，要以高度的事业心和责任感，在三五年内改变海军仓库工作面貌，以适应海军现代化、正规化建设和未来反侵略战争的要求。刘华清出席会议并讲了话。他要求仓库战线广大官兵充分认识做好仓库工作的重要意义，本着对国家负责、对人民负责和对海军建设负责的精神，努力改变仓库工作的面貌。

在进行仓库整顿的同时，刘华清还下令进行了全海军范围内的财务、营房大检查以及医院与工厂的全面整顿，海军后勤各项业务建设开始走上正规化、制度化的轨道。

慈不掌兵，矫枉必须过正。整顿，是为了拨乱反正、正本清源，恢复这支传承流淌着红军血液的人民军队的政治本色，雷厉风行、令行禁止的战斗作风，一不怕苦、二不怕死的牺牲精神，一句话，是为了重振军威、重塑军魂。这是刘华清在开启中国海军现代化艰难航程之前，必须就绪的一次"精神备航"。就如一场巅峰对决的奥林匹克征战之前不可或缺的"热身赛"一样，整顿就是为即将拔碇起航的海军现代化之旅吹响的出征"集结号"。他要通过整顿，统合凝聚全体海军将士的思想、意志与行动，将他们召唤至万里长征的蓝色起跑线。

这是刘华清既定的起航母港。作为共和国第三任海军司令员，他已登上旗舰，升起将星旗，航向已经把定，航线已经标明。可谓万事俱备，只欠东风了。

刘华清等待的"东风"，就是整顿的成效。

经过为期一年多的治理整顿，海军各方面的工作有了很大起色。然而，刘华清却仍不敢丝毫懈怠。通过深入部队考察，他发现在新的形势下，军人应有的那种"效命疆场、献身国防"的尚武精神与英雄气概，随着理想信念模糊动摇与人生价值取向多元，呈现衰弱化趋势，和平麻痹思想有所滋长；基层干部的文化水准与专业素养普遍偏低，缺乏管理能力与带兵经验；相当一部分官兵不安心部队工作，事业心、责任心较差；10年"文革"的影响及其后遗症远远没有肃清，制度废弛、管理松懈，基层薄弱的状况到了令人吃惊的程度。

刘华清觉得自己简直是坐在火山口上，他有一种不祥的预感：不知什么时候什么地方什么人会捅出大娄子。凡是久经战火的高级将领，都会有这种特殊的职业敏感，他们能从一支部队细枝末节的变化中嗅出祸事来临的味道。那是一种特殊的气场预兆，是一般人难以获得的一种心灵感应。

1983年3月1日，从部队考察回京的刘华清专门主持召开以加强基层建设为议题的海军首长集体办公会议，提醒班子成员，要扎扎实实抓好基层工作，千方百计夯实部队基础。

"大家觉得基层工作天天讲，天天抓，老一套，不以为然。"刘华清强调，"基层工作不只是连排干部、党支部、党小组的事。只有人人关心基层连队建设，一切工作在基层落实，把思想工作做深做细做实，才能把基层连队建设成为无坚不摧的战斗堡垒。"

"基础不牢，地动山摇啊！"刘华清神色凝重，忧心忡忡，"海军基层工作的薄弱现状，就像一座活火山，说不定什么时候就会酿成大乱子。对此我们必须保持十分清醒的头脑，切不可掉以轻心。"

海军首长办公会议一致同意刘华清对海军基层工作现状的分析和关于加强基层建设的意见，并决定下半年适当时机召开海军基层政治工作座谈会。

4月上旬，海军在舟山召开预防政治事故工作经验交流会。海军地处沿海，历来是国内外敌对势力实施破坏的重要目标。近年来，已发生多起境外特务机关渗透策反和越境外逃事件。海军新一届领导集体组成后，面对"防线"工作中出现的新情况、新问题，从加强政治思想工作和整顿作风纪律入手，将预防政治事故、把好海上和空中"防线"工作作为加强基层建设的一个重要内容。

5月16日，海军党委批转下发《海军预防政治事故经验交流会情况报告》，要求各级党委和领导务必保持清醒头脑，认真分析和坚决克服工作中的薄弱环节，继续把防止恶性政治事故，把好海上、空中"防线"，作为预防工作的重点，经常研究新情况，解决新问题，总结新经验，努力开创海军预防政治事故工作的新局面。

8月，吴罡副政委和海军政治部郭开峰副主任受刘华清和李耀文委托，向总政治部主任余秋里汇报海军政治工作时，余秋里主任特意提醒海军领导同志，注意加强防线工作。刘华清获悉，当即就诱发政治事故、加强防线安全向部队下达三项指示：对有思想疙瘩的人员要注意，及时掌握他们的思想动态；对小船小艇，特别是分散单位要严加控制掌握；部队的行政管理要加强，尤其是交接班期间要保证部队不发生问题。

9月1日，鉴于调整后的海军军以上领导班子交接工作基本结束，刘华清与李耀文共同签发了海军党委《关于各级党委和领导将主要精力转到抓基层的指示》。《指示》明确要求，军以上单位要由主要领导同志挂帅，尽快组成工作组深入基层调查研究，认真了解基层出现的新情况、新问题，总结加强基层建设的新经验。

为贯彻海军党委指示精神，海军和各舰队、海航组成联合工作组，前往各基地、舰航、支队、水警区、航空兵师检查指导工作。联合工作组分北海、东海、南海和海航四个大组，深入基层进行为期 20 天以上的调查研究，了解基层舰连党支部建设情况和部队干部战士思想情况，探讨保持和提高部队战斗力和基层建设对策，现场解决基层部队出现的一些具体问题。

然而，就在刘华清提出将主要精力转到抓基层的时候，几起重大恶性事故还是在海军接连发生了。

1983 年 11 月 11 日，刘华清率海军代表团出访巴基斯坦和孟加拉国。这是刘华清就任海军司令员后首次出访。临行前三天，孟加拉国驻中国使馆武官特意设家宴为刘华清饯行。宴会结束，刘华清步出外交公寓时，一不留神踏空台阶，扭伤了脚踝骨。

兆头不好！然而，更坏的"兆头"还在后头：在结束对巴基斯坦的访问起程前往孟加拉国的航途中，因专机发动机故障被迫返航伊斯兰堡。在波特瓦尔高原闷热的机场宾馆，刘华清度过了一个终生难忘的不眠之夜。

带着故障的专机刚一落地，他就从外电报道中获悉一架大陆军机叛逃台湾的消息。这无疑是一起重大的政治事件。经过电请中方驻巴使馆紧急协查，确认叛逃者王学成属海军东海舰队航空兵飞行员。刘华清连夜召集代表团全体成员分析这起事件的前因后果，探讨加强海空防线的治本之策。

11 月 26 日，刘华清出访回国，直接飞赴东南沿海部队，展开为期一个月的调研考察。

一路上，刘华清思考最多的还是王学成叛逃事件。王学成是如何走上叛逃歧途的？他的思想演化过程给予我们哪些应有的反面启示？如何在改革开放新形势下巩固海空防线、预防类似恶性政治案件发生？

利用考察部队的间隙，刘华清研究了王学成叛逃事件的所有案卷材料。通过对案发后查出王学成自述材料和书信的研读剖析，刘华清基本弄清了王学成走向驾机叛逃犯罪歧途的心理演变过程。

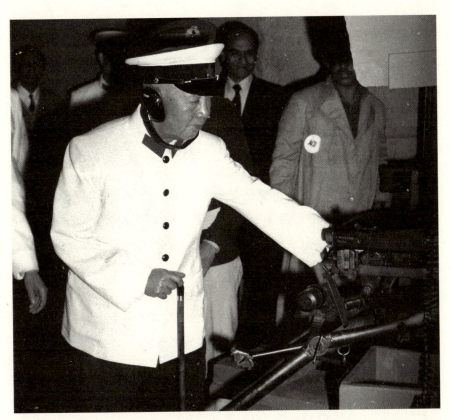

巴基斯坦海军参谋长授予刘华清的五星上将权杖成为其访问期间最应手的"拐杖"。(1983年11月)

　　"说一千，道一万，根本问题还是出在理想信念和人生价值观上。"刘华清认为，改革开放是一次思想观念的大解放和利益格局的大调整。没有经历过社会转型期的年轻官兵，难免在形形色色的社会思潮和五光十色的尘世生活冲击下，迷失方向，误入歧途。这就要求部队思想政治工作紧跟时代发展步伐，不断研究改革开放出现的新情况和新问题，探索新时期政治工作的新特点和新规律，增强思想教育的针对性和有效性。

　　1983年12月22日，刘华清在杭州听取了东海舰队航空兵领导关于王学成事件的详细汇报；1984年1月3日，回京上班第一天，刘华清又听取了海军航空兵领导的专题汇报。在这两次汇报中，刘华清与海航两级领导着重研究探讨了"像王学成这样的变节分子能不能识破""王学成驾机叛逃事件能否有效制止"等问题。

刘华清认为，王学成从思想演变到驾机叛逃，前后长达两年多时间，如果我们的政治警惕性高一点，工作做得及时一点，是能够及时发现并采取相应措施的；从军事指挥层面分析，也是完全可以挫败王学成驾机叛逃犯罪图谋的。

1984年1月5日上午，刘华清主持召开海军首长集体办公会议，就年前在东南沿海部队考察中所发现的一些问题，决定春季在部队再集中进行整顿。

春季整顿在部队如期展开。

4月5日，在海军各大部首长交班会上，刘华清就春季整顿工作进行总结讲评。他强调指出："整顿工作要继续坚持，预防事故要继续抓好，行政管理要继续加强。要一天天地抓，一天天地落实。舰艇出海，飞机升空，汽车出勤，都要交代注意事项，就像小孩子出门，父母总要嘱咐一样。今年上半年，要重点抓好舰艇部队的正规化训练与管理。"

然而，令刘华清始料未及的是，就在他这次讲话传达到部队不久，又传来北海舰队一艘潜艇出海训练时发生重大碰撞事故。

刘华清闻讯，率领机关12名工作人员于当日下午3时30分紧急飞赴青岛，现场组织指挥救援，调查分析事故原因。

这是一场特殊的战斗。斯时，作者任职北海舰队政治部宣传部，作为潜艇碰撞事故救援指挥所政工人员，于事发当日中午便登上J121号救援指挥船，参与并见证了这一重大事故救援全过程。

6月13日，潜艇海上救援工作结束。但是，整个事故的调查处理及其整顿工作才刚刚开始。

刘华清先后深入事故现场和某潜艇支队进行了调查，到医院看望了潜艇官兵，听取了北海舰队领导的汇报。

此时此刻，刘华清的心情是沉痛的。

"这次事故很严重，暴露出很多问题。"面对北海舰队领导班子，刘华清说，"你们有责任，我也有责任，工作都没做好。你们要通过这次事故，认真检讨舰队、支队各个方面的工作，吸取教训。"

刘华清要求舰队领导认真研究海军建设面临的新环境和出现的新情况，及时采取新的措施，制定新的对策："青岛港是军民合用港，港湾情况已大大不同于五六十年代了。军舰、商轮、渔船增多了，海上运动船只密度增高了。在这种情况下，如果仍然沿袭旧规，军地不互通情报，军舰和商船进出港就难免发生事故。"

5月24日，刘华清向中央军委副主席杨尚昆书面报告了潜艇碰撞事故的情况。在报告中，刘华清深怀愧疚地写道："这次事故的性质是相当严重的，造成了不应有的损失，给我军声誉带来了不好的影响。我深感痛心，负有领导责任，请予批评处分。"

5月29日上午，中央军委召开常务会议，专题研究海军潜艇碰撞事故问题。在听取了刘华清、李耀文的汇报后，与会军委和三总部领导杨尚昆、余秋里、洪学智、张震、甘渭汉分别作了指示。

就事故处理问题，杨尚昆指出，这件事在海军是一件大事，是海军抓基础训练和治理整顿的一个活的例子。海军要开个会总结一下，把经验教训说清楚，防止再出类似事故。

关于刘华清自请处分问题，杨尚昆说，我看没有这个必要。不要因为出了事故就灰溜溜的。邓主席也看了你们的报告，他希望你们通过这件事吸取教训，把海军的工作做得更好一些。

6月27日至30日，海军召开师以上军政干部会议。会议主旨就是通过剖析潜艇碰撞事故和近年来发生的几起严重事故，检查海军工作中的薄弱环节，总结经验教训，从而对部队进行一次广泛深入的教育，采取切实有效措施，狠抓改革和整顿，推进海军现代化建设。

刘华清在会上发表了长篇讲话。他首先分析总结了潜艇碰撞等重大事故应该吸取的五条沉痛教训：贯彻条令条例、规章制度不严格；技术基础训练不牢固；组织指挥不精密；装备管理不善，维修质量不过关；基层思想政治工作薄弱。

如何防止类似事故重演？刘华清提出的总体思路和具体对策也是五条：认真搞好整顿，加强管理教育；真正把教育训练摆在战略位置，扎扎实实打牢基础；加强基层思想政治工作，把安全工作落到实处；加强装备维修管理，改进后勤保障工作；转变领导作风，加强新形势下港口机场管理。

为确保抓基层落到实处，刘华清在会上宣布一项特别规定："部队基层干部在位率低于三分之二时，可不参加上级组织的一般性会议、集训或其

潜艇是人民海军五大兵种之一，在刘华清心中的分量非同寻常。（1985年3月）

他活动。"据上半年的统计，部队基层干部在位率普遍偏低。参加会议的师以上干部认为，一些领导机关缺乏统筹安排、科学计划，会议多、集训多、公差勤务多，是造成基层干部在位率低的主要原因。他们反映，在位率低，造成基层干部精力分散，顾此失彼，冲淡了中心工作，影响了基层建设。刘华清听取大家的意见后，当即作出了这一特别规定。

会议闭幕时，中央军委副主席杨尚昆、总政治部主任余秋里到会发表了重要讲话。

杨尚昆、余秋里对海军师以上军政干部会议取得的成果给予充分肯定。但作为海军广大指战员而言，特别是对以刘华清、李耀文为首的海军现任领导班子来说，杨尚昆、余秋里这次讲话的不同寻常之处与重要价值在于，他们代表以邓小平为核心的党中央和中央军委，在海军建设经受重大挫折、面临严峻挑战的关键时刻，对海军现任领导班子给予了公开的正面而积极的评价。

面对在座的海军师以上军政干部，杨尚昆、余秋里明确指出：

> 党的十二大以来，海军的工作是有很大成绩的，海军各级党

委和广大的干部战士在思想上、政治上是同党中央保持一致的，执行党的路线、方针、政策和军委的指示，是积极的、坚决的。海军党委贯彻党的十二大精神，具体提出了开创新局面的近期任务和远期目标，体现了军委对海军建设的要求，无论是教育训练、政治工作、后勤、工程和装备工作，都从实际出发，探索和解决了一些新问题。海军党委和机关的整党工作，按军委要求认真进行，搞得也是好的。这主要是因为各级领导班子起到了核心领导作用。

军委对海军现在的领导班子，对海军现在的工作，是满意的。海军现在的领导班子，我们觉得是一个干工作的班子，是一个有着创新精神的班子，也是一个团结的班子。多年来，海军受过多次干扰，叫冲击也好，叫混乱也好，应该说，这几年逐渐稳定下来了，能够集中力量为海军建设做贡献了。不能因为跑了一架飞机、又撞了一条潜艇这两起重大事故（也可以说是恶性事故），就否定海军的成绩。

为贯彻落实海军师以上军政干部会议精神和军委首长指示，6月初，海军和北海舰队组成联合工作组进驻某潜艇支队，进行整改教育。

这是一次刮骨疗毒、炼狱涅槃式的触及心灵与情感的自我教育与反省。全支队从上到下，人人拿起"显微镜"和"解剖刀"，寻找肌体上的病灶，解析导致病症的缘由，研讨祛病的良方，经历了一场哲学意义上的自我否定与扬弃。

8月，刘华清主持召开海军首长办公会，听取了工作组关于事故艇所在潜艇支队教育整顿的情况汇报，并作出决定，集中三个月时间，在海军部队进行一次全面的点验式检查整顿。

在此期间，各级领导机关集中派出工作组深入部队、院校检查指导，有力地推进了基层建设。据统计，全海军1984年行政责任事故比上年减少36.8%。

"重心向下，强基固本"，成为海军两起重大事故后刘华清深化部队治理整顿的基本思路。在1984年12月11日结束的海军党委五届六次全会上，刘华清明确提出1985年海军基层工作的重点是"抓落实，打基础，保安全"。

1986年1月中下旬，海军党委常委召开扩大会议，决定用三年时间，从根本上改变基层薄弱状况。

"要用90%的精力，扎扎实实地抓好基层。"1月26日，在为会议所作的总结讲话中，刘华清要求每一个领导干部，都要脚踏实地地工作，坚忍不拔地奋斗。

6月25日，《海军全面加强基层建设三年规划》正式颁布。规划提出了在继承我军优良传统基础上发展创新的指导思想，确立了苦干三年改变基层薄弱状况的奋斗目标，制定了加强基层建设八条要求和配套措施。

至此，海军基层建设作为一项系统工程，走上按计划、有步骤综合治理的发展轨道。

1986年10月10日，中央军委常务副主席杨尚昆在成都军区讲话时提出："全军从明年起，用两三年时间，加强基层建设。"

无疑，海军抓基层建设已经走在了全军前列。

1987年12月中旬，海军机关大院彩旗招展，办公楼和礼堂广场满旗高挂。一派节日喜庆气氛中，海军基层建设经验交流会召开。

这是一次检阅海军基层建设成果的大会。两年来，60%的基层单位基本达到海军党委提出的"八条要求"，涌现出一大批先进典型，分别被授予荣誉称号、评为海军基层建设先进单位和先进个人，受到海军司令部、政治部、后勤部的通令表彰。

这是一次总结探讨新形势下加强部队建设的经验交流大会。大会介绍的40份典型材料全部来自基层，事迹生动实在，经验新鲜宝贵。

"这些从实践中总结出来的经验，再回到实践中去，解决基层存在的问题，便于推广，容易落实。"刘华清在大会闭幕时的讲话中，抽象概括出海军新时期基层建设十条基本经验。

这是一次再吹进军号、重敲征战鼓的动员大会。"劲可鼓而不可泄。"刘华清指出，"基层建设是非常复杂的动态的系统工程，要彻底改变基层建设薄弱状况，在新的一年里夺取海军基层建设达标活动的全面丰收，任务还相当艰巨。"

12月19日，海军基层建设经验交流会胜利闭幕。以此为标志，经过几年的治理整顿和三年规划的实施，海军基层建设进入一个崭新的发展阶段。

"我是海军司令，不是旅游局长"

1982 年 10 月 6 日，就任海军司令员刚刚 20 天的刘华清悄然离京，下部队去了。

这是他既定的万里海防大巡察的开端。在接下来的一年零两个月时间里，他的足迹遍布共和国 1.8 万公里海防线。三大舰队的所有舰航基地、舰艇编队、机场码头、岸防阵地，海防前沿的高山哨所、岛屿要塞、航门水道，海军直属军事院校、科研院所，他全部考察巡视了一遍。

1982 年 10 月上旬至中旬，考察驻辽东半岛海军部队、院校；

1982 年 10 月下旬至 11 月上旬，考察东海舰队；

1983 年 2 月上旬至中旬，考察南海舰队；

1983 年 5 月下旬至 6 月上旬，考察驻山东半岛海军部队、院校；

1983 年 11 月下旬至 12 月上旬，考察驻广东、福建地区海军部队、院校；

1983 年 12 月下旬，考察驻南京等地海军院校。

前后六次，历时 100 多天！

这次大巡察，刘华清真正摸清了海军的"家底"，全面认识了部队的现状。按理说，对执掌这个惨遭 10 年"文革"祸乱的一致公认的"重灾户"所面临的复杂局面和严峻挑战，他在领命三进海军之前就有了充分的心理准备，但是当他深入其中从外到内由表及里地做了一番全息式扫描透视后，才真正理解了什么叫"问题成堆、积重难返"，什么叫"如临深渊、任重道远"！

"看来得豁出这条老命了！"刘华清似乎一夜之间又回到那横刀立马的烽火岁月，耳畔不断回响起民族英雄岳飞那首壮怀激烈的《满江红》："三十功名尘与土，八千里路云和月。""待从头，收拾旧山河，朝天阙。"这千古绝唱的名句，真实地写照出他的蓝色情怀；"莫等闲，白了少年头，空悲切。"似乎也恰到好处地表达了他急如潮涌的心境，只是他那一头标志性的"银板寸"早已不是"少年白"了。还是苏东坡的"老夫聊发少年狂……鬓微霜，又何妨"和曹操的"老骥伏枥，志在千里；烈士暮年，壮心不已"，吟诵起来让他更感亲切一些。

于是，在这一年中，海军将士重新认识了刘华清——身为海军司令员的刘华清。尽管外表还是那样质朴敦厚，接人待物还是那样温蔼随和，讲话还是那样乡音不改，然而海军司令员这个独特的角色，将他作为一个军事战略家的视野、胸怀和格局，一个海军高级将领的胆识、气魄和才华，淋漓尽致地展现出来。如果说，刘华清在就职大会上没有发表施政演说，海军上上下下都不知道他的葫芦里卖的什么药的话，那么随着他巡察海防的脚步不断向前延伸，则向全体海军将士释放出一个强烈的信号：海军要动大"手术"，海军必须大改革！

刘华清巡察的第一站是旅顺基地。

20多年前，刘华清曾是这座"海军城"的最高军事长官。

旅顺军港始建于1881年，曾是北洋水师驻泊的母港。在旅顺基地领导陪同下，刘华清仔细考察了军港驻泊情况。

军港变化不大，可以说没有什么变化。码头还是原先的码头，港区布局还是20多年前的老样子。唯一不同的是，驻泊的舰艇多了，港区内显得比较拥挤。

"这个百年老港该搞点建设了。"刘华清对陪同的基地领导交代，"旅顺军港的扩建计划，已经总部批准，你们可先将新码头建起来，同时完成港池挖泥疏浚工程。这样不仅能缓解眼下舰艇驻泊拥挤问题，而且战时也好使用。"

在军港中区，停泊着护卫舰大队的战舰。那些老式的舰艇，舰体锈迹斑斑，显得非常陈旧。

刘华清自语道："它们也该退役了。"

就这样走着聊着，给随行者的感觉是，老首长故地重游，完全沉浸在往事的追忆中，所思所言无非触景生情、有感而发罢了。

然而，接下来的一幕幕场景，彻底颠覆了所有人的观感与认识。

刘华清乘舰跨海，登上海洋岛。

海洋岛位于长山群岛东南端，扼黄海北部海上交通要冲，为东北地区海防前哨。中日甲午战争期间，日海军舰队就曾在附近海域待机，寻觅北洋舰队决战。

驻岛水警区领导向刘华清报告，想把大港湾分成小港池。刘华清当即制止这一设想。"这是多么好的港池啊！"站在码头上，极目群峰环绕的天然海港，他说，"这么大的港湾水面，可供大型舰艇驻泊。如果人为把它分成小港池，大型舰艇就不能用了。"

离开海洋岛，刘华清乘舰来到小长山岛视察正在施工建设的一个快艇基地。

岛岸山脚下，建起了一排砖瓦房，用作日后快艇部队的营房，眼下负责施工的工程兵部队就住在里面。山洞已经挖好，还没有被覆，将来快艇可以直接开进洞内隐蔽。港内设施工程刚刚开始建设，码头尚未开工，港外的防波堤微微露出水面，不及工程量的一半。

退潮了。展现在刘华清面前的港池不仅水浅，而且面积狭小。

"这个工程必须马上停工！"刘华清断然发出指令。

此言一出，令陪同考察的北海舰队领导惊诧不已。一项如此重大的国防战备工程，施工部队在这个孤岛上风餐露宿苦战数年，投入数以亿计的经费，怎么能半途而废呢？

"刘司令，这项工程已经花了那么多钱，停建损失太大啊！"北海舰队一位副司令员据理力争。

"投进去多少钱了？"刘华清问道。

"超过一个亿。"这位副司令员回答。

"后续工程还需投入多少？"

"大概还要个把亿。"

"一个亿打不住吧？"

"……"

见对方无言以对，刘华清道出了自己的忧虑："停建损失确实大，不停建花的钱更多！海军建设要用钱的地方太多了，但军费是有限的，我们必须分轻重缓急来办！"

"问题的关键还不仅仅在于花多少钱。"刘华清话锋一转，指着眼前正在兴建的军港继续说，"你们都看到了，就这么巴掌大的一块水域，建好后能容得下一个快艇支队吗？充其量也就进驻一个大队！所以，我认为要立即停建。至于下一步怎么办，你们回去后再很好地论证一下。我的意见，暂时不上，可以考虑先把这个工程封起来，妥善保护，以后再说。"

离开小长山岛，刘华清乘舰驶过渤海海峡，来到庙岛群岛一座鲜为人知的小岛上，这里正在修建一个舰艇洞库。

刘华清直奔洞库，令工程负责人打开大门。但令他始料未及的是，动用了一个排的兵力，洞库大门仍没有打开——洞口外的沙石流已将洞口堵得严严实实。经过一番紧张折腾，大门总算打开。然而，再想关上却更困难——沙石流迅即将洞口堵死了！

刘华清十分清楚，沙石流作为一种海洋特有的自然环境，靠人工堵是堵不住的。

"这么个德行将来打仗能用得上吗？"刘华清抑制不住心中的愤懑，当机立断，"这地方搞舰艇基地不行，必须停建！"

……

同样的场景伴随着刘华清巡察的脚步，在万里海防线上不断重复地上演：

舟山基地。

素有"千岛群岛"之称的舟山群岛，扼中国近海南北航路要冲，被誉为"东海巨障"。这里航门水道密布，港湾锚地众多，历来为中国海防战略要地。刘华清对舟山群岛至温州以北一线海军驻防情况进行详细考察。令他印象最为深刻的是战场建设的混乱状况。所到之处，都是挖了洞子，盖了房子。有的海防工程在前期准备中对水文资料没有很好调研，边定点，边设计，边施工，致使洞库建成后，泥沙回淤严重，完全不能使用，只得忍痛报废。

海南岛榆林基地。

时值新春佳节，刘华清陪同中共中央总书记胡耀邦看望慰问部队、与官兵欢度春节之后，视察的第一站就是榆林军港。

"榆林军港是南海舰队最好的港湾码头。"刘华清一边视察，一边对基地领导说，"你们要好好论证一下炸礁的问题，港池内的礁石该炸的就炸，码头该建的就建，把这个军港下功夫彻底整治一下，以解决驻泊舰艇拥挤的问题。"

在海南岛接下来视察的几个军港，刘华清难得再有如此好心境。

刘华清乘坐交通艇来到海口。这里建有一个水警区。海口完全有条件建设大型港口码头，但水警区的码头不行，港池水位太浅。洋浦港也具备停泊大中型舰艇的自然条件，但也没有改造。

交通艇载着刘华清驶入清澜港。港区航道很长，外边水位很深，完全可以兴建大型码头，但不知何故，码头却建在里面。航道和港池被泥沙严重淤塞，已危及舰艇进出港安全。

再看田独港，还是如此！洞库、营房都建得不错，就是港池水域小得令人心痛。

离开海南岛，刘华清一路西行，来到北海。这里驻防一个水警区，但舰艇停泊却没有正规的军港。一个简易码头，平时只能停靠一两艘小艇，风浪大了还不保险。

走进珍珠港，但见一大片营房修建得颇为整齐壮观，而刚建起的军港码头却已被淤泥堵塞，舰艇进出停靠极其困难。

一路上，刘华清对这类先天不足的海防工程，多次亮"红牌"处以"极刑"，然而此时，他再也不忍心当"冷面判官"了。

"决策失误给海军建设带来多大灾难啊！"刘华清痛心疾首，"防城港水深泥沙少，建码头条件比这儿好得多，怎么就不论证一下呢？"

在现场研究处置方案时，刘华清无可奈何地说："投在这儿的都是白花花的银子，怎么说也是一笔很大的财产啊！总不能都扔了吧？能挽救的就挽救，尽可能发挥作用吧！"

胶东仲夏，海风习习，景色宜人。刘华清驱车东行，来到素以"仙山琼阁、海市蜃楼"蜚声海内外的蓬莱。

刘华清到此一行，绝非观光览胜。他既无此闲情，也没有这份雅兴。

蓬莱阁下，岬角西侧。在北海舰队和烟台基地领导陪同下，刘华清径直来到军港码头。放眼望去，港外不远处，两艘舰艇锚泊在航道上。

"为什么不进港靠码头？"刘华清问道。

"潮水不够。"舰艇大队领导如实报告。

刘华清这才知道，由于港区航道水位太浅，舰艇进出都必须赶在高潮时刻，不然就可能搁浅。

"简直是天方夜谭！"刘华清哭笑不得，"就这么蛤蟆大的一个浅水湾，有必要驻泊一个舰艇大队吗？"

舰队领导解释说，部队营区刚刚投资兴建完工，而且正好坐落在蓬莱阁风景区，这么好一块地盘丢了太可惜。

"我是海军司令，不是旅游局长！"刘华清反驳道，"打起仗来，我总不能跟敌方的舰队司令说，咱们先别打，潮水还没涨上来，我的舰艇出不去。敌人会听我刘华清指挥吗？"

"这个舰艇大队必须裁撤！"刘华清指示说，"这块地盘当然不能随便丢掉。派什么用场，舰队和基地好好研究一下。"

至此，人们彻悟了：刘华清一路巡视下来为何对军港情有独钟？他已然着眼未来海上现代战争，从战略高度谋划着海军战场建设。

刘华清巡察海防的最后一站是福建和汕头。

对于中国海军来说，这是一个关乎国家统一的战略重点地区。铺开中国地图，注目东南沿海，就会发现，福州到汕头一线，正好与台湾岛隔海相望。

海军驻福建地区至汕头一线部队担负着维护祖国统一、守卫台海安全的神圣使命。然而，就是这样一个重点战略方向，战场建设存在的问题依然十分突出。

沙埕，位于闽浙沿海交界处的一个港口城镇，港湾深入陆地，狭长而曲折，两岸丘陵夹峙，形势隐蔽，是一处天然避风良港。刘华清发现，驻守在这里的海军部队互不隶属，各行其是，连一个牵头协调单位都没有。

海坛岛，亦称平潭岛，西隔海坛海峡与大陆相望，东临台湾海峡，与台湾新竹白沙岬共扼台湾海峡北口，两地相距仅 68 海里，形成台湾海峡最为狭窄的水域。刘华清乘船渡海，在海坛岛考察了两天。最令他忧虑的是，舰艇进出港航道严重淤塞，已直接影响到正常的作战训练。就连他此次上岛，也得等涨潮时才能进出。

东山岛，因状似蝴蝶，亦称蝶岛，位于闽粤两省结合部，南与广东南澳岛相临，扼台湾海峡南口，当东海、南海交汇之区，军事地位十分重要。刘华清在东山岛也住了两天。考察中，他发现航道入口处原有的基地设施已经废弃，新建的大码头、油水库和营房，都无可挑剔，同样是航道淤塞问题没有解决。

在与基地领导集体座谈时，刘华清特别嘱咐："福建是战略重要方向，你们一定要深谋远虑，抓紧搞好战场建设。"他具体指示说，"根据缩短战线、突出重点的原则，你们集中精力抓好几个大型驻泊点的建设，其他地方就不要再搞了。"

结束在福建地区的考察，刘华清就近来到汕头。

汕头，素有"粤东门户、华南要冲"之誉。1981年被批准设立经济特区以来，各项建设日新月异。

"汕头是个好地方啊！"刘华清在结束考察时，对陪同的广州基地领导交代，"这里水深潮平，江面宽阔，你们要好好规划，加强建设，以保证中、大型舰艇安全停泊。"

此时，不但这里就连广州基地都没有编配中大型舰艇。显然，站在全局的战略制高点上，面对台海潮汐变幻、波谲云诡的复杂态势，刘华清已然对海军未来军事部署进行着更加深远和更为宏观的谋划与思考。

"海军的建设方针要调整。这么个干法不行，必须下决心整顿！"这是刘华清巡察海军部队得出的基本结论。

如何调整？如何整顿？"再也不能像过去那样四处设点、八方摆摊了。"刘华清开出处方，"核心就是两个字：一是'收'，二是'缩'。'收'，就是收拾摊子；'缩'，就是缩短战线。"

考察中，不少舰队、基地主要领导都向他提出增加部队编制、扩充装备员额的要求，刘华清一律回绝。对于那些想新上军港码头项目的报告，他全部否决。

"海军党委已经决定，实施重点建设的方针。"刘华清明确告诉各级领导，"小型港口码头不再新建扩建。否则，战线越拉越长。"

"我们都要变一变脑筋，变一变观念。"刘华清说，不要总是一讲发展，就提出要扩充多少部队，增加多少员额。海军实施整顿调整，也是发展，也是提高，也是前进。所谓"退一步进两步"，就是这个道理。咱们都没少坐车，汽车在爬坡的时候，司机挂的并不是高挡，而是低挡。欲速则不达。挂高挡车速快，这个坡可能就爬不上去；而换低挡车速慢，这个坡却能顺利爬上去。

"在目前情况下，不仅不能增加编制员额，还要精兵简政，消臃裁劣。对那些没有任何战斗力可言的老旧装备，该退役的要立即退役，该淘汰的要马上淘汰。"刘华清举例说，"像那些老式护卫舰和老式猎潜艇，就应该坚决报废，不然既占兵员，又花修理费，于海军战斗力建设毫无益处。"

言及精简整编，各级领导普遍面有难色："撤并部队难，压缩人头更难。手心手背都是肉，挖掉哪一块都心疼啊！"

刘华清态度十分坚决："部队要精干，机关要精干，干部队伍更要精干！"他以不容置疑的口吻表示，"军委下达给海军的精简任务一个也不能少！一些部队要裁撤，一些单位要合并，一些年大体弱的干部要退下来。这是我军革命化、现代化、正规化建设的需要，没有任何价钱可讲！"

刘华清在上海考察时，发现海军驻沪机构过多、过滥、重叠和臃肿。"海军和舰队要彻底整顿驻沪机构。"刘华清发出指令：由海军司令部和上海基地组成联合工作组，深入调研后提出精简方案。

部队战斗力建设，是刘华清巡察时关注的又一个重要议题。每到一地，他都要召集舰艇干部座谈，面对面了解训练情况。

旅顺。某潜艇支队。

刘华清开门见山，问在座的艇长们："你们有多少人完成了全科目训练？"

艇长们你看看我，我瞅瞅你，全都红着脸不吭声。

支队领导如实报告："他们都还没有完成全科目训练。"

究其原因，除个别因任职时间较短，大部分任职三年以上的艇长，主要是因调动而影响了训练。

"舰艇长全科目训练，是和平时期舰艇战斗力生成的根本途径。"刘华清说，"没有合格的全训舰艇长，再好的装备也没有战斗力。全训舰艇长一定要多培训一点，起码三级以上舰艇都要有两名合格的舰艇长。"他对在场的基地和支队领导交代，"舰艇长在没有完成全科目训练前，不要随意调动；即使完成了全训，也要稳定两年以上。"

北部湾海军某部1982年秋季发生三艘猎潜艇被台风刮到岸上的重大事故，刘华清曾指派海军一位副参谋长前往调查处理。巡察时他特意来到事故现场。据查，造成如此严重后果，主因是这三艘舰艇的艇长不在位，而在位的副长均不具备独立操纵指挥能力。

这都是什么事！刘华清一听就光火："防台就像打仗一样，如此紧急时刻，为什么这么多艇长不在位？即使艇长不在位，还有副长嘛！副长代理艇长是我们历来的传统。如果打起仗来，副长不过硬，在远离陆岸基地的汪洋大海上，派人保驾来得及吗？"

刘华清当即下达一条硬性规定："从现在起，编队以下舰艇军官，不管哪一级，不合格的，坚决不能任命！"

刘华清还发现，部队训练中走过场、跳训、漏训现象比较普遍，不少科目虽然进行了，却没有达到训练大纲标准要求，训练质量不高。还有一些部队训练时间不落实。往往搞一次海上训练，准备一个月，训练十来天，然后再总结半个月。

舰艇维修效率低、周期长，已经成为舰艇在航率与战斗力的重大制约因素。一艘驱逐舰进厂中修，时间跨度长达三年以上。一个新服役的水兵，如果赶上舰艇中修，还没等舰艇驶出船坞，就该打背包退伍走人了。而同样是一艘驱逐舰中修，外国规定的时间只有三个月。差距之大，令人咋舌！

"教育训练方面的问题很多，要从实际出发，大胆试验，闯出一条教育训练的新路子！"刘华清责成海军司令部立即着手研究制定教育训练改革整体方案。

刘华清来到海军陆战队。

海军陆战队是以遂行两栖作战为主要任务的海军特种兵，具有机动性强、快速反应和执行多种作战任务的能力。由于组建时间短，这支从陆军转隶海军的部队基本建设还存在许多问题。

"陆战旅的专用训练场要尽快规划实施。这个训练场一定要开设在机场和港口附近。"刘华清指示说，"陆战旅是一支两栖作战的拳头部队，将来登陆作战光靠登陆艇是不行的，还要搞机降、空降，这样才能快速机动。"

针对近年来海军各级在作战指挥上经常发生差错、以致酿成事故的现象，刘华清明确提出要搞好作战指挥人员训练。他强调："要加强各级指挥员的业务学习，提高指挥员的组织指挥能力。各级指挥员都要进行严格考试，合格了才能担任作战指挥任务。机关各业务部门要把本身的业务搞熟

保卫南沙，戍守岛礁，刘华清对海军陆战队这支两栖劲旅寄予厚望。（1986 年 1 月）

练，参谋光做到'六会'❶是不够的，知识面应该更宽些。今后对参谋人员也要进行考核，不及格者可补考一次，仍不及格的，就不能继续当参谋，更不能提升。"

不仅要严格训练，还要严格管理。"一定要处理好正规化与现代化的关系，光讲现代化，不讲正规化，不行。二者是相辅相成的，互为服务的。"针对部队在正规化训练方面存在的模糊认识，刘华清批驳道，"两人成行，三人成伍，步调一致，这不是形式，代表的是团结和意志。松松垮垮能有纪律性吗？武器装备这里生锈，那里故障，会有战斗力吗？"

在东海舰队航空兵部队视察时，刘华清特别叮嘱舰航领导班子，一定要加强飞行部队的战术技术训练，提高空中作战能力，严格把好空中防线。

---

❶ "六会"，指会画（有关图表）、会写（有关文书、电报）、会传（传达有关命令、指示、报告、通报等军事信息）、会读（判读有关图像、照片等）、会记（记录有关情况、资料、数据等）、会算（用计算机正确进行计算）。

他一针见血地指出："如果跑一架飞机，影响就很坏，后果不堪设想！"遗憾的是，这次重要的提醒与告诫未能引起东航领导班子的足够重视，以致一年后发生王学成驾机叛逃事件，造成了难以挽回的政治影响。

"为了适应现代战争的需要，后勤保障一定要现代化。"刘华清一语破的，"采用赶毛驴、推小车、挑担子的方法，在抗日战争、解放战争时期可以，现在就不行了。"

某驻岛潜艇支队。时值新春佳节，吃菜成了困扰基层的一大难题。一艇一个灶，每天早晨各艇司务长乘船到大陆采购主副食品和蔬菜，但由于当地缺乏大型生产基地，可供采购的主副食品和蔬菜非常有限。整个春节，全支队官兵连鱼都没有吃上，支队领导每人也只分到2公斤肉——1公斤猪肉，1公斤牛肉。

刘华清一边视察各艇食堂，一边听取支队领导汇报，心中像打翻了五味瓶，说不出是个什么滋味。

"我很寒心！"在舰队干部大会上，刘华清抑制不住心头升腾的怒火，严肃批评道，"这是我们机关工作的严重失职！尤其是后勤部门的同志，应该受到良心的谴责！"

"吃饭的学问很大。"在此前一个月召开的海军后勤工作会议上，刘华清就对现行生活供应方式和保障模式提出批评，"向军舰上供应的东西，仍是老一套，鸡鸭连毛带爪、蔬菜连泥带土一起送到舰艇上，猪肉成片成片往舰艇上搬。这个办法是很落后的！我们20多年前没解决这个问题，现在仍没有解决。"

"怎么用现代化的办法吃饭呢？"刘华清主张：一是要搞现代化的炊具、现代化的伙房；二是要搞中型、大型集体食堂；三是实行食物成品、半成品化供应。建一个现代化食品加工厂，生产系列配套熟食品，或把蔬菜、肉类制成半成品，就可以供应数千上万人，既可提高效率，也比较节省。民航系统已经这样做了，城市现代化也在走这条路，我们为什么不可以借鉴一下呢？

"后勤现代化，涉及内容很多。"刘华清扳起指头侃侃而谈，"譬如，吃饭穿衣怎么现代化，工程保障设施怎么现代化，供应体制怎么现代化，各种运输工具怎么现代化，各种保障器材怎么现代化，各种仓库管理怎么现代化，等等。"根本出路在于改革，"不改革就不能搞现代化，就不能进入现代化。"

刘华清要求海军后勤战线厉行改革，开拓创新："边做边学习，边做边研究，边做边改进。看准了的就大胆地改、系统地改；看不准的就多研究，总之要下决心改变现状。"

基层官兵，尤其是驻守在偏远高山海岛地区部队官兵思想现状，引起刘华清的高度重视。最突出的是驻海南岛部队，基层干部思想很不稳定，有人反映说，不安心部队工作的干部占到三成以上。

经过具体分析，刘华清认为，大致有三种情况：一心一意铁定在海南工作的干部，是少数；伸腿不干，闹着要转业走人的，是个别；相当普遍的，是心里不踏实，有后顾之忧。

干部不安心，关键在于五大"苦"关没有解决好：一是常年工作在高温、高湿甚至高盐自然条件下，不堪环境恶劣之苦；二是收入低、待遇差，不堪生活清贫之苦；三是远离家乡，路途遥远，交通不便，不堪离别思亲之苦；四是家属随军安置就业难，不堪家庭负担之苦；五是驻地教育质量差，子女求学难，不堪牵连后代之苦。

"凡此种种，都是现实，不容回避。"刘华清坦陈，"没有别的招，一靠思想教育，二靠解决实际困难。"

"南海舰队的战略位置非常重要，过去重要，今天重要，将来也重要。"面对应邀参与座谈的一群血气方刚的基层军官，刘华清动了真情，"南海的东北通过台湾海峡与东海连接，东经巴士海峡通向太平洋，西南有马六甲海峡与印度洋相连，是重要国际海上通道。南海的资源也十分丰富。南海向来是帝国主义的必争之地。历史上，帝国主义从南海入侵我国大陆的事情太多了。不是说南海是祖国的南大门吗？在这动乱的世界上，我们总不能关着大门不管吧，总要有人来保卫它、建设它吧。我不来，你不来，他不来，叫谁来呢？如果大家都不来，那人家肯定要来。我们都是中华民族的儿女，都是共产党员，我们不来守这个大门又叫谁来守呢？"

"我们都是中华民族的儿女，祖国的南大门，我们不来守又叫谁来守呢？"司令员的一席话，令守岛水兵暖在心头，笑逐颜开。（1983年2月）

"思想政治工作从来就不是万能的。要让干部安心南海工作，就必须着力解决他们工作和生活中的实际困难。"在与南海舰队领导交换看法时，刘华清指出，环境越是艰苦，任务越是艰巨，各级领导和机关越是要关心群众疾苦，切实解除他们的后顾之忧。只有把思想政治工作与解决实际问题有机结合起来，双管齐下，两个轮子一起转，你讲的大道理，基层官兵才听得进去，政治工作和思想教育才能发挥作用，部队才能真正稳定。

"海军建设能不能搞上去，关键在干部，特别是各级领导班子的精神状态和领导干部的表率作用。"这是刘华清工作的着力点，也是刘华清面临的一大难点。

回海军工作时间不长，每天他都收到大量来信，有喊冤叫屈的，有要求平反正名的，也有状告他人的。下部队巡视考察期间，也几乎天天有人来访申诉。刘华清感慨不已：海军历史遗留问题太多、太复杂。

痛定思痛，刘华清大声疾呼："海军不要再折腾了，不要再翻老账了，不要再打内战了！"

谁都清楚，刘华清在海军无帮无派。如果硬说有，那他就是"实干派"。在用人政策上，他的导向也很清晰：你德才兼备，能干会干，肯干实干，就提拔重用；你占着茅坑不拉屎，甚至还挡着道儿不让别人好好干，对不起，那就请你让路腾位子！

1983年2月中旬，刘华清驱车来到南海舰队某潜艇支队营院。正值新春佳节，他的脸上却未露一丝喜色。刚一落座，就响起一声闷雷："你们两位主官说说，支队这几年都干什么了？"

当着支队全体团以上干部的面，刘华清劈头盖脸地批得支队长、政委抬不起头来：

"一个支队，只有一条潜艇在航，你们心里愧不愧？去年5月搞演习，命令你们支队出两条艇，要求不高吧？可你们呢？一条趴窝根本就没有离开码头，另一条走到半道上故障又折了回来。打雷沉雷，训练撞艇。海军组织军事干部考试，你们支队考了个全海军倒数第一！真风光啊！全支队及格的只有两人！你们说说，心思都用到哪儿去了？

"潜艇支队，海军的拳头部队啊！你们不抓基础训练，不抓正规化训练，不抓装备在航率，不把军事训练放在战略地位，要你们干什么！"

发了一通火，刘华清才觉得气儿顺畅了一点。接着作了一通指示。末了，留下一句话："给你们两年时间，把潜艇支队建设搞上去，到时候我要亲自来验收！"

刘华清前脚刚走，支队长的调学令接踵而至，李树文接任支队长。李树文能进入刘华清法眼并在两个月内由参谋长、副支队长继而升任支队长，靠的是三大硬功：潜艇学校科班出身，任潜艇艇长八年，带出三艘全训合格先进艇；1977年率艇出色完成中国海军常规潜艇首次极限深潜重大试验任务；海军学院合成战役指挥班唯一30多门课程考试全部优秀的尖子学员。

两年后。1985年5月，刘华清果真来验收了。李树文没有令他失望：

两年来，在舰队党委大力支持下，李树文首创潜艇修理合同制，为支队新增六艘全训在航值班艇，且节省维修经费50%。营院建设也大变样：营房全部翻修变新、水兵大楼、军官家属房一律按标准规格设计建造；办公区、家属区、艇员生活区、码头管理区、陆勤分队区，全部划区管理；营区马路、供电、供水乃至进城交通等老大难问题，均得到根本解决；艇员队不仅建设了淋浴房，而且配齐了电视机、录像机和各类文体器材；环岛公路和海水游泳池也已开工在建。

更令刘华清欣喜的是，李树文在海军率先建成潜艇部队第一个现代化大食堂。面库、米库、菜库、副食库、冷藏库、佐料库、酒水库一样不少，和面机、绞面机、饺子机、洗碗机、消毒机配置齐全，流水作业加工间、配餐间、艇员餐厅、值班人员餐厅一应俱全。

刘华清大喜过望，赞不绝口："营区还是那块地，码头上还是那些艇。但战斗力水平、营院环境、人的精神面貌变化竟是如此之大！这说明什么问题呀？说明兵熊熊一个，将熊熊一窝！说明关键在人，关键在领导！"

刘华清第二次视察支队两个月后，48岁的李树文被破格晋升为南海舰队参谋长，原以为提升无望的老政委也就任某基地副政委。

这是后话。

万里海防巡察结束了。海军纷繁复杂的乱象在刘华清脑海里抽象为一串令人压抑的文字：部队分散，点多线长，指挥机构不精干；舰艇部队小艇多，中大型舰艇少，活动范围小；海军航空兵通用飞机多，海军专用飞机少，不能满足海上作战需求；各级司令部建设严重滞后，指挥手段与20世纪50年代相比改进不大；一些港口、洞库沙淤厉害，使用受限；装备管理薄弱，舰艇失修严重；后勤保障效率低下，手段落后；教育训练摆位不正，部队战术技术水平不高；院校教育亟待恢复振兴，人才培养有待加强；部队管理松弛，作风纪律松散；条令条例和规章制度很不完善，干部管理水平和带兵能力不强，各种事故时有发生；政治思想工作薄弱，基层舰连建设基础薄弱。

面对如此现状，要开创海军建设新局面谈何容易！然而，在海军举办的军以上干部读书班上，刘华清却信心满怀地宣称：开创海军建设新局面的历史时机已经到来！

"这里有一个增强信心、坚定信心的问题。"刘华清直言不讳，"部分同志缺乏这种信心，或者叫作信心不足，认为10年动乱中海军几次折腾，受害很深，问题成堆，很难解决。"

刘华清并不否认前进航路上的道道关隘与重重险阻，但他更看重建设与发展的积极因素和有利条件：我军建设已经转到革命化、现代化、正规化的正确轨道，党中央、中央军委对海军建设极为关怀和重视；海军经过33年建设，已经打下一个良好基础，培养了大批干部，形成一批骨干力量；随着国家四化建设的发展，海军现代化建设形势也越来越好。

"我们要用全面的、历史的、发展的观点来分析形势，下决心把海军建设搞上去。"刘华清指出，"有些条件不够，要发挥主观能动性，积极创造条件。我们现有的这一套不都是创造出来的吗？包括培养干部、建设基地、发展部队，也包括装备研究、造船工业，都是从无到有、从小到大发展起来的。现在有这样好的条件，我们没有理由不把海军建设搞上去。"

火车跑得快，全靠车头带。要开创海军建设新局面，关键在领导。刘华清公开申明："新一届海军领导班子是有决心把工作搞好的"，"你们可以看今后的实际行动"。

刘华清除要求他的将军们"加强班子团结""转变工作作风"外，还特别提出要"振奋革命精神"。

刘华清说："过去军委邓小平主席批评海军不振作，非常切中要害。现在情况有了很大的变化，但新的形势和新的任务对我们提出了更高的要求，需要我们进一步振奋革命精神。"

如何振奋革命精神呢？在随后召开的海军党委五届五次全会上，刘华清树起一杆标尺："振奋革命精神，就是要解放思想，敢想敢干，敢于打破不适合于新情况的老框框，敢于创新；就是要充分发挥积极性，要有充足的干劲，苦干、实干，勇挑重担，一心扑在海军建设事业上；就是要脚踏实地，从实际出发，多谋善断，提高工作效率，多出工作成果。如果我们各级党委和广大指战员，从上到下都心往一处想，劲往一处使，振奋精神地干工作，我相信，困难是可以克服的，海军的事情是可以办好的！"

端坐台下的海军高级将领们都心知肚明，刘华清已经横下一条心，决计甩开膀子大干一场了。

第三章

海军战略

战略决定未来。战略的短视与匮乏是民族的大敌。检索人类社会发展史，大国的崛起必然伴随着战略理性的高扬，强国的落败往往源自于战略理性的衰弱。

"海军战略"——这个中国海洋历史和海军建军史上被忽略太久的奠基石，这个攸关中华民族兴盛与国家富强的关键词，作为一个神圣的梦想，一个执着的追求，一个坚定的信念，深深地烙印在刘华清的脑海里，成为他领引共和国海军现代化舰队新航程的指向罗盘。

有勇气终结时代历史的人，也是开创时代先河的人。创立中国海军战略，历史选择了刘华清，刘华清开创了先河。

震撼全球的蓝色冲击波

"建设现代化海军,必须确立海军战略的指导地位!"

面对惊涛拍岸的改革大潮,刘华清发出振聋发聩的呐喊。

这一天是 1983 年 2 月 27 日,农历正月十五,元宵节。

此时,他刚刚结束对南海舰队的视察。在舰队机关举行的科以上军官大会上,刘华清说出了这么一段话:

> 海军建设要上去,就非下决心改革不可。如果再不下决心改革,我们就要犯历史性的错误。

> 改革势在必行。但是不管进行哪一方面的改革,都必须以海军战略方针和作战任务为依据。这就是"积极防御,近海作战"。

> 邓主席对此曾有明确的指示。我们必须以这个战略方针和作战任务为指导原则,进行各方面的建设和改革。这是我们进行建设和改革的出发点和落脚点。

正是从这一天开始,"海军战略"——这个中国海洋历史和海军建军史上被忽略太久的奠基石,这个攸关中华民族兴盛与国家富强的关键词,作为一个神圣的梦想,一个执着的追求,一个坚定的信念,深深地烙印在刘华清的脑海里,成为他领引共和国海军现代化新航程的指向罗盘。

追寻和求解刘华清上任不到半年就公开主张以海军战略为改革指导原则的思维逻辑和驱力引擎,最为便捷的路径是重返历史时空,再现那些令人难忘的时代影像。

1982 年是属于海洋的。在人类居住的这颗星球上,这一年形成了一股前所未有的蓝色冲击波。

1982 年 4 月 30 日。美国纽约。联合国总部。

当联合国第三次海洋法会议第二任主席、新加坡籍著名国际海洋法专家许通美先生手中的红色木槌重重落下,《联合国海洋法公约》以 130 票赞成,4 票反对,17 票弃权获得通过。

这部具有划时代意义的国际公约来之不易。在联合国召开的三次海洋法会议中，第三次会议是历时最长、与会国家和国际组织代表最多的一次。根据《第三次联合国海洋法会议最后文件》记载，不含筹备期间在纽约联合国总部和日内瓦办事处举行的六次预备会议和一系列相关会议，就先后召开了 11 期共 15 次会议，历时九年，累计会议时间 640 天。来自全球 160 多个国家和地区的代表，近百个国际专门机构、政府间组织和非政府组织的观察员，共计 3000 多人出席了这一历史性的会议。

《联合国海洋法公约》共 17 部分，连同九个附件共 446 条，其内容涉及海洋法的各个主要方面，包括领海和毗连区、用于国际航行的海峡、群岛国、专属经济区、大陆架、公海、岛屿制度、闭海或半闭海、内陆国出入海洋的权利和过境自由、国际海底、海洋环境保护和保全、海洋科学研究、海洋技术发展和转让、海洋争端解决等各项法律制度。

国际社会普遍认为，《联合国海洋法公约》的诞生，是联合国成立以来最重要的成就之一，是国际社会共同完成的一项关系人类生存与发展的伟大工程，是国际法发展的一个里程碑，其对世界的重大作用与影响，仅次于《联合国宪章》。

联合国秘书长德奎利亚尔发表公开讲话称："《联合国海洋法公约》的签署，将在全球和地区范围内对海洋有关或有影响的一系列活动产生影响，成为造福人类和我们后代养护海洋资源的重要法典，并将激发对海洋及其资源重要性认识的全球觉醒。"

对于各沿海国而言，《联合国海洋法公约》的最直接贡献，就是完成了一次史无前例的圈地划界任务，开创了世界性的"沿海水域国土化"的新局面。用一句中国国民熟悉的语言形容，则可称之为一次海洋的"土地革命"和"土改运动"，被国际舆论赞誉为"海洋宪法"。

根据《联合国海洋法公约》的规定，占世界海洋总面积 35.8% 约 1.3 亿平方公里的海域划归各沿海国家管辖。这是人类首次理智地选择"以互相谅解和合作的精神解决与海洋法有关的一切问题"，从而避免了历史上围绕陆土主权司空见惯的以血腥战争来掠夺海洋利益的行为。国际观察家称，"《联合国海洋法公约》的实施，标志着人类进入了全面开发利用，并以法律管理和保护海洋的新阶段，一个新的世纪——海洋世纪正向我们走来"。

按照传统的海洋观念，只有"内海"和"领海"是属于国家主权范围的资源，但新的海洋法公约彻底颠覆了这一旧的思维定势，将一个国家的管辖海域延伸到了"领海"以外的"毗连区""专属经济区"和"大陆架"。

法律名词和条文是冰冷而枯燥的，没有任何感情色彩可言，但它的背后却潜藏着巨大的权益价值。随着第三次联合国海洋法会议落幕和《联合国海洋法公约》签署，中国和广大沿海国一样，从这次"海洋圈地运动"中获得丰厚的报偿。

根据《联合国海洋法公约》规定，我国的"海洋国土"面积为300万平方公里，几近于陆地国土面积的1/3，是世界A类海洋大国之一。

这是一笔宝贵的资源和财富。对于我们这个占地球村人口总数1/5的超大民族种群和我们的子孙后代来说，无论如何认识和评价这300万平方公里的"蓝色国土"的"未来价值"都不过分。

刘华清在第一时间研读了这部由联合国提供的中文本《国际海洋法公约》。此刻，作为共和国第三任海军司令员，他思考最多的问题是，这一国际法公约的生效，将给我国海洋形势和海军建设发展带来怎样的机遇与挑战。

任何事物都有它的两面性，《联合国海洋法公约》也不例外。它像一柄双刃剑，在规范人类和平开发利用和保护海洋，建立国际海洋法治新秩序的同时，也掀起了新的一轮海洋圈地运动，各国间由海洋主权和海洋权益归属引起的矛盾与纷争空前激烈。环顾濒太平洋西海岸的中国海，自联合国海洋法会议开幕之始，蓝色的波涛间即刻危机四伏，冲突迭起。

早在联合国第三次海洋法会议筹备召开的1973年，日本就非法偷测黄海、东海等海域，测线长达几万公里，妄图掠夺我国海底石油资源。韩国则雇用外国石油公司海底钻探船，在黄海和东海海域进行非法钻探活动。不久，两国便绕开中国，签订了有效期为50年的所谓"共同开发大陆架协定"，在东海海域越过中国大陆架，片面划定了面积达8.2万平方公里的海域，作为其"共同开发区"。

同样是 1973 年，南越当局突然加快抢占我南沙、西沙岛礁的步伐，仅下半年的几个月时间内，就侵占我南沙、西沙群岛中的六座岛屿。9 月，又把我南沙群岛中的南威、太平等 10 多个岛屿划进了南越福妥省管辖范围。1974 年 1 月，竟将侵略魔爪伸向我西沙永乐群岛海域，疯狂展开军事挑衅活动。事关中国领土主权和中华民族尊严，中国政府和中国军队不会咽下任何敌人投下的苦果！中央军委一声令下，人民海军胜利收复被南越侵占的西沙群岛部分岛屿。西沙自卫反击战，结束了中华人民共和国诞生以来，单凭外交声明抗议外敌侵犯我国海疆的历史。

　　"没有武力做后盾的外交，就像是没有乐器的音乐。"这是腓特烈大帝留给当今政治家、军事家和外交家们的不朽名言。但是，西沙之战怒吼的舰炮声，并没有彻底遏止那些贪婪之徒垂涎南沙的野心。此后以来，南沙岛礁被侵占、资源遭掠夺日趋严峻，以致形成五国六方割裂的复杂局面。

　　《联合国海洋法公约》开启海洋新世纪的大门。面对拍岸涌起的蓝色惊涛，刘华清殚精竭虑：人民海军如何适应前所未有的海洋新形势，加强现代化建设与发展？怎样肩负起保卫 300 万平方公里海洋权益的神圣责任，确保打赢明天乃至下个世纪的海上防卫战争？

　　明天的海战是什么样式？21 世纪的战争又将是什么格局？两个月前刚刚落下战幕的一场现代立体海战，给刘华清提供了鲜活的标本案例。

　　1982 年 4 月 2 日。由"文的兴柯"号航空母舰率领的阿根廷舰队，以迅雷不及掩耳之势攻占长期处于英国管辖之下的马尔维纳斯群岛。一场人类有史以来最现代化的海战——马岛之战由此拉开序幕。

　　马尔维纳斯群岛，英国称之为"福克兰群岛"，位于大西洋南部，总面积 1.58 万平方公里，距阿根廷东南本土仅 510 公里，而距英国本土则有 1.3 万公里之遥。

　　马岛主权之争历时已届一个半世纪之久。"我们不愿再等另一个 150 年！"阿根廷总统莱奥波尔多·加尔铁里将军在作出武力收复马岛主权时，表达了全民族企盼已久的共同心声和夙愿。

阿根廷沸腾了，英伦三岛震惊了。

"今天，英国蒙受了本世纪以来最大的耻辱。"在下议院紧急召开的辩论会上，撒切尔夫人向她的国家和人民展示出钢铁般的意志和决心，"我们的特遣舰队将尽快出发。"

对于大英帝国海军将士而言，这是一场未预想到地点、未预想到时间、未预想到对手的闪电式战争。然而，这毕竟是一支曾经创造过辉煌历史的海上铁骑，作为伊丽莎白女王的皇家舰队的军人，他们承续的是纳尔逊和杰利科的血脉。

战争机器启动的速度之快与效率之高令世界为之瞠目：几乎一夜之间，30艘大型战舰和舰载机在朴茨茅斯军港集结完毕。与此同时，航行于各大洋的上百艘商船获得战争动员应征令，一边就近卸货，一边紧急改装，向着同一个航向——南大西洋驶去。6.7万吨级的"伊丽莎白女王二世"号离开美国时还是一条超豪华游轮，三天后，当一架美国直升机从它的上空掠过时，飞行员吃惊得吐出了舌头：两个硕大的游泳池已被牢牢焊上，变成了直升机平台。船艏也变戏法般地出现了一个直升机坪。整条游轮完全变得叫人认不出来了。

4月5日。由两艘航空母舰——"无敌"号和"竞技神"号引领的一支拥有近百艘舰船的超大规模特遣舰队，搭载两万余名海军陆战队员和空降兵，威武雄壮地驶出朴茨茅斯军港，并于4月29日驶抵马岛海域，完成对马岛周围200海里水域海、空封锁部署。

5月2日下午。阿根廷海军第二大战舰、排水量达1.36万吨的巡洋舰"贝尔格拉诺将军"号，在马岛以南、英军200海里封锁区以外海域被英国核动力潜艇"征服者"号发射的两枚老式MK8鱼雷击中沉没，舰上368名官兵身亡。

"贝尔格拉诺将军"号的沉没，燃起阿根廷军人复仇的火焰。一项以英军"谢菲尔德"号驱逐舰为攻击目标的反击计划应运而生。

"谢菲尔德"号驱逐舰是英国最现代化的新式战舰。军事家预言：在电子时代，谁能巧妙地运用导弹，谁手里就执有锋利的剑；谁能严密地组织电子干扰系统，谁就握有最坚固的盾。"谢菲尔德"号驱逐舰舰长索尔特骄傲地宣称:"我二者兼有!"然而,他的自信与轻敌使他蒙受了灾难与耻辱。

5月4日10时45分。阿根廷海军航空兵两架携带"飞鱼"空舰导弹的"超级军旗"战斗机直扑英舰所在海域。当机载雷达屏幕上隐约出现"谢菲尔德"号驱逐舰踪影时,两机降低飞行高度,利用地球曲面作掩护,钻入英舰雷达盲区,迅速接近攻击目标。进入导弹射程后,第一架战机突然急速爬升,直刺蓝天,接着又紧急下降。这一上一下仅仅用了三秒钟。然而,就是这眨眼之间的三秒钟,高性能机载电子设备已准确测出"谢菲尔德"号驱逐舰所在方位距离,并实时传输给紧随其后的另一架战机。说时迟,那时快,在距打击目标约26海里处,两架"超级军旗"战斗机几乎同时向"谢菲尔德"号驱逐舰发射了"飞鱼"导弹。然后,立即掉转机头返航。

此时,碰巧英舰进行卫星通信,雷达关机,未能提前发现阿根廷战机。11时23分,正在舰桥上指挥航行的索尔特舰长突然发现一团灰白色烟雾紧贴着浪尖,似一道利剑向战舰直射过来。但直到导弹飞到距战舰1500米左右时,索尔特才猛然惊醒,充满恐惧地大声叫道:"我的天哪,是'飞鱼'!"

随着索尔特的叫声,一枚导弹从"谢菲尔德"号驱逐舰右舷吃水线以上1.5米处钻进了主机舱,另一枚导弹则坠入大海。仅仅这一枚"飞鱼"导弹,就给"谢菲尔德"号驱逐舰造成了灭顶之灾。随着一阵惊天动地的爆炸声,舰上动力、操纵、电子设备以及武器、消防等系统几乎顷刻间全部失控。五小时后,"谢菲尔德"号驱逐舰在燃烧中沉入海底。最后时刻,索尔特舰长悲怆地下达了弃舰逃生命令。

一枚价值20万美元的"飞鱼"导弹,海葬了一艘造价两亿美元的现代化导弹驱逐舰,并直接造成87名官兵伤亡和失踪。消息传开,顿时在全球引起极大关注和震惊。

接下来的战争似乎没有多少值得叙述的亮点。5月27日,英军兵分两路,东进南下,依次夺占马岛重要据点。6月1日,南北两路大军到达肯特山一线会合,完成对斯坦利港的陆上包围。6月12日,英军对斯坦利港发起总攻。战至14日晚9时许,斯坦利港上空飘起了白旗。

历时74天的马岛争夺战结束了。它的政治影响与军事价值,远远超出对马岛主权的争夺，世界各个国度的职业军人和军事专家们对它的研讨将会持续久远。

在刘华清看来，马岛战争作为现代海上局部战争的一个缩影，是一场现代条件下的海空一体战。这场战争，给人的启示和警醒是多方面的。

兵贵神速。现代海战中，快速反应能力对战争的发展乃至胜败至关重要。从一定意义上说，时间就是胜利。阿根廷攻占马岛，不损一兵一卒，不费一枪一弹，以一夕之劳，成一战之功，最关键的一点就是以快制胜，达成突袭的奇效。而英国仓促应战，却在事发第三天就组成庞大的特遣舰队劳师远征，十日内便对远在万里之遥的马岛海域实施全方位封锁，更是开远洋应急作战之先河，为应付突发事件和现代局部战争提供了成功范例。

精确制导武器和电子战系统成为战争舞台的主角，改变了传统的海战模式。交战双方在这场战争中使用的制导武器与电子装备之多堪称人类有史以来战争之最。阿方"超级军旗"战斗机用"飞鱼"导弹一举击沉英方最现代化的"谢菲尔德"号导弹驱逐舰的一幕，是这次海战最绝妙的佳作。它将作为以小打大、以弱胜强的样本，成为世界各国军人学习和模仿的经典。这是人类战争史上第一场涉及空间时代的导弹及复杂的电子系统的海战。"飞鱼"导弹作为在真实海战中发射的第一枚导弹，"谢菲尔德"作为被导弹击沉的第一艘战舰，成为现代海战的转折点，标志着海战格局将发生重大变化。以往那种以大兵舰、大口径火炮、巨型航母为最高军事追求目标的海战模式，随着"飞鱼"与"谢菲尔德"惊心动魄的一"吻"，受到严重冲击，发生根本动摇。军事专家预测，在电子战技术日益发展的今天，未来海战将是一种"捉迷藏"的游戏，"二战"以来传统的海战法则将为全新的战法所取代。

高效可靠的后勤保障，依然是现代海战制胜的关键要素。兵马未动，粮草先行。现代海战，从一定意义上讲，打的是后勤仗。英国特遣舰队所需各种物资达万种以上，仅油料一项每天就耗费 4000 至 6000 吨。尽管绕过半个地球，远至万里之遥，英军却不乏所需重要补给品，装备配件供应充足。这得益于英国完备而成熟的战争动员体制。战争动员令一经下达，所

刘华清以特有的海军礼仪欢迎美利坚合众国年轻的海军部长约翰·莱曼。(1984年8月)

征用的商船全部无条件到位，为英国最终取得马岛战争胜利作出了重要贡献。反观阿根廷的后勤保障工作，就存在大量问题，特别是不能有效打破英军对马岛的海空立体封锁，致使守岛部队孤悬外岛，失去后方依托，最终导致败局。

身为中国人民解放军海军司令员，刘华清最为关注的是他的异国同行与潜在对手，特别是美苏这两个超级大国的海洋新思维与海军大战略。

大洋彼岸，美利坚合众国。

1982年春天，国会山响起一位年轻帅哥为重建美国海军战略的雄辩证词："我们必须握有确信无疑的海上优势。我们必须拥有这样一支海军和海军陆战队，即能从军事上挫败那些阻挠我们达到这些目标的任何战争企图。在今后的年月里，我们将遵循一条简单扼要的原则：建立海上优势！"

约翰·莱曼，美国第65任海军部长。宣誓就任里根内阁海军部长的第一天，他就以"初生牛犊不怕虎"的闯劲，推出旨在确保美国海洋霸主地位的"莱曼版"海军战略。

对于这位年仅 38 岁的少帅重振美国海军雄风的气魄与胆识,刘华清刮目相看。不久,他向这位太平洋彼岸风华正茂的年轻同行发出了邀请。

首次出访中国给莱曼留下终生难忘的印象。和刘华清出访前夕崴伤脚一样,莱曼还未到京就患上了重感冒。刘华清闻讯,亲自带着军医到钓鱼台国宾馆探病问安。后者经过问诊给了莱曼一些中药冲剂,嘱咐他:"只要按时服用,保证明天能外出活动。"

然而,按照早已商定的议程,当天晚上他就不得不拖着病体出席刘华清在人民大会堂举行的欢迎宴会。

"这是一次令人叹为观止的活动。"莱曼日后回忆说:

> 宴会开始,刘将军首先致欢迎词,接着就是"干杯",用我们海军术语来说就是"酒入船舱"。我在答词中对双方业已建立的新的海军关系表示热烈祝贺,并对它的前景表示乐观——这又导致再一次"干杯"。当最后一道神秘的菜肴端上餐桌时,已经有 20 杯茅台酒进入了我的"船舱",而且我略感醉意。

> 回钓鱼台后,我就一头倒在床上,并遵医嘱,服用中国的感冒冲剂。那天晚上,我的体温似过高山车一样,忽而急剧上升,忽而突然下降。翌日早晨,我竟奇迹般地完全恢复了健康。中国草药真的使我改变了自己的信仰。

以此为发端,中美两国海军交往步入新境界,刘华清与莱曼也成为彼此敬重的"好朋友"。在向中国领导人引荐莱曼时,刘华清曾不吝赞赏之词:"他这个海军部长不仅年轻有为,而且拥有硕士、博士头衔。"并不无幽默地自谦调侃:"我这个海军司令只有个'红军战士'头衔。"在一年后刘华清应邀回访美国时,莱曼也"投桃报李",大尽地主之谊,从参联会主席到助理国防部长,从海军作战部长到海军陆战队司令,从太平洋总部司令到太平洋舰队司令,悉数出面会见和陪同参观,连刘华清自己都感叹:"这次访问,会见美军方高级将领和参观项目数量之多,都是前所未有的。"

多层次交往接触，使刘华清对"莱曼版"美国海军战略及其实质内涵有了更加深入的了解。

美国海军传承的是阿尔弗雷德·塞耶·马汉的血脉。

马汉 1840 年出生于西点军校一个教授家庭，先后就读于哥伦比亚大学和安纳波利斯海军学院。1890 年，马汉的成名作《海权对历史的影响（1660—1783）》一书公开出版发行。此后 20 年间，他陆续撰写出版了《美国对海权的关注：现状和未来》和《海军战略》等 18 部具有重要影响的著作。

马汉的海权论体系构建起人类认识海洋地位与作用的一个新的里程碑：

——海权对世界历史的进程具有决定性的影响。所有帝国的兴衰，决定性的因素，在于它是否控制了海洋。强国地位的更替，实质是海权的易手，即获得制海权或控制了海上要冲的国家就掌握了历史的主动权。

——控制海洋，就能控制世界财富。只有充分利用海洋的便利条件，扩大海外贸易，寻求海外市场，输出商品，输入原料，才能使国家繁荣富强。

——赢得战争、维护和平必须掌握海权优势。只有拥有控制海洋的优势力量，才能通过海上决战赢得主动和胜利；也只有拥有海权优势，才能谈判解决矛盾和冲突。海军是海权优势力量的核心，拥有强大的海军才能使国家在战争中立于不败之地，在国际舞台上占据主导地位。

——海权的形成依赖于健全的海权体系。海权，是包括凭借海洋或通过海洋能够使一个民族成为伟大民族的一切东西。一个国家要想建立强大的海权，需要具备六个要素，即地理位置、自然结构、领土范围、人口数量、民族特性和政府性质。

"美国已拥有成为全球性海上强国所需要的一切要素。"马汉坚信，"只要美国政府提供领导、意志和能力，美国就能成为紧随英国之后的具有海上优势并因而具有经济和政治优势的世界强国。"

一个民族的崛起，往往伴随着战略理性的高扬。美国从保守孤立的"门罗主义"，走向海外扩张的"帝国主义"，直至称霸全球的"超级大国"，其战略启蒙家与奠基人就是马汉。没有马汉，就没有美国的远洋海军，就没有 20 世纪独霸全球的美利坚合众国！

然而，当历史演进到 20 世纪 80 年代，美国海军在它新的掌门人眼中，却"衰弱到了极点"。"建设一支包括 15 个航母战斗群的 600 艘舰艇的海军！"这就是"莱曼版"美国海军新战略的总目标。

"称雄海上的强国不是使敌人的旗帜从海上消失，就是只允许他作为一个逃亡者出现。""海军的强大不但表现在能够阻挡敌人的进攻，而且要有能力把敌人打倒。"这些出自马汉笔下的经典语录成为约翰·莱曼兜售其600 艘舰艇海军战略最雷人的"广告语"和最煽情的"辩护词"。

海军是美国称霸世界的马前卒。约翰·莱曼不无骄傲地声称："每当危机发生时，我参加的、在内阁办公室和椭圆形办公室举行的每一次会议上，总统或他的国家安全事务助理首先必问的是：'航空母舰在哪里？处于战备状态的陆战队两栖部队在哪里？'"公开资料显示，美国海军每年大约 11 万士兵在世界各海区执行"前沿部署"任务，年均要对 100 多个国家进行正式和非正式"访问"。

这就是美国海军的战略使命。作为美国历史上最年轻的一位海军部长，莱曼经过为期六年的精心打造，到 1987 年 4 月卸任时，他提出的包括 15 个航母战斗群的 600 艘舰艇的战略目标基本实现，其海军实力达到"二战"以来历史最高水平。

正是在这一年，作为海军部长任上的压轴戏，约翰·莱曼主持制定了美国海军控制全球 16 个最具战略价值的海上咽喉航道❶的计划。以此为标志，美国海军正式完成了以"前沿部署""海上威慑""联合作战"为三大支柱的全球性海洋战略。

1982 年 12 月 21 日。莫斯科。克里姆林宫。

72 岁高龄的苏联海军元帅谢尔盖·格奥尔吉耶维奇·戈尔什科夫再度

---

❶ 全球 16 个战略咽喉航道为：马六甲海峡、望加锡海峡、巽他海峡、朝鲜海峡、苏伊士运河、曼德海峡、波斯湾、霍尔木兹海峡、直布罗陀海峡、斯卡格拉克海峡、卡特加特海峡、格陵兰—冰岛—联合王国海峡、巴拿马运河、佛罗里达海峡、阿拉斯加湾、非洲以南和北美航道。

荣膺"苏联英雄"称号。苏联政府以最高规格的礼遇，嘉勉这位功勋卓著的海军统帅。此时，林立在苏联海军元帅身后的已不再是当年那支寒酸的"导弹化小型舰队"，而是一支威震全球的"远洋导弹核海军"！

对于年长自己六岁的戈尔什科夫海军元帅，刘华清充满职业军人的敬意。戈尔什科夫执掌苏联海军帅印长达 30 载，成为名副其实的"苏联现代远洋海军之父"。正是在他的卓越领导下，苏联海军在短短 20 年内便从一支被视为陆军辅助力量的"黄水海军"，发展成为一支可以在世界各大洋上与美国海军正面抗衡的全球性海上力量。作为一位颇有建树的军事理论家和战略思想家，在《战争年代与和平时期的海军》《国家的海上威力》等著作中，戈尔什科夫第一次对苏联海上力量整体定位和发展战略作出科学而系统的论述。他提出的"海军战略使用""积极进攻""均衡海军"等军事思想，至今仍是俄罗斯海军军事学术理论的瑰宝。西方海军界对戈尔什科夫颇为推崇，赞誉有加。

1956 年，46 岁的戈尔什科夫刚一登上苏联海军总司令帅位，就显露出勃勃雄心："或迟或早，苏联海军的旗帜将在世界大洋飘扬，那时美国将不得不承认，制海权再也不是它独占的了。"

在《国家的海上威力》一书中，戈尔什科夫指出："所有现代强国都是海洋国家。世界性强国地位的保持，须依赖一支强大的海军。"他非常欣赏彼得一世的名言："凡是仅有陆军的统治者，只能算有一只手，唯有同时兼有海军者才算双手俱全。"

戈尔什科夫迈向职业生涯的巅峰：1965 年 5 月，首次被授予"苏联英雄"称号；1967 年，晋升苏联海军元帅。也就是在这一年，这位海军统帅发出一道让整个西方海军为之震颤的军令："红海军，到远洋去！"

美国海军已经不是海洋的唯一主宰！到 20 世纪 70 年代中期，苏联海军在太平洋、大西洋、印度洋和地中海向美国发起全面挑战。

然而，进入 80 年代，苏联不顾国民经济失衡而片面发展军备的恶果开始显现，入侵阿富汗又进一步加深了危机。在海洋军备竞赛上，"莱曼版"美国海军振兴战略再次将劣势抛给了苏联远洋舰队。面对严峻挑战，戈尔什科夫试图力挽狂澜——建造大型核动力航空母舰。但历史没有再给他机会。1985 年 12 月，75 岁的戈尔什科夫黯然去职，苏联海军历史上最为辉煌的"戈尔什科夫时代"宣告终结。

1982 年，蓝色海洋一个旧的时代结束了；

1982 年，蓝色海洋一个新的时代开始了。

世界海洋新格局与新秩序的建立，国际海洋军事新理论与海上作战新样式的形成，都向人类昭示：一个全新的世纪——海洋世纪，正在向我们走来!

对于饱受百年海权沦丧屈辱之痛的中华民族而言，具有历史象征意义的标志性事件，莫过于香港与澳门的回归。

1982 年 9 月 22 日，即刘华清就任海军司令员刚刚一个星期，英国首相撒切尔夫人挟马岛胜战之威到访北京，与中国领导人邓小平就香港问题举行首次正式谈判。

英国政坛的"铁娘子"最终在中国政坛"打不倒的小个子"面前败下阵来。当中英两国关于香港问题达成最终协议时，撒切尔夫人心中除了苦涩还是苦涩。她在日记中写道："这谈不上胜利，也不可能会有胜利，因为事实是我们所交手的是一个绝不妥协及势不可当的超级强国。"

香港问题谈判，使"铁娘子"重新认识了中华人民共和国，也重新认识了她治下的大不列颠及北爱尔兰联合王国。当今中国，不是贫弱的晚清王朝；时下英国，也早已失却日不落帝国的历史辉煌。

毕竟，一个半世纪过去了。

太平洋西海岸。此刻，在大海环抱的 1.8 万公里海岸线上，一股热流——改革开放的热流，正如喷涌而出的火山溶浆，炽热奔腾，一泻千里。

世界各国的政治家、经济学家和军事战略家纷纷预言：21 世纪是太平洋世纪，中国将在这个崭新的世纪巍然屹立于世界东方!

身处伟大变革转折关头，肩负振兴海军历史重任，刘华清挺立奔涌的潮头，雷鸣电闪般嵌入脑际的是大写意的"战略"二字：海军现代化改革与创新，需要战略大视野、战略大思维、战略大胸怀与战略大格局!

战略决定未来。战略的短视与匮乏是民族的大敌。检索人类社会发展史，大国的崛起必然伴随着战略理性的升华，强国的落败往往源自于战略理性的衰弱。

有勇气终结时代历史的人，也是开创时代先河的人。

创立中国海军战略，历史选择了刘华清，刘华清开创了先河。

迂回战术：只做不说的苦衷

自 1983 年 2 月 27 日在南海舰队科以上军官大会上，冷不丁儿提及"海军战略"之后，这四个字似乎被刘华清理性思维的防火墙屏蔽了。在此后长达近三年时间里，这四个字竟然再也没有出现在他公开的讲话与文章中。

更大的反差还在于，人们发现他似乎对那些"形而下"的微观事物兴趣大增：

八一建军节。海军机关举行隆重的升旗仪式，身着全白水兵服的军乐队奏响嘹亮的军歌。

这是刘华清的一个杰作。作为一个现代化国际性军种，直至 20 世纪 80 年代初中国海军却还没有一支水兵军乐队。刘华清指示从海军司令部直属单位选调 50 名身材标致、初识乐理的士兵，请海军歌舞团专家当教练。半年过去，适逢美国海军舰艇编队首次访问青岛。当刘华清陪同美国太平洋舰队司令莱昂斯海军上将检阅舰艇编队时，军港里突然响起了激越雄壮的军乐声。接着，在海军大礼堂，中美两国水兵军乐队联袂表演了中外军乐，海军水兵军乐队一炮走红。

刘华清对海军水兵军乐队赞赏有加，再次下令将这支业余水兵军乐队扩编到 100 人。从此，万里海疆涌现起无数的水兵军乐队。大到一个舰队、一所军校，小到一个编队、一艘舰艇，都有自己的业余军乐队。碧海蓝天之间，军港码头深处，到处奏响美妙动人的军乐。

"海军应该有自己的军歌。"刘华清心潮逐浪，临风抒怀：

> 劈开惊涛骇浪，舰队浩荡远航。
> 英雄的中国海军，战斗中百炼成钢。
> 冲过暴风骤雨，驰骋万里海疆。
> 英雄中国水兵，海洋就是家乡。
> 身后有 10 亿人民，心中有祖国的期望。
> 振兴中华保卫四化，海上有铁壁铜墙。

我们胸怀广阔，斗志无比昂扬。

保卫世界持久和平，我们是坚定的力量。

向前，向前，向着辽阔的海洋。

不久，这首由海军司令员刘华清作词、著名音乐家吕远谱曲的《人民海军之歌》便唱遍万里海疆。

"要创立海军节，设计海军旗！"刘华清向海军副参谋长邓树琪面授机宜。

"上级有没有什么具体指示？"邓树琪没有说出口的话外之音是：咱们解放军历来强调集中统一，全军就是一个节日——八一建军节，一面旗帜——八一军旗，搞海军节和海军旗会不会让人上纲上线抓辫子？

"海军节和海军旗是国际惯例。中国海军要走向世界，就得改革！"刘华清神情坦然，"你先找几个人搞设计方案，然后再以海军名义上报军委。"

人民海军建军日期早已在海军上下达成共识，毫无争议：1949 年 4 月 23 日，华东军区海军成立，标志着新中国海军正式诞生。

海军旗的设计颇费思量。综观世界各国海军旗，有的以国旗代海军旗，有的以军旗代海军旗，也有的与国旗、军旗相似而略有差异。近代中国海军也曾有过海军旗。19 世纪 80 年代以降，清朝和民国时期均以国旗代海军旗。根据刘华清提出的原则和要求，邓树琪组织专门班子设计出多种海军旗样式。

刘华清主持召开海军首长专题办公会议，讨论通过了上报中央军委关于确立人民海军建军日和设计人民海军军旗的建议。

1989 年 2 月 17 日，中央军委批准确定 1949 年 4 月 23 日为中国人民解放军海军成立日；

1992 年 9 月 5 日，中央军委发布命令，公布中国人民解放军海军军旗。

海军军旗旗面上半部为"八一"军旗样式；旗面下半部为横向蓝白相间条纹，象征大海和波浪。海军军旗寓意人民海军是中国人民解放军的组成部分，为保卫祖国万里海疆乘风破浪、勇往直前。

中国从此有了自己的"海军节"和"海军旗"。而这个节庆日期和这面旗帜式样，就是刘华清主持设定的！

还有海军军服样式及徽章配饰，刘华清也多次提出改革意见和建议。

海军水兵军乐队高擎中华人民共和国国旗和海军旗，巡演在悉尼歌剧院广场。

但权力所限，在海军司令员任期内，他仅仅"革"掉了海军军官大檐帽上那顶多余的蓝色帽套。当然也有例外，就是专为海军水兵军乐队的小伙子们，量身定制了一套全白水兵礼服。

从组建海军军乐队到谱写海军军歌，从设立海军节到设计海军旗，刘华清按照国际化、现代化的标准将他麾下这支传统海上武装力量，经过一番精心"包装"后，接着便开始了前所未有的"炒作"。从新闻报道、文艺创演到影视制播，迅速在全国掀起一波"海军热"。

如此这般，刘华清仍意犹未尽，又亲自冲上一线做起文章来。《人民日报》《解放军报》《光明日报》《红旗》杂志等主流报刊上，时不时就能见到署名刘华清的大块文章，归纳其主题，核心就是六个字：海洋、海防、海军。

纵观刘华清一生治军理政风格，最明显的特征就是敏于思而重于行，崇尚实干，不唯虚名。但为何就任海军司令员后，却一反常规热衷起"形象宣传"了呢？

其实，这是刘华清为创立海军战略精心设计的一场"迂回战"。舆论是行动的先导。"包装"海军也好,"炒作"海洋也罢,都是刘华清为提出并实施海军战略奏响的一个序曲。

战略是国家意志的体现。海军战略的基石,是民族的海洋文化与国民的海洋意识。海魂,不单单是军魂,更重要的是国魂。只有把海洋、海权、海防的蓝色文明与思维观念融注于国民的血液之中,海军战略才会成为解放军的一个军种战略,成为新时期军队战略方针的子战略,继而上升为民族观念与国家意志。

创立海军战略,对于海军司令员刘华清而言,只需向前跨出一小步;然而,对于中华民族而言,却要跨越100年甚至600年!

这是一段比海水还要苦涩的历史记忆。

远洋航海,本是中华海洋文明皇冠上一颗璀璨夺目的明珠。秦王朝徐福的庞大船队东渡扶桑尚且不论,单就明朝永乐三年至宣德八年(公元1405年—1433年),郑和率领2.68万人驾驶60多艘"体势巍然、巨无与敌"的"宝船"舰队,历时28载,七下西洋,遍访亚非30余国,纵横印度洋,直抵好望角,沟通东西两洋航路,创造了人类远洋航海史上的空前壮举。

然而,郑和死后,他开创的前无古人的中国航海事业,也随之一起埋葬了。

一位长期从事海洋历史文化研究的西方历史学家,曾发出过这样的感叹:"要是郑和的远洋事业能够继续下去,进而达到美洲大陆,其影响所及,会把世界历史推进到一个新的方向!"

假如,600年前,中国能把世界第一航海强国的优势保持并传承下来;假如,中国能把郑和的超级船队演化为一支能征善战的海军舰队,那今天的中华民族会是什么样子?

然而,历史就是历史,历史是不能假设的。一部中国近代史,就是一部中华民族的海洋屈辱史。禁海封疆,闭关锁国的腐朽落后意识与政策,使碧波荡漾的中国海沦为一个血火交织的演武场,英国的、美国的、法国的、德国的、俄国的、日本的……战争贩子们争先恐后,轮番上阵,发泄他们难以遏止的侵略兽性。

从1840年中英鸦片战争,到1894年中日甲午战争,面对西方列强凭借发达的现代工业技术物化的蓝疆战马和火药推进的钢弹利矛，面对强食弱肉者们以庞大机船舰队将浩浩波涛劈为通衢坦途载负着的贪婪殖民野心，面对海上霸权者们新兴的以海制陆现代战略思想与作战兵器，半个多世纪里，中国军队和他的将士们无权言胜。

鸦片战争，英国舰队沿着中国海岸从南打到北，再从北打到南，清廷任命一个又一个钦差，派出一个又一个总督，调遣一个又一个将军，然而打了两年多的仗，却没有获得哪怕一场战斗的胜利！

单从军事角度而言，以英国称霸海洋近百年的现代化坚船利炮，对付还未完成从冷兵器时代过渡到热兵器时代、仍以大刀长矛为主要武器的中国军队，那是不要多少战略战术就足以取胜的。斯时，视西洋军事利器为"奇技淫巧""变怪神奇"的天朝将领和他们治下的大兵们头脑中的战争形态，与《三国演义》刻画的场景没有多少差异。

如果说从军事上讲，鸦片战争主要失败在武器装备的技术差上，那么，甲午海战则主要失败在军事战略与军事思想的落伍上。中国虽然用银子买到了一支近代化的铁甲舰队，也靠洋人培养出了一批技术过硬的舰长，但主导这支舰队的头面人物们却并不懂得多少海军战略与海战理论。

总理海军事务衙门的老板是当朝皇上的老爹醇亲王。他当海军大臣唯一的一次风光是在旅顺搞了一次大阅兵。正是这次海上阅兵，为他找到了一个符合他身份的拍马献媚的机会：借招八旗子弟学习西洋文化技术、修建昆明湖水师学堂为名，挪用海军巨款，在颐和园大兴土木。甲午海战，北洋海军全军覆没，颐和园中那艘开不动的石舫却泊在万寿山下直到如今。

李鸿章为北洋海军的实际统帅，是他一手缔造了这支新型的舰队。但对于海军与海战，他的知识并不比如今的一个小学生懂得更多。不妨听听这位北洋大臣的内心独白：

> 我办了一辈子的事，练兵也，海军也，都是纸糊的老虎，何尝能实在放手办理？不过勉强涂饰，虚有其表，不揭破犹可敷衍一时。如一间破屋，由裱糊匠东补西贴，居然成一间净室。虽明知为纸片糊裱，然究竟决不定里面是何等材料，即有小风小雨，打成几个窟窿，随时补葺，亦可支吾应付。乃必欲爽手扯破，又未预备何种修葺材料，何种改造方式，自然真相破露，不可收拾，

但裱糊匠又何术能负其责？

合肥先生吐的是苦水，说的是实话。

再看看统领这支舰队的司令——北洋海军提督丁汝昌。这位与李大人同籍、出身贫寒的淮军旧属，面对甲午海战这样大规模的现代海战，他所运用的谋略与战术，恐怕比跟随李合肥打捻军时的那套步骑兵的老招数高明不了多少。

重复一句老话：落后就要挨打。但落后的仅仅是国防、海防吗？政治的专制腐败制约着社会的进步；思想的禁锢僵化束缚着观念的更新；科学的愚昧落伍阻碍着经济的发展；封建文化的锁闭自守桎梏着民族新生的希望。

这，才是挨打的全部根源；这，才是落后的完整释义！

弹指一挥间。时代脚步已经迈进海洋世纪的大门，新一代华夏子孙，还记得中国海那血浸泪染的屈辱吗？面对并不太平的太平洋，每一个共和国公民，是否知道迫在眉睫的来自海洋的危机与威胁？

刘华清不无忧虑。

"即使已经进入 21 世纪的今天，国人的海洋观念仍然十分淡薄。"新中国成立 60 周年大庆前夕，已然 93 岁高龄的刘华清老首长在接受作者采访时，历数现实社会生活中的实例，一吐萦绕于心的深沉忧思：

这是每一个炎黄子孙都应牢记的一组蓝色数据：我国拥有 1.8 万公里大陆海岸线，200 多万平方公里大陆架和 6500 多个岛屿，管辖海域面积 300 万平方公里。我国海岸线长度、大陆架面积、200 海里水域面积均排在世界前 10 名之列。在 1989 年召开的国际海事会议上，中国被列为全球八个 A 类海洋大国之一。

然而，蕴藏着中华民族未来希望的这 300 万平方公里的蓝色国土，在国人的心灵与意识里难以享受到与陆地同等的"主权"与"权益"待遇！

中国国土面积有多大？如果就这一普通得再也不能普通的常识性问题随机调查公众，绝大多数人可能会毫不犹豫地回答："960 万平方公里。"时至今日，从我们的小学、中学到大学的地理教科书，还在沿袭和强化"960万"的国土概念，而对 300 万平方公里宝贵的海洋国土则抛诸脑后。

教科书如此，领导人讲话、新闻媒介报道，也极少提及海洋。

时代总是在超越历史中向前发展的，疆域观和边疆观也因此随着社会的进步而扩展和延伸。在人类生产生活大量进入蓝色海洋后，"领海"被纳入国家主权范畴；当飞机翱翔蓝天，国家疆域又引入"领空"的新概念。今天，当人类探索的脚步已涉足遥远的外层空间，当日新月异的高新科技已将人类社会推进到信息化时代，"太空疆域""信息疆域""太空边疆""信息边疆"等"非地理"疆域与边疆概念应运而生。

在时代的疆域和边疆观念业已扩展和延伸到陆、海、空、天、电五维空间的今天，我们民族的国家疆域观和边疆观还滞留在传统的"一亩三分地"上，难以走出沙尘滚滚的黄土地！

曾几何时，神州大地刮起一股新编《三字经》的旋风。一两年之内，冒出 100 多个版本。南方某出版社的《新编三字经》发行数千万册，影响不可谓不大。然而阅完全书，也只能找出一个"海"字："从昆仑，到海滨，山和水，皆可亲。""海"本身被无情地阻隔在了祖国母亲的怀抱之外，成了"不可亲"的弃儿！京城某出版社的《新编三字经》在 100 多个版本中，可算得上是"海味"最浓的，给了蓝色国土六个字的"优待"："明珠串，西沙群"。简直荒唐得令人发指！

再来看看国家权威机构绘制出版的《中华人民共和国地图》吧。陆地疆域与海洋疆域得到的往往是"一图两制"的不平等待遇：海南岛以南的南海诸岛及其海域用一个小图框标绘在版图的右下角，其比例尺一般都缩小数倍以上；国境线在陆地疆界上标示明显，而在海疆上则大部空缺！

有识之士早已建议，将《中华人民共和国地图》改称《中华人民共和国版图》或《中华人民共和国行政版图》抑或《中华人民共和国疆域版图》，以校正民众的国土疆域误区，走出传统的"黄土地"思维定势。

"海洋战略是国家战略的重要组成部分。"早在 1986 年 1 月，刘华清就明确指出，只有当海洋观念升华为国家观念和战略思想，经略海洋才能转化为民族的整体意志和国家行为。

从远古时起，大洋就以其莫测的神秘性和雷霆万钧之力，把人类吸引到自己身边。它不仅给人类提供各种生活资料，而且为人类提供通往未曾发现的新大陆的道路。它可以给予人类无可估量的财富，但又饱藏着巨大的危险。因此，开发大洋宝藏，探索大洋奥秘，是人类历史最重要的篇章之一。

世界各国在发展生产力和积累财富时，大洋所起的作用之大，是无法估量的。文明通常发源和发展于海洋之滨。在人类历史的一定阶段，极需利用海洋无边无际的水域和资源。利用这些资源的能力越大，产生和形成"海洋战略"这一范畴的前提条件就越明显。"海洋战略"在一定程度上标志着一个国家的经济和军事实力。因而，也标志着一个国家在世界舞台上的地位与作用。

海洋战略的实质，就是为了整个国家的利益最有效地利用世界大洋的能力。就其基本组成部分来说，海洋战略这一概念包含：国家研究（考察）海洋和开发海洋资源的能力，运输船队和捕捞船队的现状及它们保障国家需求的能力，国家造船工业的现状和造船能力，以及与保障本国利益相适应的海军。

然而，已经走过半个多世纪历程的共和国，显然还没有形成国家意志高度的整体海洋观念和经略海洋战略。

中华人民共和国宪法，是治国安邦的基石。然而，就是这样一部集国家最高意志的"根本大法"，由《序言》开篇，举凡138条，却找不见一个"海"字！

《宪法》第一章第九条规定："矿藏、水流、森林、山岭、草原、荒地、滩涂等自然资源，都属于国家所有，即全民所有；由法律规定属于集体所有的森林和山岭、草原、荒地、滩涂除外。"

中华人民共和国最神圣法典的光耀终极在与海相依的"滩涂"！中国海，以她博大的胸怀孕育与滋润了岸边的滩涂，可她却不能与滩涂一同享有入宪的神圣与荣光！

新的世纪新的千年终于向我们走来。为了庆祝这一历史性的庄严时刻，北京市政府投资两亿元巨资修建了一座"中华世纪坛"。

中华世纪坛占地4.5公顷，由主体结构、青铜甬道、圣火广场、过街桥、世纪大厅、艺术大厅等组成。坐北朝南的主体建筑，被命名为"乾"和"坤"，谓之曰"彰显中华民族自强不息的精神"与"厚物载德的博大胸怀"。南端入口处的圆形广场面积960平方米，象征960万平方公里的中华大地。

广场中央的"中华圣火",火种采自周口店,象征中华民族的文明创造永不停息。圣火广场东西两侧,各有一道流水缓缓流下,象征中华民族的母亲河——长江与黄河。连接主体建筑与圣火广场的是一条宽 3 米长 270 米的青铜甬道。甬道从南而北,镌刻着距今 300 万年前人类出现到公元 2000 年的时间纪年,并用凝练的文字记述中华民族科技、文化、教育等领域的重大事件,辅之以天干地支及生肖图案。游人漫步其侧,犹如走进中华民族五千年文明史的历史长河。

2000 年元旦之夜,"中华世纪坛"点燃"世纪圣火",撞响世纪洪钟,迎来新千年第一缕曙光。然而,在全球社会一致将 21 世纪定义为"海洋世纪"的今天,"中华世纪坛"的设计者再次将 300 万平方公里的海洋国土无情地抛弃在了脑后!作为一座千年交替的纪念性标志物,作为一个融文化、艺术、科技交流的展示中心和教育基地为一体的公共场所,这种设计上的缺陷与失误所造成的后果,是难以挽回的,更是难以估量的。

海洋的象征物缺席世纪坛,或者说世纪坛再次遗失海洋,只是反映了设计者海洋文化与海洋观念的淡薄,但是,正是这种个体的意识决定并折射出全民族整体的文化取向与素质水平。

20 世纪 90 年代中期,海军某军港国防建设工程开工了。这是一项"国"字号的重大工程,不仅引起军委总部领导人的关注,甚至连时任中共中央政治局常委、中央军委副主席的刘华清都亲自前往实地视察。然而,就在刘华清视察后不久,作为工程配套设计的导弹洞库施工却因驻地民众不理解而被迫停工 88 天之久!

原因很简单。据说是因为施工开山放炮,影响到当地老百姓饲养的猪不长膘,鸡不下蛋。说穿了全在一个"钱"字!驻地基层乡镇官员把国防工程当成"冤大头",想从中牟利捞一笔"外快"。为达目的,便不惜许以利诱暗中唆使民众阻止工程正常施工。

真相大白,海军某基地司令员肖德万少将拍案而起,怒斥驻地党政要员:"你们脚下的这片土地,是中华民族的海防要塞。一个半世纪前,她曾经为列强侵占长达五年之久。这丧权耻、亡国恨难道你们就忘记了吗?!"

肖将军曾作为扫雷舰舰长浴血西沙海战。中国海防的历史创痛和现实危机,令他备感责任重大。闲暇之余,他总忘不了独步驻地那座特殊的"山头公园"——鸦片战争古战场遗址。正是在这里，爆发了中国近代史上抗击英军入侵的第一场大规模海战。"那六天洒流五千人英雄血，这一仗打痛每一颗中国心。"每每看到镌刻在公园牌坊上那幅血浸泪染的楹联，将军心中便涌起万丈怒潮。

国防重点工程停工事件在肖将军的怒吼声中复工了。但它在 20 世纪末中国海防阵地上所引起的余波，却给和平绿荫下生活的人们留下了无尽的思考。

国防的强大和海权的振兴，是刘华清一生的牵挂。听完我讲述的故事，老首长默然无语，随手点燃一支香烟吸了起来。稍许，老首长将吸了一半的香烟掐灭，突然向我发问道："你知道我国有多少岛屿吗？"

不待我回答，老首长随手递给我一张报纸："时至今日，我国还有数以千计的岛屿连个名字都没有！"

一则新华社电讯赫然映入我的眼帘："据来自国家海洋局的最新消息，目前我国尚未命名的岛屿有 1400 多个。"

早在 1987 年，人民海军测量部队就奉命完成了我国海岛的普查测绘工作。这是人民海军为中国海洋事业作出的具有里程碑意义的伟大贡献，也是刘华清在海军司令员任上主持完成的一项浩大的重要海防工程。为褒奖海测部队官兵的重大业绩和感人事迹，刘华清曾亲自在《解放军报》撰文，对他们无私无畏的奉献情怀和勇于开拓的创新精神给予高度评价，称赞他们是"新一代最可爱的人"。

然而十多年过去，那些被海测官兵用青春和忠诚交织的经纬线，准确标注在海图上的无名小岛，仍然藏在深海无人识，且数量高达 1400 多个！在世界各沿海国家，如此漠视自己的岛屿主权与权益价值，恐怕再也找不出第二个例证。

"天上的星星都有个名字，我们的 1000 多个海岛至今却连一个正规的名字也没有！"刘华清心生感叹，乃至有些愤愤然。

海岛，是国际公认的领海基点选择地之一。对岛屿的命名不仅体现着一种人文关怀和情感关注，是对中华民族海洋文明的一种传承和发展，更重要的是维护国家主权、领土完整和海洋权益的具体体现。我国拥有的 300 万平方公里蓝色国土存在的依托，主要靠散布于岛屿上的领海基点。根据

《联合国海洋法公约》的规定，一个"四面环水并在高潮时高于水面的自然形成"的岛屿，便可享有与陆地领土同等的领海、毗连区、专属经济区和大陆架的权利。即使是一个"不能维持人类居住或其本身的经济生活的岩礁"，也享有 12 海里宽度的领海和 24 海里宽度的毗连区。

这是一个发生在刘华清担任海军司令员期间的故事。1986 年 9 月，日本海上保安厅发现了一个名为冲鸟岛的珊瑚礁盘。这个名副其实的弹丸小礁远离东京 1700 公里，在一般的地图上根本无法标注，落潮时礁盘露出水面最高处仅 0.3 ~ 0.5 米。1987 年 4 月，日本政府作出决定，拨出 2.2 亿美元巨额专款，用三年时间，在冲鸟岛露出水面的岩礁上修建 50 米直径的铁制环形大堤。

日本政府不惜重金加固汪洋大海中一座孤礁的举动，并没触动多少中国人的思维神经，倒是大洋彼岸的美国人看得无比透彻。全美极富影响力的一家媒体发表评论指出，这个只有特号床大小的岩礁，可以使日本获得比其本土还要大的国土面积，可以使日本攫取巨大的海洋经济利益，可以保卫日本 1000 海里"生命线"，成为日本经巴士海峡出入南海，通往东南亚的日本西南航线上一个永久性交通据点和战略要点。

"'重陆轻海'意识作为一种传统文化现象，对中华民族的思维观念影响太深了。"刘华清老首长不无感慨，"20 世纪 60 年代末，为了珍宝岛这个仅有 0.7 平方公里小岛，我们与苏联针锋相对，不惜用鲜血和生命捍卫领土主权和国家尊严。然而，在蓝色国土上，我们成群的岛礁被侵占、成片的海域被掠夺，却少有人关注！"

"我为什么下决心研究和制定海军战略？"刘华清老首长自问自答，"建立一支强大的海军，捍卫祖国蓝色国土的主权和权益，仅凭海军几十万官兵的忠诚、勇敢、奉献与牺牲精神是不行的，必须强化我们整个民族的海洋观念。只有全体国民都具备强烈的海洋国土、海洋经济、海洋科学和海洋国防的观念与意识，经略海洋、振兴海业才能成为我们民族的整体意志和自觉行动。"

跨越传统"陆土观"筑垒的传统思维天堑，成功迈出构建具有中国特色海军战略的第一步，对于刘华清而言，不仅需要登高望远、敢为人先的理论勇气，更需要审时度势、机变善谋的政治智慧。

刘华清采取的是不急不躁、稳扎稳打的"迂回战术"。

1983 年 1 月 17 日至 20 日。海军党委五届五次全会。刘华清提议研究制定《海军现代化建设规划纲要》。

这是一个敏感的话题。八年前，正是因为不满海军制定的 10 年发展规划，刘华清愤而向邓小平上万言书，并最终被迫调离海军。如今刚一上任就旧事重提，多少有些出人意料。但刘华清并没有那么多历史顾忌，态度坚定而明朗：落实党中央确定的战略部署，完成中央军委提出的建设革命化、现代化、正规化军队的任务，必须重新制定科学可行的建设规划，以指导海军的发展。

全会采纳刘华清的建议，很快组织专门班子展开《海军现代化建设规划纲要》的调研与制定工作。

1983 年 8 月 9 日，海军作战会议。刘华清主持深入讨论和研究海军作战方针、作战原则、作战任务、作战形式和作战范围。

这是过去五年中海军首次召开作战会议。五年来，特别是邓小平主持军委工作以来，明确了新时期军队战略方针和各军兵种在未来反侵略战争初期担负的主要作战任务，全军在作战准备的一系列重大方针、原则问题上，有了明确的方向。海军作战会议的主旨，就是研究军委战略方针在海军的具体化。

但是，关于海军作战方针，会议上出现了两种观点：一部分领导同志认为，中央军委已经明确了"积极防御"的战略方针和战略指导思想，这是统管战争全局和全国各个战场的，适用于每个战区，海军也不能例外。因此，不主张再另提海军作战方针。另一种观点认为，还是要提海军作战方针。因为海上作战有其独立性和特殊性。在贯彻军委总的战略方针下，应该有个适合海上作战特点的概括比较准确的海军作战方针，以统一海军各级指挥员的作战思想。

刘华清持后一种观点。道理很简单：战略方针和战略的具体化，是军队的头等大事。几位老帅就曾在军委会议上反复强调，战略方针的具体化，要一个战区一个战区来研究，正确解决战略、战役、战术之间的关系。

但刘华清没有急于求成，只是要求各级指挥员就此问题继续深入研究探讨。

海军现代化建设规划纲要的制定和海军作战会议的召开，为海军战略的提出与形成作了必要的思想过渡，奠定了坚实的理论基础。然而，刘华清仍嫌不足。为进一步统一海军上下的认识，在此后的一年多时间里，他又发表了多篇有关海军现代化建设的报告和文章，为正式提出海军战略营造有利的舆论氛围。

1983 年 10 月 29 日，海军举办高级干部军事研究班。刘华清作了《关于海军贯彻积极防御战略方针的几个问题》的长篇报告，首次提出海军作战方针并进行了系统阐述。

"积极防御，近海作战。"这就是刘华清为人民海军制定的作战方针。

这是刘华清就任海军司令员以来，时隔八个月之后，再次重提"积极防御，近海作战"，而且将其明确为海军作战方针。

刘华清明白，贯彻这一作战方针，一个很现实的问题就是要统一海军上下对"近海"概念的理解与认识。以往，海军习惯于把距我国海岸 200 海里以内的海域作为"近海"。为打破这种传统的思维定势，刘华清强调要按邓小平的指示来统一认识"近海"的概念。他指出："'近海'是黄海、东海、南海、南沙群岛及台湾、冲绳岛链内外海域，以及太平洋北部的海域，'近海'之外是'中远海'。"

1984 年 4 月，刘华清在《海军杂志》发表题为《论海上作战形式》的文章，对海军海上作战样式与方法作了进一步的概括和论述。他指出，海军作战样式和方法很多，有的按兵力兵器划分，如潜艇战、反潜战、水雷战、海洋战、电子战等；有的按作战规模大小划分，如小兵力群的袭击，有利条件下的集中突击或重点打击，海上会战等；有的按作战任务与样式结合划分，如突袭与反突袭，封锁与反封锁，登陆与抗登陆，袭击与反袭击，破交与保交等。这些划分方法都是从不同角度来反映海上作战样式和方法的，就其性质而言，都离不开我军以坚守防御阵地战为主，积极进行有利条件下的运动战，广泛开展游击战三种基本作战形式。着眼于海军兵力所具有的机动性和进攻性这一基本特点，刘华清将海军海上作战形式概括为：近岸坚守防御阵地战，海上运动战和海上破袭游击战。他指出，就战争全过程而言，能大量歼灭敌人有生力量，逐步改变敌我力量对比，对转换海上战局起决定作用的，主要是海上运动战，而海军经常性的作战活动将是分散的海上破袭游击战。

1984年4月9日和5月20日，刘华清应邀先后到解放军军事学院和军事科学院讲课，作了题为《关于我国海军作战与建设的几个问题》的报告。从海洋与技术革命、海军的作用与地位、中国海军建设的基本状况、未来战争中中国海军的战略运用、中国海军今后的建设发展等方面，进行了全面系统的阐述。

1984年7月28日，刘华清在海军院校教育改革座谈会上明确提出，要根据作战对象、国家军事战略和海军作战任务，吸收外军军事理论中有用的东西，发展中国海军的战略战术，并明令海军学院对美国、苏联的海军战略理论加以研究评析。

1984年8月，刘华清在《海军杂志》发表题为《迎接海军建设的新任务》的文章，正式公开提出了海军建设的奋斗目标。他写道：

> 海军在建设上不仅要有一定的规模和数量，更要有较高的质量，能够有效地捍卫我国辽阔海区的安全和海洋权益。在战斗力量上，必须有一支具有高度的政治觉悟、先进的军事思想和较高的科学文化素养的干部队伍，有足够数量的现代化武器装备，有严格的训练和科学的编成，保证人与武器装备的高度统一和紧密结合，能发挥最大的效能，圆满完成海军所担负的各项任务。在装备性能上，必须与当代的科学技术相适应，与海军担负的作战任务相适应，能够保障海军部队在近海海区对拥有现代化装备的敌人作战。

在论述海军建设奋斗目标之后，刘华清提出了海军现代化建设面临的八项主要任务及其指导原则：

——均衡发展海军各种兵力。必须有重点而又均衡地建设海军的五个兵种和技术勤务保障部队，保证构成海军战斗威力的各组成部分及其保障手段能够互相配合，发挥整体威力。要重点发展潜艇、水面导弹舰艇和海军航空兵部队，相应发展岸防部队，同步发展作战指挥勤务和后勤保障部队。

——不断改善与更新武器装备。在装备技术发展上，常规动力与核动力，要以发展常规动力为主；精确制导武器与非制导武器，要以发展精确制导武器为主；武器装备要逐步向数字化、综合化、模式化、智能化方向发展。

——加速知识更新，培养高质量人才。人才问题是战斗力建设的核心问题。随着新技术革命的兴起，各种新材料、新工艺、新技术将会不断地、大量地运用于海军装备，这就要求我们比以往任何时候都更加重视智力开发，重视知识更新，加强人才培养。

——改革和完善体制编制。要研究海军的舰队编制和海军领导指挥体制以及后勤供应保障体制如何减少层次，实现平战结合；要研究如何改变海军现有体制干部数量过大的状况，做到既能减少干部数量，又能保留基层技术骨干和战斗骨干力量；要研究海军兵力如何编组才能做到平时便于管理和训练，战时便于指挥和作战。

——加强战场建设，全面提高后勤保障能力。要贯彻"保障战备、兼顾生活、注重质量、厉行节约"的方针，按照统一规划、合理布局、突出重点、量力而行、保证战备急需、兼顾部队发展的原则，有计划有步骤地推进海军战场建设，切实缩短战线，保证重点。

——大力加强军事学术研究工作。要根据海军的作战任务和海军现代化建设的奋斗目标，深入探讨海军建设和作战的重大理论问题，研究现代条件下以劣势装备战胜优势装备的敌人的战略战术，逐步建立起具有中国海军特点的、完整的海军军事理论体系。

——认真搞好正规化建设。要使部队建设法制化，管理科学化，过程程序化。要建立岗位责任制，明确职责分工和检查标准。要严格执行条令条例，使指战员具有高度的组织纪律性、良好的举止和优良的作风。

——逐步实现指挥自动化，提高指挥效能。要建成从海军领率机关到具体任务部队的完整的自动化网络，确保各级指挥所对海上舰艇编队、潜艇、海军航空兵实施快速、准确、有效的作战指挥。

1984年9月，刘华清在《海军杂志》发表题为《加速海军正规化建设步伐》的文章，首次提出海军正规化的"四化"标准：体制编制合理化，组织指挥科学化，教育训练规范化，干部队伍知识化。

1984年9月，刘华清在军事科学院主办的《军事学术》杂志发表题为

《建设一支具有中国特色的现代化海军》的文章。该文集中反映了刘华清关于海军建设的基本思想和总体观念，提出了新时期海军建设必须遵循的五条指导原则和需要处理好的四种关系。

1984年9月，刘华清为光明日报出版社出版的《聂荣臻同志和科技工作》一书撰文：《武器装备现代化要走自己的路》。

1984年11月24日，《人民日报》刊发刘华清的文章：《建设一支强大的海军，发展我国的海洋事业》。

1985年8月5日，刘华清为《解放军报》撰文：《肩负起保卫祖国建设祖国的重任》。

1985年9月，刘华清为《瞭望》周刊撰文：《时刻想着太平洋的太平》。

……

好了，就此打住。

该是刘华清"亮剑"的时候到了。"海军战略"，这个日夜萦绕于脑际、躁动在胸中的"精灵"，已然似一匹脱缰的烈马，在他思维的原野上恣肆狂奔，犹如一艘扬帆的飞舟，在他意识的海洋里纵横驰骋。

当1985年岁末临近的时候，刘华清从迂回匍匐的掩体杀向决战的前沿阵地，一场围绕"海军战略"的热烈思想碰撞与理论探索就此展开。

从"近岸"到"近海"的历史跨越

"制定和确立海军战略的时机和条件已经成熟。"

1985 年 12 月 20 日。海军首长机关单方一级研究性图上演习接近尾声。作为此次演习的"压轴戏",身兼总导演与总指挥的刘华清的总结讲评,无疑是令人期待的。

然而,刘华清却借台唱戏,毫无预警地引爆了"海军战略"的震撼弹。

为什么要制定"海军战略"?如何认识"海军战略"?我国"海军战略"的内容是什么?刘华清以其朴实无华的语言风格和独具韵味的鄂东乡音,完成了他人生历史上最为重要的一次演讲。

尽管缺乏足够的心理准备,但经历短暂的"脑筋急转弯"调适后,熟悉他的海军各路诸侯和高级将领还是很快得出一致结论:这绝非刘华清一时冲动的"脱口秀",而是他深思熟虑、谋划已久的一次战役行动。

果不其然。在 1986 年元旦过后接连召开的海军党委常委会和海军党委扩大会议上,刘华清再次提议确立"海军战略"。

此刻,刘华清没有了过去三年从容不迫的安适心态,显露于表的是只争朝夕的急切神情。

刘华清没法不急。

1985 年,在中国改革开放与军队现代化建设史上具有重大标志性意义。

5 月 23 日至 6 月 6 日,中央军委在北京召开扩大会议,军委主席邓小平宣布军队裁减员额 100 万。

9 月 18 日,中国共产党全国代表会议在北京召开。会议同意叶剑英等一批老同志不再担任中央三个委员会❶成员的请求,增选一批比较年轻的同志进入中央委员会,增选一批新的成员进入中央顾问委员会和中央纪律检查委员会。

---

❶ 即中央委员会、中央顾问委员会和中央纪律检查委员会。

这两个具有里程碑意义的标志性事件，无论对海军未来建设发展，还是对刘华清个人政治生命，都产生着重要影响。

就海军建设发展而言，随着精简整编与体制改革的深化，当务之急是要研究和制定长远建设规划与发展目标。而要确定中国海军 2000 年乃至 2050 年前远景规划，必须有一个明确的海军战略作为理论支撑与宏观指导。

对于刘华清个人而言，要在自己海军司令员任期内主持制定海军战略，并以此为指导完成海军现代化长远发展规划，历史留给他的可控时间已经屈指可数。

一个公开透明的政治风向标是：在刚刚落幕的党的全国代表会议上，刘华清与李耀文双双申请退出中央委员会，转任中央顾问委员会委员。

对于离职卸任，退居二线，年近七旬的刘华清已经做好充分的思想准备。他甚至与李耀文政委私下探讨了海军领导班子新老交替的最佳模式：他自己先退，年小两岁的李耀文后退，以保证他们二人主导的海军现代化改革建设事业按照既定方向与目标继续推进。

要使海军未来发展方向与建设目标不因领导班子的更替而夭折，最可靠的保证就是确定海军战略与中长期发展规划。

恰在此时，国务院国际问题研究中心特约研究员张静怡发表了一份内部研究报告，给刘华清以极大的启示和触动。该报告提出：我国作为世界上最早发明指南针的、有漫长海岸线和悠久航海历史的天赋海洋大国，它的海军应该是"战略军种"。社会主义中国需要拥有一支足以执行战略任务的强大海军。我们已经丧失了许多时间，现在是着手认真落实这一夙愿的时候了！

读罢张静怡的研究报告，刘华清心情久久不能平静：是的，为着实现"建立一支强大海军"的历史夙愿，现在该是开启海军战略理论大门的时候了！

权力从来不恋旧情。你今天拥有它，它就是你的奴仆；你明天失去它，它就是你的主宰。当你官运亨通时，它会柔情似水，为你卑躬屈膝；当你日薄西山时，它会移情别恋，与你分道扬镳。

刘华清偏偏不信这个邪。虽然从中央委员退位为中顾委委员，但他还是海军司令员，这个职务赋予他的权力没有任何变化！唯一的变化是某些人的心态。这不是什么稀奇事。宦海沉浮几十年，他早已见怪不怪了。

此刻，刘华清心海里只存一念：海军战略。

悠悠万事，唯此为大！

1986 年新年前后。在海军机关举行的多次高层会议上，不断响起刘华清倡导制定海军战略的呼声。他就像一个接受答辩的学者，用严谨的逻辑进行着理性的陈述：

> 海军战略是用于指导海军建设和作战的方略。
>
> 海军战略是一个客观的、历史的军事范畴，它随着海军的发展和人们对海洋的需要与认识，逐步形成并不断发展。
>
> 一般说来，海军历史比较悠久的、濒海的、拥有较强政治和经济实力的国家，其海军战略的形成比较早，发展也比较快。
>
> 海军战略的物质基础是国家的海上实力。但是，仅仅拥有海上实力，并不能自然产生合乎本国需要与可能的海军战略。
>
> 历史上早期的海军战略产生于资本主义国家进行海外扩张的时代。但是作为一个军事战略的范畴，它并不是为哪一种性质的国家所专有的。不同的历史时期，不同的国家，实行着不同的海军战略。

社会主义中国应不应该提出自己的海军战略？心存疑虑者有之，公开否定者有之：我国海军如此弱小，又是在本国海区作战，有必要提海军战略吗？我国未来反侵略战争的主战场在陆战场，海战场是从属陆战场的，有海军战略独立存在的空间吗？

"提出我国的海军战略，既是一个重要的军事理论问题，也是一个迫切需要解决的现实问题。"刘华清以其深入系统的研究成果，就制定海军战略的重要性与必要性，从六个方面展开阐释与答疑：

> 首先，提出我国的海军战略，符合战略的多层次结构的理论原则。战略是对战争全局的筹划和指导。很明显，战争全局是一个相对的、多层次的概念。因而，作为筹划和指导战争全局的战略，也应当是一个相对的、多层次的概念。一个国家固然有一个

总的军事战略，一个独立的大的作战方面，也应有其相应的战略。海军战略的提出是符合这一理论原则的。

第二，海军战略是军委战略方针在海军的具体体现。中央军委制定的积极防御的战略方针，是全军作战和建设的总的指导方针，它为海军建设和作战规定了总的原则和方向。但它不可能解决具体的海军战略问题。应当说，海军战略是军委战略方针指导海军建设和海洋方向作战的具体化和必要补充。

第三，海军战略是我国海军建设和未来作战的内在要求。海军是一个多兵种的、综合性很强的军种。随着海军的发展，我们将面临许多新的更为复杂的重大问题，需要有一个能统管与协调这些问题的总的方略，即海军战略，以加强宏观指导，协调好各方面的关系，有计划、有步骤地搞好海军建设。

第四，提出海军战略是海洋形势发展的客观需要。海洋是人类生存和发展的重要空间。太平洋地区将成为下一个世纪经济发展的中心，世界政治、军事斗争的重心也必将向这一地区转移。作为太平洋沿岸大国，海洋不仅为我国经济社会发展提供了新的战略后备资源，而且是我国对外交流、对外经济的主要通道。保障海运和国家海洋事业的安全，已成为海军新时期的重要任务。怎样完成这一任务，它对海军的作战、建设将会产生什么样的影响，需要我们从战略高度加以通盘考虑。

第五，提出海军战略是中国海区的战略地位及海战场形势的需要。中国海区是我国国土的屏障，掩护着我国最具有战略意义的城市与地区。海军在中国海区所进行的战略防御，将是整个国家战略防御的重要组成部分，它对增强国土防御的稳定性、确保国家战略后方的安全具有重要意义。海军兵力在海战场的作战行动，除了以一定兵力协同陆、空军进行近岸海区的防御作战外，还要在广阔的海战场实施机动作战，从战略上配合陆战场的行动。因此，对海军作战的宏观指导，关系到海洋方向以至整个国家战略防御的全局。

第六，提出海军战略是我国国际地位日益提高的要求。党的十一届三中全会以来，我国的国际地位和声望有了很大的提高，在国际事务中发挥着举足轻重的作用。我们应当拥有一支与我国国际地位相称的海军，并使之成为执行国家独立自主和平外交政策和海洋政策的有力工具，确保我国海防安全和领土完整，维护我国的合法海洋权益，为我国的社会主义建设提供一个安全可靠的海洋环境。

刘华清探索海军战略所表现出来的理论勇气、创新思维与前瞻眼光，是令人敬佩与折服的。

早在留学苏联期间，刘华清就对海军战略产生了独特兴趣。"文革"期间，特别是蒙冤受贬第二次调回海军坐"冷板凳"之后，他潜心阅读了大量军事历史著作，特别是在世界海洋大国兴衰史、古今中外海战史、海军发展史方面进行了系统研究，对海洋、海权与海军的认识产生了质的飞跃。担任海军司令员后，刘华清更加重视海军战略理论的学习与研究。繁忙的军务之余，他唯一的嗜好与乐趣就是读书学习，研究问题。他的大脑就是一个"问题仓库"，为了把一团乱麻似的问号理顺拉直，他最大限度地调动和发挥"外脑"的作用。在他的手下有一个编外咨询研究团队，这个团队的成员有的是海军机关各部门的领导，有的是来自海军装备论证研究中心、海军军事学术研究所、海军军事学术委员会和海军各院校的专家学者，还有的是中央国家机关、军委总部和国防科研部门的权威专家和著名学者。每隔一段时间，他都会将他们中的几个人召到自己的办公室，从"问题仓库"中拎出一个或几个重要问题，与他们深入探讨，最后集思广益，升华为思想理论成果。这些思想理论成果，有的转化为海军改革发展的政策法规，有的扩展为刘华清的讲话报告，有的则直接作为署名文章登载于军内外报刊。

在研究制定海军战略过程中，刘华清再次阅读了国内外有关海军军事理论与海战历史的学术著作与人物传记，比较研究了美国、苏联（今俄罗斯）、英国、日本的海权理论与海军战略，对中国的传统军事战略思想与海军历史进行了系统总结与反思。在此基础上，组成专门的"外脑"班子，分专题完成了相关研究论证报告。

如果在军事理论学术的范畴，评价刘华清海军战略的研究成果，称其"填补国内空白"或"处于国内领先水平"，亦可谓实至名归，当之无愧。但现在的问题是，刘华清不是作为一位军事理论家在一个学术讲坛探讨海军战略的学术意义与科学价值，而是作为中国的海军司令员，站在国家政治舞台上确立治国安邦的军事大战略!

于是,问题的焦点与矛盾的实质,不可避免地导向一个在中国权力生态与政治语境下高度敏感的话题:刘华清有没有权力和资格提出和制定中国的海军战略?

不知从何时开始,曾经拥有过四大发明、作为人类文明策源地之一的中华民族的创新思维与创造能力受到了一只无形的巨手的束扼,以致辉煌难再,无可奈何地走向任人凌辱、任人宰割的灾难深渊。新中国的诞生,为中华民族创新意识的复苏与觉醒、创新能力的回归与强化,提供了前所未有的政治的、思想的、经济的乃至物质的基础与保障。然而,一场红色的浩劫与动乱,窒息了整个民族的思维神经,泱泱九州,煌煌华夏,只存在一个至高无上的神化的思维大脑和灵魂主宰。创新,政治理论与军事学说的创新,成为无人再敢问津无人再敢涉足的禁区与雷池。尽管,历史已经翻开新的一页,一场勃然兴起的思想解放运动砸碎了禁锢民族精神的枷锁,但毕竟噩梦初醒,余悸难消。

点击中华民族汗牛充栋的军事典籍和海防史志,难觅"海军战略"的踪迹。中国,从古至今,没有海军战略。新中国成立后的几十年里,也只有党中央、中央军委制定提出过国家和军队的总体军事战略。各军兵种、各大军区,还没有哪一家制定和提出过自己的军种战略或战区战略。

现在刘华清要提出和制定海军战略,无疑是打破了中国的政治禁忌,别说历史上没有先例,成功的希望渺茫,就连刘华清本人最后能否从自己蹚开的这潭浑水中全身而退,也不得而知。

第一个冲击波产生的正面效应,似乎比刘华清预想的要好得多。从海军党委常委会到海军党委扩大会,与会领导一致赞同和积极支持研究制定海军战略,并以此为纲领,规划设计跨世纪的人民海军现代化建设与发展。

心齐事顺,人和业兴。刘华清十分欣慰。60 年代后期至 70 年代末期的十多年间,海军最大的问题就是班子不团结。有感于此,在维护领导班子团结,特别是调动和发挥班子成员工作积极性方面,他和李耀文率先垂范,身体力行,做了大量卓有成效的工作。正如军委首长所指出的那样,海军历史上经过多次折腾,这两年逐步安定下来,巩固发展了海军安定团结的局面。领导班子自身较好地贯彻民主集中制,工作勤奋,团结协作,形成

刘华清与李耀文，一军一政，携手同心，文韬武略，堪称最佳搭档。（1987 年 9 月）

了较强的领导核心。

1988 年年初，刘华清就任军委副秘书长调离海军时，特别表达了对海军领导班子建设的满意与感激之情：

> 在这五年多的工作中，我感到很愉快。从我个人来说，这几年还是有很多长进的，向我们党委的同志，向舰队的同志，向下面的同志学到不少东西，增长了不少知识，我感到有进步，有收获，和大家一起工作很满意。这几年，上下之间的关系，基本上处理得很好。党委本身，机关各个部门，同舰队、基地的绝大多数同志之间，工作相互支持，大家心情愉快。这方面我感到很高兴。从这段情况来看，上面满意，我们常委之间满意，下面也满意，总的情况是好的，海军建设向前推进了。

尤其令刘华清备感欣慰的是，遇到了一位心心相印、和衷共济的"好政委"：

> 这几年，我向李耀文政委学到不少的东西。李政委政治上很强，思想水平很高，善于团结干部。我过去同很多政治委员搭班子工作过，但是我觉得我所遇到的政治委员中，李政委无论在哪个方面都比较强。海军有这样一个好政委，今后会把海军领导得更好。

李耀文政委和海军党委一班人对研究制定海军战略的鲜明态度，给予刘华清极大的鼓舞。他一鼓作气，乘势而上，抛出了"刘华清版"海军战略的理论体系与军事思想。

什么是中国的"海军战略"？

刘华清的结论是："近海防御"！

这是新中国海军发展史上的一个飞跃。

初创时期的人民海军，从当时的具体国情出发，借鉴苏联海军建设的经验，确立了建设一支近岸防御型海军的指导方针。

1950年4月14日，在人民海军领导机关成立大会上，海军司令员萧劲光描绘了"建立一支什么样的海军"的蓝图："我们要建立的是一支自卫的、防御的海军。我们的优越条件是靠近海岸，有众多的岛屿，要充分利用这个优越条件，把每一个岛屿变成一艘不沉的航空母舰，把每一座海岸炮当作军舰上的一门主炮。我们这支海军在战略上是防御的，在战术上却是进攻的。我们不建重型的舰队，而是要建立起一支轻型的舰队。"

1950年8月召开的海军会议上，萧劲光司令员正式提出了"建立一支轻型海军"的方针，具体表述为："建设一支现代化的、富于攻防力的、精干的轻型海上战斗力量。"根据这一方针，海军武器装备发展重点确定为潜艇、鱼雷快艇和海军航空兵，即"空、潜、快"。

尽管20世纪50年代末期，萧劲光司令员曾提出"作战海区由近海到中海、远海、远洋，舰艇建造由中小型到大型，以及实行尖端技术与常规装备相结合"的具有长远指导意义的海军发展方针，但由于"文化大革命"的干扰和破坏，并没有得以贯彻落实。所以，直至80年代刘华清出任海军司令员之前，中国海军仍然是一支近岸防御为主的轻型海军，"依托岛岸，近海作战"，始终是人民海军最重要的作战原则和指导方针。

现在，刘华清将中国海军战略规范为"近海防御"。这里的"近海"二字是个战略上的概念。从"近岸"到"近海"，虽然仅是一字之差，但对共和国海军而言，却是经历了30多载漫漫航路之后筑起的一座新的航标。

"近海防御"的理论依据从何而来？

刘华清答曰：毛泽东、邓小平。

正是从伟人的思想宝库中，刘华清找到了描述和定位中国海军战略最科学的理论、最光辉的思想和最精准的文字。

1949 年 1 月 8 日，毛泽东在为中央政治局起草的《目前形势和党在 1949 年的任务》的决议中提出："1949 年及 1950 年，我们应当争取组成一支能够使用的空军及一支保卫沿海沿江的海军。"

1949 年 8 月 28 日，毛泽东首次为人民海军题词："我们一定要建设一支海军，这支海军要能保卫我们的海防，有效地防御帝国主义的可能的侵略。"

1953 年 2 月 21 日至 24 日，毛泽东乘"长江"舰和"洛阳"舰视察海军部队，从武汉到南京，挥笔为海军题词："为了反对帝国主义的侵略，我们一定要建立强大的海军！"

1953 年 12 月 4 日，在政治局会议审查海军五年建设计划方案时，毛泽东指出："为了肃清海匪的骚扰，保障海道运输的安全；为了准备力量于适当时机收复台湾，最后统一全部国土；为了准备力量，反对帝国主义从海上来的侵略，我们必须在一个较长的时间内，根据工业发展的情况和财政情况，有计划地逐步地建设一支强大的海军。"

毛泽东直至逝世前一年，仍念念不忘建设一支强大的人民海军。"海军要搞好，使敌人怕。"毛泽东谆谆嘱托，"努力奋斗，10 年达到目标。"

综观毛泽东关于海军建设的论述，在刘华清脑海里打下深深烙印的：一是自始至终一以贯之，将海军视为与陆军、空军并举的国家武装力量体系中一支重要战略攻防力量；二是这支海军一定要"强大"，要有足够的威慑力和打击力，要使敌人"怕"；三是明确规范了这支海军的使命任务：维护领海主权和海洋权益，抵御帝国主义可能从海上来的侵略，解决台湾问题、统一祖国。

与毛泽东相比，邓小平海军建设思想更加凸显时代特色和战略色彩。

1977 年 10 月 4 日，邓小平在讨论军队装备和国防科研工作会议上指出："海军装备的战略要求是什么？主要装备是什么？哪些要淘汰？应该还有什么内容？总之，一定要确定战略要求，没有确定的要确定，确定以后就不要动摇，按照战略要求指导科研和生产。"

1978 年 6 月 28 日至 29 日，邓小平在听取第六机械工业部和海军关于造船工业情况汇报时指出："我们的战略是防御的，20 年后也是战略防御，这包括核潜艇，也是战略防御武器。对海参崴、对马海峡、马六甲海峡也是防御，就是将来现代化了，也还是战略防御。"

1979年4月3日，邓小平在听取海军主要领导同志工作汇报时指出："我们的海军，应当是近海作战，是防御性的。……我们不称霸，从政治上考虑，也不能搞。海军建设，一切要服从这个方针。防御当然也要有战斗能力。海军的装备、规划要从这点出发。"

1979年7月29日，邓小平在青岛接见海军党委扩大会议全体同志时，再次明确指出："我们的战略是近海作战。我们不像霸权主义那样到处伸手。我们建设海军基本上是防御，面临霸权主义强大的海军，没有适当的力量也不行。这个力量要顶用。我们不需要太多，但要精，要真正是现代化的东西。"

1979年8月2日，邓小平又亲临烟台港，视察中国研制的第一艘现代化导弹驱逐舰，并乘舰出海巡航。在听取了有关新型导弹驱逐舰战术技术性能汇报后，邓小平高兴地说："现在有这样的驱逐舰，就可以走向太平洋。"他打着有力的手势对身边的海军领导同志说："我们在太平洋应该有发言权！"并挥笔题词："建立一支强大的具有现代战斗能力的海军！"

对于邓小平新时期军队战略思想的形成与发展，刘华清比一般人有着更独到、更深刻的理解和体会。作为国防科委副主任、总参谋长助理和副总参谋长，刘华清有幸组织或参加了1978年至1982年邓小平主持召开的多次有关国防与军队建设的情况汇报会和研讨会，亲耳聆听了邓小平一系列重要指示。就任海军司令员后，特别是设计与谋划海军战略过程中，刘华清脑海里反复映现的就是邓小平一次次论述新时期海军建设的思想内涵和音容神韵。

邓小平关于海军建设的一系列谈话和指示，为刘华清制定海军战略提供了坚实的指导思想和理论依据。从某种意义上说，刘华清的海军战略就是邓小平新时期海军建设思想的系统与集成、概括与抽象、提炼与升华。

"邓小平同志的一系列指示，指明了我国海军战略的两个基本问题，即战略的性质和作战的基本范围。"刘华清总结道，"性质就是'防御'，作战范围是'近海'。因此，我们确定我国的海军战略是'近海防御'。我们的这一战略属于区域防御型战略。"

刘华清具体阐释"近海防御"海军战略要素时，字里行间折射出的仍然是邓小平海军建设思想的深厚底蕴：

海军战略的性质　超级大国为了争夺世界霸权，不遗余力地发展全球性、进攻型海军。他们把海军作为核威慑战略的主要支柱和推行侵略扩张政策的重要工具。因此，人们通常把超级大国海军所奉行的战略称之为"远洋进攻"。与之相比，我国海军是为保卫我国的安全和权益，保卫社会主义现代化建设，为我国独立自主的和平外交政策服务的。近海防御表明我国不搞全球性的进攻型海军。就是将来海军现代化了，海军战略的防御性质也不会改变。

海军战略的目的和作战对象　我国海军战略的目的是：维护国家统一、领土完整和海洋权益，应付针对我国的海上局部战争，遏止和防御帝国主义、霸权主义来自海上可能的侵略，保证我国能在和平安宁的环境下进行社会主义现代化建设，反对帝国主义、霸权主义、殖民主义，维护亚太地区和世界和平。我们的主要作战对象不是固定不变的，它随着国际形势的发展变化而发展变化。当我们在注意主要作战对象的时候，也不能忽视潜在的对手。

我国海军的作战海区　在今后一个较长时期内，主要将是第一岛链和沿该岛链的外沿海区，以及岛链以内的黄海、东海和南海海区。这一海区，既包括国际海洋法公约确定的归我国管辖的全部海域，也包括南海诸岛等我国固有领土。和原来的"近岸防御"相比，这种作战海区概念的扩大，有利于战时我在主要方向上组织海上防御作战。随着我国经济力量和科学技术水平的不断增强，海军力量进一步壮大，我们的作战海区，将逐步扩大到太平洋北部至"第二岛链"，在"积极防御"的战役战术上，将采取敌进我进的指导思想，即敌人向我沿海区进攻，我也向敌后发起进攻。

海军的战略任务　我国海军的战略任务，可以分为和平时期的任务和战争时期的任务两个方面。和平时期的战略任务主要有：实现和维护国家的统一，保卫领土主权和海洋权益；为国家的外交政策服务；作为一支海上威慑力量，遏止敌人来自海上的可能侵略；应付可能发生的海上局部战争；支援和参加国家的社会主义建设。战争时期的主要任务是：独立地和协同陆军、空军作战，有效地抵御敌人来自海洋方向的进攻，保护己方海上交通运输线，在统帅部的统一指挥下，参加战略核反击作战。

细心的人们会发现，刘华清在设计和论述中国海军战略时，很少提及西方经典的海权思想与海军战略理论，自始至终引用的都是毛泽东、邓小平的军事理论与战略思想。无论是有意还是无意，在这场海军战略的思想论争与理论交锋中，他的这种"厚中薄外""求近弃远"的研究方法与行事策略，在20世纪80年代那个特殊历史时期，为他避免了可能遭遇的政治风险。

事实上，刘华清是在汲取毛泽东和邓小平海军建设思想基础上，批判地借鉴国际海权理论与历史经验的某些合理成分，研究和制定中国的海军战略的，这就使得其研究成果既具有普遍的规律性意义，又富有中国特色的实践性价值。

对于邓小平新时期军事思想的学习与运用，刘华清往往显示出过人的超前意识与创新活力。在后续篇章中，我们将见证刘华清主政海军五年多时间里，创造性地而非机械地贯彻落实邓小平一系列国防和军队建设思想的改革杰作。而此刻，在他确定"近海防御"海军战略之后，直接提出了海军建设的奋斗目标，即"在本世纪末或更长一段时间内，建设一支精干顶用的、具有现代战斗能力的人民海军"。

对于这个建设目标，刘华清作出了系统的阐释：

> 这一目标包含有三个基本要求：一个是"精干"，一个是"顶用"，一个是"现代战斗能力"。所谓"精干"，就是要人员精干，机构精干，装备精良。要在保持一定数量的基础上，有很高的质量，使战斗能力大幅度提高。"顶用"，就是必须有一支具有高度政治觉悟的、先进军事理论和较高科学文化素养的干部队伍及战斗人员；有足够数量的、性能良好的现代武器装备；有严格的训练和合理的编成，能最大限度地发挥人和武器的综合效能。"现代战斗能力"是一个综合的总体要求，主要是具有现代条件下遂行海上全面作战的能力。

邓小平的题词，早已被刘华清奉为建设现代化海军的圭臬。上任之初，他就下令将邓小平的手书题词影印放大，精心装裱后与毛泽东的题词一起悬挂到海军第一招待所会议大厅里。不久，又在海军大院建起一座高大的邓小平题词碑墙。

刘华清高举邓小平海军建设思想的旗帜，大力推进海军现代化发展进程，不可能有人公开站出来唱反调。但搞海军现代化要不要制定海军战略，你刘华清有没有权力和资格来制定中国的海军战略，则见仁见智，任人评说。

慢慢地，刘华清感觉到耳根不是那么清净了。

有人开始"上纲上线"：刘华清打海军旗帜，设海军节日，谱海军军歌，现在又大张旗鼓搞海军战略，这不是破坏党对军队的统一领导、自立山头吗？

有人开始传播小道消息：刘华清已经退居中顾委，海军司令员当不长了。

有人开始见风使舵：感情上不是那么近乎了，工作上也不是那么配合了。

刘华清再也不能装聋作哑了。海军党委常委生活会上，他直抒胸臆："海军战略是个新东西，有不同看法、不同意见，很正常。我们开了常委会、党委扩大会，就是请大家各抒己见、畅所欲言嘛！某些人当面不说，背后乱说，会上不讲，会下乱讲，搞小动作，犯自由主义，这不是共产党人的品格，海军机关也不能滋长这种歪风邪气！"

"我再强调一次，"刘华清一字一板地说，"海军战略的研讨要深化，欢迎大家与我一起探讨，公开争论也不要紧。"

刘华清坚信，有海军党委和广大海军将士的拥护和支持，个别人叽叽咕咕翻不起大浪。海军战略能否快速向前推进并大功告成，关键在于凝聚社会各界共识，引起军委首长和总部机关的高度重视。

这是一次高层次、高水平、高难度的组织运作与政治公关活动，刘华清的协调策划能力与公关运作水平，令人叹为观止，拍案叫绝。

1986 年 4 月 29 日，应张震校长的邀请，刘华清前往国防大学作了一场题为《海军战略与未来海上作战》的学术报告。

报告中，刘华清对海军战略的形成与发展、提出中国海军战略的基本依据、中国海军战略的主要内容，以及海军战略对海军作战能力、海军兵力战略使用和海军建设的要求等，作了全面系统的讲解。

刘华清的报告在国防大学引起的反响极为强烈。虽然听众全都是高级教官和高级军官，但他们中的绝大多数还是第一次聆听到如此全面、如此系统、如此新颖、如此权威的研究海军战略理论的学术报告。刘华清的长篇演讲，犹如一股蓝色冲击波，开启了他们职业思维一个新的窗口和新的视角。

实施"近海防御"的海军战略，对未来海军作战能力提出了怎样的要求？刘华清的答案提纲挈领、要言不烦：能在近海主要作战方向上，夺取并保持制海权；能在必要的时间里，有效地控制与中国海区相连的重要海上通道；能在与中国海区相邻的海区，实施有限的进攻作战和保护己方远海交通运输线的作战；具有较强的核反击能力。

海军战略指导下的海军建设方针，是否需要作出重大调整？刘华清的回答是肯定的：海军建设是一个甚为复杂的系统工程。在进行各方面的建设时，需要制定出一个总的建设方针。我们海军的建设方针是：有重点按比例地均衡发展。均衡地建设海军，就是要求比例协调、系列配套，就是使组成海军战斗力的各种要素处于最佳组合状态。均衡不是平均，均衡发展的要求是有重点、按比例地建设海军。

"这一方针是总结了国内外海军建设史上正反两方面经验教训提出的。"刘华清忘不了"二战"期间德国和日本海军的教训。德国在战前重点发展水面舰艇，战列舰吨位占海军总吨位的46%，战争中又突击发展潜艇，整个战争期间服役的潜艇就达1100余艘，而海军航空兵的发展却严重滞后，使得舰艇兵力得不到己方航空兵的保障与支援。这是德国在大西洋争夺战中失败的主要原因。日本是个岛国，国内战略资源不足，严重依赖海上交通线。但日本却没有发展一定数量的专门用于反潜、护航的舰艇，商船队缺乏必要的对潜防御措施，致使美国潜艇在几乎没有阻挠的情况下攻击日本运输船队。"二战"期间，美国潜艇击沉日本商船超过1150艘，战斗舰艇多达80余艘。

"这一方针高度概括了处理海军建设中众多复杂关系的基本原则，包含着丰富的实际内容。"刘华清举例说，根据这一方针，在海军各兵种之间的关系上，必须根据海军战略的要求，合理确定兵种之间的比例，明确一定时期兵种发展的重点，以最有效地提高海上综合作战能力为前提，保持诸兵种的均衡发展；在同一兵种内部各兵力成分的关系上，就要从整体作战能力出发，确定各舰种或机种内部之间的比例，不能畸重畸轻；在战斗部队与保障部队的关系上，要力求同步，在发展战斗部队的同时，相应发展各种勤务保障部队；在现有装备与发展装备的关系上，要统筹兼顾，保持海军装备持续、稳定地更新，不断提高战斗力。

1986年11月18日至20日。由刘华清倡议、海军军事学术研究所承办的首届海军发展战略研讨会在北京召开。中顾委常委、原副总参谋长伍修权，副总参谋长何其宗，国防科工委科学技术委员会主任、中国科协副主席朱光亚，国防大学校长张震等高层领导应邀出席；来自国务院有关部委、社会科学院及军事科学院、国防大学、空军、二炮等军内外46个单位的85名专家学者与会；刘华清与李耀文联袂出席主持会议。

"我们这个会，叫作'海军发展战略研讨会'。人民海军建立37年来，开这样的会还是第一次。"刘华清以其敦厚质朴的形象和真诚务实的话语，介绍召开这次研讨会的初衷与目的：

> 为了搞好"2000年的海军"课题研究。这是一件关系到海军建设和发展的大事，必须依靠各方面的关怀和支持。目前世界上主要的海军强国，都在加强海军理论的研究。我们决心建设一支精干顶用的海军，有效地控制第一岛链以内的近海海区，完成统一祖国、抵御侵略、遏制战争、促进四化建设的光荣使命。

> 为了适应我军建设指导思想的战略性转变。我军已经从临战状态转入和平时期建设的轨道。我们如何适应新的情况，有计划、有步骤地发展海军，这是一个重大的题目。海军战略就是我们迫切需要解决和正在解决的基本问题之一。

> 为了适应海上斗争形势的发展。今天，美苏两个超级大国在加速外层空间军事化的同时，一刻也没有放松对陆地和海洋的争夺。日本、印度也在大力发展海军。在我国当面海区，面临着岛

屿被侵占、资源被掠夺、海区将被肢解的严重局面。我们如何在党中央、中央军委领导下，最终完成统一祖国的大业，这也是一个重大的题目。

为了适应海洋事业的发展。我国海区蕴藏着极为丰富的资源。海洋又是我国对外开放、海上运输的重要通道。随着新技术革命的发展和海洋事业的进展，海洋的地位和作用更趋重要。我们如何树立强烈的海洋观，促进和保卫海洋事业的发展，这又是一个很大的题目。

"海军是一个战略军种。既然是战略军种，就应该有自己的战略。"刘华清话音刚落，国防大学校长张震便亮开嗓门，全力呼应。他指出，海军战略是一种客观存在。现在，要在总结30多年经验的基础上，更加明确地把它上升为理论。海军知识密集，技术要求高，建设周期长，投资大，没有长期的战略考虑与近期的规划是不行的。在现在的条件下，能够产生具有我国特色的人民海军战略理论。经军委审批后，在海军建设和使用的实践中，就有了统一的观点和行动准则，在作出海军建设决策时也就有了理论依据。

在陆地资源日趋减少的今天，人类正向海洋和太空两大领域进军。"我国不能落后！"张震提高嗓音，强调指出，我们不仅要有先进的海军战略理论，还要在先进战略理论的指导下，发展先进的海军武器技术装备。我们的战略是积极防御战略。要保卫我国的海洋权益和大陆国土安全，海军的任务是光荣而艰巨的。要有效地维护我国的主权和海洋权益，我们就必须有一支强有力的海军力量。

"怎样才叫强有力呢？"张震描绘出一幅雄伟的远景蓝图，"到本世纪末、21世纪20年代，我国海军建设的战略目标可否说在技术装备水平上，达到或接近苏美海军80年代水平；在作战能力上，达到能在近海和一定纵深的远洋实施有效的战役战斗行动；在兵力规模上，达到或超过英法，与苏联太平洋舰队相接近，从而使我们的海军成为一支精干顶用的、现代化的海上作战力量。"

"海军知识、技术密集，是一个大有发展前途的军种。"在结束演讲时，张震满怀信心地预言，"到下个世纪，中华腾飞的时候，也是海军腾飞的时候！"

在 29 位领导和专家宣读的研究论文或即席发言中，张震的演讲报告无疑具有特殊的权威性和超强的震撼力。刘华清到国防大学"授业"，张震来海军"论剑"，两位红军老战将可谓"投桃报李"，为创立中国军队第一个军种战略理论，在半年的时间里，携手同心，默契配合，打了一场精彩的"协同战"。

年长两岁的张震与刘华清虽同年参加红军，但在长达半个世纪的军旅生涯中，他们却从未有过合作共事的经历。直到 1980 年 1 月，他俩一同被任命为副总参谋长，这才有了两年八个月的"亲密接触"。此刻，谁也不会想到，六年后他俩还会再度携手，共入中枢，担任中央军委副主席。

刘华清对张震的演讲深表赞同，当即嘱咐海军司令部专门出一期《简报》，上报中央书记处、国务院、中央军委和三总部。

首届海军发展战略研讨会取得丰硕成果，在中央国家机关、军委总部和海军部队产生了广泛反响。

瓜熟蒂落，水到渠成。

1987 年 2 月 13 日。刘华清和李耀文共同签发了海军党委上报中央军委《关于明确海军战略问题》的报告。

与此同时，由刘华清主持制定、并经海军第六次党代会讨论通过的《海军 2000 年前的发展设想和"七五"建设规划》，也以海军党委名义呈报中央军委；而研究海军发展战略的重要成果——《2000 年的中国海军》，则以海军军事学术研究所名义上报军委总部。

3 月 21 日。根据总参谋部要求，刘华清和李耀文再次以海军名义签发上报《关于海军战略问题的简要说明》的报告。

4 月 1 日。根据总参首长指示，总参作战部召集总参军训部、装备部等有关部门，国防科工委、军事科学院、国防大学、军委规划办、海军等九个单位的领导和专家，专题讨论研究海军党委向中央军委呈报的《关于明确海军战略问题》的报告。与会领导和专家一致支持海军党委提出的海军战略，认为海军战略的制定与提出是极为适时的和十分重要的，不仅对今后海军的作战和建设具有重要的理论指导意义，而且对全军军事理论研究也是一个很好的促进和推动。

此后不久，中央军委常务副主席杨尚昆、中央军委主席邓小平等，先后圈阅了海军党委《关于明确海军战略问题》的报告。

至此，具有中国特色的海军战略及其理论体系宣告诞生。

曾经饱受500年"禁海"之痛的中华民族，在即将跨入海洋新世纪的转折关头，终结了没有海军战略的漫长历史，刘华清也因此被誉为当代海军战略家。

西方海军战略理论界向刘华清馈赠了"荣誉头衔"。整个20世纪90年代，在对中国海军的研究中，刘华清和他的海军战略理论成为首选课题。《中国马汉》——这是美国海军战略研究专家杰弗里·戈德曼1996年发表的一篇论文的主标题。杰弗里·戈德曼在文中写道：

> 两个分水岭事件，对中国人当前计划建立一支具有远洋作战能力的现代海军，起到了决定性作用。第一个也是最明显的事件是海湾战争。但从长远来看，鲜为人知的更有意义的，是1982年8月任命刘华清担任中国人民解放军海军司令。
>
> 西方评论家普遍认为，刘华清对于中国海军的影响，堪比苏联海军元帅谢尔盖·格奥尔吉耶维奇·戈尔什科夫和美国海权理论家阿尔弗雷德·塞耶·马汉。
>
> 刘华清参加过长征，是领导人邓小平长期的同事。根据中国人民解放军海军的历史，它基本是一支近海防御部队，并且附属于地面部队。1982年至1988年间，在邓小平的明确支持下，刘华清能够很好地提倡诸如近洋防御和海上积极防御这种新条例概念，制定使中国海军条例现代化和结构现代化的计划。
>
> 根据刘的观点，中国海军只能保卫祖国海岸和岛屿不受外来侵略已不够了。中国海军需要控制中国海岸和"第一岛链"之间海洋的能力，并预见到需要完成远至"第二岛链"作战的近洋防御战略。自80年代后期以来，刘华清要求把近海防御战略转变为近洋防御战略，打算将防御周界线从近海，甚至南中国海岛屿扩大到200海里和400海里之间的海域，希望到2000年拥有一支执行巡逻的近洋海军，而到2050年拥有一支能作战的远洋海军。
>
> 针对美国部队的战略部署和南中国海日益紧张的局势，中国相应调整了其海洋防御和海军发展战略，以"经略海洋战略"代

替了一贯的"近海防御战略"，该中心点就是防御 200 海里以外的中程海洋区域，以保障（中国的）200 海里领海的安全。

尽管近洋积极防御战略是一种服务单一的战略，但它对中国国际关系、经济发展和技术进步所产生的影响不容小觑。随着两位数字的经济增长速度和硬通货储备量的增加，目前中国正是迈出重要步伐，使现有海军现代化的时候。在中国制定国防政策过程中，没有人比刘华清将军更有条件来提高中国海军的重要作用。在过去四年里，刘担任中央军委副主席，是中国最高领导人中唯一的军人。

中国海军未来的作用仍然不确定。但有一点非常清楚：作为中国地缘政治学势力和影响的主要部分，刘华清已经把中国海军安置在通向 21 世纪的航道上，仅是近海防御的时代已成过去。

尽管，在"近岸""近海"与"近洋"三个军事地理词语概念上，杰弗里·戈德曼有着与中国海军不同的定义与认知，但在对刘华清制定的海军战略内涵的解读和分析上，则与刘华清对中国海军未来的发展目标与作战使命的设计并无实质分野。

刘华清看到这篇评论，曾哈哈一乐："是不是马汉，美国人说了不算。"并在 2004 年 8 月出版的《刘华清回忆录》中，作出公开回应：

中国"海军战略"的提出引起了国外的广泛关注。90 年代初，一些外国军事文献多次评论中国"海军战略"，并说我是"中国的马汉"。对此我并不认同。马汉提出"海权论"和以海权论为中心的海军战略理论，是为了适应资本主义、帝国主义向海外扩张的需要，而我研究提出的我国"海军战略"，与其目的明显不同。我们不是为了扩张，而是为了有效防御来自海上的可能的侵略，维护国家合法的海洋权益。

第四章

创新体制

　　1982年军队精简整编，七八十万总员额的铁道兵和基建工程兵被"一锅端"，刘华清却在海军扩编一个军：组建全军第一个"现代思想库"——海军装备论证研究中心。

　　1985年百万大裁军，刘华清再开先河：海军机关增设第五大部——装备修理部，三大舰队统一裁撤后勤部，独创"基地化保障、跨海区联供"新体制。

　　"办成了多少年来想办而没办到的事。"刘华清发出由衷感叹，欣慰之情溢于言表。

组建"思想库"

刘华清要在海军扩编一个军!

正值军委主席邓小平大刀阔斧整编裁员的风口浪尖,这也太不识时务了吧?

刘华清上任第二天,即1982年9月16日,中央军委就正式颁发《关于军队体制改革精简整编方案》,按照这一方案,海军精简员额达9.5万人,居全军之冠。

邓小平对这次精简整编决心之大,刘华清心知肚明。七八十万总员额的铁道兵和基建工程兵被"一锅端",据说北京军区司令员秦基伟曾婉转建议:"能不能把铁道兵保留一部分,每个大军区接收一个师?"邓小平很决绝:"不留一兵一卒!"

中央军委明令各大军区、各军兵种:必须于1983年1月中旬前,上报精简整编实施方案。

然而,1982年10月上旬,刘华清却先行签发了给中央军委的专题报告,明确提出要新建一支"行使军级权限"的建制部队,其番号也是中国军队历史上从未见过的:"海军装备论证研究中心"。

不就是一个科研机构吗?既不能下海操舰,也不能上天驾机,更不能扛枪打仗,有必要增设一个"行使军级权限"的建制吗?退一万步说,即使有必要,在精简整编的大背景下能成吗?别说新编一个军,就是增加一个师、一个团的编制,不得军委主席邓小平首肯,谁能拍这个板,谁敢画这个圈?

难,实在是难!但刘华清似乎胸有成竹,报告一上送,就拉开架势紧锣密鼓干开了——

1982年10月13日。刘华清向海军装备技术部下达指令:立即成立筹备小组,研讨装备论证研究中心编制方案,供海军党委研究决策。

1983年1月8日。经过近两个月紧张调研论证,海军装备技术部向海军首长呈报《关于筹建装备论证研究中心的请示》，并建议海军成立筹备领导小组。

1月10日。海军装备技术部再次向海军首长呈报《关于成立海军装备论证研究中心的说明》，提出装备论证研究中心的使命任务和体制编制具体方案。

1月14日。刘华清作出批示，原则同意海军装备技术部的意见和建议。

1月25日。刘华清主持召开海军首长办公会议，决定成立海军装备论证研究中心筹建工作小组，并研究通过筹建小组人员名单。

1月27日。刘华清签发《关于筹建海军装备论证研究中心问题》的通知，明确海军装备论证研究中心机关选址定点以及以海军通信团团部为基础组成工作小组办事机构等事项。

筹组工作有条不紊地快速向前推进。但是，直到此时，刘华清仍然没有拿到"海军装备论证研究中心"的"准生证"。他心如明镜，在海军上报的精简整编实施方案获批之前，这个"准生证"他是拿不到的。

当务之急，是要完成邓小平部署的精简整编任务。

精简整编，牵一发而动全身。通过亲自下部队考察和听取业务部门汇报，刘华清对海军部队组织编成现状有了比较清晰的了解。从总体上看，海军现行编制状况呈现"两多两少"的现象，即保障部队偏多，作战部队偏少；陆上部队偏多，海上部队偏少。而海上部队也存在"三多"：小艇多，辅助船多，一般飞机多。装备现代化程度明显低下，大部分为20世纪50年代水平，少部分达到60年代水平。

1982年9月29日，刘华清主持召开海军首长集体办公会议，研究确定了海军精简整编的基本原则。从10月初开始，海军党委常委先后多次就《海军体制改革精简整编方案》举行专门会议进行研究，终于在年底前拟制就绪，并提交于1983年1月5日至14日召开的海军工作会议和海军党委五届五次全会讨论审议。

1983年2月13日，总参谋部批复，同意海军呈报的《海军体制改革精简整编方案》，一场关乎数万名海军官兵进退走留的大精简就此正式展开。

规模空前的精简整编，必然引发全方位思想震荡与深层次情感波动。对于刘华清和海军党委而言，要顺利完成裁员任务，重点在于妥善安排和合理调配其中的 1.8 万名超编干部。为此，海军党委专门研究制定了安置超编干部的四项对策，即保留战斗骨干和技术骨干，合理调配使用；搞好轮训，提高干部素质；安排好干部转业和离退休；不再提拔超龄干部。

调整配备军以上领导班子，是精简整编的重中之重。海军装备技术复杂，干部培养周期长，10 年动乱中海军又是全军的"重灾区"之一，干部队伍遭受严重损害，领导班子普遍老化。为了调整配备好军以上领导班子，海军党委制定的基本原则也是四条：严格政治标准，把革命化放在首位；破除论资排辈思想，切实贯彻"青中选优"方针；打破部队、机关、院校界限，实行干部交流；适当留任部分老同志，确保新老交替顺利进行。

8 月 4 日，中央军委下达海军军以上领导班子调整配备命令。经过调整后的海军军以上领导班子，在实现干部队伍革命化、年轻化、知识化、专业化方面，迈出了可喜步伐。进入新的领导班子成员，普遍政治素质好，比较年轻，文化和专业知识水平有了明显提高，许多班子形成了梯次配备。

这是一个历史性的转折：邓小平倡导的"打破干部职务终身制"，随着精简整编的展开和一大批老红军、老八路退居二三线，开创了我军干部制度改革的先河。

然而，刘华清却在思考：如何继承和发扬老红军、老八路的光荣传统，充分利用退居二三线老同志的丰富经验，在海军现代化建设中继续发挥他们的余热？

于是，在刘华清和李耀文的提议下，经海军党委研究，并报请中央军委批准，三个具有顾问、参谋和咨询性质的新型机构——海军军事学术研究委员会、海军科学技术委员会和海军科学文化教育研究委员会应运而生。

如果说三个委员会是海军党委和海军首长的"咨询团"和"顾问团"的话，它还只是一种松散型的没有正规编制的颇似社团组织的机构，而刘华清要为迈向 21 世纪的人民海军组建的真正意义上的咨询机构和智囊团队，则是"海军装备论证研究中心"——一个正规建制的以科技人才为主体的"现代思想库"。

刘华清梦想成真，如愿以偿。

1983年2月13日，总参谋部批复《海军体制改革精简整编方案》的同时，下达了《关于组建海军装备论证研究中心》的批复令，命令组建"中国人民解放军海军装备论证研究中心"，执行相当军级权限。

至此，"海军装备论证研究中心"这一以知识和智慧为武器、以科学技术为作战平台的新型军事机构正式走进我军编制序列。它的诞生，标志着共和国军队拥有了第一支专为高层首脑机关决策服务的高级智囊机构与咨询团队。

在全军精简整编，不少单位面临撤销、降级、缩编的形势下，海军将科研单位重组、升格、扩编，必然成为舆论关注的焦点。许多不明内情的人，包括不少总部机关工作人员也认为，海军无非是想趁机扩大机构，多安置一些军师级干部。

"这个说法不对，我们不是这个意图！"刘华清多次针锋相对地辩驳，"装备论证研究机构，在海军现代化建设过程中是必需的！"

"可惜，我们搞得晚了点。"刘华清不无遗憾地说。

1969年，刘华清亲手组建并担任院长多年的舰艇研究院转隶海军建制领导后，就专门成立了论证部。由国防科委副主任贬为海军"船办"主任的刘华清，曾参与领导了论证部的组建过程。但时间不长，海军就将这个不可多得的研究机构交给了国务院第六机械工业部，其研究方向也随之发生了变化。

"否则，海军的装备论证研究早已步入正轨。"对此，刘华清深感惋惜。

装备论证研究在刘华清心中占有如此重要地位，与他长期从事武器装备科研的组织领导不无关系。对此，他有着一般人所没有体味的切肤之痛——

> 我们武器装备建设过去多少年的教训，就是没有系统论证研究。没有搞透，过了两三年，就走不动了，发现这样那样的问题，不大适合要求，就要改变计划，这一变，三五年的时间过去了。所以，论证研究一定要讲科学，要有预见性。论证要准确，要有把握，至少要看到10年之后。我们现在定的任务，到10年以后，不应该有什么大的变化。不然的话，"熊瞎子掰苞谷，掰一个丢一

个"，到最后一个也没有。所以上武器项目时一定要论证透彻，论透了再下决心干。小修小改可以，大修大改不行。

我们应该接受这个教训。海军装备建设也吃过一些亏，走过不少弯路。总之，武器装备研究，有时决心要下得快、下得牢、下得狠，但有一条，要搞透了再拍板。科学技术研究，不像我们连长带一连人上操，连长一声令下"向后转"，你就转过来了。科学技术搞了一两年，你再要硬转，就会造成很大损失，一浪费就是几千万、几个亿。至于时间，可能是三年、五年，甚至十年就被丢掉了。

"吃了苦头，交了学费，我们才学乖了，认识到一定要讲究科学，用科学的方法来办事。"刘华清说，"这就是我们这一届海军领导班子为什么一定要把海军装备论证研究中心搞起来的根本原因。"

"装备论证研究中心作为一个智囊机构和咨询机构，应该成为海军首长和机关宏观决策的外脑。"在海军装备论证研究中心筹建领导小组会上，刘华清反复强调，世界各国，特别是西方发达国家都十分重视智囊机构、咨询机构和思想库的建设。一些著名的咨询公司和智囊集团，如美国兰德公司、英国伦敦国际战略研究所等，对政府和企业的决策发挥着特殊的作用和影响。

"第二次世界大战后西方国家在发挥智囊机构作用方面有着丰富的经验和深刻的教训，值得我们很好地借鉴。"刘华清特别引用了美国政府与兰德公司之间发生的两个经典案例：

1948年，刚刚成立不久的兰德公司，由其研究人员R.朗迈完成并向美国国防部提交了一份题为《实验性绕地宇宙飞船的初步设计》的咨询报告，主张立即研究制造人造地球卫星。但是，这份闪耀着天才智慧的报告，却被锁进五角大楼的保密柜，长期无人问津。直至1957年11月4日，苏联把一颗人造卫星成功送往太空的消息传来，美国国防部方如梦初醒，后悔对兰德公司的咨询报告未能引起应有的重视，以致使美国的卫星研制整整延误了10年。

无独有偶。朝鲜战争前夕，兰德公司集中资金和人力研究"美国如果出兵朝鲜，中国的态度将会如何？"战争爆发前八天，兰德公司拿出了研究成果，结论就是七个字："中国将出兵朝鲜。"兰德公司欲以500万美元将该成果卖给美国国防部。五角大楼的决策者们再次对兰德公司采取了不予理睬的傲慢态度。直到美国兵败朝鲜，国会开始辩论"究竟出兵朝鲜有无必要"时，才有人想起兰德公司的研究成果。当记者就此采访美军司令麦克阿瑟上将时，这位败军之将无限感慨地答道："我们最大的失策是，舍得几百亿美元和数十万美国军人的生命，却吝啬一架战斗机的代价！"

咨询机构、智囊团队和思想库作为高级首长和机关的"外脑"，在决策过程中的重要作用和意义由此可见一斑。

"所以，论证研究机构是非常重要的，在海军现代化建设中是不可或缺的。"刘华清嘱咐筹建领导小组和筹建工作小组的全体同志，"海军党委和领导对装备论证研究中心寄予极大希望，一定要把中心建设好，组织好。"

作为精简整编中海军组建的唯一一个军级建制单位，而且是中国军队历史上从未有过的一支高级人才荟萃的科技新军，海军装备论证研究中心在筹组过程中，刘华清给予了特别的关怀，倾注了特殊的感情。大到论证研究中心使命任务的确立、各级领导班子人员配备，小到论证项目的选定、科研人员的生活保障，他都一一过问，及时给予指示。

装备论证研究怎么搞？许多人一头雾水。刘华清一锤定音："高层次、大系统、综合性。"

在对海军装备论证研究中心所作的大量指示中，刘华清多次阐述这个研究方针的重要性。1988年1月20日，在已升任中央军委副秘书长，即将卸任海军司令员之时，他再次亲临海军装备论证研究中心发表长篇讲话，详细论述了这九个字的重要意义及其相互关系：

> 从海军武器装备的论证做起，每一艘舰艇、每一型武器，都有个系统性、综合性的论证。你们要研究和平条件下建军的思想和政策，研究海军建设的方向和政策。否则，单纯论证武器装备的发展，局限性太大。在实际工作中，有些同志经常抱怨上面有的方针政策不明确，任务不明确，但你们装备论证研究中心的各级领导和研究人员不能强调这个。因为你们本身就是从事这个研究的。比如，海军建设的方向、重大的政策以及与海军武器装备相联系的问题，不是要上面给你们提供研究依据，而是要你们论

证出来，供海军党委做决策。如果海军党委、首长和机关把方针、政策都确定了，还要你们干什么呢？

搞武器装备的论证，不了解军事，不联系政治，不洞悉国际国内局势和发展趋势是不行的。应该站在这样的高度和全局开展论证工作。你们要拿出研究成果来，这些成果应该服务于海军党委的决策，成为制定正确政策的有价值的科学依据，以保证武器装备发展方向和武器装备发展政策的正确。具体地说，现在和将来，海军应该发展什么样的兵种、发展什么样的武器装备，以及各兵种和武器装备发展之间的相互关系，都要从合成作战的角度，从武器装备的编制，从部队的体制编制等各方面联系起来考虑。

这就是我始终强调"高层次、大系统、综合性"的论证方针和原则的重要性之所在。当然，具体研究工作要一项一项地做，一个专业一个专业地做，但最后都必须体现这个方针和原则。

和所有新生事物一样，海军装备论证研究中心从它萌芽破土的那一刻起，必然与风雨相伴，共坎坷同行。所幸的是，刘华清和海军党委一班人始终给予它精心的呵护与关照。

万事开头难。海军装备论证研究中心刚刚成立，要住房没住房，要设备没设备，连起码的办公环境和生活条件都不具备。但刘华清却不断给论证中心领导班子和专家们鼓劲、助威："科研大楼暂时建不起来，只好委屈一点，先住简易房子、活动房子，下决心把工作开展起来。有条件要工作，没条件创造条件也要工作。"

海军装备论证研究中心不是一般意义上的部队，在管理上要有全新的思路和方法。刘华清明确指示：每个研究所不需要很多的行政干部。吃饭、穿衣，一套行政关系，服务性的工作集中起来，搞一个机构。吃饭一个餐厅，发薪金一把算盘。将来一个大楼里头几个研究所，所长都不管那些乱七八糟的事情，吃喝拉撒、衣食住行等，统统由后勤部一家管。

刘华清最为重视和关心的，还是人才队伍建设。海军装备论证研究中心的牌子刚一打出来，就吸引了许多军内外科技专家的注目。不少人甚至直接找到刘华清请求调到论证中心来工作。刘华清则以实相告："要求来可以，表示欢迎。但第一，没有办公的地方；第二，没有宿舍；第三，吃饭

海军装备论证研究中心科研人员配备了电脑，刘华清脸上露出了笑容。（1986 年 1 月）

没有地方坐。要来，就要做好吃几年苦的思想准备，因为目前就这个条件。"

回过头来，他又叮嘱论证中心领导："我们这个论证中心，名声很好听，牌子也不小。虽然眼下艰苦一些，条件差一点，但还是有不少富于远见的同志愿意来这儿工作。我们要尽量争取引进一些高质量的人才，特别是那些在我们的研究领域和研究方向上紧缺而又急需的人才。"

对共和国武装力量体系中的这个"独生子"，刘华清可谓关爱有加。每年年初，他要听取论证中心党委的年度工作计划报告；每年年底，他也要听取论证中心党委的年度工作情况汇报。

1986 年 1 月 7 日至 8 日，他专门抽出两天时间详细听取论证中心工作汇报，并就论证中心工作的指导思想、研究任务、业务建设、实验手段、基建工程、人才培养、政治工作等问题，全面地阐述了自己的意见和看法。

"基建经费还差多少？"刘华清十分关注论证中心综合科技大楼等工程建设。但凡涉及钱的事，就是他这位司令官也作难，更何况还不是一笔小钱。军队正值"忍耐"时期，有限的军费与海军建设需求之间的矛盾日益突出。为了筹措论证中心基建经费，刘华清与几位海军分管首长和机关有关业务部门协调了不知多少次。但蛋糕就这么大，军委每年下拨给海军的钱就这么多，这儿多切一块，那儿就少一块。而且，这钱还都是归口管理、条块使用的。装备费是装备费，维修费是维修费；军训费只能用作教育训练，工程费只能用作立项的工程建设。买米的钱你不能随意拿了去买油盐，订购军舰的银子你不能挪用去盖楼房。否则，军法无情，查处你没商量。

"我昨天已经说了，看工程费能不能调剂一点，赶紧把任务书批下来。"刘华清两头做工作，既教论证中心领导如何与海军机关密切关系，也希望各部门支持论证中心的建设，"业务工作，机关业务部门给的任务，论证中心要积极承担，想方设法地办好。各业务部门对论证中心，该支持的要支持，不要限制太死。因为不是纯业务工作，宏观、微观要处理好，近期、长远要结合好。论证中心要多向分管首长和主管部门请示报告。装备部对论证中心的业务指导要考虑发挥他们的积极性和实际情况；论证中心对装备部交办的任务要积极主动去完成。后勤方面的工作找后勤部，政治工作要找政治部。该向司、政、后、装请示报告的，要及时请示报告。一般的事情找业务部门，大的事情找分管首长，更大的事情找海军党委。总之一句话，要把关系搞密切了。"

司令官的一番良苦用心，令在场所有领导干部和工作人员为之感动。

"论证中心特殊啊！"刘华清动了真情，"这里人虽不多，但都是高级知识分子，和一般单位不一样。搞现代化，没有论证中心这样的单位，光靠二三十个参谋是不行的。一个房子建设，一个设备手段，花点钱，投点资，用点财力物力，为他们创造必要的工作和生活条件，是当务之急，重中之重。海军应该帮助论证中心渡过这个难关，迈过这道门槛。今年的工程投资，论证中心是重点，其他单位该收的要收，该停的要停，不能东补西补。海军分管首长要亲自过问论证中心的建设问题，怎么说，也要把这个单位放在工程建设重点范围之内！"

刘华清再次回转话锋："当然，论证中心党委对广大科技干部，不仅要做到政治上爱护，工作上支持，生活上关心，而且要教育大家讲理想，讲奉献。要向同志们讲清楚，现在有困难，但再困难也不能回头。困难需要逐步克服，条件只能慢慢改善。"

1986年8月28日，刘华清再次亲自主持召开海军机关办公会议，听取海军装备论证研究中心关于"七五"建设规划的专题汇报。

这是一个规模很大、规格很高的汇报会。海军分管副司令员、机关司、政、后、装、修五大部主要领导及有关二级部领导悉数到会。

汇报会开始，刘华清操着浓重的湖北鄂东乡音宣布："今天听取论证中心的汇报，机关需要统一认识。论证中心如何搞法，与各部门的关系如何理顺，请大家发表意见。"

听话听音。与会者透过刘华清严肃的表情，闷雷式的语感，窥探出了司令官的不满情绪。

果不其然，当海军装备论证研究中心领导汇报到科研经费不足时，蕴藏在刘华清胸中的愤懑被引爆了！

"经费问题要根据新的情况进行调整。可以比较一下嘛！试验基地经费为何这么多？论证中心经费为何这么少？试验基地这几年有多少任务？论证中心是个新建单位，科研论证任务非常繁重。你们如果认为海军现代化建设需要装备论证研究中心这样的机构，就应该给它一定的条件。论证中心与试验基地承担的任务，是装备工作的两头。一前一后，没有前头就没有后头。论证中心搞的是前端，前端的工作很多。科研工作不花钱，不给条件，能搞好吗？"

刘华清确实有些动气了。早在1984年海军第一届装备技术工作会议上，他就阐明了改革后的海军装备体制建设与分工关系。装备论证研究中心的成立，使海军装备建设从论证预研到实装试验形成了一个完整的结构链。前端是装备论证研究中心，中间是海军驻各地区的军代表办事机构，后端是试验基地。海军装备建设，主要抓两头，一头是论证，另一头是试验。海军论证研究任务主要交给新组建的装备论证研究中心，海军装备试验任务主要交给试验基地。处于中间环节的海军军代表则主要发挥监控职能，对海军装备的研制与建造进行全过程、全方位、跨厂所的质量、成本、进度三维的监督、审计、控制、检验与协调。

刘华清强调指出，当前，重点是要加快海军装备论证研究中心的建设步伐，使之尽快具备"高层次、大系统、综合性"的论证研究能力和水平。试验基地要搞好改革和整顿，改革管理体制和试验模式，转变一个型号、一个摊子的传统落后模式，讲究试验效率和水平，提高经济技术效益和战斗效果。海军军代表要更新观念，转变职能，探索新形势下做好武器装备监造工作的新路子。

然而，两年多过去，海军机关在对待论证中心与试验基地的问题上，却仍然疏前者亲后者，难以一碗水端平。如此这般，难怪刘华清要动怒了——

"海军30多年建设的一条重要经验教训，就是海军要现代化，必须有专门的装备论证研究机构。现在对这个问题的认识并没有完全解决！论证中心好像是个额外单位，不然，试验基地可以花这么多钱，论证中心为什么这么少？试验基地经费甚至可以减少一半，支持论证中心，把论证中心的建设搞上去嘛！要比较效益，试验基地投了多少个亿？一个型号一套试验设备，搞了多少摊子？大型试验几年才一次，好多设备都闲置着，没有发挥应有的作用。而论证中心搞的是前端工作，大系统论证涉及各个方面。现在是信息时代，搞科研论证光靠几支笔、几本参考书是不行的，要有情报，要有资料，要有现代化的研究设备和自动化的实验手段。论证中心成立三年多，问题很多，困难很多，有些事情至今还是落实不了。问题出在哪里？我看关键还是我们内部意见不一致！"

畅快淋漓地数落了一通，刘华清这才感觉气儿顺畅了一点。他稍作停顿，扫视一眼肃然静默的会场，随手端起茶杯喝了一口水，又接着讲了起来。不过，语气和缓了许多：

"论证中心应不应存在，认识该统一了。成立论证中心，是海军现代化建设的需要，海军党委是下了决心的，绝不能动摇。50年代组建五、六、七、十院时，几位老帅下决心宁愿减少10个陆军师，也要组建10万国防科研大军。正是有了这样的决心，才有了我们的'两弹一星一艇'。海军成立装备论证研究中心后，一些科学家多次对我说，海军这着棋走对了。我相信科学家们的眼光。

"我们要提倡顾大局、识整体，领导机关更要顾大局。任何工作总有个主次，有个轻重缓急。海军机关业务主管部门，务必要心中有数。我再重复一遍：试验基地的条件比较好，近几年重点扶持论证中心。论证中心发展起来了，海军装备建设的局面就会大不一样。"

汇报会整整进行了一天。下午，与会海军机关各大部和二级部领导发表意见和建议后，刘华清就装备论证研究中心"七五"总体规划任务、新

如今，海军装备研究院（原海军装备论证研究中心）人才济济，硕果累累，已成为名副其实的"智囊团""思想库"。

型舰艇论证研究、与海军机关各部门的隶属关系、基础工程建设和编制等级待遇等问题，一一给予了明确的指示。

转眼到了 1988 年。1 月 20 日，海军装备论证研究中心召开一年一度的工作会议。刘华清以中央军委副秘书长兼海军司令员的双重身份出席会议。

四年多来，装备论证研究中心边组建边工作，各项工作逐渐步入正轨，取得骄人成绩。创业愈是艰难曲折,成就愈显弥足珍贵。抚今追昔,刘华清与海军装备论证研究中心的同志们一样心潮难平。

"海军装备论证研究中心成立四年多来,成绩是很大、很突出的。"刘华清评价说,论证中心的成立,建立起一支从事论证研究的科技队伍,为海军武器装备的发展作出了贡献,对海军党委在一些问题上作出重要决策起到了应有的作用。

刘华清难以忘怀,海军装备论证研究中心组建之初,不论是海军内部还是外部,对这样一个机构的作用及其在军队建设中的地位认识很不一致,思想阻力很大。

"今天不同了!"刘华清满怀欣慰,"现在全军的同志都看到了,这样的机构不是可有可无,而是越来越重要。不仅仅是海军现代化建设需要,各军兵种现代化建设都需要,军委总部机关更需要。我到军委工作刚刚一个多月,就听杨尚昆副主席讲了多次,我们军队的高级咨询机构和智囊机构没有很好形成,缺乏为高级领导机关决策起咨询作用的机构。在这方面,中央和国务院走在我们军队系统前头了。"

"有的同志可能还有些担心,论证中心能不能搞下去?"刘华清面带笑容,充满自信地说,"论证中心不仅要继续发展,而且要长久存在!"

"我不是盲目乐观,也不是毫无理论根据地瞎吹。现在,世界各国特别是西方发达国家,都格外重视发挥咨询和智囊机构的'外脑'作用,世界一些著名的思想库研究的范围已涉及政治、经济、文化、科技、军事、外交等各个领域。"

"所以改革越是深入,现代化建设越是向前推进,越是需要科学论证和决策。"刘华清纵横捭阖、热情洋溢的演讲,引来一阵又一阵惬意的笑声,激起一阵又一阵热烈的掌声,将会场喜庆的气氛推向极致。

又是五年后。1993年4月,海军装备论证研究中心以其斐然的辉煌成就迎来10周年大庆:从"一支笔、一把计算尺"的原始论证研究手段起步,发展到如今以计算机为核心的达到国内一流水平的现代计算、检测和仿真模拟手段;研究范围从零星分散,发展到近百个专业技术门类,论证课题覆盖海军装备建设所有领域;先后完成1500余项课题的论证研究,其中200多项荣获国家和军队科技进步奖,数十项达到国际先进水平,成为海军科学决策的"外脑"、装备建设腾飞的"翅膀"、追踪世界高新技术发展的主力军，堪称名副其实的"智囊团""思想库"。

时任中共中央政治局常委、中央军委副主席的刘华清没能出席海军装备论证研究中心的庆典活动。但早在一个月前，他就欣然挥毫题词以志庆贺。当隆重的庆典在论证中心气势恢宏的科研大厦举行时，他亲笔手书的"装备腾飞，科研先行"八个苍劲大字，已被塑铸镀金高高悬挂于科研大厦中央大厅的正墙上，成为海军装备论证研究中心在新的征程抢占科技新高地的座右铭。

时光荏苒，日月穿梭。2003 年 9 月，中国军队实施新一轮体制改革，各军兵种期盼已久的论证研究机构相继批准组建，海军装备论证研究中心也随之统一更名为"海军装备研究院"。

而此时，距刘华清创建我军第一个论证研究机构，已然走过 20 载悠悠岁月。

舰队指挥部在海上

1984 年 11 月 1 日。北京京西宾馆。

共和国的最高军事将领们——中央军委的全体委员，三总部领导，海军、空军、二炮和 11 个大军区的司令员、政治委员，齐聚于此，举行我军历史上具有重要转折意义的一次军委座谈会。

军委主席邓小平亲自出席会议，作了 90 分钟的长篇讲话。

"从哪里讲起呢？"邓小平来到京西宾馆会议厅，同高级将领们打过招呼，轻松地在讲台前坐下来，随手点燃一支香烟，以轻松幽默的口吻，开始了他足以牵动全球政治家、军事家思维神经和国际舆论的历史性演讲。

"从这次国庆阅兵讲起吧。"邓小平随和、亲切地望着台下的将军们。

"这次国庆阅兵国际国内反映都很好。但我说有个缺陷，就是 80 岁的人来检阅部队，本身就是个缺陷。这表明我们军队高层领导老化，这种状态不改变不行。一个 80 岁的人检阅部队，这种情况，在世界各国军队中恐怕是没有的，只此一家。"

三军统帅的"现身说法"，触动了在座的高级将领们最为敏感的神经，即我军高层领导年龄老化问题。由此说开来，邓小平讲到军队的体制改革和进一步实行精简整编的必要性。就在这次会议上，他以伟大政治家的远见卓识，作出了世界大战 10 年打不起来的科学判断，从根本上改变了若干年来"立足于早打、大打、打核战争"的指导思想，使中国军队从此走上和平时期建军的发展轨道。

邓小平以其一贯的果断风格将坚定不移的战略决心传达给每一位将领：军队裁减员额 100 万！

于是，公元 1985 年，成为国际瞩目的中国"裁军年"。

刘华清和李耀文参加军委座谈会一回到海军，立即按照军委部署，原原本本将会议精神向海军党委常委作了传达，接着又先后召开各大单位党委书记会议和海军党委五届六次全会，学习贯彻军委座谈会精神，研究海军精简整编方案。

精简整编与体制改革相结合，是百万大裁军的重要指导原则之一。但机构到底怎么改科学，兵力究竟裁减多少合适，总参和军委都没有明确的规定，让各军兵种和各大军区自行研究提出方案。这令刘华清和海军党委一班人颇费思量。

海军有自己的特殊性。从驻泊区域看，海军驻守在 1.8 万公里的漫长海岸线上，担负着 300 万平方公里领海和管辖海域的防卫任务。随着海洋活动的扩展，海军承担的使命任务大大增加。作为特殊技术军种，战时紧急扩编难以在短期内形成有效战斗力，世界各海洋大国平时保持的数量也都高于一般部队。有鉴于此，经过半年反复研究论证，海军制定并向总参上报了精简裁员实施方案。

比起减员来，体制改革更复杂。从 1984 年 11 月到 1985 年 5 月的短短半年内，海军先后召开 19 次党委常委会和 23 次首长办公会，专题研究体制改革，前后拟制的改革方案有五种之多。

改革的目的是什么？在思考海军体制改革方案时，这个问号不时萦绕在刘华清脑际。科学的编成是战斗力的有机组成部分，创新体制，就是适应未来海上战争的要求，逐步把我军建设成为一支机构精干、指挥灵便、装备精良、训练有素、反应快速、效率很高、战斗力很强的，具有中国特色的现代化、正规化革命军队。海军作战指挥的核心机构是海军和舰队两级，如果把这两个层次的体制理顺了，海军体制编制的大部分问题就会迎刃而解。

舰队是个什么性质的指挥机关？检索西方老牌的或新兴的海军强国的体制模式，舰队司令员的指挥部应该在海上，在舰艇编队的指挥舰上，而不应该在陆岸。从这个意义上讲，舰队机关的主要职责，就是负责所属部队的作战指挥、合成训练和思想政治工作。而现实情况是，我们三大舰队管的事儿太多、太杂，以致舰队指挥员难以集中精力和心思去抓部队战斗力建设。

为了使舰队成为真正意义上的海上一线指挥部，应该裁撤舰队后勤部！刘华清终于定下决心。

关于海军后勤保障体制改革问题，刘华清从就任海军司令员之初便着手进行调研论证。1984年7月，在海军后勤部长座谈会上，他首次提出了海军后勤改革的总体思路和改革方向：简化海军和舰队两级后勤职能，加强基地后勤；海军和舰队只负责组织计划，供应由基地保障。据此，他下令相关部门正式展开调研，下半年拿出了海军后勤体制改革的初步方案。

刘华清毫不讳言，舰队管后勤弊大于利。就拿物资筹措来说，各舰队都是其后勤部一家统一采购，统一发放，这就形成了物资"大转圈"的怪现象。比如辽东半岛部队所需物资，本地市场即可供应，但他们却不能就地采购，而必须由北海舰队后勤部从辽东半岛统一购买运回山东半岛的青岛，再由保障基地从山东半岛的青岛经领运回辽东半岛。东海舰队的后勤部设在上海，各类物资也都得先采购囤积到上海。同样，从福建采购的物资也得运回上海，再发往驻福建的海军部队。

这并非天方夜谭。作者20世纪70年代末期曾在某水警区护卫艇部队任职。在部队驻地不远处就有一家海军所属的罐头食品厂。照说，该水警区的水兵吃罐头应该非常方便，因为军港码头与罐头食品厂近在咫尺。然而，水警区却无权直接从罐头厂提货。按照正常的后勤物资供应渠道，本地生产的罐头，得先由北海舰队集中运往青岛，再由青岛供应给基地，水警区的水兵们享用的罐头食品，只能从千里之遥的山东半岛领取。

各基地就地采购不是很好吗？海军常委会上，刘华清提出深思熟虑的主张：舰队裁撤后勤机关后，基地除了承担近岸辖区防御的组织指挥外，要把后勤和技术保障全部管起来。舰队管的医院、仓库、军港码头，统统交给基地。同时，撤销一部分水警区，其使命任务由快艇部队和护卫艇部队承担。

舰队砍掉后勤，基地当然高兴，但舰队却不一定赞成。刘华清认为，舰队不赞成，既有传统习惯思维的影响，也有工作上的实际困难。但从长远考虑，体制不合理，造成层次过多，既浪费，也影响效率，无论平时还是战时都是不合适的，必须改革。刘华清进一步指出，减少层次，是体制上的一个发展趋势。比较研究美国、英国和法国海军，尽管差别很大，但有一个明显的共同点，就是机构精干。

要真正把舰队建成海上战斗指挥部，不仅要剥离后勤保障职能，装备保障也势必另起炉灶。

海军舰船是多种装备、设备和武器的系统组合，技术性强，使用完好率要求高，维修难度大。可以毫不夸张地说，海军装备维修保障上不去，海上战斗力建设就是一句空话。

刚任海军司令员不久，刘华清就曾为一艘猎潜艇的维修遭遇大为光火。

1980年，南海舰队一艘猎潜艇进厂中修。按规定，猎潜艇中修周期为一年，但这艘舰艇却三进三出修了三年多，不仅战术技术性能没有恢复，甚至连勉强航行巡逻都成问题。刘华清闻讯大为震怒，下令海军有关部门抽调人员与南海舰队一起组成调查组展开彻查。三个多月后，调查组写出了一份三万多字的情况报告，扯皮拉筋的事儿摆了一大堆，问题还是没有解决。

刘华清心里十分清楚，多年来海军舰艇部队装备维修，一直存在着"安排难、修理难、扯皮多、失修多"的老大难问题。尽管有维修经费短缺、修理能力不足、修理设备不配套等诸多原因，但根子还是管理体制的问题。现行体制下，一艘舰船进厂修理，需要求拜的"庙门"少则三四家，多则七八家。船体和电机设备由一家管，枪炮、鱼雷及其军械设备由另一家管，航保、通信、雷达、声纳、导弹及其发射系统，也大都如是。各有各的上级主管部门，各有各的修理原则、修理要求、修理计划和修理进度。但由于没有一个权威的统一归口主管修理的协调机构，往往你修你的，我修我的，你今年修，我明年修，扯不完的皮，拉不断的筋，开不尽的"协调会"，打不完的嘴皮官司。如此，半年能修好的舰船，一年都修不好；一年可以完成的修理任务，两年三年舰船仍出不了厂。

"问题的症结，就在分散多头管理这个不合理的落后体制上！"刘华清一语道破天机，"装备修理体制不彻底改革，海军没有出路！"舰艇部队官兵的强烈呼声，修理部门的迫切要求，振兴海军的崇高使命，促使他痛下决心改革海军装备修理体制。

"装备修理集中管理势在必行，不能再分散了！"在担任海军司令员后召开的首次海军后勤工作会议上，刘华清痛陈装备修理流弊，提出了装备维修体制改革的总体思路。

装备后勤体制改革，保障基地建设须先行。（1986年10月）

1983年年初，刘华清指令一位海军副参谋长召集司令部、后勤部和装备技术部有关业务部门，共同研究探讨海军舰船装备修理统一管理和集中领导问题。

大大出乎刘华清意料，原本为贯彻落实海军党委决定、提出装备修理体制改革具体方案的座谈会，却遭到相关业务部门的强烈抵制与公开反对。

座谈会上，海司通信部代表首先发难："海军建设几十年了，各种装备管理和修理，从总部到海军直至舰艇部队，已有了固定渠道，海军一家改了，也就断了经费、物资供应。"

海后军械部代表的发言充满浓烈的火药味："科学技术发展到今天，武器装备管理和维修应过细分工，不可能也不应该集中管理，否则就是不尊重科学！"

海司航保部代表的发言更是连嘲带讽："把海军舰船装备的修理集中一

家管，既不符合中国的国情军情，更是海军装备管理的历史大倒退，无异于天方夜谭、痴人说梦，是天大的笑话！"

改革座谈会变成了"吵架会""批判会"，海军领导层对集中一家统管模式也存在分歧。刘华清第一次启动的装备修理体制改革就这样搁浅了。

挫折与阻力并没有动摇刘华清的决心与勇气。他坚信，在舰艇装备日益自动化、电子化、系统化的今天，沿袭几十年的"领导多头、管理分散、效能低下"的陈旧维修观念和落后管理模式，必须为"集中统一管理、整体系统维修"的现代理念和先进体制所取代，而且越早变革越有利。

但是，改革的阻力并不仅仅来自于海军内部。与1983年组建海军装备论证研究中心一样，他要达成海军装备维修体制改革目标，最大的难题还在于如何赢得中央军委和各总部的理解、支持与认可。

起码在海军内部，没多少人认为刘华清操有胜算，甚至铁定他会撞得头破血流。因为他要组建的是海军机关第五大部——海军装备修理部，一个与海军后勤部、海军装备技术部平级的正军级机构！

刘华清比谁都清楚自己面临的困难有多大。事实明摆着，中央军委之下只有总参谋部、总政治部和总后勤部，与此相对应，各大军区机关也只设司、政、后三大部。海军已开我军之先河，拥有了第四大部——装备技术部，如今你刘华清又别出心裁、独树一帜，成立第五大部——装备修理部，也忒特殊了吧？舰艇金贵，必须整个正军级机关来统管维护修理，那空军的飞机、二炮的导弹金贵不金贵，要不要也增加个机关大部呀？陆军也不是战争年代的小米加步枪了，也摩托化、集团化了，各大军区是不是也要增设第四、第五大部？百万大裁军，几个大军区机关都要"一锅端"，你刘华清还想扩大机关编制，这不是做白日梦吗？

刘华清笃信事在人为，下定决心："要在海军司令员任内把这件事办成。"

当然，他也做好了"大成"与"小成"的两手准备：从改革初衷与终极目标着力，争取军委批准设立正军级编制的装备修理部；考虑到体制编制的复杂因素与现实难度，即使军委批准一个二级部（正师）编制规格的装备修理部，也要将其置于海军党委和首长的直接领导下，统管海军装备修理工作。

1984 年 5 月，刘华清再次启动海军装备修理体制改革。他下令海军司令部、后勤部、装备技术部分别组织力量，展开调研，提交装备修理体制改革可行性论证报告。在此基础上，责成海司军务部牵头，以海军后勤部舰船修理工厂管理部为主，海司通信部、航保部和海后军械部参与，组成海军装备修理体制改革小组，制定改革方案。

刘华清要求海军各相关业务部门，都要向总参、总后对口业务部门系统汇报海军装备修理工作的现状及存在的问题，坦陈装备修理体制改革的利弊得失，求得总部机关最大限度的理解与支持。

总参军务部是全军体制编制的主管部门，没有他们的认同与配合，再好的改革设想也不可能变成现实。1984 年年底至 1985 年年初，刘华清"公关"第一仗就锁定在这个自己任副总长期间曾分管过的部门。功夫不负有心人。总参军务部领导和高参们为老首长的战略思维和发展眼光所折服，对他的改革方案投下了宝贵的赞成票。

刘华清再访总参通信部。改革方案论证过程中，抵触情绪最大的要数海司通信部。长期以来，通信装备经费和物资一直由总参通信部统控直拨，如果海军一家把通信装备维修划归到修理部门统管，上下不对口，势必对今后的工作带来诸多不利影响。刘华清亲自出面沟通协调，赢得了总参通信部的支持与配合，一道难题迎刃而解。

1985 年 5 月，经过近一年调研论证，在广泛征求舰队、基地和有关部门意见后，两套改革方案终于浮出水面：一是陆上、海上装备和武器修理全部统管；二是以海划线，海上装备维修一家管，陆上装备维修管理维持现状不变。

可以想见，这种带有颠覆我军历史传统的后勤保障和装备修理体制改革路线图，在海军上下产生的思想冲击波会有多么强烈。但刘华清十分清楚，错过百万大裁军这一千载难逢的历史机遇，海军后勤保障和装备修理体制大改革不可能一步到位，更难在他有限的海军司令员任期内变成现实。

刘华清不能容忍改革因思想羁绊与利益纠葛而迟滞受阻。他是强势的，更是果敢的。在 1984 年 12 月 25 日结束的海军后勤工作会议上，他誓言海军后勤保障体制改革必须实现三大转变：

医院船成为海上卫勤保障新平台。

　　一是舰队的性质和任务要变。过去舰队是一个领导统帅机构，将来要以训练、作战为主，把后勤、技术保障工作放到基地。这样舰队机关会大大精干，在战时就是一个作战的实体。

　　二是基地的使命任务要变。现在海军后勤四级的任务都一样，只是范围不同，这样不大适应。要将基地变成综合保障机构，使之真正成为舰队在海上作战的保障力量。

　　三是装备修理体制要变。现在的修理体制问题较多，再不解决，弊病很多，影响修理速度，浪费很大。装备修理必须走综合统一的路子。这次下了决心，一定要改。

　　刘华清并不讳言"舰队有的同志思想还没有转过来"，特别强调，讲这番话的用意就是"给同志们打个招呼"："改革是一定要搞的，下了决心，就要坚决执行！"

1985年5月中旬，海军后勤保障和装备修理体制改革方案，经海军党委常委会议讨论通过后，上报总参谋部和中央军委。

5月23日至6月6日，中央军委召开扩大会议，专题讨论军队精简整编体制改革等问题，海军精简整编和体制改革方案获得批准。

7月9日，中央军委下达通知，批准组建海军装备修理部。

这是一个创举：享有副大军区级别权限的三大舰队机关同时裁撤后勤部，全军没有第二家；海军机关增设第五大部——装备修理部，并从上到下组建体系完备的装备维修机构，更是全军独创！

"办成了多少年来想办而没办到的事。"刘华清长舒了一口气，欣慰之情溢于言表。

改革后的海军指挥体制，由过去的"海军—舰队—基地—部队"四级，简化为"海军—舰队—部队"三级；后勤装备保障体制则由"海军—舰队—基地—部队"四级，简化为"海军—基地—部队"三级。

8月22日，海军党委扩大会闭幕。中央军委和三总部领导集体莅临大会，对海军精简整编和体制改革给予充分肯定。

"这次海军体制改革精简整编，是海军历史上变动最大的一次。"军委常务副主席杨尚昆赞许道，"海军这几年的工作，包括这次精简整编和体制改革工作，都是不错的。邓主席有评价，军委的同志也这样一致认为。"

"邓主席主持军委工作以来，海军工作取得了明显的进步。"军委副秘书长、总参谋长杨得志评价说，"邓主席和军委对海军这几年的工作是满意的。"

面对赞扬与喝彩，刘华清异常冷静。他知道，随着新体制的推进，一大堆新的矛盾会接踵而来：新的体制机制能否迅速为各级首长机关所适应，尽快度过"磨合期"？丢掉了"钱袋子"的舰队首长和机关，能否尽快转变观念，把工作重心放到海上战斗力建设上去？基地领导和机关能否不辱使命，胜任新角色？装备修理系统能否不负重托，闯出一条维修保障的新路子？

对此，无论是刘华清和海军党委一班人，还是舰队、基地领导，心中都敲着小鼓，谁也不敢掉以轻心。

改革的大幕刚刚拉开，更严峻的挑战、更生动的活剧还在后头。

基地化保障　跨海区联供

"海军体制改革能不能顺利实施，关键的问题，在于基地的工作能不能做好。"

1985 年 12 月，在海军后勤工作会议上，刘华清一语破的："基地的工作做好了，就维护了海军的体制改革。假如不认真抓，领导不把工作做在前面，碰到问题部队就会喊叫，就容易葬送改革！"

新的体制编制，舰队的使命任务就是作战训练，部队后勤保障、装备维修，全是基地的活儿。

后勤改革庞杂而具体，从哪儿下手才能牵住牛鼻子，收到事半功倍之效呢？刘华清的眼睛盯住了军港。

是的，军港！后勤改革要搞好，首先必须从军港突破。

军港是什么？军港是海军的大本营和根据地。舰艇驻屯、作战训练、后勤补给、技术保障、官兵生活，须臾都离不开军港。军港是构成海军战斗力的基础和战场建设的核心。国家投向海防的银子，至少一半要扔在军港里。古今中外，概莫能外。

实行基地化保障新体制，军港改革首当其冲，势在必行。然而，巡察万里海防线，烙印在刘华清脑海里的军港现状，用"两个混乱不堪"来形容有过之而无不及。"建设混乱"显而易见：选点不科学、布局不合理、建设不配套；"管理混乱"积弊丛生：政出多门，条块分割，管修脱节，手段落后，效率低下。

"两个混乱"折射出历史发展的局限性，前人的功绩不能一笔抹杀。毕竟经过 30 多年的建设，已经形成了基本满足现有舰艇和兵力驻屯与战备需要的军港体系。

"建设混乱"的根源，在于没有明确的海军发展战略，缺乏长远稳定的总体规划。

如何着眼未来战争需要，规划调整海军舰艇驻泊配系，令刘华清煞费

军港是刘华清规划海军未来战场建设的战略重点。（1985 年 9 月）

苦心。以前到处开花的"山、散、洞"搞法必需摈弃，但已经建好的东西
又不能全部丢掉。可行的办法只能是在一些大的军港基础上，连同附近某
些小港和停泊点、补给点，搞几个大的停泊体系。1983 年年底，刘华清就
改革舰艇驻泊配系方案与海军后勤部主要领导进行了商讨，明确提出今后
的工程建设，主要围绕几个大的停泊体系搞配套，重点解决缺水、缺油、
缺电和舰艇停泊拥挤问题，其他工程停下来，有些洞子该封的封，把现在
必需的训练、生活保障设施配套搞好。

　　1984 年 4 月，刘华清进一步明确了舰艇驻泊体系建设总体思路：贯彻
"保障战备、兼顾生活、注重质量、厉行节约"的方针，按照统一规划、合
理布局、突出重点、量力而行、保证战备急需、兼顾部队发展的原则，使
驻泊体系建设有计划、有步骤地进行，争取在本世纪末，建立起完善的适
应现代战争需求的海军作战指挥、兵力驻屯和后勤保障三大体系。

　　1986 年，根据"近海防御"海军战略需求，按照"收拾摊子、缩短战线"
的指导原则，刘华清更是连出三招，从根本上扭转了军港建设的乱局：

　　实行军港等级制。海军军港被统一划分为四个等级，即大型军港、中
型军港、小型军港和补给点。

　　军港建设科学化。所有军港，特别是大中型军港必须按照三区（港区、
营区、场区）、五系（作战指挥与基地防御系统、后勤保障系统、装备修

理系统、军事训练系统、生活保障系统）的要求，进行长远规划和配套建设。

确立军港建设四项基本原则。即重点投资大中型军港的原则，按军港总体规划立项建设的原则，各业务渠道同步投资、配套建设的原则，同步治理、同步见效的原则。

军港改革的下篇文章，在于"管"。改革军港管理体制和模式，刘华清的招数就一个字："统"。

30多年过去，海军没有管好一个码头，根子就在于管理分散，政出多门。一个军港驻屯有多少部队，就会设置多少套保障管理机构，你管你的、我用我的，大而全、小而全，部门所有制、万事不求人等传统观念根深蒂固，以致码头油、水、电、暖等供给单位越设越多，伙房食堂越办越小，码头训练、文化活动以及安全警卫设施越建越散，使港区布局混乱，码头失修，水电浪费，综合保障能力低下，影响了军港总体功能的发挥。

1986年，刘华清亲自拍板，借鉴外军和地方港口管理经验，首先在旅顺军港进行改革试验，取得明显成效。

"军港集中统管，一是要坚定不移，二是要加快速度。"刘华清嘱咐分管后勤的张连忠副司令员，"要一个港口一个港口研究落实，再不能犹豫不决了。"

1987年，可谓海军"军港管理改革年"。

2月18日，海军发出通知，正式启动八大军港管理综合改革。

八个大型军港是海军军港体系的核心，驻屯兵力占海军舰艇部队的70%以上。完成八大军港管理综合改革，其意义不言而喻。

3月2日，《解放军报》在一版头条位置刊发消息，披露了海军这一重大改革举措。根据改革方案，八大军港由所在基地军港管理处统一管理，即由军港管理部门统一负责港区规划、设施维护、港产管理、码头装卸、舰艇水电暖供应，以及港区消防、清洁卫生、防污监督等业务。一个军港只设一个军港管理所，将以前各驻屯单位和机关业务部门分散领导的码头勤务分队，包括码头供水、供电、供暖机构合编为一个单位。港内设立一个军港值班室，由军港管理所军官负责值守，履行军港监督职责，处理日常港务。

八大军港的决策领导机构为军港管理委员会。管理委员会由驻港各部队领导和有关业务部门人员组成，负责制定本港港章，定期研究军港管理中的重大问题，布置开展对驻港部队的管理教育。改革后的军港一律设置水电暖自动计量与集控装置，安装闭路电视监控系统，实现军港管理的现代化。

9月中旬，海军召开首次军港管理综合改革工作会议，《海军军港管理条例》正式颁布。以此为标志，海军军港管理走进法治化集中统管的新时代。

"只有舰队，没有基地，还不能成为海军。"一位著名军事家如此强调海军后勤保障的意义。但在海军日益走向远海大洋的今天，基地如何履行支援保障使命，成为全新的挑战与历史性课题。

在漫长的岁月里，广阔的大洋上见不到中国舰队的片帆只影。海军舰艇完全依赖岸基保障，只能在"家门口"活动。随着海军战略的制定和实施，人民海军开始由近岸走向近海乃至中远海，以往单一型辖区范围内基地化岸基保障模式，越来越难以适应舰艇编队长时间、远距离、大范围航行训练和防御作战的需求。

"后勤建设是海军的重要组成部分。"1986年1月25日，在海军党委常委扩大会议上，刘华清指出，"科学技术越发展，武器装备越先进，对后勤保障的要求就越高。从某种意义上讲，未来战争中后勤保障能力的高低，将决定战争的结局。"

刘华清明确提出："在新形势下，海军后勤建设的指导思想是，建设一个具有现代综合保障能力的，储、运、供各环节配套的，能快速灵活实施补给的后勤保障体系。为此，要切实把海上作战保障作为后勤建设的重点，牢固树立面向海洋、面向岛屿、面向基层的思想，使各专业配套，互相协作，物资筹措、储存、运输、供应、管理各个环节畅通无阻，提高效率，采用先进科学技术，为今后的发展打下坚实的基础。"

"岸基保障为基础，海上保障为重点。"刘华清的目光已经投向远海大洋。

海上后勤支援体制和保障模式的探索与创新，提上海军改革的议程，舰艇跨区保障和远洋伴随保障两种新模式随之应运而生。

跨区保障试点始于1986年，1987年10月1日全面推广。

1987年7月2日《人民海军》报以《跨区不再当旅客，沿海处处皆有家》为题刊登报道称："舰艇部队跨区执行任务，凭手里通用的《后勤供应补给证》，可在全海军范围内的任何基地、港点直接实施补给。"

多年来，海军舰艇部队按建制领导关系实施供给，一旦跨区执行任务，

海上伴随补给为舰艇走向大洋提供了可靠保障。

往往因为渠道不通，关系不顺，补给发生困难。海军后勤部遵照刘华清的指示，从改革供给体制上进行论证试点，提出了新的供给方案。舰艇部队跨区执行任务时，所需要的经费、主副食品、被装、油料、军械、水电、医疗卫生用品等，凭《后勤供应补给证》，由所到基地、港点的岸（后）勤部（处）和供应站直接供给。

在《后勤供应补给证》上，明确规定了应供物品的标准和要求。补给证发到单艘舰艇，被水兵们形象地喻为就像使用"全国通用粮票"一样方便。

跨海区联勤联供，仅凭一纸《后勤供应补给证》就迎刃而解，不仅使各基地真正成为"舰艇之家"，而且使过往舰艇由"旅客"变为"家庭成员"。

1986年5月。浩瀚的西北太平洋上，出现了一支由三艘驱逐舰和一艘补给船组成的舰艇编队。这是海军作战舰艇编队有史以来第一次驶入大洋进行远航训练。此时，站在远洋油水综合补给船上担负海上保障指挥的某基地首长，顿感天高海阔，浪卷云舒。这也是海军基地第一次担负远航训练编队伴随保障任务。在远离港岸的大洋上，油水综合补给船像一座浮动的基地，把油、水、蔬菜、食品源源不断补充给驱逐舰编队。

第一次远海伴随补给是成功的，但这毕竟只是一次单纯的补给，与实战要求相差甚远。在刘华清看来，海上机动伴随支援保障是一项新的使命，需要解决的问题像大洋上的涌浪，一个接着一个扑面而来：

——大型勤务船航速较慢，跟不上战斗舰艇编队。海上保障究竟如何"伴随"？亦步亦趋，不仅拖战斗舰艇的后腿，还要跑许多冤枉路。若是有分有合，"分"时各自选择什么样的机动方向和路径？"合"时又应该选择什么样的时机和地点？

——这次海上补给多是临时听命，缺了就补。战时情况复杂，瞬息万变，等消耗殆尽再补给，可能会贻误战机；过早补给又会给战斗舰艇增加负担。应在什么样的时机、位置补给才最科学？

——在基地保障兵力中，更大量的是中、小型勤务船只，种类较多但使命单一，机动方便却适航性差。以往都是零星使用，若是临时凑在一起，相互间协调的问题肯定会暴露出来。

——战时海上后勤保障的重要问题是自身生存。防空、防潜如何解决？与战斗舰艇编队怎样协同？

刘华清把这些问题一一提了出来，要求海军后勤部和各基地领导深入研究探讨，大胆改革实践。

随着担负舰艇编队跨海区机动作战演练、战备巡航和远洋航行等海上支援保障任务日益频繁，一个大胆的构想在海军各级领导特别是后勤指挥员头脑中越来越清晰：建设一支与近海机动作战相适应的海上后勤支援保障力量。

发达国家海军建设的实践值得借鉴。第二次世界大战时期，出现了专门负责海上补给任务的后勤支援船队。20世纪60年代大型综合补给船的研制成功，是海上补给方式的一次飞跃。80年代之后，美国海军形成了能够进行海上运输、传递、补给活动的"三级"支援保障体系。第一级是大型综合补给船编成的"岗位船"队，直接伴随战斗舰艇编队进行海上补给；第二级为"穿梭船"，负责单一物品的补给，给"岗位船"实施再补给；第三级为"点一点"运输船，用征召的民船完成港岸之间的物资运输。

建立完备的海上补给体系，已成为世界各国海军后勤研究和建设的一项重点工程。现代高科技条件下，作战舰艇的武器装备有了飞速发展，过去一直用来衡量战舰性能指标的续航力和自持力出现下降趋势，目的是腾出舱位加强武备和电子系统，而把增加续航力、自持力的问题交由后勤支援船去解决。现代海战已经表明，舰艇的机动作战范围与海上后勤支援的机动保障能力密切相关。英阿马岛海战中，英军依托强大的海上浮动基地，45天中完成舰艇海上补给2000余次，为最后胜利奠定了基础。

遂行海上后勤保障任务，已经成为现代条件下海军基地建设的战略重点。然而，对于长期习惯于岸基保障的人民海军后勤指挥员而言，建立独立的自成体系的海上后勤支援保障编队，还是令不少人感到"新鲜"。以往，舰艇部队完全依靠岸基保障，"岸勤部"的称谓，就非常直白而又形象地说明了这一点。基地后勤保障部门，多年来一直是在军港码头"坐地摆摊"，负责舰艇出海前的油、水、弹药和主副食品补给，返航后的装备检修和码头服务。基地所辖勤务船只也多是担负港岸之间的运输任务。如今海上后勤支援保障编队是个什么样子？从岸基走到海上，对基地领导和机关业务部门来说，面对的不仅是保障方式的历史性跨越，还意味着思想观念、机关作风和工作方法的深刻变化。

建设海上后勤支援保障编队的改革探索，在北海舰队某基地拉开帷幕。从基地首长到司、政、后、装各部门领导，每次海上保障演练中，全都带头随船出海。他们人人脑子里装着一大堆问题，返航后都要交出答案。正是在这种更新观念和转变作风的实践中，海上后勤支援保障编队的编成、任务、指挥、协同，各种保障方案和训练课题，以及防御、护航等种种问题，轮廓越来越清晰。

遂行远距离、大范围、高强度海上补给任务，需要海上后勤支援保障编队具备多功能、综合性的特点。随着海军向现代化发展，基地已经拥有远洋油水综合补给船、远洋打捞救生船、远洋拖船等大型勤务船只，数量虽然不多，但设备性能比较先进。有的综合补给能力较强，有的能起降舰载直升机，有的纵向、横向补给机械化程度较高。中小型勤务船尽管功能单一，但数量多，种类全，机动灵活，担负中小型战斗舰艇近岸机动作战支援保障任务尤为合适。如果经过科学组合，整体优势将更为突显。

1+1＞2，这便是科学编成与有机综合的奥秘。基于对保障装备的客观分析，结合不同使命、任务科学编组的"两级编队"海上保障体系应运而生：

"一级编队"由大型油水船、救生船、拖船等组成，担当起伴随作战舰艇海上支援保障任务；"二级编队"由各类中小型勤务船编成，担负近岸补给和向"一级编队"再补给的使命。

按照"功能齐全、编组灵活、机动方便、指挥畅通"的原则，"二级保障编队"又由若干个兵力群组成，如实施油、水、食物、弹药等补给的补给群；提供装备技术保障、医疗服务和军舰遇险、战损救援任务的援救群；由猎潜艇、导弹快艇等组成的担负对空、对海、对潜防御，保证编队海上交通安全的警戒群；进行侦察以及伴随和定点护航的掩护群。使命和任务的不同，使每一艘不同性能的勤务船在海上后勤支援保障编队中均能找到自己合适的位置，发挥其独特的作用。

值得一提的是，这种新型的"两级编队"海上后勤支援体系与保障模式，并没有打乱现行部队建制，更没有新增一船一兵。在"两级编队"体系中，他们按照各自的使命任务，开展分散和集中训练，形散神聚，招之能来，来之能合，合之能战。

通过几年的实践摸索，北海舰队某基地先后攻克数百项后勤保障科技难关，做到了舰艇航行到哪里，后勤支援保障编队就跟随到哪里，具备了全天候、立体化、综合性远洋伴随补给能力，大大扩展了战斗舰艇的活动范围和续航能力。

20 世纪 90 年代，海上后勤支援保障编队在人民海军全面推广；进入新世纪，海上后勤支援保障编队正式列编。

2007 年 8 月 8 日，新华社就海军海上后勤支援保障能力发出专稿："全天候立体补给使中国军舰能够到达世界上任何港口。"

如果说，新的海军后勤保障体制仅仅是减少了舰队一个层次，牵涉的范围、需要调整的关系仅仅在舰队与基地两个层级的话，那么，海军装备保障体制的改革，则是自上而下重新构建一个全新的维修网络，从体制编制到保障机制全方位转换为新的模式。

根据中央军委下达的海军装备修理各级机构设置编制，海军、基地两级设立装备修理部，舰艇编队、水警区和独立驻防大队设立装备修理科（股）。遵循划区、就近、综合和适当跨区修理原则，依据现有修理力量和修理设施，组建装备修理区，每个区内按"厂厂、厂所"配套，将有关装备修理厂、修理所与修船厂相配套。

在一个修理区内，修理工厂相当于装备维修的"后方医院"，修理所则类似于装备维修的"门诊部"，而配套区内新增设的机动修理队，可以充当装备维修的"巡回医疗队"。由此构成一个十分严密的装备修理网。

为了保证装备修理质量，在每个修理区内，专门组建修理质量控制室；在修理工厂比较集中的旅顺、青岛、上海、广州、湛江等地，组建装备修理监修室；在通信、航保、防救、抗干扰装备等特装修理比较集中的地区，还增设不在编的联调和修理中心。

从 1985 年 9 月至 1986 年底，经过一年多时间的组建，海军新的装备修理体系完全形成，装备维修方法、制度改革也同步推进。

装备修理体制改革，显示出强大的生命活力和维修效益。1987 年 9 月 22 日，《人民海军》报专访新组建的海军装备修理部，以《舰船修理系统治好了"扯皮病"》为题刊发报道称：海军舰船修理体制改革后，上半年承修的上百艘舰船基本上在修期内出厂。

"改革后的修理体制，优越性何在？"面对记者提问，装备修理部总工程师陈健的回答痛快淋漓："不再犯'扯皮病'了！"

谈起"扯皮病"，谁不感慨万千？在舰船维修战线工作了几十年的陈健说，改革前，舰船装备修理体制的特征是"多头领导、分散管理、分兵把口、互相扯皮"。这样在修理中，有时扯皮、有时推诿，每艘舰船进厂，就意味着被"扯皮病"折腾，钱大把大把地花了，东西大批大批地耗用了，舰船呢，却久久泡在那儿动不了窝！光是修理协调，就有开不完的会，扯不尽的皮，久议难决，久拖不定。好不容易有了修理方案，实施修理中，各修理部门又开始了扯皮。机电修好了，观通设备还没修；航保设备修完，却无法供电调试。

"扯皮病"在改革中得到彻底根治。陈健告诉记者，海军装备修理体制实行重大改革后，将通信、雷达、声纳、航保、军械、机电的修理，全部划归到新组建的装备修理部统一管理。这样，舰船修理问题用不着一次又一次地开"协调会"，主管部门直接把修理任务下达给修船单位，并且定出明确的任务、时间、经费指标和质量保修期，由一个监修室负责修理中的监督指挥。某导弹驱逐舰跨区修理时，有关人员一次就拍板确定了一千多个施修项目，修理单位综合施修，修期提前六个月，创军内外厂修最好水平，受到海军通令嘉奖。

至此，海军后勤保障和装备修理体制改革与机制创新，按照刘华清的规划与设计，全部付诸实践并获得圆满成功。

不过，就装备体制而言，刘华清的贡献并不仅仅限于海军一个军种。早在 1980 年 6 月，他在率军事技术代表团访美后向国务院、中央军委所呈《改进我国国防科技管理的建议》中，就首次提出了成立"总科技装备部"的改革设想，建议将总参装备部、国防科委和国防工办的一些职能和机构合并，根据国家拨给的科研费、装备费，通盘考虑科研项目和装备计划；各国防工业部组成若干专业化公司后，总科技装备部通过合同与公司发生联系。

1988 年，刚刚升任军委副秘书长，刘华清便坦言我军现行装备体制存在的最大弊端是："各成体系，分散多头，相互扯皮，管理落后，内耗大，效益低。"犹如"一筐螃蟹，相互抓着，相互掣肘"。在获得时任军委副主席杨尚昆的认同，并经军委常务会议讨论批准后，他亲自担任国防科技装备体制改革领导小组组长。经过紧锣密鼓的调研论证，改革领导小组提出了"集中领导、统一管理"和"集中领导、分散管理"两套体制改革方案。

刘华清的态度非常明确："要搞就选择第一方案！"即成立中国人民解放军总装备部，对国防科研和武器装备实行全寿命全系统集中统管。然而，由于事关重大，军委常务会议最终没能形成决议。

改革维艰，好事多磨。1992 年 10 月，刘华清当选为中共中央政治局常委、中央军委副主席并主持军委常务工作后，再次大力推动全军武器装备管理体制改革。1993 年，在一次军委常务会议上，他满怀信心地"预言"："装备体制改革是大势所趋，总装备部三年不成立，五年后也得成立！"

不多不少正好五年。1998 年 4 月 3 日，刘华清卸任中华人民共和国中央军事委员会副主席仅半个月，中央军委便宣布，组建中国人民解放军总装备部，全面负责全军武器装备建设的集中统一领导。与此同时，各军兵种、各大军区也相应设立装备技术部。

当然，对于海军来说，刘华清主导组建的海军装备修理部也完成了它的历史使命，顺理成章地合并到了海军装备技术部。而全军后勤保障实行三军联供联勤体制大改革，与刘华清在海军推行的基地化保障、跨区域联供体制相比，则已有了 13 个春秋的时差。

第五章

蓝色盾牌

刘华清梦寐以求的，不是在他个人任期内能获得多少现代化的武器装备，而是人民海军履行使命需要什么样的现代化武器装备。

"把 20 世纪末期三个五年规划（1986—2000）海军装备建设连贯起来通盘考虑，实现'三步并作一步走，15 年向前跨一大步'。"这就是刘华清的发展战略。

"到那时，"刘华清指点蓝疆，"海军将能把综合的、有效的作战半径，由目前的近岸前出到第一岛链。"

"今后 15 年只是近期目标。"按照刘华清强国海军梦的远景规划，"到 21 世纪中叶，我们应该接近世界第一流的水平。"

"三步并作一步走"

作为一名"小米加步枪"锻造出来的红军老战士，刘华清却以熟悉国防科学技术、善谋现代军事装备而享誉军内外，并深受中国改革开放总设计师邓小平的信赖与赏识。

1987年11月18日，刘华清被召唤到邓小平家里开会。

这是一次小型会议。与会者除刘华清外，还有时任军委第一副主席赵紫阳、军委常务副主席杨尚昆和总后勤部部长洪学智。

这一天，距中共十三大闭幕仅仅过去半个月。在这次大会上，邓小平辞去中央政治局委员、常委和中顾委主任等职务。全会虽然批准了他的辞呈，但仍然一致选举他为中共中央军事委员会主席。

这是党的十三大闭幕后，邓小平以军委主席身份主持召开的第一次军委高层会议。

邓小平第一句话，就指着刘华清和洪学智，问赵紫阳和杨尚昆两位副主席："他们两个人的命令下了没有？"

杨尚昆回答："下了，都已经签了。"

言毕，转身对刘华清和洪学智说："军委决定，调你们两个来担任军委副秘书长。"

邓小平接过话头，指着刘华清对大家说："调他来，就是抓现代化，抓装备。"

就新一届军委工作作出部署和指示后，邓小平再次嘱咐刘华清："调你到军委来工作，就是考虑到军队要搞现代化，现在全军熟悉科研装备的就你了。调你来就是抓装备、抓现代化！"

其实，早在20世纪70年代后期，刘华清就作为国防装备科研战线一位难得的帅才，受到邓小平的推崇与重用。1978年4月，邓小平特别嘱托第二次就任国防科委副主任的刘华清，把国防工业部门和对口军兵种主要领导找来汇报情况："要了解陆、海、空军究竟装备什么，将来要发展什

人民海军成立 30 多年来，舰艇装备"小"字当头，以多取胜，大都只能围着近岸沿海打转转。（1982 年 10 月）

么，特别是空军和海军的装备，我要一个部一个部地谈一谈。"在刘华清的组织协调和陪伴下，邓小平先后分六批集中听取了第三、四、六、七、八机械工业部和空军、海军的工作汇报，就新时期国防科研和武器装备发展作出了一系列重要指示。此后，无论是担任国防科工委副主任，还是身为总参谋长助理和副总参谋长，刘华清一直受命主管全军装备科研工作，并先后兼任中央军委科学技术装备委员会办公室主任、军委科装委副主任和军委战略武器定型委员会主任，成为国防装备现代化建设的领军人物之一。

回首五年前，邓小平点将刘华清执掌人民海军，最满意的一点，正是这个老部下长于同时代高级将领的现代战略思维与装备发展谋略。如今，邓小平提议任命刘华清为中央军委委员、军委副秘书长，委以全军装备现代化建设重任，也说明刘华清推进海军装备建设的发展思路与显著成就，已然获得邓小平充分认可与高度赏识。

刘华清抓海军装备现代化建设最大的亮点，就是创造性地制定了一个跨世纪的海军装备发展战略与总体建设规划。

履任海军司令员期间，刘华清投入精力最大、耗费心血最多的，莫过于海军装备现代化建设。然而，或许少有人相信，在五年多任期内，他却没有得到自己规划设计的新一代装备中的一艘战舰、一条潜艇和一架飞机。

这就是刘华清的视野、胸怀和格局。他既不急功近利搞"政绩工程"，也不好大喜功做"形象工程"，而是着眼未来海洋世纪风云变幻，科学规划与整体构架海军现代化装备发展战略。

他梦寐以求的，不是在他个人任期内能获得多少现代化的武器装备，而是人民海军未来5年、15年乃至50年履行使命需要什么样的现代化武器装备。

尽管他十分清楚，他的任期不会再有第二个五年；15年嘛，如果上帝假以时日，他还可以见证；但再往后数50年，到21世纪中叶，就不是他自然生命所能企及的了。

就任海军司令员刚刚四个月，刘华清便着手研究制定《海军现代化建设规划纲要》。此后，随着海军战略思想的形成与制定，关于海军装备发展的战略思维也逐渐清晰。

"把20世纪末期三个五年规划（1986—2000）海军装备建设连贯起来通盘考虑，实现'三步并作一步走，15年向前跨一大步'。"这就是刘华清的发展战略。

"一步走""跨大步"，要达成的战略目标是"建设一支精干顶用的、具有现代战斗能力的人民海军"。

"到那时，"刘华清神采飞扬，指点蓝疆，"海军将能把综合的、有效的作战半径，由目前的近岸，前出到第一岛链；将能组织起具有较强作战能力的机动兵力，深入到与中国海区相邻的海洋区域执行作战和其他任务；将更加有力地保障国家的远洋科研、调查、试验等活动。总之，到本世纪末，我国海军的面貌将会有令人鼓舞的改观。"

"今后15年只是近期目标。"按照刘华清强国海军梦的远景规划，海军发展分"三步走"，"第一步2000年前，第二步2020年，第三步2050年。2000年的建设目标是'精干顶用，具有现代战斗能力'；2000年后质量、数量不一样了，关键是要提高质量。"

"到那时，"刘华清激情满怀，憧憬未来，"我们的国防、我们的军队现代化水平会与我国的国际地位和综合国力相适应。也就是说，我们军队建设是与国家经济建设同步发展的，国家到那时候接近世界发达国家水平，那么我们军队也应该接近世界第一流的水平。"

正是为着实现建设"世界第一流水平"人民海军的终极目标与宏伟夙愿，刘华清精心设计了 20 世纪末海军装备发展总体规划。

"三步并作一步走，15 年向前跨一大步。"没有任何理性色彩，不加丝毫包装修饰，能用如此土得掉渣的直白语言文字，规范定义一个事关国家安危与民族兴衰的海防大计的军事装备发展战略，在当代中国政坛实属孤例，堪称一绝。

"三步并作一步走，15 年向前跨一大步。"正是这普普通通的一句大实话，折射出刘华清"洞察大势、审时度势的兴装韬略，统揽全局、精心布局的兴装创举，抓住时机、赢得先机的兴装远见，勇于决策、务实施策的兴装魄力，眼界超群、胆略非凡的兴装智慧"。

作为共和国第三任海军司令员，刘华清在任不满六年，但他的名字却与人民海军武器装备建设艰难曲折的发展历程紧密相连。

从人民海军组建到刘华清出任司令员的 30 多年里，海军武器装备建设经历了缴获接收、引进购买、转让装配、仿制改进和自行研制五个阶段。海军装备从无到有，从单一品种到多品种，从简单技术到比较复杂的技术，已经具有相当规模和水平。而曾先后担任共和国首任舰艇研究院院长、国务院第六机械工业部副部长、国防科委副主任和解放军副总参谋长的刘华清，领导组织仿制改进和自主研制了人民海军第一代武器装备。

刘华清比任何人都更加明白，海军装备技术水平不高，与世界发达国家相比，甚至可以说还相当落后。由于我国科技水平低，工业基础差，经济底子薄，特别是 10 年"文革"干扰破坏，导致海军装备平台与武器系统发展不平衡。船壳造出来了，武器装备上不去；单纯追求吨位，急于求成，搞不切实际的大计划；只注重武器装备的物质储备，对发展新装备缺乏科学论证。诸如此类问题，早在 20 世纪 70 年代中期刘华清就了然于心，并直接上书军委副主席邓小平：海军武器装备建设"不仅在数量上要有较大的增加，而且更主要的应在战斗质量上具有现代化技术水平，确保海军能够实现有效地防御帝国主义来自海上的侵略"，"能到中远海去作战和较好地执行近海作战任务"。

国庆 35 周年受阅的海军装备，全部是刘华清曾亲自参与组织研制的国产"第一代"。（1984 年 6 月）

过去 30 多年，海军装备建设受战略思想、作战方针与经济条件、技术水平的束缚，武器装备特别是舰艇装备"小"字当头，以多取胜，建造了数以千计的导弹艇、鱼雷艇和护卫艇。这些舰艇吨位小，续航力低，使用寿命短，抗风能力弱，遇有稍大一点的风浪就出不了海，出去了也难以有效遂行作战任务。

1985 年精简整编，海军已经上报军委批准退役报废一批小型舰船、飞机及岸防武器装备。更为令人忧虑的是，再过 5 至 10 年，仍然在役的小型舰艇装备也将寿终超期，都得报废。

海军精简淘汰的武器装备，绝大部分是过去 20 年积累的家当。刘华清沉痛反思："如果 20 年前我们有一个正确的发展战略与指导方针，海军装备建设的这些浪费与损失是完全可以避免的。"

总结过去的教训，不是为了算旧账。"我也是在这个时期参加搞海军装备工作的，要说责任，我自己也有一份。"刘华清坦陈心迹，"研究海军装备建设，吸取过去的教训，尽可能不再走弯路，就必须着眼今后 20 年乃至更长一段时间的发展，既要兼顾完成近期的作战任务，更要为海军长远发展打好基础。"

海军是一个多兵种构成的技术型战略军种，武器装备发展有着复杂的规定性和特殊的规律性。海军大型系统装备，无论是舰艇还是特种飞机，从研制建造到形成列装服役，一般需要 10~20 年的周期才能完成。现代海上战争，多兵种合成作战，不是某个单一兵种和某个单项武备系统的发展能够形成立体战斗力的。所以海军装备的规划建设，必须是多兵种装备配套同步发展，既要讲究重点突破，又要注重系统均衡。海军装备发展是国家工业、科技、经济综合实力水平的缩影。在军队建设必须服从和服务于国家经济建设的"忍耐"时期，在国家工业化基础和科技水平还相对落后的条件下，海军装备发展只能循序渐进，逐步提高。为此，抓住有利的和平机遇期，从长计议，持续接力，通盘设计三个五年装备规划，把三步并作一步走，随着工业化的发展而发展，跟踪现代科技的创新而创新，依托经济实力的增强而增强，无疑是海军装备现代化的最佳路径与最优选择。

"我们应该吸取美国军队的教训。"刘华清出访美国时，美军高层将领曾向他介绍美军两次历史性失误：第二次世界大战后，美军曾进行过两次大规模裁军，但这两次大裁军都使美军蒙受巨大创痛与耻辱。第一次大裁军后，他们在朝鲜战场上吃了个大败仗；第二次大裁军后，他们又陷进了越南战场的泥沼。

"裁军是必要的，但是裁军后没有把重点放在武器装备发展上是错误的。"这就是五角大楼的职业军人们痛定思痛后得出的经验教训。"但这个教训的代价是十分昂贵的。"美国将军的话里透着苦涩，"它是用数十万美国青年军人的鲜血和生命换来的。"

越战后，特别是 80 年代以来，美军武器装备的技术革命和更新换代日新月异，一大批高新技术物化的新式武器装备为这个世界第一军事强国重新找回了"巨无霸"的野心和狂妄。而这种由人类最新科学技术锻铸的智能化的现代战争工具支撑和膨胀起来的野心和狂妄，仅仅跨越一个年代，便在海湾战争和科索沃战争中，被美国大兵演绎得淋漓尽致。战后，五角大楼在向国会山提交的综合报告中，总结的五条基本经验之一就是："革命性的新一代高技术武器同具有创新性和有效性的军事学说相结合，是取得如此辉煌战绩的关键。"

这是后话。但高新技术应用于武器装备，给现代战争形态与作战样式带来的前所未来的冲击与变革，早已引起刘华清的高度重视和严密关切。在谋划海军装备发展战略的日子里，他的脑海里不时闪现出80年代发生在世界各地的几场高科技战争的经典画面：

1981年6月7日。伊拉克首都巴格达东南20公里处。即将投料运行的原子能研究中心，正沉浸在工程告捷的喜庆氛之中。谁也没有料到，晚6时30分，以色列的14架F-15、F-16战斗轰炸机突然降临，两分钟的狂轰滥炸，就使这座营造五载、耗资五亿美元的"乌西拉克"型原子反应堆化为乌有。目睹这一轰炸过程的法国专家惊呼："炸弹几乎一米不差地落在反应堆主建筑上！"更令各国军事专家称奇的是，以军战斗机长途奔袭2000公里，不仅绕过约旦、沙特与伊拉克等国的雷达监视，而且躲过了美国巡逻预警机的探测！

1982年6月9日。以色列再次先发制人，仅用六分钟就摧毁了叙利亚部署在贝卡谷地价值20亿美元的19个地空导弹营。在短短三天的空战中，美制F-15、F-16战斗机，新型无人侦察机，最新式预警巡逻机，电子战斗机，"响尾蛇"空空导弹等诸多先进作战飞机与精确制导武器，在以军的操纵下全部登上空战舞台，打出了80∶0的惊人战果！

1986年4月14日傍晚。美军向利比亚实施代号为"黄金峡谷"的第二次所谓"外科手术式"大突袭。仅仅12分钟，20多枚反雷达导弹和高速反辐射导弹，以及60多吨激光制导炸弹和集束子母弹，铺天盖地倾泻而下，将利比亚东西两域的雷达站、导弹阵地、兵营和20架飞机尽数炸毁。利比亚总统卡扎菲上校当晚居住的一栋普通两层小楼，尽管隐匿在鳞次栉比的楼群中，"连间谍都难以找到"，但作为美军此次重点打击目标之一，还是被不偏不倚地炸了个底朝天！

萦绕在刘华清脑际挥之不去的影像，当然还有发生在他就任海军司令员前夕的英阿马岛之战……

无暇追踪战争背后的趣闻逸事，透过战火硝烟隐蔽下的神秘装备与武器，刘华清以其职业军事家的睿智眼光，已然敏感地洞察到，伴随着全球风起云涌的新技术革命浪潮，一个新时代的"幽灵"——高科技的"幽灵"

已经悄然闯入血与火的人类战争的竞技场!

就任海军司令员头一年,刘华清就反复重申,海军装备建设的指导思想,要变"数量建军"为"质量建军",实现从"近岸防御"到"近海防御"的转变,发展与近海作战相适应的大中型舰艇,不再批量建造小型舰艇。

"海军装备现代化建设,要从第一代向第二代过渡,这个过渡要充分考虑近海作战。"1984年1月11日,刘华清在海军装备技术工作会议上明确提出,战斗舰艇作战半径要加大,主战装备在战役战术上要形成体系;导弹、鱼雷等武器系统要一弹(雷)多用、通用、形成系列,与电子系统配套。要始终把潜艇放在重要位置。常规潜艇要改进,要发展;核潜艇要加以完善,作为执行战略任务的力量。要优先发展海军特种飞机,包括岸基歼击轰炸机、巡逻预警机和舰载直升机,要尽快解决空中加油技术,以加大海军航空兵作战半径,配合海上轻型兵力作战。水面舰艇,特别是护卫舰和驱逐舰,要在齐装配套的基础上改进武器,提高技术水平。同时,不能忽视扫猎雷、布雷、登陆舰艇及辅助船舶的相应配套发展。

在1985年5月中旬召开的海军党委常委扩大会议上,针对海军装备差、老、旧、杂,辅助舰船和一般飞机占比高等问题,刘华清提出海军装备调整整顿原则:"清理和淘汰性能质量较差的舰艇、飞机及其他装备,减少数量,提高质量,调整比例,均衡发展。"

硝烟弥漫的战场,历来是科学技术的前沿竞赛场。从冷兵器到热兵器,从热核兵器到高科技兵器,作战样式的变革,无时无刻不受到科技的支配与左右。1985年5月10日,刘华清应邀到军事学院作了题为《关于我国海军建设与作战的几个问题》的长篇报告。在介绍海军装备建设时,他指出,导弹武器和电子技术是现代战斗力的重要标志,中东战争、马岛战争都充分显示了它的重大作用。必须注重从整体上提高武器系统的性能和水平,突出电子信息系统作为武器装备体系"倍增器"和"黏合剂"的作用,实现主战装备、电子信息装备和保障装备之间的结构优化。外国军事评论家称马岛海战是世界上第一场导弹和电子系统的大海战,标志着现代海战的转折点,展示了未来海战的雏形,那种海上对阵式的传统战法已经过时。

未来战争是整体对整体、系统对系统的对抗,战争的前台是硬碰硬的撞击,战争的背后则是软科技的较量。高科技对于战争"手臂的延长"和

"大脑的扩展"，改变了战争形态和作战样式。在 1987 年 1 月召开的第四届海军装备技术工作会议上，刘华清预言："将来常规武器肯定会进一步现代化。美国搞的'星球大战'计划的技术会进一步运用到常规武器上，法国、西欧搞的'尤里卡'计划，其中一些也会运用到常规武器上面。今后的常规战争，不是过去的概念，而是更新更高技术的概念。"

一个军事革命的时代已经来临，跨世纪的高科技浪潮惊涛拍岸。刘华清大声呼吁加强装备发展战略研究。他反复强调："海军装备的发展应当与海军的战略要求、作战任务、作战对象、作战方式，以及作战海域和环境条件结合起来。如果对这些问题不搞通，特别是对未来海上战争到底怎么打法不研究，就不能很好地确定海军装备的发展战略。""只有将两者紧密结合起来研究，发展我们的武器装备，才能适应未来战争的需要。"

多少事，从来急；天地转，光阴迫。在刘华清的亲自主持下，历经两年多反复论证研究的《海军 2000 年前发展设想和"七五"建设规划》《2000 年的海军》和《海军 2000 年前装备发展规划》，先后编制完成。

"这是我在海军领导岗位上抓的一件大事，也是海军联系实际，立足当前，面向未来的关于海军现代化建设的实践和理论相结合的产物，更是海军党委集体领导、集体决策的结晶。"时隔 15 年后，刘华清回忆说，"我对这个《规划》下了很大功夫，不仅从指导思想原则和方针上定下框架，而且逐段逐句的文字都做过研究。直到目前，这个《规划》对海军现代化建设仍然起着指导作用。"

这三个面向 21 世纪的海军发展规划，充分体现了刘华清的海军战略思想和装备建设新思维。根据军委确定的"缩短战线、突出重点、狠抓科研、加速更新"的装备发展方针，刘华清明确提出，海军装备建设必须处理好五个方面的关系：正确处理好当前和长远的关系，先研制 21 世纪初期所需要的武器装备，然后再考虑下一步的发展；正确处理好军事理论和武器装备发展的关系，把未来海上作战理论的研究与新装备的长远规划紧密结合起来；正确处理好数量与质量的关系，坚持"多研制、少装备"，从抓武器装备的物质储备转为抓技术能力的储备；正确处理好需要与可能的关系，综合考虑先进性、经济性和可靠性，注重军事经济效益；正确处理好平台与负载的关系，把型号研制和武器、电子系统研制紧密结合起来，突破技术关键，加强薄弱环节，提高装备现代化水平。

随着海军装备发展战略规划完成，刘华清关于海军装备建设的指导思想与原则方针系统形成——

适应现代作战能力和精干、顶用的要求，直接发展 90 年代中后期和下世纪作战使用的新一代武器装备，实现由近岸型向近海型、数量型向质量型的转变，不搞或少搞过渡型装备；

把握和平有利时机，抓一些带根本性的主要装备研制，用 15 至 20 年时间，搞好航空母舰和战略核潜艇的预研，为 21 世纪海军装备发展预作准备；

从实际出发，按照有限目标、分步实施、突出重点、均衡发展、战役战术配套的要求，近期以发展新型潜艇、导弹舰艇和海上专用飞机为重点，相应发展其他武器装备；

突出抓好武器系统、电子系统、动力系统的研制，使之系列化、标准化、通用化、规格化，逐步形成海军武器装备的配套体系和系列；

坚持生产一代、研制一代、预研一代的原则，多研制、多搞技术储备，少生产、少量装备部队，新旧并存、梯次更新，循序渐进、持续发展；

坚持自力更生为主、对外引进为辅的方针，瞄准世界先进水平，跟踪国际科技趋势，着眼提高自主开发能力和水平，不断缩小与发达国家海军武器装备的差距，走出一条中国特色的装备发展新路；

坚持军民结合、平战结合的原则，充分利用军民通用型船舶、飞机、电子类产品和亦军亦民的新技术，充分考虑战时扩编和预备兵力所需装备与技术改装的预先研究，为战时动员工作做好准备。

1987 年 2 月 2 日，《海军 2000 年前发展设想和"七五"建设规划》和《海军 2000 年前装备发展规划》经海军党委审定通过后，正式上报国务院、中央军委和总参谋部。

尽管时隔一年后，刘华清便调离海军，升任军委副秘书长，但这三个面向未来的关于海军现代化发展的纲领性文献，依然成为持续、稳定、有效地引领海军现代化建设的基本遵循和行动指南。他主持规划的新一代舰艇、飞机和武器系统的重要型号与主要工程，绝大部分获得中共中央、国务院和中央军委的支持与批准，纳入国家和军队建设规划。待到 90 年代，他担任中共中央政治局常委、中央军委副主席期间，具有中国特色的新一代海军装备体系逐步形成。

装备研制新思维

在中国国防装备现代化的发展历程中，刘华清是一个标志性的人物。从"红小鬼"出身的"门外汉"，成为统御国防装备建设发展的领军主帅，近40年的风雨征程，他书写了独具风采的人生传奇。

刘华清醉心于国防装备现代化。不论国家经济困难时期，还是政治环境恶劣时期，不论官位显赫权倾朝野，还是身处逆境蒙冤受辱，他始终笃守信仰、坚定意志，为国防强盛竭心尽力、奉献才智。

刘华清堪称装备现代化的战略指挥家。大到国防装备建设发展整体思路与顶层设计，小到一艘舰艇、一架战机、一型导弹的研制立项，他总能将最具前瞻性和时代性、最富生命力和战斗力的创新思想与高新科技，有序地系统组合，科学地优化集成，在最短的周期内以最小的投资获取最大的装备效益。

具体回顾和描述刘华清规划、决策海军新一代武器装备过程，不仅可以生动再现人民海军现代化征程的历史轨迹，而且能使我们领略这位红军老战士"始终站在时代前沿和战略全局的高度，立足国情军情，顺应时代潮流，以开阔的视野、开放的胸襟和开拓的精神，努力探索和实践中国特色武器装备发展道路"的别样风采。

说到海军，首先映现在人们脑海里的，是那些巡航在蓝色海洋万顷碧波之上的威武雄壮的钢铁战舰。舰队，是国家的形象大使，海军战斗力中坚。舰艇，首先是水面舰艇，成为刘华清规划决策新一代海军武器装备的开篇之作。

"以驱逐舰、护卫舰为骨干基础，形成三大系列。"这就是20世纪末期刘华清发展海军新一代水面舰艇一以贯之的大思路。

具体来说，第一系列是驱逐舰，排水量从3000吨发展到5000～6000吨以上；第二系列是护卫舰，排水量2000～3000吨；第三系列是兼顾近海巡逻、导弹攻击或反潜的为 500 ~ 1000 吨的导弹护卫艇。

过去 30 多年，作为主力舰型研制服役的大量导弹艇、鱼雷艇、巡逻艇和炮艇，在历次捍卫领土主权和海洋权益的海上斗争中，发挥了极其重要的作用。由于吨位偏小，火力太弱，这些舰艇显然已不适应近海防御海军战略所赋予的在第一岛链海区范围内遂行战斗使命的要求，淡出海军装备系列在所难免。

新型导弹驱逐舰，在刘华清海军战略和装备发展战略中，更是具有举足轻重的地位。

刘华清与驱逐舰有着非同寻常的历史渊源。

人民海军的第一支驱逐舰部队，成立于 1954 年，仅有的四艘驱逐舰全部购自苏联。这"四大金刚"大都建造于 20 世纪 40 年代前后，均为鱼雷火炮驱逐舰。1968 年至 1971 年陆续被改装为导弹驱逐舰。1986 年至 1992 年，先后报废退役。

早在 20 世纪 60 年代初期，刘华清受命组建舰艇研究院不久，就部署展开了国产驱逐舰的预研工作。1963 年至 1964 年期间，他几次提出建议上马驱逐舰工程项目，均因种种原因未果。

1966 年秋，刘华清调任国防科委副主任，主管海军武器装备研制生产。在编制"三五"规划时，他再次提出上马驱逐舰等四型舰艇研制生产建议，并获得 1967 年 4 月召开的第 64 次军委常委会批准。自此，刘华清心仪的导弹驱逐舰、导弹护卫舰和常规潜艇等共和国第一代舰艇的研制相继展开。为排除干扰，促进研制，刘华清又建议把导弹驱逐舰与远洋靶场测量船及护航舰船研制捆绑在一起，确定为重要科研项目，同战略导弹研制试验挂起钩来。随后便于 1968 年 5 月，以总参、国防科委、国防工办名义联合发文批准 1970 年建造五艘导弹驱逐舰，为战略导弹研制试验配套使用。

1969 年岁末，国产第一代导弹驱逐舰首制舰在大连造船厂完成船体合龙，已被国防科委副主任职务挂靠到海军的刘华清以海军"船办"主任身份，赶赴大连造船厂牵头召开首制舰配套现场协调会议，对首制舰和第二到第五艘舰配套设备的技术状况、交付进度、工作措施逐项进行了周密的协调部署。

1970 年 5 月 8 日，刘华清主持召开有关工业部、航空研究院、舰艇研究院和海军等单位负责人参加的检查导弹驱逐舰研制情况工作会议，要求落实各自承担的任务，加快研制进度。

1970年7月，海军造船工业科研领导小组和核潜艇工程领导小组联合召开五型舰艇研制生产技术协调和交底会议，确定导弹驱逐舰为重点落实工程，明确由海军副司令员周希汉、六机部副部长边疆和刘华清等人组织领导。

1971年12月31日，第一艘导弹驱逐舰交接仪式在大连举行，刘华清代表海军和六机部副部长刘放共同主持了这一具有历史意义的交接仪式。

1972年5月初，周恩来总理指示，要为西哈努克亲王组织参观舰艇海上表演，并指定导弹驱逐舰为指挥舰。为此，刘华清陪同萧劲光司令员专程前往大连进行检查准备。5月24日，刘华清主持起草了以萧劲光名义呈周恩来总理的报告。报告说："导弹驱逐舰是我国造船史上最大的一艘驱逐舰，研制设备较多，而且有相当一部分是我们过去工业科学技术上的空白……其基本性能已达到设计要求，可开始小批建造。"周总理当天就将报告呈毛泽东主席，毛泽东很快圈阅同意。

导弹驱逐舰的试验定型工作随即全面展开。刘华清受命担任首制舰调查组组长，对从部队、工厂、研究所各方面反映的问题进行搜集、汇总、分析，分类提出处理意见和解决措施，研究部署试验工作。

1972年12月，刘华清与六机部副部长边疆共同主持召开导弹驱逐舰技术协调会。根据"产品要定型、生产要成线、协作要定点"的精神，明确了导弹驱逐舰定型工作的原则、标准、技术依据以及配套设备定型的项目和范围。

1973年1月27日，国务院、中央军委批准成立海军军工产品定型委员会，刘华清被任命为定型委员会副主任。至此，国产第一代导弹驱逐舰设计、生产、定型在刘华清的组织参与下，逐一展开……

20载春秋过去。已是人民海军司令员的刘华清，难以割舍与导弹驱逐舰在那患难岁月结下的特殊情缘。

1983年，他主持规划论证新一代海军舰艇装备的第一个项目，就是导弹驱逐舰。

与国产第一代导弹驱逐舰相比，第二代导弹驱逐舰提出的战术技术性能标准，烙印着刘华清特有的现代科技思维和海军战略思想：兼有对海和对空导弹武器系统，舰载反潜直升机，采用联合动力装置，具有全舰综合作战系统和完善的电子系统，改进居住性，实现自动化，增大续航力。

业内人士明白，要达成刘华清设定的第二代导弹驱逐舰研制目标，完全依靠国内科技储备、研发水平和工业能力，短期内很难实现。

刘华清毫不讳言另辟蹊径的研制方针："对外引进与自主开发相结合。"他认为，要尽快缩短我国与世界军事强国武器装备的技术差，就必须大胆从国外引进一些高新技术和先进设备。否则，老是跟在别人后面亦步亦趋，很难实现跨越式发展，更谈不上赶超世界先进水平。

从根本上说，刘华清是坚持独立自主、自力更生的装备发展方针的。早在 1982 年 7 月 1 日召开的军委座谈会上，作为主管装备的副总参谋长，他就在《1990 年前我军装备建设的方针原则和建议》的发言中强调："不可能用钱买个现代化。"但他同时指出，现在我们的国防科研和生产能力还不适应现代化发展的需要，必须在自力更生的基础上，有计划、有目的地引进一些急需的而又有可能引进的国外先进技术，以解决当前或近期难以突破的关键技术，借以加速我军武器装备的研制进度，迅速提高我军装备现代化水平。

然而，时值 80 年代初期，改革方兴，国门初开，刚刚从传统观念与僵化体制羁绊下复活的群体性定势思维，还不能全盘理解和自觉接纳刘华清这种前瞻性思维的装备发展战略。

遭遇阻力与异议是意料之中的，但口水战的激烈程度超出刘华清的想象。

1984 年 10 月 10 日至 11 日，国防科工委组织召开新型驱逐舰方案论证审查汇报会。

不出所料，有人坚决反对研制第二代导弹驱逐舰，甚至也不主张建造其他中大型舰艇。

刘华清强势出击：海军建设不能老是造快艇、炮艇！一艘小炮艇百把吨，根本不能在海上抛锚、停泊，战斗力大受影响。我们坚决不能这么搞了，再这么搞下去，祖国海疆不会有坚强有效的防御！

更多的人则是对新一代导弹驱逐舰的论证方案，持有各种不同主张和意见。

"不能因为战术技术上的不同意见和分歧，再延误整个工程的立项了。"刘华清观点十分鲜明：

"作为第二代驱逐舰，项目坚决要上，初步方案和性能指标不能再变！"

"这个方案虽不能说很完善，但目前认识到、看得到、可能做得到和可以实现的，都有了。按这样一些原则做出总体方案，不论是动力系统，还是武器系统所定的项目，都是可以的，不应该再变动！要变，经过建造、试验完再变、再改进，那是第三代的问题！"

"现在确定的范围和项目，不仅对我国海军武器装备是一个大的发展，而且总的技术性能和系统上符合我国科技发展水平和工业生产能力，科研工业部门经过努力是完全可以实现的！"

方案论证审查会议上，产生重大争议与分歧的，是新一代导弹驱逐舰的两项关键设计：

第一个争议产生在舰载机的选型上。作为国产第二代导弹驱逐舰，其设计的重大进步之一是增加了舰载直升机系统。海军航空兵和舰艇总体设计部门希望从国外引进舰载直升机。

刘华清支持引进，但反对重复引进。早在 20 世纪 70 年代末期，我国航空工业部门已经投资引进直升机专利技术，在国内形成了一定的仿制条件和生产能力。

刘华清主张，从国家工业科研现实条件出发，依靠航空工业部门现有基础，选用仿制生产的"直九"作为舰载反潜直升机。

刘华清的意见，得到国防科研工业部门的一致拥护和高度赞赏，会后立即与海军共同论证研究了舰载反潜直升机的特殊要求，部署安排了机载配套的武器、电子及发动机等五大系统的立项研制或改进仿制方案。

1987 年，总参谋部、国防科工委批复海军和工业部门联合上报的舰载直升机战术技术指标；1991 年，国防科工委批复舰载直升机的研制任务。至此，"直九"作为共和国第一代舰载机的研制工作全面启动。

"直九"制造厂永远不会忘记刘华清。是他在仿研生产处于风雨飘摇的生死关头，挽救并激活了"直九"。继海军之后，陆军航空兵、驻香港部队和国家测量部门也先后选配"直九"系列直升机。

刘华清在舰载机选型上的正确决策，既避免了不必要的重复引进，保证了国防建设和国民经济建设的近期需要，又稳定和壮大了国内直升机科研生产基地，有力地促进和提高了我国新型直升机自主研发的能力和水平。

第二个较大的分歧，则是舰载防空导弹系统。海军装备部门坚持，作为第二代导弹驱逐舰，必须配备中高空舰空导弹系统，并应由国家立项研制。但这一设计要求对于国防工业部门而言，很难在近期内实现。

唯一途径就是从国外引进。从何处引进呢？有关部门建议一步到位，直接引进"标准"的中高空舰空导弹。

然而，亲自主持过多轮中外军事技术合作谈判的刘华清却持保留态度："如果能买到，我也同意要。但我们要充分考虑到，引进成功的可能性到底有多大？"他分析指出，"即使能引进来，我们安排功能仿制和国产化也会很难。"有鉴于此，他建议："先用'海响尾蛇'近程舰空导弹系统，填补舰空导弹系统的空白，有条件再发展中高空舰空导弹系统。"

在引进舰空导弹系统问题上，刘华清之所以顾全大局舍"高"就"低"，是因为在总参工作时，他曾主持引进过"响尾蛇"近程地空导弹系统。该系统引进后，航天工业部门组织力量展开仿研，已取得重大进展。"海响尾蛇"是在"响尾蛇"基础上发展起来的80年代新装备，增加了很多既适合舰用又提高陆用效能的新技术。如果能采购引进，则既可确保海军新型导弹驱逐舰配套使用，又能提高地空导弹系统的研制水平，还可促进新型舰空导弹系统的研制。

刘华清的主张，可谓一举三得，事半功倍，何乐不为？航天工业部和国防科工委、总参谋部采纳其建议，很快展开引进"海响尾蛇"舰空导弹系统的谈判工作。

1987年年初，引进采购合同正式签订。同年，国内科研立项也顺利获批。"海响尾蛇"的引进成功，孵化催生了共和国舰空导弹武器系统，使我国水面舰艇对空防御能力大为提升。

新型导弹驱逐舰的动力系统，会议确认了海军的论证方案，决定选用柴油机和燃气轮机联合动力装置，并从国外引进。这是燃气动力装置首次运用于我军大中型舰艇装备。刘华清这一具有里程碑意义的决策，令无数从事舰艇动力研究的专家学者欣喜万分。有专家进而建议，实现驱逐舰动力系统燃气轮机化，以后不再制造蒸汽动力的驱逐舰。

对此，刘华清保持了少有的冷静与审慎，未敢贸然表态支持。事后，他专程前往大连造船厂调研，作出了相反的决断："大功率蒸汽动力生产线应该保持。"

这是一个坚持燃气动力装备引进消化与蒸汽动力装备技改换代的"两条腿走路"的稳妥方案。作为驱逐舰主动力,尽管蒸汽动力装置体积重大,机动性能差,但工况稳定性高,使用寿命长,国家工业基础雄厚,部队使用熟悉。而燃气轮机国产化尚需时日,一旦研制受阻,整个驱逐舰生产线将因此陷入"心梗塞"的窘境。刘华清将提高蒸汽动力系统自动化程度、改善操控环境条件、降低油耗等技改要求,作为研究课题交代给大连造船厂和舰艇研究院。不久,他们便提出了新型导弹驱逐舰动力系统设计改造方案,经海军上报之后批准立项研制,并很快取得突破性成果。

坚持"对外引进与自主开发相结合"的研制方针,不仅仅体现在动力装置一个单独的系统。在新型导弹驱逐舰设计研制中,刘华清主张争取多从国外引进新技术,提高我国舰艇装备自主研发能力。

早在审查新型导弹驱逐舰研制方案时,刘华清就明确提出,动力系统和部分武器、电子系统要引进国外先进技术。然而,有人公开反对,讥讽这种设计思路是"八国联军",甚至责难其"崇洋卖国","有损国威"!

"我不能同意这种认识!"刘华清辩驳道,"适当引进外国先进技术,符合国际技术交流的现代潮流。美国科技发达,但他们建造的飞机、军舰,也有不少设备依靠其他国家生产配套。"

"这里有个经济效益和时间效益问题。"刘华清的指导思想很明确,"我们不仅仅是为造一条导弹驱逐舰,而是为我国海军武器装备研制开辟新的路子。买些先进设备装上去,是样机,用来发展我们的科学技术;大批量装备部队,生产要自己搞。在引进借鉴的基础上,再去发展提高。"

"不要一提到花钱,就动摇我们的决心。动摇来动摇去,什么事都干不成!"刘华清心急似火:"我们的总体设计水平还很低,花点学费引进国外先进技术,比关起门来一步一步摸索快得多!"

对于国外高新科学技术和先进武器装备,只要有可能,刘华清会毫不犹豫地采取"拿来主义"。在他担任海军司令员短短五年多时间里,先后从国外成功引进多项关键的武器、电子及特种动力系统,使海军新一代驱逐舰、护卫舰、潜艇及特种飞机的战术技术水平迈上一个新的台阶。更为重要的是，国内有关海军装备科研部门的科技人员通过参与和海军一起出国监造验收，学习消化装备和产品资料，以及引进设备在国产军舰上安装、调试、试验和使用，开阔了眼界，更新了观念，学到了技术，积累了经验，提高了自行研究设计水平。

"花钱买时间。"这是刘华清开放型思维理念最直白形象的阐释。当然，作为一位拥有数十年指挥和领导国防科研和装备生产经验的高级将领，刘华清在积极推动引进先进技术装备的同时，总是保持着高度的政治警惕性。在一些关键技术设备的引进过程中，他从不依赖于某一国，更不会把自己绑在一棵树上吊死。

第二代导弹驱逐舰在刘华清的不屈努力和精心呵护下，冲破重重关隘，捷报频传：

1984年，经中央军委批准，第二代导弹驱逐舰被列为全国四大国防科研主战装备重点之一，正式立项研制。

1989年，第二代导弹驱逐舰首制舰开工建造。

1991年，第二代导弹驱逐舰首制舰建成下水。

1994年5月8日，第二代导弹驱逐舰首制舰正式交付海军服役。时任中共中央政治局常委、中央军委副主席的刘华清上将，专程从北京赶赴上海，出席了交接仪式。

登上新型导弹驱逐舰甲板，刘华清胸中涌起"一种说不出的兴奋"。通过视察飞机库、武器装备系统、机舱集控室和作战指挥室，他感到，作为海军更新换代的重大装备和军委确定的"八五"重点工程之一，第二代国产导弹驱逐舰在机动性、防空、反潜、作战指挥与控制等方面，与第一代相比有较大提高，达到了国际80年代先进水平。

5月9日，海军在吴淞军港为第二代导弹驱逐舰首舰隆重举行命名授旗仪式。刘华清乘舰出海，见证了新一代导弹驱逐舰入列服役的处女航。

从这一刻起，这艘被海军官兵昵称为"王子舰"的新一代导弹驱逐舰正式编入战斗序列，拥有了一个以祖国城市命名的舰名和舷号——舰名：哈尔滨；舷号：112。

1996年8月19日，刘华清详细听取了海军关于新型导弹驱逐舰后续

第二代导弹驱逐舰首舰服役，刘华清亲自授旗。（1994 年 5 月）

研制方案汇报，明确指示新一代导弹驱逐舰要尽快形成自己的配套系统。

　　跨入 21 世纪，新一代导弹驱逐舰陆续研制装备部队，成为人民海军主力舰型之一。

　　如果说，刘华清规划设计第二代导弹驱逐舰，创造了我军装备现代化建设引进技术与自主研发相结合成功范例的话，那么，他在新型导弹护卫艇建造过程中首创的合同制招标改革，则开启了我军武器装备研制、订货、采购工作的先河。

　　1982 年 11 月，刘华清就任海军司令员后，首次前往上海求新造船厂视察。是时，求新造船厂正在建造改进型反潜护卫艇。该艇原型是刘华清20 世纪 60 年代初任舰艇研究院院长时提出的方案和艇型，现在建造的是最新设计的改进型，与原型相比，排水量加大了，适航性提高了，续航力增强了，武器装备与动力系统也更新了。听取船厂领导汇报后，刘华清对改进型反潜护卫艇的设计给予充分肯定，明确指示一定要把改进型搞成功，达到性能稳定、使用可靠，形成战斗力。

此时，刘华清脑海里萦绕着两大急切需要解决的问题：

一是南海巡逻值勤用什么兵力合适？尽管海军不乏中、小型护卫艇，但其威力和适航性都难以担负长期巡航南海的重任。

二是香港回归后驻守的人民海军装备什么型号的舰艇？中英两国已从80年代初开始香港回归祖国的谈判，作为海军司令员必须在1997年香港回归前为驻港海军设计制造出现代化的舰艇装备。

1982年12月，在与中国船舶工业总公司领导商谈海军90年代前装备建设规划时，刘华清提出一个颇富创意的设想：在反潜护卫艇的基础上，改进发展导弹护卫艇。这是一种融反潜护卫艇与导弹快艇装备功能于一体的新型舰艇，一旦研制成功，必将为提高舰艇的综合作战使用功能和军事经济综合效益闯出一条新路。

1984年11月上旬，刘华清率海军代表团出访英国。在历史悠久的朴茨茅斯海军基地，他饶有兴趣地参观了英国皇家海军新服役的孔雀级"斯塔林"号巡逻艇。该型艇是英国派驻香港的海军主力舰艇。简洁流畅的外形设计，宽紧搭配得当的总体布局，先进的光电探测与武器配置，实用可靠的动力推进系统，舒适宜人的居住条件，给刘华清留下深刻难忘的印象。未等离开朴茨茅斯军港，刘华清便对随同出访的海军装备技术部领导交代："香港回归时，我们海军驻港的舰艇装备，一定要在战术技术性能水平上超过'孔雀级'！"

访英归来，刘华清立即下令海军装备技术部与中国船舶工业总公司共同组织军内外专家，对新型导弹护卫艇从使命任务、艇型吨位、武器配置、动力选型等各方面，探讨先进、实用、可靠、经济的方案，并与欧洲多型导弹护卫艇和巡航舰艇进行比对分析论证。

1986年2月至5月，刘华清先后三次主持召开专题会议，讨论确定新型导弹护卫艇研制事宜。明确该型艇为东南沿海和南海执行近海防御任务的第二代小型作战舰艇，在战术性能上和配套武器装备上要跨一大步，提高研制起点；要选用先进的动力、武器和指挥控制等电子系统；要留有换装引进研仿新型武器的余地，宁可少造，也要真有战斗力；要通过新型导弹护卫艇的研制，实现第二代新装备研制工作的战略性转变。

经过三年多的深入论证和精心设计，刘华清梦想中的新型导弹护卫艇由浪漫畅想变成了精美蓝图。

更让刘华清欣慰和惊喜的是，作为500吨级的小型作战舰艇，新型导弹护卫艇的战术技术指标有预见性地考虑到未来可能担负的使命任务，既紧密结合海军作战需求，最大限度地提高先进性，又实事求是地从我国工业科技水平出发，能够全面实现国产化。在作战能力、生存能力和机动性、隐蔽性、可靠性、兼容性、居住性、经济性等方面经过综合优化设计，不仅大大优于反潜护卫艇，也超过了英国"孔雀级"巡逻艇，达到20世纪80年代末国际同类舰艇先进水平。

新型导弹护卫艇的设计建造，受到刘华清的特别呵护。为使这个共和国舰艇家族中的高科技精灵研制进度更快，技术水准更高，成本费用更低，他下令海军装备技术部试行合同制招标改革，为我军武器装备研制、订货与采购工作探索一条市场化的新路子。

几十年来，军队武器装备研制生产普遍按国家指令性计划，往往是技术性能指标不定，经济责任不清，交货期限不明。而西方实行市场经济的国家，

"一定要造出比英军更先进更具战斗力的导弹艇！"检阅驻港海军舰艇部队，刘华清由衷感叹，"今天，这一设想终于实现了！"（1997年6月30日）

军品研制采购通行的做法则是通过招标合同制来规范供需双方的责权关系，军方花钱买技术、订装备，货比三家，择优采购，完全按市场规则办事。

为进一步引入竞争机制，深化海军大型武器装备研制、订货、采购体制改革和机制创新，刘华清向僵化的传统军品研制产供模式发起新的挑战。经过为期一年的精心调研和周密筹划，1986年3月，海军乃至全军历史上第一份大型武器装备研制建造招标书诞生了。

一石激起千层浪。新型导弹护卫艇首制艇标书发布后，立即得到总参谋部、国防科工委、中国船舶工业总公司和有关科研院所及其所在省市的积极支持与热烈响应。为了获得首制艇的研制生产权，有的以省政府的名义向中央军委和海军发来电报"请战"，有的市政府领导亲自带队赴京公关；有关造船厂纷纷加强横向联系，与舰船科研设计单位结成投标伙伴，展开紧张的投竞标准备工作。

1986年3月8日。中央军委机关报《解放军报》在一版显著位置以《武器装备研制订货工作带有方向性的改革试点——某新型导弹护卫艇设计建造实行招标》为题，对海军这一新的改革尝试给予突出报道。报道援引权威专家的评论，认为"搞好这个试点，不但能够提高军品质量，加快进度，降低成本，确保战术技术性能的各项指标，而且对打破条块封锁，增强企业活力，推动国防工业、科研体制的改革具有重要意义"。

1987年12月23日，由全国四大著名造船厂分别与有关科研院所结盟组成的四个投标实体，在海军举行的招标大会上，经过紧张激烈的投标、开标、评标和决标，最终黄埔造船厂与舰艇研究院708所组成的联合体脱颖而出，竞标成功。

1989年7月28日，新型导弹护卫艇首制艇在黄埔造船厂正式开工，1990年12月18日顺利下水，1991年8月20日交付海军服役。

1992年夏，新型导弹护卫艇首制艇先后完成导弹发射试验和作战系统海上专项试验，随后在南海又经历了高海情适航性试验。

就在新型导弹护卫艇试验试航告捷之际，从北京传来喜讯：经中央军委批准，新型导弹护卫艇被正式选定为驻港部队主力舰艇！

1996年新年钟声敲响的时候，驻港部队所需的导弹护卫艇全部建造完工并交付海军。

1997年6月30日，刘华清专程前往深圳，代表党中央、中央军委和全军将士，热烈欢送驻港部队进驻香港履行神圣使命。

刘华清再一次来到妈祖码头。这是驻港部队组建后他第三次亲临视察。此刻，一艘艘被西方冠名为"红箭级"的国产新型导弹护卫艇满旗高挂，威武雄壮阵列在碧波荡漾的军港，一队队水兵英姿勃发，精神抖擞，昂首挺立在舰艇甲板上。

映入眼帘的这一幕幕壮观画面，钩沉出12年前朴茨茅斯军港的历史记忆："一定要造出比英军更先进更具战斗力的导弹艇！"刘华清由衷感叹："今天，这一设想终于实现了！"

7月1日清晨6时，驻港海军舰艇编队拔锚起航，向香港昂船洲军港进发。从此，他们将成为守卫和巡弋香港海区的忠诚卫士，猎猎的舰旗永远向世人昭示：任何国度的军舰和它身怀扩张野心的主人，都休想重温旧梦，从这片神圣海域里攫取他们胸前的勋章！

"两条腿前进"

俗话说："远水解不了近渴。"

刘华清有言："我不能当'光杆司令'！"

他是深谙装备建设发展规律的。当今世界，武器装备技能的高度综合性和复杂化，使研制周期越来越长；但高新科技日新月异，发展迅猛，又导致更新换代周期越来越短。有鉴于此，1982年7月1日，在军委座谈会上他就提出我军新装备发展必须"抓三代"，即"生产一代、研制一代、预研一代"。就任海军司令员后，在研究制定海军装备发展规划时，除明确要求贯彻落实"抓三代"的建设思路外，他还针对海军装备现状，提出了"改进一代"的对策。

自此，被刘华清形象地称之为"两条腿前进"的海军装备现代化建设方针付诸实践。

"加装改进"工程首先在已建成服役的第一代导弹驱逐舰展开。

1983年，在上报第二代导弹驱逐舰研制规划时，刘华清预见其需要相当长的研制周期，要求海军装备部门充分利用新一代导弹驱逐舰研制的各种阶段性技术成果，有计划地对第一代在役导弹驱逐舰进行加装改进。

这种利用最新技术成果进行现代化改装的成效可以用"立竿见影"和"脱胎换骨"来形容：加装舰载直升机系统，加装舰空导弹武器系统，加装综合通信系统，改装火炮自动化系统，改进居住性……经过如此全面系统改进和加装，使"先天不足"的第一代导弹驱逐舰技术水平和作战能力大为跃升，达到齐装配套，保证了部队战备执勤和训练演习的需求，避免了因精简整编批量淘汰老旧装备可能发生的舰艇装备断代和战斗力下滑的窘境。

更为可喜的是，通过对第一代现役导弹驱逐舰的加装改进，加快了第二代导弹驱逐舰的研制步伐。进入20世纪90年代，新型导弹驱逐舰形成系列，先后加入人民海军战斗序列。

回顾刘华清规划研制新型导弹护卫舰的历史过程，仅用"两条腿前进"描述似乎还不够精准，更为传神的表达莫过于他自创的定义模式："小步快跑"。

人民海军护卫舰装备发展，同样经历了从转让制造、仿制改进到自行研制三个阶段。1953年，中国从苏联引进护卫舰生产技术，仿制建造了被西方称之为"成都级"的护卫舰。1962年，中苏关系完全恶化后，刘华清组织舰艇研究院研制了中国第一代护卫舰，其首舰1966年建成交付使用，被西方冠名为"江南级"。

"成都级"与"江南级"护卫舰均属火炮型护卫舰。1968年中国开始研制导弹护卫舰。1975年12月，第一代国产导弹护卫舰首制舰建成下水；1978年，改进Ⅰ型导弹护卫舰研制成功。至刘华清就任海军司令员，第一代导弹护卫舰已有两种舰型服役。

1982年12月，刘华清亲自登门拜访中国船舶工业总公司领导。在与董事长柴树藩、总经理冯直和副总经理彭士禄、潘曾锡等共商海军90年代前海军装备发展设想时，就以第一代改进型为基础，加快研制新型导弹护卫舰达成共识。

刘华清确立的基本研制思路是，保持第一代改进型导弹护卫舰基本舰型和主动力，武器、电子系统逐步发展提高，形成系列。1983年，改进Ⅱ型导弹护卫舰研制方案，由海军上报总参谋部和国防科工委，很快获得批准。

1984年10月，改进Ⅱ型导弹护卫舰首制舰开工建造；1987年12月，完成导弹发射试验、作战系统扩大试验和适航性试验并交付海军服役。

1986年，国产舰空导弹研制成功并完成定型打靶试验。刘华清闻讯果断决策：新造导弹护卫舰，加装舰空导弹系统，并同时加装直升机系统，增设机库和起降平台。

20世纪90年代初期，我国第一代兼有舰空、舰舰导弹武器系统和直升机系统，排水量超过2000吨的新型导弹护卫舰，昂首挺进人民海军战斗序列。

为了将先进的科学技术和军事成果植入人民海军武器装备作战平台，刘华清关注的目光始终瞄准着国防科研的前沿阵地。当新一代舰舰、舰空导弹系统研制告捷的喜讯传来时，刘华清再次作出部署：展开改进Ⅲ型导弹护卫舰研制。90 年代末，这一沐浴时代科技新风的最新型导弹护卫舰亮相祖国万里海疆，成为国产导弹护卫舰系列中的新宠。

利用新技术改造老装备，提升在役舰艇的科技含量和战斗能力，是刘华清构架共和国现代化蓝色方阵的神来之笔。在精心设计导弹护卫舰系列新成员时，他同样没有忘记驰骋在万里海疆的第一代导弹护卫舰。1984 年，他下令结合舰艇中修，利用国内研制的成熟技术和国外引进的先进技术，展开改进Ⅰ型导弹护卫舰现代化改装试点。

在此后的两年时间里，所有在役改进Ⅰ型导弹护卫舰先后被架上船台，接受升级换代的"整容术"：完善警戒雷达系统、电子战系统、反潜系统、自动化舰炮系统，加装减摇鳍，改善居住性……经过如此一番"乔装打扮"，老装备"焕发青春"。用较少投入完成现代化改装的改进Ⅰ型导弹护卫舰综合战术技术性能，接近改进Ⅱ型导弹护卫舰水准。

改装大获成功，刘华清备受鼓舞。他再次报请总参同意，下令按照改装后的导弹护卫舰，新建一批供部队使用。此"改进Ⅰ"型已不是昔日的彼"改进Ⅰ"型，自然会有独属于它的新的舰型名称。

从基本型、改进Ⅰ型、到改进Ⅱ型、改进Ⅲ型，再到改进Ⅰ型的升级型，经过刘华清的精心打造，国产新一代导弹护卫舰型号迭出，品系发达。如今，阵容庞大的导弹护卫舰已成为人民海军日常巡逻执勤的主力和任务最繁重的舰种。从共和国 300 万平方公里蓝色国土，到远赴亚丁湾索马里海域护航的舰艇编队，到处都有它们警惕巡弋的航迹；在潮涨潮落的逝水流年里，每时每刻都闪现着它们战风斗浪的威武雄姿。

在刘华清规划设计的新一代海军武器装备蓝图中，常规潜艇的研制被排在重中之重。

"重要的是把常规潜艇搞好。"在 1984 年 1 月召开的海军装备技术工作会议上，刘华清明确指出，"从防御作战来说，潜艇还是大有作为的。"

在常规潜艇装备发展思路上，刘华清同样坚持"两条腿前进"方针，突出强调"两手抓"：一手抓现有型号常规潜艇生产，核心是要在不断改进的基础上，保持生产不断线；一手抓新型号常规潜艇研制，目标是着眼长远，充分吸收国内外高新技术和科研成果，形成具有当代国际先进水平和现代作战能力的新型潜艇。

20 世纪 80 年代初期，海军服役的常规潜艇，主要是仿制苏联的和自行研制的两种型号。这两型常规潜艇都是刘华清任舰艇研究院院长时组织研制的，近 20 年过去，其总体战术技术性能已经相当落后。"仿制型"虽已停产，但却是现役主力艇型之一；"国产型"经过不断改进，仍在小批量生产，然其总体性能也只能达到 70 年代初期国际常规潜艇战术技术水平。

在国家财力允许的前提下，如何使常规潜艇的研制和建造得以协调发展？这是摆在刘华清面前的一个重大课题。经过与海军领导反复研究后，他果断作出决定：将现役"仿制型"潜艇基本保持原状并封存一部分，集中人力、物力和财力研制"国产型"潜艇的改进型，以确保生产不断线。

1987 年，"国产型"潜艇改进型上报总参谋部和国防科工委获得批准。改进型在保持基本型潜艇主尺度和主要性能不变的前提下，应用国内研制成功并经过鉴定或定型的科研成果，使其综合战术技术性能跃升到 80 年代初期国际水准。

1988 年 1 月，改进型常规潜艇首制艇开工建造，1991 年竣工交付使用。旋即，总参谋部批准海军批量订购。

改进型常规潜艇研制成功，保持了常规潜艇生产不断线，为研制新一代常规潜艇赢得了从容时间。20 世纪 80 年代初期，我国与西方世界在潜艇领域的交流，从单项设备到整体技术都有了突破，设计观念随之开始转变。在这样一个高新技术激荡碰撞蜂拥而至的历史转折关头，既要传承潜艇装备的成熟技术，又要利用自行研制的科技成果，还要借鉴消化西方潜艇的高新技术，加以综合优化设计植入新一代常规潜艇中，并非一蹴而就的轻易之举。

刘华清对研制新型常规潜艇提出明确要求：采用综合降噪措施提高隐蔽性，全面提升战术技术性能和自动化程度，改善舱室环境和居住性。

1983 年，新一代常规潜艇技术任务书编制完成，并上报国防科工委批准。

刘华清多次听取新型常规潜艇研制情况汇报，及时就有关设备研制事宜作出决策。对电力推进系统中的部分设备，刘华清积极主张从国外引进，但要求认真选型，切实拿到最新成果，而且要尽快组织研仿国产化，使后续艇用上国产设备。

1987年，国防科研体制实行重大改革，型号研制经费由总部集中统管改为由各军兵种主管。刘华清立即下令加大年度投资力度，加快新型潜艇配套与总体研制进度，终于在1988年7月1日全面启动工程研制。

1991年9月1日，对新一代常规潜艇而言，是一个具有里程碑意义的日子。这一天，将在北京举行首艇研制经济技术合同签字仪式。承建该艇的某造船厂广大干部职工兴高采烈，把船台装点得五彩缤纷，只等远在千里之外的京城的签字仪式宣告结束，他们便实时举行隆重的开工庆典。

欢快的锣鼓就要敲响，喜庆的鞭炮即将点燃。然而，就在这万事俱备、只欠东风的临战时刻，翘首企盼的人们得到的却是一个意想不到的消息：签字仪式因故取消了！

事出有因。总参装备部审查研制经济技术合同书后，认为总造价偏高。于是，在签字仪式即将举行的最后时刻，紧急叫停，要求复审！

情况迅速反馈给时任军委副主席的刘华清。

军费紧张啊！刘华清十分赞赏总参装备部严格把关的认真劲。作为掌管全军武器装备购置费的"大总管"，他们必须精打细算，用最少的投入，换取最大的装备效益，力求把每一个铜板都用在战斗力建设的刀刃上。

刘华清更理解国防科研工业部门的难处。国防科研经费投入严重不足，已成为制约我军武器装备现代化进程的瓶颈；武器装备购置费的紧缺，导致越来越多的军工企业开工不足，生产难以为继，处于停产半停产状态。

几十年来，刘华清与国防科研工业战线的广大科技专家和干部职工结下了深厚情谊。他深深懂得，离开了国防科研工业部门的支持与配合，军队装备现代化就会成为无源之水、无本之木。早在1984年1月召开的海军装备工作会议上，他就特别要求海军同国防科研工业部门大力协同、密切关系。他强调说："这个'关系学'跟那个搞歪门邪道的'关系学'是不一样的，这个是社会主义大协作的关系。"正是得益于刘华清大力倡导并身体力行的"装备关系学"，海军新一代武器装备研制形成前所未有的"合力效应"，取得了令人瞩目的可喜成就。

"各家都有一本难念的经。"刘华清暗自思忖：化解分歧与矛盾的关键，是在目标一致的前提下，尽量兼顾并协调好各方利益，确保新一代常规潜艇首制艇按期开工!

主意已定。刘华清责成海军、中国船舶工业总公司、国防科工委和总参装备部立即召开"四方协商会议",原则是:"既要适当压减总造价,又能让承建船厂过得去。"

"四方协商会议"整整开了三天。最后刘华清亲自出面主持协调,拍板定下了一个令各方都能接受的总造价。

新型常规潜艇终于开工建造。刘华清特意手书"钢铁蛟龙震海疆"的条幅,赠送承建船厂以示庆贺。

1994年5月18日。新型常规潜艇首制艇下水前夕,刘华清专程前往视察。在听取了船厂、科研院所和军代表的全面汇报后,对新型常规潜艇的建造质量给予了充分肯定。

1998年,新型常规潜艇首艇经过严格试验后正式交付海军服役。

新型常规潜艇研制成功,使中国常规潜艇装备技术跃升至世界20世纪80年代末、90年代初先进水平。无论是噪声控制、动力系统还是武器装备,新型潜艇都堪称一流。它的诞生,大大缩短了中国潜艇与世界军事强国的技术差距,成为人民海军舰艇装备中的骄子。

1994年5月,新型常规潜艇首制艇建成下水。

"五、六、七、八、九"，这组平常的数字，在海军航空兵装备现代化历程中有着非凡的象征意义。它既是刘华清谋划海军特种飞机发展的形象缩语，更是他在共和国蓝天碧海间谱写的一首雄浑的海空雄鹰交响曲。

共和国军史必然记载这一天：1952年9月6日，人民海军航空兵诞生。从此，祖国的万里海空，留下他们创造的许许多多鲜为人知的辉煌战绩。

现代战争，特别是高技术条件下的海上战争，是多维的立体化战争。要想赢得未来海战胜利，牢牢掌握制海权，首先必须拥有制空权。再强大的海上舰队，如果失去航空兵的空中掩护与支援，都将成为敌方攻击的活动靶标！

人民海军在履行自己特殊而神圣的使命——捍卫领海主权、维护海洋权益、保卫祖国和平统一的斗争中，海军航空兵的地位与作用举足轻重，不可或缺！

刘华清主持制定的《海军"七五"建设计划和2000年前发展设想》，把发展海军航空兵、研制海军特种飞机系列，与发展潜艇、导弹舰艇并列为海军现代化建设的三大重点。

"海军航空兵是海军战斗力的极为重要的组成部分，是海军一支重要的突击力量和保障力量。"在1986年召开的海军航空兵第五次党代表大会上，刘华清坚定地说，"海军必须有一支精干、顶用、具有现代作战能力的航空兵！"在他的直接领导下，《2000年的海军航空兵》《2000年前海军航空兵装备发展设想》先后编制完成，为海军航空兵建设发展提供了重要依据。

早在20世纪60年代初，刘华清担任舰艇研究院院长期间，就组建水上飞机研究所，组织研制成功了第一代水上飞机，并小批量生产装备海军航空兵部队。这种代号为"五"的能直接从水上起降的轰炸机，用于打击敌潜艇、执行海上搜救等任务，具有相当威力和优越性。可是，一段时间却因经费问题而停产了。

"这是我们自行研制的第一型海军特种飞机，可以说是个'独生子'，丢掉了太可惜。"刘华清一回到海军，便指示海军装备技术部门研究水上飞机重新上马问题。"当然，技术上要有新的发展。"他强调说。

这就是刘华清规划海军特种飞机研制系列中"五"字型号的来历。

导弹轰炸机，是刘华清在海军司令员任内改装成功的第一型中远程战

水上飞机被刘华清视为人民海军的"独生子"。

斗机。1986 年，人民海军首次组织大型舰艇编队出岛链训练，这种冠名中含有"六"字的导弹轰炸机首次亮相西太平洋，便引起国际军事界的高度关注。

"飞豹"，这个代号"歼轰七"歼击轰炸机，曾在 1998 年度珠海国际航空航天展上一鸣惊人、赢得国际瞩目的海天骄子，被公认为"中国航空工业 20 年来改革开放的最大成果之一"。

1984 年年初，刘华清在海军装备技术工作会议上强调："飞机在海上的应用越来越广泛，作战任务也在不断扩大。我们的航空兵要继续发展提高，要适当加大歼击机、轰炸机的作战半径，并逐步把歼击机与轰炸机结

"飞豹"，这个代号"歼轰七"的新型歼击轰炸机，曾在 1998 年度珠海国际航空航天展上一鸣惊人。

合起来，提高它们的海上作战能力。"

　　"飞豹"，就是刘华清这种现代装备设计思维的结晶。在担任副总参谋长期间，他亲自拍板批准了"飞豹"的设计立项，并得到军委主席邓小平的关怀和支持。"飞豹"是我国航空工业自力更生、自主设计、研发生产的第一代歼击轰炸机。立项之初，国内尚无相关研制经验和技术标准可循，对于在战术技术上采用"串座"还是"并座"的问题产生较大争议。关键时刻，刘华清大胆拍板："采用串座！"担任海军司令员期间，刘华清多次听取有关研制情况的汇报，并亲自前往研制基地检查了解情况。

　　"飞豹"研制一路凯歌，捷报频传。1989 年 1 月 24 日，终于迎来"飞豹"

首飞试验。刘华清闻讯，亲临飞机制造公司视察。三年前，他曾到公司听取研制情况汇报。那时，"飞豹"还只是一具木模机，零部件刚投料，技术设计仍在修改完善之中。现在，"飞豹"一飞冲天，而且正值海军航空兵应对南海局势急需之时！从作战半径、攻击威力、突防能力等方面衡量，"飞豹"比起我军现役轰炸机先进得多、优越得多。

"我很高兴。"听了工厂和研究所的汇报，刘华清喜上眉梢，乐得合不拢嘴，"心里比喝了蜜还甜。"他激励航空工业部门乘势奋进，一鼓作气，研制"飞豹"改进型，并果断决策："要立即上马，所需经费由中央统一拨款！"

1998年，代号"歼轰七"的"飞豹"歼击轰炸机连同配套的舰空导弹系统被国家正式批准设计定型；2002年，"飞豹"改进型——"歼轰七 A"成功实现首飞。如今，作为海军航空兵最新型的主力作战机种之一，"飞豹"穿云破雾，日夜巡航在祖国的万里海空。

现代海军必须发展预警机。但刘华清知道，就我国目前的科技水平和军费承受能力而言，短期内研制预警机难度很大，不如先研制巡逻警戒机和电子侦察机，以解决海上中远程巡逻侦察之需。于是，便有了冠名为"八"的海上巡逻警戒机和电子侦察机。

舰载直升机和岸基直升机，被刘华清确定为海军特种飞机发展的重要方向。按其设想，导弹驱逐舰、部分导弹护卫舰和大型辅助船，都将为序号"九"的多型舰载直升机设置搭载平台。

从1987年开始，刘华清规划的海军特种飞机全面进入研制阶段。到20世纪90年代中后期，新一代"海空雄鹰"陆续列装服役。进入21世纪头10年，海军航空兵已发展成为一支包括新型歼击机、歼击轰炸机、导弹轰炸机、反潜直升机、巡逻预警机、空中加油机、多用舰载机、电子侦察机和运输机在内的现代化海上作战力量。

与水面舰艇、常规潜艇和海军特种飞机相比，刘华清对核潜艇建设发展和航空母舰论证研究更是魂牵梦萦，念念不忘。为了完整再现其与核潜艇和航空母舰的不解情缘，作者会在后续篇章展开详尽叙述，此刻暂且按下不表。

第六章

人才方阵

"人才培养，必须走在装备发展的前面。"在海军院校教学改革座谈会上，刘华清明确提出，"人才培养不仅要考虑海军目前建设需要，更要着眼于 90 年代以至 21 世纪前期，为海军发展做好充分准备。"

面向未来超前培养跨世纪人才，着眼发展锻造复合型人才。在刘华清现代化海军发展战略架构上，标注着一条醒目的原则：宁肯人才等装备，而绝不能让装备等人才！

通科育通才

1997 年，早春的太平洋，浪卷云舒。两支飘扬着中华人民共和国国旗和中国人民解放军海军军旗的舰艇编队犁开万顷碧波，驶向远海大洋。

中国海军出访美洲四国、东南亚三国的这两支舰艇编队，由人民海军最新装备的现代化战舰组成。驾驭这些威武的"高科技城堡"横跨大洋、执行和平神圣使命的海军军官，多数来自同一所母校——大连海军舰艇学院。翻开他们的履历表，就会发现，在这些战舰高技术岗位上担任指挥长的，大多是 1988 年以后毕业的年轻军官；在他们烫印着金色国徽的毕业证上，都标注着两个醒目的大字："通科"。

太平洋上留下的两道历史性航迹向世界展示：经过"通科育通才"教学改革的洗礼，从黄海之滨这所"海军军官摇篮"中走出的新一代中国海军军官，已经挑起了跨世纪的重担。

让我们把历史的时针拨回到 1983 年 9 月 11 日。

清晨 6 时 30 分，刘华清像往日一样，准时打开半导体收音机，收听中央人民广播电台的新闻节目。这天的头条新闻很简短：邓小平为北京景山学校题词："教育要面向现代化，面向世界，面向未来。"

现代传媒的信息并未在普通受众心里产生多大的持续性影响力：一位具有传奇色彩的令人景仰的政治老人，为一所普通中小学校师生挥毫写下了为数不多的 16 个方块形汉字。如此而已。

然而，这个信息束射向身为海军司令员的刘华清时，却在他的心灵深处产生了强烈的冲击波："三个面向"蕴含丰富的思想结晶，指明了新的历史时期教育发展的战略方向，对海军院校教育改革具有重大指导意义。

为海军院校教育改革已苦苦思索整整一年的刘华清如醍醐灌顶，豁然开朗！

睿智与敏锐，是那些称得上杰出政治家和军事家共同的品格与特质。

在社会历史重大转折关头，他们往往能先于常人从纷繁复杂的信息流与事物链中，洞悉昭示时代发展方向的智慧之光，引领历史的巨舰沿着理想的航线驶向成功的彼岸。

刘华清具有这种品格与特质。

海军现代化，从何"化"起？

"关键还是人才建设。"刘华清坚信不疑，"一支强大的现代化海军，不仅要有现代化的武器装备，而且要有一批精通海战理论和战略战术、能熟练指挥和使用现代武器装备的各类人才，两者有机结合，才能构成强大战斗力。"

"海军现代化，人才是根本；人才现代化，教育是关键。"作为人民海军初创时期院校的主要领导人之一，刘华清深谙"建军先建校""治军先治校"的个中三昧。在就任海军司令员后召开的第一次海军党委常委会议上，他就明确指出："加强人才培养，是开创海军新局面的决定性环节，必须把加强院校教育提高到战略地位。今后八年内，在保持干部满员和配套、提高军政素质的同时，还要为后 10 年的发展准备一定数量的干部。"

1983 年 3 月 9 日，海军党委常委会讨论通过《关于加强海军院校建设的决定》，刘华清再次强调："切实把院校教育摆到战略地位上来，这是海军现代化建设的一个重要方针。"

邓小平关于教育"三个面向"题词公开发表的当天，刘华清便作出指示：即将召开的第十次海军院校会议，要以邓小平"三个面向"为指导思想，部署海军院校教育全面改革。

"邓小平同志关于'教育要面向现代化，面向世界，面向未来'的思想，是我们进行教育改革的根本指导思想。"刘华清认为，邓小平"三个面向"的指示，提出了新的历史时期整个教育工作的总目标和总要求，体现了党对教育事业的总要求，适应了军事革命与现代战争的大趋势，揭示了科学技术发展的内在需求，符合我军革命化、现代化、正规化建设客观实际。"三个面向"是一个有机联系的整体，有着丰富的内容。其核心是面向现代化，要实现现代化，就必须面向世界，面向未来。海军院校贯彻落实"三个面向"，就是要使院校教育适应新时期海军建设的需要，适应未来海上反侵略战争的需要；就是要密切注视和跟踪外军发展的新动向，汲取先进的技术成就和一切对我有用的知识；就是要不仅考虑当前，更要着眼于为 90 年代以至 21 世纪前期海军新的发展做好人才准备。

1983 年 11 月 28 日，海军第 10 次院校会议在北京召开。会议就如何加强院校建设、深化教学改革、提高教学质量等问题，进行深入研究和探讨，提出了一系列对策和措施。

为检查这次会议精神贯彻落实情况，推动院校教改向前发展，1984 年 7 月 24 日至 28 日，刘华清在北京主持召开海军院校教学改革座谈会。整整五天的座谈，刘华清心无旁骛，认真听取汇报，全程参与讨论。

"人才是建军之本，育才是当务之急。"面对来自海军各院校的院校长和训练部长们，刘华清情急意切，"我军建设进入新的历史时期，干部队伍的'四化'成为关键。加强智力投资，加速人才培养，摆到了极为重要的战略地位。"

刘华清毫不粉饰，在这个事关海军现代化建设兴衰成败的根本问题上，尽管海军近年来做了大量工作，采取了许多措施，收到了积极成效，但是，与海军建设发展和未来海上作战的要求很不适应，思想认识上还存在一定差距。

刘华清坦言，这种不适应与认识上的差距突出表现在两个方面：

一是院校培养的人才在数量和质量上不能完全满足部队的需要。从数量上讲，经过院校培训比例最高的为潜艇部队干部，也只达到 70% 左右，仍有 30% 的干部未经院校培训。水面舰艇部队和其他专业技术干部的失训情况更为严重。从规格上讲，目前海军院校培训的学员本科生和专科生比例，仅占海军每年生长干部总数的 45%，中专以下学历的学员则占 55%。这种状况与外国海军相比差距甚大。从毕业学员的军政素质来看，也存在良莠不齐、质量不高的问题。基础理论不扎实，知识面狭窄，组织和管理能力弱，作风不过硬，事业心不强，已成为少数"学生官"的通病。

二是对院校毕业干部使用不当，导致人才严重流失。据对 1951 年至 1984 年 32 年的不完全统计，海军院校共培训和轮训各级各类干部数万名，但保留在海军的为数不多。导致院校毕业干部大量流失的原因，除了编制不合理、干部制度不完善和部分学员自身素质不高等问题外，很大的一个因素，就是部队在对院校毕业学员的使用上存有偏见。

视察海军院校，图书馆是刘华清必到之处。（1986 年 5 月）

　　刘华清一语道破偏见的根由：在我们一些领导干部的思想上，程度不同地存在着喜欢用"土生土长"的所谓"老粗"干部、而轻视"学生官"的倾向。片面地认为，"学生官"文化水平高，理论行，实践不行；技术上行，政治上不行；平时行，关键时刻不行。

　　刘华清调侃道：按照这种陈腐论调，黑格少将就当不了美军驻欧总司令。因为他不仅是一位地道的"学生官"，而且只有 40 岁！如若论资排辈，就是再等上十年，黑格将军也当不上驻欧美军司令。同样，49 岁的伍德沃德少将更当不了英国出征马岛的联合舰队司令！他是位典型的"学生官"，根本就没听到过枪声。在远离本土万里之遥的马岛独立指挥现代远洋作战，伍德沃德不是称职得很吗?

"我们必须铲除这种形而上学的'左'的思想偏见,冲破陈旧落后的传统习惯思维定势,营造尊重知识、尊重人才的时代氛围,形成一个人尽其才、才尽其用的生动局面。"刘华清充满激情,"海军现代化建设要求我们造就一大批掌握先进军事理论和现代科学技术知识的高质量人才;开创海军建设新局面,需要我们拥有一支符合干部'四化'要求的立志改革、锐意进取的干部队伍;新的技术革命迫使我们更加重视智力开发和知识更新,准备数量众多的更高一级的军政指挥干部和专业技术人才。"

经过对海军院校教育现状的全面调研、对海军未来发展的战略思考和与来自教学一线的院校领导的深入探讨,刘华清在会议结束时系统提出了全面贯彻邓小平"三个面向"教育思想,深化海军院校教学改革的整体思路和具体措施。

"改革院校教育,应该有战略眼光。"刘华清指出,"我们要实现'三个面向',就必须冲破陈旧的传统观念束缚,逐步实现向现代教育的转变。"

刘华清具体提出了海军院校需要完成的八个转变:在教育目的上,从片面强调智育转变到德智体全面发展上来;在教学思想上,从只重传授知识转变到既传授知识更重视培养智能上来;在教学内容上,从陈旧落后、内容庞杂转变到重视精选内容、更新知识上来;在教学方法上,从注入式转变到启发、精讲和学导式上来;在教学手段上,从单一课堂式转变到采用多种形式的现代化教学手段上来;在教学环节上,从重理论轻实践转变到既重视打好理论基础又注意加强实践性环节上来;在院校职能上,从单纯进行教学转变到既进行教学又开展科学研究上来;在院校管理上,从以经验为主的管理转变到科学管理上来。

检验院校改革成败的标准在人才。据此,刘华清提出合格海军军官必备的五大素质:要有崇高的革命理想和为海洋事业献身的精神,爱舰爱岛爱海洋,有高度的革命事业心、责任感、荣誉感和自豪感;要有勇敢无畏、坚韧不拔的海军军人气质和科学的求实之心,不避海上训练和战斗任务的艰险,不怕海洋生活的艰苦,勇于探索和开拓前进;要有较丰富的现代科学文化知识和海上实践经验,能精通一两门专业,博知多种专业,做到专博结合;要有自觉的组织纪律性,既要一切行动听指挥,按条令条例和规章制度办事，又要有机动灵活、独立应变的能力，在任何情况下都能按上级和最高统帅部的指令和意图行动；要有适应海洋训练、生活、战斗的坚强体魄和心理素质。

刘华清率先在全军乃至全国明确提出以"三个面向"作为院校教育改革的根本指导思想，引起军内外广泛注目。人民日报社、新华社、解放军报社迅速派出记者专访刘华清并予以公开报道。总参谋部也派员到海军进行调研，并在《军训通讯》杂志上摘要发表了刘华清在海军院校座谈会上的长篇讲话。

1986 年 2 月，中央军委在全军院校会议上宣布，军队院校实行战略性转变，把办校思想转到军委主席邓小平提出的"面向现代化，面向世界，面向未来"的方针上来。

至此，时隔两年多之后，"三个面向"教育方针从海军走向全军，正式成为新时期军队院校深化教育改革的行动指南。

正是在这次海军教改座谈会上，刘华清向大连海军舰艇学院发出明确指令："从今年新生入学开始，舰艇基层指挥军官实行通科培训，着重打好基础，拓宽知识面，增强适应性。"

一年前召开的海军第十次院校工作会议，刘华清就提出"通科育通才"这一极富超前意识和创新价值的教改思想。他指出："当今世界，是一个科学技术超速发展的时代。新的军事理论、新的战争样式、新的武器装备、新的体制编制，对传统的单一的专业人才模式和培训体制提出了严峻挑战。培养一代既懂得军事指挥、又熟悉专业技术，既能当指挥军官、又能做技术军官的复合型人才，已成为海军现代化建设的当务之急。"

刘华清认为，作为一个知识密集、技术密集的现代化军种，海军的初级指挥军官和专业技术军官必须提高培训规格，一般应达到大学本科文化水平。为尽快改变院校专业设置狭窄、造成人才缺乏发展后劲和潜力的"型号"型现状，他果断作出决定，从 1984 年开始，在水面舰艇、潜艇初级指挥军官和技术军官培养已经本科化的同时，将飞行员和岸防部队初级指挥员培训规格提高到大学本科学历，将舰艇部队各类业务长培训规格提高到研究生学历。与此同时，将通信勤务和航空机务类军官培训规格统一提升到大学专科，并实行指技合训、通科培养。

教学改革的春潮刚刚兴起，刘华清便直接将"通科育通才"的新型培训模式导入大连海军舰艇学院。

"老校长为什么要下达这样一道命令？"在大连海军舰艇学院，刘华清的指示无异于一场超强度地震引发空前的思想大震荡。从学院领导到普通教员，人人都在思考这样一个从情感到理智都难以承受的问题："老校长为什么如此毅然决然地否定由他亲手建立起来教育模式？难道传承了30多年的传统培训方法真的过时了吗？"

一场建院以来少有的大规模毕业学员跟踪调查给出了令人震惊的答案：40%的学员在校所学专业与部队所用专业不对路。学航海的不懂导弹，学驱逐舰专业的分配到护卫舰上就难以胜任。不到两年时间，仅因不适应岗位转换而被淘汰者占被淘汰毕业学员总数的70%！发人深省的是，此时中国海军武器装备的高科技含量并不令人乐观。

严酷的现实，严峻的挑战，引发大连舰艇学院各级领导和广大教员的深层忧思。回眸整个血与火交织的20世纪，世界每一次科技革命的重大突破，总是最先在军事技术领域得以运用。进入80年代，号称"第三次浪潮"的科技革命风起云涌，惊涛拍岸。系统论、控制论、信息论等新兴理论，促使军事学科分化组合；最新的电子技术、数控技术全方位推动军事装备更新换代。作为技术密集型的战略军种，海军日益成为高科技聚集的"实验场"。舰艇指挥人才的培养，遭遇"知识爆炸"的时代。"未出校门，一半知识已经老化。"如果按照从50年代沿袭下来的以舰艇部门划分学科的专业化教学思路，培养的学员根本无法适应集自动化、系统化、电子化于一体的新型舰艇装备对人才的要求！

遥望未来海战，俯察教学格局，人们茫然了……

刘华清同样在思考。对于大连海军舰艇学院这所他亲自参与建设起来的人民海军第一所高等军事院校，他有着特殊的感情，寄托着深切的期望。直到如今，提到大连海军舰艇学院，他还总是习惯地称之为"我的那所学校"。就任海军司令员后，他下部队的第一站，就是旅大地区，考察的海军第一所院校就是大连海军舰艇学院。然而，面对风起云涌的军事革命和科技革命浪潮，改革势在必行。

昨天、今天、明天……中国、亚洲、世界……一齐融入这位司令官的胸中。

敏锐的洞察，科学的预见，超前的思维，这才是战略家的眼光。

于是，像攻坚战一样，在中国海军战略发展的棋盘上，他落下一枚重重的棋子：大连海军舰艇学院实行"通科育通才"教学改革，从而掀开了中国军事教育迎接跨世纪挑战的新的一页。

但是，改革刚刚起步，就发生了一件耐人寻味的事情：1986年，学院派教员下部队进行例行的毕业学员质量跟踪调查。风闻大连舰艇学院正在进行"通科育通才"教学改革的一位部队领导对此提出了质疑。

"你们搞的什么通科，学员样样通，样样松，换个专业岗位就拿不起来，用不上！"言毕，指名道姓地列出一串所谓"样样通，样样松"的学员。

教员们先是为之一惊，随即哑然失笑："我们1984年才搞通科培训。四年本科，第一批通科学员还没有毕业呀！".

改革无风先起浪。站立于改革潮头的刘华清深切感到，任何一项改革，都必须首先冲破传统习惯思维定势的禁锢。他告诫学院领导："通科育通才，首先要'通'思想、'通'观念。"

回溯改革历程，每一项教改的孕育与实施，都伴随着思想的碰撞、观念的更新。而群众性的大讨论，作为新思想、新观念的产床，始终与大连舰艇学院通科育通才改革的浪潮一同涨落，仅全院性的大讨论就有17次之多！

闪电总是走在雷鸣之前，思想观念的更新是一切改革的先导。在自下而上的讨论中，越来越多的人跳出了专业"围城"，用全新的目光去审视部队的需求，依照刘华清提出的通科人才知识结构"厚、宽、深"的要求，一个覆盖8个舰种、25个舰型、138个岗位，打破学科专业界线的课程体系宣告诞生，90%以上的专业学科进行了优化组合。

"挥起拳头把自己打倒，再依靠自己的力量站起来！"一场思想观念的深刻变革，蕴含着脱胎换骨的深厚伟力。

一个跨系、跨专业、跨学科培养高素质新型人才的"通科"教学新体制和知识体系新构架应运而生：涵盖六大专业的48门课程，被统一设定为政治理论课、文化专业课、专业基础课、共同军事课、共同专业课、任职专业课和选修课七大类，用三年半时间对学员进行基础培训，用半年时间进行任职培训。学员毕业后，再用一年时间，由院校协助部队完成学员见习锻炼。这一人才培训模式的宗旨，就是使学员既注重打牢科学文化基础，又具有优良的综合素质和广博的专业知识；既能胜任第一任职需要，又具有较强的岗位转换能力和发展潜力，成为专博结合的复合型军事指挥人才。

随着改革的有序向前推进，利益关系调整带来的阵痛，让每一名教职员工真正刻骨铭心地体味和认识了什么叫"改革"——

一名资深教员编写的一部洋洋 40 余万字的教材书稿摆上了学院领导的办公桌，要求资助出版，而新的教学计划上这些内容只需讲授八个课时。院领导对此的反应是坚决的："通科必须通教材。退回去删减，最多保留一万字！" 40：1，这个巨大的落差对于教员们是一种切肤之痛。

航海系，这个全院创建最早，知名教授最多，教学科研实力最强的专业系在改革中首当其冲。学院宣布，将原来分科设立的天文航海、地文航海、海洋气象、航海仪器四门专业课合并为一门航海课，总课时量由原来的 400 课时锐减至 264 课时。400：264。据统计，全院类似航海系这种"伤筋动骨"的专业系达 90% 以上。

1984 年以前，全院有大大小小 172 个实验室和教练室。教研室主任对实验室和教练室的人、财、物享有支配权，管起来顺手，用起来便当。按通科教学要求，172 个实验室和教练室被优化组合为 10 个大型综合实验中心。172：10。这意味着 94% 实验室主任和教练室主任丢了"位子"，实验员编制被砍掉了一半。

更富创新意义的是通科教育的全新教学机制与管理模式。

1987 年，刘华清决定，在大连海军舰艇学院组建学员旅，统一管训学员。在该院园区二号桥头，至今仍矗立着一道大理石碑墙，上面镌刻着由刘华清亲笔题写的五个苍劲的大字——"军校第一旅"。

学员旅的组建，率先在全军改变了学员队归专业系管理的传统体制，实行统一化、舰艇化、条令化管理体制。这一体制的诞生与确立，是刘华清主导大连舰艇学院适应通科育通才教学改革需求，全面更新教学机制和管理机制的又一成功探索。

走进大连舰艇学院学员旅，犹如登上一艘巨大的"军舰"：学员宿舍均按军舰住舱排列；作息信号全部采用舰艇铃音；学员进课堂、实验室执行登舰礼仪；学员值日一律按舰规执行；每天清晨，全体学员列队教学楼前，如军舰舰员一样，准时举行庄严的升旗仪式……

这一切，都是为了营造浓厚的海军生活氛围，为了把爱舰爱海洋的坚定信念融入一日生活之中。学院的目的非常明确：对学员实施舰艇化管理，就是为了适应通科育通才教学改革的培养目标，打好学员适应海上生活的身心基础，提高学员的岗位适应能力。

学员旅的管理方式，在全军院校独树一帜；学员旅的组训形式，在全军院校更是别具一格。一本《学员全面素质培养教学大纲》，标志着学员非智力素质培养已成为大连舰艇学院与课堂教学、实验教学相衔接的第三大教学系统。

"非智力素质"，这个在现代军事高科技条件下越来越受到世界各国军事战略家和军事教育家们垂青的概念，在刘华清设计的通科人才素质构架中所占的分量，以及严格化的力度，在大连舰艇学院学员旅这个全程管理教育系统里，被发挥得淋漓尽致。

据透露，通科育通才教学改革以来遭受淘汰的学员，80%以上是"非智力素质"系统揿亮的红灯。学员小李在实习返航途中犯了烟瘾，夜幕中躲到甲板避风处偷偷点燃一支烟。军规如铁，校纪无情。一支烟就这样烧掉了他四载寒窗苦读即将到手的大学本科学历、学士学位和军官资格。当他含泪一步一回首走出校门时，离毕业只差 36 天！

"一定要把好学员入学质量关，并实行全程淘汰制。"刘华清指出，现在，部队反映有些毕业学员素质不高，这和入学关把得不严、淘汰率不高有直接关系。在这方面，西方一些发达国家军校的做法和经验值得我们借鉴：法国海军每年从 1500 名报考学生中招收 500 人，然后再从中录取 70 人为军官学员，保证军官学员具有很高的质量。美国安那波利斯海军学院每年从经由总统、国会议员、海军部长或军方推荐的 1.5 万～2 万名符合报考条件的考生中，录取 1300 名学员，进校后年年淘汰，到毕业时，一般只剩900 人左右。

"每一名学员的身后，都是一艘军舰、一支编队、一个舰队。与其被未来海战淘汰一个不称职的指挥员，不如在学校淘汰一个不合格的学员。"刘

刘华清首创的军校学员旅体制，已经从大连舰艇学院走向全军。

华清的这句名言，为大连舰艇学院通科育通才所实施的严格管理教育作出了最好的诠释。

刘华清倡导的"通科育通才"的新型培训模式和"军校第一旅"这种全新的管理教育体制，造就出与海军现代化装备最佳结合的新型人才，赢得部队的充分肯定。跟踪调查显示，大连舰艇学院自1984年实行通科育通才教学改革到2000年的16年间，培训的4500多名毕业学员中，能较好适应任职需要并具备较强发展潜力的占97%以上，因专业过硬、工作表现突出而立功受奖者占75%，参加舰艇部门长考核合格率在99%以上。

"通科育通才"的教改经验荣获全军教学改革成果一等奖，在军内外产生广泛的影响，赢得国内外军事家和教育家的高度赞扬。

11年后，刘华清首创的这一改革成果在全军院校新一轮体制改革中得到推广与普及。学员旅体制及其管理模式，已不再是大连海军舰艇学院的"特产"。

与"军校第一旅"相比，更为凸显刘华清现代军事教育理念与人才培养优先战略眼光的，是他组织建造的"军校第一舰"。

1986 年 3 月，继提出"把院校教育摆到战略地位作为海军现代化建设的重要方针"和"以邓小平'三个面向'为院校教育指导思想"之后，刘华清在海军第十一次院校会议上进一步要求"确立院校建设在海军建设中的领先地位"。他强调："要把院校建设作为新时期建军的重要工作来抓，多拿出一些钱，调配一些武器装备和器材，支持和加强院校建设。"

话犹在耳，言信行果。1986 年 7 月 12 日，一艘 5000 吨级的现代化远洋航海训练舰在上海求新造船厂建成下水，当年年底便交付海军服役，划归大连海军舰艇学院管辖。

这是萦绕在刘华清心头 30 多年的一个夙愿。早在 1953 年，海军首长采纳刘华清的建议，组建练习舰支队，配属大连海校。但由于"舰种不全，装备陈旧，仍然无法满足实习要求"。就这一年暑期，刘华清率舰出航，"初次认识了大海，体会了海上生活的艰苦"。

就任海军司令员后，刘华清没有忘记第一次率舰出海实习的窘况，立即下令设计建造一艘能跑"中远海"的现代化远洋航海训练舰，满足海军院校学员实习的需要。

作为海军司令员任内建成服役的唯一一艘 5000 吨级以上的大型水面舰艇和人民海军第一艘远洋航海训练舰，刘华清特意采用人民军队建军节的日期与中华民族最伟大航海家的名字为其命名：舷号：81 ；舰名：郑和。

郑和舰的建成服役，成为人民海军现代化的一张"名片"。入列 20 多年来，圆满完成学员实习、军事训练、出国访问等重大任务 200 余次，在大洋深处留下一串串闪光的航迹：累计完成三万多名军校学员海上实习任务，先后出访美国、俄罗斯、印度、泰国等十多个国家，航迹遍布世界 30 多个海区和港口，总航程 30 多万海里，开创了人民海军单舰航程最远、在航率最高、所经海区港口和出国次数最多的纪录，成为名副其实的"海上流动大学"。

无独有偶，好事成双。走上军委领导岗位后，刘华清又力主设计建造了万吨级远洋航海医疗训练舰。作为郑和舰的"姊妹舰"，其命名舷号：82 ；舰名：世昌。

以民族英雄邓世昌命名的 82 舰，是我国第一艘兼备直升机训练、远洋航海训练、医疗救护训练、国防动员演练和海洋运输等多种功能模块化转

以中国伟大航海家郑和命名的第一艘现代化远洋航海训练舰，已经成为名副其实的"海上流动大学"。

换与平战结合的现代化国防动员舰。

跨入 21 世纪，经中央军委批准，人民海军第一支现代化装备的训练舰支队正式组建，隶属大连舰艇学院建制领导。

刘华清长达半个世纪的夙愿，终于变成现实。

"我对这所学校是有特殊感情的。"

1994 年 10 月中旬，时任中共中央政治局常委、中央军委副主席的刘华清与国务院总理李鹏一同视察大连舰艇学院时，道出了自己的心声。在参观过程中，他如数家珍地向李鹏介绍学院的历史情况，并指着陪同的学院院长吴胜利少将说："这个院长也是我推荐的。军队要迎接高新科技战争的考验，需要有领导院校和部队经验的干部。"时值学院成立 45 周年前夕，他欣然题词庆贺："海军军官摇篮"。

"蓝色道路从这里起航。"这是大连舰艇学院 40 周年院庆时，刘华清的祝词寄语。虽然身居中央军委副主席高位，工作千头万绪，他还是专程前往大连出席庆典活动。

1997 年 6 月，《解放军报》在一版头条发表消息和评论员文章，突出报道大连舰艇学院实行通科教学改革取得的丰硕成果，并在同日报纸第二版用整版篇幅刊发长篇通讯，全景式再现了该院 13 年来通科教学改革波澜壮阔的难忘历程和基本经验。

当海军政治部与解放军报社联合呈送的《关于公开报道大连舰艇学院通科教学改革经验的请示》送达刘华清的案头时，他仔细审阅完长达万言的新闻稿件清样，挥笔批示道：

> 海军大连舰艇学院"通科育通才"的探索实践，是一项意义深远的具有时代性和前瞻性的改革。作为一项复杂的系统工程，院校教育改革必须锲而不舍，持之以恒。大连舰艇学院教学改革的可贵之处，不仅在于方向对头，目标明确，而且 13 年如一日，坚持不懈，克服重重困难和各种干扰，终于取得成功。他们的实践证明，改革出战斗力，出高素质的人才；军事教育只有改革才有出路，改革只有坚持下去才能不断深化和发展。

这组长篇报道在《解放军报》刊发当日，刘华清又特地委托秘书给大连海军舰艇学院院长吴胜利打去电话，称赞："文章写得好，经验总结得好！"

此后，中共中央宣传部、国家教育部、解放军总政治部和共青团中央联合转发了大连舰艇学院深化教学改革，培养跨世纪高素质新型人才的办学经验，并作为全国重大典型组织中央新闻媒体，进行了高规格的宣传报道。

上天能驾机　下海能操舰

　　柏耀平，中国海军第一代"上天能驾机，下海会操舰"的优秀飞行员舰长！

　　富于传奇的人生履历，谱写出一曲青春壮歌——

　　17岁考入空军飞行学院；20岁成为海军航空兵歼击机飞行员；24岁考入广州海军舰艇学院"飞行员舰长班"；31岁任导弹护卫舰舰长；33岁成为全训合格舰长……

　　作为一代巡天蹈海的跨世纪新型军人，柏耀平能够实现从蓝天到碧海的历史性大跨越，缘于刘华清一个超常的前瞻性战略决策。

　　"人才培养，必须走在装备发展的前面。"1984年7月21日，在海军院校教学改革座谈会上，刘华清明确提出，"人才培养不仅要考虑海军目前建设需要，更要着眼于90年代以至21世纪前期，为海军发展做好充分准备。"

　　面向未来超前培养跨世纪人才，着眼发展锻造复合型人才。在刘华清现代化海军发展战略架构上，标注着一条醒目的原则：宁肯人才等装备，而绝不能让装备等人才！

　　1987年春，刘华清发出指令：在广州舰艇学院开办"飞行员舰长班"，挑选海军航空兵优秀飞行员改学水面舰艇指挥专业，培养一批高素质复合型大型水面舰艇舰长。

　　5月11日，"飞行员舰长班"赫然出现在海军司令部、海军政治部联合下发的海军院校秋季招生通知中。招收名额：10人；报考条件：30岁以下，大专以上学历，飞行满三年的优秀飞行员。

　　5月26日，《解放军报》第一版以《海军将从飞行员中选拔培养舰艇长》为题刊发的消息，较为准确地表达了刘华清培养飞行员舰长的战略思考与深谋远虑：

"现代海战是在辽阔的空域、海上和水下进行的潜艇、水面舰艇和航空兵的协同作战，这无疑对海军指挥军官的素质和才能提出了更高要求。当今发达国家的海军人才中不少既熟悉舰艇，又通晓航空兵，尤其是航空母舰的舰长，许多都是飞行员出身。正是借鉴外军经验，着眼海军现代化建设长远发展，海军首长提出了从飞行员中选拔培养舰艇指挥员的设想。"

面对极其苛刻的报考条件，并不是每一个人都有幸参与竞争的。

柏耀平是幸运的。从年龄到学历，从军政素质到飞行经历，他都完全符合海军规定的报考要求。

报考飞行员舰长班，意味着他要从此放弃飞行，投身碧海。猛然间，他难以割舍那段刻骨铭心的蓝天情缘。

1980年7月，柏耀平从故乡安徽省淮南市应征入伍，成为人民空军某航空预备学校的一名学员。飞行，是人类最具风险的职业。毕业分配到海军航空兵某师不久，柏耀平就一次次经受空中历险的洗礼。

紧急战斗起飞。情急之中长机偏离跑道中心线。柏耀平冒险带着二三十度的坡度强行起飞，避免了一起长僚机相撞的重大事故。

低空穿云，气象突变，飞机下降到200米高度仍没有冲出云层。眼看油料殆尽，柏耀平凭着飞仪表的经验，在茫茫云海中沉着地下降、再下降，终于在离地面50米的高度破云而出，对准跑道成功着陆。

飞机转场，险象环生。先是降落时减速伞意外脱钩，再升空时继而罗盘仪失灵。柏耀平胆大心细，以超人的意志和过硬的技艺两度化险为夷。

七年，整整七年，柏耀平就是这样云里来，雾里去，闯过重重难关，战胜道道风险，成长为一名飞过四种机型、具有三种气象飞行能力的歼击机驾驶员。

柏耀平情注战鹰，许身蓝天。从感情上，他无法割舍自己钟情并为之付出太多青春热血的飞行事业。但是，千载难逢的发展机遇，又的确令柏耀平怦然心动。

他无法忘记，他进入航校的第二年，发生在遥远的南大西洋上那场改写人类战争史的现代海战。那时，他不会预见到将来会当一名舰长，但是，这场战争还是深深地震撼了他。脑海中，一个念头如电光石火闪过：如果"谢菲尔德"号导弹驱逐舰的舰长懂得飞行，他会不会轻易地葬送掉这艘价值两亿美元的现代化战舰呢？

当柏耀平用职业的眼光从空中俯瞰这场战争时，海军司令员刘华清正在从战略高度审视这场战争。海空一体战，以前所未有的崭新样式，拉开了现代海上战争的序幕。精确制导武器的强大威力，电子战激烈对抗的战争态势，航空兵对海攻击的新型战术运用，都明白无误地告诉曾经创造过小艇击沉大舰辉煌战例的人民海军：未来海上战争，将是一场高科技战争！在高科技的战争舞台上，陆海空的界限已经模糊了，一名驾驭现代化战舰的舰长，如果没有对空战的深刻理解和准确把握，将是严重的素质缺陷！

蓝天与大海相融，情感共理智齐飞。柏耀平终于在报考志愿书上，庄重地写下自己的名字。

考试结束。7月21日，喜讯传来，柏耀平以全海军总分第三名的成绩被录取。这意味着，他将告别战鹰，告别魂牵梦萦的蓝天，从此走向海洋，走向一个波飞浪卷的新航程。

广州海军舰艇学院。九名与柏耀平经历相似、同样优秀的"天之骄子"，汇集到这所享有"舰长摇篮"美誉的军事学府。他们是：马业隆、何虎、李晓岩、王大忠、王玉成、王仲才、杨宏、彭建林（另有一名学员因文化基础原因，开学后自动申请退学返回原部队）。正是他们，有幸成为了人民海军首届"飞行员舰长班"正式学员。

刘华清对"飞行员舰长"的培训进行了精心设计。他不仅亲自审定了学院和海军领导机关制订的教学计划，而且明确指示："飞行员舰长班"的学员在校期间一律享受飞行员生活待遇，每年除完成规定的学业任务外，还必须返回原部队进行空中复飞训练。

1991年1月，经过三年半学习深造的首期"飞行员舰长班"九名学员完成规定的学业，顺利毕业。他们继取得飞行专业大学专科学历之后，又获得了舰艇指挥专业大学本科学历和工学学士学位。柏耀平更以全班总分第一名、30多门功课平均92分的优异成绩，获评"优秀学员"。

尽管此时刘华清已离开海军司令员岗位，担任军委领导职务，但他为人民海军第一代"飞行员舰长"精心设计的成才路径，得到忠实地贯彻与执行。九名"飞行员舰长班"毕业学员，无一例外地按照他当年既定的目标，分配到海军驱逐舰部队，担任导弹驱逐舰或导弹护卫舰见习副舰长。

从飞行员到舰长，实现两个现代高技术军事领域的大融合与大跨越，对于九位飞行员舰长班毕业学员来说，无疑是人生一次极其艰难的浴火重生与充满风险的嬗变升华。

海军是技术密集型军种，也是高消耗军种。如果说经过 60% 以上高淘汰率培养出来的飞行员，其价值足与黄金等身的话；那么，造就一名现代化舰长是无法用金钱衡量的。其间，仅一茬又一茬"陪练"的部门军官和水兵就数以千计！据资料显示，不论我国还是科技高度发达的西方军事大国，一名舰长的培训周期至少也要 15～20 年。

然而，作为共和国第一代飞行员舰长，历史没有赐予他们这种按部就班的从容。就在柏耀平和他的同学们使出浑身解数，在高技术战舰平台上废寝忘食地搏击之时，从驱逐舰支队到舰队乃至海军的首长们都在思考着、决策着：如何让这批飞行员舰长尽快成为熟练驾驭现代化战舰的指挥员？

1993 年 4 月 20 日，刘华清来到柏耀平所在的海军某驱逐舰支队考察。

"对打赢未来高技术条件下的局部战争你们怎么看？"面对参与座谈的支队领导和年轻的驱逐舰、护卫舰舰长们，刘华清问道。

"对于军委提出的打赢一场现代条件下特别是高技术条件下的局部战争，一般地表示赞同是不够的，要扑下身子，扎扎实实地进行长期的准备。"刘华清告诫年轻一代舰艇指挥员：武器装备在现代高技术战争中起着越来越重要的作用，忽视这点会付出沉重代价。我们必须从战略上全面筹划，尽快改变我军武器装备落后的状况。但是，战争的胜负，最终还是取决人的因素。作为部队来说，一旦爆发战争，还是要立足现有装备战胜敌人，有什么武器打什么仗。丢掉现有装备，去讲高新技术战争，那是空的，越讲越糊涂，越讲越没有信心。我们有自己的优势，有自己的穷办法、土办法。历史上，我军用劣势装备战胜了敌人。我们要继续发扬战争年代不畏强敌、不怕流血牺牲的光荣传统，熟练掌握和运用现有武器装备，注重运用谋略，摸索出一套以现有武器装备对付敌人高新技术武器的新战法。

"那批飞行员舰长班学员，分配到你们支队后怎么样啊？"开完座谈会，刘华清特别向支队长张展南问道。

刘华清在视察某驱逐舰支队时，反复嘱咐支队领导："一定要站在战略的高度，把复合型人才培养好、使用好。"（1993年4月）

    张展南报告，遵照海军和舰队首长指示，支队党委对三名飞行员舰长班毕业学员的培养使用，采取"打破常规、多岗锻炼，小步快跑、优先任用"的方针，目前已全部走上护卫舰副舰长指挥岗位。

    "能不能再快点啊？"刘华清嘱咐张展南，"培养大人才，要有大气魄；对待非常人才，需用非常之策！一定要站在战略的高度，把他们培养好、使用好。"

    刘华清考察后不到一年，分在同一支队的柏耀平、杨宏、彭建林三人先后被任命为导弹护卫舰舰长。

    柏耀平真正体会到了什么叫"破格"！从见习副舰长到实习副舰长，从副舰长兼舰务长到副舰长兼作战长，从实习舰长、舰长到全训合格舰长，短短四年时间，他轮职三艘战舰，跨越了六个台阶！

    这是一种现代人才观念催生出的全新育人机制。柏耀平深知，论海上生活经历，论舰艇操纵技术，论指挥管理能力，在整个支队论资排辈，他们这批飞行员舰长班毕业学员，不可能在如此短的时间内跃上舰长指挥岗位。然而，更令柏耀平和他的同学们激动不已的，是对待他们这种形象比喻为"加塞"的破格提升，支队上上下下，包括被他们"加塞"而延期提升的一批"老舰艇"，都投之以赞许的目光，给予了真诚的扶植与热情的帮助。

因为人人都明白：日新月异的军事高科技，呼唤高素质的现代化人才；履行打赢未来高技术局部海战的神圣使命，需要海空一体的复合型指挥军官；建设一支现代化的人民海军，必须造就一大批思想技术都过硬的海上精兵！

1995 年 8 月 21 日，《解放军报》在一版头条以《上天能驾机，下海能操舰》的醒目标题刊发消息：海军首批优秀飞行员经过舰艇指挥专业培训和部队实践后全部当上舰长、副舰长。

报道称：经过舰艇部队四年多锻炼，首批飞行员舰长班毕业学员已普遍具备海军舰艇作战指挥、技术使用和装备管理的全面能力。他们在各自部队先后参与完成数十项重大军事训练、抢险救灾、护渔护航和外事任务，人均航海里程达一万多海里。截至目前，已有六名毕业学员担任导弹护卫舰舰长，其余三人担任导弹驱逐舰副舰长。

1995 年 11 月 16 日，是柏耀平人生旅程中一个难忘的日子。这一天，经过整整一个星期严格的综合考核测评，他以率舰当年入列、当年形成战斗力的高效率，获得了梦寐以求的全训合格舰长证书。

蓝色的疆场上，柏耀平向共和国交出了一份又一份优秀答卷：在担任舰长后的四年多时间里，他带领全舰官兵出色完成了 30 多项重大演习、巡逻护航、出国访问和战备训练任务，安全航行 2.9 万多海里，先后被海军、舰队、支队评为新装备集训先进单位、基层建设先进单位，荣立集体三等功。他自己也被海军、舰队树为学雷锋标兵，一次荣立二等功，三次被评为优秀共产党员。

1998 年 10 月，柏耀平再获殊荣：以最高票当选第九届"全国十大杰出青年"。

喜讯传来，作者在第一时间对刚刚退出中央领导集体的刘华清上将进

1995年10月，在海军组织的黄海大演习中，柏耀平（右上图）率导弹护卫舰发射对空导弹，直接命中目标，受到军委首长的高度赞扬。

行了专访。

作者向老首长报告：当年飞行员舰长班的九名学员，如今已全部走上导弹驱逐舰和导弹护卫舰舰长指挥岗位。

"希望他们能成为编队司令、舰队司令！"

刘华清欣喜不已，遥寄厚望。在随后撰写出版的《刘华清回忆录》中，他特别提及此事——

> 值得一提的是，我在 1987 年决定开办的飞行员舰长班，学员们经过广州舰艇学院的系统培训和部队的实际锻炼，已全部走上驱逐舰和护卫舰舰长岗位。1998 年，中宣部、总政治部突出宣传了海军优秀飞行员舰长柏耀平的典型事迹，在社会上引起广泛反响。这种舰长既能飞行又能指挥操纵舰艇，是现代战争所需要的高水平复合型人才。他们的顺利成长，我由衷欣慰。

两个基地　两种成果

1987 年 5 月。江城武汉。海军工程学院（今海军工程大学）。

由美国海军教育训练司令部司令桑曼中将率领的海军训练访华团，走进了这所颇带神秘色彩的中国海军高等学府。

这群美利坚合众国的高级将领，拥有一个令他们骄傲与自豪的共同母校——安那波利斯海军学院。这是一所培育了无数享誉全美乃至全球著名人物的令世界各国海军军人无限向往和景仰的历史悠久的高等海军学府。

当他们走进武汉海军工程学院校园时，曾被告知，这所军校在中国海军与安那波利斯海军学院在美国海军有着极为相似和相近的地位与影响。而且，现任海军司令员刘华清曾是该院早期主要建设者与领导人之一。

无疑，这种背景更加刺激了他们参访的兴致和探秘的情趣。当然，作为安那波利斯海军学院的嫡传弟子，他们保持着那份固有的心理优势与矜持傲慢。

当宾主在学院接待室开始交流时，作为主人的海军工程学院院长姚树人教授给了客人一个意外的"惊喜"：这位充满学者气质与儒雅风度的院长竟能用一口流利而纯正的 English 与桑曼中将和他的随员们直接对话。更有甚者，他的几位助手——从训练部长到院务部长也都讲得一口极好的 English！

一个有着深厚学术造诣的知识渊博的专家群体，领导和治理着这所中国式的"安那波利斯"——来自美利坚合众国的客人们获得了第一个良好的观感与兴奋的印象。

然而，令他们未能想到的是，在访问中，他们走进的每一个实验室和研究室，参观的每一个科研成果和教学成果，观摩的每一个教学现场和实验场所，接待的教员和学员，不仅都是清一色风华正茂的青年人，而且无一例外都与他们的院长一样，用让这些大洋彼岸的同行备感亲切的 English 作出具有专业水准的介绍和解答。

"今天是很有意义、很值得纪念的一天。用'unforgettable'（难忘）、'first rate'（一流）、'mysterious'（神秘）这三个词，来概括表达我和我的同事们此时的观感和心情，是最准确和最恰当的。"身为代表团长的桑曼中将在参观访问后激动而诚挚地对姚树人院长说，"贵校有与西方发达国家海军院校相似的一流的教学人员和科研设备，有丰富的治校经验，有很强的教学科研能力，有很高的学术理论水平，是一所具有非常高水准的学校。"

　　回到北京，再次与刘华清司令员见面时，桑曼中将直率而不无遗憾地说："我认为，中美双方犯了一个共同的错误。如果贵方早些让我们了解中国海军有这样一所院校，而且具有如此高的教学水平和科研能力，中美海军的技术合作可能会是另一个局面。"他提出三项建议：像缔结友好城市那样，让美国安那波利斯海军学院与中国海军工程学院建立友好关系；开展学术交流和互派留学生；邀请海军工程学院院长姚树人教授访问美国。

　　对于客人超乎寻常的反应，刘华清保持着特有的冷静。他曾参观考察过美国安那波利斯海军学院，该校现代化的教学设施和高水准的科研能力及其管理模式，都给刘华清留下了深刻印象。从某种意义上说，刘华清今日在中国海军进行的院校改革，也部分吸收和借鉴了美国及其他西方国家著名军校的教育理念与管理模式。

　　武汉海军工程学院与大连海军舰艇学院一样，是刘华清最为熟悉和了解的海军院校。20世纪50年代初期，刘华清任大连海军学校副校长兼副政委期间，海军工程学院为该校的第二分校。及至刘华清卸任赴苏留学前夕，大连海军学校总校撤销，第二分校先后更名为第二海军学校和海军工程学院，并于"文革"期间奉命从大连搬迁至武汉。60年代，海军工程学院是海军唯一被国家高教部批准的全国重点院校之一，其师资力量、教学水平、科研能力和重点专业学科在全军乃至全国同类院校中，都具有相当优势。但由于10年"文革"浩劫，加之院址迁移折腾，致使海军工程学院元气大伤。

　　当然，美国同行的赞誉也给予刘华清一个明确而正面的信息反馈：海军工程学院经过10年恢复重建，特别是近几年改革调整，已有了长足进步和发展。

　　四个现代化，关键是科学技术现代化；海军现代化，科技要先行。刘华清一回海军，就确立起"科技建军"的指导思想，他一方面着手组建专门的科研机构——海军装备论证研究中心和海军军事学术研究所；一方面注重发挥院校雄厚的人才资源优势，开展科学研究，并专门制定下发《关于海军院校开展军事科学研究工作的意见》，明确规定了海军院校开展军事科学研究的方针和任务。

对于科学研究在院校的作用、地位和重要性，曾多年从事国防科研领导工作的刘华清有着深刻而清醒的认识。他反复强调，海军院校既是人才培养的基地，又是科学研究的基地。院校领导要一手抓教学，一手抓科研，以教学带科研，以科研促教学。他认为，要想提高院校教学层次和学员培训质量，增强教员授课能力和专业技术水平，服务海军现代化建设和基层部队战备训练，院校都要重视和抓好科研工作。但在具体做法上，他要求根据各院校训练任务和科研条件的不同情况，区别对待：培训层次高、师资力量强、科研条件好的院校，要努力办成教学科研两个中心；教学基础和科研条件比较好的院校，在搞好教学的前提下，要积极开展科研工作；培训层次低、科研力量比较薄弱的院校，则把主要精力、物力放在教学上，力所能及地开展科学研究，以提高教学水平。

为指导海军院校根据各自的专业特点和优势确定科研方向，刘华清走遍了海军的每一所院校。

1983年5月，在视察潜艇学院时，刘华清要求该院在学术和科技研究上，把解决潜艇部队的战术问题放在首位，为部队战斗力服务。"要研究如何以劣势装备打击优势装备的敌人。"他明确提出，"要研究潜艇如何对付水面舰艇，如何防空，如何反潜，要能生存，能作战，而且能战胜敌人。"

1983年12月，刘华清视察海军指挥学院，要求该院加强军事学术研究，提高军事理论水平，提高海军战略、战役、战术思想，在更高水平的基点上来统一军事思想，统一学术原则，统一海军建设的各项制度和规范。1986年5月，刘华清又专程到海军指挥学院作《海军战略》的学术报告，并亲自指导该院展开海军战略理论研究。

1984年8月，刘华清第二次来到大连海军舰艇学院，在听取了该院研制成功的"水面舰艇对空防御"课题汇报表演后，对他们运用运筹学和系统工程理论研究舰艇作战问题的方向给予充分肯定，并当即决定，在该院

视察潜艇学院时，刘华清要求该院在学术科研上，把解决潜艇部队的战术问题放在首位，为部队战斗力服务。（1983 年 5 月）

建立一个二级软件开发中心，专门研究开发水面舰艇作战应用软件。

1987 年 2 月，刘华清第三次考察海军航空工程学院。

这是刘华清运用现代军事教育思想创造的一个杰作。早在调整海军院校布局和专业设置时，他就敏锐地意识到，飞机与导弹同属飞行器，在基本原理、基础技术方面有许多一致的地方。从发展趋势看，导弹与航空兵在海军建设中具有越来越重要的地位。于是，他下令将仅设炮兵与导弹专业的海军第二炮兵学院，扩展为囊括海军航空工程各专业、并能遂行海军飞行员基础培训任务的一所综合性高级军事技术大学，提高了教学水平和办学效益。

怀着别样的关爱与希冀，刘华清嘱咐海军航空工程学院领导，尽快建立起具有海军特色的、教学与科研相结合的、充满活力的新型教育体系，在加快多层次复合型人才培养的同时，积极开展各型导弹和海军特种飞机的研究。

1987 年 5 月，刘华清第二次视察海军政治学院。了解到该院对海军部队政治工作做了一系列很有针对性的研究，其成果为各级政治机关和部队

见到老校长，海军工程学院的教授们兴奋不已。（1984 年 5 月）

采用，收到很好效果，刘华清当即给予高度评价，并要求他们把政治学院办成一个海军政工干部的教育中心和海军政治工作的研究中心。

刘华清大力倡导"创立名牌学校"。他反复强调，办出"高标准、高质量、高水平"的院校，一定要有一个好的领导班子、一支好的教员队伍和一个好的校风。

刘华清对海军工程学院寄予厚望。他明确要求该院发挥教员队伍水平高的优势，把学院办成"两个基地"，并题词："把海工办成教学科研基地，为海军现代化建设多出成果，多出人才。"

办两个基地，出两种成果，谁能担此重任？刘华清选择了姚树人教授。

姚树人算得上刘华清的老部下。

1951 年 11 月，22 岁的姚树人响应党的号召，从北洋大学提前毕业参加海军，就教于大连海军学校。三个月后，刘华清受命担任大连海校党委书记兼副政委。整整 30 年后，当刘华清出任海军司令员时，姚树人已经成为海军知名专家学者。

姚树人是最早投身中国"两弹一星"的科学家之一。1978 年全国科学大会授予他"全国先进科技工作者"称号，1996 年中央军委授予他首届"全军专业技术重大贡献奖"，1999 年出席"两弹一星"功勋科学家表彰大会。

姚树人更是一位博学多才的教育家。从事军事教育整整半个世纪，是海军为数不多的专业技术一级教授与博士生导师。他精通英、德、法、俄、日五国语言，擅长书法、绘画，喜好中外古典音乐，作词谱曲、钢琴演奏、乐队指挥，门门在行，桥牌比赛、集邮参展在国内也屡获殊荣。

早在刘华清回海军担任司令员前的 1979 年，姚树人教授就敏锐地意识到，10 年"文革"动乱造成的"人才断层"，将是 20 世纪 90 年代至 21 世纪初中国现代化建设必须逾越的一道鸿沟。

这是文明的耻辱。近现代教育史上，一个泱泱大国庞大的教育母机在和平年代人为中断 10 年，在人类生活繁衍的这颗正向信息化时代急速迈进的蓝色星球上绝无仅有。发生在中国大陆的"无产阶级文化大革命"，却不幸创造了这样一项堂吉诃德式的荒诞的吉尼斯世界纪录。如果这也算一项纪录的话。

当这场史无前例的政治文化大灾难终于收场的时候，海军工程学院教员队伍的现状令人心忧：年龄结构呈哑铃形——两头大，中间小，35 岁至 45 岁的教员群体几乎断档；哑铃一端的青年教员群体清一色工农兵学员，他们的文化基础知识和专业技能，大多停滞在高中生水准上，要他们承担起现代高等军事工程教育的重任显然是天方夜谭，他们中的绝大多数难免被淘汰的命运。

一个难以跨越又必须跨越的断代。姚树人教授深信，这不仅是海军工程学院独有的伤痛，而是海军、全军乃至全中国共同的隐患。他毅然与几位知名专家教授一起上书学院党委与海军领导，建议海军工程学院实行教学与科研并举的办学模式，与地方院校同步开办研究生教育，并于 1980 年招收了海军历史上第一届研究生。

这是一个具有战略眼光的重大举措：以培养高层次人才为突破口，既可造就一批高素质的青年教学人才，又可更新中老年教员的知识结构，还可促进教学科研向高水平发展。

刘华清重回海军，为海军院校教育改革吹响了集结号。接连两次院校领导班子集中调整，一大批学有专长、年富力强的专家学者走上教学科研领导岗位。姚树人教授也由海军工程学院科研部副部长破格任命为副院长，继之又晋升为院长。

刘华清对姚树人的办学思路极为欣赏，给予充分肯定和大力支持。他明确要求海军机关职能部门，积极协助海军工程学院做好硕士、博士学位授予单位的申请、评审、报批工作。

1984年和1986年，海军工程学院先后通过国家学位评审委员会审核，正式批准为具有硕士学位和博士学位授予权的高等军事院校。

高层次人才培训体系的建立，有力地促进了科学研究的发展。短短几年间，海军工程学院的科研项目由少到多，科研规模由小到大，形成具有海军特色和发展优势的十大学科专业研究方向，取得数百项科研成果。

1988年，由国家教委和首都高校领导组成的代表团对海军工程学院进行了深入考察。在向总参通报情况时，国家教委对海军工程学院作出高度评价："无论从教授的水平和梯次结构上，还是从教学科研的运行机制和所取得的成果上，都建立起了最高层次的培训体系和科研体系，值得地方院校学习和借鉴。"

同样是1988年，全军专业技术院校教学改革会议在海军工程学院召开。姚树人院长在大会所作《遵循军事高等工程教育规律，努力办有特色高水平的院校》的经验介绍，赢得总部首长和与会院校长们的一致好评。

翌年，海军工程学院荣获国家教委颁发的教改成果一等奖。

1989年2月11日，傍晚5时许。

姚树人院长突然接获紧急电话通知：军委刘华清副秘书长点名召见。

姚树人院长驱车从汉口直奔武昌。

"时间太紧，没有机会到学校去了。"一见面，刘华清就笑容满面地告诉姚树人，"今天晚上，我请原武汉军区的几位老领导吃个便饭，你也一起参加吧。"

老校长的深情与厚爱，令姚树人备感温暖。

"你也到花甲之年了吧？"席间，刘华清关切地问道。

"今年 10 月满 60 周岁。"姚树人笑答。

"你当院长这几年，干得不错。"刘华清嘱咐道，"再干几年，把海工搞上去。"

"请首长放心，我会尽心尽力。"姚树人郑重承诺。

这又是一个特例。在部队正军级任职年龄 60 周岁"一刀切"的统一规定下，姚树人教授在院长岗位上超龄任职三年。而作为博士生导师，他继续从事教学科研，直到年满 70 周岁才于 2000 年正式退休。

姚树人教授没有辜负老校长的期望与重托。早在 1991 年，他就借助国防大学的讲坛，向来自全军 60 多所军校的院校长充满自信地宣布："海军工程学院已提前 10 年达到军委总部规定的 20 世纪末军校师资队伍学历结构比，人才断层的危机已经消除。"

新世纪开元，当姚树人教授功成身退之时，展现在老校长眼前的，是一所堪称一流的现代化军事高等学府：

1999 年，海军工程学院经中央军委批准，升格为全军五所综合性重点大学之一。新的海军工程大学，下设船舶与动力学院、信息与电气学院、管理学院、兵器学院、文理学院、研究生院和信息战研究中心，拥有 40 多个硕士、博士学位学科专业授权点和三个博士后科研流动工作站，跻身国家 211 重点高校行列，其教学规模、培训层次、师资力量、科研水平均名列全军院校前茅。

经过改革开放 20 多年的精心培育打造，海军工程大学已经成为海军高层次人才培养和科学研究的重要基地。

2000 年 4 月中旬，中央军委委员徐才厚上将视察海军工程大学时获悉如下一组统计数据：

教员队伍学历构成：具有博士、硕士研究生以上学历的占 73%，居全军院校之首；

教员队伍年龄构成：35 岁以下的占 42%，35 岁至 45 岁的占 35%，45 岁以上的占 23%，呈最优化金字塔结构；

教员队伍高职年龄构成：教授、副教授、高级工程师中，45 岁以上的占 33%，45 岁以下的占 67%；40 多个博士、硕士授权点和博士后科研流动站现有的 138 名导师中，45 岁以下的占 70% 以上；

专业系、室领导年龄构成：专业系主任初始任职平均年龄 39.6 岁，且全部具有高学历、高职称；教研室、研究室正副主任，45 岁以下的占 96%，博士、硕士占 93%。

数字是枯燥的。但在徐才厚听来，感觉是那么丰富多彩，那么激越雄浑，那么灿烂辉煌！

"海军工程大学教员队伍整体素质，远远超出全军工程技术院校的平均水平。"徐才厚感慨不已，"走了全军这么多院校，印象最深的就是海工大！"

不能不令人惊叹，不能不令人激动：

海军工程大学培养造就了中国工程院最年轻的院士，拥有多位国际国内一流的中青年学术权威和知名专家，30 岁左右的教授、副教授，40 岁上下的博导和院系领导，更是成批涌现。

近 20 年来，海军 60% 以上的硕士、博士从海工大走出；近 10 年来，海军院校获全军二等奖以上的重大科研成果，1/3 以上归入海工大名下；近五年来，海工大年度科研经费直线飙升，突破亿元大关，创全军院校人均科研经费之冠！

回顾 20 年人才建设历程，姚树人教授有一个非常简洁的描述：前 10 年为"断代弥合期"，后 10 年为"断代跨越期"。20 世纪 80 年代，海军工程学院通过自己培养和从地方引进两条渠道，用整整 10 年时间淘汰了以工农兵学员为主体的青年教师群体，取而代之的是清一色的具有博士、硕士学位的高层次新型人才群体。而这一时期，在教学科研阵地唱主角挑大梁的，还是老一辈的专家教授。进入 90 年代，已处在教学科研前沿起跑线上的青年一代专家学者，借助他们雄厚的知识底蕴，旺盛的生命活力，在教学、科研乃至管理的大舞台上，上演了一出又一出精彩纷呈的威武活剧。及至 90 年代后期，他们从整体上取代老一辈专家教授，成为学校建设与发展的主力军。

无论是作为昔日的老校长，还是作为曾经的海军司令员，已经淡出共和国政治军事舞台、进入耄耋之年的刘华清，喜见海军工程大学今日的成就与气象，都备感欣慰与振奋。

当然，海军工程大学并非一枝独秀。海军院校经过深化改革，不断创新，已经实现整体跃升与跨越。

第七章

组训新规

　　随着时间的流逝，一些重大历史变革的全息化场景、多维性画面和大时空过程往往会衰减、淡化、遗失，最终定格在人们记忆链与思维库中的，只能是一个高度浓缩与提纯后的抽象物。刘华清颁布的第一道训练改革令，随着在实施过程中的不断扬弃与日臻完善，最终以"舰艇长全训合格考试制度"而誉冠全军。

　　"海军不是海岸警备队，而是300万平方公里海洋国土主权和权益的保卫者！"刘华清发出明确指令，"今后只要条件允许，海军都应该组织远航训练。"

新章程：舰艇长全训合格考试

1994 年 5 月 9 日，上海吴淞军港。

中国第二代导弹驱逐舰首制舰——"哈尔滨"号导弹驱逐舰命名授旗仪式隆重举行。首任舰长吴洪乐上校，从中共中央政治局常委、中央军委副主席刘华清上将手中庄严接过军旗，在舰艉升起。

从这一刻起，吴洪乐的首攻目标，就是率领全舰官兵完成单舰全科目训练形成战斗力，并通过全训考试，拿到舰长合格证书。

在人民海军全训合格舰长方阵中，吴洪乐既不是首批闯关者，也非考绩最优者，更不是刘华清在任海军司令员时期的应考者。作者之所以把他从近百名受访的新老合格舰艇长中遴选出来做"样本"，仅仅是因为他的全训合格之旅，最全面、最生动地诠释与印证了刘华清创立并实行的"舰艇长全训合格考试制度"的规则理念与条法精义。

1983 年 4 月 5 日，刘华清执导的海军训练大改革正式拉开帷幕。

这一天，刘华清在北京签发了海军训练改革的第一个红头文件：《关于加强舰艇部队军事干部队伍建设的暂行规定》。

对于海军战斗力建设而言，这是一份具有划时代意义的重要文献。它的颁发试行，首开全军干部训练改革与干部制度改革并举之先河，对舰艇部队军事干部的选拔、任命、训练、考核、稳定和保留工作，作出了一系列重大改革。

随着时间的流逝，一些重大历史变革的全息化场景、多维性画面和大时空过程往往会衰减、淡化、遗失，最终定格在人们记忆链与思维库中的，只能是一个高度浓缩与提纯后的抽象物。就像勃发于中华大地改写了数亿农民人生命运的乡村历史巨变被抽象为"联产承包责任制"一样，刘华清颁布的这个《关于加强舰艇部队军事干部队伍建设暂行规定》，随着在实施过程中的不断扬弃与日臻完善，最终以"舰艇长全训合格考试制度"而誉冠全军。

"舰艇长全训合格考试制度"，是此次舰艇干部制度改革最具创新力、最具生命力、最具辐射力和最具影响力的重大举措。

　　这是一项被"逼"上"梁山"的改革。刘华清担任海军司令员后召开的首次年度训练工作会议，展示在他面前的训练情况令其心寒齿冷：全海军能够成单舰科目全训的一类舰才那么寥寥几艘，而且质量不高。究其原因，有人怨部队基础差，有人怪舰艇长不争气。可又怎么能争气呢？多少年来，大家都在吃"大锅饭"，不论组织指挥能力高低，训练成绩好坏，都能照样当舰长。在这种情况下，谁能鼓起多大劲来？不少人都清楚地意识到，现行的训练管理体制机制存在着缺陷。

　　"缺什么？最缺的是训练法规！没把责任落实到人。"刘华清在训练会议上捅破了这层"窗户纸"："一个舰长、艇长身系价值几千万上亿元的舰艇的沉浮，身系未来海战的胜负，这样吃'大锅饭'可不行，要订一套制度来规范他们的责任，并按国家标准考核。合格的才有资格担任这个职位，不合格的，对不起，调离岗位另行安排或转业。"

　　根据刘华清的提议，海军党委很快统一思想，定下了改革的决心。

　　舰艇训练改革是一项复杂的系统工程。不仅各类舰、艇、船长都要制订不同的考核内容和标准，而且必须有科学严密的组织程序和实施办法。负责牵头起草考核制度的军训部门不仅研究了苏联黑海舰队的"考核一日"、英国皇家海军的"舰长职责"等外军规范制度，还借鉴了地方健全生产和管理责任制方面的经验。初步草案形成后，刘华清责成分管副司令员亲自挂帅，组成军训、军务、干部、后勤等部门参加的"立法"班子反复推敲，多方论证，终于在1983年3月末形成了具有可操作性的改革方案。

　　让我们领略一下这个制度的实质性内容：一名海军舰艇军官，要走上舰艇长指挥岗位，首先必须是一名优秀的全训考试合格的部门长或副舰（艇）长，而且经过了相关院校的舰艇长本级指挥专业的正规培训，才能担任见习舰艇长职务；见习届满一年，通过严格的独立操纵合格考试，方能去掉"见习"二字，被任命为舰艇长；担任舰艇长后，必须完成单舰（艇）全科目训练、接受考试委员会的全面考试并且各科成绩均达到合格标准，方能被任命为"全训合格舰艇长"。只有越过了这个台阶，作为一名舰艇长，才算具备了独立作战能力，才有资格进入编队级以上合同训练和被赋予战备值班以及各项战斗勤务使命。

从这一年这一月的这一天起，人民海军舰艇训练步入正规化时代。任何一名想挺直腰杆站在舰艇指挥台上发号施令的舰艇长，都必须完成《舰艇训练大纲》规定的所有训练科目和课题，通过考试委员会的严格考核并获得《全训合格舰艇长证书》。

慈不掌兵，军规如铁。1984年元旦刚过，刘华清就以答记者问的形式，通过《人民海军》报公开了他的"新章程"："从今年开始，舰艇干部都要按任免权限进行合格考试。你完成了单舰艇科目或中队科目，实际水平达到没有？这就需要上级来考核，合格了发给证书，不合格再训，不适于当舰艇长的就调离。"

从1970年12月应征入伍算起，吴洪乐从操舵兵到副航海长，从航海长到副舰长，在驱逐舰上干了整整26年。即使走遍人民海军的舰艇编队，像他这样在共和国所有型号——最老式的和最新式的驱逐舰上都担任过舰级领导的，他也是独一份儿。

然而，这个当了五年导弹驱逐舰副舰长的东北大汉却不能直接被任命为舰长。不是他不优秀，也不是哪个领导有意与他过不去，而是刘华清制定的新章程挡住了他晋升的阶梯。他不得不暂时告别心爱的战舰，走进广州海军舰艇学院舰艇长班接受本级专业培训。

1989年8月末，当吴洪乐一身便装敲响学员宿舍大门时，他即刻成为本期舰长班的"大哥大"：年龄最大，军龄最长，职务军衔最高。同班同学大多20啷当岁，清一色的中尉、上尉，连学员队队长、政委也不过是少校，而他却是已经年届36岁、有着五年副团资历的老中校！

一年学业期满，吴洪乐被任命为正在海军试验基地接受现代化改装的一艘导弹驱逐舰见习舰长。这对他来说，再理想不过：老舰长马上要提升教练舰长，一俟操纵考试合格，他可以顺理成章地被任命为舰长，不出两年，就可望成为一名全训合格的导弹驱逐舰舰长。

然而，事情的发展并不以他的意志为转移。不久，吴洪乐被任命为正在建造的第二代导弹驱逐舰首制舰的舰长。

1991年8月28日，新型导弹驱逐舰首制舰建成下水。按照海军接舰条令规定，舰艇下水前一个月，接舰部队到位。7月30日，吴洪乐和舰政委夏克伟率领首批舰员抵达造船厂。

作为舰长，吴洪乐的目标很明确，也很实际：如何在最短时间内让舰员熟悉新装备，形成战斗力。但是，这个在其他舰长职责内并不困难的目标，对他来说似乎遥不可及。

舰艇下水前夕，吴洪乐组织舰员上舰参观。这一看不要紧，水兵们的头都大了：舰艇上密密麻麻的面板、开关、按钮，还有通信设备、导弹设备、机电设备，全是英文标志，那各色各样闪烁不停的指示灯是啥意思？谁也搞不懂，全都懵了："我的妈呀，都是些洋玩意儿，咱这点文化水儿能摆活得了玩得转吗？"战士们没信心了，打退堂鼓了："干不了，让咱回去算啦。"刚刚捏合到一块儿的来自20多个单位的舰员的心气又散了。

得赶紧做工作，把信心立住了。吴洪乐商量夏克伟："不是文化水儿低吗？咱先叫响'先天不足后天补'这个口号！"

专业培训全面展开。不算先期出国培训的，仅国内从南到北，由东至西，近20个省市地县，前后160多批次，少到一两名舰员，多到90名舰员，累计数千人次。整整两年时间，舰员们在相关高等学府、科研院所、生产厂家对口接受培训。

吴洪乐不厌其烦地告诫他的部属："派你出去接受培训，你只能给我学好学精，绝不能学个半拉子！将来在这个专业，你就是专家，你就是行家，你就是权威！"

两年过去，吴洪乐的苦心没有白费。当海军组织的考核验收组登舰时，全体舰员交出了一份令他惊喜的答卷：理论考试合格率达96%以上，实际操作考核100%通过。

1984年4月10日，刘华清签发了海军历史上第一个《关于组织对驱逐舰舰长合格考试的通知》。

通知明确规定，考试的对象为驱逐舰舰长和未经合格考试的驱逐舰教练舰长；考试时间为9月1日至15日。

组织架构层次之高与分工之细，可以窥见刘华清对首次驱逐舰合格舰长考试的重视程度：成立以海军副司令员聂奎聚为主任的考试委员会；海军考试委员会下设考试组、指挥组和保障组。

海军司令部军训部部长、副部长分别担任考试组正副组长；考试委员会任命的"考官"超过 50 人，全部由相关专业部门领导和资深业务长担纲。考试组下设战斗指挥、枪炮、导弹、攻潜布雷、组织训练、舰艇管理六个专业组和计划协调组，专责各项目的理论、实操考试及成绩评定。负责海上考试项目组织指挥、兵力调动与各种保障的指挥组和保障组，则委托舰队组织，其工作量较之实施一场诸兵种实兵协同演练有过之而无不及。

舰艇长全训合格考试，是一艘战舰形成战斗力的重要标志。按照刘华清的设计，1983 年 8 月海军颁发的《驱逐舰护卫舰舰长合格考试标准》规定，舰长全训合格考试，是一种全系统、全功能、全职手的立体考核。应考者不仅仅是舰长一人，与他们一同走上考场的是全舰官兵。舰上任何一名军官和任何一个部门考核不及格，都会直接影响舰长全训考试的成败优劣。这既是对武器、人及人与武器结合共生的战斗力水平的全面测试，更是对一舰之长现代化管理能力与指挥艺术的综合检验。

全训合格考试被舰艇长们形象地称之为考"海博士"。自此而始，每一位舰艇长从走上这个神圣而光荣的指挥岗位的那一刻起，无一例外都怀着既企盼又畏惧的心情，等待着这一神圣时刻的到来，梦想着获得"全训合格舰艇长"的烫金证书和金银质证章。因为这一纸证书与这一枚证章，与每一位舰艇长的仕途升迁和福利待遇紧密相连。根据刘华清的规定，一名舰艇长一次考试不合格，允许补考一次；补考仍不合格，就得"下岗"另行分配工作。而一名舰艇长要想获得提升更高一级的职务，必须通过全训合格考试才有被选拔的资格，否则免谈。从经济利益上讲，舰艇补助金制度改革后，见习舰艇长、舰艇长和全训合格舰艇长三者所享受的岗位技术等级补助金也是不等的，只有全训合格舰艇长才有资格领取最高一等的岗位技术等级补助金。

从 1990 年 8 月被任命为见习舰长，到 1991 年 7 月受命组接新舰，再到 1994 年 5 月"哈尔滨"号导弹驱逐舰命名正式交付部队，吴洪乐在舰长岗位上已届满四年。然而，别说提拔晋升，就连他日思夜盼的全科目训练，都还不知道等到猴年马月，才能提上议事日程。

吴洪乐的全训合格舰长之路，注定曲折而坎坷。眼下，他的最高使命就是配合研制生产单位完成对"哈尔滨"号导弹驱逐舰全系统全功能的试验和验收。当然，作为舰长，他也要尽一切机会和可能，利用这宝贵的时间，实现人与武器的"对接"，为日后全训乃至形成战斗力打下牢固的基础。

现代舰艇装备，尤其是高科技装备越发展，战斗力的形成就越来越趋向于整体化。过去我们常讲，"兵熊熊一个，将熊熊一窝"；在我的舰上，不仅将熊熊一窝，一个兵熊也能熊一窝！大部分水兵都是一人一个舱室，一人一个战位。如果把所有系统的微型机都分配下来的话，一个人都得一两台。从这个意义上说，在我的舰上，人人都是"百万富翁"。

一艘高新科技装备的战舰带来的新旧观念的冲突、碰撞与变更是全方位的。从生活的文明化这种表层的转变到作战训练指挥的深层次改变，是一个极其痛苦而长期的过程。走进封闭型的舱室，展现在人们眼前的，是数不清的各色指示灯和荧光屏，水兵们不停操纵着的，是各式各样的开关、按键和旋钮。战场上激烈的较量和厮杀，都在寂无声息的"机"上紧张进行。

从 1994 年到 1996 年，历时两年的专项试验，我们解决了从单机到部门简单的战术到全舰的合成。

1994 年到 1996 年的两年中，吴洪乐率领"哈尔滨"号导弹驱逐舰，在蓝色的国土上书写了辉煌——

1995 年秋，"哈尔滨"号导弹驱逐舰奉命参加海军组织的带战术背景的海上实兵演习。舰队首长有些担心：刚出厂的新舰，没有经过全训，能行吗？支队长压力更大，反复问我："老吴，不会掉链子砸锅吧？"我了解我的舰员，他们都是在实炮实弹的响声中练出来的。

编队对海导弹齐射的时刻到了。这是演习最壮观最威武最激动人心的一幕。由导弹驱逐舰、导弹护卫舰组成的作战编队在同一时刻向同一海上目标发起导弹攻击。我们舰是这个编队的旗舰，行进在最前面。进入攻击阵位，意想不到的情况发生了：攻击目标在雷达上找不到了。离发射还剩短短 3 分钟，导弹长急得大吼："舰长，目标丢了，咋整？"我当机立断："人工起始！"60 秒……

"哈尔滨"号导弹驱逐舰名扬四海，屡获殊荣。

50秒……40秒……30秒，解算器的绿色指示灯在最后关头神奇
闪亮！我大声下令："发射！"海面上，数枚导弹风驰电掣，同时
向着"敌舰"呼啸而去。全舰上下那个乐呀，真正是欢呼雀跃啊！

同样是在 1994 年到 1996 年的两年中，吴洪乐率领"哈尔滨"号导弹驱逐舰，在异国他乡为共和国赢得了荣耀——

> 1996 年 8 月，我奉命率舰出访俄罗斯海参崴。这是一次五国海军大聚会，同时受邀到访的还有美国、日本和韩国军舰。在码头中间，给我留下一个仅有 60 来米宽的艉靠泊位。进港时，我操舰走了一个 S 形，把舰艇稳稳当当地靠上了码头。整个过程干净、利索，很柔和，也很漂亮，甚至有点艺术化。

> 我陪同北海舰队司令员张定发中将拜会俄罗斯太平洋舰队司令时，他一见面就高兴地说："我的同事告诉我，中国舰艇靠码头最漂亮！"当得知我任舰长已届五年时，他对张司令员说："他应该晋升了。"张司令员回答："他的晋升，我说了不算，要经过海军批准。"言毕，两位司令官哈哈大笑。

> 在"哈尔滨"舰舰长岗位上，我先后驾舰出访六国七港。在与外国海军交往中，美国太平洋舰队司令克莱明斯上将是我见的次数最多的一位高级海军将领。克莱明斯率舰访问青岛时，特别向陪同他的北海舰队张定发司令员提出请求："去哈尔滨舰看看吴舰长，我们可是老熟人了。"一登上甲板，克莱明斯上将就握着我的手，满面笑容地说："再次见到你，我感到非常高兴！"我也热情地说："能在我的舰上第三次迎接将军阁下，我感到非常荣幸！"离舰时，克莱明斯特意赠送给我一枚太平洋舰队的小徽章。

但是，任你吴洪乐任职时间再长，贡献再大，业绩再佳，名声再响，没有完成全科目训练，没有接受全训合格考试，你就享受不到全额的舰长岗位津贴，你就没有获得晋升的资格，你就仍得继续站在"哈尔滨"舰的指挥台上！因为，你的战舰没有形成战斗力，你这个舰长还没有获得执行战斗勤务的"绿卡"！

1984 年 9 月 1 日至 15 日，以海军副司令员聂奎聚为主任的考试委员会，主持完成了人民海军历史上第一次舰艇长全训合格考试。随即，刘华清、李耀文联名签署命令，正式批准吴胜利等六名导弹驱逐舰舰长为合格舰长。

时值东海舰队某驱逐舰支队支队长职位空缺。刘华清明令：驱逐舰支队支队长必须从全训合格驱逐舰舰长中选拔。但海军首批全训合格驱逐舰舰长全部产生于北海舰队和南海舰队，东海舰队现任驱逐舰舰长和支队、大队两级舰艇军事指挥干部中，还没有一名全训合格的驱逐舰舰长。

"跨舰队考核选拔。"刘华清决心已定，初衷不改。

"六名合格舰长中，哪位更胜一筹啊？"听取首次全训合格考试情况汇报时，刘华清直截了当地问道。

"吴胜利。"海军考试组组长、海司军训部部长姜可续有备而来，如实作答，"从基础理论到实际操作，从战术技术到武器使用，吴胜利的考试成绩都很突出。这名舰长的最大特点，就是思维清晰，反应敏捷，作风干练，管理严格，部队士气高，装备保养好。"

姜可续是刘华清就任海军司令员后亲自选定的军训部部长。作为一名老资格的驱逐舰舰长和驱逐舰支队支队长，他对一位后起之秀能力水平的推崇与赏识，无疑会引起刘华清的格外关注。

首批六名驱逐舰合格舰长的履历呈送到刘华清案头。吴胜利的综合素质果然令他眼前一亮：1945年8月出生，1964年考入解放军测绘学院海测系，大学本科毕业，先后在四艘国产导弹驱逐舰、护卫舰任职，并在南海舰队担任了长达八年的护卫舰、驱逐舰舰长。

"是个好苗子。"刘华清不禁暗自赞叹。

很快，吴胜利便直接由导弹驱逐舰舰长跨舰队破格晋升为某驱逐舰支队支队长。此后，吴胜利历任某基地参谋长、大连舰艇学院院长、东海舰队副司令员、南海舰队司令员等职；2004年6月升任解放军副总参谋长；2006年8月出任共和国第七任海军司令员。

继吴胜利之后，从驱逐舰、护卫舰舰长和潜艇、核潜艇艇长走上舰艇编队、基地、舰队、海军乃至军委总部的高级将领，无一例外都取得了舰艇长全训合格证。

1996年年末，吴洪乐终于等来那个他企盼整整六年、为之奋斗整整六年的神圣时刻：舰长全科目训练合格考试——

　　为了我们一条舰的全训考试，受海军委托，北海舰队专门成立了以张定发司令员为主任委员的考试委员会。"严格、全面、系统"，这就是舰队提出的"哈尔滨"舰全训考试的六字原则。

考试分理论与实操两大部分。理论考试仅我舰长一人就有七份考卷，半天考一门，每门考试时间三小时。对我的考试是与舰员们分开的，设在舰队机关会议室。空旷的考场上，就我独自一人，连个壮壮胆儿的考伴也没有。七份考卷做下来，回到家当晚我发高烧到39℃，汗水把一条棉被都浸湿了。

然而，第二天上午我照样晃晃悠悠走进了考场。这天进行的是现场答辩。张定发司令员早已在考场一侧的中间位置就座。他的两旁，都是考试答辩委员会的委员，坐了长长的一溜儿。对面的长条桌前，只有一把椅子，那是我的座位。答辩题一共有五种类型，分别放在五个大筒子里，由我随机抽取两张题票现场答辩。整整一个上午过去，走出答辩考场，舰队训练处长拍着我的肩膀笑了："老吴啊，你还真行！"据说，张司令员也很满意："不错，老吴还是挺聪明的。"

理论考核的最后一项是做方案。头天下午考试委员会给我一份情况想定，第二天上午8时进考场汇报方案。回到舰上，我就把副舰长、航海长、枪炮长、导弹长、反潜长召集起来，全力以赴研究制定战斗方案。分析敌情我情，敌我装备，战场态势，攻击阵位，攻击效果，战场动员，战场撤收，等等，一直忙活到第二天清晨才算基本就绪。方案做完了，我还得对航海长绘出的三张大标图，导弹长、枪炮长给出的一大堆计算绘算数据在脑瓜里全部过一遍啊。接下来的方案汇报你既不能照本宣科念稿子，又不能胡言乱语瞎掰；既要有整体性和逻辑性，又要体现战术思想和作战原则。哪个环节、哪个事项考虑得不周全，想定得不缜密，都会毫不留情地扣分。还好，又是一个紧张的上午过去，考试委员会再次向我亮出了绿灯。

理论考试结束，海上实操展开。海上考试严格按照"全武器、全功能、全系统"进行。内容一共有七项：损管、防御、攻潜、反潜、主炮对海攻击、导弹对空和对海攻击。

整整两天，一个项目都不落。进攻是真的，防御也是实的。鱼雷发射了，火箭弹发射了，干扰弹打了，主炮、副炮也都打了。

为我们一艘舰全训考试，出动的舰艇就有护卫舰、潜艇、扫雷舰、警戒船、拖靶船，飞机则有轰炸机、歼击机和直升机。尽管我使出了浑身解数，考核中还是出现了意外。主炮射击时突然机械故障：炮弹卡壳不过火。我立即下令按不过火操作规程进行紧急处置。第一次没过火，系统发生了变化，再组织发射时又卡了壳。返航后，张定发司令员说："吴舰长，主炮由于发生机械故障，没有反映出你们的真实水平，但我算你及格。等炮修好了再打，如果能拿优秀，我仍然认账。"

这家伙把我给窝囊的！舰艇靠上码头已经很晚了，考试组在舰上用餐。包括张司令在内所有的人都很兴奋，我心里却像堵了一团烂棉花。就在这时，没有出海的支队政委赶到舰上，一听说主炮没打好，拉着脸就给了我一句："老吴，你咋整的？大风大浪都没掉过链子，怎么会在阴沟里翻船呢！"我知道，政委是为我惋惜。本该一个满堂彩的大结局，却在最后时刻留下一个不大不小的遗憾。但心里正憋屈着呢，一听这词儿，我没好气地说："政委，能怨我吗？"一言未了，眼泪像决口的堤坝，哗哗地流啊，任怎么想堵也堵不住。

男儿有泪不轻弹啊！在驱逐舰支队，我吴洪乐算得上是条硬汉子，天塌地陷也从不掉半拉泪珠子，但这一次却是个例外。

哭啥呢？我也说不清，反正不仅仅是为挨了政委的批评。六年啦，整整2000多个日日夜夜啊！300万平方公里的蓝色国土，哪个海域没有留下我们的航迹？1.8万公里海岸线上所有的军港，光进出港离靠码头就是数百次，总航程6万多海里，年均1万海里，创海军最高纪录！遭遇多少风风险险，迈过多少沟沟坎坎？从当水兵到部门长，我不知道军功是啥滋味，但在舰长岗位上，海军却连续给我记了两次二等功、两次三等功。外人看到的是荣誉的光环，而我承受的却是重于泰山的责任！

全训考试通过了，全舰官兵六年的心血终于换来了胜利的果实。这是一个标志啊，它标志着人民海军的战斗力水平迈上了一个新的台阶。因为"哈尔滨"舰是共和国"八五"期间唯一形成战斗力的高新技术装备。

有人说："老吴是喜极而泣。"我不否认。

在人民海军舰艇长队伍中，类似吴洪乐的故事自 1983 年刘华清推行舰艇长全训合格考试制度以来，日日月月都在发生着，年年岁岁都在演绎着。

以 1984 年为始端，海军全训合格舰艇长成批涌现。到 1988 年年初刘华清卸任海军司令员时，在职全训合格的三级以上舰艇长已占总数的 50%以上，具备战斗执勤能力的一类舰艇，从 1985 年以后一直保持在舰艇总量的 50% 以上。

1995 年 8 月 8 日，《解放军报》在一版头条位置刊登消息，公开报道了海军实行舰艇长全训合格考试制度以来所取得的显著成就：标志海军战斗力水平的"全训合格舰艇长"已达总数的 2/3 以上，比改革前增加了近 30 倍。

海司军训部门负责人概括了这一改革的四大好处：一是军官训练的努力方向、目标明确，领导和本人都心中有数；二是从职务、待遇上真正体现了训好训坏不一样，训多训少不一样；三是摆脱了年年低层次循环的怪圈，大大提高了整体战斗力；四是密切了军官在职训练与部队训练的关系，调动了官兵合力搞训练的积极性和自觉性。

这项改革成功的主要经验之一，是干部训练改革与干部制度改革同步进行。据海政干部部负责人介绍，以往用干部确实有"说你行你就行"的情况，改革后，政治部尤其是干部部门自始至终要参加干部训练考核。一个干部要晋升，在政治合格的前提下，还必须迈过"全训合格"的"铁门槛"。干部训练改革促进了干部任职资格制度的建立与完善，增强了选拔、任用干部的透明度和公正性。

"建立健全舰艇长合格考试制度，带动了整个舰艇部队的训练。"共和国第四任海军司令员张连忠 1991 年 10 月在一篇公开发表的文章中，充分肯定他的前任组织实施的这一重大改革。

这位潜艇艇长出身的海军上将写道：

> 实行舰艇长全训合格考试制度，是海军舰艇部队军事训练改革的一项重要内容。舰艇长是海上战斗力的基本指挥员。抓住舰艇长这个关键环节，实质上就是抓住了海上战斗力的核心。海军通过组织舰艇长全训合格考试，并把合格考试与舰艇长使用、培养和提升挂起钩来，调动了舰艇长训练的内在动力，增强了自觉性和紧迫感，有力地促进了舰艇部队的全面建设，提高了部队战斗力。

古语云："秀才滚滚，离不开本本。"

刘华清说："条令条例是军队的法典。"

舰艇长全训合格考试制度，仅仅是刘华清推进人民海军教育训练规范化创制的"新章程"之一。在海军司令员任期内，他亲自担任海军条令编修领导小组组长，组织 3000 多人（次）协同会战，历时三年，主持修编和新编了包括《海军战斗条令》《海军舰艇条令》在内的条令条例 736 部。

这是一项浩繁的军事法典工程，堪称人民海军历史之"最"！

新体制：组建舰艇训练中心

南海舰队舰艇训练中心解散了！

对于正在全力推进海军训练改革的刘华清而言，这绝对不是一个好消息。

1983 年 7 月，海军第一个舰艇训练中心运行三年半之后，带着剪不断的是非曲直、说不清的功过荣辱、道不白的成败得失，无可奈何地关门歇业了。

作为一个改革的标志物，舰艇训练中心的诞生与夭折，都会产生轰动效应。

1980 年早春。"舰艇训练中心"犹如一朵艳丽的报春花，绽放在南国之滨，《解放军报》第一时间在一版头条位置刊发消息，对它的诞生予以突出报道。

刘华清回到海军后，对舰艇训练中心这一新的训练体制给予充分肯定，并多次指示有关部门要认真关注和研究这项重大改革的探索实践和经验教训，为深化海军的军事训练改革提供借鉴。1983 年上半年，总参和海军两级军训刊物还先后刊登了《舰艇训练中心是多快好省的训练途径》的调研文章。

然而，出乎刘华清意外的是，就在他刚刚启动海军训练全面改革的关键时刻，南海舰队主要领导却异乎寻常地作出了解散舰艇训练中心的决定。

是什么原因导致这项曾经受到总部和海军高度赞扬并吸引了全军将士眼球的训练体制改革成果中途夭折？

刘华清决计探出个究竟。

有人认为，舰艇训练中心之所以短命，关键在于舰队领导班子变了。"一个将军一个令，谁掌权谁说了算。"上届主官搞了一套改革，轰轰烈烈，下届主官看着不顺眼，就要推倒另搞一套，谁也不愿意吃别人嚼过的馍，谁也不愿意给别人脸上贴金。这就是舰艇训练中心短命的根本原因。

刘华清并不否认这种"人走政息"的客观现实和社会存在。但他不认为这是导致舰艇训练中心中途夭折的根本原因。舰艇训练中心改革的首倡者是前任南海舰队司令员傅继泽，如果他仍在任，舰艇训练中心不管遇到多大阻碍，都会继续办下去，这是毫无疑问的。但他现在是海军副司令员，和聂奎聚副司令员一起，协助刘华清分管军事训练工作。作为海军主管首长，南海舰队现任领导班子不到万不得已，也不可能冒着得罪"顶头上司"的风险去反对甚至砍掉其"政绩工程"的改革成果。这也是人之常情。

刘华清认为，在传统训练体制的夹缝中艰难孕育分娩的舰艇训练中心，作为训练体制改革的一个"新生儿"，在20世纪80年代初期传统体制结构的产床上，注定它必然是一个先天不足的"早产儿"和上不了"户口"的"私生子"。这就预示着在它降生和成长的过程中，将遭受传统体制及其衍生的思维观念强力排斥与重重阻碍。

"舰艇训练中心"，一个颇为新颖的体制名词，但正是它的前所未有的新颖性，使它暂时难以编入体制序列而享有正式的"名分"与"待遇"。

首要的问题是组织结构的脆弱性。由于没有正式列编，舰艇训练中心的领导班子和业务骨干大都是从机关部队临时抽调，长期占用原单位编制，提升、调级、福利等切身利益难以解决，造成全员性的临时观念，思想极度不稳。

其次是管理关系不畅。参训舰艇长期脱离原建制单位，某些舰领导有意无意放松对舰员的行管要求。出海训练归来，有些水兵上岸"撒丫子"，夜间很晚也不回舰，舰领导却不以为然。这种状况必然影响训练质量和效果。但训练中心对此无能为力：组织参训舰艇完成全科目训练，是他们唯一的权力和全部的责任。他们无权对参训舰艇及其官兵实施奖励和惩戒，无权在训练中实行优胜劣汰，无权对受训军官的任用提出建议和意见。舰艇训练中心的政治工作部门和工作人员不代表一级享有用人裁事的权威性机关，充其量只能算个长期性的"工作组"。

其三是供给保障关系不顺。在现行的"经费包干、分区供给"体制下，大多数不属于训练中心所在地岸勤部门供应范围的参训舰艇，在训练器材和经费保障上遇到的困难可想而知。常常是训练中心和受训舰艇为申领训练经费和器材配件，四处奔走，多方求告，大量的人力、精力和时间耗散在这种你推我诿的扯皮拉筋之中。

无法排解的结构性矛盾，难以承受的体制性阵痛，最终招致了舰艇训练中心这一重大改革的中途夭亡。

刘华清对南海舰队解散舰艇训练中心的决定未置可否。作为海军司令员，他保持了令人难以捉摸的沉默与矜持。

改革是一项高风险的事业。成功与失败，作为改革过程终端的必然产物，是不以人的喜好与意志为转移的。摸着石头过河，就不能以一步的得失论成败。失败乃成功之母。沿着无数失败链接的阶梯，改革才能最终赢得成功的辉煌。

"军事训练改革是一项庞大的系统工程。"面对热潮奔涌的改革大趋势，刘华清保持着一份难得的冷静与清醒，"任何事物的发展过程，都不会一帆风顺。军队是准备打仗的群体，需要有直面死亡的勇气，自然也应该有实事求是、直面矛盾和挫折的勇气。"

刘华清对称之为"系统论"的"贝塔朗菲定律"有着独特的兴趣和深刻的理解。改革，就是打破旧的系统和整体固有的相互联系和相互作用，建立起新的系统和整体的相互联系和相互作用。而在改革过程中，必然经历一个旧的平衡与运行机制被打破，新的平衡与运行机制尚未健全的新旧体制并存的过渡期。新旧体制的矛盾与碰撞，新旧观念的冲突与交锋，在这个特殊时期引发的阵痛与风险达到极致。改革的进退成败，就在于能否顺利度过这个阵痛与风险高发的过渡期。有时是进一步大功告成，退一步功亏一篑；有时是退一步海阔天空，进一步险象环生。

刘华清冷静地观察与思考着这场发轫于南中国海并波及 1.8 万公里岸防线改革浪潮的起落消涨，缜密地谋划与操纵着海军训练体制改革的航船向着既定目标顺利挺进。

1983 年 5 月下旬至 6 月上旬，刘华清亲自来到北海舰队进行考察调研。

海军军事训练的落后现状令他忧愤不已：国外海军的舰艇部队，每年训练时间大多在 200 天左右；飞行员训练时间，一般在 250 小时以上。相比之下，我们海军的训练时间要少得多。有的舰艇支队和水警区，每年出海训练时间，甚至连基本指标都完不成。

"要对训练进行全面系统的改革。" 6月8日，面对驻青岛海军部队师以上干部，刘华清痛陈时弊，"搞一次训练，准备一个月，训练十天，总结半个月。这套办法弄得训练时间少、质量低、周期长，不能很快形成战斗力。这样不行，要研究提出改革意见。"

回到北京，刘华清紧锣密鼓主持制定海军训练改革总体方案。三个月后，《关于海军军事训练改革的若干问题》应运而生。

这是一部以创新训练体制为牵引，以更新训练内容为核心，全方位深化海军训练改革的纲领性文件。

实行分类分级训练，成为海军训练体制改革的重头戏。按照刘华清设计的改革方案，海军所有兵种、舰种，一律实行分类分级训练。

分类分级施训，预示着与传统训练体制彻底决裂——

在编舰艇划分为三类：一类舰艇为完成训练大纲单舰艇（中队）科目的在航舰艇；二类舰艇为初训、复训的在航舰艇；三类舰艇为厂修或停航六个月以上的舰艇。

一、二、三类舰艇采用分类升级制训练法。

一类舰艇：进一步加深单舰艇使命科目训练，主要进行编队、合同训练，结合作战任务进行战术课题和远航训练，担负日常战备执勤任务；

二类舰艇：严格按训练大纲完成单舰艇（中队）科目训练，采用训练基地（中心）、训练点、训练中队等组织形式进行训练，一般不担负日常战备执勤任务；

三类舰艇：大部分舰员随一、二类舰艇出海训练，少数舰员随舰艇进入修船管理部队，专责舰艇修理。

与训练体制改革相配套，《关于海军军事训练改革的若干问题》对训练内容、训练机制、训练方法、训练手段、训练保障等方面的改革，作出了系统规定。

训练内容改革，成为训练改革的核心。

"这是训练改革取得突破性进展的主攻方向。"刘华清指出，"训练内容是反映军队对现代战争适应程度的一个重要标志。如果连'训什么'的问题都解决不好，不管组织得多么严密，方法多么灵活，手段多么先进，都将是无的放矢。训不当训，对未来作战毫无益处。只有紧紧围绕提高'五种作战能力'（协同作战能力、快速反应能力、电子对抗能力、后勤保障能力和野战生存能力），抓住训练内容改革这个核心，才能使训练产生质的飞跃。"

"低耗、高效、科学"，成为训练方法改革的目标。传统的"港岸苦练、海上精练，地面苦练、空中精飞"训练方法，被赋予新的内涵。港岸、地面训练不合格，不得转入海上、空中训练。

训练保障机制创新，重在打破"训多训少一个样、训好训坏一个样"的"大锅饭"模式，确立"多训多给、少训少给，专款专用、重点保障"的原则。

"不进行一系列改革，就不可能有现代化建设的胜利。"1984年元旦刚过，刘华清就通过《人民海军》报向海军全体将士发出强烈呼吁，"我们要抓住当前的有利时机，针对现代海战的特点和已经变化了的敌我双方的新情况、新问题，加紧训练改革，提高部队合同作战和快速反应的能力。这是一个战略性问题，万万不可等闲视之。"

刘华清密切关注着海军训练改革发展形势。《关于海军军事训练改革的若干问题》颁布实施半年后，他在北京亲自主持召开了海军训练改革座谈会。

1984年6月8日至14日，刘华清分两批听取了来自潜艇、驱逐舰、护卫舰、登陆舰、快艇和勤务船部队军事主官关于训练改革的情况汇报。整整一个星期，刘华清与这些来自训练改革第一线的代表坐在一起，畅所欲言，各抒己见，共商改革大计，同谋训练良策。

刘华清要求海军各级领导进一步解放思想，大胆改革创新："海军军事训练需要改革的东西很多，我们要拿出改革的气魄和胆识，克服畏难情绪，消除抵触情绪，决不能谨小慎微，束手束脚，互相观望，消极等待。对于一些不适应现代战争需要的落后的、陈旧的训练思想、训练原则、训练体制、训练内容、训练方法和训练手段，只要是在海军权限范围内的，就应该大胆地进行改革。"

　　然而，随着舰艇分类分级训练改革的深化，新的组训模式与旧的训练体制之间的矛盾日益加剧，构建与之相适应的新的训练体制迫在眉睫。

　　由于舰艇分类是在部队原建制单位基础上进行的，编制体制和指挥关系没有改变，因而分类不分训的矛盾慢慢凸显出来。年初开训时，所有舰艇都按水平和任务作了分类调整，开训后往往因工作多不能真正免除二类舰的公差勤务，结果还是有多少时间训多少时间，科目训练周期拉得很长，再加上原有的一类舰因人员变动引起战斗力水准下降，致使二类舰训练质量不高、一类舰数量出现滑坡趋势，部队整体训练水平难以持续发展和巩固提高。

　　但是，军队体制编制高度统一，刘华清要想在海军单独创立一种全新的训练体制，谈何容易！

　　中国人民解放军自诞生以来，一直实行的是作战与训练合一的体制编制。随着武器装备现代化程度越来越高，作战与训练不分的体制弊端日趋严重。以一艘新型舰艇为例，自批准服役那天起，单就其武器装备性能而言，应该说已经具备了作战能力。如果驾驭它的官兵已经提前完成了全科目训练，那么全员上舰即可执行战斗任务。但我军现行的体制却做不到。往往是装备形成了战斗力，但人却还没有形成战斗力。于是，在现有体制下，舰员们上舰后，必须通过实装从技术基础到战术基础再到使命科目走一个完整的训练周期。等到舰员的指战技艺合格了，舰艇又该开进船厂上坞检修了。如此恶性循环，人、武器以及人与武器结合的战斗力三要素很难同步生成。

　　面对体制瓶颈的束缚，刘华清没有因袭重启舰艇训练中心改革的单线型思维定势，而是把探寻的目光投向了海外。他发现，他所访问考察过的一些西方发达国家军队，普遍实行的是作战与训练分立的体制。以美军为例，其国防部设有三军统一的训练领导机构，负责各类人员训练质量考核和训练经费预算分配。海军的训练由海军作战部主管人力、人事和训练的副部长负总责，由海军教育与训练司令部具体组织实施。该司令部下设六个训练司令部、八个训练中心和若干所院校。这种把单兵训练（包括院校教育）和部队整体训练统统纳入教育训练这个大系统的做法，比较符合教育训练的客观规律。英、法等国海军实行的作训分立体制与美国相比，更

水面舰艇战斗力建设，始终是刘华清关注的重中之重。（1986年1月）

有其独自特色。英、法海军均在建制部队以外设立类似院校的训练基地或训练中心，专门承担部队的基础训练。其训练机构规模不大，但效率很高，比较适合中等规模的海军，对我军训练体制改革具有较高的参考借鉴价值。

"当前分类训练的核心问题，是在舰艇基础科目训练阶段，战备执勤与训练任务混在一起，没有从体制编制上来保证基础科目的训练质量和进度。"

刘华清对症施诊，开出处方："应把解决初训舰艇的集中施训作为训练体制改革的关键来抓。一艘初训舰艇就是舰艇部队的一名'新兵'，要实行'先训后补'，将初训舰艇训练基本合格后再补入作战序列。"

时值 1985 年 10 月，海军训练改革已经走过三年不平坦的历程。在海军训练改革经验交流会上，刘华清终于端出了训练体制的改革构想与实施方案。

持续三年的训练改革实践，开创了海军军事训练工作新局面。两年前颁布的《关于海军军事训练改革的若干问题》提出的改革项目与内容，已经取得丰硕成果。新近制定下发的包括《海军部队训练改革设想》《水面舰艇训练大纲改革意见》在内的四个法规性文件，进一步明确了深化海军训练改革的主攻方向与重要课题。

训练改革进入攻坚克难的深水区。刘华清确立七大重点改革攻关目标：在体制机制上，逐步实现军事训练的专业化分工与协作；在施训对象上，抓好二类舰艇基础训练和一类舰艇、甲类飞行团合同战术训练；在训练内容上，要加强新战法的研究，提高合同作战能力；在训练保障上，逐步完善训练保障体系，改革训练经费管理；在训练方法上，大力加强复杂条件下的战术技术训练和跨海区远航训练；在训练手段上，积极开展专业技术竞赛，搞好港岸与海上模拟训练；在训练管理上，加速微机开发和应用。

深化训练体制改革，"舰艇训练中心"是一个绕不过去的坎儿。海军官兵期待着，刘华清能在这次训练改革经验交流会上给出一个明确的说法。

"借鉴外军训练舰队体制，实行人舰统一管理、集中施训模式。"刘华清一锤定音。不过，他还是策略性地调整主攻方向，把改革的突破口从水上引向了水下："先在潜艇部队展开试点。"

很显然，这是一个先易后难的改革抉择。结合体制改革和精简整编，报请军委总部批准，海军将某潜艇支队改建为潜艇训练支队，以配套训练为主，专责二类潜艇施训。

与此同时，海军航空兵的训练体制改革也一步到位：报经军委总部批准，将海军航空兵某师改制为飞行训练基地。

水下的改了，天上的改了，独独落下了水面的。一时间，水面舰艇训练体制改革，特别是被打入冷宫的舰艇训练中心能否起死回生，成为议论的焦点话题。

刘华清似乎并不着急，他以委婉的语气回应道："在潜艇训练支队对二类艇集中统训取得经验后，下一步仍要以各舰队中心教练室为基础，对二类三级以上水面战斗舰艇进行集中施训试点。"

"先把中心教练室建设好，逐步过渡到训练基地。"

刘华清没有沿用"训练中心"的提法，而是换了个名称："训练基地"。但无论是说者还是听者，心里都明镜似的："训练中心"也好，"训练基地"也罢，只是叫法不同而已，本质上是一回事儿。

刘华清就水面舰艇训练体制改革的公开表态，在部队引起强烈反响。很快，北海舰队便正式宣布将舰队中心教练室改建为舰艇训练中心。为此，专门抽调一批富有经验的教练舰长、业务长和专业技术骨干，正式展开对二类舰艇集中施训。1986年年初一开训，两艘猎潜艇就告别原建制部队，开往舰艇训练中心，接受单艇全科目训练。

对于北海舰队的举动，刘华清依然未置可否。

直到1986年8月中旬，海军训练工作会议召开前夕，刘华清才专程前往某现代化军港，考察北海舰队舰艇训练中心。陪同考察的北海舰队领导向刘华清报告，该训练中心体制逐步完善后，将具备20艘左右三级以上二类水面舰艇的年度施训能力。

舰艇训练中心在南海舰队消失三年后，终于在北海舰队重新复活了。

时间，是弥合分歧的最佳良药；实践，是检验真理的唯一标准。

刘华清欣喜异常，回到北京，便在训练会议上大讲特讲训练体制改革。

"我想着重谈谈潜艇训练支队和水面舰艇训练中心的改革问题。"刘华清不再回避"舰艇训练中心"这个称谓，神情从容，侃侃而谈：

> 大家知道，装备技术先进国家的海军都实行作战与训练相分开的体制。舰艇在训练中心或训练舰队完成必要的基础科目训练后补入作战部队。士官、军官从院校到训练中心（基地）到部队（舰艇），要几进几出（院校），几上几下（舰艇）。这样的训练体制，解决了院校训练与部队训练、单个训练与整体训练相衔接的问题，提高了舰艇海上合同训练的起点。
>
> 目前，我们积极开展潜艇训练支队和舰艇训练中心试点，就是借鉴外军的经验，建立起适应我们国情军情的训练新体制。现在，各个舰队的潜艇训练支队已经从编制上明确以训练为主，施

训工作已全面展开。北海舰队今年组建的舰艇训练中心也办得不错。当然，无论是潜艇训练支队，还是舰艇训练中心，都还面临许多矛盾和困难，如编制问题，定点问题，驻训舰艇的保障和修理问题，等等。对待这些改革中出现的新矛盾、新问题，要用改革的眼光去观察，用改革的观念去思考，用改革的举措去化解，绝不能因噎废食，停滞不前。

新的训练体制要有与之相适应的全新的训练机制与模式。我们海军的训练支队、训练中心和训练中队必须"学校化"。所谓"学校化"，就是要像办院校那样，建立一整套严格、正规、统一的教学、训练与管理制度，通过训练，争取一年内完成单舰艇全部科目，为战备值班部队补充合格的一类舰艇。如果每个舰队有一个规模较大的水面舰艇训练中心，潜艇部队有一个训练支队，每个快艇支队有一两个训练中队，争取1990年前后有半数以上的二类舰艇都经过这样的集中训练，则从根本上改变舰艇部队基础训练薄弱的问题就很有希望！

这是刘华清首次公开提出每个舰队都要组建一个舰艇训练中心，并实行"学校化"训练与管理。

会后不久，东海舰队便宣布成立舰艇训练中心，对二类水面舰艇开展集中施训。

1986年10月，即刘华清在海军训练工作会议讲话两个月后，南海舰队司令员陈明山走马上任。他发出的第一道训练改革令，便是重新恢复被前任班子砍掉的舰艇训练中心。

1988年7月6日，中央军委正式批准将海军三大舰队所属舰艇训练中心列入编制序列，并行使师级权限。

至此，由傅继泽任南海舰队司令员时首创的舰艇训练中心走过一段艰难曲折的历程之后，在刘华清的精心培植之下，被重新扶持上马，并终成正果。

这是一个具有标志性意义的时刻。在刘华清完成第三任人民海军司令员历史使命、走上中央军委领导岗位之际，经过五年的改革探索实践，一种作战与训练分立的新型教育训练体制在海军基本形成：以指挥院校与工程院校为主体的军官培训体系，以士官学校与训练基地为主体的士官与水兵培训体系，以舰艇训练中心、潜艇训练支队、快艇训练中队和飞行训练基地为主体的整体训练体系，组成了人民海军独具特色的新型教育训练体制。

新模式：走出岛链，到中远海去！

"你带个编队，到南中国海、西太平洋跑一跑，再去日本海、海参崴转一圈！"

1983 年元旦刚过，刘华清便向海军副参谋长张序三下达了新年第一道练兵令。

对于张序三来说，司令官的这道指令多少有些突兀和意外。领受这道指令时，他本能的第一反应就是：这绝非一道普普通通的练兵令，对于人民海军来说，它将开启一个新的历史纪元！他非常清楚，人民海军自成立以来，34 年间还从未组织过类似的远航训练编队！

1980 年 5 月，我国向南太平洋发射远程运载火箭，人民海军奉中央军委之命组成特混编队前往火箭溅落区担负巡逻警戒和打捞火箭数据仓的任务。这是人民海军的舰艇编队第一次驶过赤道，第一次到达南太平洋。整整 31 年，这是人民海军在广袤的大洋上创造的第一个，也是唯一的一个辉煌！

正因为它是唯一的，所以在担负特混编队参谋长的张序三心灵深处烙下了难以磨灭的印痕。他无时无刻不在期待着，有朝一日率领人民海军的训练编队冲出岛链，走向远洋。

出乎意料的是，在刘华清就任海军司令之后的第一个训练年度的第一道指令，便是远航训练；而更令他亦惊亦喜的是，刘华清亲自点将他这个主管训练的海军副参谋长直接担任编队指挥员组织实施这次远航训练。由此可见，这次远洋航程在刘华清心中的特殊位置与特别分量。

"我们的海军现在可以说还没有真正形成战斗力！"这是 1979 年 4 月，邓小平在听取海军主要领导同志汇报时对海军现状的评价。对此，海军的高级将领们"极不感冒"，从感情上"难以接受"。然而，这却是残酷的不争的现实。

"一支成天只能围着家门口打转转的海军是永远不会形成现代作战能力

的！"刘华清对邓小平的批评心悦诚服。

"对于海军军官来说，大洋是真正的课堂，远航是最好的学校。"刘华清嘱咐张序三，"这次远航，要挑选一批有发展前途的年轻舰艇长和航海干部，把他们拉到大洋上锻炼锻炼，摔打摔打，让他们经经风雨，见见世面。"

2月23日，一份根据刘华清意图精心编制的远洋航行计划正式上报总参谋部：编队由湛江军港起航，经西沙群岛，沿国际航线南驶至北纬5度，在纳土纳群岛以北转向，抵达曾母暗沙；继而转向东北沿菲律宾西海岸航行，经黄岩岛出巴林塘海峡，进入西太平洋；抵达第二岛链后转向北沿日本硫磺列岛西侧北上，通过津轻海峡进入日本海；而后南下穿过对马海峡进入东海，再出大隅海峡进入太平洋；沿琉球群岛东侧继续南下，穿越宫古水道再进东海直航舟山，最后南下经台湾海峡返回湛江。

对照地理版图不难发现，这条航行线寓含着人民海军舰艇训练编队的"四个首次"：首次抵达祖国海疆最南端的曾母暗沙；首次突破第一岛链并抵达第二岛链；首次进入津轻海峡并航行日本海；首次环绕第一岛链长航并进出所有重要海峡航道。

这就是刘华清第一道练兵令的战略思维，这就是刘华清舰旗指向的远大目标：突破岛链，挺进远洋！

1983年5月16日，由X950船和Y832船组成的远航训练编队，乘载着来自各个舰队的150多名实习军官，在张序三的率领下从湛江军港码头解缆起航。

汽笛长鸣，机声隆隆。作为人民海军远洋编队航海训练的处女航，它多少显得有些寒碜：受命远航的两艘舰艇，都是老式辅助船：吨位稍大一点的X950号，是一艘油水补给船，被当作编队指挥舰；另一艘Y832号，是一艘小型运输船，就这么两艘"丑小鸭"式的辅助船，组成了人民海军30多年来第一支远洋航海训练编队。

尽管装备十分简陋，条件异常艰苦，但在着眼于训练和培养人才的刘华清看来，却更能使青年军官在远洋航行中磨炼意志品质，增长才干。

从受命参与远航训练的对象，不难看出刘华清的深谋远虑：153名舰艇长、航海干部、辅导教员和机关干部，全是极具发展潜质的优秀后备人才。

1983 年 5 月 16 日。张序三一声令下，远航训练编队驶离港江军港。经过两天的锚地适应性训练后，一路向南前行。

5 月 19 日 6 时 52 分，编队航行至西沙群岛永兴岛锚地抛锚。张序三派出部分人员乘小艇熟悉海区，其余人员则对照海图观察测绘宣德群岛地势。作业毕，9 时 59 分，张序三下令起锚继续航行。

穿过西沙，进入南沙。海是那样阔，天是那样蓝。天气以晴为主，间或云起雨来，转瞬即云开雾散。偶尔还会遭遇小龙卷风，但见风头螺旋状升腾碧空，顷刻间又销声匿迹。这是南中国海少有的良好气象和海况。远航学员们抓紧时机，开展天测作业。

远航编队顺南沙西缘，接近从广州、香港经南海至马六甲海峡的国际航线向南挺进。航经纳土纳群岛后，编队向东进入赤道无风带，直奔曾母暗沙。

这是一个激动人心的时刻。曾母暗沙，共和国蓝色国土最南端的标志点，在人民海军将士心中，是那么神圣，那么神秘，那么神奇。然而，新中国成立以来，人民海军的舰艇编队还没有在这里留下巡弋的航迹。此刻，当张序三率领的远航编队驶近那座象征共和国南部疆界——曾母暗沙红褐色灯光浮标时，将军心潮澎湃，激情难抑。多少次魂牵梦萦，多少回心驰神往。透过晨光辉映的茫茫海缦，他似乎看到了秦汉渔夫的片片帆影，唐宋先民的重重庙宇，郑和船队的高高官桅，大清水师的龙旗战舰，民国海军的巡航舰队……

"抛锚！" 5 月 22 日 8 时 16 分，随着一声龙吟虎啸般的军令，X950 船稳稳地停泊在北纬 3° 57′ 7″ 东经 112° 18′ 7″ 的地理坐标上。伴随着两船同时拉响的悦耳笛鸣，张序三从航海长手中接过航泊日志，记下了这一庄严的历史性时刻。

离开曾母暗沙，编队转向东北沿着马来西亚和菲律宾西海岸航行。编队将士发现，在我国传统海疆线以内，耸立着数十座海上钻井平台和井架。入夜，钻井平台和井架的灯火把万籁俱寂的海面映照得波光粼粼，犹如海市蜃楼一般美丽动人。然而，官兵们却全然没有了夜航的惬意与浪漫，一种油然而生的耻辱感像地火一样在他们胸中激荡和燃烧。这是共和国的海洋国土，这国土上宝贵的石油资源属于中华民族啊！但是，眼前这些钻井平台和井架，却一座也不属于中国！正是靠着开采和掠夺南中国海的石油资源，某些昔日贫穷的小国摇身一变，成为暴发的富国。

"首次远航南沙，给编队全体官兵的刺激太强烈了。"20多年后，张序三将军在接受作者采访时仍然激情难抑，"只有到了南沙，你才能更加深切地感到，建设一支强大的人民海军，对于中国具有多么紧迫而现实的意义。作为一名职业海军军人，不能履行祖国赋予的保卫海洋主权和权益的神圣使命，是一种屈辱和悲哀。"

5月25日晚。张序三率领远航实习编队，完成在南中国海的航程，驶进巴林塘海峡。是夜，海峡上空乌云翻滚，狂风咆哮，电闪雷鸣，浪大流急，印证航海史料所载"海峡多雷暴"之说不虚。整整一夜，张序三坐在驾驶台上没有合眼。

26日黎明时分。编队安全驶出海峡，进入西太平洋，向第二岛链的重要列岛——日本硫磺岛挺进。

按照刘华清拟定的航线，编队将在西太平洋航抵第二岛链后，转向北航行并经津轻海峡驶入日本海。然而，就在编队接近硫磺岛转向点前，张序三获悉日本海近期可能发生地震海啸。为安全起见，刘华清令海军作战值班室电告编队：取消日本海航行计划，直驶大隅海峡，进入东海，穿越台湾海峡，返回湛江军港。

5月29日零时23分。编队按原航线沿日本硫磺列岛和小笠原群岛西侧向北行驶，17时30分改变航线折转西行，直驶大隅海峡。

30日。编队在大隅海峡以东遭遇温带气旋，海上阵风达到九级，浪高超过五米。为避免在海峡航道内进入气旋中心，傍晚时分，张序三下令编队调整航向顺涌浪慢速向南行驶。风大浪高，夜海茫茫，张序三不敢大意，亲自坐守驾驶台指挥两船转向。当吨位相对大一些的X950船安全转向后，他下令Y832船小舵角向左慢慢转向，待舰桅左右两侧的红绿指示灯在他的目视中将要重叠的一刹那，即船体运动接近与涌浪正横的最危险当口，他果断喝令："大舵角！"等到舰桅右侧的绿色指示灯重新进入视线的时候，他再次下令回复小舵角。Y832船安全转向了，两船官兵为张序三高超的操船技艺发出一阵狂热的喝彩声。

31 日下午。气象传真图显示温带气旋中心已经过去，海上风力开始减弱。张序三率领编队改采西向航行，准备穿越大隅海峡。

大隅海峡位于日本九州岛大隅半岛和大隅群岛之间，长约 24 公里，宽约 33 公里，是连接东海与太平洋的重要水道与国际航道。6 月 1 日下午，海峡风和日丽，波澜不兴，船行如梭。中国海军舰艇编队从太平洋挺进大隅海峡，自然惊动日本海上自卫队，其侦察飞机始终盘旋在编队上空。自中国海军远航编队驶离军港进入南海以来，整个航路中就没有孤寂过，先后跟踪、监视乃至抵近侦察的外国舰船多达 146 艘次，各种军用飞机 20 架次。对此，随船实习的军官们早已没了出航之初的紧张心理，抓紧难得的航渡时机展开图上作业。

在日本军机全程"护航"下，编队于傍晚出大隅海峡，入东海，驶向舟山海域。

舟山群岛航门水道密布，港湾锚地众多，是航海实习的理想海域。编队在舟山海区训练航行四天后，一路南下通过台湾海峡，于 6 月 14 日顺利返回湛江军港。

编队远洋航海训练历时 30 天，航行海区南北跨 27 个纬度，东西越 32 个经度，总航程 6721 海里，在人民海军航海史上写下了浓墨重彩的一页。刘华清亲自签发贺电，对编队胜利返航表示祝贺，向远航训练官兵致以亲切慰问。

然而回到北京，张序三却直道"遗憾"："未能按司令制定的航行计划，穿越津轻海峡并首航日本海。"

"不用遗憾，我们的训练编队以后会经常去。"刘华清加重语气，"这一天不会太久！"

随编队远航训练的 153 名舰艇部队军官，返回部队不久，相当一部分不是很快得到提拔重用，就是被选送军校学习深造。进入 20 世纪 90 年代以后，他们中的许多人陆续走上高级指挥岗位。

"仗在哪儿打，兵就得到哪儿去练！"这是刘华清经常挂在嘴边的一句话。

上任伊始，有关部门向他报告：近年来海军的远航训练搞得不错。但下部队一调查，完全不是那么回事。

潜艇部队，一年指派一艘艇，准备半年，再训练半年，然后到近海转一圈，来回一个月，这就算远航训练了。驱逐舰、护卫舰部队呢？更是连岛链都没有出去过。

在北海舰队航空兵某侦察机大队，刘华清下令派架飞机到对马海峡搞个侦察训练，可没有一个飞行员敢飞。众口一词："没去过，飞不了。"

"简直是乱弹琴，糟透了！"刘华清大为光火："上上下下都讲训练合格，年年达标。连对马海峡都飞不了也算合格？岛链都出不去也算达标？在黄海里打几个转转，从东海到北海跑一趟，就算远航？这叫捏着鼻子哄眼睛，自己骗自己！"

"海军不是海岸警备队，而是300万平方公里海洋国土主权和权益的保卫者！"刘华清发出明确指令，"今后只要条件允许，海军都应该组织远航训练。"

1983年8月，刘华清组织召开海军作战会议，统一了争议多年的海军作战指导思想、方针原则和作战方式。"仗怎么打，兵就怎么练！"在会议结束时的讲话中，他要求逐步简化远航训练组织方法，提高远航保障手段，真正做到一声令下，舰艇编队随时可以远航执勤。

"我希望我们的军舰能像外国军舰一样，训练得能跑它几千海里不出问题！"刘华清吐露心中的期盼与渴望。

1984年，海军远航训练出现历史性突破：三大舰队分别组织水面舰艇和潜艇进行了编队远航训练，北海舰队、东海舰队的远航编队均首次进入了日本海。舰机协同训练更是由技术向战术迈进了一大步，参训的舰艇和飞机数量分别比上年增加2.4倍和4.3倍，创历史最高水平。

战斗力水平的提升是显而易见的：经过全训达到和保持一类水平的三级以上舰艇，占到在航舰艇总数的1/2，首批全训舰长通过海军组织的合格考试，颁发了合格证书。普及超低空训练的飞行团和参训飞行员（组）分别比上年增加45.5%和7.9%，歼击机、轰炸机昼夜超低空飞行高度均创国内同机种最高水平。舰艇和岸防导弹实射命中率则达到86%的良好水平。

从1985年开始，海军远航训练从单舰（机）种快速跃升到多舰（机）

多舰种、多机种编队走向远海大洋协同演练，成为人民海军教育训练的必修课。

种联合编队。远海大洋，开始成为中国海军舰艇编队的演武场。

　　1986年5月的西北太平洋上，出现一幕幕生动画面：轰炸机穿过密云浓雾，掠过舰艇编队上空侦察轰炸；舰载直升机腾空而起，引导导弹驱逐舰超视距攻击；潜藏在大洋深处的潜艇，对水面舰船进行深水隐蔽攻击；大型补给船，给航行中的驱逐舰实施伴随补给。

　　这是由北海舰队司令员马辛春率领的海上联合编队在第一岛链以外展开的海上立体演练。

　　这支联合编队由三艘导弹驱逐舰、二艘潜艇、二架远程轰炸机、二架舰载直升机和一艘远洋补给船、一艘远洋打捞救生船组成。参训总兵员达1600人，其中军师级指挥员19名。训练海区自大隅海峡向东至日本伊豆群岛，向南至小笠原群岛、硫磺岛，向西至冲绳、经宫古水道返东海。

　　海上联合编队是根据刘华清的指示，为提高部队快速反应能力和海上作战能力而组建的。编队以战备值班部队为主体，以一类舰艇、甲类飞行团为骨干兵力，具有"形散神聚"的特点。"形散"，即参加联合编队的舰艇和飞机仍归原建制领导，平时分散于原驻泊点；"神聚"，即他们又是一个紧密联系的整体，有相应的指挥所和指挥系统，有一套相应的组织合成训练、战术训练计划，在组织训练和执行作战任务时，由编队统一指挥。

参加联合编队的有导弹驱逐舰、潜艇、辅助船、轰炸机、舰载直升机等。不论是航行途中，还是进入太平洋，他们始终以刘华清提出的"从难、从严、从实、从硬"的"四从"远航合同训练方针为基本遵循，先后完成了编队导弹火炮攻击、夜间舰艇引导导弹超视距射击、直升机引导舰艇对活动目标实施导弹超视距射击、舰机协同和援救失事潜艇等40个科目训练和课题演练。其中，12个科目课题为首次训练，海军航空兵参加合练的两架飞机，也是第一次出岛链飞抵太平洋。

海上联合编队远洋合同训练历时半个月，航行4000海里，锻炼了多兵种远海合成作战能力和指挥员组织指挥能力，提高了岸上指挥所和海上指挥所协同指挥与编队远海作战水平，取得了远海训练中思想政治工作的新经验，探索出远海航行中后勤保障的新路子。

中国海军联合编队跨岛链远洋训练，在国际上引起的关注和反响十分强烈。据统计，编队远航训练期间发现的海空情逾千次，仅美、日出动的侦察飞机就多达47架次。可以想见，航经外军设防岛屿海区，雷达全程监视、飞机临空侦察、军舰尾随跟踪，更增添了编队合成训练近似实战的战术背景与环境氛围，这种心理体验和训练效果是近岸海区所远不能及的。

组建联合编队深入远洋进行合同作战训练，是加强海上战斗力建设的新尝试，也是海军训练史上的一个创举。刘华清对北海舰队远洋合成训练给予充分肯定和高度评价，并要求各舰队从海空协同训练入手，大力抓好作战值班部队和一类舰艇、甲种飞行团的合同作战训练，使训练与作战有机地联系起来，尽快形成一支应急机动作战的"拳头"力量。

一年后，东海舰队和南海舰队的联合编队也先后走向远海大洋。

1987年5月5日至16日，东海舰队由驱逐舰、护卫舰、潜艇、远洋综合补给船等多舰种组成的海上联合编队，远赴西太平洋成功地进行了多种战术科目演练。

近几年，东海舰队虽然组织过多次远航训练，但舰种单一、战术科目单调。为探索海上大纵深、全方位、多层次立体作战新样式，在为期11天的合练中，多舰种联合编队以海上突发事件为背景，打破传统训练格局，首次成功地进行了隐蔽会合、阵地伏击、海上多舰同时综合补给，以及海上生存试验和带动轻型兵力垂直海岸远程奔袭等项演练，共完成 39 个演练课题和 125 个单舰训练科目，创历年来训练最高水平。

东海舰队的远洋合成训练编队刚刚返航，南海舰队的远航联合编队又解缆出征……

1987 年，在海军军事训练史上，是具有标志性意义的一年。截至这一年，各舰队根据使命任务要求，全部完成了远海合同作战训练，海军诸兵种协同能力、远洋生存能力、应急机动作战能力都有了新的提高。

与此相辉映，海军中高级干部战役战术训练也取得可喜成果。

"今后要着重抓好统一指导，开展中高级干部的战役、战术集训，新战法和新训法的研究，争取有大的突破。"1985 年 10 月，海军训练改革经验交流会上，刘华清在充分肯定三年来远航合同训练成绩的同时，不失时机地将海军训练改革引向更高层次。

为提高首长机关谋略水平与指挥能力，刘华清先后主持制定颁发了《海军师以上首长机关训练大纲》《首长机关合同训练大纲》《首长机关训练条例》，组织编写了《首长机关训练教材》，为战役战术训练提供了依据，使海军中高级干部训练步入规范化、制度化和科学化轨道。

1985 年年底，刘华清亲自组织指挥了一次大规模的海军首长机关单方一级研究性演习。在实际指挥场所进行的这次图上演习，重点研究未来战争海上作战新理论、新战法，预测未来海战场形势，探讨海军兵力建设，锻炼了首长机关统筹整个海战场的组织指挥能力，提高了谋略水平。总参谋部领导亲临现场观摩，称赞这种新颖的练"将"方法："一个字：好，两个字：很好！"

自此而始，中高级干部和首长机关战役战术集训在海军普及开来，军以上部队每年都要组织类似的集训和演练。

1987 年 5 月，刘华清再次组织指挥以"保交破交"为课题的战役集训，专门研究探讨现代条件下的海上交通线作战问题，并组织了红蓝双方三级指挥层次图上对抗演习。这次战役集训演练内容之新，课题之广，要求之高，层次之多，手段之现代化，演习之逼真激烈，都是海军历史上所没有的。

将1987年定义为海军军事训练改革"标志年"，其更具标本价值的事件，是成功举行了大规模海上激光电子模拟战术对抗实兵演习。正是以此次演习为开端，海军海上诸兵种合同演练进入全过程、全系统实兵立体对抗的新阶段。

被外电称之为"黄海大演习"的大规模海上激光电子模拟实兵战术对抗演习，充分展示了人民海军20世纪80年代训练改革取得的丰硕成果，成为刘华清卸任海军司令员前一场精彩的告别演出！

随着新技术革命的兴起，先进的科学技术广泛应用于武器装备，如何使训练手段现代化，成为教育训练的当务之急。

刘华清就任海军司令员后，大力倡导研发使用模拟仿真训练器材。从1983年到1987年的短短四年中，海军共研制并为部队配发大中型训练模拟器材20多种计1900多件（套），海军院校自行研制并用于教学实验的模拟设备达130多台（套）。

这些模拟器材涵盖海军战役战术训练、专业技术训练和勤务保障训练等各个领域。在技术上，实现了从机电模拟向电子计算机模拟，从近似模拟向实时仿真模拟转化；在训练内容上，实现了从单一专业技术训练，发展到从编队到海军战役战术训练和作战指挥训练。

1985年和1986年，军委总部先后组织观摩北京军区和空军激光电子模拟实兵对抗战术演习，在全军乃至国际上产生了很大反响。海军能否移植陆军和空军经验，把现代激光电子模拟技术应用于海上实兵对抗演习？从军委首长到总部机关都寄予极大的期待。

刘华清没有犹豫，给出了肯定的回答。

1987年2月5日，刘华清签发海军呈报总参谋部《关于"海上激光电子模拟战术对抗训练系统"研制计划和组织实兵演习的请示》。

早在1986年8月，刘华清就开始部署"海军激光电子模拟战术对抗训练系统"的论证、招标和研制工作。到10月25日第三次方案论证会议结束，"海上激光电子模拟战术对抗训练系统"确定的所有九大系统26个研制项目，不仅通过了可行性论证，而且全部落实了研制单位。

　　一场与时间赛跑的科研大战，就此在海军部队、院校、科研院所同时展开。长达一年的时间里，作者曾实时跟踪他们之中一个特殊的攻关群体——海军工程学院兵器系青年科研组。

　　这是一个年轻的组合：平均年龄不足 29 岁的大小 11 个课题组长，指挥着一群血气方刚的同龄人；而领衔挂帅的技术总负责人，竟是一位年仅23 岁的研究生！

　　短短七个月内，他们为海军激光电子模拟实兵战术对抗演习完成三大

电子激光模拟加声光烟火显示，把多兵种海上合成对抗演习的逼真效果推向极致。（1987 年9 月）

系统七个重要课题，获得近20项具有突破性的科研成果，在所有参研单位中独占鳌头！

与此同时，承担舰对舰导弹攻击系统、鱼雷攻击系统、反潜系统、布雷与扫雷系统、电子战系统、空对舰攻击系统、战场监测控制系统的研制单位也先后拿出了各自的研究成果。

1987年7月上旬至8月下旬，海军激光电子模拟实兵战术对抗演习在黄海海域拉开帷幕。近两个月内进行的四次海上演练、两次预演和一次正式演习，全部获得成功。军委首长，国务院及各部委领导，三总部和各军兵种、各大军区领导，先后观摩演习，给予高度评价。

与海军组织的大多数实兵演习一样，这次大规模海上激光电子模拟实兵对抗战术演习没有在国内媒体公开报道。

17年后，在公开出版的《刘华清回忆录》中，刘华清首次向公众完整披露了这次演习取得的成效与产生的影响：

> 1987年，海军诸兵种协同训练，由于利用了新的科技手段，又有了新的发展。

> 我们利用激光、电子技术等，研制了海上战术对抗训练模拟器材，使用于保交、破交、战役图上演习、对空防御训练和海上对抗实兵演习。8月，北海舰队在黄海举行了演习。这次演习，利用激光电子模拟器，在海上进行战术对抗实兵演习，其电子模拟系统的精确化，填补了我军空白，激光模拟器突破了总部要求的发射距离，创造了激光模拟器用于我军海上实兵训练的先例。

> 这次演习，打开了现代化训练的路子，对部队、机关参谋和各级指挥员，都有很大促进和提高，对海军今后的教育训练，对武器装备的发展，也有很多启示。实践表明，由于新技术的广泛应用，武器装备不断更新，造价也越来越昂贵，利用实战武器进行训练是很不经济的；有了模拟训练设备和声光显示，则能收到近似实战的效果，减少了武器装备的磨损，大大节省了人力和经费。激光电子模拟器的使用结果表明，在兵力战斗能力计算、标图、战斗情况处置和战果评判等方面，提高了快速反应能力。特别是激光模拟器加上声光显示，能直观形象地显示攻击效果，解决了以往在合同训练中对抗双方攻击效果难评判的问题。如今，

训练近似实战，兵练活了。

1988 年 1 月 29 日，海军党委召开六届四次全会，刘华清发表了海军司令员任期内的最后一次讲话。作为"告别演说"，他仍然念念不忘舰艇编队远航和合同训练。

"最近两年，各舰队以一类舰艇、甲类飞行团为骨干组成的联合机动编队，走出近岸海区，到广阔的近海去练战术、练协同，取得了很好的成效。"刘华清总结说，"实践证明，这是加强诸兵种战术合同训练、提高海上整体作战能力的一种好形式。"

临别之际，他谆谆嘱托新一届海军领导班子和各级指挥员："今后，要进一步强化合成观念，增强合成意识，针对未来海战需要，采取锚泊、易地驻训和出岛链远航等多种形式，提高快速反应能力和协同作战水平。"

第八章

经略南海

"南沙打起来了！"

"打就打！"刘华清拍案而起。

海战告捷，令刘华清"内心有说不出
的痛快"："中国有句老话：人善被人欺，
马善被人骑。一百多年来，中华民族受尽
了外国人的欺侮，现在彻底翻身了。我们
可以理直气壮地说，那种任人宰割的年代
永远一去不复返了！"

一个萦绕在刘华清脑际十多个春秋的
经略南中国海的战略构想，很快付诸实
施……

南沙建站：机不可失的国际授权

1987 年 3 月 7 日至 4 月 1 日，法兰西共和国首都巴黎。

联合国教科文组织政府间海洋学委员会（以下简称"海委会"）第 14 次会议召开。

比起在美国纽约联合国总部召开的举世瞩目的一年一度的联大会议或一月一次的安理会会议，"海委会"召开的这次年度例会，尽管有多达 87 个国家和 18 个国际组织的 300 多名代表参加，但受其所涉事务的专业化和学术性局限，并没引起国际舆论的特别兴趣。

但对于中国而言，这次会议却具有非凡的历史意义。作为"海委会"执行理事国，中国派出以国家海洋局局长严宏谟为团长的政府代表团出席会议。

本次会议的主旨议题，是讨论通过"全球海平面联测计划"。该计划首次明确了 200 个海洋联合观测站的站址、编号和主权列属国，提出了联网观测的一系列业务标准、法律规范和权利义务。

根据"海委会"秘书处提交大会讨论的全球海平面联测计划，列属中华人民共和国承建管理的其领土主权范围内的国际联网海洋观测站共五个，其中已经建成的大陆沿海站三个、西沙海域站一个，需要新建的南沙海域站一个。

在会议讨论和正式通过"全球海平面联测计划"相关法规文件时，不仅与会濒海国家政府和国际组织代表对列属中国的五个海洋观测站一致赞同，就连越南、菲律宾、马来西亚等国政府代表团，对列属中国的标号为 74 站的南沙群岛海洋观测站和 76 站的西沙群岛海洋观测站，也均未表示任何异议，全部投了赞成票。而握有会议主导权的本届"海委会"主席，还是菲律宾政府代表团团长！

可以想见，中国海洋局局长严宏谟归国时怀着怎样激动而又急迫的心情。回京后，他除按正常程序向国务院呈报"海委会"决定事项外，还在第一时间面见了海军司令员刘华清。

国家海洋局与海军有着深厚的历史渊源。自 1964 年 7 月成立之日起，国家海洋局作为国务院直属行政职能机构，就一直归口海军代管，原本与海军是"一家人"。直至 1980 年 10 月以后，国家海洋局才改换门庭，先后归口国防科工委和国土资源部管理。尽管由上下级的隶属关系变成了军地间的合同协作关系，但一个"海"字还是像一根脐带将双方紧密联结在一起。不论已经建成的西沙海洋观测站，还是即将要新建的南沙海洋观测站，都是国家海洋局与海军必须共同承担的历史使命。

同样可以想见的是，联合国"海委会"关于南沙建站的授权决议，带给刘华清怎样意外的惊喜和蓄久的激情。

驻防南沙，经略南海，是刘华清海军战略的重大关切与核心命题之一。

早在 1974 年秋，他就向当时的海军主要领导建言：抓住西沙海战胜利后的有利机会，尽早解决南沙问题，以绝后患。然而，"人微言轻"，他的意见和建议没有引起决策层应有的重视。

就任海军司令员后，他立即下令舰艇编队巡航南沙，派出海测部队赴南沙海域勘测考察。在详细查明越南、菲律宾等邻国非法抢占南沙岛礁严峻现状后，他专门向中央军委写出建议报告："应去南沙礁滩建高脚屋，立足占领，表明我在南沙的存在。"

1986 年年初，在部署年度战备训练工作时，刘华清明确要求南海舰队把工作重心转移到海上去，重点抓好海上战斗力建设，积极做好维护南沙领土主权和海洋权益军事斗争准备。

"扭转南沙局面的历史契机到了！"这是获悉联合国"海委会"授权中国建立南沙国际联测海洋观测站决议的消息时，刘华清脑海中闪现的一个令他激奋难抑的强烈信号。

南沙群岛，是中国南海诸岛中地理位置最南、分布范围最广、拥有岛礁最多的一个椭圆形珊瑚礁群。它由 230 多个岛、礁、滩和沙洲组成，南北长约 500 海里，东西宽约 400 海里，海域总面积 82 万平方公里。南沙群岛是连接太平洋与印度洋的重要战略通道，也是中国与南亚、非洲、欧洲等国家往来的交通要冲。

南沙群岛领土主权，本无历史争议。

早在距今 2100 多年前的汉武帝时代，中国人民就开始在南海航行，通过长期的航海实践，先后发现了西沙群岛和南沙群岛。

据史书记载，早在北宋时期（公元 960 年—1127 年），中国的海军就已巡海至西沙群岛一带。元代初年（公元 1279 年），元世祖忽必烈亲派著名天文学家、同知太史院事郭守敬到南海进行测量。明、清时代，由中国官方修纂的《广东通志》《琼州府志》和《万州志》，都在"疆域"或"舆地山川"条目中记载："万州有千里长沙、万里石塘。"这表明，西沙群岛和南沙群岛当时属广东省琼州府万州（今海南岛万宁、陵水县境）所辖.

1911 年，中国广东省政府宣布把西沙群岛划归海南岛崖县管辖。

1928 年 5 月，广东省政府派出军政官员和专家组成调查队，乘军舰到西沙群岛作实地调查，并提出详尽调查报告书。

大量史实充分证明，西沙群岛和南沙群岛为中国最早发现、最早开发经营、最早行政管辖，中国人民是这两个群岛无可争辩的主人。

第二次世界大战期间，日本于 1939 年侵占西沙群岛和南沙群岛。1945 年日本战败投降后，中国政府根据《开罗宣言》和《波茨坦公告》精神，于 1946 年年底派出以海军上校林遵为指挥官、姚汝钰为副指挥官率领的"前进舰队"，分赴西沙群岛和南沙群岛实施接管。

中华人民共和国成立后，中国政府和人民继续对西沙群岛和南沙群岛进行管辖和经营建设。1959 年 3 月，海南行政区在西沙群岛的永兴岛正式设立"西、南、中沙群岛办事处"。

检索近现代历史，世界许多国家和国际舆论一致承认西沙群岛和南沙群岛为中国领土。

1921 年 8 月 22 日，法国内阁总理兼外长白里安在西沙群岛问题上承认："对于中国政府自 1909 年已确立自己的主权（指李准巡视西沙群岛），我们现在对这些岛屿提出要求是不可能的。"1929 年法国驻印度支那署理总督也承认："根据多方报告，帕拉塞尔群岛（西沙群岛）应认为属于中国所有。"

1930 年 4 月，在香港召开的由中国、法国、菲律宾和香港当局代表参加的远东气象会议，曾经通过决议，要求中国政府在西沙群岛建立气象台。

1938 年，法国殖民当局入侵西沙群岛后，日本外务省发言人曾说：安南警察登上的西沙群岛，"我们承认是属于中国领土"。

1951 年，旧金山对日和约会议规定日本应放弃西沙群岛和南沙群岛。苏联代表团团长葛罗米柯在会上发言指出：西沙群岛和南沙群岛等岛屿是中国"不可分割的领土"。

1955 年 10 月，国际民航组织在马尼拉召开会议，美国、英国、法国、日本、加拿大、澳大利亚、新西兰、泰国、菲律宾、南越和中国台湾当局派代表出席。会议通过的第 24 号决议要求中方在南沙群岛加强气象观测，而会上没有任何一方代表对此提出异议或保留。

更为有力的证据还在于，20 世纪以来世界上许多国家出版的权威性百科全书和官方地图，都承认和注明西沙群岛和南沙群岛为中国领土。

捍卫祖国领海主权、维护民族海洋权益，是人民海军义不容辞的神圣职责。

然而，令刘华清寝食难安的是，自 1946 年民国政府收复西沙群岛和南沙群岛，编制并向世界宣布中国南海领海边疆线，即国际公认的"十一段连续线"之后，特别是新中国成立以来，中国领土最南端的"南沙群岛"只是在地理教科书和外交声明中被斩钉截铁地确认着，军事行政实际管辖却始终缺位，给了周边觊觎者可乘之机。

抓住联合国海委会决议授权的有利时机，迅速建起南沙海洋观测站并投入全球海平面观测业务，不仅可以向国际社会表明我国对南沙群岛拥有无可争议的领土主权，而且一举结束新中国建立以来在南沙群岛无军事驻防和行政管辖的历史。

机不可失，时不再来。刘华清与严宏谟一拍即合！

1987 年 4 月 23 日午后，刘华清向南海舰队司令员陈明山下达《关于做好舰船去南沙海域巡逻战备工作的指示》。

"这是一次重要任务。"刘华清明确指出，组织大型战斗舰艇编队赴南沙海域战备巡逻，目的有三：一是行使海洋主权，二是显示海上力量，三是检验训练质量。因此，这次组织联合编队巡逻南沙，既是一次远航训练，也是一次战备行动，还可以训练后勤保障能力，是锻炼部队的一个好机会。

刘华清强调指出，熟悉海区，了解敌情，是此次巡航南沙的重点任务。

务必要认真准备，很好动员，细致检查，做到一丝不苟，万无一失，确保安全。一旦发生冲突，要按军委总部指令，做到有理、有利、有节的反击，绝对不能示弱，绝对不能吃亏。

"南沙是我国领土，我们今后要经常去！"刘华清向他的将士们发出钢铁般铮铮誓言。

几乎与此同时，严宏谟也向国家海洋局南海分局下达指示：令"向阳红5号"海洋科学考察船赴南沙海域进行岛礁勘测调查。

4月10日，由中国科学院派出的南沙海域科学考察队，分乘实验2号地球物理勘探船和实验3号综合科学考察船，已先期从广州新洲码头起航。这支由159名专家和船员组成的大型科考队，将在南沙实地勘察40天以上，完成十多个站点的综合考察。

5月6日，以南海舰队参谋长李树文为海上指挥员的联合编队从湛江起航。这支多舰种巡逻编队由一艘导弹驱逐舰、五艘导弹护卫舰、四艘补给保障船组成。

这是新中国成立38年来，人民海军首次组织大型战斗舰艇编队巡逻南沙。10多年后，李树文将军接受作者专访，回顾首次巡逻南沙的情景，仍激情荡漾："战斗舰艇编队首次巡逻南沙，在人民海军建设史上，是一件具有历史意义的重大事件。"

李将军回忆说，远航南沙，过去战斗舰艇很少去，一般是辅助船，执行的任务也大多为科学考察或是航海实习。这次不一样，以导弹驱逐舰、导弹护卫舰为主体组成的战斗舰艇编队，遂行的是行使南沙主权的战备巡逻任务。因此，出海前部队进行了充分准备——装备准备、航行准备，安全准备，应付突发事件准备，包括对官兵的思想动员与教育，都做得非常深入细致。

编队在南沙群岛巡逻整整20天，把南沙海域里里外外都跑到了。巡航期间，经常遇到周边几个国家的海军舰艇。有的心中有鬼，见到中国舰艇编队，离老远就乖乖躲避了；也有装糊涂无理纠缠的。在曾母暗沙海域，某邻国护卫舰公然叫板，发灯光信号询问中方编队是哪国军舰，回答中华人民共和国；对方又问到这儿干什么，这不是明知故问吗？曾母暗沙在中国传统海疆线之内，中国舰艇编队到这儿巡航天经地义！

巡航南中国海，成为海军航空兵的战略使命任务。

"这就是南沙现状，某些国家的石油钻井平台早就架设到我们的领海里来了。"面对海洋主权被侵占、海洋资源遭掠夺的现实，莫大的耻辱与悲愤，强烈的使命与责任，一起涌上李树文的心头。后来外交部专门邀请他作过一次南沙问题的情况报告。将军忠肝义胆，直言不讳："南沙，仅仅靠外交声明是维护不住的，必须有一支强大的海军来保卫！"

太史公有言："天下熙熙，皆为利来；天下攘攘，皆为利往。"

20世纪50年代以来，南沙群岛230多个岛礁沙洲，82万平方公里海域，被一张巨大帷幕屏蔽了。

地质勘探资料表明，南沙海域发育着一系列沉积较厚构造类型各异的新生代盆地，藏有丰富石油天然气资源，其中尤以万安盆地、文莱—沙巴盆地、巴拉望盆地和礼乐盆地等五个大中型含油气盆地远景最好，有望成为"第二个中东"。

人类终于透过南海深深的海水，嗅到了石油的腥味。南沙群岛开始骚动，中国领海主权和海洋权益再次遭劫。

在所有东南亚国家中，菲律宾最早对南沙群岛提出主权要求。

1950 年 5 月 17 日，菲律宾总统季里诺在记者招待会上宣称："根据国际公法，团沙群岛（南沙群岛）应该辖属于最近的国家，而距离该群岛最近的国家就是菲律宾。"

对此，中国政府和台湾当局均发表严正声明予以驳斥，重申南沙群岛属于中国，菲律宾当局看情势不对，才暂时未敢有所动作。

1956 年 5 月，菲律宾政府又上演一幕更为荒唐的闹剧：先是暗中鼓励菲航海学校校长汤姆斯·克洛马组织一个所谓"私人探险队"和"远征队"到南沙活动了一趟，接着便由外交部长加西亚饶有架势地向世界宣布，菲律宾"发现"了南沙群岛，称南沙群岛为"无主地"，菲对南沙群岛拥有"主权"，并将南沙群岛更名为"卡拉延群岛"，单方面划割 24 万平方公里归菲所有。

消息传出，全球华人义愤填膺。中国政府和台湾当局均严词抗议。台湾国民党海军于当年 6 月和 9 月两次派遣舰艇编队赴南海侦巡，并重新派兵驻防太平岛。最终，在北子岛上拘捕了汤姆斯·克洛马。克洛马承认南沙群岛是中国领土，并保证"今后再不乱入该海区"。"克洛马闹剧"就此收场。

老实说，菲律宾对南沙群岛的主权要求，类似于撒泼耍横的胡搅蛮缠，毫无历史文明层次和现代法理依据可言。

世界公认的国际法从来没有依据远近来划分领土归属，相反，"历史性水域"则是国际法承认的主权标志之一。尽管菲律宾仅凭远近对南沙群岛提出主权要求，既有悖历史事实，更不符合国际法规范，但凭借地利之便，菲律宾当局还是于 1970 年 8 月，率先抢占了南沙群岛的马欢岛和费信岛。此后，又在 1971 年至 1980 年的 10 年间，先后占领南沙六个岛礁。

与菲律宾"海盗式"明抢强占相比，越南对南中国海领土扩张野心披上一块伪历史与假法理的遮羞布，其贪婪与疯狂则更胜一筹。

早在越南南北统一前，南越当局就先后抢占南沙群岛多个岛礁，并把侵略魔爪伸向西沙群岛。1974 年 1 月，中国政府忍无可忍，发起自卫反击战，一举收复西沙群岛中三个被占岛屿，将南越侵略者赶出西沙海域。

在新中国成立后长达 20 多年的时间里，越南当局在西沙群岛和南沙群岛领土归属上，一直信誓旦旦、言之凿凿地承认"自古以来就是中国的领土"。越南官方1974年以前出版的地图和教科书也同样明确承认西沙群岛和南沙群岛是中国领土。

然而，越战结束后，越南恩将仇报，出尔反尔，推翻以往所有公开承诺，公然提出南海诸岛主权要求，其理由，"基于当时战争的考虑"。也就是说，越南当时要利用中国，以赢得中国对越战的支持。越南人的脸说变就变，昨天还是"同志加兄弟"，今天就反目成仇，兵戎相见。

1979年9月28日，越南外交部公布一份题为《越南对于黄沙和长沙两群岛的主权》白皮书，并煞有介事地强调，要想证明领土主权，必须拿出"属于国家的正式材料"和"具有法理价值的文件"。

越南企图用拼凑和编造的一些自相矛盾、根本站不住脚的所谓"证明资料"与中国叫板，为其非法占领和扩张野心寻找法理依据，可谓自不量力，太"小儿科"了。殊不知，在西沙群岛和南沙群岛领土主权归属上，中国拥有的"属于国家的正式材料"和"具有法理价值的文件"，以年代长度计跨越数千载，以数量论更是汗牛充栋。

越南当局知道，在南海诸岛领土主权上与中国打"笔墨官司"无可言胜，唯一招数就是"抢先下手、武装强占"。于是，中国西沙群岛和南沙群岛，公然被划入越南领土版图，南沙岛、礁、沙、洲，更是被越南非法抢占24个。其贪婪与无耻、猖獗与疯狂，可谓肆无忌惮，登峰造极！

受越南、菲律宾恶劣行径影响与蛊惑，马来西亚、文莱也先后对南沙群岛提出主权要求，并采取了抢占岛礁的实际步骤。如此，越、菲、马、文四国先后非法占领南沙群岛41个岛、礁、沙、洲，由此形成五国六方的复杂局面。❶

中国政府一直避免南沙群岛问题复杂化、国际化，力图在和平共处五项原则基础上，通过双边谈判解决领土领海争端。遗憾的是，中国基于与东南亚国家传统友谊和地区和平稳定而采取的这种忍让与克制态度，不仅

---

❶ 此处所载南沙群岛被周边国家抢占岛、礁、沙、洲总数截止日期为1990年12月。据新华社主办的《国际先驱导报》2009年7月24日报道，南沙群岛被周边国家抢占岛、礁、沙、洲已达44个，其中越南29个，菲律宾9个，马来西亚5个，文莱1个。

没有得到充分尊重和理解，反而被有关国家认为软弱可欺。时时忍让、处处克制，换来的却是尴尬和窘迫。

抢占岛礁，是为了掠夺资源。据不完全统计，周边国家在中国传统海疆线内外，通过国际招标，先后有60多个外国石油公司参与南沙海域油气勘探开发，已投入资金350亿美元，完成地震测线40万公里，钻井650口，找到油田78个，气田66个，其中有11个油田、15个气田、150个油气井在中国传统海疆线内。有关资料显示，外国在南沙海域日产原油逾8万吨，天然气7000万立方米。近年来，有关国家又各自划分了彼此重叠的对外招标区，继续扩大勘探范围，不断向中国传统海疆线内推进。越南公布的油气勘探国际招标图，几乎囊括整个南中国海。

南沙，成就了某些掠夺者一夜暴富的美梦。越南，正是靠着非法开采南沙油气资源，迅速从一个能源进口国变为能源输出国。

南沙的现状再也不能继续下去了！该是人民海军出手的时候了！刘华清坚信，在外交声明不能遏阻野蛮侵略时，中国海军必须果敢行动，捍卫国家的领海主权，维护民族的海洋权益！

尊严与荣誉，是军人的生命。不论是西沙还是南沙，不论是大霸还是小霸，胆敢侵犯中国一寸领海，人民海军绝不轻饶！

70年代如此，80年代如此，再过一个世纪仍将如此！

1987年8月7日。由刘华清、严宏谟联名签发的《关于在南沙建海洋观测站问题》的报告，直呈国务院、中央军委。

报告明确指出，南沙历来是我国领土。由于具有十分重要的经济和军事价值，毗邻国家从自身利益出发，都对南沙提出了领土、领海要求。如我不及时采取相应措施，将在南沙无立足之地，给日后解决南沙主权问题带来被动。在南沙岛礁建立海洋观测站，是当前和今后表明我在南沙存在和拥有主权的有效方式，具有重要战略意义，将大大增强我对南沙问题的发言权。过去因不得时机未能实现，现在应第十四届"海委会"要求在南沙建站，合理合法，名正言顺。

报告认为，根据国家海洋局、中国科学院和海军多次实勘考察，选址永暑礁建站较为适宜：一是符合我当前处理南沙问题政策方针；二是水域开阔，敌情顾虑小；三是礁盘面积大，水文地质条件好。

报告提出两套建站方案：一是建无人驻守站，二是建有人常驻站。刘华清和严宏谟力主第二方案："为了祖国的领土主权，为了子孙后代的利益，我们意见建一个有人站。"

10 月 13 日。刘华清下令：海军工程设计部门派出精兵强将乘南调 350 船再赴南沙，对永暑礁进行施工考察，进一步了解永暑礁礁盘地形地质情况，提出海洋观测站工程建设实施方案。

刘华清与严宏谟的报告呈报国务院、中央军委后，两个多月没有得到正式批复。而在此期间，越南当局却公然反悔，发表外交声明"要对中国在南沙群岛建立 74 号海洋观测站进行干预"。越南海军司令甲文纲则窜到南沙"巡视"，对中国在南沙建站选址、考察勘测、施工设计和巡逻护航进行干扰破坏，并加快了对无人岛礁的军事抢占步伐。

刘华清心急如焚，请求面见军委常务副主席杨尚昆作专题汇报。

"南沙问题要尽快采取实质行动。"刘华清耿耿陈情：南沙建站，合理合法，既有国际组织授权，又是在我国自己的岛礁上搞建设，谁都无话可说，谁也无权干涉，又不会挑起战争，怕什么呢？等把永暑礁观测站建好，我们在南沙就有了立足之地，再找机会把其他岛礁也占上，这不是绝好的机会吗？

刘华清恳请杨尚昆亲自过问一下南沙建站问题，尽快批复海军的报告："我们决不能失去这个机会，再失去这个机会，以后就更难办了。"

11 月 6 日，国务院、中央军委作出《关于在南沙群岛建设海洋观测站的批复》。

批复同意，在南沙永暑礁建设有人驻守海洋观测站，按国际要求负责海洋观测，并对周围海域进行侦察监视，保证海洋站自身安全。

批复明确，永暑礁海洋观测站工程建设以海军为主，国家海洋局协助，交通部专用工程船只给予必要支援。

批复强调，在南沙建设海洋观测站，是维护我国领土主权的一项重大措施，任务艰巨，政策性强，一定要加强领导，精心组织，力争在 1988 年内基本建成并进驻。

接获国务院、中央军委批复，刘华清当即召开会议部署落实，并成立了以海军副司令员张连忠为组长的建站领导小组和以南海舰队某基地司令员石天定为主任的建站办公室。

刘华清在会上强调指出,南沙远离大陆,海域情况复杂,我们装备上、技术上不足,也缺乏经验,还有外国势力扬言要干预,总之建站任务艰巨,困难很多,但我们义不容辞、必须搞好。这不是简单地建一个观测站的问题,我们要以实际行动向全世界宣告:南沙是中华民族的领土,中国的领海主权和海洋权益不容侵犯!

各项建站准备工作迅速展开。研究工程设计方案和施工方案,确定参加施工船只和兵力,建筑沉箱、房屋、油库、水库等构件预制,敌情侦察、巡逻掩护、后勤保障等,全部按战备等级要求落实到位。

1988年2月3日,海军在湛江军港隆重举行南沙永暑礁建站工程誓师大会。由929号登陆舰,南运838号,南浚613号、609号,南驳42号、45号和8535号登陆艇,以及交通部上海救捞局浮吊船"大力"号、半潜驳船"重任1号"等11艘船只组成的大型工程船队,满载施工人员和建站器材,在战斗舰艇编队护航下,于2月7日全部驶抵南中国海深处的永暑礁施工现场。

南沙历史,翻开了新的一页。

刘华清,也结束他在海军的任期,走上中央军委领导岗位。

"今朝立业南沙，千秋有功国家"

南沙问题，是刘华清从海军司令员到军委副秘书长过渡期间研究处理的头等军中大事。

1987年11月21日，中共中央任命刘华清为中央军委副秘书长；1988年1月14日，中央军委颁布命令，免去刘华清海军司令员职务，由海军副司令员张连忠继任海军司令员；1988年1月29日，刘华清出席海军党委六届四次全会，宣布中央军委命令，并与张连忠正式进行工作交接。

此刻，南沙永暑礁海洋观测站建设各项筹备工作全部就绪，南沙巡逻警戒编队已经就位，工程保障船队正集结待发。刘华清知道，尽管自己离开了海军，但南沙斗争作为涉及国家核心利益的重大军事外交行动，身为军委副秘书长，他责无旁贷，必须高瞻远瞩、深思熟虑，为党中央、中央军委科学决策做好参谋，当好助手。

1988年元旦前后，越南海军多次派遣舰船企图强行武装抢占永暑礁。在遭到中国海军巡逻舰艇阻拦和严正警告后，转而接连抢占了永暑礁周围海域的西礁、东礁、日积礁、无乜礁和大现礁，对中国海军在永暑礁建站形成包围之势，构成严重威胁。

越南当局的张狂之举，引起刘华清极大愤慨与警觉。1988年2月12日晚，在应约与中共中央总书记、中央军委第一副主席赵紫阳谈话时，刘华清重点向赵紫阳汇报了南沙斗争的现状。

刘华清着重向赵紫阳报告了海军近年来巡防南沙的情况和建设永暑礁海洋观测站面临的挑战。他指出，保卫南沙，主要是海军的任务。从军事斗争准备角度来看，我海军兵力在数量和质量上都有较大优势。不利条件是，我们远离基地，防空、补给和守护岛礁都不容易。不过，这些困难是完全能够克服的。为了维护国家海洋权益，无论从当前还是长远形势看，都需要快速发展海军和空军装备。

赵紫阳态度也很坚决：要表明南沙领海主权是我们的；要加强我们在

南沙的军事存在；要加强巡逻，显示我们的国威、军威。

赵紫阳嘱咐刘华清："对这个方向斗争，要加强什么力量和建设，你们尽快研究写个报告给我。"

中央高层关注南沙，令刘华清备感振奋。他交代军委办公厅将有关南沙问题整理后，亲自向总参、总后和海军等单位有关领导作了传达。随后半个月内，他与洪学智副秘书长、迟浩田总参谋长、总后张彬副部长、海军张连忠司令员和李耀文政委一起，多次开会研究南沙斗争方案部署。

"越南当局之举的症结是利益的驱动。"刘华清一针见血地指出，南沙群岛的巨大经济价值和重要的军事战略地位，难免使一些人头脑发昏，变得贪婪。谁控制了南沙，谁就能获得巨大的经济和军事利益。

"从近期看，越南侵占我南沙岛礁，肆无忌惮地在南沙打井采油，欺人太甚，斗争不可避免。"刘华清强调，这场斗争是捍卫我国主权、维护国家权益的正义斗争，是越南当局主动挑起的，我们必须遏制越南当局的侵略野心，显示中国在南沙的军事存在，最终为解决南沙问题创造尽可能多的有利条件。

"从长远看，南沙斗争一定要放在极为重要的战略地位。"刘华清指出，南沙斗争的实质，是我国领土主权被侵犯，海上领土被分割，海洋资源被掠夺，是直接关系我们国家地位、民族尊严的原则问题。捍卫国家主权和领土完整，是人民解放军不可推卸的历史责任！

"南沙问题由来已久，积重难返。"刘华清清醒地意识到，南沙斗争会带来诸多困难。打不打仗都会有激烈斗争，而且有时是多种形式交错的斗争，政治、经济、外交、军事手段并用或择其一二。南沙斗争也可能是长期的，很难通过一次斗争就能彻底解决问题。侵占与反侵占、掠夺与反掠夺的斗争，将会长时间存在。

"南沙斗争复杂而艰巨。尤其是面对越南当局，流血牺牲的事情可能很难避免！"刘华清目光如炬，神情威严，"问题的另一面是，对我们海军部队来讲，南沙斗争是很好的锻炼和提高的机遇。"

刘华清提出明确要求："南沙斗争要长远规划，分步实施，步调一致，协同合作。特别要严格斗争原则，开展外交斗争，揭露侵略者的行径，表明中国的一贯立场。"

运筹帷幄，决胜千里。经过夜以继日的分析研讨，当"把一切可能发生的困难都作了预想、一切应该采取的措施都进行了周密筹划"后，一份因应南沙局势斗争部署的建议书，在刘华清的主导下拟定完稿，并迅速呈报赵紫阳和杨尚昆两位军委副主席等领导。

2月26日下午。刘华清再次当面向赵紫阳作了汇报。赵紫阳原则同意，并嘱其报告军委主席邓小平。

2月29日。邓小平阅后批示："同意。"

3月10日。中央军委向中央政治局常委会汇报关于南沙斗争工作部署的建议，获得批准。

军机中枢，国之干城。南沙局势的变化与演进，已然在中国最高领导层的预料与掌控之中。

1988年元月中旬。南海舰队参谋长李树文结束在北京的会议，原本想先在广州所属部队转一圈。然而，刚从机场到达广州基地，就被南海舰队司令员陈明山堵了个正着。

"老李啊，别在广州待了。"陈明山神色严峻，"南沙建站形势很紧张，你赶快回舰队组织编队出发。"

李树文连口水都没来得及喝，便重返机场连夜赶回湛江，再次率驱护舰编队远航南沙，执行巡逻护礁任务。

龙年春节即将来临，但南沙海域却没有祥和的氛围。元旦过后，越南军队连续在南沙群岛扩大抢占岛礁活动，侵占岛礁总数增加到20个。针对越南疯狂阻挠中方建站的挑衅行径，中国海军不得不调整部署，展开反制行动。

1月31日。越南海军661号运输船、712号武装渔船装载建筑材料和40多名工兵，从西礁起航直奔永暑礁而来，企图登礁抢建高脚屋。

李树文指挥驱护舰编队迎头拦阻。在强大武力威慑与严厉口头警告面前，越南海军被迫放弃骚扰行动。

李树文下令508护卫舰派出6名官兵驾驶小艇登上永暑礁。下午4时，在副导弹水雷长段成清率领下，登礁官兵在永暑礁升起中国国旗。

这是南沙群岛礁盘上升起的第一面五星红旗。从此，永暑礁成为中华人民共和国在南沙行使主权的行政管辖中心和军事指挥中心。

2月16日，农历除夕。永暑礁高脚屋落成。南拖147船25岁的副机电长张轶春，奉命带领四名水兵涉水登上高脚屋。由此，张轶春等五名官兵成为人民海军首批驻防南沙高脚屋的守礁卫士。从这天开始，他们在被誉为"海上猫耳洞"的简易高脚屋上，整整坚守33天，直至永暑礁建站施工正式展开。

2月17日，大年初一。李树文正在泊于永暑礁锚地的162驱逐舰召开新兵春节座谈会，突然接到舰队指挥所电令：越南海军显示侵占华阳礁企图，务于其登礁前先行占领。

事不宜迟。李树文下令162驱逐舰与南拖147船立即拔锚起航，火速南下赶往位于尹庆群礁的华阳礁。

下午3时。当李树文率领编队抵近华阳礁时，越南海军851扫雷舰和614运输船编队也到达华阳礁海域。

中国海军舰艇编队位于华阳礁东畔，越南海军舰艇编队位于华阳礁西侧。

"抵近侦察！"李树文命令162舰舰长，"看看他有多少人，都带了什么东西。"

162舰低速近距离绕越南851扫雷舰编队航行一圈，摸清其舰上搭载着工兵和竹竿等建筑材料，证实对方意欲非法抢占并长期驻守华阳礁的军事企图。

"不要理他，赶快登礁！"李树文果断下令，"动作一定要快，要抢在越军前面上礁。上去后立即把国旗插上，阻止越军占礁。"

一支由162舰航海长带领的12人登礁战斗小组，人人头戴钢盔，手持冲锋枪，迅速换乘小艇，向礁盘上露出水面、立有中国领土主权碑的制高点挺进。

这是越南当局在南沙海域恣意抢占岛礁以来，第一次遭遇中国海军强力反制。面对驱逐舰130火炮直瞄炮口的巨大威慑，越南扫雷舰与运输船顿时方寸大乱。但见中国海军小分队抢占先机乘艇登礁，才如梦初醒，也赶紧放橡皮艇载着五名士兵登礁。

中国海军官兵换乘的是机动小艇，越南海军官兵搭载的是人力小艇，行进速度中方明显占优。然而，意想不到的险情发生了：由于 162 舰装配的小艇螺旋桨舵位于船身底部，到达礁盘浅水区时，舵桨被锋利的礁石打坏，小艇在原地打转。

正拼命划桨向礁盘靠近的越军官兵见状，发出一阵幸灾乐祸的狂呼。

"147 船登礁小组上！"李树文一声令下，南拖 147 船机动小艇似离弦之箭冲上礁盘。147 船小艇舵桨在船尾，没有碰撞礁石之忧，很快直接开到华阳礁最高处。

下午 3 时 40 分。五星红旗牢牢地插在华阳礁礁盘上。率先登礁的中国海军官兵共六人，他们是：南海舰队某基地工程处施工队队长林书明，施工员裴维学，147 船帆缆班长杨永仁、信号兵李民合、帆缆兵杨敢林和舱段兵王学周。

林书明等人登礁成功后，受命迅速将被困礁盘浅水区的 162 舰登礁小组接到露出水面的礁石上。

下午 4 时 16 分。越南五名士兵见礁盘制高点已有中国官兵占守，只得在礁盘一角插上越南国旗，赤裸上身站在齐腰深的海水中坚守。他们既不敢前进，也不想后撤。

僵持，对峙，挑战的不仅是个人生命极限与精神毅力，更是国家实力比拼与民族意志较量。早已对越南当局在南沙群岛的侵略行径怒火中烧的李树文，巍然挺立在指挥台前，双手叉腰，双目直视近在三链以内的越南扫雷舰，向舰长交代：一要尽量靠近越南舰艇，所有舰炮直瞄扫雷舰，始终对其保持强力威慑；二要密切注视礁盘动态，确保守礁官兵人身安全。

傍晚时分，舰长请示开饭。李树文叮嘱："晚饭可以吃，岗位不能撤，部署不能松，战备等级不能降。"

天黑了，夜幕降临。越南舰艇吓得连炮衣都不敢脱，灯也不敢开，舱面上见不到一个人影，全部龟缩到舱室里，就剩一群小兵孤苦伶仃地泡在海水里守护着那面越南国旗。尽管看不清中国驱逐舰的动静，但他们心里明白，那黑森森的炮口像一道阎王爷的催命符，始终高悬在头顶上。别说真的开炮射击，哪怕是不小心擦枪走火，都会要了小命。

华阳礁现场实况，实时上报南海舰队，舰队接着报海军，海军同时报总部，总部报军委首长。

"该控制的岛礁都要守住，能占领的岛礁一定要占上！"刘华清的指令明确而强硬：坚决执行军委部署，始终做好战斗准备。

南海舰队作战值班室。已经调任海军副司令员的陈明山忍不住说笑开来："这可真是让老李在海上为难了：越南人赖在礁上不走，又不让开枪，咋个把他撵下去呀？"

晚9时40分许。越南人终于顶不住了：不光泡在水里的小兵冻得受不了，躲在舰艇舱室里的指挥官也承受不住超极限的心理压力，灰溜溜地收旗撤兵，起航逃离了华阳礁。

李树文估摸越南海军不会就此罢休，第二天还会再来抢夺礁盘。他当即下令位于永暑礁锚地的508护卫舰，于次日清晨开赴华阳礁，并连夜将守礁分队加强到24人。

李树文的分析很快得到证实：由于越南扫雷舰编队撤离时未经请示，被其陆岸指挥部骂得狗血喷头，并下达死令，必须在第二天把中国海军从华阳礁上挤下去。

2月18日8时30分。越南851扫雷舰和614运输船准时驶离东礁，向华阳礁方向行进。

李树文命令：508舰前出华阳礁以西50海里处实施拦截，阻止任何越南舰船接近华阳礁，以保证华阳礁高脚屋施工安全。

在广袤无边的大海上，一艘军舰拦截两条舰船，既不让开炮也不许开枪，对508舰来说确实是一道难题。

"拦不住。"508舰舰长报告，"越南舰船挂出操纵失灵国际信号旗，向我舰冲来。"

挂操纵失灵国际信号旗引起撞船事故是不负法律责任的。

"他挂你也挂，一定拦死他！"李树文通过甚高频喝令舰长，"怕什么？你一艘护卫舰还撞不过一条扫雷舰和运输船！只要他敢迎头上，你就大胆往前冲。我向你打保票，撞了不要你承担任何责任，一切后果由我负责！"

有道是两军相逢勇者胜。508舰摆开决斗架势，死死咬住两艘越南舰船。大半天时间过去，越南舰船只前进了20海里。

趁508舰拦截越南舰船的有利时机，李树文下令162舰和147船组织官兵紧急抢建高脚屋。短短一天时间，一座简易型高脚屋就在华阳礁礁盘上建成了。

越南海军终于泄气，掉转船头，走了。

华阳礁，这座位于南沙群岛南端的珊瑚礁，成为中国海军开赴永暑礁建站后，搭建高脚屋并常备驻守的第二座礁堡。

2月25日。中国舰艇编队挥师南沙群岛中部的郑和群礁，登占南薰礁。

3月13日。中国舰艇编队开进九章群礁，登上赤瓜礁。

礁堡争夺，短兵相接。南沙海域硝烟味越来越浓。谁都清楚，流血冲突一触即发。

多少年来，中国政府和军方一直避免南沙争端激化，但越南当局却不断用在南沙海域勘探石油、抢占岛礁、组织移民等咄咄逼人的激进方式挑战中国的忍耐力。越南当局似乎认为，中国与多个东亚国家都有岛屿及大陆架之争，不得不采取守势，低调应对越方挑衅。特别是利诱一些西方跨国公司介入南沙石油资源勘采后，越南的战略优势感进一步强化，冒险欲念与日俱增。

中国政府和中国军人的自我克制是有原则底线的。中国没有让南沙群岛任何摩擦升级的意愿，但有承受任何摩擦升级到任何程度的能力。任何国家如果想在南沙群岛通过抢占掠夺造成既成事实，迫使中国在领土主权上吞下屈辱的苦果，那么中国军人驾驭的战舰可以正告一切侵略者：这是白日做梦，痴心妄想！

在领土争端上，以大欺小不行，以小欺大更荒唐。如果谁胆敢冒天下之大不韪，把中国政府的战略克制与中国军人的战术守势视为畏战可欺，并不惜步步进逼挑起战火，那就请他们试试好了，中国军人将奉陪到底！

中国海军登占赤瓜礁之后，南沙海域响起了枪炮声。

3月上旬，以南海舰队某基地参谋长陈伟文为海上指挥员的舰艇编队和由东海舰队派遣的舰艇编队，先后抵达南沙海域，与以南海舰队参谋长李树文为指挥员的舰艇编队会合，执行巡逻护礁任务。

陈伟文1937年4月出生于广东省台山市一个贫苦农民家庭，1961年毕业于大连海军舰艇学院航海系。在南海前哨服役20年间，他曾亲历4次海战，每次战斗中都有出色表现。

陈伟文是一年前调任某基地参谋长的。这次主动请缨率舰艇编队执行巡逻护礁任务，他就是想在建设南沙、保卫南沙的千秋伟业中，履行一名职业军人的神圣天职，为自己的海军生涯增色添彩。

在与自己的顶头上司、舰队参谋长李树文进行海上指挥权交接后，李树文率舰艇编队驶离南沙，陈伟文遵照海军、舰队指令，对所属编队进行了任务分工。

3月13日凌晨6时，正率舰艇编队在南薰礁海域巡逻的陈伟文接到舰队电令：502舰前往赤瓜礁海域警戒，503舰去安达礁巡逻。

舰队命令指挥舰单独前往，那里必定有"紧急情况"。陈伟文指挥502舰迅速赶到赤瓜礁海域，并及时派出六名官兵登礁勘察。

赤瓜礁因盛产赤瓜参而得名。502舰六名官兵上礁不久，雷达兵突然报告："发现目标。"陈伟文举起望远镜仔细观察，只见在赤瓜礁西北方向有两批舰船，第一批三艘向南航行，第二批两艘朝赤瓜礁方向驶来。他当机立断："上礁人员返舰，紧急起锚！"

502舰迅速向第二批目标方向驶去。陈伟文很快判明，该目标为越南海军编队，由两艘舰船组成：一艘舷号"HQ505"，为美国建造坦克登陆舰，满载排水量4080吨；一艘舷号"HQ604"，是早年中国建造援越的运输船，满载排水量822吨。

502舰接近越南舰船400米处，开始喊话。

"这是中国领土，你们立即离开！"

"这是中国领土，你们必须离开！"

越南舰船毫不理睬，继续往赤瓜礁方向航行。17时20分，越南505舰在鬼喊礁抛锚；18时11分，604船在赤瓜礁抛锚。

舰队电令陈伟文：守住赤瓜礁！

陈伟文命令官兵继续反复向越方604号船喊话，越军没有任何反应。

不久，越604船甲板上出现人群。这些人开始是朝着502舰指手画脚，接着吹哨起哄，最后竟然一个个扒下裤子朝502舰撒尿。

这下可把中国502舰官兵气恼了，一个劲要求陈伟文下令开炮。

陈伟文也被越军的流氓无耻行为气得鼓鼓的。此时此刻，他完全有理由开炮：一是越方已侵入我领海；二是越方不但不听劝告离开，反而要流诋侮辱我官兵。但是，陈伟文严格遵守上级规定的原则，强制自己冷静下来，细心观察，沉着应对。他发现越方604船上堆放着很多器材，由此判断，很可能是要趁明晨6时最低潮时抢占赤瓜礁。眼前的情况，使陈伟文想起位于赤瓜礁西北方向3海里处的鬼喊礁和位于赤瓜礁东北方向7海里处的琼礁两个方向可能出现的情况……

"拉警报，进入一级战备！"

陈伟文正在部署兵力时，又接到舰队急电。电报证实了陈伟文的判断：越604船要抢占赤瓜礁，605船要抢占琼礁。为先敌登上赤瓜礁，当夜22时13分，陈伟文命令502舰派第一批六人上礁插旗，占领最高点——沉船处。考虑到502舰单舰难以对付鬼喊礁、琼礁和赤瓜礁三个方向越军舰船的合围之势，他决定立即重新调整兵力。

"急告556和531两舰：速来支援502舰行动！"

556号和531号两艘护卫舰接到命令后，高速驶达指定海域，向陈伟文报到。

"556舰速往琼礁对付越南605船，"陈伟文命令道，"531舰速往鬼喊礁对付越南505舰。"

14日凌晨最低潮时，越南604船开始行动了！几个越兵穿着裤头，光着脚板，拖着小艇，向赤瓜礁游去。

陈伟文见状，命令502舰和531舰抽调人员增援赤瓜礁。两舰坚决执行命令，行动异常迅捷。官兵们头戴钢盔，脚穿新胶鞋，身着救生衣，背挎冲锋枪，腰插尖刀，雄赳赳、气昂昂乘着摩托艇，高速向赤瓜礁进发。

502舰政委李楚群仔细观察越军行动。他发现，几名越军士兵用一根长缆绳，一头系着604船，另一头系在礁壁上，正不断把人员和器材转运上礁。

李楚群急中生智，转身来到厨房，操起一把菜刀，跳上小艇，飞速抵近越南604船，举起菜刀"咔嚓"一声，砍断缆绳，中止了越军的登礁运输行动。

7时29分。中方登礁58人，越南登礁43人，兵力对比中方占优。为加强礁上指挥，陈伟文令李楚群登礁，并指示他：要想尽一切办法拔掉越南国旗，将越军撵下礁盘。

李楚群指挥登礁官兵，向越军挤压过去。

此刻为 8 时 30 分，502 舰见习副枪炮长杨志亮行进在拔旗护礁分队第一阵列。

杨志亮是 14 日零时接到率第二登礁小组增援预备战斗命令的。

"人在礁在国旗在，誓与岛礁共存亡！"带领五名登礁水兵面对国旗宣誓完毕，杨志亮怀着既激动兴奋又紧张不安的心情，回到住舱作登礁前的最后准备。

杨志亮 1981 年应征入伍，1983 年 7 月考入海军大连舰艇学院，1987 年 7 月毕业分配到某护卫舰大队，担任 502 护卫舰见习副枪炮长。

这是杨志亮第二次远航南沙执行永暑礁海域巡逻警戒任务。这一次，他注定要青史留名。

临战前的心态是复杂的，往事像电影镜头一样，一幕幕映现在杨志亮脑海里。他突然想到了死。当这个念头像火花闪过时，他顿时镇静下来。就是死也要死出中国军人的尊严与威风。他从柜子里找出一套新作训服、一双新胶鞋和一双新袜子。穿戴整齐，在镜前照了照，然后，把钥匙链和电子手表摘下来，放在了桌子上。

一切准备停当，杨志亮躺在床上，开始休息。连续值更，非常疲乏，很快他便进入了梦乡。

"丁零零——"一阵急促的警报声，把杨志亮从睡梦中惊醒。

"第二小组准备登礁！"杨志亮闻令向舱外冲去。

编队指挥员陈伟文关切地问："小杨，都准备好了？"

全副武装的杨志亮响亮回答："是！"

陈伟文嘱咐："上礁后，遇事要冷静，处置要果断。"

杨志亮满怀信心："放心吧，首长，没问题！"

3 月 14 日，凌晨 4 时许。杨志亮率领五名队员，驾驭机动小艇，紧贴着越南 604 船艉右舷，从越军眼皮底下向礁盘驶去。

此时，越军派出的 43 名武装人员已经强行登上赤瓜礁。

6 时许。杨志亮率第二登礁小组与第一登礁小组会合。

8 时 40 分。杨志亮距越军护旗兵不到 15 米时，低声告诫身边战士："盯住那些持枪的家伙，防止他们狗急跳墙！"

15 米、10 米、5 米……面对越军枪口，杨志亮和他的战友们坚定地向前迈进。就在离越军护旗兵仅剩 1 米时，一名越军迎上前来当胸给了杨志亮身边的反潜班长杜祥厚重重一拳。中国军人可不是好欺侮的。身高 1.8 米的杜祥厚顺势将对方按在了水中。另一名越南士兵见自己的同伴吃了亏，端起机枪就要射击。

千钧一发之际，杨志亮向前跃出两步，一手抓住对方枪管，一手握枪顶住对方，怒吼一声："你敢开枪老子毙了你！"

杨志亮本欲将越军的枪夺下，未曾想对方迅即转身扣动了扳机。

8 时 47 分 10 秒。枪响了。

越军打响第一枪！

杨志亮顿觉胳膊一震，低头看时，小臂断了，鲜血直往外冒。

"你敢开枪，老子就不客气了！"杨志亮瞪着燃烧着火焰的双眼，将复仇的子弹射向敌人的胸膛。

随着接连两声枪响，赤瓜礁礁盘上顿时枪声大作，子弹像穿梭一样在双方人群中飞舞。处于两军互射阵前的杨志亮灵机一动，下令身边战友和自己一起赶紧潜入水中，向己方队伍回游过去。

"打起来了，礁上打起来了！"

站在指挥台上的陈伟文，听到枪声的同时，也接到了李楚群的报告。此刻，越军 604 船开始以密集火力向中方礁上官兵猛烈扫射，整个礁盘上硝烟弥漫，水花四溅。

"好呀，你敢开第一枪，我今天饶不了你！"陈伟文下令 502 舰，"立即向 604 船开火，坚决把它击沉！"

早已摩拳擦掌的 502 舰官兵，很快把炮口对准目标。舰炮吐出一条条火龙，扑向越军 604 船。

少顷，越军 604 船起火爆炸。12 分钟后，葬身海底。

几乎是在越军 604 船下沉的同时，越军 505 舰向我 502 舰驶来。505 舰是越军指挥舰，装备 8 门 40 炮，来势很猛。陈伟文立即命令 502 舰掉转炮口，与 531 舰协同攻击。

与此同时，陈伟文下令位于琼礁海域的 556 舰向越 605 船开火。

605 船与 604 船是同一型号的运输船。在 556 舰的猛烈轰击下，很快遭受重创，于当晚沉没于琼礁东北附近海域。

556 舰重创越军 605 船后，受命增援围歼越军 505 指挥舰。在中方三艘护卫舰强力攻击下，越军 505 舰遭受重创，冒着浓浓黑烟，向西逃窜。但由于大量进水，未跑多远，便舰体倾斜，只得掉头抢滩鬼喊礁，在礁滩上燃烧了五天五夜。

"南沙打起来了！"

正在总参谋部开会的军委副秘书长刘华清得到急报。

"打就打！"对南沙军事斗争态势了如指掌的刘华清拍案而起，当即号令总参作战部，"坚决打，凡是能占的岛礁都上去！"

总参一位副总长请示刘华清："要不要向总书记——"

刘华清大手一挥，打断这位副总长的话头："你们不要考虑那么多，能占的岛礁都要占。有什么问题，我当面向中央汇报！"

言毕，他和洪学智副秘书长一起，驱车直奔海军作战指挥室。在南沙斗争方略上，两位开国老将思想高度一致。

海上战斗只持续了短短 28 分钟。待刘华清与洪学智赶到海军作战指挥室，海战已接近尾声。

海上编队指挥员请示："要不要抓俘虏？"

刘华清果断下令："抓！"

战报传来：越军两艘武装运输船被击沉，一艘大型坦克登陆舰受重创烧毁，俘虏九人，毙伤人数不详。中方参战三艘护卫舰均完好无损，仅杨志亮一人受轻伤。

赤瓜礁海战告捷，令刘华清"内心有说不出的痛快"。16 年后，在公开出版的《刘华清回忆录》中，他写道：

> 中国有句老话：人善被人欺，马善被人骑。以往，越南当局一直把中国的克制当作软弱，肆无忌惮地侵占中国领土。现在，中国海军已不再像过去那样，只能待在家门口守护近岸。赤瓜礁小小一仗，显示了中国海军的力量。在我心里，那种隐隐约约受制于人、

第一代南沙卫士日夜驻守在赤瓜礁上。（1988 年）

受辱于人的感觉没有了，多少年来堵在心头的一口气也顺了。

一百多年来，中华民族受尽了外国人的欺侮，现在彻底翻身了。中国已经拥有自己制造的原子弹、氢弹、洲际导弹、核潜艇，中国的海军、空军实力也有长足的发展，经济、科学、文化诸方面的飞跃，使中华民族有信心有能力还击一切敢于入侵的来犯者。我们可以理直气壮地说，那种任人宰割的年代永远一去不复返了。对那些持蛮横态度者，我们决不能置之不理。

赤瓜礁一仗，使每一个中国人都为之欢欣鼓舞。

为民族解放和祖国强盛已经奋战整整 60 载的刘华清，不能容忍老祖宗开辟的蓝色疆土长期被侵占，不能坐视祖国的海洋权益和宝贵资源任意遭掠夺，更不能任由南沙问题被周边国家肆意国际化、复杂化和扩大化。

在中央军委召开的有关南沙问题座谈会上，刘华清发自肺腑的一席即兴讲话，让世人为这位年逾古稀的军中老将深沉的忧国情怀与明邃的警世喻言而怦然心动——

刘华清说，南沙问题没有解决，现在成了我们这一代人的艰巨任务。如果不采取积极措施，正如专家们讲的，祖先留给我们的南沙就要丢光了。

刘华清说，南沙问题曾长时间被忽视。20世纪50年代没注意，70年代解决西沙问题时有一个很大失策，收复西沙没有一并解决南沙。南沙主权是我们的，我们长期未控制，被别人侵占了，导致现在解决的复杂性增大了。

刘华清说，南沙资源丰富，战略地位重要。现在解决南沙问题，形势对我们有利。一是柬埔寨问题没有解决，中越关系没有改善；二是美国陷入中东，苏联自顾不暇；三是周边形势比较稳定，没有什么热点。早解决比晚解决容易，多占岛礁比少占岛礁主动。我们同别人谈主权归我，共同开发，不多占点也不好谈。现在多占点，对长远有利。我们在自己的领土上占礁，别人管不着，没什么人能说三道四，是完全可行的。

刘华清说，南沙现在我们再不占，就没有立足之地了。从长远看，花点钱值得。占礁、建礁、守礁，海军现有力量，可以保证任务需要。

正如刘华清所料，赤瓜礁海战结束后，国际传媒大多作出客观公正报道。周边国家和美苏两个超级大国，也都从各自利益角度表现出谨慎和超脱态度，希望和平解决争端。越南当局态度明显变软，外交上公开乞求"双方保证不使用武力"。

但刘华清丝毫没有放松警惕。他指示海军领导，严密注视越军的后续行动，抓紧做好侵占与反侵占、掠夺与反掠夺斗争准备，尤其要在控礁与占礁中遏制越军的嚣张气焰，确保永暑礁建站安全。

"越南输了理，口服心不服，以后什么事都会发生。"刘华清告诫海军领导，"南沙要说没事，十年八年都会风平浪静；要说紧急，可能明天就会发生战事。"因此，"一定要加强训练，密切协同，掌握敌情、海情、气象，时时刻刻心中有数。我们决不惹事，但只要他们来犯，就坚决将其歼灭！"

遵照刘华清的指令，中国海军于3月15日控制九章群礁的东门礁；3月25日，中国舰艇编队回航位于南沙群岛北部的中业群礁，登占渚碧礁。

至此，中国海军在南沙群岛南部、中部和北部的六座岛礁上实现常备驻守，结束了新中国成立以来无军驻防的历史和没有立足之地的窘迫局势。

3月31日。南海舰队在湛江隆重召开庆功大会，表彰参加南沙群岛赤瓜礁海域自卫还击战有功单位和人员。其中，502舰副枪炮长杨志亮荣立一

人在礁在国旗在，誓与礁堡共存亡。

等功，502 舰荣立集体二等功，556 舰、531 舰荣立集体三等功。

　　4 月 1 日。中央军委主席邓小平颁发嘉奖令，对赤瓜礁参战部队予以通令嘉奖。嘉奖令指出，3 月 14 日上午，越南海军三艘舰船派出人员非法登上我南沙赤瓜礁，并首先向我守礁人员开枪。我海军部队被迫进行有限的自卫还击。在这次战斗中，我海军参战部队坚决执行中央军委指示，坚持自卫的原则，反应快速，作战英勇，指挥得当，一举击沉越舰船一艘、重伤二艘，打击了越南当局侵略扩张的气焰，维护了祖国的尊严和领土主权。

4月2日。针对赤瓜礁海战后的新情况和新局势，刘华清和洪学智再次就南沙斗争问题召集海军主要领导进行研究部署。

刘华清指示，要加强对敌侦察，把敌情摸透，随时研究掌握敌情变化与活动规律，不仅要与敌人斗勇，更要斗智。

关于兵力部署，刘华清要求，当前在南沙要形成水面、水下、空中多种兵力，保持一定数量，从气势上压倒敌人。

刘华清强调，要抓紧南沙岛礁工程建设。已建成的永久性、半永久性高脚屋，要尽快配备轻重武器，人员要进行训练。永暑礁建设要多造陆地，条件成熟要增配对空警戒雷达。

刘华清嘱咐海军领导，对南沙斗争要作持久打算。进去了，就不能出来。这一任务很艰巨，也很光荣。南沙斗争要有后劲，有后备力量，损失了能补上。要多研究几个方案，大打、中打、小打，都要有预案，做到有备无患，不打无把握之仗。要加强战术研究。组织舰长以上指挥干部集训，研讨在南沙单舰、编队对敌护卫舰、导弹艇、鱼雷艇和飞机作战的战术方法。陆战旅要加强守礁、侦察、登陆作战等方面的训练。

刘华清下令组建南沙巡防区，并要求海军加紧研究落实编制，统一负责南沙守备任务。

赤瓜礁燃起的炮火，使南沙斗争一夜之间从隐秘走向公开，成为国内外传媒热议的焦点。海洋、海权、海军，再度引发国人的深沉思考与强烈关注。

永暑礁海洋观测站建设，作为中国政府与中国海军维护南沙群岛领土主权与海洋权益的标志性工程，在国际国内舆论聚焦下，高调推展开来。

1988年8月2日。

盛夏的南海，海风呼啸，波翻浪卷。海军副司令员陈明山乘坐833船远航南沙，视察永暑礁。

此刻的永暑礁，一座雄伟壮观的人造海岛巍然屹立，崭新的楼房耸立在浪涛汹涌的礁盘上，如同"海市蜃楼"，装点着祖国最南、礁滩最多、散布范围最广的南沙群岛。

海洋观测站大楼楼顶，五星国旗高高飘扬，各色彩旗迎风招展。卫星云图接收天线、气象雷达天线、百叶箱等各种观测设施和一闪一亮的航标灯，井然有序布置其间。

庆祝海洋观测站落成仪典会场已经布置停当。庄严的中华人民共和国国徽端挂在白色墙壁上，两旁竖起的大幅标语牌上书写着一副楹联："今朝立业南沙，千秋有功国家。"

望着眼前的情景，陈明山心情久久不能平静，过往 180 多个日日夜夜艰苦卓绝的建设场景，一幕幕映现在他的脑海里——

永暑礁海洋观测站总体工程，包括建设一座可以停靠 5000 吨级舰船的码头与航道，一块相当于 20 个篮球场大的人造陆地，一幢 80 多米长的两层主体楼房和其他配套设施。

在远离陆岸的礁盘上，要完成如此重大的建筑工程，对于 400 多名建设者来说，面临的艰险与挑战超乎想象。

2 月上旬。当以 929 登陆舰为指挥舰，由十多艘作业舰船组成的施工编队浩浩荡荡开进永暑礁锚地时，遭遇的第一个下马威便是持续半个月的狂风恶浪。

2 月 24 日。老天终于开眼，涌浪稍趋减弱。工程建设海上总指挥徐振忠冒险下令："卸驳！"

下午 5 时。"南浚 613 号"挖泥船从"重任 1 号"半潜驳船舱体内缓缓开出，张开长长的臂杆，转动巨大的铲斗，对准永暑礁礁沿，开挖南沙建站第一铲。

开挖航道和港池，是永暑礁建设的基础性工程。否则，满载建筑设备材料和施工人员的舰船开不进礁盘，后续工程就无从谈起。

613 船承担着"开路先锋"的使命。然而，这艘在军内外施工八年、攻无不克的"大力士"这次却啃到了"硬骨头"。当操作手启动 75 吨推进力的斗柄，带动铲斗死死咬住礁石掘进，尽管使出最大功率，以至船体剧烈颤抖，机器发出震耳欲聋的轰鸣，排气管冒出浓浓黑烟，但比花岗岩还要坚硬的珊瑚岩却毫粒无损。耗费比正常作业多几倍时间挖上来的第一铲，仅有三四块碗口大的小石片。

613 船首战受挫，无功而返。

五天后。在对礁盘实施连续爆破基础上，613 船与 609 船联袂出击，二

登岛作战，海军陆战队水陆两栖坦克将成为攻坚克垒的先锋。

进礁盘。然而，由于爆破深度和规模不够，没挖几铲，便又遇到了"拦路虎"。613船的铲斗四次被巨石卡住，609船铲斗四颗重达100多公斤的合金钢斗齿，竟被生生撬断了两颗！

613船和609船再次撤出礁盘。

613船和609船三进礁盘时，正逢"3·14"赤瓜礁海区战斗。所有施工舰船与人员全部奉命后撤疏散，只有这两艘挖泥船坚守以待。五天过后，当施工舰船重返永暑礁锚地时，展现在人们眼前的是一条延伸 120 多米的航道，还有由 11000 多立方米银白色珊瑚沙石堆积而成的长龙。

南沙建礁施工的艰难困苦非言语所能描述。在陆地工程建设中最平常的工序，到了永暑礁都可能成为难题。修建码头时，有一万多包麻袋装的碎石要抛到水下做基槽。由于航路遥远，从大陆运抵永暑礁后麻袋全被海水侵蚀破烂了，扛不能扛，铲不能铲，只能组织官兵们用手扒。多少人的手指都磨得鲜血淋漓，但没有人叫一声苦。永暑礁工地光水泥就耗用 2000 多吨，其中 3/4 是靠官兵们从登陆舰上一包包扛下来的。本来就被烈日暴晒脱过无数层皮的肩背，再经水泥和着汗水一烧，连皮带肉都往下掉！

180 多个日日夜夜，400 多名军地建设者用他们的忠诚与意志，在南沙礁盘筑起一座捍卫祖国领土主权与海洋权益的历史丰碑！

下午 1 时 30 分。伴随着大海的涛声和喜庆的锣鼓声，永暑礁海洋观测站落成典礼仪式开始了。

雄壮的国歌声中，陈明山副司令员健步走上主席台，满怀喜悦为永暑礁海洋观测站胜利竣工剪彩。

"在南沙建设海洋观测站，是一项有益于世界和平，造福子孙后代的伟大事业。"这位 57 岁的将军带着浓重的山西口音庄严宣告：永暑礁海洋观测站的建成，使我们在南沙群岛有了一个坚固的基地，捍卫了我国对南沙群岛的神圣主权，维护了我国的海洋权益。

陈明山对永暑礁建设者给予高度赞誉。他说，南沙群岛远离祖国大陆，交通运输极为不便，生活条件十分艰苦，施工难度之大为我国水上工程建设史所罕见。参加永暑礁建站的海军官兵和地方工程技术人员，满怀强烈的爱国主义热忱，乐于奉献，团结协作，艰苦拼搏，战胜一个又一个艰难险阻，仅用半年时间就高效率、高质量完成建站任务，为我国水上工程建设史写下了新的光辉篇章。不仅在南沙筑起了一座物质的丰碑，而且耸立起一座精神的丰碑。

8 月 3 日，国务院、中央军委发出嘉奖电，表彰南沙永暑礁海洋观测站全体建设者。

嘉奖电说，为了维护我国南沙群岛的领土主权和国家的尊严，为了和

刘华清欣然为《海南省南沙群岛邮政局成立纪念》首日封签名以志庆贺。

平建设南沙群岛，海军在广州军区、广东省、海南省和交通部、国家海洋局、国家气象局的大力支援下，积极组织力量，在条件艰苦、气候恶劣和越军袭击干扰的情况下，以大无畏的英雄气概和吃大苦耐大劳的实干精神，团结协作，连续奋战，高速度、高质量地完成了永暑礁海洋气象观测站的建站任务，为祖国和人民立了新功。国务院、中央军委特予通令嘉奖。希望你们戒骄戒躁，再接再厉，为保卫南沙、建设南沙作出更大的贡献。

永暑礁海洋观测站竣工后，人民海军驻守赤瓜礁、东门礁、华阳礁、渚碧礁和南薰礁等六座礁堡上的永久性高脚屋，也在不长时间内先后建成投入使用。

喜讯传来，刘华清备感欣慰。但作为身系国家安危的军方高层将领，他"考虑更多的还是如何长久地在南沙显示我们的存在，真正有效地维护国家利益"。

一个萦绕在刘华清脑际10多个春秋的经略南中国海的战略构想，很快就将在他的力推下付诸实施。

"提防风浪骤起，睡觉也要睁大眼睛"

刘华清很焦虑。

"3·14"赤瓜礁海区战斗过后，这种焦虑感有增无减，可谓忧心如焚，寝食难安。

刘华清心里明白，南沙战端一开，越南军队对中国海军威胁最大的，既不是水面舰艇，也不是水下潜艇，更不是海军陆战队的两栖蛙人，而是夺取海上制空权的航空兵。

中国大陆距南沙1000多公里，军机长途奔袭到达作战空域，油料所剩无几，留空时间非常有限，形不成真正的战斗力。相反，越南本土距南沙不过200多公里，出动同等技术性能的军机作战，其有效滞空时间和实际载弹量，均大大超过中国战机，形成较强的空中优势。

失去制空权就保证不了制海权。南沙防御作战，当务之急是要解决航空兵"腿短"问题。

赤瓜礁海区战斗后，海内外媒介舆论对中国海军现状进行了大量分析评价。普遍认为，空中力量薄弱是中国海军的软肋。如果越南在南沙再次挑起事端，导致军事对抗升级，中国海军舰艇巡逻编队和设防岛礁，由于缺少航空兵空中掩护，将面临极大风险。

刘华清承认，面对越南随时可能发动的军事冒险行动，最快的应急措施就是出动海军航空兵。而在南沙防卫部署上，最令他忧虑的就是不容乐观的海军航空兵的落后现状：飞机作战半径短，导航设备差，机动能力大受限制，一句话：鞭长莫及啊！

刘华清十分清楚，受制于综合国力和航空科研工业能力，短时间内无法从根本上满足海军航空兵远程作战对新型特种飞机装备的使用需求。不论是对于军队现代化整体而言，还是对于南沙斗争战略方向而言，这是远景规划问题。

远水解不了近渴。改变南沙防御制空权的"短腿"局面，必须采取"立竿见影"的应急对策和三五年内能够实现的行动规划。

"南沙空中防御力量建设问题，已经到了刻不容缓的时候，必须提上军委议事日程，早日定下决心！"刘华清向军委常务副主席杨尚昆全盘托出自己的设想。杨尚昆"也早有这方面的考虑"，非常赞成刘华清的意见和建议，指示他召集有关方面进行研究论证，尽快拿出切实可行的方案报军委常务会议讨论决策。

1988 年 3 月 29 日下午，即赤瓜礁海区战斗半个月后。刘华清召集航空工业部、海军、空军、国防科工委、总参装备部主要负责人，以及飞机研制单位的专家和技术人员，就如何使军事航空装备适应南沙斗争现实需要进行专题研究。

根据各部门领导和专家学者意见，会议形成两套方案：一是作为应急方案，以满足南沙海空巡逻护航作战需求为目标，利用现有技术，对现役歼击机进行改装，最大限度延长飞行半径和滞空作战时间；二是立即起动空中加油机工程，下决心在最短时间内把空中加油机研制成功，解决战机远程作战空中加油问题。

4 月上旬，刘华清把形成的两套方案和自己的意见，向杨尚昆副主席和军委常务会议作了汇报。在谈及空中加油机工程时，刘华清说，这一项目，以前议过多次，一直没有搞成，现在不能再拖了。不论花多少钱，花多少时间，哪怕挤下别的项目，这个工程也要上。它不仅可以加强南沙斗争，而且可以解决空军和海军航空兵机动作战问题，战略意义极大。

杨尚昆和军委常务会议一致同意刘华清的意见和实施方案。

抓装备科研，刘华清是行家里手。连续几次协调会议开过之后，一套花钱少、见效快的应急改装方案进入实施阶段。虽然技术上有些难关，但经过科技专家协同努力，很快便一一攻克。

应急改装告捷。经过几个月试飞，证明完全可行，缓解了南沙军事斗争燃眉之急。喜讯传来，刘华清一颗悬着的焦虑之心，终于增添了些许底气，他可以踏踏实实主持协调空中加油机工程了。

1989 年 1 月，空中加油机研制工程全面启动。刘华清马不停蹄，又主持展开另一项具有战略意义的重大工程——西沙机场工程大会战。

西沙机场工程，萦绕刘华清脑际已然整整 14 个春秋。

1974 年 9 月底，时任海军副参谋长的刘华清奉海军党委之命，率领海军司、政、后联合工作组赴西沙现场调研，解决执行驻防守备任务存在的各种问题。

这是西沙自卫还击战之后，海军派往西沙规格最高的工作组。

然而，令刘华清不解的是，如此重要一次调研，出发前海军领导却没有把想法和意图向他完全交底。实际上，解决西沙设防问题，中央早有指示，海军却一直没有研究处理，以至在国务院、中央军委作出决定，陷入被动局面后，才急派刘华清带队赴西沙调研。

10 月 6 日，刘华清一行乘护卫舰抵达西沙永兴岛。

这是刘华清第一次登上永兴岛，也是收复永乐群岛三个岛屿后，海军乃至全军登岛考察的最高军事指挥官。

刘华清在西沙逗留 17 天，走遍了海军驻防岛屿和阵地。在永兴岛，他和工作组详细听取了海南行政区西沙办事处和海军西沙巡防区领导汇报后，深入基层连队、阵地、哨位，与指战员同吃同住，打成一片，了解他们的意见和建议，体验他们守岛战斗生活的真实状况。

首次西沙之行留给刘华清的记忆难以忘怀。守岛官兵在异常恶劣的环境中和十分艰苦的条件下，坚守战斗岗位，维护祖国领土主权和海洋权益的坚定信念与甘于吃苦、勇于奉献的精神情操，既令他深为感动，也让他心痛不已。"西沙驻防设施和生活条件必须尽快得到改善。"他诚恳地告诉西沙巡防区领导，"我们这次来，就是要为西沙解决设防中的实际问题提出具体方案。凡是基地、舰队能解决的，不要等；解决不了的，由海军解决。"

对于刘华清来说，首次西沙之行的更大收获，是形成了西沙设防的整体思路与长远规划。他以少有的战略家眼光，综合分析国际和区域政治、军事、外交发展趋势，从经略南中国海整体高度深谋远虑，系统提出了捍卫南海领土主权和海洋权益的战略构想。

在刘华清的战略构想中，最具宏观思维与前瞻视野的，是把西沙与南沙紧密联系起来，着眼南沙斗争而规划西沙海防建设。为此，他大胆提出三项意见和建议：一是抓住当前有利时机，收复南沙被南越侵占岛礁，以绝后患；二是除在永兴岛建设大型舰船码头、开辟深水航道外，还必须修建机场，为海军航空兵远赴南沙巡逻作战提供前沿起降平台；三是从统一部队驻防、工程建设和作战指挥出发，西沙防卫任务应由广州军区整体移交海军负责。

而令刘华清没有想到的是，这些宏大的战略构想，日后会有幸由他自己主持运筹、圆满实现。

11 月 14 日，返回北京的刘华清就西沙设防问题向海军党委常委会作了整整两个小时汇报，并提交了一份《关于西沙巡防区需解决的几个问题》的调研报告。海军党委常委会一致赞同《报告》提出的意见和建

第一次赴西沙考察调研，刘华清便以战略家的眼光，提出了西沙设防的整体思路与长远规划。（1974 年 10 月）

议。会议决定，向海军所属部队转发这一《报告》，要求各有关单位认真贯彻落实。

随后，海军党委依据刘华清调研所反映的情况，就西沙设防问题向中央军委写了专题报告，并按照当前急需和长远需要分步实施原则，对西沙重点国防工程项目建设作出了规划部署。

1982 年 9 月。刘华清担任海军司令员之后，八年前形成的西沙—南沙防卫战略构想成为他经略南海的重大标志性工程。在五年多的任期内，他又先后两次亲赴西沙群岛考察调研，主导完成了永兴岛码头扩建等一大批国防工程项目建设，西沙各岛屿基础设施与防卫能力大为改观。

其实，关于西沙修建机场，邓小平早在 20 世纪 70 年代就有明确态度。刘华清虽有耳闻，却一直没有弄清来龙去脉。直到 1987 年年底就任军委副

秘书长之后，才通过查阅档案资料，还原了历史现场。

"要经营南沙，西沙机场就一定要建！"这就是1974年6月，邓小平在中央军委常委会讨论西沙设防专题会议上，发出的斩钉截铁的誓言。

从原始会议记录中，刘华清清楚看出，邓小平"是把西沙设防、收复南沙、解放台湾，当作一个大问题和海军建设统一来考虑的"。然而，海军当时在西沙工程立项上，对机场工程与其他设防工程的处理考虑眼前急需多，着眼长远目标少，以至邓小平力主建设的西沙机场工程，就这样拖延下来。

1988年2月12日晚，刘华清向中共中央总书记，中央军委第一副主席赵紫阳汇报南沙问题时，建议尽快立项修建西沙机场。为引起赵对此事的足够重视，他旧事重提，直抒己见。

"小平同志在1974年就讲过，西沙机场一定要搞，那里位置重要，可以前伸到南沙，控制南沙。"刘华清说："现在机遇来了，关键是拍板和落实。"

1988年"3·14"赤瓜礁海区战斗后，刘华清就西沙机场工程先后召集多次专题会议，从军委到总部，从海军到国务院有关部门，意见高度一致。党中央、国务院很快批准中央军委建议，同意西沙机场建设工程。

1988年9月24日。海军在南海舰队召开西沙机场工程指挥部成立暨进岛施工动员誓师大会。至此，经过两个多月的紧张筹备，海军工程指挥部组建工作和施工前期准备工作全部就绪。

这是继南沙永暑礁建站和其他五个岛礁半永久性高脚屋建设竣工后，海军承担的又一项具有重大战略意义的临战性抢建工程。

西沙机场选址由刘华清亲自拍板。20世纪70年代中期，海军曾拟定东岛作为西沙机场工程选址。刘华清三次上岛实际考察后，将机场选址改定为永兴岛。作为西沙陆地面积最大岛屿，永兴岛已经成为西沙群岛军事行政指挥中心，堪称西、南、中沙"首府"。这里港口码头已经建成，配套设施齐全，防卫体系严密，保障条件充分。而且永兴岛北距海南岛200多公里，南距永暑礁800多公里，西距越南400多公里，位置适中。在这里建设一个平时可以担负运输任务、战时能够履行战斗使命的大型机场，可使人民海军海空作战能力向南推进数百公里。

刘华清坚信，西沙机场选址永兴岛，"对防护西沙和支援南沙作战，无

论从政治上、军事上，还是从经济上讲，都有大陆机场无法比拟的重要意义"。

修建岛礁机场，国内尚属首例，没有经验可资借鉴。受气象环境和地理条件限制影响，技术上面临重重难关。西沙远离大陆，气候异常恶劣，岛上施工环境和生活条件极为艰苦。所有这些，都给工程建设带来难以想象的困难和风险。

为节省投资，减少海上运输量，缩短施工周期，在海军工程科

二上西沙，刘华清亲手栽下一棵椰子树，深情缅怀为国捐躯的革命英烈。（1985 年 3 月）

研单位获取工艺技术突破的基础上，刘华清与海军主要领导几经论证研究，决定采用"就地取材"的施工新模式与新工艺。据权威专家估算，一个机场共需要沙石 200 万吨，如果从海南送到西沙，每吨耗资 70 元；若炸礁填海，就近采挖沙石，每吨不超过 10 元。而且就地炸礁取石，在满足机场建设用料所需的同时，还可扩大港湾面积，改善舰船停泊条件，可谓一举两得。

从 1988 年 10 月到 1991 年 4 月，永兴岛机场建设者们经过两年半拼搏奋战，终于在珊瑚礁上建起了南海诸岛第一个现代化机场。

1991 年 5 月。永兴岛机场验收通航，海军航空兵转场进驻，担负起保卫西沙和南沙的神圣使命。

1974 年 10 月，刘华清第一次登上永兴岛时，曾看到两块纪念碑：一块是 1909 年清朝政府水师提督李准巡视西沙勒石建立的纪念碑，碑面书刻

的"巡察纪念"四个大字仍依稀可辨;一块是 1946 年中华民国政府特遣舰艇编队接收西沙、南沙竖立的纪念碑,石碑一面铭刻"南海屏藩"四个大字,一面题书"海军收复西沙群岛纪念碑"。

刘华清伫立碑前,极目海天,嘱咐陪同的西沙巡防区领导:"等西沙设防工程建成后,再建一座纪念碑!"

潮涨潮落,光阴荏苒。转瞬间 17 年过去,海军指战员没有忘记老司令员的嘱托。就在西沙机场开航的喜庆日子里,一座高大的南海诸岛工程竣工纪念碑,巍然矗立在永兴岛军港码头上。它庄严昭告世界:迈向新世纪的中华民族,正踏着先辈的足迹,经略着属于自己的这片蓝色国土;志在保卫祖国神圣海洋的中国海军,正振翅鼓翼,在南中国海大展雄风!

从永暑礁海洋观测站建设,到西沙机场施工,持续四年的时间里,刘华清记不清和海军领导谈过多少次施工进度、工程质量,记不清打过多少次电话询问海况气象、兵力部署,也记不清看过多少集摄自工程现场的录像片。

回顾南沙斗争历程,让刘华清难以释怀的,是那些普普通通的基层官兵。

"最令人感动的,最值得赞颂的,还是那些战斗在第一线的可敬可爱的指战员。"在《刘华清回忆录》中,他充满深情地写道:

> 那些建设永暑礁海洋观测站的海军官兵,头顶骄阳,脚踏风浪。他们晒干了汗水,晒脱了皮肤,在风浪中勘测,风浪中施工,硬是在一块沉睡的水下礁盘上,建起一座人工岛屿,奇迹般地为祖国增加了 8000 平方米的土地。
>
> 那些驻守在南沙高脚屋中的海军官兵,抬头是天,低头是海,人像悬在半空中。他们是一群年轻的生命,但是,他们远离大陆,白天兵看兵,晚上数星星,缺水、缺菜、缺娱乐,格外寂寞和艰苦。为了国家利益,他们以礁为家,把自己宝贵的青春年华,无私地奉献给南沙,像钢钉一样,牢牢地坚守在祖国的南海水域。还有那些在南沙巡逻的舰艇水兵,那些在南海巡航的飞行员,他们来自五湖四海,但是,日日夜夜与南海为伴。为了祖国的安危,他们将一切置之度外。他们的精神,令人肃然起敬。

永暑礁海洋观测站和西沙机场，作为刘华清在海军司令员和军委领导岗位上始终关注的两件大事，终于大功告成。

"心愿已了，如释重负。"刘华清如是说。

逝者如斯，时移世异。1988年"3·14"赤瓜礁海区战斗刚刚过去一个月，中央军委主席邓小平便在会见来访的菲律宾总统科拉松·阿基诺时，公开提出"主权归我、搁置争议、共同开发"的解决南沙争端12字原则方针。

邓小平说："对南沙群岛问题，中国最有发言权。南沙历史上就是中国领土，国际上很长时间对此并无争议。"

邓小平说："我经过多年考虑，认为要解决这个问题，可在承认中国主权条件下，各方都不派部队，共同开发。"

邓小平说："中国有权提出这种建议，只有中国建议才有效。这样就没有争端，用不着使用武力。在南沙群岛问题上，并不是找不到一个切实可行的解决办法，但这个问题毕竟是个麻烦的问题，应通过协商找到对和平有利、对友好合作有利的办法。"

2002年11月4日，中国与东盟各国共同签署《南海各方行为宣言》。这是中国与东盟签署的第一份有关南海问题的政治文件。宣言确认中国与东盟致力于加强睦邻互信伙伴关系，共同维护南海地区的和平与稳定，强调通过友好协商和谈判，以和平方式解决南海有关争议。在争议解决之前，各方承诺保持克制，不采取使争议复杂化和扩大化的行动，并本着合作与谅解的精神，寻求建立相互信任的途径，包括开展海洋环保、搜寻与求助、打击跨国犯罪等合作。《宣言》的签署，对维护中国主权权益，保持南海地区和平与稳定，增进中国与东盟互信起到重要作用。

"遥望南沙群岛，那里碧波帆影，风光如画，现在似乎风平浪静了。"走下政坛的刘华清依然心系南沙，情注海洋。新世纪来临的时候，他谆谆告诫新一代海防守卫者：

"人类社会的脾气比大海更难以揣摩，作为军人，尤其要时刻提防风浪骤起，睡觉时也应该睁大眼睛。"

经略南沙，捍卫海权——拳拳此心，耿耿此情，煌煌此志，老将军夙愿未了，忧怀难释啊！

第九章

核艇奇缘

从舰艇研究院院长到国防科委副主任，从海军副参谋长到解放军副总参谋长，从海军司令员到军委副主席，刘华清与中国核潜艇结下的传奇情缘，壮怀激烈，举世罕闻！

"看到核潜艇事业后继有人，后继有艇，我也就放心了。"相伴中国核潜艇走过 36 个春秋的刘华清，无怨无悔，备感荣耀。

"核潜艇，一万年也要搞出来！"

1982 年 12 月 19 日，北京钓鱼台国宾馆。

刘华清会见并宴请海曼·乔治·里科弗。

里科弗，一位具有传奇色彩的美国海军退役四星上将，在当代国际海军史上以"核潜艇之父"饮誉全球。从 1949 年调任美国海军舰艇反应堆处处长，到 1981 年以 82 岁高龄"退居二线"担任美国总统"核科学顾问"，他主导美国"核海军"32 个春秋，组织建造了 150 多艘核动力潜艇和核动力航空母舰。为表彰他的杰出贡献，卡特总统授予他自由勋章，国会特许延长他的服役年限，并在其 73 岁时破例授予海军上将军衔。

里科弗是刘华清就任海军司令员后，接待的首位美国海军退役高级将领。对于这样一位泰斗式的核潜艇专家来访，刘华清给予高规格礼遇。不仅陪同他会见中共中央总书记胡耀邦，而且在与其会谈时首次公开了中国核潜艇的多项秘密。

不过，里科弗也有些许遗憾：考虑到他年事已高，刘华清没有安排登上中国的核潜艇。而两年后来访的美国海军部长和海军作战部长，都实现了与中国核潜艇的"亲密接触"。还有一点更是里科弗所未曾想到的：比他年小 16 岁的中国海军司令员刘华清，会打破他主导核潜艇发展 32 年的历史纪录。

从 1961 年受命组建舰艇研究院，到 1998 年退出军政高位，刘华清伴随中国核潜艇的发展，走过了 36 载艰难曲折的历程。在《刘华清回忆录》中，他是这样记述自己与中国核潜艇事业的机缘巧合的：

> 1961 年开始，我就参加和领导了核潜艇工程的研究发展工作。
> 此后 30 多年，不论调到哪里，不论担任什么职务，我始终都参与了核潜艇工程；它的每一次成功和挫折，我都亲历其间。

核潜艇，作为现代高端战略武器进入中国领导人的视野，是在 1958 年。这一年的 6 月 27 日，聂荣臻元帅向党中央、国务院和中央军委呈送《关于开展研制导弹原子潜艇的报告》。周恩来、邓小平、彭德怀和毛泽东先后作出批示，同意聂帅的报告。

9月，核潜艇研制工程正式启动。海军和一机部共同组建核潜艇总体研究室；主管核工业和核武器的二机部组建原子反应堆研究室。

然而，面对中国研制核潜艇的战略决心，苏联拒绝提供任何援助。不仅如此，赫鲁晓夫还公然无视中国主权与民族尊严，要求在中国境内建立供苏联核潜艇使用的超长波台。

毛泽东被深深地激怒了。在共和国十周年大庆过后召集周恩来、聂荣臻、罗瑞卿等高层领导研究尖端武器发展规划时，他发出了雄狮般的惊天怒吼："核潜艇，一万年也要搞出来！"

1961年6月7日，中央军委正式颁令成立舰艇研究院，番号国防部第七研究院，执行兵团级权限。

8月14日，周恩来签署国务院令，任命海军北海舰队副司令员兼旅顺基地司令员刘华清为第七研究院院长。

关于舰艇研究院的使命任务，军委明确规定："以核潜艇工程为重点，实现造船规划所规定的各型舰艇及其配套设备的研究、设计、试制、定型工作，直接为海军建设服务。"

上任伊始，刘华清就和舰艇研究院政治委员戴润生一起亲临核潜艇研究室检查工作。后来成长为中国工程院院士、核潜艇总工程师的黄旭华，这样描述"第一印象"中的刘华清："他中等身材，着咖啡色皮夹克，操湖北口音，看起来很年轻。"当黄旭华汇报了核动力和舰型两大关键技术难题后，刘华清当即明确指示，第一艘核潜艇要集中力量解决核动力应用于潜艇技术问题，要"以堆为纲"，舰型宜采用适合水下航行的水滴型。

然而，令刘华清没有想到的是，居于舰艇研究院"神主牌"地位的核潜艇研制工程，刚刚起步便遭遇下马的厄运。

适逢国家经济困难时期，"下马风潮"席卷全国，"拆庙赶和尚"势不可当：只要研制项目或工程代号取消，机构编制一律裁撤，科研人员全部遣散。

刘华清同意核潜艇工程暂时下马，但不主张"拆庙赶和尚"。他认为，研制核潜艇是海防建设的百年大计。现在国家经济困难，下马是不得已的权宜之计，将来一旦形势好转，有了条件就要重新上马。因此，摊子可以收，战线可以缩，经费可以压，但核心研究机构不能拆，骨干科研人才要保留。

刘华清的建议与设想，甚慰聂帅之心。1962 年 7 月 20 日，当刘华清将以海军党委和二机部党组名义起草的《关于原子潜艇动力装置今后如何开展工作的请示报告》呈送到聂帅案头后，聂帅迅速作出批示："拟同意。请（罗）瑞卿同志阅后报军委常委并报中央。"

8 至 10 月间，罗瑞卿、贺龙、罗荣桓、叶剑英、刘伯承、徐向前、陈毅、朱德、林彪、邓小平、周恩来、毛泽东先后圈阅同意。

1963 年 3 月 19 日。周恩来主持召开第四次中央专门委员会❶会议，决定核潜艇工程先集中主要技术骨干力量，重点对核动力、核潜艇总体等关键项目进行研究，待国民经济明显好转后，再全面展开。

据此，刘华清和戴润生于 4 月联名向国防科委和聂荣臻呈送《核潜艇工程调研基本情况和几点意见》的报告，具体提出了拟保留的核潜艇研究机构、技术骨干和重点项目。

8 月 15 日。周恩来再次主持召开中央专委会会议，批准舰艇研究院成立第十五研究所，定员 160 人，继续从事核动力装置的理论研究和实验，为设计试制核潜艇做技术上的准备。会议同时决定，将原属二机部的原子反应堆研究室及从事相关研究的 55 名科研人员转隶舰艇研究院，统一归并第十五研究所。

12 月 3 日，舰艇研究院代号为"北京十五所"的核潜艇总体与核动力研究所宣告成立。

刘华清备感欣慰。尽管核潜艇工程暂时下马，但科研机构不仅没有被撤销，反而由研究室升格为研究所，科技骨干人才也最大限度得以保留。

转眼到了 1964 年 10 月。新疆罗布泊一声巨响，中国第一颗原子弹爆炸成功。

刘华清敏感地意识到，核潜艇工程重新上马的时机已经到来。

1965 年 1 月 1 日，根据中央决定，舰艇研究院正式并入第六机械工业

---

❶ "中央专门委员会"，简称"中央专委"或"专委"。1962 年 10 月，为加强对"两弹"研制工作的领导，时任军委秘书长兼总参谋长的罗瑞卿根据刘少奇关于"中央搞个专门委员会"的指示，向中共中央、毛泽东主席写报告，建议成立中共中央 15 人专门委员会，获毛泽东批准。

部，刘华清被任命为六机部副部长兼舰艇研究院院长。他履任后主抓的第一项工作，就是重启核潜艇研制工程上马。

2月1日，大年三十。刘华清在六机部会议室召集舰艇研究院几位主要领导开会。欢度除夕的鞭炮声响彻京城，六机部会议室的讨论仍在继续。他们似乎忘记了传统佳节的来临，人人心中升腾起火一样的激情。

刘华清最后拍板："这个春节，研究院领导全力以赴，把核潜艇工程重新上马的请示报告拿出来，争取尽快呈部党组研究并与二机部会商后，上报中央。"他特别嘱咐副院长于笑虹，"你明天就把黄旭华、钱凌白等专家请来，和我们一起研究。"

3月13日，由刘华清主持起草，经第二、六机械工业部党组联署的关于恢复核潜艇研制工程的专题报告，送达中央专委。

3月20日，周恩来主持召开中央专委第十一次会议，同意第二、六机械工业部建议，批准核潜艇研制工程重新上马。

刘华清"喜出望外"，他立即主持召开舰艇研究院党委会议，并约见第十五研究所所长夏桐，副总工程师黄旭华、彭士禄，总体设计师钱凌白等专家，研究起草核潜艇研制工程实施方案。

刘华清与专家学者经过反复研究后，决定分两步走：第一步先攻克核动力难关，造出鱼雷攻击型核潜艇；第二步再突破导弹应用于潜艇水下发射难关，造出战略导弹核潜艇。

这是一个先易后难、循序稳妥的选择。刘华清认为，战略导弹核潜艇必须装备的潜地导弹及其武器系统十分复杂，加上核潜艇本身以及与导弹配套的关键设备技术问题多、难度大，需要更长时间研制才能解决。因此，先研制鱼雷攻击型核潜艇可以分步攻克技术难点，为研制战略导弹核潜艇打下技术基础，积累实践经验。

7月10日，由刘华清主持起草的《关于核潜艇研究制造的请示报告》，以六机部党组名义上报中央专委。

与此同时，二机部向中央专委上报了《关于原子潜艇陆上模拟堆建设地点和协作的报告》。

8月15日，周恩来主持召开中央专委第十三次会议，研究批准六机部、二机部报告，确定核潜艇研制总体计划和实施方案。

会议决定，核潜艇研制工程以六机部为主，与二机部共同负责，海军和第一、四机械工业部参加，成立核潜艇工程联合办公室，归属六机部，由刘华清负责领导。

核潜艇研制是个庞大的系统工程，兼有"两弹"（原子弹、导弹）和"两核"（核动力、核武器）的尖端技术，又有水下操作的重大技术难关，研制生产单位涉及上千家研究所和工厂，组织管理牵涉国务院 10 多个部委和 27 个省、区、市。协作规模之大，联系范围之广，在中国造船史和军工史上都属罕见。

会后，刘华清领导的核潜艇工程联合办公室，连续向有关部门发出七个通知，对核潜艇研制步骤、基本建设、经费保障和协作项目等，一一作出详细规定，提出明确要求。在此基础上，刘华清又先后组织召开十多次协调会，签发二十多份指令文电，使任务分工与组织协作迅速步入正轨，各项研制工程全面展开。

这是一段激情燃烧的岁月，这是一个众志成城的时代。在很短的时间内，核潜艇研制、实验、生产所涉及的科研机构、试验设备、装配车间、生产工厂，便相继建成并投入使用。

1966 年 8 月，由聂荣臻元帅提名，刘华清调任国防科委副主任。

1967 年 3 月，中央军委决定，核潜艇工程改由国防科委领导，会同国防工办负责抓总，继续由刘华清具体主管。

时隔半年，核潜艇联合办公室紧随刘华清从六机部转隶国防科委。然而此刻，中华大地已陷入一场人为制造的动乱深渊。

核潜艇研制工程重新上马后，各项关键技术取得重大突破，研制工作捷报频传。但随着"文革"动乱升级，一大批领导干部和科技专家被打成"走资派""反动权威"，全国数以百计的核潜艇工程科研院所和生产厂家陷入全面停滞的混乱局面。

面对岌岌可危的失控局势，聂荣臻元帅把包括刘华清在内的国防科委几位副主任召集一起商讨对策，很快达成一致意见：采取断然措施，全面军事接管！

实施军事接管后，刘华清主持召开国务院有关工业部、研究院和海军

核潜艇是国家威慑力的象征。

等单位领导参加的协调会，讨论研究核潜艇方案论证、研制任务及研制进度具体分工等问题。会后，有关决议精神却无法贯彻落实。

刘华清忧心如焚。他不得不将核潜艇工程面临的危难险境向聂荣臻元帅如实报告。

聂帅此刻处境异常艰难。1967年2月16日，他和徐向前、叶剑英等老帅与林彪、江青一伙针锋相对，"大闹怀仁堂"，被扣上"二月逆流黑干将"的政治帽子，正饱受政治凌辱和无情批判。然而，当听完刘华清关于核潜艇研制工程受阻的汇报后，聂帅拍案而起："不要理他们！抓国防建设，何罪之有？就是戴手铐，核潜艇工程我也抓定了！"

"立即召开核潜艇研制工程协调会。"聂帅一字一板叮嘱刘华清，"所有接到通知的厂长、书记，不论是否在接受批判和审查，都必须按时到会，任何人都不准以任何理由阻拦！"

6月25日，由刘华清主持的核潜艇工程协调会议在民族饭店召开。300多位来自全国各地的与核潜艇研制有关的科研生产单位的院长、所长、厂长、党委书记和工程技术负责人，彼此见面，相顾无言。他们中间许多人都是刚刚摘下"走资本主义道路当权派""反动学术权威"的牌子，有的甚至从批斗会现场直接赶来的。

6月28日下午。聂荣臻元帅一身戎装，在刘华清的陪同下神情凛然走进会场。

"同志们辛苦了！"聂帅一声问候，引爆全场经久不息的掌声。

聂帅的讲话掷地有声：核潜艇研制是关系国家安危的战略工程，是毛主席亲自批准的，是党中央集体研究决定的。这项工程不能等、不能停，必须保质保量按时完成。任何人不准以任何理由冲击研制生产单位，不准以任何借口停工停产，一切干扰延误这一任务的做法都是错误的，都是不能允许的！所有参加这项工程的领导干部和科技人员，都是经过组织认真选拔的，是可以信赖的；有意见可以提，有错误可以批，但绝不能随便揪斗，更不准停止工作。

讲到最后，聂帅大手一挥，斩钉截铁地说："党和人民是信任你们的！"

聂帅话音刚落，会场再次响起雷鸣般的掌声。协调会开成了誓师会。当天，不少领导和专家就义无反顾地返回工作岗位。

然而，来自研制一线的信息仍令人心焦：会议精神难以贯彻，研制工作阻力重重。

　　刘华清主持召开核潜艇工程联合办公室会议继续研讨对策。办公室主任陈佑铭坦陈困境："眼下的现状，别说核潜艇办公室的文电不起作用，就是国防科委的指令也难以奏效。"

　　"看来，不采取非常措施，很难扭转被动局面。"刘华清脑海里灵光一闪，提出一个大胆设想，"以中央军委名义，下发'特别公函'。"

　　这是特殊时期的特殊之举。1967年上半年，国防科委先后两次运用这一"撒手锏"出奇制胜：1月23日，国防科委呈请聂荣臻元帅批准，首次发出"中央军委特别公函"，严令有关部门，必须保证氢弹试验研制项目顺利进行，任何人不得阻挠。3月17日，国防科委再次呈请聂荣臻元帅签发"中央军委特别公函"，要求七机部所属两派群众组织的科技人员和工人，务必保证完成各型导弹的研制和为核武器加工部件的任务。

　　然而，这无疑是一着险棋。就眼下恶劣的政治气候而言，以中央军委名义，向27个省市数以千计的科研院所和生产厂家下发"特别公函"，不论对于始作俑者刘华清，还是拍板签发的聂荣臻，都将面临极大的政治风险，甚至有可能招致无妄之灾。

　　办公室的同志们不禁捏一把冷汗："要不，再想想其他办法？"

　　"没有别的招了。"刘华清神色凛然，交代陈佑铭，"你组织几个人把特别公函草稿拿出来，后面的工作我来做。"

　　于是，一份烙印着那个特殊年代政治色彩与文化墨迹的"特别公函"诞生了。8月30日早晨刚一上班，刘华清就怀揣打印好的"中央军委特别公函"样稿，来到聂荣臻位于国防部的办公室。刘华清简明扼要地说明来意，聂荣臻一声不吭，仔细审阅"特别公函"。沉默片刻，他拿起笔来，庄重地签上了"聂荣臻"三个大字。

　　当聂荣臻缓缓摘下眼镜，刘华清从这位共和国元帅刚毅的脸上读懂了"大无畏"三个字的深刻内涵。

　　不经军委常委会研究，不经主持军队工作的林彪首肯，身处逆境的聂荣臻，直接签发了这份面向全国的重要文件！

　　"在这件事情上，体现了聂帅大无畏的精神。"刘华清如是说。

"为什么这样大胆？"多年后，女儿聂力问父亲。聂帅想了想说："豁出去了。"

9月上旬，刘华清下令各有关单位主要负责人和核潜艇工程联合办公室工作人员，火速奔赴全国各地的生产厂、制造车间、试验室和研究所传达"特别公函"。

盖着中央军委朱红印章、标注"机密"的"特别公函"，像一柄"尚方宝剑"，显示出超强的政治威慑力。一时间，支持还是阻挠核潜艇研制工程，成为划分"革命"与"反革命"的分水岭，鉴别"左派"与"右派"的试金石。在那个每时每刻都在上演着政治闹剧与人性悲剧的荒诞岁月，刘华清和他的战友们在聂荣臻元帅的领导下，以超人的胆识为核潜艇研制工程谱写了一曲精彩绝伦的正气歌。

"特别公函"在那动乱的岁月里，为核潜艇研制工程保住了一方"政治特区"。刘华清也因此更加触怒和冒犯了"文革"当红政治权贵，没过多久便遭撤职罢官，不明不白地撵回了海军。

不过，令他足以自慰的是，他的付出获得了报偿。此刻，中国第一艘核潜艇已在船厂开工建造；与此相配套的核动力陆上模拟堆试验基地，也已建成即将启堆试运行。

1969年6月9日，鉴于国内形势动荡不安，国务院采取权宜之策，宣布将国防工业各部分交总参、总后、海军、空军及有关兵种管理。造船工业所属六机部、第三研究院、第七研究院，一并划归海军领导。

海军随即成立造船工业科研领导小组，刘华清这个"像一件破旧的海魂衫挂在那里没人想收"的"黑线人物"，被"晾"了几个月之后，终于有了一个临时性的职务：海军造船工业科研领导小组办公室主任。

1970年12月15日，刘华清被任命为海军副参谋长，具体分管造船工业科研工作，继续兼任"船办"主任。

历史，就这样再一次在刘华清与核潜艇之间创造出令人匪夷所思的机缘巧合。

近十年时间，刘华清为中国核潜艇付出了无数心血，与研制生产一线的干部、专家和工人结下了深厚友情。

刘华清忘不了自己亲手组建的舰艇研究院。研制核潜艇，是舰艇研究院的头牌工程。正是在他的率领下，各个参研所室攻克了反潜鱼雷及其指挥、控制、发射系统，惯性导航系统，大功率瞬时发信系统，综合声纳系统，综合空调系统等七大装备技术难关。

刘华清忘不了以黄旭华为代表的核潜艇总体研究科技专家们。1965年，核潜艇工程重新上马后，舰船设计专家黄旭华被任命为总体设计师。

核潜艇总体设计遇到的第一道难关，就是采用什么样的艇型设计。综观世界潜艇发展科技水平，最理想、最先进的艇型设计是水滴型。然而，水滴型设计难度也是最大的。美国经历三个阶段、苏联经历五个阶段，才最终实现水滴型设计。早在舰艇研究院成立之初，刘华清就支持黄旭华的建议，力主一步到位，采用水滴型设计。但也有部分专家觉得，为稳妥起见，不如先搞流线型，再搞水滴型。

1966年11月，关于核潜艇首艇艇型设计方案报送到刘华清案头。在详细听取黄旭华的汇报后，他再次明确表示赞同。理由很简单：一是分步实施时间跨度太长，难以保证按中央确定的时限完成首艇建造任务；二是首制艇不是一般意义上的试验艇，而是要交付海军正式服役的装备艇。

刘华清将核潜艇总体研究所的报告和自己的意见一并上报聂荣臻元帅。聂帅当即拍板：总体设计不要用常规潜艇的艇型，不然搞得两不像，既不像常规艇，又不像核潜艇。

核潜艇艇型设计之争由此画上句号。对于黄旭华和他领导的研究团队来说，更大的挑战才刚刚开始。设计水滴型核潜艇，他们所拥有和可以借鉴的全部资料，是一帧停泊在海上的模糊不清的核潜艇黑白照片，外加一个从美国购买的核潜艇模型玩具。

正是凭借一张照片和一个玩具，黄旭华展开奇思异想，建立起一个1：1的钢木混合结构的核潜艇模型。就是在这个可以收入《吉尼斯世界纪录大全》的"超级玩具"上，总体研究所的科技专家们把4.6万多台件仪器设备系统组合得科学合理，将总长12万多米管线铺设排列得井然有序，让耐压艇体上1000多个开孔设计布局得恰到好处。

刘华清忘不了以彭士禄为代表的中国第一代核动力科学家。核潜艇头号技术难关，当数核动力装置的研制。20世纪50年代从苏联留学归国后，彭士禄就致力于原子能的研究。从二机部到舰艇研究院，从六机部到国防科委，尽管隶属关系反复多变，但他统率的那支年轻的科研队伍始终咬定核潜艇动力装置不放松。1965年，核潜艇工程重新上马后，彭士禄被任命为核潜艇动力装置和陆上模拟堆工程总设计师。

刘华清对核动力研究十分重视。"北京十五所"组建后，他多次听取彭士禄的专题汇报，亲自参加核动力技术研讨会。当了解到核动力研究缺乏基本的研究设备和试验条件时，他当即表态："叫花子手上还有个打狗棍，我们怎么能手无寸铁呢？应该建设我们的研究试验基地。"正是在他的直接领导和有力推动下，我国核动力陆上模拟堆试验基地很快得到中央批准开工建造，对核潜艇研制产生了重大而深远的积极影响。

值此核潜艇研制生产进入决战之际，作为造船工业与装备科研的一线组织者与协调人，刘华清忍辱负重全力投身于工作之中。

无疑，核潜艇研制工程是重中之重。

1970年5月，继核潜艇正式开工建造后，陆上模拟堆试验基地建成投入试运行。经过40多个昼夜的启堆运行试验，科研人员对核物理、热工、水力、化学、屏蔽、剂量、应力、振动、噪声等100多个项目进行了测试，获得大量宝贵数据，模拟堆达到额定功率，核动力装置各项主要性能均达到或超过设计指标。

1970年12月26日，毛泽东主席77周岁诞辰。中国人民完全依靠自己力量，独立自主研制的第一艘核动力鱼雷攻击型潜艇，缓缓移出船台，从容滑进大海的怀抱。

与此同时，人民海军第一支核潜艇艇员队，经过为期一年半的学习，全部考试合格，正式走上核潜艇战斗岗位；人民海军第一个核潜艇驻泊基地军港码头主体工程告捷，相关配套设施正加紧施工。

1971年4月，核潜艇设备安装调试完毕，进入首航准备。周恩来总理在人民大会堂亲自听取汇报，对首次试航的组织指挥、任务分工、步骤方法一一作出明确指示和要求。

5月31日，刘华清主持召开试验试航领导小组会议，贯彻落实周恩来总理指示精神，部署核潜艇首航试验的相关工作。

会后，刘华清深入实地考察，为核潜艇试航、驻泊技术和阵地设施做准备工作。

8月23日至9月6日，核潜艇系泊试验成功。

从1971年12月开始，核潜艇试航试验按码头、水面、浅水、深水四个阶段有序展开。对一些重大试航试验项目，刘华清只要能抽出身，都会亲临现场参与指挥、组织协调。经过长达两年多的试航试验，结果表明，核动力装置运行可靠，艇体稳性、操纵性良好，其他各系统也达到设计要求。

1974年8月1日，中央军委发布命令，第一艘核潜艇命名为"长征一号"，正式编入海军战斗序列。

海军为"长征一号"核潜艇举行了隆重而庄严的命名授旗仪式。萧劲光大将亲手将一面鲜艳的军旗授予人民海军第一位核潜艇艇长杨玺。伴随着雄壮的军歌，杨玺昂首登上核潜艇，将军旗升起在高耸的舰桥桅顶。

这是一个永载史册的时刻。从此，中华人民共和国成为继美、苏、英、法之后，第五个拥有核潜艇的国家。

抚今追昔，刘华清心潮难平。此刻，他不会想到，他与核潜艇的不解情缘，还将延续很久、很久……

长航！深潜！远航！

1982 年 9 月中旬，刘华清就任海军司令员时，恰逢中国首次潜地弹道导弹发射试验进入最后准备阶段。

这次试验任务是由国防科工委和海军共同组织的。作为海军司令员能主持首次潜地弹道导弹发射试验，对于刘华清来说，是一件可遇不可求的人生幸事。

1967 年 3 月 18 日，时任国防科委副主任的刘华清，召集有关工业部、研究院和海军等部门领导开会，首次部署潜地弹道导弹研制工作。会后，正式向有关单位下达了任务。

15 年来，作为战略导弹核潜艇研制的配套工程，潜地弹道导弹的研制进程始终没有离开过刘华清的视野。从国防科委副主任到海军"船办"主任、海军副参谋长，再由国防科委副主任到总参谋长助理、副总参谋长，他一直是包括核潜艇和潜地弹道导弹在内的尖端武器装备研制工程的直接领导者和组织者。如今，刚刚就任海军司令员，便又主持潜地弹道导弹首次发射试验，这种个人命运遭际与祖国核潜艇事业紧密相连的机缘巧合，令他备感使命光荣、责任重大。

1982 年 10 月 12 日，是潜地弹道导弹正式发射的日子。刘华清、李耀文和国防科工委主任陈彬、政委刘有光以及潜地弹道导弹总设计师黄纬禄等，在发射试验指挥所密切关注着各个海区参试兵力的展开情况。

"北京，北京！各战位准备完毕，请示下达 10 分钟准备口令。"

"批准下达 10 分钟准备口令！"

万顷碧波下，担负发射任务的潜艇，驶入预定发射海域。导弹发射筒盖打开了。发射部门各战位迅速敏捷地完成最后准备，接通电路、连续瞄准、打开发射保险栓。所有发射条件均已具备。

艇长石宗礼下达命令："20……10……5、4、3、2、1，发射！"

蓦地，闷雷般一声轰响，平静的海面猛烈颤动了一下，海水"哗——"

地沸腾起来，被撕开一个巨大缺口，运载火箭像一条腾空飞升的蛟龙，拔冲天水柱，挟霹雳闪电，破水而出，直刺苍穹。

中国潜地弹道导弹首次发射试验取得圆满成功！对于国家安全而言，这是具有里程碑意义的伟大成就。潜地弹道导弹发射成功，不但表明中国运载火箭技术达到一个新水平，也标志着中国一跃成全球少数几个拥有第二次战略核打击能力的国家。

不过，作为共和国新任海军司令员，刘华清欣喜之余，不免暗生些许遗憾与期盼：首次潜地弹道导弹发射试验，用的是常规潜艇而非核潜艇。

全面加强核潜艇部队战斗力建设，尽快兼备战略核攻防能力，由此成为刘华清主政海军的重大任期目标之一。

核潜艇部队，是国家战略核力量的重要组成部分。和平时期，它是一支重要的战略威慑力量；未来战争中，它担负着对敌实施战略核反击的重大使命。因此，核潜艇部队战斗力水平的高低，直接关系国家兴亡与海防安危。

然而，自第一艘核潜艇服役以来，整整八年过去了，核潜艇部队战斗力建设却没有突破性进展，不仅未能担负战备值班任务，甚至连许多重要试验和训练科目都没有完成，成年累月围着驻泊港、试验区和造船厂打转转，核潜艇官兵的荣誉感和战斗意志大受挫伤。

刘华清不忍作为共和国骄子的核潜艇成为"中看不中用"的摆设。就任海军司令员后，他向核潜艇部队发出的第一道指令就是：长航，最大自持力长航！

其实，早在1981年，时任副总参谋长的刘华清专程前往北海舰队听取有关核潜艇部队建设汇报时，就明确指示："核潜艇已经交付使用了，要放手让部队自己管理、自己训练、组织航行。"

1984年秋，刘华清发出指令：将核潜艇最大自持力试验列入下一年度训练计划，并要求北海舰队加强领导，周密组织计划，精心装备检试，强化艇员训练，做好思想政治工作。

1985年，在刘华清的直接领导下，从海军机关到核潜艇部队，为核潜艇最大自持力长航做好了充分准备。

潜地弹道导弹发射成功，标志着中国拥有了第二次战略核打击能力。

11 月初，刘华清应邀出访法国和美国前夕，仍不忘即将出征的核潜艇最大自持力长航试验。在听取有关部门的全面汇报后，他提出了这次试验必须达成的目标。他说，我们的核潜艇设计能力是 90 天。这是理论指标，到底能不能达到，只有经过试验才清楚。这次长航既是试验艇也是试验人，大家要准备在海上过两个年，一是元旦，二是春节。70 天可算完成任务。既然是最大自持力试验，当然不能把 70 天当作目标，要瞄准 80 天、90 天！

1985 年 11 月 20 日，403 核潜艇吻别码头，开始创纪录的水下长航。

担负这次长航任务的是核潜艇部队第 11 艇员队。

艇长：孙建国；海上指挥员：核潜艇部队副司令员杨玺。

第 11 艇员队是组建最早的核潜艇艇队。作为核潜艇部队的"王牌"艇队，拥有一批技术精湛、思想过硬的"种子队员"。他们中的很多人都是跟着首任艇长杨玺一起，陪伴第一艘核潜艇成长起来的。正是这支艇员队，10 年后被中央军委授予"水下先锋艇"荣誉称号。

艇长孙建国，人民海军最年轻的核潜艇艇长之一。他 1952 年 2 月出生，1970 年 12 月入伍，从普通水兵成长为常规潜艇艇长，只经历了短短九年时间。1983 年 1 月，年仅 31 岁便被任命为核潜艇艇长。

对于核潜艇，孙建国经历了一个思想认识的转变过程。初上核潜艇，他本能地瞧不起它。为啥？它还处于试验阶段，担负不了战备值班任务，上不了海战场，打不了仗。但经过近两年的接艇试验和出海训练，他对核潜艇的情感发生了质的变化。北海舰队司令员苏军听取他的思想汇报后，嘱他立即整理成文。不久，这份《我对核潜艇的认识与感受》的"自白书"，便由苏军呈报刘华清批示下发海军潜艇部队干部学习。

对于 11 艇员队官兵而言，也经历了一个认识、接受和服膺孙建国的过程。初到艇队时，没有几个人把他放在眼里：论年龄军龄，别说艇队军官，就是军士长也比他岁数大、军龄长；论资历，11 艇员队功臣人物一大堆，随便拉出一个都可歌可泣，而他则是核潜艇队列里一个不折不扣的"新兵蛋子"。

然而不出半年，人称"小巴顿"的孙建国就神奇般地令这个"王牌艇队"的作风纪律乃至精神面貌焕然一新：核潜艇出航，离码头严格到分秒不差；

吃饭就餐，100多号人的大餐厅就跟蚕吃桑叶一样，只听到嚼食的声音，没人讲一句话；内务卫生，更是兄弟部队参观学习的样板。

孙建国对率领这样一支艇员队完成最大自持力长航充满期待。从出航准备过程，就可以窥见他对于成功的强烈渴求：人员遴选，从指技军官到岗位职手，他一个不落地单兵较量，谈话考核，好中选优；每一个自愿申请参加长航的官兵，既要具备一流的业务技术素养和丰富的实践经验，又要有乐于奉献、勇于冒险、敢于牺牲的大无畏精神；技术准备，他用了整整半年时间，想定装备运行易发故障及其对策。每一个部门、每一套系统、每一台设备，在长航中会发生什么问题、如何解决，从每一个岗位职手、班长，到军士长、部门长，都必须拿出完备的预案。全艇十多个部门，最终列出的故障案例超过一万个，包括可能造成颠覆性后果的七个重大装备难题，全都制订出科学可行的排查维修预案，而且无一例外经过了他的亲自考核验收。

不怕做不到，就怕想不到。日后长航中发生的一系列机械设备故障，包括以前从未出现过的重大故障，没有一个是孙建国在出航前没有想到过和没有对策预案的。

孙建国是怀抱必胜的信念率艇出征的。

核潜艇最大自持力长航试验，正如刘华清所说，既是检验装备，也是检验人。历史上，核潜艇长航纪录是84个昼夜，由美国"海神"号核潜艇所创造。返航后，参与长航的官兵大多是被抬着走出核潜艇的。现在，刘华清把中国核潜艇首次最大自持力长航目标锁定在70天完成任务、90天创造纪录的国际水准上，不论对装备性能质量，还是对官兵耐力意志，都是一次超越极限的挑战与考验。

在孙建国脑海里，没有70天的概念，他就是奔着90天出航的。他早已习惯深海龙宫的潜航生活。这种带有探险性的孤寂神秘的水下游弋，给他带来征服自然的无限快感与主宰海洋的浪漫遐想，使他的生理与心理都始终处于高度亢奋状态。他每天平均睡眠不到四小时，甚至几天几夜不合眼，也照样精神饱满、精力充沛，浑身似乎总有使不完的劲儿。

10天、20天……机械设备运转正常，人员精神状态良好。全艇125人，

25 公斤大米饭，顿顿吃得精光。

第一个疲劳周期，在长航一个月前后出现了。

首先是人员饮食睡眠出现异常。每顿饭总量由开始的 25 公斤下降到 10 公斤。机械设备持续运转产生的噪声，不但严重干扰睡眠，而且会令人心慌意乱、坐卧不安，大部分官兵体能开始明显下降。

人有疲劳周期，机械设备同样有疲劳周期。人的疲劳周期可以通过心理调适得以缓解，但机械设备到了疲劳周期就会"罢工"，每时每刻都可能发生意想不到的故障，甚至是十分严重的故障。

一个月门槛还没迈过，问题出现了：软水水质异常。整整一天，辅机部门做了各种检测，没有发现漏点。水质越来越坏，含氯量越来越高。再不采取措施，将面临核反应停堆危险。

孙建国请示海上指挥员杨玺同意，如实向陆岸指挥所报告故障。

刘华清果断下令：立即返航，靠码头检修！

返航靠码头，意味着长航终结。杨玺紧急召集海军、舰队两级业务长和本艇机电长研讨对策。三人异口同声：无计可施，只能返航检修。杨玺没辙："执行命令，返航吧。"

孙建国心有不甘，把动力长高德海和主机军士长刘忠文召到指挥舱。

孙建国："辅机系统没问题，就说明主机系统有问题，对吗？"

刘忠文："是。要有问题，就出在主冷凝器上。"

孙建国："能否查出来？"

刘忠文："能，但要时间。"

孙建国："用什么办法？需要多长时间？"

刘忠文："隔离法，分组排查，每组至少八小时。"

孙建国："好！高动力长组织人员全力配合你；我把航速降下来，保证你们在海上排查的时间。"

刘忠文与孙建国年龄相当，军龄相仿，享有"中国核潜艇第一兵"之称。他撰写的《核潜艇主机系统常见故障修理》一书，被海军工程学院定为核动力专业本科生辅助教材。孙建国自信，有这位专家型"老兵头"在，动力系统一般的"常见病"和"多发病"不在话下。

刘忠文就是刘忠文。数千根铜管，超过 200℃ 的高温，一组一组地交叉隔离、冷却、检试、排查，终于在最短时间内找出了漏点。

凌晨 1 时，孙建国急匆匆叫醒杨玺："故障找到了，建议海上抢修，继续长航。"

刘华清的指令很快到达："海上待命。"

随即，北海舰队副参谋长王守仁、核潜艇基地总工程师焦增庚乘驱逐舰抵达现场海区。

孙建国恳求焦增庚："焦总，故障一定要在海上排除，否则一靠码头，兄弟们这一趟就白搭了！"

焦增庚："海上抢修，你们有把握吗？"

孙建国："有，我们刘忠文绝对行！"

焦增庚："那好，就按你们的方案上报吧。"

刘华清接报后，督询海军装备部长："海上自修有把握吗？"

装备部长底气十足："焦增庚在现场，不会有问题！"

一夜无眠的刘华清下达指令：批准海上抢修。

长航绝不能半途而废——共和国海军司令与年轻的核潜艇艇长心心相印，目标一致。

在焦增庚总工程师和两位机电工程师的指导协助下，刘忠文迅速修复了漏损的主冷凝器。

此后，主冷凝器又先后两次发生故障，都是凭借刘忠文的过硬技术紧急排除。长航归来，孙建国为刘忠文报请一等功。

警报解除，长航继续。

40 天……50 天……60 天……70 天，法国人创造的核潜艇长航纪录被打破了。

是继续坚持还是见好就收？被杨玺戏称为"水下两条路线斗争"的两派意见泾渭分明。以孙建国为首的艇领导班子是坚定不移的"坚持派"。作为海上最高指挥员，杨玺站在"坚持派"一边。为了扩大"民意基础"，他下令在全艇官兵中展开一次无记名投票。结果令"坚持派"兴奋不已：95%以上的艇员强烈要求完成 90 昼夜长航。

就在突破 70 昼夜当日，孙建国组织召开全艇动员大会，请杨玺给弟兄们"煽乎煽乎"。他知道，老艇长跟艇员们有感情，贴心对脾气，虽然鲜有警语箴言，但讲话实在风趣，大伙儿爱听。杨玺也不客套，对着麦克风扯开破锣嗓子张口就来：

"咱们这次闹的动静大了去啦！核潜艇长航，是中央军委直接批准的，是海军刘华清司令员亲自指挥的。90昼夜，一是试验艇，二是试验人，这就是刘司令下达的死命令！现在回去算什么？一靠码头，那就是光腚推碾子，丢人现眼啦！"

笑声响起，掌声传来。杨玺兴致更高了："咱们拼90昼夜为了啥？为中华民族争气，为人民海军争光，为中国核潜艇争威风！咱是炎黄子孙啊，咱是中国人啊！第一个吃螃蟹的勇士是谁？是咱们的大文豪鲁迅！"

全艇轰然大笑！孙建国忍俊不禁，一边抹泪，一边小声提醒："鲁迅先生称赞第一个吃螃蟹的人是勇士。"

杨玺两眼一愣，脖颈一梗，拉下关公似的红脸继续煽乎："笑什么笑！咱们现在敢吃螃蟹，就要感谢鲁迅先生！什么是党性啊？什么叫志气呀？超过美国人，创造新纪录，这就是党性，这就是志气！"

经过杨玺这么一煽乎，全艇官兵精神为之一振。

真正考验装备与艇员自持力极限的时刻到了。在封闭的潜艇内，分不清昼夜晨昏的转换，可每一间舱室、每一个岗位，都张贴着时间的标志。人人都在心中默默地计数着时日，不是以天计，而是细化到小时，精确到分秒。忍受着孤寂，消磨着枯燥，强压着恐惧。真正是度日如年啊！所有人都没有了食欲。政治工作的头等任务就是鼓动官兵进食，谁吃得多谁英雄，谁吃得饱谁好汉。艇长政委带头，干部给战士做表率，领导把食品送到每个人床头，花言巧语、苦口婆心、软硬兼施，就一个要求：吃！然而，5公斤大米熬出的稀饭，全艇官兵吃一顿还剩下一半。

这是一场耐力的竞赛，这是一场意志的较量。咬紧牙关，坚持，再坚持！他们笃信：最后胜利，就存在于再坚持一下的艰苦努力之中。

深海送丑牛，龙宫会寅虎。长航进入最后10昼夜倒计时。

10、9、8、7、6、5、4、3、2……

1986年2月18日，长航官兵终于迎来这个望眼欲穿的特殊日子。

蓝色巨鲸浮出海面，迎着朝霞驶进母港的怀抱。

码头上早已人山人海，锣鼓喧天。海军副司令员张连忠代表刘华清司令员和李耀文政委，专程从北京赶来迎接凯旋的勇士们。

孙建国激越的声音在舱室响起："同志们！整理军容，接受祖国的检阅！"

一幅令人难忘的画面定格在历史的镜头里：125 名官兵军容严整，昂首挺胸，由杨玺领头，从潜艇里鱼贯出舱，健步登上码头。尽管他们的肢体透支到了极限，但人人疲倦的面容上洋溢着胜利的喜悦。医护人员备好的担架和救护车就在身旁，却没有一人动心享用。他们要跟美国大兵比个高低：谁是真正的铁血硬汉！

无疑，大洋彼岸的美国军人是了解杨玺和他率领的这支海底劲旅的。三年后，当他陪同北海舰队司令员马辛春中将出访夏威夷参观美军核潜艇时，五角大楼发出特别指令，毫不客气地将他单独挡在了军港营门之外。

这是一次真正意义上的"水下长征"。孙建国和他的艇队打破了美国核潜艇长航的历史纪录，创造了中国核潜艇总航时、总航程、水下航行时间、水下平均航速、一次性潜航时间的最高纪录。同时，完成数十项试验任务，积累了长期水下航行指挥操纵、安全运行、政治工作、舰艇管理和后勤保障等多方面的宝贵经验。

核潜艇最大自持力长航试验成功，令刘华清欣慰不已。他特意挥毫为11 艇员队官兵题词："水下伏兵，出奇制胜。"

1986 年 5 月 5 日，刘华清签署通令，给核潜艇第 11 艇员队记集体二等功和艇长孙建国记二等功。

1987 年 1 月 1 日，经刘华清亲自审批，新华社对外发布消息："海军核潜艇首次长航训练获得圆满成功。"

"核潜艇长航训练成功，是人民海军形成现代化战斗能力的重要标志。"2009 年 4 月，已升任副总参谋长的孙建国中将，在纪念人民海军成立60 周年前夕接受新华社记者专访时自豪地说："我们打破了美军核潜艇创造的 84 昼夜的世界长航纪录！"

核潜艇最大自持力长航试验刚刚成功落幕，又一项重大试验——极限深潜试验，在刘华清的指挥下，进入全面准备阶段。

极限深潜，主要是检验核潜艇总体设计性能和作战能力，包括最大深度潜航、水下全速航行和深水鱼雷发射等试验，其试验规模、组织难度和技术风险，都达到前所未有的程度。

在世界核潜艇历史上，极限深潜曾导致灾难性惨剧。1963年4月10日，美国"长尾鲨"号核潜艇在进行极限深潜试验时，全艇129名官兵和工程技术人员一起，殒命在马萨诸塞州科特角以东2550米的深海中。这是人类历史上第一起震惊世界的核潜艇沉没重大事故。自此而始，核潜艇拥有国都对极度深潜试验慎之又慎，核潜艇的设计者、建造者和操纵者对极限深潜更是谈之色变。

然而，中国核潜艇要具备作战能力和战略威慑力，必须闯过极限深潜这道"鬼门关"！

1987年初，国务院、中央军委批准刘华清主持起草的《关于核潜艇深潜试验问题的请示报告》。

为做好深潜试验各项准备工作，刘华清一次次主持召开有国防科工委、国家经委、中国船舶总公司、核工业部等部门领导和专家参加的研讨会和协调会，提出了"严肃认真、周到细致、稳妥可靠、万无一失"的总要求。

8月3日，刘华清专程前往试验试航基地，视察承担试验任务的404核潜艇。临别，他嘱咐在场参试的领导、专家和艇队官兵："试航工作一定要严格按大纲抓紧进行，确保明年极限深潜试验质量。"

1988年3月初，极限深潜试验进入倒计时的关键时刻，王福山紧急接任承担试验任务的第14艇员队艇长。

王福山，1951年2月出生，1968年入伍，1985年由常规潜艇艇长晋升为核潜艇艇长。

调任令是在王福山毫无思想准备的情况下发出的。当机关职能部门电话通知他，部队党委常委集体与他谈话时，他整整迟到了两小时。就在这两小时内，他"把所有问题都想透了"。领受任务时，他任何要求没有提，任何价钱也没讲。

"核潜艇极限深潜，是多少人盼了多少年的一个梦啊！"事后，王福山在与首长个别谈心时坦露心迹，"这个时候，明知前面是刀山火海，无论作为一名革命军人、共产党员，还是作为一个有人格尊严的血性男儿，即使粉身碎骨，也都只有冲锋陷阵的义务，绝没有讨价还价的权利。"

王福山直奔船厂。一个月后，便操艇奉命南下，通过台湾海峡，到达南海某军港。

海上强化训练循序展开。水下失事、脱险逃生、应急起浮、紧急倒伡、卡舵、大纵倾事故处理、水面救援，一个航次接一个航次演练，一个科目又一个科目验收。

王福山全身心沉浸于深潜之中，外部世界的一切都从他的思维程序与感观视窗消失了。所有试验项目、海上航行的组织计划部署，从文字到图表，已全部影印在他的大脑屏壁上。他给自己订立的标准就是：凡属与试验有关的一切东西，都要一项不落、一字不差地熟记在脑海里，每一个指令、计划、标准、程序都要吃透嚼烂。

王福山如此下足功夫，一是确保操纵指挥万无一失，二是让全体艇员对他这个"半路里杀出的程咬金"艇长，普遍建立起一种信任与信心。

此刻，艇员队的氛围紧张而诡异。对于"同吸一口气"的核潜艇官兵来说，谁都清楚极限深潜试验意味着什么。25年前美国"长尾鲨"葬身海底的惨剧，像一个挥之不去的梦魇，沉重地压在艇员们心头。但没有一个人表现出畏缩，更没有一个人退却。

王福山细心观察，爱唱歌的人多了，走路在哼，洗澡在哼，甚至躺在床上望着天花板也在哼。唱什么呢？《血染的风采》《再见吧，妈妈》。没有谁号召，更没人强迫，自觉不自觉地那唱词就蹦出心窝，那音韵就脱出喉咙。

王福山还发现，平时本不抽烟的官兵，也叼着高级香烟装模作样地吞云吐雾了；平时恨不得把钞票捏出水来一个铜板掰成两半花的主儿，花钱也不吝啬了；平时不爱穿着打扮的小伙子，也讲究起来了，看到哪位战友买了一件时髦衣衫，也迫不及待地弄一件显摆开来。更有甚者，平常滴酒不沾的官兵，时不时会凑在宿舍里，打开几听罐头，围坐一起咕咚咕咚喝起来。一旦被王福山发现，问上一句："你们平常不是不喝酒的吗？现在怎么——"对方立马会打断话头："哎，艇长，这……您看……哈哈哈哈。"几个哈哈一打，你知我知，心照不宣，此时无声胜有声。

更令王福山感动的是，艇队的凝聚力和艇员的自觉意识从来没有像现在这样好过。不论是训练劲头，还是学习精神，不论是作风纪律，还是内务卫生，都"好得超出想象、异乎寻常"！

1988年4月28日。极限深潜试验进入24小时准备。

年初刚刚卸任海军司令员的刘华清，作为主管全军装备现代化建设的军委副秘书长，密切关注着核潜艇极限深潜的进展。

是日晚，王福山利用全艇点名的机会，作了深潜前最后一次动员，宣布了极限深潜组织计划和航行部署。

"深潜试验，将书写中国核潜艇历史的崭新篇章。我们一定要以严谨求实的科学态度、不畏牺牲的革命精神、一丝不苟的工作作风，精心组织，精心指挥，精心操作，出色完成祖国和人民赋予我们的崇高使命！"

王福山目光如炬，声若洪钟："同志们有没有信心？"

"有！"回声排山倒海，气势磅礴。

南国春夜，海风习习，椰影婆娑。深潜前的最后一个夜晚，艇员们在想什么、做什么？王福山一个宿舍一个宿舍地巡查了一遍。

临近就寝了，每个房间内务纹丝不乱，铺上床下看不到一件多余的东西。没有人统一组织，更没人公开号令，但似乎心有灵犀，艇员们的个人物品已全部打包整齐码放在床头，且无一例外地在包裹外工工整整写上了自己的名字。

宽敞明亮的宿舍里，少了往日的喧哗与嘈杂。每走进一个房间，大部分艇员坐在小马扎上伏身床前闷头写着什么。见到王福山，艇员们自觉起身立正，等候问话。这没有什么不对，条令就是这么规定的。与往常不同的是，在这些"规定动作"之外，艇员们与他这个艇长之间多了一层亲近感，许多战士会情不自禁地或满脸庄重或满面笑容地与他握握手。

熄灯就寝哨音响过，王福山回到自己的宿舍。艇员们在写什么呢？他的脑海里突然蹦出两个从没想到的字眼："遗书"。是的，水兵们写的是遗书！这又是一个没有组织动员的"幕后动作"。王福山知道，过度的紧张会滋生艇队的恐惧感，对如此重大的试验绝对是有害无利的。但是，设身处地站在人性的立场上想一想，水兵们的行为也无可指责。万一试验失败了，他们为国捐躯了，这一纸"遗书"也算是留给他们亲人的一份寄托与念想。

王福山受到感染和启迪。他也把自己的物品简单归整了一下，并萌生了要给亲人们写几句话的情感冲动。

王福山是一个内心世界极为丰富的军事指挥员。鲜为人知的是，70年代，他曾是国内小有名气的儿歌写手。有影响的儿童刊物如《好孩子》《少年》《小葵花》等，几乎都刊登过他的作品，甘肃出版的《小白杨》杂志的刊名儿歌《小白杨》，就是他的代表作之一。直到1981年担任常规潜艇艇长后，他才割舍了与儿歌创作之间的情缘。

王福山虽然不乏浪漫的诗人情怀，但在选择恋爱伴侣时却非常实际。1978年，他结婚成了家。岳父母和妻子都是地地道道的普通工人。他很满意，也很幸福。10年了，妻子默默地支撑着一个家，除了每年除夕到部队陪他与战士们共度大年之夜，平常连电话都很少打，怕他分心。

伴着甜蜜的回忆，王福山分别给妻子和女儿写下不到一张纸的"遗言"，并用两个信封装好。"遗言"里，他除了表达一个丈夫与父亲难舍的亲情与对娘儿俩美好的祝福外，主要说明这次任务的重要价值和可能发生的灾难性后果。这是他第一次向妻儿透露"军事机密"。作为军人家属，她们从不打听他的工作和行踪。包括这次远航南下，他到了哪里，执行什么任务，她们一概不知。她们唯一知道的是，他是核潜艇艇长，并以此为荣。

1988年4月29日。南海某深水海域。

由十余艘舰船组成的试验保障编队各就各位，试验核潜艇如众星捧月般行进在警戒海区中心轴点上。

11时0分0秒。极限深潜试验海上总指挥、海军副参谋长石天定下达深潜令。

"下潜！"王福山发出指令，"前进一，艏倾三度！"

核潜艇载着130多名艇员和50多名军地参试人员，向大海深处潜航。

要全面回顾和立体再现深潜过程，对于王福山来说，是非常困难的。"那时，我精神高度集中，除了眼前的各种指示仪表，脑海里一片空白。"在接受作者采访时，王福山描述说，平时出海，舱室里到处都是叽叽喳喳的声音，这次下潜令一下，舱室内顿时寂静无声，而且越往下潜越寂静。寂静到什么程度？站在操纵指挥台，能清晰听到前隔板上那座标志性潜水钟走动的嘀嗒声。他唯一能够感觉到的是，各部门和岗位传来的口令报告尽管准确干脆，但普遍发紧，没有平常那么顺畅。

50米、100米、150米，一切正常。

潜水深度190米。艇体开始传出受压声响，与水面通信联络突然中断。王福山把定潜航深度，火速查看通信系统，值班员报告仪器设备运行正常。他看了看声速梯度，确认通信中断不是设备故障引起的，而是由于水温条件所致。是上浮还是下潜，是中止还是继续？王福山设想的结局："一是下潜后失败，那就根本不存在怎么说的问题，上不来了，无所谓了；二是试验成功，回去后更不会有人追究什么责任，因为这是建立在一种科学分析基础上的负责任的积极态度。"王福山向水下正副指挥员、舰队参谋长王守仁和核潜艇部队司令员杨玺请示：试验继续进行。王守仁和杨玺果断拍板：继续下潜！

"继续下潜！"王福山发出挑战死神的决战令。

深度计显示：潜艇突破200米水深。

下潜，再下潜，向极限深度下潜！

"嘭！""嘭嘭！""哪！哪哪！"潜航越来越深，受压越来越大。艇体不受力外壳与受力内壳连接处传来一声又一声爆响。这种爆响，似滚滚惊雷令人胆战心悸，如山崩地裂致人恐慌窒息。个别部位的支撑角钢弯曲了。译电员附在王福山耳边小声请示："艇长，要不要用木棍顶住？"王福山乐了："笑话！这么大外压力是你用根木头棒子能撑住的吗？"有水兵报告：某某部位鼓出一个大包。王福山下令部门长相机处置。部门长实地一看，哭笑不得：纯属高度紧张产生的错觉，这地儿原本就是如此！

300米，一个生死攸关的深度，一个称雄显威的目标，终于被核潜艇勇士们突破了！

"深度300米！"扩音器里，传来王福山激动人心的指令："各舱检查舱室水密。"各舱室依次报告："水密良好！"

王福山再度下令："参试人员各就各位，检测记录有关数据。"

七分钟后，所有检测工作按程序顺利完成。

"上浮！"王福山大吼一声，"前进二，艉倾五度！"

按上浮操纵预案规定，速度为前进一、艉倾不超过三度。王福山改采

"双加"令，一是考虑水面指挥部的焦虑心情，二是要实现"蓄谋已久"的300＋2深潜目标。他知道，当承载着超过470万吨巨大外压力的核潜艇，在大角度艉倾调整瞬间，受强大引力作用会继续向下掉沉大约两米的深度，然后才能呈加速度上浮。

王福山成功了。核潜艇在艉倾下沉到302米水深后，犹如咆哮的巨鲸，斜刺着向海面冲去。

17分钟后，潜望镜升起，王福山观察海面情况，确定舰位。然后下令浮出水面，打开升降口。

抑制已久的激动情绪在这一刻像火山熔岩一样，从胸腔喷发出来。艇内一片欢腾，人人热泪满面，个个喜笑颜开。所有艇员和地方参试人员，都争先恐后与王福山拥抱、握手，表达胜利的喜悦心情。

这一刻，海上救援保障编队转悲为喜的激情更是无法用语言形容。从中断通信联络那一刻起，他们就开始在痛苦中观察搜寻，于焦急中部署救援。海上总指挥石天定事后坦言：指挥部预判，核潜艇已经失事。虽说打捞救援预案很完备，但在这样的深水海区，你们"光荣"了，也只能是"光荣"了。

这一天，军委副秘书长刘华清一直守候在电话机旁，直至新任海军司令员张连忠亲自向他报捷，他那颗悬着的心才像一块沉重的石头落了地。

继极限深潜试验之后，核潜艇远航也取得重大突破。

1989年11月18日至12月12日。刚刚经海军考核全训合格的艇长孙建国，率领第13艇员队驾驭核潜艇胜利完成首次带战术背景的远航训练。

这是刘华清任海军司令员时期，规划部署的核潜艇形成战斗力三大试验的最后一项。孙建国率队首航太平洋，第一次把中国核潜艇航迹扩大到第二岛链，圆满完成区域游猎、反防潜等战术演练课题。大洋深处经历的两次意外高危险情，更为日后遂行远洋航行作战任务提供了弥足珍贵的标本案例。

两次险情是接连发生的。

大洋深处。上午时分。值班艇长刘毅按规定操纵潜艇从正常潜航深度上浮到潜望深度。然而,当上浮接近 15 米水深时,由于涌浪过大,艇体无法控制。眼看潜艇就要被抛出水面,刘毅果断高速操艇向水下钻去。

傍晚时分,刘毅再次操艇上浮。有了上午的经验教训与心理准备,这次在接近潜望深度时,他一看艇体又有遭遇涌出水面的危险,便迅速操艇下潜。

不一会儿,从指挥室深度计观测到潜艇已下潜到 60 米水深的副艇长于亚平,急忙提醒操纵台上的刘毅:"注意深度!"

刘毅答道:"明白!"

操纵台深度计依然显示为零,刘毅继续操艇下潜。

于亚平懵了,以为自己观察有误,反身爬上指挥室,再看深度计时,水深已达 120 米。

操纵台深度计失灵!如果再不采取紧急上浮措施,潜艇就将葬身数千米洋底。于亚平未及回头,就猛喝一声:"中间主供气!"

刘毅猛然惊醒,急速下达上浮令。

警铃大作,正在轮休的孙建国冲向指挥岗位。

在尚具可控的深度,核潜艇终于止降上浮。然而,孙建国紧绷的神经不敢有丝毫松懈。他知道,大深度潜航有"三怕":怕水、怕火、怕反应堆停堆,而只要一旦发生漏水故障,往往火灾和停堆故障就会结伴而至。

预想中的险情在上浮时依次发生。孙建国沉着指挥,一一排除化解。

惊心动魄的一天过去了。薄暮时分,孙建国亲自操艇上浮。有了前日的教训,他非常谨慎地采取 5 米一停的递次上浮操纵方式。从 40 米深度到潜望深度是个非常危险的水深层,浮起过程过长,极易发生与水面舰船相撞事故。在近海这种操纵方式是绝对禁止的,但在舰船罕至的大洋深处,为避免遭遇超大涌浪将潜艇托出水面,采取这种非常规的递次上浮操纵法反而更稳妥、更安全。

40 米、35 米、30 米、25 米,孙建国分段上浮,步步为营。然而,在从 20 米至 15 米上浮区间,异常情况再次不期而现:艇体产生艉倾,用舵也无法控制。孙建国第一反应是遭遇大涌,下令"向艉部供气",当艇体向平衡状态回复接近 1/3 区间时,孙建国下达"停止供气"令。这是严格按照规范程序实施的一套操纵方法,正常海况条件下潜艇应该很快恢复平衡状

潜地弹道导弹进行发射前检测。

态。但是，始料不及的险情瞬间爆发：只听得"哗"的一声，倒头一个艇艏大纵倾！孙建国冷不丁被甩出一个大趔趄，来不及站稳便火速下令："全艇供气！"他判断，很可能是两股力量巧合叠加导致这一重大险情发生：一个是艇内艉部的正浮力，一个是艇外巨大反涌的作用力。

潜艇浮出水面。孙建国和刘毅、薛法玉、于亚平四位艇副长一同登上舰桥。广袤无垠的太平洋上，云低夜暗，雨冷风寒，分不清哪儿是天哪儿是海，强大低压气旋卷起的狂风肆无忌惮地呼吼着，长长的涌浪似绵延起伏的山峦一波又一波地奔啸着。连续两天经历两次炼狱般生死惊魂的四位钢铁汉子，紧紧拥抱在一起，互相温暖着，共同砥砺着。他们知道，为中国核潜艇开辟大洋航道，既然是他们义不容辞的责任与使命，就意味着不仅拥有成功的荣耀与鲜花，也要准备迎接失败的牺牲与痛苦。

大洋历险，为中国核潜艇历史性远航和中国核潜艇将士的军旅人生，增添了非同凡响的悲壮色彩。

人生如海。潮涨潮落，大海便有波峰浪谷。假如只有波峰而没有浪谷，就将发生海啸。人生亦然，顺逆共成败，荣辱并得失。诚如老子所言："祸兮，福之所倚；福兮，祸之所伏。"对于人生命运来说，真正危险的时刻不是跌进浪谷，而是身处波峰。

不单单杨玺和他的艇长们，检索为中国核潜艇事业书写辉煌历史的功勋人物的人生轨迹，无不浸染着悲壮色彩。他们的命运遭际与心路历程，和鸣着大海的独特韵律与深厚底蕴。

位高权重如刘华清者，概莫能外。

然唯其悲壮，则更具震撼心灵的美感。

"核潜艇不能断线"

1988 年国庆前夕,新华社受权公告:中国海军核潜艇水下发射运载火箭成功。

六年前。常规潜艇水下发射弹道导弹之后,刘华清加快了组织协调弹道导弹核潜艇研制生产步伐。

自核潜艇工程重新上马,在导弹核潜艇研制指导思想和发展思路上,也曾出现过多次争议。1967 年 11 月,时任国防科委副主任的刘华清与海军副司令员赵启民,共同主持召开导弹核潜艇总体方案论证会。会议听取了艇、弹、核动力、控制、水下试验等主要方面的专题报告。刘华清明确表示支持核潜艇总体研究所提出的基本方案,即第一代导弹核潜艇集中力量解决艇总体和导弹武器系统及相应主要配套设备问题,第二代再努力实现全面赶超的先进性要求。刘华清的决断很快获得聂荣臻元帅和中央专委的批准,为导弹核潜艇的研制统一了思路,指明了方向。

20 世纪 70 年代末至 80 年代初,导弹核潜艇研制处于"艇等弹"的停滞局面。面对停建第 I 型导弹核潜艇、集中搞第 II 型的呼声和争议,兼任军委科学技术装备委员会副主任、科装办主任和军委战略武器定型委员会主任的刘华清力排众议,仍然坚持"第一期先把艇搞出来,以艇促弹,第二期最终完成全系统"的研制路线图,终于使我国第一代导弹核潜艇顺利建成下水,并交付海军服役。

从此,核潜艇部队以杜永国为艇长的第 21 艇员队官兵,奉命驾驭弹道导弹核潜艇,多次组织进行遥测弹发射试验。

核潜艇水下发射试验,同样充满巨大风险,稍有失误就会艇毁人亡。"水下发射远程弹道导弹,对操纵技术要求特别高,因为发射时间按毫秒计算,成败全在一瞬间。"杜永国介绍说,"为了确保发射成功,我们组织艇员把操纵过程中的技术难点进行排队,然后集中力量一个个攻关,从而熟练掌握了各种情况下的操纵技能。"

核潜艇发射弹道导弹，刘华清亲自前往码头送迎艇队官兵和参试专家。（1985年9月）

别看远程导弹是个庞然大物，但是它对环境要求十分苛刻。发射筒内必须保持恒温。为此，在导弹装载上艇后，全艇官兵不分昼夜，精心守护"国宝"。

1988年9月15日，杜永国指挥导弹核潜艇驶向发射海域。

同一时刻，北京发射指挥中心。中央军委副秘书长刘华清在海军司令员张连忠、政治委员李耀文以及国防科工委主任丁衡高、航空航天工业部部长林宗棠、中国船舶总公司总经理胡传治的陪同下，观看发射实况。

刚一落座，刘华清就将导弹核潜艇总设计师黄旭华招呼到自己身边，小声问道："试验安全是否能确保？会不会出现问题？"

尽管黄旭华与刘华清相识相知已近30年，但这个问题还是令黄旭华一时不知如何回答是好。见黄旭华面露窘容，刘华清语气肯定地安慰道："只要认真负责，周密细致，就会避免事故发生。"

海上发射场区实况清晰地呈现在电子荧屏上。

激动人心的时刻到了！杜永国下达发射令。潜艇上下一颤，"巨浪一号"远程弹道导弹跃出水面，直刺苍穹，向太平洋预定海域飞去。

当乳白色的洲际弹道导弹从水下腾空而起，并准确溅落预定海域的画面精彩呈现时，刘华清和前方将士一样，禁不住热泪涌流。

这是激动的泪，这是自豪的泪，这是圆梦的泪！

核潜艇水下发射洲际弹道导弹获得成功，以及最大自持力长航、极限深潜和出岛链远航等重大试验圆满完成，标志着中国核潜艇部队已经迈向以战斗力建设为中心的更新换代的发展新阶段。

为迎接这一天的到来，刘华清做了大量基础性工作。

1983年3月22日，刘华清和李耀文在听取北海舰队政委李长如、副司令员潘友宏的汇报后，专门就加强核潜艇部队全面建设讲了六个方面的意见。从核潜艇驻泊基地军事禁区设置，到核潜艇配套工程建设；从核潜艇装备后勤保障，到官兵生活福利待遇；从核潜艇部队领导班子建设，到艇队人员编制配备，刘华清都作出了明确指示，提出了具体要求。

这是刘华清就任海军司令员半年来，首次听取北海舰队主要领导的工作汇报。但除了核潜艇部队建设，他对舰队其他方面工作未著一词，一股脑儿全部推给了李耀文政委。由此不难看出，核潜艇部队在他心中占有怎样的分量。

1984年11月5日，刘华清应邀访问英国，在参观克莱德潜艇基地时，英国海军核潜艇及常规潜艇完善的作战训练、安全修理、后勤保障体制机制与配套设施，给他以极大启示：海军的现代化建设，既要有先进的技术装备，又要有配套完整的基地建设，才能形成强大战斗力。当天晚上，他几乎彻夜未眠。第二天一早，他就向随访的海军装备部部长郑明交代，回国后一定要把核安全机制建立起来。他嘱咐道："我们的核潜艇一定要为国争光，而绝不能给国家添乱！"

1986年4月26日，苏联发生震惊世界的切尔诺贝利核电站爆炸事故。这是迄今为止，世界上最严重的一次核事故。切尔诺贝利惨剧引起中国党政军高层对包括核潜艇在内的"核安全"前所未有的关注与重视。刘华清在第一时间作出反应：筹组海军核安全局，加强核安全法制建设和统一管理。

1987年9月26日，海军"核安全座谈会"在北京召开，刘华清自始至终参与座谈讨论。

"核潜艇每次一出现问题，就在脑子里打转转。"刘华清坦承他的担忧与压力，"一个安全性，一个可靠性，一个战斗力，这三个方面都不尽如人意，甚至可以说心里没有底。"

"说实在的，管理100条常规潜艇也没有管理几艘核潜艇花费的精力大。"刘华清再次表明他的看法：管一艘战略导弹核潜艇的难度大于管一个陆军集团军。而且随着时代的发展，科学的进步，技术会更高、更尖端、更复杂。所以，我们决不能把它小看了。

刘华清指出，我们的核潜艇已经进入新的发展阶段，正处于一个承前启后的关键时刻。如果解决不好安全、可靠和形成战斗力三大问题，过去几十年多少万人参与的这项尖端工程就会前功尽弃，花出去的巨额投资也就白费了。这三个问题解决好了，第一代核潜艇真正发挥了作用，再搞第二代核潜艇就有了很好的基础和保障。

"核潜艇一定要管好，绝不能发生问题！"刘华清神色严峻，"一旦发生问题，就要震动全国，震惊世界，就要影响到我们核潜艇还有没有生命力的问题！"

如何才能管好用好核潜艇？刘华清强调了三个"高度"：高度的政治觉

悟、高度的责任意识和高度的技术水平。他说，所有从事核潜艇工作的各级领导班子、机关部门、艇队官兵、保障团队、科技专家，都要有这样的觉悟、这样的意识、这样的精神和这样的素养。

"要物色一些懂行的人，成立核安全局！"刘华清果断拍板。

1988 年初，刘华清升任军委副秘书长并卸任海军司令员之际，总参谋部批复同意设立海军核安全局，列为海军司令部直属单位。

3 月 4 日，刘华清在海军主持制定的《关于加强核潜艇部队建设有关问题的决定》，以海军党委文件下发部队贯彻执行。这一决定系统总结了 10 多年来部队在核潜艇管理、训练方面的经验教训，从强化领导、装备治理、安全工作、训练要求、部队管理和政治思想工作六个方面，明确了工作标准和职责要求，为确保核潜艇部队安全，提高训练水平，促进战斗力建设发挥了重要作用。

随之，核潜艇全科目训练正式展开。1989 年 5 月，以刘毅为艇长的第 11 艇员队顺利通过海军组织的全训合格考试。

刘毅，26 岁任常规潜艇艇长，29 岁任核潜艇见习艇长，34 岁成为中国核潜艇历史上第一个全训合格艇长，而且是拥有常规潜艇和核潜艇两个全训合格证书的"核常兼备型"艇长。在任核潜艇艇长的八年间，他先后参与组织指挥最大自持力长航试验和带战术背景的跨岛链远航训练。两年后，他又作为中国核潜艇历史上第一位担负战备值班任务的艇长，再度续写辉煌。

1989 年 12 月 14 日，海军与国防工业科研部门联合召开关于潜地导弹武器系统定型会议，刚刚出任中央军委副主席的刘华清上将接见了全体与会人员。

这原本只是一次例行的接见。但看到那些熟识的年过花甲、鬓发斑白的科技专家时，刘华清情不自禁地走上前去与他们一一握手问候。当年核潜艇刚刚研制立项的时候，这些人大都是 30 岁左右的风华青年。几十年来，他们把自己最美好的青春年华都奉献给了中国的核潜艇事业。

刘华清满怀深情地回顾核潜艇研制所走过的峥嵘岁月。"毛主席说过，'核潜艇一万年也要搞出来'，老一辈无产阶级革命家下的决心，现在终于实现了！"抚今追昔，他激动地说，"我们的核潜艇、潜地导弹都是成功的，在国际上产生了强烈反响。邓小平同志讲，如果我们没有原子弹、导弹、卫星，就没有今天的国际地位，也不可能形成国际大三角关系。所以，发展战略核武器，对国家战略意义是很大的。大家是做出了贡献的。应当向所有参加研制工作的专家、广大科技人员、工人、解放军指战员表示衷心的感谢！"

刘华清一番发自肺腑的由衷之言，令全场专家学者激动不已。

1990年，中国研制规划的第一代核潜艇中最后一艘鱼雷攻击型核潜艇建成下水。

第一代核潜艇按规划数量研制生产并交付海军服役，其间经历的坎坷曲折，刘华清记忆犹新。自中国拥有核潜艇以来，其存废多寡之争不绝于朝。1978年，刘华清重返国防科委担任副主任期间，就专门约请军地相关部门领导和专家开会讨论核潜艇还造不造的问题。研究来讨论去，整整扯了10多天，最后达成共识：继续造，不造不行。随后，刘华清专门向邓小平呈送报告，邓小平一锤定音：还是要继续搞！如此，才有了今天的核潜艇的数量和规模。

第一代核潜艇研制生产终于画上一个圆满的句号。那么，新一代核潜艇还要不要研制生产？刘华清态度十分鲜明：核潜艇、核武器、核动力堆的发展，既要有近期目标，又要有长远发展规划。早在研究制定海军装备发展规划期间，他就多次强调，核潜艇工程，一方面要下功夫抓好核安全和现役艇形成战斗力，另一方面要考虑新型核潜艇发展研制和生产不断线。不仅要研制新一代导弹核潜艇，而且要研制新一代攻击型核潜艇。随着科技的发展，敌人反潜力量的增强，原来用常规潜艇就可以遂行的任务，现在必须靠攻击型核潜艇才能完成。

为了理顺第二代核潜艇发展思路，早在20世纪70年代末刘华清就曾主持召开发展规划座谈会。对于第二代核潜艇研制，有关方面围绕核动力研制存在三大争议：是否采用新堆型？功率如何选择？堆舱布置采用何种方式？潜基弹道导弹研制，有关弹、艇、筒的匹配问题，更成为协调统一过程中的一个巨大瓶颈。

面对"公说公有理、婆说婆有理"的僵持局面，刘华清审时度势的科学态度、统揽全局的协调艺术和胆略超凡的人格魅力，赢得各路权威专家的拥戴与服膺，所有争议与歧见终于在谈笑间灰飞烟灭。有感于第二代核潜艇研制马拉松式的协调大战，时任副总参谋长的张爱萍在出席座谈会时，曾以诙谐的口吻形容道："现在是'张飞战马超'，互不服输赢，挑灯夜战，战不下来，还要刘备下来打躬作揖（指刘华清）。"

往事成追忆。如今，中国核潜艇一个时代结束了。面向未来，面向新世纪，中国核潜艇如何继往开来、再铸辉煌？刘华清将自己的设想向中共中央总书记、中央军委主席江泽民作了详细报告。

江泽民当即决定：亲自前往视察。

1990年4月7日，江泽民主席在中央军委副主席刘华清、国防部长秦基伟的陪同下，来到海军某试验基地和核潜艇造船厂。

下午4时许，在检阅核潜艇、驱逐舰和护卫舰部队后，海军和中国船舶工业总公司汇报了核潜艇工程进展过程，提出了新一代核潜艇研制生产的建议。核潜艇制造厂也如实报告了工厂面临的困境，希望海军继续订货，以免陷入后继无艇、生产断线的危机。

听完三方汇报，刘华清心里沉甸甸的。

早在1987年3月底，他就曾建言军委总部要重视核潜艇科研生产队伍的保持问题。"最近我到核潜艇制造厂去看了一下，感到问题很严重。"他向专程到海军听取装备发展规划意见的总参装备部部长贺鹏飞直言，"60年代为发展核潜艇，国家花了很大力量，把它搞起来了，造了两型多艘核潜艇，还造了常规潜艇和其他舰船。在钱少的情况下，为了保持科研、生产队伍，发展技术要有一个政策。如果都散了，以后再搞就很难啦！至少是几个关键的设备厂，如蒸发器、交换器、冷凝器、大马力离合器等生产厂，要想办法维持。外国像这样的厂，国家都是采取特殊措施予以保护和维持的。"

然而，机缘造化，命运难测。令刘华清没有想到的是，保持核潜艇科研生产不断线的历史重任又压在了自己的肩头。

"核潜艇从这条完了以后就已经断线。"面对现实，刘华清不无忧虑地说，"实际上，现在的配套厂都已经断线了。这个问题怎么办？始终没有想到很好的办法。如果国家一年能给海军几个亿采购费，那么再搞个两三条是可以的，七八年的时间就不会断线。否则，如果停产了，实在太可惜。"

"停产会涉及最早配套的2000多家工厂，现在主要是抓关键的200多个厂。"刘华清神色严峻，"设想一下，如果核潜艇制造总厂的工人都不造核潜艇而去干别的，配套设备厂都不生产配件而去干别的，专业科研院所都不研究核潜艇而去干什么电站、捣鼓一些石油大罐子，那么所有的技术人员都放走了，今后一旦需要会怎么样？"

"核潜艇不能断线！"刘华清话音刚落，江泽民当场拍板。

"核潜艇断档是不行的，要加码，要很好地宣传这个事。"江泽民侧身面对刘华清，语带幽默地笑着说，"我明白了，心有灵犀一点通嘛，你点一点我就知道了是什么意思，不能断档！"

刘华清脸上露出欣慰的笑容，两眼溢满喜悦的泪花，带头为江主席的果断决策鼓掌叫好。

是日晚，江泽民欣然为核潜艇部队挥毫题词："加强核潜艇部队建设，壮我国威，壮我军威。"

1991年6月中旬，海军召开第三次核潜艇领导小组会议，决定核潜艇部队从10月1日起正式担负战备值班任务。

海军的请示报告，经由总参谋部呈送到刘华清的案头。

这是一个具有重大象征意义的历史性事件。刘华清心潮澎湃，激情难抑。30年，整整30年！从舰艇研究院院长到中央军委副主席，从第一张设计图纸到第一根钢铁龙骨，从第一道水下航迹到第一支具有第二次战略核打击作战能力的海上劲旅，他与核潜艇结下的传奇情缘，壮怀激烈，惊世罕闻！

1992年5月29日，刘华清在海军上报的关于核潜艇部队建设情况的报告上批示：要持续保持科研发展和认真做好安全工作。并在当日将海军的报告转呈江泽民主席，江泽民随后也作出了重要批示。

1994年，中央军委和中央专委作出重大决定：将新型鱼雷攻击型核潜艇和战略导弹核潜艇列入"国家专项"，第二代核潜艇研制工程由此全面展开。

中国核潜艇，一个新的时代开始了。

"看到核潜艇事业后继有人，后继有艇，我也就放心了。"相伴中国核潜艇走过36个春秋的刘华清，无怨无悔，备感荣耀。

而更令他欣慰的是，进入新世纪，有幸目睹了由他亲自决策部署和组织研制的第二代新型核潜艇，在以胡锦涛为总书记的党中央和中央军委坚强领导下，高速度、高质量地建成下水，服役成军。

第十章

魂系航母

航母，是一个延续百年的中国梦。毫无疑问，20世纪60年代以后，中国航母梦的标志性人物，就是刘华清！

"中国不发展航母，我死不瞑目！"刘华清这一明志誓言，已经深深烙印在中华民族的历史记忆中。

欣闻航母立项上马，耄耋之年的刘华清竖起大拇指连道三声："好啊！好啊！好啊！"

"航母上马，'走'也放心了。"当然，他更期盼在"走"之前，见证中国航母编队巡弋大洋的威仪。

"航空母舰总是要造的！"

"航空母舰总是要造的！"

1984 年 1 月 11 日，刘华清在海军第一届装备技术工作会议上再次投放了一颗"震撼弹"。

这是刘华清就任海军司令员以来，第二次出席海军装备系统重要会议。早在一年前海军装备技术部党委二届三次全会上，他就突出强调海军装备发展必须适应"近海防御"战略方针，加速海军航空兵装备建设。

"海军航空兵的地位很重要，专用飞机、特种飞机都要加强。"刘华清指出，"从第二次世界大战到马岛海战，可以看出航空兵在海战中的威力是很大的，从一定程度上讲，起着决定性的作用。"

时隔一年之后，刘华清在部署海军装备建设任务时，再次要求重视发展海军航空兵。在就歼击机、轰炸机、舰载直升机、空中加油机和巡逻预警机等海军特种飞机提出研制规划和具体要求后，他突然话锋一转，谈起了航空母舰：

"海军想搞航母的时间也不短了。由于国家经济能力不行，看来 90 年代以前已没有这个可能了。但是，航空母舰还是要造的。当前应研究如何把岸基飞机发展到海上去，更好地发挥它的作战威力。"

这是刘华清就任海军司令员以来，首次就建造航空母舰公开在正式场合表明决心和态度。自此而始，围绕中国海军要不要发展航母、装备什么样的航母、何时建造航母，在官方和民间掀起了一场跨越世纪的旷日持久的热议激辩与论争交锋。其影响所及，不仅引起亚洲各国的高度关注，而且包括美国、俄罗斯和欧洲诸强在内的政治、经济、军事大国，都难以置身事外作壁上观。

纵观世界航母发展史，这是一个特例，堪称"奇闻"！

航母，是一个绵延了近百年的中国梦。

可以说，航母的历史有多久，中华民族的航母梦就有多长。航母，不仅跨越时空，跨越世纪，而且也早已跨越海空，跨越军事，成为中华民族复兴崛起、屹立于世界强国之林的象征与图腾。

在中国近代海军史上，最早想圆中国航母梦的代表性人物，是一代海军宿将陈绍宽。

陈绍宽，谱名必谨，字厚甫，1889年生于福建省闽侯县胪雷乡胪雷村。从1905年考入江南水师学堂学习驾驶，到1946年与国民党分道扬镳挂冠归隐，陈绍宽日思暮想、孜孜以求的似乎只有一件事：建立中华民族强大的现代海军。

在中华民国历史上，陈绍宽是执掌海军关防大印时间最长的一任部长和总司令。从39岁出任海军署中将署长，到56岁从一级海军上将总司令任上解甲还乡，历时17年。

1928年12月，陈绍宽被任命为海军署署长兼第二舰队司令。甫一上任，他就向国民政府递交了包括一艘航空母舰、四艘驱逐舰、三艘巡洋舰、二艘潜艇在内的两年造舰报告。而他的"长远规划"，是在15年内实现60万吨的造舰目标。

这是一个跻身世界一流海军的宏伟设想。陈绍宽要用他的航母舰队复兴中国久已失去的海权与主权！

然而，陈绍宽却未能实现他的中国航母梦。上任仅仅一个月，1929年1月，在国民政府召开的全国编遣会议上，陈绍宽的"最低限度""且为海军建设上必不可缓"的航母建造案便遭无情否决。

"奔走呼号，力竭声嘶，莫动群公之听。""请缨无路，愧比昔贤；报国有心，敢期异日。"愤懑异常的陈绍宽公开致电国民政府军政部长冯玉祥，请辞第二舰队司令兼海军署署长。

刚刚成为名义上全国统帅的蒋介石为稳定海军军心，不得不亲自出面安抚陈绍宽，并信誓旦旦作出建造航空母舰的许诺。痴迷执着的陈绍宽为蒋介石的攻心之术所打动，不仅收回辞呈，而且担任了新成立的海军部部长。

蒋介石所给予陈绍宽的航母承诺只是一张画饼。执掌海军帅印17年间，为了多造几条军舰，陈绍宽不知跑过多少路，拜过多少门，求过多少人。一部《陈绍宽文集》，收录他为海军讨钱催款亲自写给蒋介石、汪精卫和宋子文的信函条陈，仅 1929 年至 1934 年的五年间就达 40 件之多，占同期文稿的一半。

活脱脱一个"乞丐司令"的悲状惨境跃然纸上！

陈绍宽苦挣苦撑，10 年间终于造出了 16 艘新舰艇，其总排水量不足 9000 吨。加上民国初期 10 年间自造和从英德日三国购买的舰艇，舰艇总数仅 45 艘，总吨位不足三万吨，尚不及清末海军实力。

斯时，日本海军已发展为拥有 100 万吨总量的强大舰队，为中国海军的 30 倍，其海军兵力则是中国的 20 倍。与 40 年前的甲午海战时期相比，中日两国海军实力已不可同日而语，失去了比较的价值。

抗战爆发，民国海军舰队全部自沉和被日军炸沉于长江，写下了八年抗战史上最为悲壮的一页。

然而，陈绍宽仍然沉溺于航母梦幻之中。1945 年 8 月，陈绍宽会同军令部长徐永昌、军政部长陈诚和铨叙厅厅长钱卓伦，编制完成了抗战胜利后的《海军分防计划》。该计划将中国沿海划分为四个海军区，另在长江、珠江、松花江和黑龙江设置三个江防舰队。

按照分防计划，每个海军区配置一支海防舰队，每支舰队编配航空母舰 3 艘，战斗舰 4 艘，重巡洋舰 4 艘，轻巡洋舰 16 艘，驱逐舰 24 艘，潜水舰 24 艘，驱潜舰 12 艘，鱼雷快艇 40 艘。三个江防舰队配置 75 艘大中小型炮舰。另外，练习舰队、测量舰队和辅助船队所需舰船数量则视情核定。

但是，抗战胜利，蒋介石却舞起了内战的魔剑。

陈绍宽的航母舰队梦想彻底破灭。当委员长大人火急火燎一日三次电令陈绍宽率舰开进渤海湾阻断共产党军队抢占东北的海上通道时，他冷冷地回复了四个字："无舰可派！"

"娘希匹！"蒋介石破口大骂。

"拜拜喽！"陈绍宽孤身只影，"统率"他的 60 万吨"纸上航母舰队"，默默地回到了儿时的胪雷村。

如果说，20 世纪上半叶中国航母梦的代表性人物，非一代航母赤子陈绍宽莫属的话，那么毫无疑问，20 世纪 60 年代以后中国航母梦的标志性人物，就是刘华清！

早在 20 世纪 60 年代初期，刘华清任舰艇研究院院长时就着意留心世界各海军强国航空母舰的发展和应用，思考过航母研制问题，并于 1970 年亲自主持起草了新中国历史上第一个航母工程报告，并组织领导了新中国成立以来首次航母研制专题论证。

这是一段鲜为人知的秘史。

1970 年——一个史称"浩劫"的动乱年代。

这一年春天，海军党委意外接到中央最高决策层关于研制航空母舰的指令。

毫无疑问，这是一项非常重大的国防科研任务，在当时讲更是"非常光荣的政治任务"。而这项"非常光荣的政治任务"，恰巧又幸运地落到了刘华清的头上。

斯时，刘华清被无端从国防科委副主任职位上，打发回海军做了一个小小"船办"——"海军造船工业、科研领导小组（1970 年 5 月起更名为'海军造船工业领导小组'）办公室"主任。

中央首长关于建造航空母舰的指示下达后，海军党委责成造船工业领导小组尽快拿出论证方案上报中央。1970 年 5 月 5 日，海军造船工业领导小组召开办公会议，学习贯彻由解放军副总参谋长、海军第一政治委员李作鹏传达的中央首长关于建造航空母舰的指示精神，会议决定由刘华清负责主持起草航空母舰建造工程方案，经海军党委讨论后上报中央。

能够承担如此光荣而重大的"政治任务"，实出刘华清意料之外。但细想想，也只能是他。海军造船工业领导小组虽然统一归口管理全国与海军武器装备科研生产有关的所有国务院部委、科研院所、生产厂家，牌子很大，权力很大，但领导小组成员都是海军在任的主要领导，而作为常设办事机构，只有刘华清领衔的一个小小办公室。所以，尽管"船办主任"只是个编制外的闲差，但刘华清所做的具体工作却与担任国防科委副主任时毫无二致。再则，要担纲建造航空母舰工程论证报告这种科技含量很高的"瓷器"活儿，兼具海外留学背景与装备科研领导经验的刘华清，更是无人能与比肩的"最佳选手"。

总之，能亲自主持完成中国第一个航空母舰建造工程报告，是刘华清备感荣幸和骄傲的一件大事。正是从此发轫，中国航母令他魂牵梦萦整整 40 个春秋，直至生命的最后一刻。

在晚年撰写出版的《刘华清回忆录》中，刘华清对中国首次启动航母计划，只是寥寥数语一笔带过，并未铺陈展开详尽描述。他写道："早在1970年，我还在造船工业领导小组办公室工作时，就根据上级指示，组织过航空母舰的专题论证，并上报过工程的方案。"

倒是曾参与具体工作的中国船舶重工集团公司军工咨询委员、原舰艇研究院714所教授级研究员于瀛先生，在接受媒体记者专访时，从尘封40多年的记忆宝库中检索出一鳞半爪的珍贵碎片，把我们带回到历史现场。

1970年5月上旬的一天，在舰艇研究院714所从事水面舰艇情报研究工作的于瀛，随领导参加院里召开的紧急会议。"会议等级为'绝密'。"于瀛回忆说，"通知明确要求，领导不准带秘书，也不准带笔和笔记本，甚至连会议主题是什么都未透露。"

会议在舰艇研究院大楼二楼东头的大会议室召开。时任舰艇研究院副院长岳英传达上级指示：根据海军的情况，中央决定我们要发展航空母舰，责成海军牵头组建研究队伍。具体到714所，岳英要求我们迅即搜集、整理、汇报世界航空母舰的过去、现在、未来发展状况以及作战使用情况的详细资料，提供领导决策参考，并限期一个月内完成。

对于瀛来说，这道命令过于突兀，令人难以置信。此前，714所正面临撤销解体的命运，大部分科研人员被下放到"五七干校"从事劳动改造，负责水面舰艇情报工作的专业技术干部只剩下副所长张日明和技术员于瀛等少数人在位了。

这一年，中国正处于与苏联全面交恶、与美国关系尚未解冻的特殊时期，安全形势严峻。

中国的第一次航母论证，就是在这样的国际历史背景下启动的。

20世纪60年代末，中国武器研制的突飞猛进，是这次航母论证的另一个时空背景。继原子弹、氢弹试爆成功后，1967年4月，中国第一代导弹驱逐舰、导弹护卫舰、新型常规潜艇研制全面上马；1968年11月，中国第一艘核潜艇开工建造；1970年4月，中国第一颗人造地球卫星发射升空。

"中央军委主管领导见此形势很高兴，提出要建航母。"李作鹏在其境外公开出版的回忆录中如是说。此时，李作鹏大红大紫，身兼中央政治局委员、中央军委委员、解放军副总参谋长、海军第一政治委员、海军党委第一书记和海军造船工业领导小组组长。

然而，在绝少国际军事科技交流的信息封闭状态下，决策高层对航母几乎一无所知。"航母是什么，里面有什么，都要从科普开始。"于瀛记得，当时所里隔三岔五就会来一拨儿人，探询有关航母的信息。

舰艇研究院"绝密会议"开过不久，张日明和于瀛受命前往海军机关，向"船办"主任刘华清汇报。

"汇报会在海军机关大楼西配楼二楼会议室召开。"于瀛回忆说，"那时没有现在的电脑手段，也没有幻灯投影仪。为了说得形象点，我们把搜集整理的国外航母的照片放大到最大尺寸，再把整块三合板一折为二，用砂纸打磨光，涂上海军蓝油漆，将航母照片一张张粘上，张日明汇报的时候，介绍到哪个国家哪种型号航母，我就配合他把照片摆上去，像'拉洋片'似的。"

刘华清是舰艇研究院首任院长，跟张日明这些院所的老部下都非常熟。汇报结束时，他直言不讳地嘱咐张日明："胖子（张日明的绰号），你讲了这么多，这一下子也记不住，你尽快把这些资料做成一本小册子，给上级汇报的时候也可以提供给领导们看看。"

张日明和于瀛很快将航母资料编辑成册，印制了 15 套，送到刘华清办公室。刘华清很满意。

如今，这本仅有两个巴掌大小的《美帝苏修航空母舰图册》的小册子，就收藏在舰艇研究院档案馆。泛黄的纸页，见证了时代的沧桑，成为追寻中国"航母梦"弥足珍贵的历史文献。

1970 年 5 月 16 日，是应该被载入中国航母发展史的一个具有特殊纪念意义的日子。这一天，刘华清主持完成了《关于建造航母问题的初步意见》，并呈报给海军领导。

这份收存于海军档案馆的报告，文字不长。为忠实再现那个特殊年代的历史真迹，我们将报告完整呈献给读者：

关于建造航母问题的初步意见

李政委、吴副政委并海军党委：

　　我们获悉中央首长关于建造航空母舰的指示后，受到极大的鼓舞。建造航空母舰是一项非常重大、非常光荣的政治任务，这是建立强大海军的重要战略措施。我根据领导小组办公会议决定，召集七院、六院有关人员进行了两次讨论，七院又组成专门小组进行了探讨。现提出初步意见：

一、美、苏航空母舰的现况：

美：27艘。其中，攻击型15艘，反潜直升机母舰5艘，直升机登陆母舰7艘。

苏：1968年搞出了一型18000吨的"莫斯科"直升机母舰，现在已有2艘。

二、我们造什么样的航母？

我国第一代航母拟建造一型携带舰载歼击机和反潜直升机为主的"护航航空母舰"为宜。

当"护航航母"与驱逐舰、护卫舰等舰编队活动时，即可由我舰载歼击机和反潜直升机在编队活动海区展开积极的搜索和攻击空中的敌机与水下的敌潜艇，使我远洋作战编队在一定的海区活动时，有一定的制空权和制海权，取得行动的自由和主动。

主要战术技术性能设想为：吨位约3万吨以内，航速35节左右，载飞机50架左右（歼击机与反潜机的比例可随执行任务不同而变动）。采用垂直起落式歼击机，这样就免除了飞机弹射器、助降装置、降落阻拦装置等一系列技术上极为复杂而笨重的专用装置，使航母的尺度和吨位缩小，研制周期可以大大缩短。

本舰装备有强大的进攻和防御武器，对于敌空中目标，远程的由本舰歼击机迎击，中程的由本舰对空导弹拦截，近程的由低空导弹和小口径炮组成严密火网拦击；对敌水下目标，由反潜直升机进行快速大面积搜索攻击；考虑到本舰舰载机全系歼击机和直升机，缺乏对敌水面舰艇编队攻击的能力，故又装配了射程为500～600公里的中程导弹，这样给本舰增加了对敌大型导弹舰和航母的打击手段。在不影响飞行甲板和机库等重要部位布置的情况下，装载舰对舰导弹，即可起到舰载轰炸机的作用或者超过轰炸机的作用。

三、航母主要设备问题解决的办法：

除采用已有舰艇设备外，重点解决舰载机、电子设备、动力装置和部分武器装备等四大项上。

四、组织实施：

研制总进度：从中央正式批准建造时起，争取三年内建成。1971 年完成总体设计，1972 年开工建造，1973 年建成并完成试航，交付部队。

刘华清　岳英（七院）　司徒衍（六院）

1970 年 5 月 16 日

对于研究中国当代海军发展史而言，这是一份不可多得的珍贵文献。上溯自 1866 年，历经晚清、民国和新中国，中国近现代海军走过整整 100 年艰难苦涩历程后，中国航母终于从梦想进入高层决策视野，并由刘华清构思出第一个"概念模型图"。

仔细研读刘华清的报告，不难发现，为早日实现中国航母梦，他在航母选型上严谨求实的科学态度以及行文表述字斟句酌的良苦用心。报告的核心内容是第二部分。以"我们造什么样的航母"为标题，可谓用心良苦、大有讲究。如果增加一个字，变成"我们该造什么样的航母"或"我们能造什么样的航母"，刘华清在论证中国航母选型上，都会"作茧自缚"，遇到绕不过去的"科技雷区"与"政治禁区"，不仅于事无补，反而会授人以柄。很明显，若论"该"造什么样的航母，从中国海洋防御与中国海军建设需求出发，以当代国际战斗力水准为参照，则是中国现有经济实力、工业能力和科技水平望尘莫及的；若论"能"造什么样的航母，实话实说，又难免否定和抹杀"莺歌燕舞、蒸蒸日上"的"无产阶级文化大革命"大好形势及伟大成就。两难之间，刘华清既不论"该"，也不提"能"，而巧妙地以"宜"取而代之："拟建造一型携带舰载歼击机和反潜直升机为主的'护航航空母舰'为宜。"

何谓"宜"？主观与客观统一，需要与可能平衡，理想与现实契合。从"宜"字出发，刘华清提出了中国第一代航母战术技术性能指标及其武器系统。在论述舰载歼击机采用垂直起降优长时，他正话反说，间接点明国内科技实力不逮的难堪现实："这样就免除了飞机弹射器、助降装置、降落阻拦装置等一系列技术上极为复杂而笨重的专用装置，使航母的尺度和吨位大为缩小，研制周期可以大大缩短。"

刘华清在报告中提出三年实现中国航母梦的总目标，只是参考了"二战"

第十一章　魂系航母

后美国常规动力航母的建造周期而已，就中国的科技实力与工业水平而论，即使改革开放 30 多年后的今天，要在短短三年内完成一艘航空母舰从总体设计、施工建造，到舾装试航、交付部队服役的全周期，也是一件难以完成的任务。不过，仔细想一想便会明白，这与当时炽热的政治气候不无关系。它既反映出刘华清及其领导下的论证小组的心情是何等热切和急迫，同时也说明他们对中国自主研制航空母舰的艰巨性尚缺乏深层的认识与了解。

这份由刘华清与舰艇研究院（七院）副院长岳英、航空研究院（六院）副院长司徒衍共同签名的航母建造报告，分别呈送给了海军第一政治委员、海军造船工业领导小组组长李作鹏和海军常务副司令员、海军造船工业领导小组副组长吴瑞林。

10 天后，即 1970 年 5 月 27 日，刘华清在海军装备部主持召开了航空母舰论证工作座谈会。这次会议首先确定了航空母舰的型号方案，按护航航母和反潜航母两个方案进行论证，重点是护航航母和舰载机。其次是把论证研制任务分解落实到位：由海军提出航母及舰载机的性能与作战使用要求，舰艇研究院（七院）负责航空母舰总体的论证研究；航空研究院（六院）负责两型舰载机（歼击机与反潜机）的论证研究；飞航技术研究院（三院）负责舰载导弹武器系统的论证研究。

正是在这次会议上，航空母舰研制代号被冠名为"707 工程"。

"这是个历史性时刻，标志着中国航母从纸上谈兵的'梦想阶段'，进入实际操作的'工程阶段'。"于瀛先生记忆犹新：舰艇研究院航母研制组成立大会在研究院大楼七楼大厅举行。领导宣布命令讲话后，接着就由 714 所张日明副所长讲课。"各个研究团队的领导和技术骨干都来了，但用现在的眼光看，只能算是一堂航母科普课。"于瀛回忆说，"当时，人们对航母的概念都不十分清楚，张日明从什么是航母讲起，介绍了航母的发展史、航母大战的典型战例、航母的现状和未来发展趋势。"

1970 年 7 月 20 日至 8 月 5 日，经国务院批准，海军造船工业领导小组与核潜艇工程领导小组联合组织召开了"五型舰艇"技术协调和交底会议。"'五型舰艇'是已经国务院批准立项建造的海军新一代重点装备，这里面就包括核潜艇和航空母舰。"海军装备部原部长郑明将军在接受媒体记者专访时介绍说，这是一次全国性的会议，参加会议的有国务院有关部委，军委国防工办，各大军区、有关省市革委会和省军区主管国防工业的负责人，有关工厂、科研院所和海军有关单位的代表，共333个单位、729人。新任国防科委副主任钱学森，海军司令员萧劲光、副司令员周希汉等领导出席了会议。刘华清作为"船办"主任，是会议的主要组织者。

"在707工程分会上，出现了'左'的和'右'的两种声音。"郑明回忆说，刘华清主持起草的航母工程报告，提出的方案是造三万吨级的护航航母。但当时正值"文革"鼎盛时期，极"左"思潮泛滥，海军机关一些思想激进的"造反派"认为，中国研制航母就要"赶英超美"，"刘华清版"航母方案太过保守落后。同时，会上也出现了"右"的声音，有人认为航母目前搞不出来，不敢承担研制任务。

包括刘华清在内的海军造船工业领导小组，试图排除"左"和"右"两方面的影响，坚持按上报航母工程方案往前走。"但形势比人强，这些影响很难彻底排除。因为不仅下面有，上面也有。"郑明说。

1970年9月28日，海军造船工业领导小组再次召开专题办公会议，确定航母研制分两步走：从现在起到1972年底，重点完成科研设计；1973年开工建造，争取"四五"（1971—1975）末期首艘航空母舰建成下水。

1971年元旦前夕，刘华清主持起草了以海军造船工业领导小组名义上报国务院、中央军委的《造船工业、科研"四五"规划》，明确海军装备建设"以导弹为主、潜艇为重点"，护航航空母舰作为"四五"规划尖端装备，排在了导弹驱逐舰、护卫舰、导弹艇、鱼雷艇前面。

"海军领导层，特别是造船工业领导小组核心成员，并没有因为搞航母就头脑发热，而是非常清醒地着眼长远在思考谋划和决策部署航母工程。"郑明证实，"直到1971年4月，海军造船工业领导小组还专门发文，再次明确核潜艇建造为当年的工程重点，航母研制的位置则往后摆了些。"

然而，令刘华清和所有满怀"航母梦"热望的人始料不及的是，五个月后震惊中外的"九一三事件"突然爆发，刚刚起航的航母工程触礁搁浅、戛然而止。

直到此时，刘华清才获悉：一年前下达建造航母令的"中央首长"是"副统帅"林彪！

这就难怪中国历史上首次启动的航母建造工程会半途而废了。从日后公开的高层档案材料可以清晰地看出，刘华清的航母建造报告上呈之时，一场惊心动魄的政治斗争的序幕已然拉开。在接下来的一年多时间里，林彪及其亲信李作鹏等人与毛泽东渐行渐远，最终分道扬镳，落得个自取灭亡的可悲下场。

然而，林彪一伙的倒台并未结束国家的动乱。刘华清翘首以盼的中国航母舰队，只能像影子一样潜行于他苦闷的心海里。

刘华清第二次建言造航母，是在他主持完成中国第一个航母建造报告五年之后。

进入 20 世纪 70 年代，日益凸现的海洋主权危机引起共和国开国领袖们对人民海军建设的极大焦虑。

1970 年 9 月 25 日，毛泽东主席在接见巴基斯坦海军司令哈桑中将时，不无忧虑地说："讲到海军，我们恐怕是不行。……现在一些大国欺负我们……什么印度洋、太平洋都被他们霸占着。所以我们也得搞一点海军。"

1973 年 10 月 25 日，重病缠身的周恩来总理在同外宾谈到领海主权时，动情地说："我们的南沙、西沙被南越占领，没有航空母舰，我们不能让中国的海军再去拼刺刀。我搞了一辈子军事、政治，至今没有看到中国的航母，看不到航空母舰，我是不甘心的啊！"

"我们海军只有这样大。"1975 年 5 月 2 日深夜，毛泽东在召见政治局委员时，抬起左手晃了晃小指头，对海军第一政治委员苏振华说。虽已风烛残年，他仍壮心不已："海军要搞好，使敌人怕。""努力奋斗，10 年达到目标。"

毛泽东和周恩来关于海军建设的一系列谈话和指示，重新唤起刘华清对早日实现中国航母梦的强烈渴望。1975 年 9 月 1 日，在那篇《关于海军装备问题的汇报》的万言书中，刘华清向时任中央军委副主席的邓小平大胆建言："尽早着手研制航空母舰！"

> 海军作战的方针仍是积极防御的战略方针，以诱敌深入，在近海歼敌为主，同时也要敌进我进，既要在近海，也一定要到远海敌后去打击歼灭敌人。为了解决大量水面舰艇和潜艇到中、远海作战的空中掩护、支援配合问题，我认为，有必要尽早着手研制攻击型和护航航空母舰（先搞常规动力的，排水量在 4 万吨左右，不一定搞 8 万、10 万吨的）。

我建议，不要再搞 10 年规划中的 8000 吨的大型导弹驱逐舰（论证几年，方案多变，尚未建造）。可将现已试制出的中型导弹驱逐舰改进提高，来代替它，将搞大型驱逐舰的人力财力拿来搞航空母舰。因为海上的战斗规律早就是空中、水面、水下各种兵力的协同战斗。我国要大搞经济建设，有些重要战略物资还需从国外进口，必将大大发展海外贸易，掩护海洋交通和保护海洋资源的任务都是繁重的。但是我们不能到外国去建设任何基地，只有解决机动的飞机场和导弹发射场。执行上述任务离不开去远海，要到远海作战就不能违反这个立体协同作战的客观规律。

　　现在美苏激烈争夺海洋，拼命扩充海军，广泛发展水下、水面、空中乃至所谓轨道武器。将来三次大战发生，海上战争将比历史上任何一次大战的规模要大，要激烈。美苏都认为，把战略导弹和飞机放在大型潜艇、水面舰艇、航空母舰上要机动得多，不易受到摧毁。我们暂时不一定要在这方面同他们比，也不一定按他们的办法干。但是，为了对付我们未来的敌人，总得要研究对付的办法才行，而且相差的距离不能太远，不能闭眼捉麻雀。

　　我国现有工业和科学技术条件是具备解决制造航空母舰问题的。国家各种机械、造船、航空、电子等工业均较发达，钢铁及其他各种材料亦基本具备。英国 1918 年开始建造航母，当年产钢 969 万吨；美国 1921 年开始建造航母，当年产钢 2010 万吨；日本 1931 年开始建造航母，当年产钢 188 万吨。

　　毛主席与党中央已决心加快海军的建设速度，这很振奋人心，若计划实现，海军就比较强大了。但建设强大的海军其重点决不能放在搞小艇上，将它搞得再多，敌人也不怕，必须解决关键性的作战舰艇。国家 10 年投入大量经费和贵重稀有材料和各种物资，这些钱财一定要用在刀刃上，次要的和易造的小艇可以缓办或不办。要抓紧时间，在前七年左右将航母首舰试出来，10 年末开始形成战斗力。如果这个 10 年，特别"五五"如上不马，那就是要在 20 年之后我国才有航空母舰。因为它的研制周期起码要七年左右的时间，而且我们又是从头做起，时间会长些。我们一定要建设既有数量又有高质量的强大海军。

　　"请你考虑一下，我看有些意见值得重视。"这就是邓小平对刘华清包括建造航空母舰在内的"憋不住的汇报"的批示，而且是在收到报告的第二天就批转给了海军第一政治委员苏振华。其重视程度，可见一斑。

中国要不要建航母？建什么样的航母？从已公开的邓小平讲话中尚未见闻。但对建一支什么样的海军、海军的战略方针和作战任务，邓小平都有精辟论述。刘华清在海军司令员任上制定和确立的海军战略，就是邓小平海军建设思想和军事战略的系统概括与理论升华。

对于现代战争中制空权的重要性，邓小平有着深邃的理解与洞察。早在 1979 年 1 月 18 日，他就指出："将来打起仗来，没有空军是不行的，没有制空权是不行的。……海军没有空军的掩护也不行，我们主要的是近海作战。没有制空权，敌人的飞机可以横行无阻。"

还有一个鲜为人知的历史细节是，即使退出政治舞台后，邓小平晚年仍然念念不忘发展具有战略威慑力的现代化武器装备。据《邓小平年谱》披露，1992 年 4 月 28 日，他在同身边工作人员谈及中国发展问题时指出："我们再韬光养晦地干些年，才能真正形成一个较大的政治力量，中国在国际上发言的分量就会不同。有能力的时候，要搞高科技国防尖端武器。"

毫无疑问，航空母舰当属邓小平所言"高科技国防尖端武器"题中应有之义！

刘华清的双脚踏上了航空母舰的飞行甲板。

在与这个"海上巨无霸"神交 10 年后，刘华清终于与它有了第一次现实版的零距离接触。当然，这个"海上巨无霸"不属于中国，它的主人是美利坚合众国。

1980 年 5 月 24 日至 6 月 6 日，应美国国防部长哈罗德·布朗的邀请，中共中央政治局委员、国务院副总理、中央军委秘书长耿飚率中国军事代表团访问美国。

作为中国军事代表团的重要成员，时任副总参谋长的刘华清，于 5 月 15 日率中国军事技术代表团先行抵美，进行军事技术转让项目考察和技术性会谈，为耿飚访美预作准备。

刘华清考察参访的最后一站是圣迭戈海军基地。五角大楼掌门人布朗为给首位中共军方高级领导人到访制造更大的"轰动效应"，将在这里导演

在"CV-63小鹰"号航母驾驶室，摄影师为刘华清拍下了这个珍贵的历史镜头。

一出令人叹为观止的"压轴戏"。作为"预演"，刘华清饶有兴趣地参观了"CV-63小鹰"号航空母舰。

这是中华人民共和国高级军事将领首次登上美国的航空母舰。

在"CV-63 小鹰"号航母会议室，刘华清与舰长互赠纪念品。（1980 年 5 月）

　　刘华清对航空母舰的前世今生并不陌生。尽管如此，当他第一次踏上这座战争城堡的钢铁甲板时，还是被它宏大的规模气势和超强的现代作战能力深深震撼了。

　　"小鹰"号航母傲然矗立，犹如一座浮动的海上城堡。它是当今世界在役最大、最先进的常规动力航空母舰，满载排水量 8.112 万吨，最大航速 32 节，飞行甲板面积有三个足球场那么大。全舰设计有 1200 个水密舱，飞行甲板以下分为 10 层，甲板以上的岛式上层建筑共八层，相当于一座 18 层的高楼。

　　虽然舰艏挂有全舰设施位置示意图，但如果没有舰上指挥官引导，即使如刘华清这样的"老海军"也会像走进迷宫一样，很快就会找不到北。在舰长陪同下，刘华清参观了"小鹰"号航母作战指挥中心、机库、飞机维修中心、升降平台、飞行弹射装置、官兵生活舱、厨房餐厅、医疗病房等设施。

刘华清特别留意航母飞行起降弹射与拦阻技术设备。"小鹰"号航母装备四台蒸汽弹射器，可保障每分钟弹射八架战机升空。"小鹰"号航母共携载各型战斗攻击机、空中预警机、反潜直升机和加油机、运输机等约80架。

刘华清第一次真切认识了"海上霸主"的庐山真面目。

1980年5月26日上午9时，中华人民共和国国歌《义勇军进行曲》的旋律回荡在五角大楼广场。在美国国防部长布朗陪同下，71岁的中国国务院副总理兼中央军委秘书长耿飚检阅了美国三军仪仗队。

在五角大楼为一位来自共产党国家的军队领导人举行欢迎仪式，在美国历史上还是第一次。这是一个标志性事件。耿飚的到访，拉开了中美军事交流的大幕。

6月4日，圆满完成在白宫、五角大楼以及国会山密集高层会晤与谈判的耿飚，率中国军事代表团抵达参访美国本土的最后一站——圣迭戈海军城。

在"CV-61突击者"号航母飞行甲板上，刘华清陪同耿飚观看了一场舰机协同"表演秀"。（1980年6月）

"海骑士"直升机缓缓降落在航空母舰宽大厚重的钢铁甲板上。顶戴头盔、身着黄色救生衣的耿飚在刘华清陪同下走出舱舱，面向舰桅高悬的星条旗庄重行礼。

这是刘华清10天之内第二次踏上美国航母甲板。先前是"CV－63小鹰"号，而这次变成了"CV-61突击者"号。但他知道，美国同行的"热情"是有所节制的。他们给首次到访的中国军方高层参观的两艘航母，并非美国海军现役航母家族中最新型的装备。

在美国航母阵列中，资历最老的是福莱斯特级。该级航空母舰是"二战"后全世界第一型为携载喷气式飞机而专门研制的大型攻击型航母，设计中沿用了英国航母的斜角飞行甲板和蒸汽弹射器。

福莱斯特级航母共建造四艘，分别于1952年至1959年水下服役。它们依次被命名为"CV-59福莱斯特"号、"CV-60萨拉托加"号、"CV-61突击者"号和"CV-62独立"号。

1956年至1968年，福莱斯特级的改进型——小鹰级攻击型航空母舰建成服役。该型航母同样建造了四艘，依次是"CV-63小鹰"号、"CV-64星座"号、"CV-66美国"号和"CV-67肯尼迪"号。1973年至1975年，该级航母经过改装，全部由攻击型升级为通用型。

在美国海军现役航母中，常规动力型的福莱斯特级与小鹰级已成为配角，居于主角地位的是核动力航空母舰。

"CVN-65企业"号航母，不仅是美国，而且是全世界历史上第一艘核动力航空母舰。"CVN-65企业"号航母于1950年开始设计，1958年开工建造，1961年下水服役。

在美国乃至全球航母家族中，谱系最发达的要数"尼米兹"级核动力航空母舰。作为世界上目前最先进的航母，到21世纪的头10年，"尼米兹"级拥有现役航母已达10艘之多，且大多以美国海军著名将领和总统的名字命名。在耿飚和刘华清参访美国航母的1980年，尼米兹级航母的首制舰"CVN-68尼米兹"号和第二艘"CVN-69艾森豪威尔"号，已分别部署在美国海军太平洋舰队和大西洋舰队服役。而"CVN-70卡尔·文森"号，则刚刚建成下水。

此后30年，常规动力型的福斯莱特级和小鹰级航母日渐式微，次第退出战斗序列，而"尼米兹"级核动力航母家族，则又增添了"CVN-71 西奥多·罗斯福"号、"CVN-72 亚伯拉罕·林肯"号、"CVN-73 乔治·华盛顿"号、"CVN-74 约翰·斯坦尼斯"号、"CVN-75 杜鲁门"号、"CVN-76 罗纳德·里根"号和"CVN-77 乔治·布什"号等新成员。

与刘华清参访"CV－63 小鹰"号航母"预演"不同，美国海军为这场"压轴戏"专门举行了舰机编队实兵表演。

当由十多架战机组成的编队从"CV－61 突击者"号航母左舷上空呼啸而过时，刘华清的思绪被带回到历史的海战场。

1915 年，随着英国皇家海军两艘真正意义上的飞行母舰——"坎帕尼亚"号和"柏伽索斯"号建成服役，宣告"航母为王"海战新时代的来临。

第二次世界大战、特别是太平洋战争的爆发，为航空母舰提供了绝佳的表演舞台。从震惊世界的日本偷袭珍珠港，到决战中途岛和瓜达卡纳尔岛；从马里亚纳、莱特湾和珊瑚海大海战，到硫磺岛和冲绳岛登陆战，在人类战争史上写下了"航母制胜"的辉煌篇章。

正是借助航空母舰的飞行甲板，美利坚合众国取代大英帝国，登上了世界霸主的宝座。"二战"结束后，冷战的铁幕和核武的阴影曾试图折断航母主宰海空的巨大翅膀，但直至进入 21 世纪，还难有任何新的武器系统撼动它 NO.1 的历史地位与战略价值。

有感于此，刘华清在回忆录中写道：

> 可以说，正是航空母舰的出现，把海战的模式从平面推向了立体，实现了真正的超视距战斗。自它问世以来的 80 多年间，几经波折，最终发展成为今天这种舰机结合、攻守兼备、机动灵活、坚固难损和高技术密集的多球形攻防体系。今天，它不仅是一个强有力的战术武器单元，是海上作战体系的核心，也是一个能抛核弹的战略威慑力量。在世人眼里，它被视为综合国力的象征。它的存在与发展，也是各国军事战略家关注的焦点之一。

参访活动结束了。刘华清陪同耿飚告别"CV－61 突击者"号航空母舰，重新登上外形酷似"空中巴士"的"海骑士"直升机。

伴随着前后螺旋桨发出的巨大轰鸣声，在"海骑士"吻别航母宽大斜角形钢铁甲板的刹那间，一个硕大的问号久久萦绕在刘华清的脑际：何时能够登上中国自己建造的航母?

"我们必须研制自己的航母!"刘华清默然立誓,"中国海军一定要拥有现代化的航母编队!"

而且他坚信,这一天不会遥远。

"不仅为了'战',也是为了'看'!"

1987 年 3 月 31 日,海军机关办公大楼第一会议室。

受总参谋部首长委派,总参装备部部长贺鹏飞率装备部、作战部相关部门领导,专程到海军听取装备规划问题的汇报。

这不是一次例行的汇报会。

事出有因。2 月 27 日,中央军委召开常务会议,专题听取总参关于"七五"全军主要战斗装备规划设想的汇报。会议认为,"七五"期间军队装备建设,根据轻重缓急、量力而行的原则,发展顺序应为陆军、空军、二炮、海军。海军敬陪"末座"。

军委常务会议精神和军委首长讲话,引起刘华清的高度关注与深层思考。老实说,这与他主导确立的海军战略、海军装备发展战略,及其以此为依据制定的《海军 2000 年前发展设想和"七五"建设规划》《2000 年的海军》和《海军 2000 年前装备发展规划》,对现代海军在国家武装力量体系中的战略定位与价值判断、中国海防现实困境和潜在危机、海军装备发展特点规律与建设指导思想,在思维观念和宏观决策上存在着太大的差距。

"我们在太平洋应该有发言权!"邓小平八年前视察海军发出的誓言再一次回响在刘华清脑际。为了实现这一夙愿,刘华清研究制定海军战略,精心编制海军 20 世纪末到 21 世纪中叶装备发展中长期发展规划。

如果说,以往刘华清只是从"外围"观察和思考航母问题,那么担任海军司令员之后,航空母舰在其心中的分量,"自然大不相同了":"中国是一个濒海大国,有 300 万平方公里的海洋国土。随着海洋开发事业和海上斗争形势发展,我们面临的海上威胁和过去大不相同,要对付具有远战能力的弹道导弹核潜艇和舰载航空兵。面对这种情况,中国海军的实力显得有些捉襟见肘。我们的海防边疆辽阔,却只有中小型舰艇和短程岸基航空兵,一旦海上发生战事,有时只能望洋兴叹。发展航空母舰,则能很好地解决这些问题。"

1983 年 5 月，海军装备论证研究中心成立伊始，刘华清明确交代要把航空母舰作为重要研究论证课题。

1984 年 1 月，在海军召开的第一届装备技术工作会议上，刘华清公开提出了研究建造航母的问题。

1986 年 2 月，刘华清和海军领导集体听取海军装备部工作汇报时，再次提及航母问题："航母总是要造的，到 2000 年航母总要考虑。发展航母，可以先不提上型号，而先搞预研。"他指示海军装备部领导："海军内部先抓论证是对的，但也要注意向上级和军工部门通气，协调起来推动。"

同年 4 月至 6 月，海军副司令员李景和海军装备技术部部长郑明应邀先后访问法国和意大利。临行前，刘华清特别叮嘱他们，要详细考察法意两国海军的航母建设和发展动向，尽可能多地掌握有关资料。李景和郑明在参访中分别考察了法国的"福煦"号航空母舰和意大利的"加利波第"号航空母舰，回国后向刘华清作了详细汇报。

1986 年 8 月 28 日，刘华清听取海军装备论证研究中心汇报"七五"建设规划。当装备论证研究中心领导报告，航空母舰作为重大论证项目列入"七五"规划并已展开研究时，刘华清强调："航母怎样造法，是海军全面建设的事。是直升机航母、护航航母分步造，还是直接造护航航母，要好好论证一下。"他进一步指出："根据战略任务，小了不行，大了搞不起，作战半径 1000 海里。从长远考虑，不能不搞航母。"

1986 年 11 月 18 日至 20 日，刘华清倡议举办的首次海军发展战略研讨会在北京召开。来自军内外的 80 多位专家学者，不仅充分肯定海军军事战略和海军发展战略，而且一致呼吁尽快启动航空母舰研制工程。在五天后召开的海军军事学术年会上，刘华清两度发表讲话，都对此作出了积极回应。

在 11 月 27 日年会闭幕时的讲话中，刘华清说，有些同志一讲发展航母就说需要多少亿美元，超过我们一年的国防费，这样一说就吓坏了，什么也干不了了。但并不一定是这么回事。我们为什么要建航母？建航母对海军有什么用处？对国家有什么好处？对解决台湾和南沙等问题起什么作用？总要算大账啊！算的结果是需要搞航空母舰。当然，现在不是需要的时候，需要时花钱再多也要干！南沙问题、台湾问题都具有战略意义，不能让台湾从中华民族大家庭中分离出去，南沙领土主权和海洋权益更不能任人侵犯，否则，我们将成为历史的罪人！

1986年12月28日，在海军第六次党代表大会的讲话中，刘华清明确提出，把"组织论证航空母舰的发展可行性"，列为1987年度海军装备建设的一项重要任务。

1987年1月10日，在海军第三届装备技术会议工作上，面对受邀与会的国防科工委副主任谢光和总参装备部副部长曹刚川，刘华清敞开思路，畅谈航母。

刘华清说："航空母舰要搞得能适应未来战争和作战需要，就要很好地研究和论证。"

刘华清说："现在各国都很注意发展航空母舰，无论是攻击型的或垂直短距起降的，都是为了解决防空和海上攻击问题，大家都在搞。美国和苏联是大搞，其他国家，如意大利、法国、英国这些比较发达的国家也在搞。日本因为是战败国，宪法不允许搞，但它要搞也很容易。因为过去就有基础，现在经济、技术、生产能力都很强，说搞很快就能搞起来。"

刘华清说："我们搞困难大一些，财力、技术都有一定困难，从长远的客观需要看也是需要的。如果我们从现在开始考虑，即使速度快一点，也要15年，速度不快就得20年。现在不搞，10年之后再搞，也还有困难，也要15至20年。因此，要早论证，早点儿把这个问题搞好。"

刘华清说："我们搞航空母舰的目的，不是为了战争，而是用于维护国家统一，维护海洋权益，维护世界和平。如果我们有了航空母舰，海军的质量就将彻底发生变化，海军的作战能力也将有较大的提高，更有利于我军执行积极防御的战略方针，所以我们应当以历史的责任感去进行研究。"

刘华清说："搞航母，还有飞机问题。一艘航母，不只是一种飞机，而是几种飞机都要能够装载。歼击机、强击机、轰炸机，各种巡逻机、预警机等，是非常复杂的。现在第一步不能那么复杂，要搞得简便一些，节省一点，快一点，一步一步地掌握技术。航空母舰上的一套飞行指挥、飞行技术和管理技术也是不容易的。具体怎么上，就要靠我们从作战和战略方面进行研究。"

　　四年多来，随着海军战略研究的深化与形成，刘华清对中国航母的期盼、渴望与呼唤，意更浓，情更迫，志更坚。他知道，他的海军司令员任期已屈指可数，他的最大愿望就是在他离任之前，为中国海军描绘出一幅跨世纪的以航母为标志的具有远洋立体作战能力的现代化发展蓝图。

　　然而，军委常务会议上军委首长的讲话，却给刘华清重重地浇了一盆冷水。

　　维系国家海防命脉安危，事关海军发展百年大计，身为共和国海军司令，刘华清不可能唯唯诺诺沉默不语，更不会装聋作哑置身事外。这不是他的政治品格与为官哲学。即使在 1975 年那样的逆境中，为了海军装备 10 年发展规划之争，他甘愿第二次被迫调离海军，也不惜上书邓小平，公开申明自己的观点与主张。更何况，今天身居统率海军之位，职责所系，使命在肩，他岂能沉默不语！

　　"要让军委总部首长全面了解我们的真实想法。"刘华清决定亲自到总参汇报，"不然等上级规划好了，再放马后炮就难办了！"

　　然而，就在刘华清决意找上门去向总参汇报"真实想法"的当口，3 月下旬的一天，报纸、广播、电视等各大媒体同时发布了一条消息：总参一位领导在会见外宾时公开表示，我们的海军战略是近海防御，中国不需要、也不准备搞航空母舰。

　　刘华清惊诧不已：这是这位领导个人的想法还是总参乃至军委集体意见？是即兴表态还是正式决策？在他的印象中，军委主席邓小平从来没有这样的讲话和表态，其他军委首长也从来没有类似的讲话和表态。一个身居联合国常任理事国的在全球有重要影响的发展中大国，一个拥有 300 万平方公里蓝色国土的世界 Ａ 类海洋大国，公开声明放弃研制、拥有和使用航母的权利，不论在政治军事上，还是在外交策略上，都是极为不妥的。

　　刘华清备感事态严重，更觉得有必要尽快将自己的真实想法向军委首长和总参领导作个详细汇报。为慎重起见，他决定先听听德高望重的老司令员萧劲光的意见。

　　就在媒体报道这一消息的第二天晚上，刘华清来到开国大将萧劲光的

刘华清与萧劲光：两任海军司令员，一样大国航母情。（1987 年 3 月）

住处。

　　刘华清说明来意，萧劲光很是高兴。两任海军司令员敞开心扉，就中国海军发展和装备建设交谈开来。

　　"我也注意到了这条消息。向外宾这样讲，是不是太轻率了？"萧劲光说，搞不搞航母，是我想了多年的问题。50 年代搞规划，航母不敢想也不可能提，但还有人说是"大海军主义"。航母的问题，我寄希望于以后解决。

　　"我完全赞同你提出的'近海防御'海军战略。"萧劲光对刘华清说，"过去几十年里，我们没有航母，不是不需要，也不是不想搞，而是搞不了。技术达不到，经济实力也不行。"

　　老司令的由衷之言深深打动了刘华清。他接过话头，直抒胸臆："现在搞航母，技术水平提高了，经济上也强多了，但也不是没有问题，财力、技术仍有困难。所以不能等，要早论证，早研究，这样才有主动权。"

　　"是这个意思。"萧劲光赞许道，"你这些想法，可以向军委总部首长作个详细汇报。"

　　刘华清回答："有这个考虑，并已作了安排。"

临别，刘华清恳请萧劲光把对发展航母的看法，连同对海军建设的其他见解，写成文章在海军内部发表。

萧劲光接受刘华清的建议，很快撰写了《建设现代化的强大海军》一文，并在《海军杂志》刊登。

与萧劲光大将一席深谈，彻底打消了刘华清思想上的顾虑与杂念，更加坚定了向总部汇报进言的决心。

话分两头。分管全军装备规划工作的副总参谋长何其宗和总参装备部部长贺鹏飞可谓"军中少壮派"：何其宗1985年由军长破格晋升为副总长，年仅42岁；贺鹏飞1985年任总参装备部部长时，也不满41岁。刘华清任总参分管装备工作的副总长时，他俩还都只是师团职军官。所以，当得知老首长要亲自到总参汇报时，何其宗格外重视，在第一时间做出了"礼遇"与"请益"的高姿态：指示由贺鹏飞带队赴海军听取刘华清司令员关于"七五"海军装备规划的意见和建议。

汇报会由刘华清亲自主持，分管海军装备科研和海军航空兵的张序三、李景两位副司令员一同参加。

在装备部门汇报了海军2000年前发展设想和"七五"装备规划基本情况后，刘华清重点围绕"海军核心力量建设"问题，全盘托出了他的思考与主张。

关于海军装备规划顶层设计，刘华清开门见山："第一是航母。我们设想用15到20年时间搞航母的预研，到2000年后形成战斗力。第二是新一代核潜艇。这两个问题涉及海军核心力量的建设。我们认为海军除抓好其他舰艇、飞机研制外，也要抓这两个项目的研制。"

"这两种装备搞出来，从长远看对国防建设是有利的。"刘华清特别强调，"这两种装备不仅为了'战'，平时也是为了'看'，'看'就是威慑作用。"

刘华清坚持认为："在和平时期，对装备建设要从长远考虑，抓一些带根本性的装备研制。"

"无论是研究海军战略和发展战略，还是研究指导思想战略性转变，都要与军队建设、装备规划结合好。制定海军装备发展规划，必须符合未来海战的需求。"刘华清说，"依据海军作战对象、作战任务、作战海区的环境条件，我们考虑今后一个时期内海军的奋斗目标：一是'近海防御'战略，即太平洋北部、西北部海区，是海军的作战海区；二是要瞄准主要作战对象，有个相应的自卫能力；三是要求战略防御纵深适当延伸，第一阶段放在第一岛链，及我国所属海岛内。我们要保卫200海里专属经济区，保卫300万平方公里管辖海域，保卫1.8万公里的海岸线。"

刘华清介绍，依据海军战略和作战使命，在编制海军装备发展规划时，他曾试图以驱逐舰、护卫舰和潜艇为核心，组成海上机动作战编队。但他很快发现，这个编队如果没有空中兵力掩护，无法到岸基飞机作战半径以外的海区作战。而我国的海域自然环境是"北近南远"，南沙群岛距离海南岛800海里之遥，岸基航空兵只能是望"海"兴叹。深入研讨反"台独"军事斗争准备，他又发现，使用岸基飞机非常浪费，因为留空时间短，所需飞机和机场就要很多。再进一步分析，他得出一个结论：不发展航空母舰，海军还是需要发展驱逐舰、护卫舰和潜艇，靠它们组成海上机动编队；如果发展了航母，这些舰艇既是护卫航母的编队，也是海上机动作战的编队，作战使用效能会大大提高。

刘华清指出，没有制空权就没有制海权。在现代条件下进行海战，没有航空兵的掩护，无论如何是不行的。如果发展了航母，并不需要增加飞机的总数量，只是飞机的性能有所不同，飞机的价格略高一些，但也不会高很多。因此，发展航母编队，是一个如何调整装备经费使用方向的问题，不需要大量增加装备费。至于技术上能不能自主研制航空母舰和舰载飞机，经与航空、船舶等有关工业部门领导、专家研究，他们认为，条件基本具备。当然，有些特殊装置和技术难关需要认真对待，但也是可以解决的。

有一种观点认为，发展岸基飞机可以代替航空母舰。刘华清断然否定：这在200海里内作战可行，但需要很多飞机和机场，所耗投资也很大，使用效率并不好。用加油机接力怎么样？从战略战役上使用是可以的，但在战术上使用是很危险的。空中加油只能在特有条件下进行，因此它代替不了航空母舰。

刘华清简要分析了世界海军发展形势。撇开美苏两大国不论，法国海军六万人，英国海军七万人，都有航母编队，作战能力比中国强很多。在亚洲，日本已经开始步入海军强国行列。到2000年，日本可能建成拥有包括航空母舰在内的 50 万吨舰船和数百架作战飞机的海上自卫队,其远洋作战能力将远强于中国。印度发展海军的劲头也很足,最近又购买了一艘航母。这些国家海军发展的路径和经验,是值得认真研究并高度重视的,绝不可等闲视之。

刘华清从新中国成立 30 多年来发展"近岸海军"得出一条沉痛教训:海军绝不能再搞那些简易、粗糙、水平低、质量差的装备。这种搞法看起来花钱不多,很容易搞成一大堆,部队规模不小,但实际作战能力有限,长远效益很差。

痛定思痛。刘华清说:"我们想通过发展航母,引出海军装备发展的路子来。现在我们这样规划,30 年后就会看到效果!"

"我们设想,"刘华清定下航母研制时间表,"'七五'开始论证,'八五'搞研究,对平台和飞机的关键课题进行预研,2000 年视情况上型号。"

鉴于军委常委会议提出,将航母和新一代核潜艇研制"推迟"和"放慢",刘华清表示"理解":"目前国防经费很紧张,军委首长是从全局来决策的。"

但刘华清认为:"立项上型号可以暂缓延后,论证预研却不能不做,两者并不矛盾。"

"航空母舰是个大系统,技术复杂,研制周期长,时间跨度大。即使从现在开始搞,也要 20 年以后才能形成战斗力。"

刘华清坦言:"在我的海军司令任期内用不上它。以后,按五年一个任期,要到第五任海军司令看能否用得上。现在如果不开始着手搞预研,即使 21 世纪中央决策上航母,那时也还得要 20 年。"

"应该支持我们搞预研!"刘华清据理力争:第一,从经费上看,2000 年以前并不需要花太多的钱,从拨给海军的装备费中也可以解决;第二,从技术上看,发展航母有各方面好处,可以带动国家和国防需要的有关技术的发展;第三,预研过程中,可以对航母的战备价值及存在的问题摸得更透,有利于中央和军委科学决策。

"最后强调一下,"刘华清在结束他长达两个多小时的"补充汇报"时,再次诚恳表明心迹,"我今天汇报对搞航母的理由、条件、时机的看法,绝不是对军委决定有什么不同意见。我们一定服从上级的指挥,请不要认为我们好大喜功,不务实际。"

时论评价：刘华清这次对中国航母发展具有重要影响的汇报，精心选择了一个能最大限度降低最高决策层顾虑的切入点：着重分析航母的作战费效比。就是说相对于发展其他武器装备，对航母的单位投入能带来更大的安全效益。

在以经济建设为中心的 20 世纪 80 年代，要发展航母，经费始终是一个难以破解的瓶颈。公开的历史数据显示，1985 年中国军费总投入仅为 192 亿元，还不够买一艘美国大型核动力航母。基于此，刘华清在汇报中首先明确将航母上型号的时间设定为三个五年规划完成之后的 2000 年，然后着重澄清了几个让航母工程变得遥不可及的观念：一是航母编队并不需要全部新造，编队中的驱逐舰和护卫舰就可以与机动编队共用；二是基于制空权的需要，就算没有航母，飞行半径较小的航空兵还是要发展，而发展航母并不会增加飞机的总数量，只是把这些飞机改成舰载机，还可以节省大量陆地机场建设费用。因此，刘华清得出结论：发展航母编队，是一个如何调整装备经费使用方向的问题，不需要大量增加装备费。更重要的是，有了航母，海上机动作战编队的作战效能会大大提高。

魂牵航母情，怀萦强国梦，碧海为证，苍天可鉴！

刘华清的汇报，在年轻的总参装备部部长贺鹏飞心灵引起的冲击，可以用"震撼"来形容。作为开国元帅贺龙之子，他对刘华清并不陌生。在他步入军旅司职总参装备部综合计划处参谋和副处长期间，时任总参谋长助理和副总参谋长的刘华清就是他的顶头上司。尽管如此，刘华清关于海军装备发展战略的一番宏论，还是令他惊叹叫绝，敬慕有加。

刘华清两个多小时的"汇报"，无疑对贺鹏飞的人生命运和军旅仕途产生了重大影响。从 1987 年 11 月到 1992 年 10 月的五年间，刘华清先后担任中央军委副秘书长和中央军委副主席，主管全军现代化装备建设。深谙刘华清装备发展思路的贺鹏飞成为其麾下一员得力干将。1992 年 11 月，刘华清升任中共中央政治局常委、中央军委副主席不到一个月，贺鹏飞便"空降"海军，升任分管装备科研的海军副司令员，成为刘华清海军战略和海军装备发展战略的忠实践行者。这是后话。

刘华清的汇报，在总参、国防科工委产生了重大反响，并对中央军委研究制定军队中长期装备发展规划形成了直接影响。

刘华清很释然，也很淡定。几十年战火硝烟的洗礼和宦海沉浮的磨砺，早已练就他"山崩于前色不变、水决于后神不惊"的沉稳气魄和坦荡胸襟。当然，这种释然与淡定，更源自于他的自信与果敢。因为豁达自信，所以释然；因为无畏果敢，所以淡定！

结束与贺鹏飞一行的激情对话，刘华清按照既定的战略思维逻辑，开始为实现中国航母梦谋篇布局了。

1987年4月初的一天，海军军校部部长赵国钧和干部部部长傅渤海同时被召进刘华清办公室。

"航母从现在开始论证研究，立项上型号顺利的话，大概20年后能入列服役。这就要求我们超前考虑舰母必备人才、特别是舰母舰长的培养问题。"刘华清下达指令，今年秋季在广州舰艇学院开办一期"飞行员舰长班"，毕业后全部上驱逐舰、护卫舰，从副舰长、舰长，到编队指挥员，一步一步锻炼成长。20年后，就可以从他们中间挑选中国航母需要的第一代指挥员。

"这个班人不在多，10个足矣。"刘华清嘱咐两位部长，"关键是综合素质过硬、年轻，要优中选优，百里挑一！"

7月中旬，经过逐级考核筛选和文化考试合格后确定的10名飞行员舰长班学员名单，送到刘华清案头：他们中间，既有歼击机飞行员，也有轰炸机飞行员，还有直升机飞行员和飞行教官。不仅军政双优，而且除一人生于50年代中后期，其余均为"60后"。

刘华清脸上露出满意的神色，当即批准了这份飞行员舰长班学员名单。

9月上旬，当中国海军首届"飞行员舰长班"在广州舰艇学院开办的消息通过媒体报道后，迅速引起海外舆论高度关注。西方军事分析专家普遍预测，中国正在启动航母研制工程，并将在21世纪初实现百年航母梦。于是，"飞行员舰长班"被境外媒体直接解读为"航母舰长班"。

"他的这个设想深深鼓舞了后来人。"时隔24年之后，共和国第四任海军司令员张连忠上将，在撰文缅怀被其尊为"良师益友"的刘华清时，首度公开证实："海军广州舰艇学院专门举办飞行员舰长班，目的就是为将来的中国航空母舰培养舰长。"

刘华清毫不怀疑，若中国第一艘航空母舰20多年后如期建成服役的话，它的首任舰长，乃至航母编队司令，将从他们中间遴选产生并获得任命！

时间是公正的，它将为刘华清深谋远虑的战略决策作出客观的历史见证。

就在首届"飞行员舰长班"紧锣密鼓筹办之时，由海军装备论证研究中心组织承办的"发展航母研讨会"，也经刘华清批准，分别于当年5月和8月在北京举行。

以此为标志，中国航母论证正式全面展开。

1987年，刘华清在海军精心策划并激情导演的这出"航母连续剧"，及其在军委总部和社会各界产生的热议与纷争，不可能不引起军委主席邓小平的高度关注。他似乎什么话也没有讲，什么态也没有表，但同对待12年前刘华清那次"憋不住的汇报"结果一样，他再次把赞许的眼光投向了这位老成练达、智谋超群的老部下。

时隔短短七个月后，1987年11月，邓小平就亲自点将刘华清出任中央军委副秘书长，并委以统揽军队装备现代化建设之重任，使其成为继聂荣臻元帅之后，共和国国防科研和武器装备战线的又一位领军主帅。

此后10年，中国军队装备现代化建设与发展，驶入刘华清主导设计的新航程。变化是显而易见的：1988年，中央军委首次提出："要注意空军、海军装备的发展。"进入90年代，更进一步明确装备建设要把海、空军作为重点。

凭风借力好行船。由刘华清主持编制、以海军党委名义上报军委的《海军2000年前发展设想和"七五"建设规划》和《海军2000年前装备发展规划》所列重点研制装备与预研项目，不仅悉数获得通过，而且航空母舰的论证预研工作，也在刘华清的直接统领下，由国防科工委、总参装备部、海军和相关工业部门分工协作，展开了全面系统的调研和卓有成效的论证。

"中国不发展航母，我死不瞑目！"

2005 年 2 月 3 日，农历十二月二十五。

上午 10 时许。中央军委委员、海军司令员张定发上将，海军政治委员胡彦林上将，来到前中共中央政治局常委、中央军委副主席刘华清住所，向这位九旬老人提前恭贺新年。

今天，他俩为这位德高望重的老首长备置了一份特殊的"贺礼"。

刘华清精神矍铄，清癯的面颊洋溢着愉悦的笑靥。当他将两位海军主官迎进宽敞明亮的会客厅，还未来得及落座，张定发就喜气盈盈地向老首长报告："刘副主席啊，您的愿望就要实现啦！"

胡彦林告诉刘华清："中央已经正式决定研制航空母舰啦！"

"好啊！"欣闻航母立项上马，刘华清精神为之一振，竖起大拇指连道三声，"好啊！好啊！好啊！"

"现在开始搞，10 年可能建成服役。"刘华清抬起双手，食指交叉比画着说，"但要真正形成战斗力，还得再花 10 年工夫啊！"

迎着刘华清希冀的目光，张定发和胡彦林连连颔首，脸上露出赞佩的神色。

"您为航母论证研究做了大量工作，全体海军将士会永远铭记在心。"张定发深情地说，"希望您保重身体，健康长寿！"

"我只是尽了一些谋划的责任。"刘华清报以欣慰的笑容。送走两位海军领导人，刘华清的思绪久久沉静在遐想之中，20 世纪末期主持航母论证预研的历史碎片，一幕幕重现眼前……

1987 年 11 月起，年逾古稀的刘华清进入中央军委决策层，由军委副秘书长、军委副主席，晋身中共中央政治局常委兼军委副主席。

这是刘华清政治军事生涯的巅峰 10 年。随着国际战略格局的变化和中国综合国力的增强，加速实现海军现代化成为民族意志的表达，更是刘华清孜孜以圆的大国海军梦。而这期间发生的几个重大事件，也进一步坚定了他推进中国航母研制的决心。

1988年3月14日发生在南沙群岛的赤瓜礁海区战斗，将中国海军在维护领土主权和海洋权益斗争中，海空作战兵力的"短腿"软肋暴露无遗。尽管刘华清采取紧急对策，修建了西沙机场和研制了空中加油机，但他十分清楚，这仅仅是权宜之计。执行远海作战任务，失去了制空权，再强大的舰艇编队都将成为敌手实施空中打击的活动靶标！

1991年1月17日爆发的海湾战争，是人类进入信息化时代后的第一场高科技战争。全新的作战理论，全新的作战样式，全新的武器系统，彻底颠覆了战争的传统模式和历史影像。两军对垒的浴血搏杀不见了踪迹，取而代之的是陆、海、空、天、电全方位的立体战。在以非接触式远程打击为主导的战场上，海军、空军及其武器系统取代陆军成为耀眼的明星。当战争序幕拉开，首先亮相的是100枚从部署在波斯湾、红海和地中海的美国海军战舰上发射的"战斧"式巡航导弹；第一波近千架次抵近伊、科本土进行空袭轰炸的，是从美国航母甲板起飞的舰载机。

透过海湾战争的硝烟，刘华清洞悉了失去海洋竞争对手的美国海军精心策划的由"在海上"战略转变为"从海上……前沿部署"海军作战纲要的全部精义：把航母战斗群的高度机动性、隐蔽性和突然性，与巡航导弹、舰载战机和空地导弹的突击威力、破坏威力相结合，以远程精确制导武器取代传统近距离的人力及武备机动，以海军单一的对海作战、对陆支援作战变为海空远程对陆突击，从而开拓出"海空一体"作战的崭新模式。

如果说，海湾战争带给刘华清的是一种时不我待的紧迫感的话，那么，发生在1993年的"银河"号事件，则将"屈辱"二字深深地烙印在了刘华清的心里。

1993年7月23日，美国以获得情报为由，指控中国"银河"号货轮向伊朗运输制造化学武器的原料，并威胁要对中国进行制裁。同时，美国向"银河"号所在的国际公海，派出了两艘军舰和五架直升机。8月4日，中国在经过调查后，明确通告美国："银河"号没有装载违禁化学品。美国则声称情报绝对准确，坚持要对"银河"号进行检查。

8月28日，中国同意美国派专家，以沙特政府技术顾问的身份，对停泊在沙特达曼港的"银河"号进行检查。

"窝囊！"中方首席代表、外交部国际司副司长沙祖康日后在接受媒体专访时，连续17次用这个词来表达当时的感受。

"两害相权取其轻。"沙祖康坦陈中央作出这个决定的两难处境，"拒绝，我们就要背黑锅，窝囊；让他们查，我们受到了侮辱，也窝囊。但是两个窝囊中选择了第二个。一旦真相大白，没有违禁化学品，那窝囊就是他们的。"

9月4日，中国、沙特代表及美国顾问登船检查，确认"银河"号没有违禁化学品。

检查报告是沙祖康在北京写好的，只把日期和名字空着，叫美国人签字。结论是："经查表明没有亚硫硒氯和硫二甘醇这两项化学品。"但美国代表提出了修改报告的要求。

"一下子我的阶级斗争觉悟就上来了，果然你想搞阴谋！"接受媒体采访的沙祖康情绪激昂。但出乎他的意料，美方在检查报告上添加的是"经彻底核查""断然表明"和"根本没有"这些字眼。"你犯神经病了，有你这么写的吗？"因为太好了，好得令沙祖康怀疑其后面有阴谋。

阴谋并不存在。美国要求检查的依据是中情局的情报，检查的结果却表明情报完全错误。负责检查的美国国务院官员对此非常恼火，他要通过这份报告书来表明：他们的检查是认真负责的，错误在于情报部门。由此，美国中情局二把手丢了官，受到应有处置。

尽管美国最终理屈词穷，威风扫地，但中国也蒙羞受辱，颜面尽失。

在人类已经迈向海洋世纪的今天，中国要走向世界，不仅要有效捍卫自己的海洋主权和权益，还必须有能力维护自己在海外的权益。17世纪以来的世界历史昭示我们，一个不能拥有海洋的民族，是没有出路的；一个不能走向海洋的国家，是难以登上大国舞台的。民族复兴之路在海上，大国崛起之路在海上。中国，要想成为世界强国，首先必须成为海洋强国！

更令刘华清不能容忍的是1996年"台海危机"时期，美国耀武扬威的霸道行径。1995年，在美国政府的纵容和默许下，李登辉借访美之机，公然鼓吹"台独"。为警告李登辉不要一意孤行，中央军委决定在台湾海域附近进行导弹演习。然而，演习期间，美国竟将其太平洋舰队的"独立"号和"尼米兹"号两个航母战斗群开进台湾海域。美国国务卿克里斯托弗公开宣称,其部署旨在"观察动向"和"平息怒火",并"在需要的时候提供帮助"。这是明目张胆的武力恫吓,是对中国主权的蛮横践踏,必然激起中国人民的强烈愤怒。台湾及其周围海域是中国的领土,中国军队在自己的领土上进行军事演习,天经地义,与美国何干?

然而,这就是国际政治的残酷现实。全球化也好,信息化也罢,只要人类社会还没有进入康德所描绘的"永久和平时代",弱肉强食的"霍布斯法则"就不会退出历史舞台。南沙主权纷争也好,台湾统独斗争也罢,最终的较量在实力。南沙自古就是中国的领海,台湾自古就是中国的领土,这是历史事实,谁也不可否认。但严峻的现实是,南沙正在被瓜分,"台独"闹剧愈演愈烈。要砍断那些见利忘义觊觎者偷抢掠夺的魔爪,粉碎那些数典忘祖的民族败类分裂国家的狂想,遏阻那些惯于伪装成"国际裁判"的霸权主义者武力干涉的企图,就必须在提升综合国力的基础上,加速锻造一支强大的海上武装力量。

舍此,别无他途!

捍卫南沙主权需要航母,维护台海和平需要航母,扑灭四方火海需要航母,保障海外权益需要航母!

美国第42任总统里根曾不无得意地说:"航空母舰是国际政治的笔尖。"这句话他只说了一半,没有说出的下半句就是,这支用航母舰队铸就的"政治笔尖",是专门用来书写美利坚强权意志的。自冷战以来,每当世界上发生重大事件和热点危机时,美国历任总统挥舞的第一支"撒手锏",就是美国的航母战斗群!

刘华清曾先后出访美、法、英、意、俄等发达国家,并参观考察这些国家的航空母舰。其中,法国海军参谋长莱恩哈特上将关于大国地位与海军战略的一番谈话,给刘华清留下深刻印象。

莱恩哈特介绍,20世纪80年代中期,法国围绕两个问题展开了一场大讨论:第一是法国要不要拥有一支独立的核力量?第二是世界上发生冲突法国要不要介入?从国会到总统上上下下争论好几年,最终结论是都要。国家战略一定,海军装备跟着上。一是造了四艘战略导弹核潜艇(红宝石级),配属的海基洲际弹道导弹射程超过一万公里;二是开工建造两艘"戴高

80高龄的刘华清登上法国在建的"戴高乐"号核动力航空母舰，执意攀登甲板上层建筑，直至最高的第九层。(1996年9月)

乐级"核动力航空母舰，四万吨级，载机40架。这样不论世界任何地方有事，一旦需要，法国的航母带着核潜艇、驱逐舰组成的战斗群就可以遂行国家意志，显示法国的政治地位和军事作用。

"海湾战争就是这一战略思想的实际运用。"莱恩哈特说，"攻打伊拉克，美国战力足够，法国为什么要去？就是显示存在。"

刘华清登上法国在建的"戴高乐"号核动力航空母舰。此时他已80高龄，且患有腹主动脉血管扩张之疾，只是他本人不知详情。出国前，医疗专家反复叮嘱随行工作人员，尽量减少首长长距离步行或攀高等参访活动，以防不测。然而，登上航母，他不顾随行人员劝阻，执意攀登甲板上层建筑，一层一层地看得那么仔细，一层一层地问得那么详尽，直至最高的第九层。

刘华清毫不怀疑，在"霍布斯法则"主导的国际政治话语下，航母就是大国地位的"护身符"。

"大国地位"，是刘华清为之奋斗的动力源。刚刚就任军委副秘书长，他就力主启动国家载人航天工程。

1991年3月1日，他在一份批件上向中央直言进谏："最近几年来，很多专家都希望中央尽快下决心搞我国的载人航天技术问题，建议中央下决心干起来，似不要再拖延。经费是个大问题，但10年多的时间，每年分担出也是可行的。实在当前财政困难，动用国库存的金子，每年出点（一年一亿美元）也得干！"

1992 年 9 月，中央政治局常委会正式批准载人航天工程计划，并明确由刘华清负责此项工作。西北戈壁滩上，他为航天发射场定点铲起第一锹黄土；首都北京郊野，他为现代航天城开工埋下第一块基石。中国，由此成为继俄、美之后第三个能够独立开展载人航天活动的大国。

与载人航天工程相比，令刘华清难以释怀的，还是航空母舰的论证研究工作。

一股热流——航空母舰论证预研的热流，在中国国防科技工业界奔涌。自刘华清 1984 年公开倡导并组织开展航母课题论证以来，国内舰船、航空、电子等领域的专家学者群起响应，形成了前所未有的"航母热"。

最早付诸行动的是舰艇研究院。作为刘华清曾经亲手创建的"嫡系部队"，继海军第二次航母论证学术研讨会之后，1987 年 10 月，舰艇研究院首次航母学术研讨会便在青岛召开。研究院领导和专家们从 2000 年世界战略态势看海军和航母的重要性、我国发展航母的必要性、尽早发展航母的可能性、研制指导思想、设想的航母战术技术状态，以及论证开路、预研先行等六个方面，进行了深入探讨。

1988 年 8 月，国防科工委几位专家联名上书，提出进行航母和舰载机发展可行性研究的建议。刘华清迅即作出批示，要求总参、国防科工委和海军协同研究落实。

1988 年 12 月，国防科工委科学技术委员会主任兼秘书长聂力主持召开评审会议，通过《我国航母及舰载机发展可行性研究》课题，并报请国防科工委党委批准立项，正式列入重大软科学研究计划。

1989 年 1 月 7 日，由国防科工委统一组织领导，中国历史上第一个跨行业、跨学科，有数百名专家学者参加的航母论证课题组正式宣告成立。

"航母是比核潜艇还要复杂的武器系统和战斗单元，论证难度巨大。"国防科工委首届科学技术委员会兼职委员、舰艇研究院原副院长尤子平先生接受记者采访时说，"航母论证要结合基本国情和国家战略，不仅要放到全军角度研究，还要放在海军整个序列中研究，综合各领域技术经济状况，拿出有说服力有分量能代表国家级水平的决策咨询报告。"

"随着航母论证研究的深入，许多重要问题都已涉及，局限在航母本体而不向系统设备配套延伸已经难以为继。"作为课题组负责人，尤子平利用舰艇研究院各所专业成龙配套的独特优势，于 1989 年 7 月组织召开院内航母技术支撑工作汇报座谈会，各专业所提出了专题报告、工作计划和落实措施。在此基础上，舰艇研究院召开第二次航母论证研讨会，着重就各分课题研究工作中提出的难点展开深入探讨，达成很多共识。但仍有不少重大问题难以把握。为集思广益，统一思想，舰艇研究院先后组织向国防科工委、海军和相关工业部领导进行了两次专题汇报。

"通过汇报，舰艇研究院课题组提出的一些重要观点和基本结论获得广泛赞同。"尤子平说，这些观点和结论包括：从国情、军情、国威、军威出发，经略海洋、保卫海洋不能没有航母；航母作战效费比高，发展周期长，必须及早动手，经费分摊到长周期中，密度摊薄，可以承受，关键在决心；发展中型航母，立足先解决有无问题，后实现发展目标，一代平台，多代负载，基本配套，逐步充实，滚动发展，分步实现；技术路线采取先进与现实结合，近期与远期结合，改装与新研结合，高低搭配，预研先行；自力更生为主，技术引进为辅；航母是巨系统工程，必须集中领导，统一指挥，同步配套，大力协作；等等。

刘华清密切关注航母论证研究的进展。1989 年 9 月 4 日上午，他亲自主持召开航母课题研究座谈会。国防科工委主任丁衡高，副主任谢光、聂力，国防科工委科技委副秘书长王寿云，舰艇研究院副院长尤子平等领导和专家参加会议。在详细听取尤子平代表课题组所作的情况汇报和国防科委几位领导建议意见后，刘华清再次向这些跟随自己多年的老部下敞开心扉，一吐萦绕于怀的"航母情结"——

　　航母搞了几次，最早在 70 年代，组织过论证，还上报过方案。1982 年，我当海军司令时想搞航母，国力不行，只能等。1984、1985 年，邓主席指出，要认真研究海峡问题。海军说，有三艘航母可以省很多飞机。一艘航母相当于 300 架飞机，代替三个航空师，岸基飞机掩护航母，航母掩护潜艇，非要这个东西不可。现在，又有一个南沙问题。去年 3 月，应国际组织要求，我们在南沙建一个海洋观测站，越南挑衅，南海舰队两天就过去了，但空军不行。所以，航母要不要，希望你们进一步论证。今年继续论证，明年拿出来，"八五"上预研，可考虑这个方案。至于"九五"能否上型号，很难说。如果问我航母和核潜艇以后如何排队，我说海军缺少的航母应安排在先！

在刘华清的关怀指导下，国防科工委组织来自海军、舰船、航空、电子等部门数百名专家学者经过近三年密切协作，共同努力，完成了中国航母大系统论证工作。1990年7月，国防科工委向军委上报了课题专家组编制的航母可行性研究总报告和一系列分报告。

刘华清知道，航母工程获准立项上型号，最大的问题在于一个"钱"字。1990年12月19日，在出席海军军事工作会议时，面对海军上下渴望航母立项的强烈呼声，刘华清坦陈建造航母的经济负担。他说，现在很多人讲海军应该搞航空母舰，海军的同志没有一个人会反对。从国家和军队建设的全局综合考虑，也是非常需要的。现在并不是说技术上有多少困难，但经费不是个小数目。建造一艘驱逐舰、护卫舰经费负担就不轻，建造一艘航空母舰经费就更多了。当然我们也不是按美国人搞航空母舰的那种概念来计算航空母舰的费用，我们和他们是有区别的，但我们自己设想的标准也是不简单的。现代化的军队没有先进的武器、高技术的装备是不行的。

为化解航母立项带来的巨额投资压力，刘华清可谓宵衣旰食，煞费苦心。在《刘华清回忆录》中，他写道：

> 航母论证过程中，我多次听汇报，强调要充分对比论证使用航母、舰载机与使用陆基航空兵师、加油机、岸基飞机的作战效费比。后来到中央军委工作，继续关注航母问题，要求国防科工委和总参装备部，在航母的发展上要把预研费、研制费、装备费结合起来，统筹安排；要和既定的舰船、飞机、武器、电子装备发展规划结合，而不是都挂在航母大项目里专门安排，搞大规划，使上级无法研究。我明确交代，列计划必须由中央军委讨论。

经济实力尚难支撑，科技水平也有差距。为此，刘华清先后批准总参、国防科工委、海军和工业部门的领导和专家学者，多次前往美国、法国、俄罗斯、乌克兰等地考察航空母舰，并同意国防工业部门从俄罗斯聘请航

1990 年 5 月，刘华清首次率团访问苏联，便对"苏－27"飞机产生了浓厚兴趣。

母设计专家来华讲学，还引进了部分设计技术资料；航母关键配套项目的
预研，也有了实质性进展。总参和国防科工委则反复组织对考察、引进、
预研成果进行分析、论证和评估。这些工作，使军内外很多领导和专家加
深了对航空母舰和舰载机大系统工程的认识与了解。

　　舰载机系统是航母工程的重中之重。为尽快发展和提升我国航空工业
水平，刘华清一方面力主瞄准国际高端市场引进先进航空装备和生产技术，
一方面面向 21 世纪组织协调新型飞机和关键设备的研制攻关。从 1993 年
到 1997 年的短短四年间，他们先后七次专程前往全国各地航空重点科研生
产基地考察调研，使我国的航空工业科技水平迈上新台阶，为舰载机研发
创造了有利条件。

　　1997 年 6 月初，国产新型歼－10 飞机实现首架总装交付。这是在刘
华清的直接领导下，继歼轰七（"飞豹"）一飞冲天之后，我国航空工业取
得的又一重大成果。喜讯传来，刘华清亲赴研制基地视察祝贺。15 年前，
是他直接主持召开立项研制协调会，打响了歼－10 飞机工程的发令枪。剪
彩仪式上，81 岁高龄的刘华清深情地拉着身披大红绸花的新型战机缓缓前
行，眼含热泪连连赞叹："太好了！太好了！"令无数在场航空人感佩动容。

　　1997 年 8 月 24 日至 9 月 3 日，刘华清率中国政府代表团出访俄罗斯。

这是 1990 年 5 月以来，为引进包括"苏-27"飞机在内的俄罗斯先进武器装备和相关生产技术，刘华清第四次远赴莫斯科。七年间，苏联变成了俄罗斯，中俄政府间军技混委会俄方主席四次易帅，中方委员也不断调整，只有刘华清作为中方主席，从一而终干到离职，在退位前夕为自己主导的中俄政府间军事技术合作项目画上了一个圆满的句号。

　　谈判结束，回国在即，他通过夫人徐虹霞转嘱航空工业总公司总经理朱育理："'苏-27'项目是首长工作生命结束之前组织的最大一项工程，你们一定要协助他把后续工作完成好。"朱育理牢记嘱托，很快在国内实现了第一架"苏-27"战机组装首飞成功。

1997 年 8 月，刘华清在退位前夕第四次远赴莫斯科，为自己主导的中俄政府间军事技术合作项目画上了一个圆满的句号。

为掌控航母核心技术，凸显后发优势，刘华清曾尝试过多种解决方案。早在 20 世纪 80 年代初期，他试图与英国合作，购买或建造轻型航母，搭载垂直起降战斗机。1984 年 11 月访英时，他特意参观考察了英国海军的"无畏"号航空母舰、"鹞式"舰载战斗机和攻击型核潜艇。"没有核潜艇和舰载'鹞式'战斗机，就打不赢马岛战争。"英国海军参谋长菲尔德豪斯上将在会见刘华清时特别强调，海军必须拥有舰载航空兵，以保证水面舰艇和潜艇的活动。他介绍说，"鹞式"战斗机原来设计主要是截击轰炸和侦察，后来改进了机载雷达，使之可以进行空中格斗。"在马岛海战中，'鹞'起了关键作用，成功抗击了来袭的敌机。"菲尔德豪斯上将的得意之情溢于言表。然而，由于英方要价过高，加之复杂的国际政治军事背景，合作谈判无果而终。

1985 年夏，澳大利亚退役的"墨尔本"号航空母舰驶进广东中山港。两万吨排水量的"墨尔本"号航母是英国"二战"末期设计建造的，1949 年澳大利亚海军将它购买下来，进行了五年多的现代化改装，加装了大中型航母标志性斜角甲板、蒸汽弹射器、新式阻拦装置，以及帮助飞行员在航母甲板上降落的"菲涅尔"助降反射镜等。1955 年，"墨尔本"号航母正式服役，成为澳大利亚皇家海军的旗舰。1982 年，"墨尔本"号航母退役，随即被广州造船厂以"拆购"方式买下。

刘华清闻讯，下令海军装备部和海军装备论证研究中心抽调 30 多名专业技术人员，组成调研小组迅速前往现场对"墨尔本"号航母平台进行全面考察。

"墨尔本"号航母退役时，澳方拆除了包括武器系统、动力系统、电子系统在内的所有装备，舰艉舵也被固定焊死，唯有航母飞行甲板上的弹射器和拦阻索等装置基本保存完好。刘华清得报，指示海军装备部将其拆卸下来，组织相关研究实验和模拟训练。

1995 年 5 月。从乌克兰传来消息：原苏联在黑海造船厂建造的一艘未完工的航空母舰准备出售，正在寻求买主。刘华清得到报告后，指示总参、海军和中国船舶总公司迅速调研论证，提出可行性报告。事有凑巧，中船总公司总经理黄平涛受命前往乌克兰检查刘华清亲自批准的中乌燃气轮机设备购买合同执行情况即将起程。就在临出发前一天，副总参谋长曹刚川和海军副司令员贺鹏飞来到京西宾馆，向他传达刘华清的紧急指示："增加一项任务，到黑海船厂考察'瓦良格'号航母，看看有没有购买的价值。"

黄平涛是刘华清任舰艇研究院院长时的老部下，对刘华清研制中国航母的夙愿了然于心。为完成老首长的重托，黄平涛迅速调整出国行程，对考察事项作出了周密安排。

在乌克兰黑海船厂，黄平涛一行受到热情友好接待。

据船厂负责人介绍，这艘名为"瓦良格"的在建航母1985年12月开工建造，排水量55000吨，舰长302米，舰宽35.4米，飞行甲板长70.5米，吃水10.5米，采用4台蒸汽轮机。截至1991年11月，建造完工率已达68%。

然而，随着苏联解体和乌克兰独立，"瓦良格"号航母的续建与归宿成为俄乌两国间一个悬而难决的问题。不论是由乌克兰完成"瓦良格"后续工程，还是让俄罗斯赎回"瓦良格"航母，双方都苦于捉襟见肘的财力而难以遂愿。

1995年，俄罗斯以抵偿债务形式将"瓦良格"送给乌克兰。乌克兰为化解经济危机，急欲从国际市场寻找买主，以甩掉这个"烫手山芋"。

黄平涛从乌克兰考察回国后，立即向曹刚川和贺鹏飞汇报考察情况，并建议购买"瓦良格"号航母。其理由，以我国现有的造船能力，建造航母技术难度较大，购买"瓦良格"不仅大大缩短建造周期，而且可以为发展具有自主知识产权的航母装备打下良好的科研和训练基础。

此后不久，一支来自中国的大型航母考察团再次莅临乌克兰，其成员囊括舰船武备科技专家和军政高层官员。海军原副司令员张序三中将和海军装备部原部长郑明少将均在接受媒体记者采访时证实，这样的考察团连续派遣过多次。海军当时的思路，一是买个半成品，另一个是自行研制，前一种更适合起步。"这也符合刘华清的思路。"张序三和郑明异口同声。

中乌双方就"瓦良格"转卖谈判随即展开。1995年12月，乌克兰总统库奇马访问北京。1996年1月，国际文传电讯社引述随库奇马访中的副总理阿那托利·基纳赫的话说，中乌双方正在为乌克兰未完成的"瓦良格"号航空母舰运往中国造船厂一案进行谈判，并证实"瓦良格"最终有可能在中国进行解体作业。

然而，中乌关于"瓦良格"号航母的转卖谈判遭到美国的粗暴干涉。美国警告乌克兰：若向中国出售"瓦良格"，必须将舰载武器装备全部拆除；否则，将采取严厉的经济制裁措施。慑于美国的淫威，乌方将舰载武器装备拆卸一空，"瓦良格"变成了一个空壳子。

中乌双方的谈判就此搁浅。但中国官方和民间对"瓦良格"的关注兴趣依然未减。

毋庸讳言，刘华清渴望有生之年见到中国的航空母舰。在中央军委任职 10 年间，特别是担任军委副主席以后，他曾多次主持召开有关航母的专题会议，并在军委常务会议上，就航母工程适时立项上型号等问题提出了自己的意见与建议。

"中国不发展航母，我死不瞑目！"刘华清的这一明志誓言，已经深深烙印在中华民族的历史记忆中。

诚然，对刘华清来说，未能在任期内促成航母立项开工建造，是其漫漫 70 载辉煌军事生涯留下的最大遗憾。但是，作为中国航母工程的倡导者、推进者和决策者之一，刘华清卸任离休时，怀抱的是对中央"慎重决策"的赞同与自己能尽"谋划责任"的欣慰。

在《刘华清回忆录》中，他用朴实简洁的文字剖白了自己的"航母情怀"：

> 航母是国家综合国力的象征，也是海军能遂行海上多兵种联合作战的核心。建造航母，是国人一直关心的事。我国要实现国防现代化，要建立完善的武器装备体系，不能不考虑发展航母的问题。但航母的发展不只是一个海军的问题，而是事关国家战略和国防政策的大问题，一定要从综合国力和整个国家的海洋战略全局出发，准确定位，慎重决策。

> 今天，我已经退出工作岗位。欣慰的是，对于我国的航空母舰发展，我尽了一些谋划的责任。

刘华清值得欣慰。在改革开放的历史新时期，随着综合国力的迅速提升，发展航母已经成为中华民族迈向海洋世纪不可动摇的意志表达。无论是担任海军司令员，还是身居中央军委副主席要职，他都收到过无数强烈呼吁建造航母的群众来信。特别令他感动的是那些中小学生"军迷族"，不仅向他写信陈言，还寄来他们亲手绘制的中国航母设计图和积攒的零花钱。每逢全国"两会"，代表委员们与他交谈的话题总是离不开"中国航母"，不少省市领导和企业家都主动要求捐资海军造航母："祖国建航母，要多少银子我们掏多少银子！"

刘华清值得欣慰。继他之后的历任海军司令员和海军领导班子，为早日实现中国航母梦，进行着马拉松式的接力赛。

1988 年 2 月，刚刚接替刘华清担任海军司令员的张连忠，就把"抓好航空母舰的预研"，作为海军战斗力建设和武器装备发展的重点任务提了出来。他坚信，"海军的真正作战能力，是航母战斗群和战略导弹核潜艇。"

张连忠先后参观考察过美国、英国、法国的现役航空母舰，对其军事价值与威慑作用具有深刻的认识。在与总参主管装备的领导谈及航母问题时，他直言不讳地说，你搞两个或三个现代化的集团军，改变不了中国在世界上的战略地位，但你搞一艘航母，我们在国际战略格局中的地位马上就上去了。对有些人一听到"中国威胁论"就对发展航母三缄其口，张连忠很不以为然：听见蝈蝈叫就不种庄稼了？叫花子要饭还要备根打狗棍呢！没有航母，走不出中远海，人民海军靠什么捍卫 300 万平方公里的领海主权和海洋权益？"中国威胁论"不可怕，怕的是我们不能抓住机遇，挺直脊梁骨发展壮大自己。中国真正强大了，"中国威胁论"也就销声匿迹了。美国十多个航母战斗群称霸全球，谁嚷嚷过"美国威胁论"？世界上九个国家拥有航母，又有谁说他们"威胁"了？

然而，张连忠担任海军司令员八年，虽然组织完成了航母大系统论证和前期预研，但中国航母工程依然没有如期立项上马。

不能忘记贺鹏飞——这位在张连忠与石云生两任海军司令员时期分管海军装备八年之久的年轻副司令员。

2001 年 3 月 28 日，贺鹏飞因心脏病突发英年早逝。在海军发布的生平中，对其在任业绩作出了高度评价："他坚持以全面提高海军综合作战能力为目标，以作战需求为牵引，勾画了海军装备跨越式发展的蓝图，为海军装备建设的快速发展和战斗力水平的不断提高，作出了不可磨灭的历史性贡献。"

贺鹏飞勾画的"海军装备跨越式发展蓝图"及其作出的"不可磨灭的历史性贡献"中，组织航母论证预研可称之为扛鼎之作。

自从 1987 年 3 月 31 日聆听了刘华清关于航母问题的报告后，实现中华民族百年航母梦就成为贺鹏飞的坚定信念与不懈追求。从总参装备部部长到海军副司令员，他为航母论证预研不遗余力，做了大量组织协调工作。

在"瓦良格""远嫁"中国的传奇历程中，无论前期的"官方"考察调研，还是后期的"民间"谈判竞标，乃至受阻于博斯普鲁斯海峡的外交斡旋，幕后都活跃着贺鹏飞忙碌的身影。

1998 年，澳门一家名为"创律旅游娱乐公司"的老板徐增平，通过竞标买下"瓦良格"。

2000 年 4 月 1 日，中国船舶重工集团公司总经理黄平涛再度受命出征：负责把"瓦良格"从乌克兰尼古拉耶夫市拖运到大连港。与此同时，海军某舰艇支队退役支队长、大连造船厂副厂长唐士源也受派前往增援指挥海上拖运航行。

或许是生来命运多舛，"瓦良格"驶出黑海水域，通过博斯普鲁斯海峡时，"在第三国提醒下"，土耳其政府以"船体过大、影响其他船只正常航行"等为由，下达拦阻令。直到 2001 年 11 月初，经过长达两年多的外交努力，在中国政府作出"国家担保"的前提下，"瓦良格"才最终驶出曲折狭长的博斯普鲁斯海峡。

然而，令人扼腕痛惜的是，贺鹏飞没能平安度过其 56 岁的人生海峡。带着未竟的航母梦，他走了，走得那样匆忙。

此后，"瓦良格"经地中海穿过直布罗陀海峡，出大西洋绕过非洲好望角，入印度洋穿过马六甲海峡，于 2002 年 3 月 3 日结束 1.52 万海里的艰难航程，抵达中国大连港。

直到此时，徐增平才向传媒公开购买"瓦良格"的真实意图："以商业行为之名，行服务国家之实"，"希望对国家在政治、经济、军事、科技等方面有所贡献"。

徐增平告诉记者，当得知中央决策层放弃购买"瓦良格"的决定后，他曾陷入长时间思考，认为中国官方因为种种考虑不购买航母可以理解，但一定不能让它落入其他国家、尤其是对中国有敌意的国家手中。

徐增平的想法是，由创律出面购买废旧的"瓦良格"航母平台并用于商业开发，那些国家很难把这笔"账"记到中国政府头上，难以公开指责中国扩充军备；与此同时，这艘航空母舰的存在，对台湾当局和一些不断制造麻烦的国家又始终是一种心理上的威慑。能达成政治的、军事的和外交的多重理想效果，何乐而不为呢？

"短期而言，中国不会马上装备航空母舰，但从长远看，中国建造航母是迟早的事情。"军人出身的徐增平有着超乎常人的辩证思维与前瞻眼光："创律拥有'瓦良格'航母平台，一旦中央认为时机成熟决定建航母，就随时可以利用它，或者加以改装和全面装备，或者用拆船等方式了解航空母舰的制造技术。这样的话，等于无形中为中国海军研制航母做好了基础准备，也赢得了时间和技术。"

徐增平公开表态："一旦国家需要，我和创律将毫不犹豫地向国家献出这艘航空母舰。服务国家，这才是我的最终目的。"

徐增平预言成真。仅仅两年过去，2004年8月，中央便正式批准航母工程立项上马。

"航母上马，'走'也放心了。"已届"米寿"的刘华清欣喜万分，感慨系之。

当然，他更期盼在"走"之前，见证中国航母编队巡弋大洋的威仪。

"何止于米，相期以茶。"世纪老人清癯的脸颊露出孩童般天真幸福的笑靥。

2009年4月23日，中国海军首次举行盛大国际海军阅兵式庆祝她的60华诞。中央军委委员、海军司令员吴胜利庄严宣告：人民海军将加快推进重点武器装备建设步伐，研制大型水面战斗舰艇、水下自持力和隐身性能好的新型潜艇、超音速巡航作战飞机、精确化突防能力强的远射程导弹、大深度高速智能鱼雷、通用性兼容性好的电子战装备等新一代武器装备。

2011年7月27日，国防部新闻发言人正式对外宣布："中国目前正利用一艘废旧的航空母舰平台进行改造，用于科研试验和训练。"

吴胜利是共和国第七任海军司令员。按照刘华清当年设想的继他之后第五任海军司令员用上航母的设想，中国的第一艘航空母舰就将在吴胜利任上建成服役。

事实上，当吴胜利公开宣布将"研制大型水面战斗舰艇"列为人民海军装备发展重点时，中国航母工程已经取得突破性进展，由废旧的"瓦良格"号船体改装的航母平台，更是捷报频传。

2009年3月20日，国务委员兼国防部长梁光烈上将在会见日本防卫大臣浜田靖一时指出："大国中没有航母的只有中国，中国不能永远没有航母。"

这是中国军方高层首次就航空母舰研制进程，公开作出正面回应和明确表态。

2010年岁末，从海军机关传来消息：即将试航的中国海军第一艘航空母舰首任舰长已获中央军委正式任命。

刘华清终于在握别生命的十字路口，见证了他亲手选拔培养的航母舰长登上中国航母指挥台的历史性时刻。

2011年7月11日，总参谋长陈炳德上将在与来访的美军参谋长联席会议主席迈克尔·马伦海军上将会见后举行的联合记者会上表示，中国从乌克兰引进一艘废旧航母，在此基础上加以研究也很有价值，至于中国会造几艘航母现在还未决定。他指出，美国有十几艘航母，而中国一艘都没有，这跟中国目前的国力发展水平太不相称。

2011年7月27日，国防部新闻发言人耿雁生大校正式对外宣布："中国目前正利用一艘废旧的航空母舰平台进行改造，用于科研试验和训练。"

2011年8月10日至14日，中国航母平台完成首次出海试航。

……

2011年，中国航母元年。

2011年，人民海军一个崭新的时代——航母时代拔锚起航了。

2011年，航母梦圆的刘华清，"可以不用汗颜"地去向老首长邓小平汇报了。

第十一章

和平使命

经略海洋，是中华民族实现强国之梦的必由之路。人民海军吹响了从黄水走向蓝水、从近岸迈向远洋的进军号。

刘华清指出："海军是各国武装部队中唯一能在和平时期越出本国主权范围活动的军种，对于支持和贯彻国家的外交政策有着突出的作用。"

云长云消，潮起潮落。新的世纪新的时期，人民海军履行非战争军事行动的任务更加繁重、领域更加宽广、形式更加多样。

挺进南极

"作为一个海洋大国，中国应该拥有对南极事务的发言权。"

1983 年岁末，当国家海洋局局长罗钰如会商刘华清，希望海军支持并参与南极科学考察时，刘华清当即表态："南极考察，海军义不容辞！"

南极洲，这个神秘而孤独的冰雪世界，是谓地球"第六大陆"。它在我们居住的这颗星球上整整隐匿了两亿多年，迟至距今 170 多年前才被人类发现。南极洲濒临太平洋、印度洋和大西洋，面积 1400 多万平方公里，约占世界陆地总面积的 9.4%。自 20 世纪初叶以来，南极科学考察方兴未艾，高潮迭起。至 20 世纪 80 年代，已有 18 个国家先后在南极建立了 140 多个常年考察站、夏季考察站、无人自动观测站和临时避难所。美国、苏联（今俄罗斯）和阿根廷等国平均每年在极地越冬的科考人员甚至多达 200 名以上。

1983 年 5 月，五届全国人大常委会第 27 次会议通过《中华人民共和国加入〈南极条约〉的决定》，中国正式成为《南极条约》缔约国。但是，要在南极事务中享有发言权和表决权，还必须成为《南极条约》协商国。而按照规定，只有在南极建有科学考察站，并且独立开展科学考察的国家，才有权获得协商国资格。斯时，在联合国五大常任理事国中，唯独中国不是《南极条约》协商国。

1984 年 6 月 12 日，一份由国家海洋局、国家南极考察委员会、国家科委、中国人民解放军海军和外交部联合具名的《关于我国首次组织编队进行南大洋和南极洲考察的请示》，呈报国务院和中央军委。

6 月 25 日，国务院、中央军委正式批复：由国家南极考察委员会、国家海洋局、中国人民解放军海军联合组成首次赴南极考察编队，并在南极建立中国第一个科学考察站，开展多学科综合考察。

为纪念这一具有历史意义的日子，刘华清与罗钰如一致决定，将中国考察编队定名为"625 编队"。

经略海洋，是中华民族实现强国之梦的必由之路。随着新世纪的到来，300万平方公里的蓝色国土将成为国家经济发展的资源宝库和引擎平台。对此，身任海军司令员的刘华清比一般人有着更加深刻的认识与敏锐的洞察。

"海军应当适应国家的这一需要，承担起保卫我国领海主权和海洋权益的战略任务。"在研究和制定海军战略时，刘华清突破"养兵千日、用兵一时"的传统观念，以"养兵千日、用兵千日"的创新思维，将海军的战略任务划分为"和平时期"与"战争时期"，首次系统提出了和平时期海军"五大战略任务"，即保卫和维护领海主权和海洋权益；为国家的外交政策服务；威慑和遏阻敌人来自海上的侵略企图；应付可能发生的海上局部冲突；支援和参加国家经济建设。

"关于保卫领海主权和海洋权益，长期以来不少同志认为只同1.8万公里海岸线和12海里领海有关，其实这是一种误解。"刘华清指出，根据《联合国海洋法公约》的规定，应归我国管辖的海区不仅仅是领海，还包括毗连区、大陆架和海上专属经济区。在这一范围内，蕴藏着极为丰富的资源。同时规定的我国海洋权益还有渔业保护、船舶检验、海上安全、海事处理、助航设施、援救打捞、缉私和检疫等权利。此外，我国还享有公海航行自由、公海调查试验、资源开发等权利。而要保卫和维护这些"权利"和"权益"，就必须建立一支与之相适应的现代化强大海军。

事实上，自刘华清担任海军司令员之后，人民海军以海军战略为牵引，实现了突破岛链、走向中远海的历史跨越，遂行国家海上重大任务的能力正在逐步提高。

1983年，中国筹备发射实验通信卫星。中央军委下令海军承担建立关岛附近海域跟踪测量站的重大任务。

"派南救506船去！"刘华清果断拍板。

南救506船，1980年加入海军序列，是我国自行设计制造的第一艘万吨级远洋打捞救生船。刘华清一声令下，南救506船担负起建立关岛附近海域跟踪测量站的重任。

从国内发射场到南太平洋卫星入轨位置6000多公里的航区，要建立若干个跟踪测量站，其中最艰难的就是在太平洋关岛附近建站。

关岛，就其军事地理战略方位而言，中国海军将士并不陌生。从1898年成为美国领地后开辟为海军基地，自"二战"起就被美国充分利用并成为美军应付西太平洋地区突发局势的防御中心。在其精心构筑的第二岛链军事封锁线上，关岛处于中枢地位，既是一线亚太美军和日韩等同盟国后方依托的大本营，又是美军重要的前进基地。

关岛附近海域气象条件十分恶劣。一年到头，海面10米高的水墙不断，素有"台风故乡""魔鬼三角区"之称。从1983年9月至年底，南救506船先后两次南下大洋，单船直赴关岛附近海域进行海区情况调查和通信联调，为发射卫星测量与遥测做好了最后准备。

1984年3月29日凌晨2时许，南救506船高悬中国国旗，第三次远征关岛海域，顺利进入待机点。

4月8日，我国第一颗实验通信卫星成功发射升空。南救506船准时进入测量准备状态，从发现目标到目标消逝，跟踪测量时间超过指挥部要求的一倍以上。

两年后，1986年2月1日，我国成功发射第一颗实用通信广播卫星，标志着中国卫星通信由试验阶段正式进入实用阶段。

南救506船不辱使命，不负重托，再次圆满完成遥测保障任务。刘华清对全船官兵的出色表现给予了大力褒奖，先后两次签署通令，为该船荣记集体二等功。

"我们在南极建立考察基地的重要目的之一，就是为我国今后能参与开发利用南大洋的资源作准备。"作为履行"和平使命"的又一重大创举，刘华清对海军参与南极考察的战略意义与未来价值寄予厚望。

派遣舰艇和海军官兵参与南极科学考察完全符合国际惯例。《南极条约》规定，南极是非军事区，任何国家不准在南极从事军事活动和核武器试验，但不禁止为了科学研究和任何其他和平目的使用军事人员或军事装备。因此，不少国家甚至直接由军队负责，派出舰艇、飞机参加南极考察活动，有的南极考察站还设有气象火箭、高空大气物理探测火箭，直接或间接为本国军事服务。

1984年7月13日，刘华清主持海军首长集体办公会议，专题研究参

乘风破浪，挺进大洋。

加南极考察事宜。会议决定：派遣北海舰队 J121 号远洋打捞救生船、搭载海军航空兵舰载直升机一架，与国家海洋局"向阳红"10 号远洋科学考察船，共同组成中国首次赴南极考察编队。为提高舰艇指挥员的远航能力，积累远洋航行经验，选派部分舰艇军官和院校教官组成实习队，随 J121 船进行远洋航海实习。

　　会后，刘华清专门向北海舰队和海军航空兵下达指令：8 月 15 日前，J121 船应完成直升机着舰训练和船上加装航空系统的出航前检验；8 月 15 日至 10 月底，进厂完成相关设备加装与改装；11 月进行出航前最后准备。

9月16日，海军司令部向各舰队和有关院校下发《关于组织舰艇干部随J121船远洋航海实习事》的通知。远洋航海实习队共由70人组成，其中实习学员52人。

对远洋航海实习队学员的选拔对象，刘华清提出了明确而严格的要求：必须是经过院校学习，年纪轻，具有较好航海理论基础，能培养作为远洋航行的骨干。就其业务水平而言，必须是独立操纵合格的驱逐舰、护卫舰、潜艇、有远航任务的大型辅助船正副舰（艇、船）长和能独立值更的航海长，能独立工作的舰队、基地、潜艇支队、驱护舰支队、有大型辅助船的大队航海业务长，经过系统培训的院校新任职航海教员。

这是继1983年5月跨岛链远洋航海实习之后，刘华清再次大规模组织舰艇指挥员远洋航海实习。在他的价值天平上，通过远航南极，培养造就一批具备远洋航行经验的舰艇指挥人才，比保障南极科考任务更具长远影响和战略意义。

10月15日，正当考察编队厉兵秣马、整装待发之际，中央军委主席邓小平挥笔为中国首次南极考察出征题词壮行："为人类和平利用南极做出贡献。"

11月20日，中华人民共和国第一支南极考察编队，从上海高桥码头解缆起航。海军参加南极考察任务的官兵共计308人，编队总指挥由国家海洋局副局长陈德鸿担任，海军某基地参谋长赵国臣被任命为编队副总指挥兼海军指挥组指挥员。

出征前，刘华清亲自审查并批准了海军航海业务长唐建华主持制订的考察编队航行计划。唐建华时年58岁，1953年毕业于大连海军学校，是刘华清的学生。作为人民海军自己培养的资深航海专家，30多年来他参加过多次重大远洋航海活动，亲手绘制了一条条新的航线，被誉为"新航线的开拓者"。经过科学论证、反复推敲，他和几位航海专家一道终于在一张淡蓝色的海图上画出了一条从中国通往南极的深红色航线。

映入刘华清眼帘的是一条何等绵长、何等艰险又何等辉煌的航线啊！编队在一个月之内要横渡浩瀚的太平洋，穿越93个纬度，跨过180个经度，航途不停靠任何港口，直插南美最南端的乌斯怀亚港。往返航程2.3万多海里，等于绕地球一圈还多。途中，编队要航经两个台风生成区、数个岛礁区和狭窄水道，穿越"咆哮的西风带"，闯过被称为"航海家坟墓"的德雷克海峡。在南极海域，风向不定的强大气旋，随波逐流的巨大浮冰和冰山，更会严重威胁编队的安全。无疑，这是一次具有极大挑战性和探险性的航行，不仅在中国航海史上从未有过，就是在世界上也实属罕见。

刘华清深知，308名海军官兵和他们乘驾的J121远洋打捞救生船将开创中华民族前所未有的新航程，同时也将经受前所未有的巨大考验。然而，令刘华清意外的是，致命的危机会来得这么快、这么大。

11月25日凌晨，刚驶出第一岛链进入太平洋的J121船主机舱里传出"咔"的一声巨响，右主机第一缸活塞冷却管支架断了，连接支架的一根水拉管也被折成两截，随着主活塞的强大推力，支架被卷进曲油箱内，冷却水顺着破裂的管口成伞状猛烈地向外喷射……

突发的重大故障让所有人惊悸不已：断裂的冷却管支架根本无法修复，船上又没有更换备件。而破损的支架如果不更换，主机就是一堆无法继续运转的废铁！此刻，从上海到乌斯怀亚港1.1万多海里的航程才刚刚走过1/6，仅靠左主机"一条腿"航行速度太慢，会严重影响南极科考建站计划。如果顺途临时停靠外国港口抢修，最近的关岛也得航行两天时间，而且必须通过外交途径交涉，最终能否修复还不得而知。返航上海修理，来回至少得半个月，很可能意味着首航南极行程告吹。

进退维谷之际，J121船机电长徐兆富提出一个人民海军航海史上未有先例的大胆设想：封闭右主机第一缸，用其余八缸继续航行。

"封缸运行，确实存在风险。但就是冒再大的风险，也得把船开到南极去！"在指挥组紧急会议上，编队副总指挥赵国臣果断拍板："电告海军，请示封缸航行！"

刘华清批准了封缸航行方案，并下令有关部门紧急筹措配件，赶在编队抵达乌斯怀亚港之前发运至阿根廷。五小时后，赵国臣再次从太平洋向北京报告："封缸成功，右主机运转正常！"

刘华清时刻关注着编队的航程：12月1日，编队驶过赤道，进入南半球；12月4日，编队跨过国际日期变更线进入西半球；12月19日，编队抵达阿根廷乌斯怀亚港。

作为履行"和平使命"的一大创举，刘华清对海军参与南极考察的战略意义与未来价值寄予厚望。（1985 年 1 月）

刘华清闻讯，亲自签署了海军与国家南极考察委员会、国家海洋局联名致考察编队的慰问电。

12月23日23时，考察编队驶离阿根廷乌斯怀亚港，顺利通过素有"航海家坟墓"之称的德雷克海峡。

12月26日，"向阳红"10号远洋科学考察船与J121远洋打捞救生船，经过32天的航行，跨越1.1167万海里漫漫航程，胜利抵达南极乔治王岛民防港。

每年11月至次年3月，为南极洲暖季。此时，在乔治王岛，太阳每天晚上10点钟以后才极不情愿地溜下山峦，但过不了两个时辰，凌晨一两点钟又冉冉升起来。仰望天际，哪是朝霞，哪是晚霞，很难分清，即便是在没有太阳的午夜时分，天空依然是白蒙蒙的。"白夜"，这就是世人对南极之夜的形象称谓。

为赶在南极夏季结束之前完成建站和科考任务，海军指挥组抽派100名身强力壮的海军官兵，协助科考队员，把500多吨物资抢运上岛，仅用45天时间，就建起360平方米的两栋考察用房和四栋辅助用房，架设了四座20米高的通信铁塔，修建了一个气象站和一座简易码头。

1985年1月22日15时38分，刘华清在海军通信值班室与相隔万里之遥的编队副总指挥赵国臣成功通话。《解放军报》随后以《我海军超长波信息已能覆盖全球》为题，对海军通信技术取得的重大突破予以公开披露。报道称，由我国自行设计建造的综合性大型通信枢纽工程——海军超长波台，出色完成了对潜艇、远航水面舰艇编队的通信联络任务，在我国发射洲际导弹、通信卫星等尖端科学实验中，传递信息及时准确，特别是在南极科考中，沟通了1.8万多公里的通信联络，标志我国已经具备全球通信能力。

2月15日，中国第一个南极科学考察站——长城站胜利建成。在不到一个月前，这里还是乱石遍地的荒野，如今已变成一座房屋幢幢、道路纵横、铁塔林立的"科学新城"。放眼望去，水域开阔的长城湾内，一座20多米长的码头从岸边伸向海面；岸边滩涂上，是一个用沙石轧成的简易机场，直升机可以在此自由起降；码头西侧，并排坐落着两栋长方形橘红色楼房——长城站科考实验楼；主楼前平展的广场上，高高矗立着一根银白色旗杆，旗杆底座四周建有铁索护栏；旗杆左侧安放着一尊三米高的大铁锚，锚杆上镶嵌着一行闪光的大字："中国人民解放军海军308名官兵首次赴南极纪念"；旗杆右侧一块巨大的岩石上，镌刻着"长城站"三个耀眼的朱红色大字；科考楼北面，是外观大小与主楼相似的一栋宿舍楼；宿舍楼东边，建有发电机房；长城站气象观测场，则坐落在宿舍楼东面的开阔地上。

2月20日，农历正月初一。在中华民族传统佳节里，南极长城站举行了隆重的落成典礼。国家南极考察委员会主任武衡、海军副司令员杨国宇、国家海洋局副局长钱志宏率领慰问团，与中国驻阿根廷大使魏宝善和夫人、中国驻智利大使唐海光和夫人一起，专程飞抵南极乔治王岛，参加庆典。智利、阿根廷、苏联、波兰、巴西等国驻南极考察站的站长和科学家们，也应邀出席典礼。

上午10时整，长城站鞭炮齐鸣，锣鼓喧天。广场上，军容严整的海军官兵和英姿焕发的考察队员列队肃立，主席台上中外来宾全体起立，伴随着雄壮的中华人民共和国国歌，南极长城科学考察站首任站长郭琨和两名科考队员，把一面鲜艳的国旗升上南极上空。

2月26日清晨，J121远洋打捞救生船从乔治王岛民防湾锚地起锚，踏上返回祖国的航程。历时142天，往返航程2.3万海里，在圆满完成航渡、装载、建站、顺访及实习等任务后，于4月10日上午安全返回上海港。

5月6日下午，国家南极考察委员会在北京中南海怀仁堂隆重召开首次南极考察庆功授奖大会。

5月9日，海军直属机关举行南极考察事迹报告会，宣布海军党委《关于向海军参加南极考察的指战员学习的决定》。刘华清在讲话中高度评价了308名海军官兵英勇奋斗、团结协作、为国增光的革命精神，要求海军部队发扬南极考察精神，加速海军现代化建设。

1985年3月11日，联合国世界气象组织正式接纳中国南极长城站气象站为世界气象观测站。

1985年10月7日，在《南极条约》协商国第十三届会议上，16国代表一致同意接纳中国为《南极条约》协商成员国，从此中国在南极事务中拥有了表决权。

　　1986 年 6 月，中国正式加入国际南极研究科学委员会，成为南极科考国际俱乐部的一员。

跨越大洋的握手

1986 年 11 月 16 日。

上海吴淞军港。由 132 号导弹驱逐舰、X165 号远洋综合补给舰组成的舰艇编队，正式起航出访巴基斯坦、斯里兰卡和孟加拉国。

这是人民海军舰艇编队首次出国访问，这是人民海军走向世界的一个重要里程碑。

中华民族曾经创造过人类远洋航海的辉煌历史。明代伟大航海家郑和率领 2.87 万多人的庞大"宝船"舰队，历时 28 载，七下西洋。他书写的这一远航壮举，比哥伦布发现新大陆早 85 年，比达·伽马绕过好望角进入印度洋早 91 年，比麦哲伦完成环球航行早 115 年！

然而，19 世纪中叶至 20 世纪中叶的整整 100 年间，海洋留在中华民族记忆里的却是 470 多次外强入侵和 1100 多个不平等条约的屈辱与惨痛。

1911 年，由爱新觉罗·努尔哈赤从马背上奠基，延续近 300 年的大清王朝走到了生命的尽头。正是在这一年，天朝海军在蓝色的星球上留下了一道历史的航迹。

阳春三月。上海。黄浦江杨树浦油车码头对岸的浦东锚地，一艘排水量 4300 吨的现代巡洋舰拔碇起航了。油漆一新的舰艏右侧舰壁上，两个铜铸的汉字显示着它的舰名："海圻"。

"海圻"舰是甲午海战后大清帝国购买的三艘大型巡洋舰之一，被誉为"天朝海军第一舰"。此次出航，它将为天朝执行一项史无前例的重大外交使命：出使大不列颠及北爱尔兰联合王国参加乔治五世国王的加冕庆典，并出访美国、古巴，宣慰华侨。

历时 420 多天，途经八国 14 港，总航程 3 万多海里。这是上溯自 1866 年大清帝国海军诞生，后延至 1997 年共和国海军出访美洲四国之前，中国军事外交史和海军远洋航海史上浓墨重彩的一笔。

细雨霏霏，海雾蒙蒙；汽笛长鸣，轮机飞旋。"海圻"舰官兵奏响了一支雄浑的蓝色交响曲。然而，他们不曾想到，这是一部变调的曲子：一半恰似《安魂曲》，一半好比《欢乐颂》。14 个月后，当他们返回母港时，舰桅上的黄色青龙海军旗，早已改换了青天白日满地红海军旗。天朝的蓝色梦想，随着帝国的崩溃，一起定格在了一部丧权辱国的痛史中。

新中国的诞生，结束了中华民族有海无防的历史，开启了中外海军和平友好交往的蓝色大门。1956 年 6 月 20 日，以"德米特里·巴热尔斯基"号巡洋舰和"智谋""启蒙"号驱逐舰组成的苏联海军友好访华编队，在太平洋舰队司令切库洛夫海军中将率领下，抵达上海进行友好访问。这是新中国成立后，第一支应邀来访的外国海军舰艇编队。此后 30 年间，印度、印度尼西亚、秘鲁、墨西哥、法国、意大利、英国、澳大利亚、瑞典、巴基斯坦、加拿大、哥伦比亚、葡萄牙、荷兰、美国、智利、德国、新西兰等近 20 个国家的海军舰船先后访华。其中，法、英、澳等国海军舰艇曾多次来访。

然而，外国军舰走进中国内海容易，中国军舰走向海外却很难：人民海军缺乏远涉重洋的舰艇装备！

进入 20 世纪 80 年代，伴随着改革开放的春风，中国海军吹响了从黄水走向蓝水、从近岸迈向远洋的进军号。与此相适应，刘华清引领人民海军开启了军事外交的新航程。

"海军在国际上历来被看作国家力量的象征。"在论述海军和平时期的战略任务时，刘华清指出，海军是各国武装部队中唯一能在和平时期越出本国主权范围活动的军种，对于支持和贯彻国家的外交政策有着突出的作用。适时组织军舰出访，不仅完全可能，而且在现代国际交往中很有必要。既可以加强与友好国家往来，增进了解和友谊，扩大影响，还可以开阔眼界，锻炼部队远航组织指挥能力，检验装备性能。

"海军应该也可以为我国的和平外交政策服务。"刘华清特别强调，"这和帝国主义、霸权主义、殖民主义以侵略为目的'舰炮政策'是不能相提并论的。"

1984 年 10 月 29 日，由刘华清签署的海军组织舰艇编队出访巴基斯坦、斯里兰卡和孟加拉三国的请示报告正式呈送中央军委，并迅速获得批准。

经总参谋部批复的具体方案确定：此次舰艇编队出访南亚三国为友好

访问，编队名称为"海军友好访问编队"，由 132 号导弹驱逐舰和 X615 号远洋综合补给舰组成。出访官兵共 512 人，包括随舰实习的舰艇长、航海长和海军院校学员、海军机关工作人员。

舰艇编队出国访问，是一件直接关系国威军威的大事。能否肩负起军事外交的神圣使命，全面立体展示人民海军威武之师、文明之师的形象风采，这对从未走出国门的年轻海军官兵来说，是一个严峻的挑战与考验。

万事开头难。就在舰队编队首次出访工作全面启动之际，传来了远赴南极考察的舰船编队成功顺访阿根廷和智利两国的消息。

1984 年 12 月 18 日清晨，由 J121 远洋打捞救生船和"向阳红"10 号远洋科学考察船组成的中国南极科考编队经过近一个月的大洋远航，终于绕过美洲大陆最南端的合恩角，胜利驶进比格尔海峡。在阿根廷引水员领航下，编队徐徐靠上乌斯怀亚港戈本纳兴码头。

这是新中国成立 35 年来，人民海军舰艇首次停泊异国港口码头。正值中午时分，身着藏蓝色海军服的中国水兵，按海军礼仪在甲板分区列队，舰樯上挂起五彩缤纷的信号旗。阿根廷乌斯怀亚海军基地司令爱德华多中校，早已在码头迎候中国客人的到来。阿根廷海军军乐队奏起欢快的迎宾曲，群山环抱的海湾顿时荡起友谊欢乐的浪潮。

由于是经停顺访，并非"正式访问"，中阿双方都没有安排过多的官方活动，海军官兵和科考人员以参观游览为主，但这丝毫没有降低中国编队到来在这座美丽的南太平洋海滨名城引起的轰动效应。每天到乌斯怀亚港参观中国舰船的民众络绎不绝，中国海军官兵和科考人员所到之处受到热情接待和欢迎。

在乌斯怀亚短短五天里，中阿两国海军官兵结下深深友情。他叫特龙贝达，是一名阿退役海军上校。在 30 年海军生涯中，他曾六次驾舰船勇闯南极，积累了丰富的航海探险经验。"你们看，我的头发都叫南极的寒风吹光了。"55 岁的特龙贝达指着自己谢顶的秃头，风趣地调侃道。当得知中国科考编队是首次远赴南极时，他不仅热情介绍南极海域情况和航行注意事项，而且主动提出："如果需要，我愿同你们再去一趟南极！"就这样，他应邀正式作为中国考察编队的"顾问"，与阿根廷海军租借的一架"海豚"

直升机一起，第七次踏上了南极探险的征程。

12月23日，J121船拉响起航的汽笛。码头上，阿根廷海军军乐队奏起雄壮激越的进行曲，爱德华多中校率乌斯怀亚海军基地官员向中国海军官兵挥手告别，数百名阿根廷民众自发前来为中国客人送行。当J121船吻别戈本纳兴码头时，一架橘红色阿根廷军用飞机腾空而起，在巨轮上空盘旋、穿掠，不停地摇摆机翼。这是阿根廷空军特意为中国科考编队安排的一项特殊欢送仪式。

"再见了，阿根廷！""再见了，乌斯怀亚！"中国海军官兵站在甲板上，久久凝望着渐渐远去的小城。那巍峨的雪山，那盛开的鲜花，那一张张真诚的笑脸，都深深地印在他们心中。

1985年3月6日，完成首次南极科学考察建站任务的J121远洋打捞救生船和"向阳红"10号远洋科学考察船，返航途中顺访智利共和国蓬塔阿雷纳斯港。编队抵达时，受到智利第三海区参谋长豪尔赫·洛伦索上校等军方官员热烈欢迎。经停期间，智利南方军区司令兼第十二大区区长达努斯、第三海区司令卡穆斯、第四空战区司令罗哈斯和陆军第五师师长奥尔扬，先后会见了中国考察编队领导成员。第三海区司令卡穆斯和参谋长洛伦索等海军军官参观了J121船。麦哲伦省和蓬塔阿雷纳斯市为中国科考编队来访举行专场文艺晚会，当地艺术家表演了精彩的民间歌舞节目。中国驻智利大使唐海光在"向阳红"10号科考船举行宴会，热情招待当地军政官员。中国编队海军指挥员和J121船官兵参观了智利海军"绿宝石"号练习舰。这艘专供海军军校学员实习的仿古帆船，多次进行环球航行，并曾于1972年访问中国上海港。

3月11日凌晨，中国科考编队驶离蓬塔阿雷纳斯港，通过麦哲伦海峡进入太平洋，踏上回国征程。

经停顺访南美两国的经历，为中国海军编队首次正式出访奏响了序曲。

1985年8月15日，经刘华清、李耀文批准，海军友好访问编队指挥所和编队临时党委正式成立。编队指挥员兼临时党委书记为刚刚由海军副司令员转任东海舰队司令员的聂奎聚担任。

1985年11月2日，刘华清应法国海军参谋长莱恩哈特上将，美国海

刘华清检阅法国海军仪仗队。(1985年11月)

刘华清检阅美国海军陆战队。(1985年11月)

军部长莱曼、海军作战部长沃特金斯上将和海军陆战队司令凯利上将的邀请，起程赴法国和美国访问。

这已是刘华清担任海军司令员以来，连续三年在 11 月份安排出访行程：1983 年 11 月 11 日至 20 日，率海军代表团访问巴基斯坦和孟加拉国；1984 年 11 月 2 日至 22 日，率海军代表团访问英国和南斯拉夫，并经停顺访西德。

出国前，刘华清和海军政委李耀文、海军副司令员张序三专程前往东海舰队，实地检查验收出访编队各项准备工作。

一切就绪。如果不出意外，刘华清出访回归之日，将是出访编队从东海通过台湾海峡航经南中国海走出国门之时。

"起航！"

11 时 45 分。吴淞军港码头军乐声声，彩旗飘飘。随着出访编队指挥员聂奎聚一声令下，数百只彩色气球飘然升空，100 只和平鸽排云直上。告别专程前来送行的受访国驻华大使和武官，上海市党、政、军领导，海军和东海舰队领导，132 号导弹驱逐舰和 X615 号远洋综合补给舰汽笛长鸣，徐徐离开码头。

11 月 27 日，出访编队驶过南中国海，抵达马六甲海峡。

11 月 29 日 16 时，出访编队进入印度洋。这是人民海军组建 36 年来首次进入印度洋。为了纪念这一具有特殊意义的历史时刻，编队举行了庄严的海上阅兵。

12 月 8 日，出访编队抵达第一个目的地——巴基斯坦卡拉奇港。距港 20 海里时，巴海军两艘驱逐舰和两艘猎潜艇组成编队前出迎接护航。当编队驶进卡拉奇港口的盖西姆要塞时，132 号导弹驱逐舰鸣放国家礼炮 21 响，巴要塞岸炮部队还礼如仪。沿途港岸军乐高奏，欢声如潮，呈现一派隆重、热烈、友好的喜庆气氛。

12 月 8 日至 13 日，中国海军舰艇编队在巴基斯坦访问五天。聂奎聚司令员与两位舰长等一行六人应邀乘专机赴巴首都伊斯兰堡访问，编队官兵按巴方安排在卡拉奇参观游览。

巴基斯坦政府和军方十分重视和珍惜中巴友好关系，把中国海军舰艇编队到访看作中巴传统友谊的生动体现。马立克中将在会见和宴请聂奎聚时说："中国人民和政府是巴基斯坦的坚强朋友，中国海军把巴基斯坦作为自己首次正式出访的第一个国家，就是中巴友谊最好的证明。"在与中国官兵交流中，巴方军人和民众异口同声："中国是巴基斯最忠诚的朋友。在巴基斯坦最困难的时候，中国支持了我们。巴基斯坦人民为有中国这样伟大的朋友感到骄傲。"

中国舰艇编队官兵在卡拉奇参观了巴基斯坦海军学院、海军工程学院、水兵训练中心、舰艇部队、国立博物馆和修船厂，游览了市容和名胜古迹。参观游览中，官兵们经常会遇到热情群众的招手致意和握手拥抱。在巴方组织的茶会上，100名中巴士官和水兵唱歌跳舞，合影留念，互赠纪念品。他们打"哑语"，做手势，进行着特殊的情感交流，融洽的气氛完全消除了语言上的障碍。中国舰艇编队部分军官应邀参观巴海军训练中心，训练中心指挥官全程陪同，一再对中国提供的援助表示感谢。当来到中心主楼门口时，一条用乌尔都文书写的标语再次令中国海军军官心动不已："你若想学到新的知识，就请到中国去！"

在一片"巴克——秦——多斯蒂——金达巴"（巴中友好万岁）的欢呼声中，中国海军舰艇编队告别迷人的卡拉奇港，驶向出访的第二个国家——斯里兰卡。

12月18日晨7时整，舰艇编队准时抵达斯里兰卡首都科伦坡。

科伦坡位于斯里兰卡岛西南部，是斯政治、文化、经济中心，交通枢纽，主要贸易港，国际航空港和海军基地。这里气候宜人，常夏无冬，高温而无酷暑，是一座美丽的海滨城市。

中斯友谊源远流长。在科伦坡国家博物馆琳琅满目的珍宝中，有一块郑和500多年前在高尔城留下的布施碑。岁月沧桑，模糊了它的图案和方块文字，但友谊的丰碑却永远耸立在中斯两国人民心中。

斯里兰卡政府和军方把中国海军舰艇编队到访当成中斯关系发展史上的一个重大事件，给予高度重视和破格接待。到访当天，聂奎聚司令员就拜会了斯里兰卡海军司令和科伦坡市长，并前往总理府签到。斯海军司令希尔瓦少将为中国海军舰艇编队到访举行盛大宴会和招待会，希尔瓦致辞说：

"中国海军首次出访，就把科伦坡安排在访问之列，我们感到非常荣幸。这次历史性的访问，将进一步加强我们两国人民和两国海军之间的友谊。"

12月20日晚，中国驻斯里兰卡大使周善延在使馆为中国海军编队访斯举行宴会。斯里兰卡国防部常务秘书阿堤加勒上将和海、陆、空三军高级将领，外交部代理部长，科伦坡市市长等军政高官悉数出席。席间，阿堤加勒上将发表了热情洋溢的讲话。他说："你们说36年来首次出访，我看也是15世纪以来首次出访。15世纪贵国的郑和就率船队到过斯里兰卡，播下了中斯两国人民友谊的种子。你们这次历史性的访问，我们盼望的时间太长了。以后希望你们的军舰接踵而来，进一步加强我们两国人民和两国海军之间的友谊。"

聂奎聚司令员在X615舰举行的招待酒会，更是高官云集，名流毕至，连斯里兰卡前总理班达拉奈克夫人也欣然应邀登舰出席。班达拉奈克夫人曾多次访问中国，对中国政府和人民怀有深厚感情。时年68岁的班达拉奈克夫人衣着朴素，和蔼慈祥，看上去像个普普通通的家庭妇女。聂奎聚怀着崇敬的心情，请她到主桌就座，并回顾她过去访华时留给中国人民的美好记忆。班达拉奈克夫人非常高兴，品尝了她非常喜爱的多道中国菜。

军舰是"流动的国土"。中国舰艇编队首次走出国门，向国际社会撩开神秘面纱，在受访国普通民众、特别是海外华侨华人中引起的热烈反响和轰动效应，超乎想象，令人动容。

为欢迎祖国舰艇编队首次出访，斯里兰卡华侨华人特意在中国餐馆"兰花饭店"设宴款待海军官兵。席间，老华侨方金剑满含热泪激动地说："过去我们只看到美国、苏联、法国等国的军舰来科伦坡访问或停靠，看不到祖国的军舰来访，我们华侨好像比别人低一截。我们盼呀、盼呀，终于盼来了这一天。你们的到来不仅给祖国争了光，也给我们海外华侨脸上添了彩。"

老华侨王积贵先生应邀参加聂奎聚司令员举行的舰艇招待酒会。当登上祖国的军舰甲板时，老人喜极而泣："我1938年从山东来到科伦坡，和祖国一别就是50年，从没见过祖国自己建造的军舰。今天，我能亲眼看到祖国自己制造的军舰，真幸福啊！我没有看够，明天还要带老伴、朋友来参观。"

12月26日至30日，中国海军编队访问孟加拉国最大海港城市吉大市。

孟加拉位于南亚次大陆，吉大港濒临孟加拉湾。公元 7 世纪，中国唐代三藏法师玄奘曾到过此地，形容吉大港是"水雾中的睡美人"。从孟加拉湾进入吉大港，要航经卡纳富利河，就像要停靠扬子江码头必须航经黄埔江一样。编队进港时，孟海军专程派护卫舰前出迎接。40 分钟航程，途经孟海军部队驻地，官兵均身着全白礼服列队站坡，齐声高呼"孟中友谊万岁！"水兵们随着有节奏的口号声，整齐挥动手中的军帽。

吉大市市长乔杜里准将特意为中国编队到访在位于市中心的波罗广场举行 400 人参加的市民招待会。乔杜里致辞说："冬季，在这里是个欢庆的娱乐季节，家家充满了丰收的欢乐气氛，户户都在款待亲朋好友。你们此刻来访，极大地增添了我们冬季喜庆活动的欢乐。素以'东方皇后'著称的吉大港全体市民满怀热情地欢迎你们。"中国驻孟使馆工作人员告诉聂奎聚司令员，举行这样盛大的广场招待会欢迎外国代表团，在孟加拉国是很少见的。

孟加拉国政府和军方对中国舰艇编队到访表现出的欢欣之情令人难以忘怀。

总统艾尔沙德在首都达卡亲切接见聂奎聚时说："中国海军舰艇首次出国访问就来到我们这里，这是一个值得纪念的历史性事件。我感到非常高兴，我们将永远记住你们。"

孟加拉国海军高规格的礼遇更是别出心裁。聂奎聚前往首都达卡访问，孟海军司令部出动摩托车和警车开道，威风凛凛，浩浩荡荡。孟海军参谋长舒尔坦少将设宴招待，宴会厅就在聂奎聚下榻的海军总部招待所住房同一个楼道内，步行不过十几步距离，但孟方专门派礼宾车接到正门入厅。乘车开行约一分钟就下车，孟海军司令亲自在门口迎候。宴会间，当听到聂奎聚介绍中国改革开放取得的建设成就时，舒尔坦少将高兴地说："中国是我们最信赖的朋友，中国强大了，我们的日子也好过了。"宴会结束，孟方特意安排聂奎聚从大厅正门步行回房。行进间，四名头戴金穗高帽、身着特殊礼服的号手，吹奏西洋喇叭开道，走一步，停半步，一直送到房门口。

高层往来热情周到，民间交流丰富多彩。在主人的安排下，编队官兵参观孟海军训练中心和舰艇基地，游览观赏市容和名胜古迹，多次参加军队和地方举行的招待会，两军官兵开展了足球、篮球、乒乓球友谊比赛。

临别，孟方又组织专场文艺晚会为中国舰艇编队返航壮行。

1985年12月30日，中国海军舰艇编队伴随着悠扬激越的军乐，从吉大港解缆起锚，踏上返回祖国的航程。

舰艇编队首次出国访问，收获是全方位的。而在刘华清的心目中，最大的成果是提高了各级指挥员的组织指挥能力，检验了现有装备，积累了远航经验。这次出访航程途经五个海区，穿越七个海峡，往返安全航行1.2万多海里。

"这充分证明国产装备已经具备了出远海闯大洋的能力！"刘华清对首次舰艇编队出访彰显的标本价值与象征意义，给予明确的历史定位。

这次出访航程并非一帆风顺。出国途中，编队刚刚离开湛江进入南海，就遇到了25号台风。编队指挥员综合分析气象和舰船抗风能力后，果断决定修正航线，避开台风中心，从台风边缘穿过，保证按预定计划抵达南亚三国。

更大的考验出现在归国途中。编队返航进入南中国海时，再次遭遇巨大险情。这是一股国内外气象组织都未预报的特大风浪：来自西伯利亚的强冷空气和来自太平洋的强大季风，在南中国海合二为一，肆虐逞狂，以迅雷不及掩耳之势向中国舰艇编队迎头袭来。

消息传到北京。刘华清立即发出慰问电，勉励编队官兵："团结奋战，争取胜利。"

1986年1月6日，海上阵风达到11级。132号导弹驱逐舰像一叶扁舟，时而被掀上浪峰，舰艏底部的球鼻首都露出水面；时而被抛入波谷，舰艏又完全扎进海里，变为"潜水艇"。1.5吨重的铁锚，被涌浪打上了甲板；上层建筑九处出现裂缝，厚重的钢制烟囱围壁被风浪扭裂。就连两万吨级的X615号远洋综合补给舰的船体，也被狂风巨浪撕扭得发出令人心惊胆寒的嘎嘎响声。

危急关头，护卫舰舰长出身的编队指挥员聂奎聚异常冷静。面对舰艇设计最大抗风能力极限的恶劣海情，他果断否决转向泰国湾避风和退回马六甲海峡的方案，选择了修订航向、避开狂浪区、沿东经110度线直插海南岛的航行方案。

7 日下午 3 时 30 分。聂奎聚下令 X615 号远洋综合补给舰为 132 号导弹驱逐舰实施纵向补油。这是人民海军首次在超过八级风浪海情中成功进行海上动态补给。油量的增加，不仅满足了动力运行需要，也提高了舰艇的稳性。傍晚时分，聂奎聚下达编队转向令。X615 舰顺利转身后，132 舰跟进修向。但是，舰艇刚一转动，舰体就被一个巨大的涌浪打得左右摇晃超过 36 度。舰长吓出一身冷汗，急速恢复原航向。聂奎聚见状没有责备舰长，他平和地通过甚高频问道："你刚才修向后停留几分钟？"舰长答："三分钟。"聂奎聚告诉他："修向后停留三分钟，舰体还未稳定下来呢。你大胆点，再转一次向，只要舰体摇摆不超过 40 度，就不用怕。"按照司令员的指点，舰长再次下达转舵令。和第一次一样，船体在转向过程中发生剧烈摇晃，但五分钟后，晃动小了，转向成功。

编队终于艰难地行驶到中南半岛南部以西的东经 110 度航线上，聂奎聚缓缓走下驾驶台。此刻，他已整整三天两夜没有合过眼。

这是中国舰艇编队走出国门遭遇的第一次重大风浪考验。狂浪巨涌雪山似的打过舰桥的经典镜头，一直作为中央电视台《人民子弟兵》节目的栏头画面，播放了十多个春秋。

当然，这样的大洋历险不会是绝无仅有，更精彩的镜头画面还在后头。

中国海军舰艇编队首次走出国门，首次跨入印度洋，引起国际舆论的极大关注。合众国际社的评论指出，中国舰艇编队的出访行动，证明"中国决心要把它的以海岸巡逻为主的舰队，扩建成'深水'远洋舰队"。

更具历史意义的一幕发生在中国舰艇编队归国途经南中国海的公海上。

中国舰艇编队出访南亚三国起程之时，刘华清正在大洋彼岸的美国访问。这是中华人民共和国成立以来，中美关系正常化之后，两国海军友好交往的第一个"高峰期"：1984 年 8 月 15 日至 23 日，美国海军部长莱曼访华；1985 年 1 月 27 日，中美军事技术合作美方海军项目工作小组一行 23 人，由美国海军部长助理佩里、海军装备司令怀特上将率领来华进行合作谈判。刘华清率中国海军代表团访问美国后，1986 年 4 月 11 日至 15 日，美国海军作战部长沃特金斯上将访问中国；1986 年 11 月 5 日至 11 日，美国海军太平洋舰队司令莱昂斯上将率领"里夫斯"号巡洋舰、"奥尔登多"和"伦兹"号护卫舰访问青岛；1987 年 3 月 14 日至 19 日，美国海军陆战队司令凯利上将访问中国；1988年10月8日，美国海军作战部长卡莱尔·特罗斯特上将访问中国；1989年1月30日，海军司令员张连忠、副司令员李景应邀参观在香港以南300公里海区活动的美国海军"尼米兹"号航空母舰；1989年4月11日至18日，海军北海舰队司令员马辛春中将率"郑和"号训练舰访问美国夏威夷。

在中美海军友好交往第一个"高峰期"内，美方对发展中美两国海军友好关系表现出极大热忱。当得知中国舰艇编队首次出访消息后，美国海军作战部长沃特金斯上将立即动议中国舰艇编队返航时，美国太平洋舰队派出舰艇编队在南中国海公海海域会合交往，并组织编队操演。

刘华清对沃特金斯的"即兴之作"给予积极回应，但为了避免国际舆论过度解读，他建议以"偶然相遇"低调处理。

"这是一个令人兴奋的创意！"在夏威夷迷人的夜色中，美国太平洋总部司令黑斯上将、太平洋舰队司令莱昂斯上将和第三舰队司令兰维尔中将对刘华清举重若轻的军事外交风度赞赏不已："司令阁下的'偶然相遇'，将给中美舰队历史性海上会合，增添浪漫的色彩与神秘的光环。"

1986年1月8日，刚刚从狂浪区突出重围的中国舰艇编队，按照预定时间与美国海军舰艇编队在南中国海会合。

美国海军舰艇编队由一艘导弹驱逐舰、一艘导弹护卫舰和一艘油水补给船组成，编队指挥员是第七舰队司令韦伯斯少将。

按照海军礼仪，两国舰艇呈纵向编队相互通过，水兵们军容严整分区列队甲板，伴随着同时拉响的汽笛声，相互敬礼，互致问候。

这是两个太平洋大国一次具有特殊象征意义的海洋握手。

两位舰队司令站在各自的指挥台上，隔海相望，久久凝视，通过甚高频电话进行了热情友好的海上对话。

通话毕，中美编队组成纵队相伴而行。按照军衔级别，韦伯斯少将率舰请聂奎聚中将检阅，并指挥操演。两道平行的白色航迹，翻腾着美丽的浪花，镶嵌在广袤的南中国海上。

联合操演结束，两位编队指挥员相互致电话别。

聂奎聚："继1984年美国海军部长莱曼先生访华之后，去年11月中国海军刘华清司令员也出访美国。这次我们两国海军编队进行的海上友好交往，将有助于进一步增进我们两国海军之间的了解和友谊，它将载入我们两国海军友好交往的史册。"

韦伯斯特："我们今天的海上联合训练，对于增进我们两国海军之间相互了解和友谊及专业训练水平，作出了极大贡献。我对贵国海军的军事素质尤为赞赏。我希望今天的合作仅仅是个开端，今后类似的合作会接踵而来。为了维护世界和平这一共同目标，我们两国海军是能够共同合作的。"

1986 年 1 月 19 日上午 9 时，中国海军友好访问编队圆满完成出访南亚三国的光荣使命，返抵上海吴淞军港。

舰艇编队首次出访成功，为拓展和活跃国家外交特别是军事外交搭建起一个全新的舞台。此后 10 年间，中国海军舰艇编队频频走出国门，亮相国际舞台——

1989 年 4 月 12 日至 19 日，北海舰队司令员马辛春中将率"郑和"号远洋航海训练舰访问美国夏威夷；

1990 年 12 月 5 日至 28 日，海军副参谋长张予三少将率"郑和"号远洋航海训练舰访问泰国；

1993 年 10 月 15 日至 12 月 14 日，大连舰艇学院院长陈庆季少将率"郑和"号远洋航海训练舰访问孟加拉、巴基斯坦、印度和泰国；

1994 年 5 月 12 日至 20 日，北海舰队司令员王继英中将率"珠海"号导弹驱逐舰、"淮南"号导弹护卫舰和"长兴岛"号远洋救生船组成的舰艇编队访问俄罗斯；

1995 年 8 月 9 日至 21 日，南海舰队司令员王永国中将率"珠海"号导弹驱逐舰、"淮南"号导弹护卫舰和"丰仓"号远洋综合补给船组成的舰艇编队访问印度尼西亚，参加印尼国际舰队检阅活动；

1995 年 8 月 27 日至 9 月 3 日，东海舰队司令员杨玉书中将率"淮北"号导弹护卫舰访问俄罗斯，参加第二次世界大战胜利 50 周年庆典活动；

1996 年 7 月 8 日至 14 日，北海舰队司令员王继英中将率"哈尔滨"号和"西宁"号导弹驱逐舰组成的舰艇编队访问朝鲜，参加中朝友好合作互助条约签订 35 周年纪念活动；

1996 年 7 月 22 日至 30 日，北海舰队副司令员张定发少将率"哈尔滨"

号导弹驱逐舰访问俄罗斯，参加俄海军建军 300 周年庆典活动。

1997 年 5 月 28 日，圆满完成对美国、墨西哥、秘鲁和智利美洲四国五港友好访问的中国海军舰艇编队，顺利返回湛江军港。时任中央政治局常委、军委副主席的刘华清上将亲自前往码头迎接。

这是自 1985 年以来，人民海军出访规模最大、航程最远、时间最长、访问国家和城市最多的一次和平军事外交行动。由南海舰队司令员王永国中将率领"哈尔滨"号、"珠海"号导弹驱逐舰，"南仓"号远洋综合补给船组成的舰艇编队，历时 98 天，跨越东西、南北半球，往返 2.4 万多海里，首次横渡太平洋，首次抵达美国本土和南美大陆，先后成功访问了美国夏威夷及圣迭戈、墨西哥阿卡普尔科、秘鲁卡亚俄和智利瓦尔帕莱索，开创了人民海军对外交往的新纪录。

在此期间，由"青岛"号导弹驱逐舰和"铜陵"号导弹护卫舰组成的舰艇编队，在东海舰队司令员杨玉书中将的率领下，于 2 月 27 日至 3 月 29 日，圆满完成对泰国、马来西亚和菲律宾三国的友好访问。

这是一个载入共和国史册的里程碑式的壮举：1997 年春天，人民海军两支舰艇编队和 1300 名将士，同时活跃在世界舞台上，履行出访美洲四国和东南亚三国的和平军事外交使命。

历史不会忘记，这两支舰艇编队起程出访的特殊政治背景：访问美洲四国编队出征前夜，一代伟人邓小平与世长辞。

国殇惊世，神州共悼。连夜召开的中共中央政治局常委紧急会议决定：海军两支舰艇编队起航日期不变，出访行程依旧。

2 月 20 日上午 10 时，出访美洲四国舰艇编队全体官兵怀着痛失伟人的无尽哀思，牢记江泽民主席和刘华清副主席的重要指示和亲切嘱托，从湛江军港解缆起航。

出使百日，载誉凯旋。上午 8 时，军港码头举行盛大欢迎仪式。舰艇悬挂满旗，水兵整齐列队，兴高采烈的儿童身着盛装，手持鲜花。军乐队高奏中华人民共和国国歌。在海军司令员石云生中将和出访编队指挥员王永国中将的陪同下，刘华清乘车检阅出访舰艇编队。

历经太平洋风涛洗礼的"哈尔滨"号、"珠海"号导弹驱逐舰和"南仓"号远洋综合补给船，已经拭去风尘，整洁一新，官兵们军容严整，士气

这是刘华清军旅生涯中，最后一次亲临军港码头，迎接人民海军舰艇编队出访归来。（1997年5月）

高昂。

当检阅车驶过刘华清亲自命名授旗的"哈尔滨"号导弹驱逐舰时，他心情格外激动。作为新一代国产导弹驱逐舰首制舰，是他在海军司令员任上克服重重阻力，坚持要建大中型舰艇，立项上了型号；是他顶着"八国联军""有损国威"的种种非难，坚持对外引进与自主研发相结合的"两条腿走路"方针，才有了今天远渡重洋的辉煌。

"事实雄辩地证明，15年前的决策，不仅正确，而且及时！"刘华清抚今追昔，欣慰之情油然而生。

检阅毕，刘华清宣读了中央军委贺电。

贺电说，出访编队是和平的使者。这次出访美洲舰艇编队同前不久出访泰国、马来西亚、菲律宾的舰艇编队，带去了中国人民和军队对美洲四国和东南亚三国人民和军队的友好情谊，增进了相互了解，发展了彼此之间的友谊。你们不负重托，不辱使命，以严整的军容、严明的纪律、良好的素质，展示了我军威武之师、文明之师的形象，扩大了我国我军的影响，对维护与促进世界和平作出了贡献。

贺电指出，出访编队远涉重洋，在海域生疏、气象复杂的情况下，战胜重重困难，体现了我军英勇顽强、不怕疲劳、连续作战的作风。在组织指挥、海上训练、装备技术、后勤保障、思想作风等方面受到全面的锻炼和考验。中央军委对你们取得的成绩是满意的。希望你们认真总结经验，发扬成绩，再接再厉，按照"政治合格、军事过硬、作风优良、纪律严明、保障有力"的总要求，加强部队全面建设，努力把海军革命化、现代化、正规化建设提高到一个新水平。

这是刘华清在中央和军委领导岗位上，最后一次组织指挥海军舰艇编队的重大出访活动。

航迹在延伸

1992 年 4 月 19 日 12 时 36 分,湛江军港。

阳光下,两面颜色迥异的旗帜:五星红旗——中华人民共和国国旗,印有地球麦穗标志的蓝旗——联合国旗,并行徐徐升上舰桥主桅。舰艇甲板上,头戴蓝色贝雷帽、身着迷彩服的参加联合国维持和平行动的中国赴柬埔寨军事工程大队 370 名官兵整装待发。

由"郑和"号远洋航海训练舰、南运 831 号运输舰与"赤峰口"号万吨轮组成的舰船编队,开始了共和国史无前例的运送"蓝盔部队"的新航程。

这是悬挂联合国旗帜、佩戴"UN"徽章走出中国国门的"第一军",这是中国军队首次参与国际维和行动,这是人民海军第一次担负国际维和运输保障与护航任务。

云长云消,潮起潮落。转眼间,21 世纪第一个 10 年走进历史。新的世纪新的时期,国内国际形势发生了新的深刻变化,随着国家利益的拓展和非传统安全威胁的上升,中国发展面临的风险和挑战交织叠加,"应对多种安全威胁、完成多样化军事任务"成为人民军队神圣的历史新使命。作为和平年代国家军事力量运用的重要方式,人民海军履行非战争军事行动的任务更加繁重、领域更加宽广、形式更加多样。

历史将铭记这一刻:2002 年 5 月 15 日 9 时,中国,青岛港。

由北海舰队司令员丁一平中将率领的"青岛"号导弹驱逐舰、"太仓"号远洋综合补给舰组成的舰艇编队,吻别军港码头,开始了创世纪的远洋出访航程。

这是中华民族历史上首次环球远航。

从 1985 年舰艇编队首访南亚三国开始,中国海军已先后派出 20 支舰艇编队,访问了世界上 25 个国家。

1997 年 2 月,中国舰艇编队跨越太平洋,首访美国、墨西哥、秘鲁、

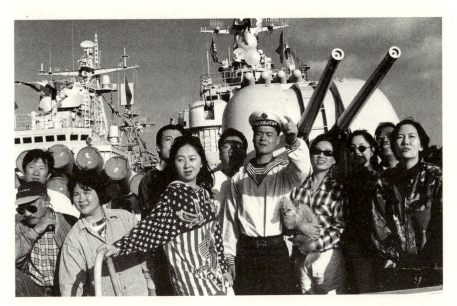

旅美华侨华人参观祖国的战舰。

智利等美洲四国五港，并首次抵达美国本土，首次完成环太平洋航行。

2000 年 7 月，中国舰艇编队首次横穿南印度洋，绕过被世界航海界称为"风暴角""死亡角"的好望角，首访非洲大陆的坦桑尼亚和南非。

2001 年 8 月，中国舰艇编队西出太平洋、横渡印度洋，首航红海、地中海，穿过直布罗陀海峡，进入大西洋，首访欧洲大陆的德国、英国、法国和意大利。

终于，在郑和下西洋整整六个世纪后的今天，中国海军迎来了创纪录的历史性环球大远航。

世界海军环球航行的史册上，深深地刻下中国的名字。

此次环球远航前夕，海军特意为每个出访官兵量身定制了新式礼服，美观、大方、得体。舰长室内，巨大的世界地图上标注着一条醒目的环绕地球一周的红色航线。

人民海军编队起航的汽笛告诉世界同行："大海能托起你们的军舰，就一定能托起我们的军舰！"

如今，中国海军装备现代化进入跨越式发展。20 年前，刘华清任海军司令员时期规划的海军装备发展战略已经变成现实：新一代导弹驱逐舰、新型潜艇和新型作战飞机相继步入海军战斗序列。有"中华第一舰"之称的"哈尔滨"号导弹驱逐舰，有"神州第一舰"之称的"深圳"号导弹驱逐舰，有"海上大学"之称的"郑和"号远洋航海训练舰，亚洲吨位最大的"南仓"号综合补给舰……尽显风流。舰载直升机部队也从无到有，形成了配套的合成作战能力，充分展示出中国海军的现代化阵容。

"青岛"号导弹驱逐舰，此次环球航行的编队指挥舰，新世纪初中国海军新型主力战舰，呈流线型设计的庞大舰体优美洒脱，令人赏心悦目。舰艏，巨型舰炮怒指前方，舰空导弹昂首苍穹；舰体中部，四座双联装反舰导弹剑拔弩张；舰艉飞行甲板上，蛰伏着"海豚"直升机，这是战舰履行航空反潜、远程打击、补给救生等作战使命的"如意兵器"；高耸的舰桅上，预警、火控、导航等各型雷达天线密布。强大的火力配置构成攻防兼备的海上流动作战平台。数十个国家的国防部长、海军司令和驻华武官登舰参观后，赞不绝口，称"青岛"舰是一艘"威力巨大而又十分漂亮的军舰"。

"太仓"号补给舰，是中国自行设计建造的第一代远洋综合补给舰。自20世纪80年代初以来，它在远海大洋劈波斩浪，出色完成水下发射运载火箭试验、南沙守礁补给以及编队出访等多项伴随保障任务，开创了"两舷四向"快速立体补给先河，被誉为大洋上的"浮动基地"。

新一代海军将士堪称"和平使者"。无论在遥远的异国还是在一衣带水的邻邦，无论在发达国家还是发展中国家，中国军舰所到之处都会融入当地群众挥舞的鲜花和彩旗的海洋。中国海军官兵以自己的优良素质赢得了外国友人的赞誉，激发起广大侨胞的民族自豪感。

1997年3月21日，美国圣迭戈。中国海军精良的装备、整洁的舰容、优美的礼仪让美国西海岸一片沸腾。科罗纳多市市长布鲁斯·威廉布斯在欢迎仪式上宣布市政府的一项特别决定：今天为"中国海军日"！美国海军太平洋舰队航空兵司令班尼特中将说："中国海军编队这一伟大航程，是不能仅仅用多少海里来计算的，而是在中美两国海军的友好交往中，迈出了历史性一步。"短短两天间，五万多人次争睹中国军舰风采。两位从洛杉矶远道而来的老华侨肖志刚、吴仲成特意制作一面锦旗，赠送祖国的海军官兵，表达欣喜之情："航向深蓝，伏波扬威，宣慰同胞，协和万邦。"

2000 年 7 月 30 日，坦桑尼亚达累斯萨拉姆港。"深圳"号导弹驱逐舰甲板上，伴随着中国经典名曲《茉莉花》优美的旋律，50 多个国家驻坦大使和武官偕夫人踏着落日余晖，应邀出席中国舰艇编队的"甲板招待会"。"深圳"舰舰长李晓岩和各国来宾谈笑风生。他不仅是中国海军首届"飞行员舰长班"毕业学员，而且是俄罗斯海军库兹涅佐夫海军指挥学院的海军军事学副博士。毕业于中国国防大学的副舰长范进发，同样拥有博士头衔。此刻，他操着流利的英语，从世界著名战例到中国《孙子兵法》，从马汉《海权论》到中国现代海军战略，侃侃而谈，风度翩翩。中国舰长博得了世界喝彩。"中国的博士舰长！"坦桑尼亚海军司令桑德少将特意将李晓岩和范进发介绍给自己的夫人。

已经三次远航出访的"太仓"号远洋补给舰官兵颇有"军事外交家"的"范儿"，在接受记者采访时，他们的感触发自肺腑："外国人尊敬我们，是因为我们的海军强大了，我们的身后有伟大的祖国和热爱和平的人民。"

2002 年 9 月 23 日，圆满完成首次环球航行的"青岛"号导弹驱逐舰和"太仓"号远洋综合补给舰编队，胜利返回青岛港。

编队总指挥、北海舰队司令员丁一平中将介绍说，此次环球航行，跨越三大洋、途经五大洲、6 次穿越赤道，经过 15 个海峡水道、22 个海域海湾、2 条大运河、45 个群岛，南北跨越 68 个纬度，历经春夏秋冬四个季节，累计航行 3.3 万多海里，海上航行 100 天，靠港访问 32 天，成功访问了新加坡、埃及、土耳其、乌克兰、希腊、葡萄牙、巴西、厄瓜多尔、秘鲁、法属帕皮提 10 个国家和港口。

这是新世纪新时期中国海军综合能力的一次全面检验。大洋作证：中国海军将士交出了一份合格的答卷。

又是一个具有标志性意义的历史时刻：2008 年 12 月 26 日 13 时 45 分。

三亚军港。由"武汉"号、"海口"号导弹驱逐舰和"微山湖"号远洋综合补给舰以及两架舰载直升机、数十名特战队员组成的舰艇编队，在编队指挥员、南海舰队参谋长杜景臣少将率领下，缓缓驶离码头，踏上远赴亚丁湾、索马里海域执行护航任务的新征程。

这是中国首次使用军事力量赴海外维护国家战略利益，这是中国军队首次组织海上作战力量赴海外履行国际人道主义义务，这是人民海军首次在远海保护重要运输线安全。

亚丁湾、索马里海域海盗日益猖獗，作案数量逐年递增，严重危及包括中国在内的世界各国过往船只和人员安全。联合国安理会先后通过四项决议，呼吁和授权世界各国到亚丁湾海域打击海盗。

中国海军舰艇编队赴亚丁湾、索马里海域执行护航任务，就是根据联合国安理会有关决议采取的行动，是履行国际义务、维护国际与地区和平安全的重要举措。编队的主要任务是保护中国航经亚丁湾、索马里海域船舶和人员安全，保护世界粮食计划署等国际组织运送人道主义物资船舶的安全。护航行动将以伴随护航、区域护航和随船护卫等方式进行，不上岸执行任务。

中国派遣海军舰艇编队远赴亚丁湾、索马里海域的护航行动，受到国际舆论的高度关注，据不完全统计，超过 1600 家境外媒体迅速作出了报道和评论。

美国《华盛顿邮报》：中国今天发布了派遣海军赴索马里海域反海盗的宣告。这是一个伟大的宣告，是中国海军第一次参加多边战役任务——如一个中国海军官员说的那样。这让我们回想起明朝的郑和，他曾经统率一支舰队横跨印度洋，直至东非沿岸（可能更远）。看起来郑和又回来了。

英国《泰晤士报》：中国军舰离开三亚军港驶向亚丁湾，对北京和其他一些关注全球的政府来说，是世界海军史上的新纪元！这是五个多世纪以来中国海军首次驶出领海保护国家利益，这是中国政策的一次重大历史性突破。

德国《新德意志报》：中国决定参加打击海盗的行动不仅反映了途经非洲的贸易路线对中国经济的重大意义，也体现了中国军人的新型自我意识以及更多参与国际活动的愿望。

法国《费加罗报》：如果说长久以来中国人主要在近海"绿水"上经营的话，现在他们越来越开始到"蓝水"里开拓了。哥伦布的船队和郑和的不能比，中国将"第一次全球化"、也就是地理大发现的时代拱手让给了西方人。但现在，中国让人知道他有意参与新的世界重大行动了。

日本《每日新闻》：海盗对策不存在"假想敌国"，各国在"确保海上安全"方面有着共同的利益，因此这将成为中国同欧美开展合作的绝佳舞台。日本根本无法阻止中国向外洋扩展的脚步，反倒是同中国合作才是上策。"远洋"正在成为使中国融入国际社会的试验场。

2011年2月24日，中国国防部新闻事务局对外宣布：经中央军委批准，正在亚丁湾索马里海域执行护航任务的中国海军第七批护航编队"徐州"号导弹护卫舰已起程赶赴利比亚附近海域，为撤离中国在利比亚被困人员的船舶提供支持和保护；派遣空军四架伊尔–76型大型远程运输机飞赴利比亚，执行撤离我在利比亚人员任务。

这是新中国成立以来中国政府最大规模的有组织撤离海外中国公民行动，这是和平时期中国军队执行非战争军事任务、应对非传统安全威胁的历史性突破，这是人民海军舰艇首次跨越国境参与国家海外撤侨护航应急行动。

亚丁湾西部海域，正在执行第299批船舶护航任务的"徐州"号导弹护卫舰，迅速完成任务转进。

北京时间2月24日8时，"徐州"舰从曼德海峡南口起航，昼夜兼程赶往地中海。航经海域海况陌生，利比亚沿海局势不明，不可预知因素增多，为撤离人员船舶护航经验缺乏，一系列困难摆在官兵面前。千里走单骑的"徐州"舰，一路航行一路准备。熟悉红海、地中海、苏伊士运河附近各个港口有关航线资料和航法规定，做好伤员救治和应急后送相关准备，并对装备进行精心调试，确保始终处于良好状态。

北京时间27日22时25分，"徐州"舰顺利通过苏伊士运河，进入地中海；

3月1日上午，连续航行六个昼夜后，"徐州"舰驶抵任务海区，顺利与搭乘2142名同胞的"卫尼泽洛斯"号客轮会合。

"全舰进入护航战斗部署！"随着任务指挥员、某驱逐舰支队副支队长王献忠一声令下，舰载直升机迅速起飞，飞赴客轮上空巡逻警戒，特战队员全副武装严密观察监视海面，将从处于战火中的利比亚撤出的中国侨胞置于祖国军舰的安全庇护之下。

中国外交部宣布：截至北京时间3月2日23时10分，在利比亚中国公民全部安全撤出，共计35860人。

中国海陆空并举的"10天大撤侨"，震惊世界，引发国际舆论又一波热议：

"中国迅速有序地组织了一次海、陆、空规模空前的撤离行动。"

"中国政府不费口舌，用行动明确表示不会让任何中国工人遇到危险。"

"中国采取'史无前例'的措施，派遣军舰保护从利比亚撤离的中国公民，凸显了中国对保护其海外民众的重视和壮大的海外力量。"

"如此规模和气派的撤离行动，也只有强大的中国能够做得到。"

"中国以独特的撤离方式令世界'睁大了眼睛'，对中国政府和中国的撤离公民分别投去赞许和羡慕的目光。"

"在利比亚局势严峻复杂的形势下，中国表现出及时、有力、立体、高效的撤离行动，向世界彰显了包括海外华侨华人在内的'中国人'的生命价值已今非昔比，同时体现了中国政府不断深化的'人文外交新政'的落实，以及对中国海外公民保护能力的巨大提升。"

……

使命在扩展，航迹在延伸。

伴随着中华民族重新崛起与复兴强盛的足音，日益现代化的中国海军将承担起祖国和人民赋予她的全部蓝色使命——不论战争的，还是非战争的。

尾 声

"老倌子"：向小平汇报不用汗颜了

邓小平在共和国发展关键时刻的三次超常举荐，使刘华清的晚年再度焕发出炫目的光彩。

阴阳相隔，阔别已经 14 载。

该向小平汇报了。报告词六年前就已载入《刘华清回忆录》公之于世：

作为公民，我为国家和民族尽心尽力，贡献了自己的全部才智；

作为军人，我一直在冲锋陷阵，没有让军装沾上污点；

作为下级，我完成了小平的重托，将来汇报，可以不用汗颜。

"老倌子"：向小平汇报不用汗颜了

2010年4月13日。

刘华清住进解放军总医院。

这是自1998年3月离职休养以来，他第四次住院。

洗尽铅华，还原本色：一个普通湖北"老倌子"。

12年的"布衣"生活，普通、平凡、恬淡、安逸。

用近六年时间，完成一件大事，了却一桩心愿：撰写出版回忆录。70载戎马生涯，与人民军队相依，伴共和国同行；出生入死，身经百战；波澜壮阔，激越雄奇。这荣光与辉煌，不仅仅是一部个人英雄史，更是他所献身的政党、国家、民族和军队的发展史、创造史。他无权尘封，必须完整保留下来。这是他最后的使命，责无旁贷。

这期间，他与死神进行了三场殊死搏斗：1999年、2001年和2002年，因主动脉血管瘤，连续三次住院治疗。

在病魔面前，他同样不失战将雄威，堪称强者。手术风险很高，但他的乐观与坦然令死神却步。他笑到了最后。

人间重晚晴，最美夕阳红。刘华清一生最大的爱好与乐趣，就是读书学习。他一辈子都在孜孜笃学、矻矻求知。"文革"遭乱，他因祸得福，研读了大量书籍。那篇直呈邓小平的《万言书》就是最好见证。妖雾散尽，重起航程，戎马倥偬，军机纷繁，只能忙里偷闲、见缝插针。现在无官一身轻，可以随心所欲，纵览圣贤书了。一册在手，如沐雨露，似饮甘泉，眼前的一切顿时化为无形，整个身心遁入忘我无物的超然境界。

娱乐休闲活动丰富而多彩。桥牌、象棋、扑克、麻将，他样样会玩，但论水平，棋艺最精。家里家外，棋友圈内，鲜有对手。散步公园，偶遇楚河汉界大战，也会观战，甚至忍不住动手支招。一旦被人识破"庐山真面目"，他会面带歉意，拱手作别："你们玩，你们玩。"

饮食起居，规律而有节制。每天军政文件必读，每晚电视新闻必看，

刘华清一生酷爱书法，尤喜楷书，晚年练字以抄写古诗文为乐，一笔一画，功力深厚。

常年如一，雷打不动。吸烟，"文革"留下的后遗症，戒不掉，从吸"伸手烟"每日限量九支。饮酒，不胜其力，一顿超不过半两。粗茶淡饭，从不暴饮暴食。晚睡晚起，作息依然守时。

宁静，淡定，平和，超然。待客会友，恪守定规：不谈工作，不议时政。

不理家政，更不会花钱。离休后，每年春节，夫人给身边工作人员发"压岁钱"，也封他个"大红包"。他喜滋滋收下，转手交给警卫参谋存管，充当日常支配的"爱心基金"。

直到这次入住解放军总医院，刘华清一直尽情享受着这种其乐融融的"老倌子"生活。

病情似乎并不危急：略感风寒，常见小病。

小病微恙，刘华清从不在乎。鸡蛋大的痔疮折磨了他半辈子，他也抗争了几十年。对付的手段原始而奇特：从家里到办公室，凡他专用的沙发、椅凳，无一例外中间部分全是镂空的。套布一盖，毫无异样。往上一坐，他神定气闲，该干吗干吗。

然而，这次却大意失荆州，河沟里翻大船。谁也没有料到，病情会突然急转直下，再也回不了家。

这是一个特殊的战场，这是一场特殊的战斗。羁绊病床，刘华清失去了行动自由。但他心静如水，坦然面对。眸子里依然闪烁着坚毅的光芒，双颊依然挂着质朴慈祥的笑容。他头脑十分清醒，思维非常活跃。每天，依然要求秘书给他读报讲文件，国际动态、国内要闻、军队大事，仍然萦绕在他的脑际。

9月，入院五个月后。为维持基本的生理能量，医生强令终止了刘华清与秘书间的"天天读"活动。

自此，他的思维意识进入一个超越时空的流变幻化的自由王国。

海上大阅兵的壮观场景重现刘华清的脑际——

1995年10月14日，朝霞辉映的青岛军港，显得格外壮观。停靠在码头上的指挥舰悬挂满旗，桅顶的国旗、舰艉的海军旗相映生辉，军容严整的全体官兵以最高礼仪在甲板分区列队。

中共中央总书记、国家主席、中央军委主席亲率军委领导集体视察海军、观看海上演习,在共和国海军历史上,这是第一次。

刘华清心潮澎湃。无论作为前任海军司令员,还是现任中央政治局常委和主持军委常务工作的副主席,这次检阅都是对他开创的海军现代化改革成果的一次"验收"。

受阅方案审定。刘华清一如指挥舰队出航那样,把目光聚焦在"天气预报"上。海军气象专家似乎摸透了海天王的脾性,一口咬定:10 月 13 日 ~14 日两天气象较好,尤以 14 日海况为佳。

10 月 13 日。刘华清、张震两位副主席和江泽民主席乘专机先后飞抵青岛。

老天爷似乎要故意为难刘华清:当江泽民主席的专机降落青岛海军机场时,大雨突然倾盆而下。此时,海军新型战机整齐展示在停机坪上,飞行员列队迎候军委首长的检阅。刘华清指示海军司令员张连忠:"简化仪式,让江主席乘车问候一下部队行了。"然而,江泽民不仅坚持冒雨检阅部队,还从头至尾详细观看展示的各型海军战机。

当日的活动在雨中结束。是晚,小雨依然淅淅沥沥下个不停。刘华清暗自揪心。但海军司令员张连忠的报告仍一口咬定:"明天上午 9 时后有好天气。"

14 日清晨。刘华清早早起床,出门观天:云层特别低,一丝风也没有。他不禁摇头苦叹:"糟糕,这个老天爷真不给脸!"

7 时 50 分。中共中央总书记、国家主席、中央军委主席江泽民,中央政治局常委、中央军委副主席刘华清,中央军委副主席张震、张万年、迟浩田以及中央军委委员傅全有、于永波、王克等首长齐聚军港码头。

刘华清再次习惯性地抬头看天:码头上空露出蓝天,乌云正慢慢向四周移散。

江泽民率军委领导集体登舰,军港码头执行最高级别海军礼仪:海军司令员张连忠迎候江主席,北海舰队司令员张定发向江主席报告;江主席走上检阅台,军乐队奏中华人民共和国国歌;江主席踏上跳板登舰,身着全白水兵礼服的哨兵鸣笛致敬;江主席登上舰艇梯口,舰长和舰政委迎候报告,并陪同检阅水兵仪仗队。登舰毕,舰桅升挂主席旗(统帅旗)和指挥旗。

这是改革开放以来，人民海军创新发展的历史见证：威武雄壮的海空编队，气势恢宏的阵列受阅，令刘华清心旷神怡，备感振奋。（1995 年 10 月）

执礼仪程庄严而隆重，刘华清露出满意的微笑。

8 时整，指挥舰汽笛长鸣，劈波斩浪驶向演习海区。

9 时 30 分，指挥舰到达演习观摩位置。刘华清极目海天，但见碧海蓝天，阳光灿烂，微风轻拂，波平如镜。再也找不到比这更理想的海况气象了！他不禁对海军气象专家的神机妙算发出由衷赞叹。

海上多兵种协同演习开始了。新型导弹驱逐舰、导弹护卫舰、潜艇编队和海军航空兵新型机群迅即进入演习海域。霎时间，蓝方侦察机、电子干扰机临空对红方舰艇编队实施空中侦察和电子干扰部署。紧接着，红蓝双方战斗机群穿云破雾而来，在编队上空展开激烈格斗。空空导弹、舰空导弹相继发射，全部命中目标。

江泽民、刘华清和其他军委首长依次坐在指挥舰观摩主席台上，手举望远镜，全神贯注地观看舰机协同攻击的演习场景。当导弹驱逐舰、导弹护卫舰发射的舰空导弹全都临空开花——准确击中靶标时，江泽民兴奋地连连侧身对刘华清夸赞道："打得好！打得好！"

实兵演习持续展开，一场高技术现代海战的壮观场景异彩纷呈：红方编队火炮轰鸣，干扰弹在海空荧光闪闪，形成团团烟云。舰机协同对空防御、协同反潜，空中战鹰呼啸，直升机盘旋搜索，海面战舰追逐，水下蓝鲸伏击，鱼雷搅海，火箭飞腾，硝烟滚滚，水柱惊天。强击机准确的攻击，舰机主力编队齐射的导弹从不同方向飞向"敌"舰，把演习推向高潮。江泽民激动得站起身来，手持望远镜，不停地向刘华清和张连忠询问参演舰艇飞机和武器装备的技术性能，不时伸出大拇指赞扬："海军演习搞得好！"

12时11分，多兵种协同两栖登岛作战演习开始了。红方登陆输送队由导弹护卫舰编队护航，向预定作战海域开进。随后，红方驱逐舰编队发射的舰舰导弹和舰炮一齐射向"敌岛"，突袭蓝方沿岸永久性防御工事。红方轰炸机群从空中对蓝方岛上坦克阵地和岸炮群进行轰炸。顿时，蓝方碉

刘华清高兴地与国防工业部门的领导们在检阅指挥舰上合影留念。左起：张俊九、朱育理、王荣生、刘华清、胡启立、张连忠、赵志浩、刘纪原。（1995年10月）

堡群、坦克阵地、火炮阵地火光冲天，浓烟滚滚，目标全部被毁，一片废墟。在水面舰艇、轰炸机、强击机发射的导弹、火箭、火炮的强大火力掩护下，红方水陆两用坦克、两栖装甲车、冲锋舟、气垫船和舰载直升机运送的陆战队，勇猛地冲向海岸。不到半小时，由坦克、装甲车、冲锋舟组成的第一冲击梯队从正面水平方向突破上岸；由气垫船组成的第二冲击梯队从侧翼水平方向突破登陆；由直升机群组成的第三冲击梯队从垂直方向，以迅雷不及掩耳之势直扑岛岸。多梯次登陆编队从海空各个方向立体合围，迅速夺占滩头阵地。当登陆场红旗挥动、三颗绿色信号弹升空时，江泽民一边起立鼓掌，一边对刘华清说："演习很成功！"

指挥舰观摩主席台上一片欢腾。海军三大舰队的司令员们笑得合不拢嘴，一遍又一遍地击掌相庆。来自航天、航空、造船、电子和兵器等国防工业部门的老总们，更是激动得心花怒放，全部簇拥到刘华清身边，表达对首长的感激之情。刘华清也高兴地与他们紧紧握手互致祝贺，并招呼张连忠一起，与他们合影留念。

13时55分，参加演习的舰艇和飞行部队举行隆重的海上分列式，接受中央军委领导集体检阅。

这是新中国成立以来，人民海军建设成就的集中展示。46年来，人民海军从无到有，从小到大，从弱到强，逐步发展成为今天这样一支拥有水面舰艇、潜艇、海军航空兵、岸防部队和海军陆战队五大兵种合成的、初具现代化作战能力的近海防卫力量。

这是改革开放以来，人民海军创新发展的历史见证：伴随着长鸣的汽笛声，由核潜艇引领的潜艇编队破浪而来，直升机、水上飞机、侦察机和反潜巡逻机编队，第一批通过指挥舰阅兵主席台。接着，新型导弹驱逐舰、导弹护卫舰、导弹护卫艇和新型歼击轰炸机、歼击战斗机组成的编队，依次通过海上阅兵主席台。

威武雄壮的海空编队，气势恢宏的阵列受阅，令刘华清心旷神怡，备感振奋。海军的强大，海防的振兴，既是他孜孜以求的理想夙愿与精神寄托，更是他不息奋斗的历史足音与生命航迹。

他是欣慰的。由他创立的海军战略和海军装备发展战略，正在新一代中央领导集体和海军将士的接力下，转化为护卫蓝色国土的钢铁长城。

2009 年 4 月 23 日，中共中央总书记、国家主席、中央军委主席胡锦涛率军委领导集体检阅中外海军舰艇编队。

　　2009 年 4 月 23 日，人民海军诞生 60 周年，中共中央总书记、国家主席、中央军委主席胡锦涛率新一届军委领导集体再一次在青岛视察海军。

　　这是人民海军历史上最大规模的海上阅兵，也是中国第一次举办多国海军检阅活动。

　　胡锦涛主席乘坐"石家庄"号导弹驱逐舰，检阅中外舰艇。阅兵分为海上分列式和海上检阅两部分，历时近一小时。在分列式中，潜艇群、驱逐舰群、护卫舰群和导弹艇群组成的舰艇编队以单纵队通过阅兵舰，电子侦察机、警戒机、歼击机和直升机组成的空中编队按批次跟进飞行，一一接受检阅。中方受阅部队共计 25 艘舰艇、31 架飞机。它们全部是刘华清任海军司令员和在军委主管装备建设期间，组织领导自主研制的国产新型装备，其中核动力潜艇、"兰州"号导弹驱逐舰等是中国海军第三代主战装备。

《2008 年中国的国防》白皮书披露，经过 60 年建设，海军已发展成一支多兵种合成、兼具核常双重作战手段的现代海上作战力量，初步形成以第二代装备为主体、第三代装备为骨干的武器装备体系。

来自俄罗斯、美国、法国、印度、韩国等 14 个国家的 21 艘军舰按照作战舰艇、登陆舰艇、辅助船、训练舰的先后顺序和吨位大小锚泊在预定海域，接受检阅。它们当中，近一半军舰曾访问过中国。

海上阅兵是海军这一国际性军种特有的海上礼仪活动。中国海军曾参加过俄罗斯、新加坡、韩国等多国海军主持的国际舰队检阅。自 1980 年中国海军舰艇编队首次走出国门以来，人民海军的航迹遍布五大洲四大洋，并与外军举行了 37 次联合海上军事演习。

刘华清通过电视荧屏目睹了这一海上盛事。"好！你们干得好！"当海军司令员吴胜利和政治委员刘晓江前来向他报告包括航空母舰工程在内的海军现代化建设新成就时，他慈祥的脸上溢出满意的笑容，跷起大拇指连声道好。

国庆大阅兵威武壮观的场景重现在刘华清的眼前——

2009 年 10 月 1 日，共和国 60 周年华诞，刘华清 93 周岁生日。他坐着轮椅，身着缀满功勋荣誉章的 07 式上将礼服，登上了天安门城楼。

10 时 37 分，随着千人联合军乐团奏响《检阅进行曲》，新世纪共和国第一次国庆大阅兵分列式开始了。

刘华清缓缓从轮椅上站立起来，以标准的军姿向受阅方队行礼。在 56 个地面方阵和空中梯队长达 40 多分钟的受阅过程中，他再也没有坐下。

14 个徒步方队足音铿锵，威武雄壮地向天安门广场走来。新的服饰，新的阵容，新的面貌。他们身上，传承的是工农红军的基因，流淌的是人民军队的血脉。一样的忠诚，一样的雄奇。

金戈铁马，气吞山河。30 个装备方阵威风凛凛开了过来。99 式新型主战坦克、96A 型坦克、两栖突击车、履带式大口径自行加榴炮、自行榴弹炮、远程火箭炮……这些刘华清曾亲自领导规划的新型数字化陆战装备，一一展示在国人面前。新型舰空导弹、反舰导弹、岸舰导弹、地空导弹、

2009年10月1日，共和国60周年华诞，是刘华清93岁生日。身着缀满功勋荣誉章的07式上将礼服，他最后一次登上了天安门城楼。

巡航导弹、中远程导弹、战略核导弹……30多年来，刘华清亲历与见证了大国长剑虎啸龙吟的创世超越。

　　鹰击长空，铁翼飞旋。12个空中战机梯队亮翅碧空。"空警－2000"预警机，犹如鲲鹏背负青天，引领8架歼击机，掠过人民英雄纪念碑上空，喷射出五颜六色的彩烟，在蓝天拓开一条绚烂的航路。曾几何时，受制于科技的落后与军费的拮据，共和国统帅部对享有信息化作战"空中领袖"美誉的预警机只能仰天兴叹。然而，20多年后的今天，它已正式加入人民空军阵列。空中加油机、轰－6H新型轰炸机、"飞豹"歼击轰炸机、歼－8F、歼－10、歼－11歼击机，陆、海、空多用途直升机组成的编队，依次通过天安门上空，接受祖国的检阅。15型151架受阅飞机，涵盖中国空军和陆军、海军现役主战机型，新机型达到95%以上。令刘华清引以自豪与欣慰的是，他曾经是这群共和国"空中骄子"的"催产婆"。

惊雷滚滚，叱咤风云。刘华清情不自禁地再次站立举臂，行致军礼——向着蓝天碧海，向着山川大地，向着伟大的祖国和人民。

这是开国战将刘华清身着戎装，献上的最后一个庄严军礼！

又见小平——

阴阳相隔，阔别已经 14 载。

一个甲子的革命情谊，缘起于护送新上任的邓小平政委前往八路军一二九师报到。

刘华清不经意间当了一次邓小平的"带路人"，邓小平却成为刘华清一生的精神引路人。

刘邓大军麾下冲锋陷阵的舍生忘死，国防科研领域攻坚克难的远见卓识，三进三出海军突破岛链的战略胸怀，让邓小平充分体认了刘华清忠心耿耿的浩然正气与老成谋国的雄才大略。也由此，当邓小平三落三起之后，刘华清的人生命运展现出夺目的光彩：从国防科委副主任到总参谋长助理，从副总参谋长到海军司令员，短短五年间，刘华清四度升迁，屡获重任。

共和国第三任海军司令员，既是刘华清军旅人生能够企及的巅峰高程，也是成就他光荣与梦想的最佳舞台。正是借助这个蓝色的舞台，他首创中国海军战略，开启人民海军从近岸走向远洋的世纪航程，备受亿万国民的崇敬与爱戴，更以"红色马汉""中国戈尔什科夫"之称，被国际军事界公认为当代世界杰出的海军战略家。

"海军司令员刘华清"，成为他厚重军旅人生永恒的勋章！

"人生七十古来稀。"已经 71 周岁的刘华清早在三年前就主动申请退出中央委员会，进入中央顾问委员会，决计完成海军司令员的历史使命后，交出"接力棒"，脱下戎装，退出军旅政坛。

然而，人生有传奇，命运难测度。就在刘华清憧憬含饴弄孙、颐养天年的"老倌子"生活时，邓小平却毫无预兆地突然召见他。他被上调中央军委，委以军委副秘书长重任。邓小平嘱托刘华清："调你到军委来工作，就是考虑到军队要搞现代化，现在全军熟悉科研装备的就你了。调你来，就是抓装备，抓现代化！"面对中国军队装备落后的严峻局面，刘华清临危受命，再振雄风。

意外了。但是还有接踵而至的更大"意外"等着他：

1989年11月，中共十三届五中全会召开，邓小平在辞去中央军委主席职务的同时，提名刘华清出任中央军委副主席。刘华清深感责任重大，唯恐力不从心、有辱使命，当即给邓小平办公室主任王瑞林打电话，请其报告小平同志："还是选别人好。"王回话很干脆："邓主席已定，不会改变。"邓小平的"举荐词"情深意浓："刘华清身体好，知识面比较宽，解放后一直搞国防工业、搞科技装备，在苏联还学了几年。他懂科学，搞卫星、导弹都参加过，是荣臻同志的主要助手。选这么个人当军委副主席恐怕比只看资格好。"

1992年10月，中共第十四次全国代表大会召开。在十四届一中全会上，刘华清被选举为中央政治局常委、中央军委副主席。以76岁高龄，进入新一届中央领导集体，这是刘华清做梦也未想到的事。但邓小平着眼国家长治久安，早在会前就作出了高瞻远瞩的安排："今后主要由刘华清、张震两位同志在江泽民同志领导下主管军委日常工作。据我了解，刘华清、张震同志最熟悉军队。将来挑选接班人的工作，需要熟悉军队的人来承担责任。"他特别交代："要在全军范围内选拔一批40岁到50岁的人，放到一定的岗位上进行培养。"

恩深似海，情重如山。邓小平在共和国发展关键时刻的三次超常举荐，使刘华清的晚年再度焕发出炫目的光彩。

任职军委副秘书长和军委副主席期间，他组织力量自主研制空中加油机，为海空军空中远程作战提供了保障；为捍卫南沙领海主权和海洋权益，他组织指挥永暑礁海洋气象站等工程建设，结束了南沙无军常驻的历史；他亲赴西沙调研选址修建永兴岛机场，有效增强了南海海域的立体防卫手段和打击力量；为适应军队建设的战略性转变，他参与领导调研论证加快和深化军队改革，组织拟制并颁发了《加快和深化军队改革的工作纲要》，主持制定了加快空军建设发展规划和具体实施部署，提出了独立自主加快武器装备发展的建议，组织制定了《中央军委关于"八五"期间军队建设计划纲要（草案）》。

晋身新一届中央领导集体后，他协助江泽民主席主持中央军委常务工作。遵循党中央、中央军委决策部署，他针对现代战争的特点和世界军事技术的发展趋势，根据经济科技发展水平和综合国力增强的实际，坚决贯彻科技强军战略，跟踪世界水平，着眼长远发展，着重规划和组织研制了一系列高新武器装备。他走遍国防科研一线厂、所、院校、试验基地，积极推进陆军武器装备更新换代，大力发展新型飞机、舰艇、导弹、电子装备等一系列重大武器装备，组织领导实施卫星、载人航天和航母预研等战略工程，居功至伟，贡献卓著。

2006 年 10 月 26 日，农历丙戌九月初五，刘华清 90 周岁诞辰。在家人和亲友为他举办的寿宴上，他用朴实无华的语言深情地概括了自己的一生：

"我这一辈子，就是一个兵。从红军、八路军到解放军，经历了土地革命战争、抗日战争和解放战争，我始终是一个兵、兵、兵！"

"我这一辈子，始终坚守一个信念：党培养了我，我一心一意跟党走；人民养育了我，我全心全意为人民服务。"

该向小平汇报了。报告词六年前就已载入《刘华清回忆录》公之于世：

> 回顾一生，革命近 70 个年头，仿佛弹指一挥间。让我欣慰的是，回头望去，这一辈子虽危机四伏，一波三折，却总是有惊无险，遇难成祥，而且活得理直气壮，无愧无悔：
>
> 作为公民，我为国家和民族尽心尽力，贡献了自己的全部才智；
>
> 作为军人，我一直在冲锋陷阵，没有让军装沾上污点；
>
> 作为下级，我完成了小平的重托，将来汇报，可以不用汗颜。

刘华清回到故里，回到别梦 70 余载的那片红土地——

刘家院子，位于鄂、豫、皖三省交界处一个山清水秀的小山村。仙居山、天台山、老君山等闻名大别山地区的峰峦拱卫四周。村前是一条由北向南的小溪。山上草深林密，溪涧流水潺潺。

刘华清的童年就是在这里度过的。他生于 1916 年 10 月 1 日（农历丙辰年九月初五），33 年后，新中国在这一天宣告诞生。不过，他照旧认定自己的生日是九月初五。即使身居中共中央政治局常委、中央军委副主席高位，他依然执拗不变："山里人都过'阴历'生日，'阳历'的算不得数。"

刘华清家世可称得上清贫。父辈兄弟七人，都是地地道道的农民，长年靠做裁缝、窑工和打长短工度日。父辈中娶妻成家的，只有父亲刘顺山和三叔刘元山二人，而三婶嫁进刘家仅一年就因难产殒命。母亲姓黄，本名不详，以"刘黄氏"代之，是刘家唯一的主妇。刘华清在兄弟姐妹中排行老四，上有一个姐姐、两个哥哥，下有一个妹妹、一个弟弟。

刘华清13岁便投身革命。自打1932年鄂豫皖苏区第四次反"围剿"开始，他就再也没有回过家。1934年10月，他随红二十五军长征，走出山乡，这一别就是整整14载。

此刻，他不知道，他日思夜念的慈母已撒手人寰。在他的心目中，母亲是那样勤劳朴实、慈祥善良。在他的记忆里，母亲从没有闲暇时日，整天都有干不完的活儿。作为刘家唯一的主妇，全家十多口人吃穿缝洗，全凭她一人操持。众多子女中，她最钟爱三儿子刘华清。至今，在刘家院村仍流传着这位慈母寻儿的动人故事。

刘华清参加革命后，偶尔回到家中，母亲总会做顿可口饭菜给他打牙祭。临出门前，也要把他身上穿的和随身带的不多几件衣衫浆洗缝补得干干净净周周正正。后来，儿子因战事吃紧躲进深山，她的心窝子似乎一下子被掏空了。稍有空闲，她就提着竹篮，来到村口大树下，逢人便打听儿子的下落。有时在门前小溪旁洗着衣服，望见牧归的放牛郎，她会情不自禁地想起自己心爱的儿子；有时正在屋里收拾家务，门前响起路人的脚步声，她会不顾一切地冲出门外，企盼奇迹出现。然而一次又一次，她的希望不断落空，她的幻想不断破灭。她整日以泪洗面，却不能放声一号，大伯小叔们都不允，认为不吉利。他们坚信，三儿还活着。一年过去，两年过去，心爱的儿子杳无音讯，她的头发白了，眼睛哭瞎了，精神彻底垮了。1933年9月24日子夜，她流尽最后一滴思儿泪，走完了48载人生苦旅。

刘华清更没有想到，在亲人的心中，他已经血洒沙场马革裹尸。15个春秋过去，逢年过节，兄弟姐妹在母亲的坟头烧香化纸，总也少不了他一份。

1948年11月3日，农历十月初三。这是个对于刘家和整个山村具有历史意义的日子，村里老一辈人都把这一天永远地牢记在了心坎里。正是在这一天，刘华清奇迹般地"复活"了。

中午时分，村边的山路上远远有一队骑着高头大马的军人朝着刘家院飞奔而来。兵荒马乱的年月，正值国共两军交战拉锯之际，村民们一见荷枪实弹的队伍，撒腿就往山里跑。刘华清的小弟刘梅清，前些时被国民党军抓夫刚逃出虎口，更是躲得不见了踪影。

九位军人行至村口，落鞍下马。走在前面的一位年轻英武军官见有个老汉正在井边打水，立即把缰绳交给身后的卫兵，径直走上井台，用纯正的乡音问道："请问老人家，刘顺山家住在哪儿？"

老汉猛一抬头，但见身边突然出现一群荷枪倚马的军人，吓得两腿直打哆嗦。没等答话，军官激动地叫道："盛石叔，我是华清啊，您不认得我啦？"

"你是顺山的老三？"老汉忘情地扔下水桶，一边向村里跑去，一边向山上呼喊："华清回来啦！华清回来啦！"

"你们家华清回来了。"当老汉上气不接下气地告诉刘华清的三叔刘元山这个天大喜讯时，刘元山却异常镇静："大白天的，说么子疯话，华清早就死了。"

"华清当大官了，骑着高头大马回来啦！"老汉不由分说拉着刘元山就往村头跑。

面对亲切呼唤"三叔"的威武军官，刘元山还是不敢相信眼前的这一幕是真实的。

"是人也好，是鬼也罢，真的假不了，假的真不了。"刘元山两眼死死盯着刘华清的脸，一字一板地说，"你要真是华清，就把头上的帽子摘下来。"

刘华清摘下了棉军帽。刘元山双眼定格在刘华清头部两侧的耳朵上。在他的记忆里，华清的双耳特别大，耳轮宽阔，耳垂比肩。此刻展现在他眼前的，正是那双弥勒佛似的福将大耳朵。

"是华清，真的是华清！"刘元山话音未落，双手抱着侄儿顿足恸哭，"华清啊，全家人做梦也没有想到你还活着啊！"

老父亲刘顺山回来了，见到"死"而复"生"的儿子，不禁悲从中来，老泪纵横："你娘是想你想死的啊！"

犹如晴天霹雳，刘华清肝裂肠断：日思夜念的亲娘不在了！含悲饮痛，刘华清在母亲的坟茔前长跪不起，从警卫员手中拿过冲锋枪，朝天鸣放了整整一个弹匣的子弹。

母亲早逝，以及去世前母子俩没有见上一面，给刘华清心灵的创痛是巨大的。新中国成立后至90年代末，在仅有的三次返回故里的匆匆行程中，他都要到母亲坟茔前默默地站上几分钟，并在母亲生养他的那间房子里和那张木床上小憩一两个时辰。

"将军每次回家都要流泪。"刘家院村的乡亲们如是说。

暮春时节，我从红安、大悟采访回京。老首长听说有此一行，急切地向我打探故乡的消息。夫人徐虹霞见状，一旁打趣道："我们老刘可是个大孝子哟！"在其乐融融的温馨氛围中，我开始讲述在刘家院村采撷的刘华清返回故里的故事。起初，老首长支棱着那双弥勒佛似的福将大耳朵聚精会神地听着，可是，当讲到母亲寻儿的传说时，夫人徐虹霞突然向我打了一个急停的手势。我转头一瞥，坐在沙发上的老首长，已自潸然泪下……

"生前尽忠，死后尽孝。"刘华清晚年不止一次嘱咐家人，百年之后一定要把他送回老家，他要永远守护在慈母身旁。

骨肉情深，血浓于水。刘华清无时无刻不在思念山乡的亲人们。战争年代，父辈们因他参加革命而被抓坐牢受刑；新中国成立后，父叔辈养老送终，子侄辈读书成家，全都由他接济。为消解思念之苦，他经常会把家乡的亲人接到自己身边住上一段时间。父亲、伯伯、叔叔，五个兄弟姐妹和侄儿们，都曾和他一起共享过这种难得的团聚之乐。

然而，刘华清却从未利用个人威望和手中权力，为他深爱的老家亲人们找组织一次麻烦，搞半点特殊照顾。他的父亲、伯伯、叔叔和他的兄弟姐妹们，全部是忠厚本分的农民，没有一人离开农村。小弟弟刘梅清倒是几次想跳出"农门"，但无一例外都被他这个当哥的一句话挡住了："你就安心守着老屋种地吧！"如此，同样长着一双弥勒佛福将大耳朵的刘梅清，也老老实实当了一辈子农民。

1989年12月中旬，刘华清返回故里，见到了姐姐刘润清。他忘不了，为了供他读书，姐姐伴着昏暗的桐油灯夜半纺线织布的羸弱身影；他忘不了，最后一次离家时姐姐为他赶制的那双千层底棉布鞋，姐姐让他穿上，他却舍不得，硬是光着脚丫走了几十里泥泞山路，返回驻地洗净脚才

新中国成立后三次返回故里，刘华清都要到母亲坟茔前默默地站上几分钟。（1989年2月）

穿上。然而，当风烛残年的老姐姐央求他为外甥女转个城市户口时，他双眼湿润了："都转到城里，国家怎么承受得了啊！"身为红军遗属、年轻时当过"村官"的姐姐通情达理，反过来安慰他："不合政策就不办。"临别，他深情地拉着老姐姐的手，留下了一张难忘的合影。

刘华清情系大山，难舍乡情。这是一块浸透革命英烈鲜血红土地。从"黄麻起义"到共和国诞生，100万山乡儿女献出了生命，创造了中国革命史上一个又一个奇迹。改革开放后，为了让地处革命老区的家乡人民早日脱贫致富奔小康，他不惜动用"关系"，多次"走后门"。

1983年前后，大悟县决定发挥本地资源优势，兴建磷铵厂和卷烟厂，祈望老首长帮忙。刘华清听取汇报后，亲自向国家计委等部门领导写信打电话，促成这两个项目投产开工。前些年，京珠高速公路和京广高速铁路规划设计时，他更是直接找国务院主管领导陈情，让高速公路和高铁"拐了一个弯"，分别贯穿大悟全境和在大悟境内设站。县政府扩建烈士陵园，他"特批"一架退役战机和一辆退役坦克。为了让家乡子孙后代享受现代教育，他不仅亲自牵线搭桥促成深圳市与红安县结成"特区与老区心连心"活动对口援建单位，为"将军县"兴建26所"希望小学"，而且动员家人带头捐款，在刘家院村建设湖北省第一所"希望小学"。新校舍落成，他亲笔书写校名和"尊师人才出、重教国家兴"的题词。当从《内参》看到大悟县拖欠教师工资十分严重的情况反映后，他动了粗口："这些骡日的！尽讲好听的，实际情况却如此糟糕！"当即写下400余言的批示，请中央分管教育的李岚清副总理予以关注。很快，不仅家乡教师历年拖欠的工资得到圆满解决，而且促成了全国教师工资县级统筹制度的实行。

刘华清何止情系一己家乡的小山村，那些曾经战斗生活过的革命老区都被他视为"第二故乡"而眷念在怀。每次视察老少边穷地区，他都嘱咐随行的夫人或秘书，多带一些钱和慰问品。考察慰问云南地震灾区，他向希望小学捐款一万元；湖北水灾，他向受灾老区汇款一万元；汶川、玉树大地震，他做的第一件事同样是动员全家捐款。

1995年纪念抗战胜利50周年，他代表中央专程来到太行山革命老区，看望和慰问当地干部群众。在八路军一二九师师部旧址，他久久不愿离去，走家串户，寻踪觅迹，终于找到了半个世纪前的老房东家。走进院落，一位年近六旬的老汉迎上前来。驻足打量，仔细辨认："你是当年房东家的那个放羊娃？"喜出望外，热泪奔涌；久别重逢，胜似亲人。紧紧地拥抱，长长地握手。当得知老房东已经谢世，他一边唏嘘惋叹，一边向身边随行人员示意："带钱了吗？"秘书、警卫全都两手空空。情急之下，他从腕上摘下手表赠送小房东："留给你做个纪念吧。"

2010年10月1日。刘华清的生命之舟越过94载波涛的闸门,驶进95度春秋的人生海峡。

95岁生辰,对于刘华清是一种宿命的象征与轮回的图腾:公历2011年10月1日与农历辛卯年九月初五,再次阴阳相交,合二为一!

这是真正属于刘华清本真的出生纪念日。95年前那个生命降世的源头——母亲分娩他的神圣日子与庄严时刻。

然而,刘华清再也等不到这一天了。

2011年1月14日6时,他静静地走了。

生命盖棺,历史定论:

中国共产党的优秀党员,久经考验的忠诚的共产主义战士,杰出的无产阶级革命家、政治家、军事家,党、国家和军队的卓越领导人。

后事毕。警卫参谋清点首长生前的"爱心基金",遗存总额计9.8万元。夫人徐虹霞添加2000元,凑齐10万元整数,替刘华清交了最后一次党费。

1999年10月—2002年10月第一稿。

2009年1月—2010年1月第二稿。

2011年3月—2012年5月第三稿。

后　记

十年磨一剑。《海军司令刘华清》从采写到出版，历经 13 载，数易其稿，终于付梓了。

事出有因。这本书的撰写缘起于刘华清传记组人员的提议。他们在整理刘华清回忆录时，被刘华清任海军司令员时期的建树与功绩所感动，建议刘副主席找人写一部报告文学，将海军现代化改革的历程反映出来，并把我推荐给刘副主席。

刘华清是我极为敬重的一位老首长。他任海军司令员期间，我一直在海军基地、舰队和院校担任新闻干事。待我到海政宣传部任宣传处长时，他已走上军委副主席高位。我深知，无论宏观战略思维修养、海军专业知识储备，还是驾驭高层人物的历史情怀、把握纪实题材的文学功底，要完成刘华清与海军现代化这一宏大叙事，对我来说，都是力所不及、难以胜任的。

建立一支强大的海军，是中华民族延绵一个半世纪的梦想。这本书记述的虽然是老首长在海军司令员任期内的经历与业绩，但它折射与关照的历史背景，却是自 1866 年以来中国近现代海军曲折悲壮的历史足音与蓝色航迹。

经过一个星期的思考，我像一个"赶考"的学生，向老首长呈交"答卷"。我的创作构想是：以近海防御海军战略为核心，以突破岛链走向远洋为目标，围绕体制编制、武器装备、战场建设、教育训练、人才培养、后勤保障和履行使命任务，以纪实的手法，全面、系统、生动地再现海军现代化改革波澜壮阔的历史进程。

老首长边听边点头。听完汇报后，他的第一句话就是："这本书你来写！"迎着老首长充满信赖与慈祥的目光，一种军人的使命感油然而生。接着，老首长又以饱含乡音的话语告诫我："海军现代化，是国家强盛、民族复兴的标志，是中国几代领导人和海军无数官兵接力奋斗的结果。这才是人民海军发展壮大的真实历史，一定要站在这个历史的高度来写这本书，写好这本书！"

老首长的亲切教诲，为我理清了采访思路，确立了写作宗旨。

我最先想采访的是老首长，但他却嘱咐我："先熟悉材料。"并通过秘书转告我："多采访一些海军领导，特别是那些亲历过 80 年代海军改革的部队指挥员和基层官兵。"还说："事是大家做的，真正精彩的故事在他们那里。"

铭记老首长的谆谆教诲，我一头扎进海军档案馆，在故纸堆里潜心检索研读了半年。接着，又从海军机关到三大舰队，从舰艇编队到军事院校，从历任海军司令员、舰队司令员到现任驱逐舰舰长、潜艇艇长，从知名专家教授到普通一兵，整整一年时间，我马不停蹄地访谈了 100 多人。他们的"口述历史"，生动地再现了刘华清设计的"海军大改革"那一幕幕波澜壮阔的精彩画面，为完成本书的写作奠定了厚实的基础。

13 载笔耕之苦毋庸赘言，但为此付出辛劳汗水的不止我一人。

海军各级领导给予了大力支持与帮助。前后两任海军政治委员——胡彦林上将、刘晓江上将，不仅多次听取汇报给予指示，而且为我的采访写作提供了优厚的条件与良好环境。前后四任海军司令员——张连忠上将、石云生上将、张定发上将、吴胜利上将，热情接受了我的专访，提供了独到的宝贵素材。还有 30 多位高级将领和 70 多名舰艇长，结合各自的经历追述了 20 世纪 80 年代海军重大改革的一幕幕真实场景与切身感悟，为完成本书的写作提供了丰富的史料。在此，特向他们表示衷心的感谢。

老首长的家人和身边工作人员十多年来也给予我很多帮助和指导。老首长长女刘超英在书稿出版期间，给予了多方面的支持与帮助。姜为民秘书从采写提纲的研究拟定，到书稿的一遍又一遍审读，及时提出修改意见。雷炳成秘书为本书立项送审做了许多联络协调工作。这些不是我用"感谢"二字能够言表的。

我还要感谢长征出版社和中南博集天卷文化传媒有限公司的领导和编辑们。是他们的专业性操作与敬业精神，使《海军司令刘华清》一书得以公开出版发行。全军保密办公室、军事科学院和海军宣传部的领导和专家们对本书给予了指导审查，也在此一并致谢。

要在这篇短短的后记中，道尽我的感激之情是困难的。当然，我深知，采写《海军司令刘华清》能获得如此厚重的精神激励与情感呵护，并非单纯出于对一个普通作者的关爱与提携，更重要的是对共和国第三任海军司

这样面对面的访谈，持续了10年，不过让老首长穿上军装只此一次。（1999年11月）

令员刘华清的崇高景仰和人民海军现代化的无限期盼。

当《海军司令刘华清》一书付梓之时，一种挥之不去的遗憾萦绕在我心头：假如老首长还健在该多好哇！

此时此刻，我的耳边又回响起老首长离任海军司令员时情深意切的一番肺腑之言："我热爱海军事业，急切盼望中国海军在我们这一代手中强大起来。为了实现毛泽东主席、邓小平主席提出的海军建设目标，我无愧地贡献了我所能做到的一切。"

此时此刻，老首长生前专门为本书挥毫题词"海军战略"的情景再次映现在我的眼前。"海军战略"，这座高高矗立在中华民族海防史上的里程碑，是老首长的思想图腾与形象标志。以"海军战略"题赠本书，寄托着老首长何等深厚的蓝色情怀啊！

我很忐忑：《海军司令刘华清》虽然出版了，但是否客观真实地再现

后记

了共和国第三任海军司令员刘华清和他为海军现代化事业所创建的丰功伟业了呢？

我很自疚：能力水平所限，我没有做到，也难以做到。但我无愧，因为我尽力了。

我很欣慰：《海军司令刘华清》付梓之际，传来了共和国第一艘航空母舰——"辽宁舰"建成服役和国产第一代舰载战斗机歼–15舰载机成功起降"辽宁舰"的喜讯。这是老首长生前为之奋斗与期盼半个世纪的中华民族国防建设史上一次具有里程碑意义的历史性跨越。九泉有知，老首长当含笑瞑目了。

我很荣幸：在结束38载海军生涯退出现役之际，《海军司令刘华清》得以公开出版，无疑为我的军旅人生画上了一个圆满的句号。

施昌学

2012 年 12 月 1 日

参考文献
（按本书参考引用先后排序）

重点参考书目：

《海权论》，[美]阿尔弗雷德·塞耶·马汉著，范利鸿译，陕西师范大学出版社，2007年6月第1版

《马汉》[美]罗伯特·西格著，刘学成等编译，解放军出版社，1998年1月第1版

《刘华清军事文选》（上、下），解放军出版社，2008年5月第1版

《刘华清回忆录》，解放军出版社，2004年8月第1版

《海军高级将领传》（上、下），袁永安、王发秀主编，海军出版社，2006年12月第1版

《邓小平军事文集》（第一、二、三卷），军事科学出版社、中央文献出版社，2004年7月第1版

《聂荣臻年谱》（上、下），周均伦主编，人民出版社，1999年10月第1版

《邓小平年谱（1975－1979）》（上、下），中共中央文献研究室编，中央文献出版社，2004年7月第1版

《资治通鉴》，司马光著，中华书局，1956年6月第1版

《中国海军百科全书》（上、下），石云生主编，海潮出版社，1998年12月第1版

《当代中国海军》，杨国宇主编，中国社会科学出版社，1987年10月第1版

《中国近代海军史》，吴杰章、苏小东、程志发主编，解放军出版社，1989年7月第1版

《国际海洋法知识》，干焱平著，海军出版社，1989年8月第1版

《联合国海洋法公约》，海洋出版社，1983年4月第1版

《中国走向海洋》，陆儒德著，海潮出版社，1998年5月第1版

《海军综述·大事记》，吴殿卿、唱洪举等主编，解放军出版社，2006

年2月第1版

《唐宁街岁月——撒切尔夫人回忆录》，[英]玛格丽特·撒切尔著，远方出版社，1997年9月第1版

《刘亚洲军事作品经典》，四川人民出版社，1996年4月第1版

《制海权——建设600艘舰艇的海军》，[美]约翰·莱曼著，海军军事学术研究所译，1991年8月内部版

《国家海上威力》，[苏]谢·格·戈尔什科夫著，海洋出版社，1985年5月第1版

《血火海洋》，郭富文著，鹭江出版社，2007年10月第1版

《大清海军与李鸿章》，钱钢著，中华书局（香港）有限公司，2004年7月第1版

《南沙告诉我们》，林道远主编，海军出版社，1988年10月第1版

《领袖的外脑》，北京太平洋国际战略研究所编著，中国社会科学出版社，2000年5月第1版

《海军回忆史料》，袁永安等主编，解放军出版社，1999年2月第1版

《张震军事文选》（上、下），解放军出版社，2005年11月第1版

《百万大裁军》，袁厚春著，花城出版社，1987年9月第1版

《走近海战场》，司彦文著，海潮出版社，1997年8月第1版

《功殊勋荣　德高品重——纪念刘华清同志逝世一周年》，姜为民主编，解放军出版社，2011年12月第1版

《美军大改革：从越南战争到海湾战争》，[美]詹姆斯·邓尼根、雷蒙德·马塞多尼亚著，军事科学院外国军事研究部译，海南出版社，1999年7月第1版

《海湾战争介绍》，李植云、崔师增编著，八一出版社，1993年8月第1版

《写在大海的报告》，施昌学著，海潮出版社，1999年2月第1版

《海的微笑》，黄彩虹著，海洋出版社，1989年8月第1版

《邓小平新时期国防与军队建设理论研讨会论文集》，军事科学院、中国军事科学学会主编，1991年11月出版

《蓝色国土上的追寻》，黄代培著，海洋出版社，1990年5月第1版

《观察中国》（上、下），卢跃刚著，南方日报出版社，2000年2月第1版

《陆其明60年海军作品选》，中国文化出版社，2009年3月第1版

《中国潜艇实录》，董凤纯著，春风文艺出版社，1997年5月第1版

《聂荣臻元帅回忆录》，解放军出版社，2005年8月第1版

《山高水长——回忆父亲聂荣臻》，聂力著，上海文艺出版社，2006年10月第1版

《中国人民海军纪实》，舟欲行、黄传会著，学苑出版社，2007年6月第1版

《中国核潜艇研制纪实》，彭子强著，中共中央党校出版社，2005年7月第1版

《陈绍宽文集》，海潮出版社，1994年7月第1版

《海军上将之恋》，周宏冰、方舟著，海军出版社，1989年8月第1版

《航母·航母——世界航母大写意》，陈永平、李忠效著，海潮出版社，1994年1月第1版

《海图腾：中国航母》，戴旭著，华文出版社，2009年12月第1版

《萧劲光传》，《萧劲光传》编写组著，当代中国出版社，2011年5月第1版

《百战将星苏振华》，杨肇林著，解放军出版社，2000年6月第1版

《他改变了中国——江泽民传》，[美]罗伯特·劳伦斯·库恩著，谈峥、于海江等译，世纪出版集团、上海译文出版社，2005年1月第1版

《挺进南极》，邓文方著，海洋出版社，1991年11月第1版

《中国海军出访纪实》，海军政治部主编，海潮出版社，1998年2月第1版

《境外各界评述中国海军护航行动》，海军政治部宣传部主编，海潮出版社，2010年12月第1版

《海之歌》，黄彩虹著，新华出版社，1996年6月第1版

主要参考文章：

《日本"紧张"由何而来？》，杜朝平、舒青，《中国国防报》，2010年5月19日

《国防部新闻发言人：中国海军在公海训练他国不应该跟踪干扰》，新华社记者，《环球时报》，2010年4月23日

《美智库称中国海军战略发生巨变》，春风，《东方网》，2010年5月

17 日

《西太平洋：美国的内湖，中国的门户》，江淮，《世界知识》杂志，2010 年第 16 期

《海军举行亚丁湾护航两周年研讨会》，钱晓虎、李唐，《解放军报》，2010 年 12 月 22 日

《历史性的转变 历史性的会议》，社论，《人民日报》，1982 年 9 月 1 日

《法之剑》，李延国、季阳林，《人民日报》1988 年 9 月 25 日

《振奋精神，努力把仓库工作搞上去》，段跃中，《人民海军》报，1983 年 10 月 22 日

《红星蒙尘：王学成驾机叛逃之谜》，赵楚，《百姓》杂志，2003 年第 2 期

《统筹安排减少基层工作忙乱》，《人民海军》报记者，《人民海军》报，1984 年 7 月 7 日

《杨尚昆提出：全军从明年起用三年时间加强部队基层建设》，聂念新，《人民日报》，1986 年 10 月 11 日

《159 国签署海洋法公约》，吴仁寿，《人民日报》，1984 年 12 月 11 日

《中日东海争端及其解决的前景》，朱凤岚，《当代亚太》杂志，2005 年第 7 期

《戈尔什科夫元帅与苏联海军》，徐辉，《现代兵器》杂志，2008 年第 9 期

《我国将给属于我管辖的无名岛命名》，新华社记者，《人民日报》，2001 年 8 月 28 日

《从常识中"丢失"的蓝色国土》，徐百柯，《中国青年报》，2009 年 4 月 29 日

《中国马汉》，[美] 杰弗里·戈德曼著，彭杰译，《中国舰船》杂志，1998 年第 1 期

《邓小平实施百万大裁军决策过程》，李金明，《湘潮》杂志，2009 年第 9 期

《海军"思想库"追踪高科技成果卓著》，刘丽、别义勋，《解放军报》，1993 年 5 月 1 日

《海军进行八大军港改革试点》，江汝标，《解放军报》，1987 年 3 月 2 日

《跨区不再当旅客，沿海处处皆有家》，陶先华、于洪波，《人民海军》报，1987年7月2日

《中国军舰全天候补给，能达到世界任何港口》，徐兴堂、吴登峰，《新华每日电讯》报，2007年8月9日

《舰船修理系统治好了"扯皮病"》，《人民海军》报通讯员，《人民海军》报，1987年9月22日

《驻港部队主力舰艇建造始末》，郑明，《现代舰船》杂志，2002年第10期

《某新型导弹护卫艇设计建造实行招标》，郑河，《解放军报》，1986年3月8日

《中国护卫舰发展技术道路的解读》，郑明，《现代舰船》杂志，2008年第4期

《承前启后话"江卫"——"江卫"级导弹护卫舰总师严宝兴专访》，《现代舰船》杂志编辑部，《现代舰船》杂志，2005年第2A期

《中国常规潜艇：从转让制造到自行研制的回顾》，《中国舰船》杂志编辑部，《中国舰船》杂志，2008年第9A期

《中国常规潜艇的发展历程》，凌翔，《现代兵器》杂志，1998年第1期

《蹈海蛟龙：国产常规潜艇总师李连有专访》，《中国舰船》杂志编辑部，《中国舰船》杂志，2005年第3A期

《踏波犁浪任我翔：走近"水轰五"》，汪汉宗、张棋，《现代兵器》杂志，2006年第2期

《难忘的回忆与珍贵的启迪》，郑明，《现代舰船》杂志，2005年第3A期

《2009：中国海上大阅兵》，曹智、陈万军、李宣良、白瑞雪，《人民日报》，2009年4月24日

《刘华清将军与大连舰艇学院》，刘永路，《党史纵横》杂志，2011年第8期

《谁将指挥中国航母第一舰》，海滔，《国际先驱导报》，2011年8月5日

《中国对西沙群岛和南沙群岛的主权无可争辩》，中华人民共和国外交部，《人民日报》，1980年1月31日

《从地名演变看中国南海疆域的历史形成》，李国强，《光明日报》，

2011 年 5 月 5 日

《中越赤瓜礁海战回忆——访赤瓜礁海战编队指挥员陈伟文少将》，田菲、张加军，《环球时报》，2011 年 7 月 25 日

《指挥官的南沙海战回忆——陈伟文将军访谈录》，《现代舰船》杂志记者，《现代舰船》杂志，2011 年第 10A 期

《孙建国：创造核潜艇长航世界纪录》，陈万军、吴登峰，《新华每日电讯》报，2009 年 4 月 22 日

《驾驭"巨鲸"闯"龙宫"：某核潜艇艇长刘毅 23 年创 5 项海军之最》，江汝标，《解放军报》，1993 年 1 月 14 日

《杜永国：亲历人民海军核潜艇首次发射水下运载火箭》，陈万军、吴登峰，《新华每日电讯》报，2009 年 4 月 22 日

《航母计划出台始末》，韩永，《中国新闻周刊》，2011 年第 30 期

《舰船专家忆刘华清与中国航母发展历程》，《现代舰船》杂志编辑部，《现代舰船》杂志，2011 年第 3 期

《问答神州：专访联合国副秘书长沙祖康》，吴小莉，凤凰卫视，2011 年 9 月 3 日

《中国海军：迈向科学发展新航程——中央军委委员、海军司令员吴胜利上将访谈》，陈万军、吴登峰，《新华每日电讯》报，2009 年 4 月 20 日

《国防部长梁光烈表示，中国不能永远没有航母》，新华社记者，《新华每日电讯》报，2009 年 3 月 21 日

《陈炳德会见美军参谋长联席会议主席马伦》，新华社记者，《新华每日电讯》报，2011 年 7 月 11 日

《我海军超长波信息已能覆盖全球》，季阳林，《解放军报》，1986 年 10 月 25 日

《最远的航行：中国海军巡洋舰清末民初环球行》，施昌学，《中国青年报》，2000 年 8 月 2 日

《战胜南海十级浪》，嵇振太，《人民海军》报，1986 年 2 月 20 日

《中国海军舰艇编队首次环球远航》，钱晓虎，《中国国防报》，2002 年 5 月 21 日

《2011：中国公民北非大撤离》，马多思，《中国新闻周刊》，2011 年第 8 期

《共同建设和平之海友谊之海——胡锦涛主席出席庆祝人民海军成立 60

周年海上阅兵活动纪实》，曹智、陈万军、李宣良，《人民日报》，2009年4月24日

《新中国，甲子大阅兵——国庆60周年阅兵全景实录》，白瑞雪、陈辉、徐壮志，《新华每日电讯》报，2009年10月2日

图片来源：

《刘华清》（画册），李曙光主编，长城出版社，2005年10月第1版

《刘华清回忆录》，解放军出版社，2004年8月第1版

《刘华清军事文选》，解放军出版社，2008年5月第1版

《中国海军》（画册），龙运河主编，海潮出版社，1999年4月第1版

《海上大阅兵》（画册），黄彩虹主编，长城出版社，2009年5月第1版

美国军方解密历史档案图片

新华社摄影记者查春明等

图书在版编目（CIP）数据

海军司令刘华清 / 施昌学著.—北京：长征出版社，2013.2
ISBN 978-7-80204-766-2

Ⅰ.①海…　Ⅱ.①施…　Ⅲ.①传记文学—中国—当代
Ⅳ.①I25

中国版本图书馆CIP数据核字（2013）第012903号

书　　名：海军司令刘华清

作　　者：施昌学
责任编辑：樊易宇
编　　务：芦　笛
监　　制：于向勇　康　慨
特约策划：赵　辉
营销编辑：刘菲菲
封面设计：熊猫布克
版式设计：崔振江　王　颖
出版发行：长征出版社
社　　址：北京阜外大街34号　　邮编：100832
邮　　购：（010）66720014　66720908
发　　行：（010）66720012　68586781

经　　销：新华书店
印　　刷：北京嘉业印刷厂
开　　本：1/16
字　　数：500千字
印　　张：30.5
印　　数：1—30000册
版　　次：2013年2月第1版
印　　次：2013年2月北京第1次印刷
定　　价：58.00元
ISBN 978-7-80204-766-2